Gillian Bradshaw
Die Krone von Camelot

Gillian Bradshaw

DIE KRONE VON CAMELOT

Roman

Deutsch von Ilka Paradis

mvs · Marion von Schröder Verlag

Die Originalausgabe erschien 1982 bei Simon & Schuster, New York,
unter dem Titel IN WINTER'S SHADOW

Sonderausgabe 1986

Gesetzt aus der Garamond der Fa. Hell
Satz: Dörlemann-Satz, Lemförde
Papier: Papierfabrik Schleipen GmbH, Bad Dürkheim
Druck und Bindearbeiten: Ebner Ulm
Printed in Germany
ISBN 3 547 71498 2

1

»An Gwynhwyfar, Tochter des Ogyrfan, Augusta, Kaiserin von Britannien«, begann der Brief, »von Menw, Sohn des Cynan, dem Fürsten aus der edlen Sippe der Söhne des Maxentius; ich grüße Dich vielmals. Nun, Cousine, jetzt hast Du sicher auch gehört, daß Dein Vater tot ist, und Du weißt, daß ich in der Herrschaft über unsere Sippe sein Nachfolger bin. Du darfst nicht erwarten, daß ich – wie er – Dir nach dem Munde rede und unser eigenes Schicksal den Verlauf nehmen lasse, den es mag. Ich habe vor, unseren Besitz und unser Vermögen zu mehren, was Du, trotz all Deiner Beteuerungen, daß Du uns liebst, und trotz Deiner Tugend niemals getan hast.

Als wir zum letztenmal miteinander redeten, hast Du mir gesagt, ich spräche wie ein Bettler, und hast mir befohlen, dieses Thema Dir gegenüber nie wieder zu erwähnen. Jetzt aber bin ich der Fürst und Herr von Deinem eigenen Fleisch und Blut, und obwohl Du über unserem Stand geheiratet hast, kann ich das jetzt von Dir fordern und muß nicht länger bitten. Die Ländereien, von denen ich sprach, könntest Du leicht für uns gewinnen. Dein Mann, der Kaiser, liest Dir jeden Wunsch von den Augen ab – so sagt man jedenfalls –, und Du mußt nur dafür sorgen, daß er die Angelegenheit unserem König gegenüber erwähnt, damit Ergyriad uns alles gibt, was wir verlangen, seien es auch Menschenleben anstatt von Ländereien.

Wenn Du uns diesen Dienst verweigerst, dann mach Dir nicht die Mühe, noch einmal zu schreiben. Ich werde wissen, daß Du geruht hast, nicht mehr Teil unserer Sippe zu sein, und wenn ich hier nur irgendwelche Macht besitze, dann sorge ich dafür, daß man Dich dementsprechend behandelt. Du bist nicht besser als wir, gleichgültig, wie hoch Du in der Welt aufgestiegen sein magst, und Du hast kein Recht, Reichtümer und Ehren für Dich zu behalten, die Du mit Deiner Familie teilen solltest. Akzeptiere, daß Du eine von uns bist, tu, was wir fordern, und ich will die Vergangenheit vergessen. Falls Du aber den kaiserlichen Purpur Deinem eigenen Blut vorziehen solltest, dann mußt Du dafür leiden.«

Ich legte den Brief auf den Tisch und starrte ihn an. Dann preßte ich die Handflächen gegen die Augen, als ob das den dumpfen, brennenden Schmerz darin lindern könnte. Wenn ich stillsitzen konnte, wenn ich weder denken noch fühlen konnte, auch nur für eine kleine Weile, dann vielleicht würden Zorn und Schmerz mein Herz nicht so sehr pressen.

Ich erinnerte mich an die Zeit, da ich meinem Vetter Menw gesagt hatte, er spräche wie ein Bettler. Vor drei Jahren hatte ich meinen Mann zu einem Besuch bei den nördlichen Königen begleitet, und wir hatten beim Besitz meiner Sippe die Reise unterbrochen und vorgehabt, eine Woche oder so zu bleiben. Es war das erstemal, daß ich zu Hause gewesen war, seit ich Artus geheiratet hatte und mit ihm nach Süden geritten war, um seine Burg für ihn zu verwalten. Mein Vater war meilenweit geritten, um mich zu empfangen, und er behandelte mich wie die gesegnete Mutter Gottes, die ganze Zeit, solange ich da war. Er hatte es immer genossen, mich zu verwöhnen – ich war sein einziges Kind, und meine Mutter war gestorben, als sie mir das Leben schenkte. Also hatte er niemand anderen, den er verwöhnen konnte. Menw hatte recht, als er das sagte. Und dennoch – darum ging es nicht. Er hätte fähig sein müssen, das einzusehen.

Als ich zwei Tage zu Hause gewesen war, bot Menw mir an, mich zum Haus eines alten Freundes zu begleiten, den ich besuchen wollte. Ich hätte statt dessen auch ein paar von Artus' Kriegern mitnehmen können, aber ich war gerührt, daß mein Vetter sich anbot, und stimmte sofort zu. Als wir noch klein waren, hatte er mich immer irgendwie unterdrückt, und ich glaubte, daß er das wiedergutmachen wollte. Aber kaum waren wir vom

Gehöft losgeritten, als er auch schon anfing, ganz deutlich von der Macht zu sprechen, die ich als Frau des Kaisers haben mußte, und es wurde mir ungemütlich. Ich hatte diese Geschichte schon von zu vielen Bittstellern gehört, als Vorwort zu allzu vielen Bitten um Gerechtigkeit, Geld oder Rache, um es nicht sofort zu erkennen. Und tatsächlich, auf dem Rückweg zügelte Menw sein Pferd auf einem Hügel und schaute über das Land, und in seinen Augen lag ein berechnender Blick.

»Schön!« bemerkte er.

Ich nickte. Die Dämmerung lag purpurn über den Hügeln, und die sanften Sterne des Sommers stiegen im Osten über dem Gehöft empor. Im Norden sprang die Römische Mauer hinter uns in den Sonnenuntergang auf, der die Grenzen des Alten Reiches verbrannte.

»Das Land da«, fuhr Menw fort und zeigte nach Südosten, »gehört nur zum Teil nicht uns.« Sein Tonfall verlieh den Worten »nicht uns« eine eigentümliche Bedeutung, und als ich ihn scharf anschaute, sah ich, daß er ein hinterlistiges, bedeutungsvolles Lächeln zeigte. Menw war ein großer Mann mit dichtem, dunklem Haar und schweren Augenbrauen, und das Lächeln stand ihm sehr schlecht.

»Wolltest du irgend etwas sagen?« fragte ich und hoffte, daß meine Kälte ihn entmutigte.

Aber er schien erfreut, und er schlug mir ganz offen eine Intrige vor, wie man das Land des Nachbarn durch offizielle Urkundenfälschung und durch Betrug erlangen konnte. »Niemand wäre überrascht«, sagte er mir. »Durch dich sind wir nicht nur von Adel und von römischer Herkunft, sondern wir gehören auch zur Sippe des Kaisers. Die Söhne des Hueil sind kaum mehr als Bauern, und noch dazu rebellische – wußtest du, daß sie in Brans Rebellion mitgefochten haben? Und sie sind unehrlich, und sie wiegen falsch, wenn sie handeln, und sie sind keinem von Nutzen. Wir haben mehr Recht auf das Land als solche wie die.«

»Aber was haben sie getan, das verbrecherisch genug wäre, sie der Ländereien ihrer Väter zu enteignen?«

Er schaute verblüfft drein. »Was meinst du damit, was sie getan haben? Es geht darum, was sie sind – und was wir sind.«

»Die Gesetze sind deutlich, Menw. Ich kann dir nicht helfen.«

Sein Blick wurde finster. »Du meinst, du hast nicht den Wunsch, uns zu helfen.«

Ich schüttelte den Kopf. Aber es hatte keinen Zweck, so zu tun, als ob ich ihn mißverstanden hätte und glaubte, daß er nur einen rechtlichen Rat haben wollte. Er wußte, daß ich ihn verstanden hatte, und zornig behauptete er jetzt, das Wohlergehen meiner Familie sei mir gleichgültig. Es hatte keinen Zweck, ihm von den Banden der Gerechtigkeit und der Gesetze zu erzählen; er wollte nicht mehr begreifen, als daß es ein Band gibt, das jeden an seine Sippe bindet. Schließlich wendete ich einfach meine Stute und ritt weiter zum Gehöft hinüber, aber er weigerte sich, das Thema fallenzulassen, und ritt hinter mir her. Er schrie, wir brauchten das Land. Da erst sagte ich ihm, er spräche wie ein Bettler. Da drängte er sein Pferd gegen meines und packte meinen Arm, und sein Gesicht war dunkel vor Zorn, und ich mußte meine Stute anhalten, aus Angst, von ihrem Rücken gerissen zu werden.

»Du selbstsüchtige Füchsin! Was willst du mit all diesen Reichtümern und Ehren? Große Dame, die du sein magst, Kinder hast du nicht, an die du sie weitergeben kannst. Wenn ich dein Mann wäre, dann würde ich dich verstoßen und irgendeine Schlampe heiraten, die mir einen Erben schenken kann. Ich würde dich sofort verstoßen, hörst du? Und wenn er dich verstößt, dann wirst du deine Sippe brauchen. Denk besser darüber nach, wen du einen Bettler nennst, ›edle Dame‹!«

Ich schlug ihm ins Gesicht, entriß ihm meinen Arm, und dann, da ich weder mir noch ihm darin trauen konnte, mehr zu sagen, spornte ich mein Pferd in den Galopp. Er galoppierte hinter mir her und brüllte, aber mein Pferd war schneller als seins, und er kam mehrere Minuten, nachdem ich meine Stute im Hof zum Halten gebracht hatte, am Gehöft an. Ich wartete, bis er abgesessen war, und stieg dann selbst herunter. Ich warf ihm die Zügel meiner Mähre zu, als ob er ein Pferdeknecht wäre, und sagte: »Erwähne dieses Thema nie wieder«, und ließ ihn zurück. Er hielt das schwitzende Pferd, starrte mich an, und seine Augen leuchteten vor machtlosem Haß.

Und jetzt war mein Vater tot, und Menw war Fürst unserer Sippe. Vater, dachte ich, und versuchte noch immer, es zu verstehen. Ich hatte erst in der vergangenen Woche von seinem Tod gehört, und ich glaubte es noch immer nicht so recht. Es ist schwer zu glauben, daß jemand tot ist, wenn man fern von ihm gelebt hat. Der andere hat dann keinen Teil im Muster unseres eigenen Lebens, und man vermißt ihn nicht bei den alltäglichen Dingen. Es schien mir, als ob ich nur nach Hause gehen müßte, und er würde dort warten, genauso jung und stark wie in meinen frühesten Erinnerungen, und noch nicht einmal gebeugt und schwach, wie er bei diesem schrecklichen letzten Besuch gewesen war. Aber mein Vater wartete nicht mehr. Er würde nie wieder zu Hause auf mich warten. Und jetzt, nach diesem Brief, konnte auch ich überhaupt nicht mehr nach Hause gehen.

Ich nahm meine Hände von den Augen und starrte den Brief an. Zu Hause. Das war ein seltsamer Name für das ferne Gehöft im Norden, das ich vor elf – nein, zwölf Jahren verlassen hatte, um in dieser Festung Camlann zu wohnen. Ich versuchte, mich noch daran zu erinnern. Das Haus war vom Urgroßvater meines Großvaters erbaut worden, der sein Land vom Kaiser Theodosius empfangen hatte, dem letzten der römischen Kaiser, der starb, als das Reich noch stand. Dieser Vorfahr – der Maxentius, nach dem wir uns benannten – war ein Militärbeamter der britischen Provinz Valentia gewesen. Er hatte das erstemal, als die Provinz fast von den Sachsen überrannt worden war, tapfer für Theodosius gekämpft, und unsere Ländereien waren sein Lohn gewesen. Er hatte das Haus aus grauen Feldsteinen erbaut, teilweise in der römischen, teilweise in der britischen Art. Sein römisches Atrium war von meinem Urgroßvater mit einem Strohdach versehen worden und wurde dadurch zu einer Halle, und der gleiche Großvater hatte auch den Mosaikfußboden im Atrium ausgegraben und statt dessen dort eine Feuerstelle errichtet. Die Feuerstelle hatte noch immer einen Rand aus gemusterten Fliesen: Ich konnte mich daran erinnern, daß ich auf ihnen gespielt hatte, als ich noch klein war, während die älteren Mitglieder der Sippe am Feuer saßen und sich unterhielten. Mein Vater hatte mir einmal gesagt, daß das Mosaik einen Mann darstellte, der auf einem feurigen Streitwagen durch die Sterne fuhr, und ich pflegte mir früher immer vorzustellen, wie dieses Bild wohl ausgesehen hatte. Der Gedanke rührte mich. Ich war nicht sicher, wie ein Streitwagen aussah – manchmal stellte ich mir das Fahrzeug wie einen Karren vor, manchmal auch wie eine Art Schubkarre –, aber immer konnte ich mir vorstellen, wie es im Feuer über den weiten Himmel fuhr, an den Winden des Himmels vorüber und an den Sternen. Ich spielte, wenn ich auf meinem Pony hinaus in die Hügel ritt, immer, daß ich den Streitwagen fuhr, oder auch manchmal, wenn wir mit unserem Karren vom Gehöft nach Süden fuhren, um Korn zu holen.

Das Land um unser Haus war wild und schön und dünn besiedelt. Das nächste Gehöft lag drei Meilen entfernt und die nächste Stadt – Caer Lugualid an der Küste – einen vollen Tagesritt. Einmal waren näher bei uns andere Städte gewesen. Die Römische Mauer zog sich ungefähr eine Meile von unserem Gehöft vorüber, und in Abschnitten an dieser Mauer entlang lagen die Ruinen von Städten und Garnisonen, die alle schon lange aufgegeben waren. Von der Zeit an, wo ich alt genug war, um ein Stück zu reiten, zog ich immer mit einigen meiner Vettern dorthin und suchte nach Schätzen in den Ruinen. Wir krabbelten unter den eingestürzten Dächern entlang und gingen durch die grasüberwucherten Straßen. Lange Zeit akzeptierte ich die Ruinen, genauso einfach, wie ich die Hügel akzeptierte. Und ich wunderte mich nur über das, was ich in ihnen fand – eine zerbrochene gläserne Flasche, die vom Alter schillerte; eine Kupfermünze mit dem Kopf eines uralten Kaisers; eine winzige Bronzestatue von einem Gott. Aber als ich ein bißchen älter wurde, fing ich an, mich zu fragen, wie es wohl gewesen war, als diese Städte noch voller Menschen waren, wie sie wohl in einem Land gelebt hatten, wo jetzt nur noch so wenige lebten, und wohin sie alle gegangen waren. Eines Tages fragte ich meinen Vater.

»Sie haben das Reich geschützt, mein kleiner Liebling«, sagte er mir. »Es waren Soldaten wie unser Vater Maxentius, die an der Mauer stationiert waren, um Britannien gegen die Sachsen zu verteidigen. Und wie sie gelebt haben – nun, der Kaiser ließ ihnen von Süden her mit den Schiffen Korn bringen. Hunderte von Schiffen brachten es nach Caer Ebrauc, die Küste herauf, dorthin, wo unser König Caradoc heute lebt, und von dort wurde es zu all den Menschen gebracht, die an der Mauer lebten. Und die Schiffe brachten nicht nur Korn, mein Mädchen, sondern auch die Schätze, nach denen du immer suchst. Glas und Gold und Seide und feine Färbemittel und Gewürze aus dem Osten, den ganzen Weg von Konstantinopel, wo der Kaiser regiert.«

»Aber Uther Pendragon ist der Kaiser«, deutete ich an, »und er wohnt nicht in Kon ... in der Stadt, die du genannt hast, sondern in Camlann, in den Südländern.«

»Uther Pendragon ist der Kaiser der Provinzen von Britannien, das ist wahr. Er ist König über die anderen Könige von Britannien, und ihm fällt hauptsächlich die Aufgabe zu, Britannien gegen die Sachsen zu verteidigen. Aber einmal gab es ein Reich, das über die ganze Welt verbreitet war, und alle Provinzen von Britannien zusammen bedeuteten nur seine westliche Grenze. Und der östliche Teil des Reiches ist noch stark, und er wird von Konstantinopel beherrscht, das liegt so weit weg, daß ein Schiff von jetzt bis zum Michaelistag segeln könnte und es doch noch nicht erreicht hätte.«

»Warum regiert dieser Kaiser dann nicht auch noch Britannien? Und was ist mit all den Menschen an der Mauer passiert?«

»Er hat früher nicht von Konstantinopel aus regiert; er regierte von Rom aus. Die Menschen an der Mauer, Gwynhwyfar, haben die Mauer und Britannien verlassen und sind ausgezogen, um Rom zu verteidigen. Aber sie haben versagt. Und weil sie versagten, gibt es in Rom keinen Kaiser mehr, nur noch einen in Konstantinopel und einen in Camlann.« Und mein Vater erklärte mir alles, was mit dem Fall von Rom zu tun hat. Ich war jung: Ich hatte diese Geschichte noch nie gehört. Aber mein Vater war ein gelehrter Mann und besaß Bücher der Geschichte und Philosophie, aus denen er einiges über die Zeitspanne und die Welt außerhalb der kleinen Gegenwart wußte, in der wir jetzt lebten. Ich war beeindruckt. Ich hatte gelernt zu lesen, zusammen mit meinen Vettern, denn wir waren von Adel und römischer Herkunft. Mein Vater bestand darauf, daß wir lesen lernten, aber bis dahin war meine Kenntnis des Geschriebenen auf einfache Botschaften und auf Rechnungen beschränkt gewesen, zusammen mit der Fähigkeit, stotternd ein Evangelium zu lesen, das zwischen Nachrichten und Rechnungen steckte. Die Geschichte von Rom traf mich wie eine Vision. Ich konnte die Mauer oder die Fliesen um die Feuerstelle oder meine Sammlung von Kleinigkeiten aus den Ruinen nicht mehr ansehen, ohne daß das riesige Imperium vor meinen inneren Augen aufstieg wie die Welt, die sich beim Aufleuchten eines Blitzes enthüllt. Mit der Hilfe meines Vaters fing ich an, mich durch die engbeschriebenen Seiten seiner Bücher zu kämpfen, bis mir die Augen schmerzten.

Ich glaube, daß dies die wichtigste Erinnerung an zu Hause ist: das Zimmer meines Vaters mit seinem Teppich aus Wolfsfell und seiner kupfernen Lampe, ich selbst neben meinem Vater sitzend, sein Arm um mich, und wir beide gebeugt über irgendein Buch, das offen vor uns auf dem Tisch liegt, während wir mit komplizierten lateinischen Abkürzungen kämpfen und uns gegenseitig über unsere Fehler auslachen. Mein Vater war ein einsamer Mann gewesen, bis ich ein Interesse an seinen Büchern zeigte. In einem sanfteren Zeitalter hätte er vielleicht ein Gelehrter sein können. Und wäre er ein unwichtiges Mitglied der Sippe gewesen, dann hätte er sie vielleicht verlassen und Mönch werden können. Aber sein Vater hatte ihn dazu bestimmt, die Fürstenwürde nach ihm zu übernehmen, und die Sippe hatte ihn bestätigt. So konnte er nur sein Bestes geben, um der schweren Verantwortung nachzukommen und sich dabei nicht schuldig zu fühlen, wenn er Zeit mit seinen Büchern verbrachte. Er hatte niemanden außer mir, mit dem er darüber reden konnte. Meine männlichen Verwandten waren nicht sonderlich am Lesen interessiert, abgesehen von dem, was offensichtlich nützlich war. Das war eigentlich auch nicht überraschend. Wir waren von Adel, und das bedeutete, daß sie immer damit beschäftigt waren, die Kunst des Krieges zu lernen, während sie gleichzeitig die Aufgabe meistern mußten, sich um unsere Ländereien zu kümmern. Gelegentlich ritten die Älteren davon und kämpften für unseren König Caradoc von Ebrauc, und dann kamen sie zurück und gaben an mit ihren Leistungen und erweckten in den Jüngeren den Neid. Was meine weiblichen Verwandten anbetraf, so mußten sie spinnen und weben und nähen lernen und schlachten und kochen und das Vieh gegen viele verschiedene gewöhnliche Krankheiten zu heilen und Käse und Met zu machen und Bienen zu halten und hauszuhalten und die Dienstboten zu beaufsichtigen und sich um die Kontobücher des Gehöftes zu kümmern. Ich mußte die gleichen Dinge lernen, aber ich rannte immer schamlos weg, besonders vor dem Kochen und Haushalten (es machte mir Spaß, buchzuführen und – Gott helfe mir – die Dienstboten zu beaufsichtigen), und mein Vater strafte mich nie dafür, obwohl er das vielleicht hätte tun sollen. Manchmal sagte er zögernd: »Gwynhwyfar, du solltest eigentlich beim Geflügel helfen«, und dann antwortete ich: »Natürlich, Vater, aber könntest du mir zuerst erklären . . .«, und zwei Stunden später erklärte er dann noch immer.

Manchmal schämte ich mich, weil ich der Arbeit aus dem Weg ging, und ich schämte mich noch mehr dafür, meinen Vater auf diese Weise zu manipulieren, und dann entschloß ich mich, in der Zukunft braver zu sein, und arbeitete sehr hart an Dingen, die ich am meisten verabscheute. Aber immer rührte sich dann in mir wieder die Bewunderung oder das Erstaunen bei dem Gedanken an die Vergangenheit, und ich ging zurück zu den Büchern und suchte die Antwort für eine Frage, und ich blieb und beantwortete zwanzig Fragen, während die kleinen Sorgen des Tages in den Jahrhunderten versanken.

Unsere Sippe war immer ziemlich beschäftigt. Der größte Teil unseres Landes war nur für Schafszucht zu gebrauchen, aber Weizen bekamen wir von abhängigen Sippen weiter im Süden, und Vieh und Pferde züchteten wir auf den Weiden in den Tälern. Die Ländereien, die mein Vetter Menw jetzt begehrte, waren gutes Land für Vieh. Aber wir brauchten diese Gebiete nicht, um reich zu werden. Unsere Familie war immer eine der wichtigsten Familien im Norden von Ebrauc gewesen. Im Süden und im Westen, selbst im Norden auf der anderen Seite der Grenze, in Rheged, wurden wir respektiert, geehrt und gefürchtet. Über den Osten sprachen wir nicht, als ich noch jung war, denn dort lag das sächsische Königreich Deira, aus dem jederzeit Banden von Kriegern auf Raubzug hervormarschieren konnten, um Gehöfte niederzubrennen und Vieh wegzutreiben. Ein östlicher abhängiger Nachbar erlitt solch ein Schicksal in einem schlechten Winter, und wir konnten nur sehr wenig tun, um den Überlebenden zu helfen. Manchmal wurden im Flüsterton Berichte weitergegeben, daß dieses oder jenes Gehöft genommen worden sei und welche Todesfälle, Vergewaltigungen und Brutalitäten die Opfer erlitten hätten. Manchmal tauchten Elendsgestalten auf und bettelten bei unserem Haus, halb verhungert und verzweifelt. Sie hatten Land und Lebensunterhalt an die Sachsen verloren. Es wurde schlimmer, als ich älter wurde. Solange Uther Pendragon Kaiser blieb, gab es noch eine Art Ordnung, aber als er starb, da fochten die Könige von Britannien darüber, wer ihm nachfolgen sollte, und sie waren zu beschäftigt mit ihrem Kampf, um sich viel darum zu kümmern, daß die Sachsen aus dem Land gehalten wurden.

Dann, im Herbst meines einundzwanzigsten Jahres, ritt der neue Kaiser Artus mit seinen Männern vom Osten herein und ließ eine zerschlagene sächsische Armee hinter sich. Er bat meinen Vater um Gastfreundschaft und um einen Platz, wo er seine Verwundeten lassen konnte.

Ich war beim Hören dieser Geschichte immer voll Ehrfurcht. Ich hatte Berichte von ihm gehört, solange ich mich erinnern konnte. Zuerst war er nur der Leiter des kaiserlichen Heerbannes unter dem alten Kaiser gewesen, aber dann, als der Bürgerkrieg ausbrach, war er der einzige gewesen, der weiterhin gegen die Sachsen kämpfte. Aber nachdem der Krieg sich mehrere Jahre lang hinzog und nachdem im Süden eine massive sächsische Invasion stattgefunden hatte, da forderte Artus den kaiserlichen Purpur für sich selbst und besiegte die anderen, die den Titel des Kaisers gewinnen wollten. Artus hatte kein verbrieftes Recht darauf. Er war zwar der Sohn des Kaisers Uther, aber er war ein Bastard von einer unbekannten bäuerlichen Mutter und ein Mann ohne Sippe, eine Waise, die aus Erbarmen in einem Kloster aufgezogen worden war. Zuerst war ganz Britannien empört darüber, daß er den Thron bestiegen hatte. Aber er war ein unvergleichlicher Heerführer. Er verteidigte nicht nur die Grenzen von Britannien gegen sächsische Invasionen, sondern er drang tatsächlich in die sächsischen Länder ein und brachte sächsische Könige dazu, ihm Tribut zu zahlen und sich dem Imperium zu unterwerfen. Viele der britischen Könige haßten ihn weiterhin wegen seiner niedrigen Geburt, und die Kirche nannte ihn einen Antichristen und Teufel, weil er die Kirche mit Steuern belegte, um seinen Krieg gegen die Sachsen zu bezahlen. Aber mein Vater sagte: »Mir macht es nichts aus, wenn er ein Teufel ist, solange er wie ein Engel Gottes regiert.« Und ich fing an, Artus auch zu unterstützen. Als er also eines grauen Morgens bei unserem Gehöft auftauchte und sein ganzer Heerbann hinter ihm zog, da sparte mein Vater nichts und niemanden, um ihn willkommen zu heißen.

Ich wurde von einer meiner Tanten wachgerüttelt, man erzählte mir unzusammenhängend, was los war, und befahl mir, zu kommen und zu helfen. Ich ging hinaus in die Dämmerung und fand den Hof voller bewaffneter Männer auf großen Pferden, die aus dem Nebel herausragten. Ihre Speere sahen aus wie ein Wald im Winter. Ich sah meinen Vater in der Mitte des Hofes und eilte zu ihm hinüber. Er redete mit einem hochgewachsenen blondhaarigen Mann, der aufblickte, als ich herüberkam. Seine Augen hatten die Farbe des Nebels. »Ach, da bist du ja«, sagte mein Vater. Er klang ruhig, aber ich wußte, daß er sehr aufgeregt war. »Dies ist meine Tochter Gwynhwyfar, mein Fürst. Sie ist ein vernünftiges Mädchen. Du kannst ihr die Verantwortung für die Verwundeten übertragen.« Und mir sagte er in gedämpftem Ton: »Das ist der Kaiser, mein Mädchen. Er hat gerade Fflamddwyn besiegt. Meinst du, wir könnten die Verwundeten in den Kuhstall bringen? Im Haus ist für alle kein Platz.«

Ich hatte angenommen, daß Artus im mittleren Alter wäre. Ich hatte ihn mir als einen grauen, hageren alten Krieger vorgestellt, der den kaiserlichen Purpur so ungeschickt trägt wie die Krähe in der Fabel die gestohlenen Pfauenfedern. Aber er war kaum dreißig, sein Haar und Bart hatten die Farbe des Weizens vor der Ernte, und seine Augen sahen aus, als ob sie die Sonne hinter sich hätten. Als ich herausstammelte, daß wir für die Verwundeten nur einen Kuhstall hätten, da lächelte er und sagte: »Das ist genug«, und dann rief er verschiedene Männer aus dem Nebel wie ein Zauberer, der sie aus der Luft ruft, und sagte mir, ich sollte ihnen auftragen, was sie zu tun hätten. Natürlich sagten mir die Männer letzten Endes, was ich zu tun hatte, und Artus schritt herein, als es halb getan war und als die meisten Verwundeten versorgt waren, um nachzusehen, daß es ihnen gutging. Er hatte sich schon um die anderen gekümmert.

Ich hatte schon früher Verwundete gesehen, in solchen Zeiten. Aber ich hatte noch nie so viele gesehen, die so frisch aus der Schlacht kamen. Ich war verwirrt, entsetzt, ich schaffte es kaum, Artus' Chirurgen zu sagen, wo die Verbandsstoffe waren, oder den Dienern vernünftige Befehle zu erteilen. Die Welt außerhalb unseres Gehöftes, der Rest des Imperiums meiner Träume, war über uns hereingebrochen wie ein Sturm.

Artus blieb nicht lange. Er war eifrig darauf aus, seine Kampagne gegen die Sachsen fortzuführen, ehe der Winter die Straßen unpassierbar machte. Aber er ließ seine Verwundeten bei uns und bat darum, unser Gehöft zu einem seiner Stützpunkte machen zu dürfen, und er versprach mit einem Glänzen trockenen Humors, sich selbst zu versorgen und nicht von uns zu borgen. Das war wichtig. Wie willkommen er uns auch war – sein Heerbann, die ›Familie‹ des Pendragon, zählte fast siebenhundert ausgebildete Krieger, und dazu kamen noch Ärzte, Pferdeknechte, Waffenmeister und ein paar Dienstboten und mehr als zweimal diese Zahl an Pferden. Man brauchte ein Königreich oder zwei, um sie alle zu versorgen, und die meisten Königreiche von Britannien waren berüchtigt dafür, daß sie zum Unterhalt des Heeres nur sehr zögernd beitrugen. Zum Ergebnis neigte die ›Familie‹ dazu, sich zwar hauptsächlich vom Plündern der Sachsen zu ernähren, aber auch Vorräte von da zu nehmen, wo sie sie finden konnte. Die meisten Männer in der Stellung meines Vaters hätten ihr Äußerstes getan, den Kaiser dazu zu überreden, seine ›Familie‹ anderswo hinzuführen – denn man kann sich einem Kaiser nicht direkt verweigern. Aber mein Vater zögerte nur einen Augenblick, ehe er Artus' Vorschlag, einen Stützpunkt zu bilden, zustimmte. Es war offensichtlich, daß Artus diese Zustimmung überraschte, und er war mehr als nur ein bißchen erfreut.

Während des nächsten Jahres war der Kaiser mit größeren Unterbrechungen immer wieder auf unserem Besitz und führte seinen Feldzug gegen die nördlichen sächsischen Königreiche fort. Er konnte den Feldzug nicht beschleunigen, denn seine Streitmacht war viel kleiner als die Heere, die die sächsischen Könige aufbieten konnten. Also wagte er es nicht, sich den Sachsen in der offenen Schlacht zu stellen. Statt dessen versuchte er, sie durch Raubzüge zu ermüden, und tauchte immer plötzlich auf, wenn sie glaubten, er sei hundert Meilen weit entfernt, und den größten Teil ihrer Armeen nach Hause geschickt hatten. Wenn Artus glaubte, die Zeit sei reif, dann würde er seine britischen Unterkönige darum bitten, ihre Armeen zusammenzurufen und eine offene Schlacht gegen die Sachsen zu wagen, aber lange Zeit waren sie dafür zu stark. Artus hatte diese Taktik mit einigem Erfolg gegen die südlichen Sachsen angewendet, aber er erzählte uns, daß sie nicht geschlagen waren, wie wir gedacht hatten, sondern nur aufgehalten. »Es wird weitere drei oder fünf Jahre dauern, bis sie richtig befriedet sind«, sagte er. Auf späteren Besuchen hatte er Zeit, mit uns zu reden. Er sprach hauptsächlich über das Reich. Die Sachsen zu besiegen, das war für Artus nur der erste Schritt zum Ziel, das Reich zu bewahren. Seine klösterliche Erziehung hatte ihn gezwungen, Bücher zu lesen, und er wußte, daß das Reich einmal mehr gewesen war als nur ein Mann in einem purpurnen Umhang, der eine Streitmacht anführte, um die Sachsen zu vernichten, wenn sie zu oft angriffen. Artus hatte über den Wert des Friedens nachgedacht und über unparteiische Gerechtigkeit, und er konnte sich vorstellen, wie es sein würde, in einer Welt zu leben, die nicht dauernd im Krieg mit sich selbst lag. Er und mein Vater redeten bald locker und eifrig miteinander. Wenn Artus vom Reich redete, dann leuchteten seine Augen, und wenn er einen neuen Gedanken gedacht hatte, dann war er unfähig stillzusitzen, sondern sprang auf und schritt im Zimmer umher, und sein purpurner Mantel flatterte. Und dann blieb er plötzlich stehen, wenn er wußte, was er sagen wollte. Ich beobachtete ihn immer und dachte an den Mann auf dem Mosaik, das ich nie gesehen hatte, an den Mann, der den Streitwagen aus Feuer lenkte. Einen Streitwagen wie Artus' Reich, das hoch gefährdet durch die dunklen Ruinen des Westens wirbelte. Ich betete nur, daß dieser Streitwagen nicht zwischen den Winden zerbrach.

Wäre ich ein Mann gewesen, ich hätte Artus wahrscheinlich gebeten, mich in seinem Heer zu dulden. Wie die Dinge aber standen, konnte ich nur dafür sorgen, daß unser Besitz gut geführt wurde, damit er als Stützpunkt für ihn nützlich war, und ich konnte zuhören, während er mit meinem Vater redete – gelegentlich vergaß ich dabei die Bescheidenheit, die man von einer unverheirateten Frau erwartete, und mischte mich ein. Einmal, bei seinem dritten Besuch, stellten Artus und ich fest, daß wir allein miteinander sprachen, während mein Vater uns beobachtete. Wir hielten beschämt inne, und ich meinerseits fürchtete mich plötzlich. Wir betrachteten einander aus einem großen Schweigen heraus. Danach sattelte ich meine Stute und ritt hinaus zur Mauer, unvorsichtigerweise allein in dem grauen Nachmittag. Ich ließ das Pferd im Schritt an den zerfallenen Befestigungen entlanggehen und versuchte, vernünftig zu sein. Warum sollte der Herr Artus, Augustus, Kaiser von Britannien, Notiz von der Tochter eines unbekannten nördlichen Adligen nehmen? Ich würde vernünftig sein, beschloß ich, und nach und nach würde auch die Enge, die sich um mein Herz schloß, wenn er mich anschaute, verschwinden.

Aber als ich zum Gehöft zurückkehrte und meine Stute auf die Weide ließ – in den Ställen war kein Platz für sie, denn sie waren voll von Artus' Männern –, da begegnete ich Artus wieder. Er sah mich, wie ich den Sattel zurücktrug, und eilte zu mir herüber und nahm ihn mir ab. Dann, während er den Sattel über seinen Arm hängte, runzelte er die Stirn, schaute mich an und sagte: »Du mußt eine ganze Strecke weit geritten sein, Lady Gwynhwyfar. Die Satteldecke ist feucht. Für eine Frau ist so etwas nicht sicher, bei solchen Zeiten und so nah der Grenze. Besonders du solltest das nicht tun.«

»Warum besonders ich, mein Fürst?« fragte ich, ehe ich nachgedacht hatte.

Einen Augenblick lang starrte er den Sattel an, dann blickte er plötzlich auf und schaute mir direkt ins Gesicht. Ohne Antwort wandte er sich ab und brachte den Sattel in die Ställe. Er legte ihn an seinen Platz. Ich blieb draußen stehen, und mir wurde klar, daß es nicht mehr nötig war, sich mit mir selbst auseinanderzusetzen, und ich hatte plötzlich noch mehr Angst.

Nach der Ernte heirateten wir, im Jahr nach Artus' erstem Besuch. Mein Vater konnte über die Ehe nur froh sein. Er hatte meinen Wert sehr hoch angesetzt, und deshalb war ich bis zum Alter von zweiundzwanzig Jahren unverheiratet, bis zu einem Alter, wo die meisten Frauen schon zwei oder drei Kinder haben. Aber jetzt war er der Schwiegervater eines Kaisers, und auf seltsame Weise bestätigte sich so auch die Liebe meines Vaters zu mir und bewies gleichzeitig seine Hingabe an das Alte Reich. Mein Vater war stolz und glücklich. Aber sein Schmerz ging tiefer als die Freude, denn ich ließ ihn allein. Ich ging nach Süden, nach Camlann, mit einer Eskorte von Verwundeten und Krüppeln, die Artus aus dem Krieg nach Hause schickte. Ich sollte Artus' Burg für ihn führen und Vorräte auftreiben, während Artus seine Kampagne im Norden zu Ende führte.

Menw hatte mit bitterem Neide von den ›Reichtümern und Ehren‹ gesprochen, die ich empfangen hatte. Aber weiß Gott, die Ehren waren in den ersten Jahren selten, und was die Reichtümer betraf, so hatte ich es schwer, genug zusammenzukratzen, um die Leute in der Festung und die Armee am Leben zu halten. Die meisten Könige von Britannien haßten uns noch immer als Usurpatoren, und sie weigerten sich, Tribut zu zahlen. Unsere Verbündeten mußten wir mit Geschenken bei der Sache halten. Artus plünderte bei den Sachsen – seine Beute waren Vieh und Korn, Schafe und wollene Kleidung, Waffen, Harnische und Kochtöpfe –, und das alles war sehr nützlich. Gelegentlich schickte er mir unverletzte Männer, die ich zu verschiedenen Königen schicken konnte, um den Tribut einzutreiben – aber es war eine verzweifelt harte Zeit! Anfangs war ich wie ein Eindringling in seiner Burg – eine aus dem Norden unter Menschen aus dem Süden, eine Frau von zweiundzwanzig Jahren, die plötzlich Befehl über Männer hat, die schon seit den Zeiten des Kaisers Uther in Camlann dienten. Dazu kam noch, daß es im ersten Jahr eine schlechte Ernte gegeben hatte, und Lebensmittel waren knapp. Ich erinnerte mich an einen von Artus' grimmigen Briefen an mich aus jenem ersten Winter: »Das Bündnis mit Urien nutzt sich sehr ab. Er fängt an, darüber zu klagen, daß er heutzutage noch nicht einmal seine eigenen Krieger unterhalten kann. Ich werde ihn in ein paar Monaten brauchen, ihn und seine Armee: Mach ihm ein Geschenk von sechshundert Stück Vieh und irgend etwas Goldenem – ich hab' all meine eigene Beute an Ergyriad gegeben. Wir haben nichts zu essen und leben vom Land. Die Pferde sind krank. Zehn Männer haben Fieber: Ich hoffe, daß es sich nicht verbreitet. Bitte Urien, irgend etwas zu schicken – besonders Korn –, damit wir in Yrechwydd versorgt sind, denn ich habe den Männern gesagt, daß es dort Nahrung gibt. Wir werden in drei Wochen da sein.« Und ich, die ich die Diener in Camlann gezwungen hatte, von gekochtem Kohl zu leben, schrieb wie wahnsinnig an jeden König zwischen Camlann und Caledonien, um das verfluchte Vieh zusammenzukriegen, und ich entrang einem Kloster ein goldenes Kruzifix. Es klappte. Artus bekam die Verpflegung, und sein Feldzug konnte weitergehen bis zu seinem schließlichen Erfolg. Aber die Kosten – die Kosten! Könige und Kirche beleidigt – im nächsten Jahr weniger Tribut und in Camlann ein dumpfer Zorn, der alles vergiftete. Man kann es einem Mann nicht übelnehmen, daß er böse ist, wenn er einen Monat lang von Kohl gelebt hat und dann zusehen muß, wie sechshundert Stück fettes Vieh nach Norden geschickt werden, aber nicht zu seinem eigenen König, sondern zu einem reichen Verbündeten. Nach einem entsetzlichen Tag, als ich wirklich befürchtete, daß die Hälfte der Diener weglaufen und die Bauern der Umgebung ausrauben würden, da mußte ich mich in das leere Haus einschließen und weinen, bis mir übel war. Ich war allein, fern von meiner Familie und von meinem neuen Mann, und die Leute in Camlann schienen mich zu hassen. Ich weiß nicht, wie ich diesen ersten Winter überlebt habe, und der Winter, der danach kam, war noch schlimmer. Das war das Jahr, in dem ich mein Kind verlor, das einzige Kind, das ich je getragen habe. Vielleicht hatte ich zu schwer gearbeitet, oder vielleicht war mein Körper auch immer falsch gebaut gewesen, aber ich verlor das Kind, einen Jungen, im sechsten Monat mit sehr viel Schmerz und Blut. Einen Monat lang war ich sehr krank danach.

Der Krieg im Norden endete; Artus kam zurück und führte

Krieg im Süden, das ganze zweite Jahr unserer Ehe. Der Feldzug dauerte noch einmal vier Jahre und endete schließlich in einem Sieg. Wir arbeiteten zusammen am Frieden und glaubten, daß sich jetzt all unsere Hoffnungen erfüllten. Wir glaubten, jetzt würde alles gut werden. Aber die Hoffnung, die mir am teuersten gewesen war, zog sich langsam zurück, und als ich dreißig war, mußte ich mir selbst gegenüber endlich zugeben, daß irgend etwas nicht stimmte. Ich würde nie empfangen. Ich war unfruchtbar und würde unfruchtbar sterben. Es war etwa ein Jahr später, daß Menw mir meine Kinderlosigkeit ins Gesicht warf und ich ihm den Schlag austeilte, den er als Unehre betrachtete und den er nie verzeihen würde.

Reichtümer und Ehren. In diesen Jahren des Friedens mochten wohl einige Dinge da sein, die Menw unter diesem Namen erkennen würde. Die meisten der Könige, die uns gehaßt hatten, waren jetzt mit uns versöhnt, und selbst die Kirche reagierte weniger heftig. Die Sachsen zeigten auf mancherlei Weise, daß sie anfingen, sich als ein Teil des Reiches zu fühlen und nicht mehr wie beleidigte und besiegte Feinde. Der Tribut kam regelmäßig herein, und wir waren in der Lage, die Truppe auszuschicken, um Räuber von den Straßen Britanniens hinwegzufegen und den Handel und die Ordnung zu schützen. Aber selbst jetzt lag wenig Bequemlichkeit darin, den Purpur zu tragen. Es war, als ob man versuchte, auf einer Schwertschneide zu gehen. Und es gab jetzt neue Probleme – zersplitterte Bündnisse und Schlimmeres. Es gab Streit innerhalb der Truppe. Ich wünschte mir manchmal, daß wir noch in den Jahren des Krieges wären, wo es wenigstens offene Feinde gegeben hatte und einfache Lösungen auf die Probleme.

Ich hatte keine Zeit, dazusitzen und einen Brief anzustarren. Genau an diesem Nachmittag mußte ich Korn kaufen, um die Festung zu versorgen – ohne Zweifel warteten die Kornverkäufer schon darauf, daß ich herauskam und mit ihnen feilschte. Ich mußte ein Fest für die Boten der Könige von Elmet und Powy arrangieren. Ich mußte einen Teil Wolle aus den Lagerhäusern an die Weber der Burg ausgeben, wenn die ganze ›Familie‹ zeitig Wintermäntel haben sollte. Bald, wenn nicht schon heute, mußte ich einen neuen Vorrat an Eisen für die Schmiede besorgen, denn wir hatten schon seit einiger Zeit keins mehr gekauft, und bald gab es vielleicht eine Eisenknappheit. Ohne Zweifel warteten auch einige Bittsteller darauf, angehört zu werden. Und es erhob sich noch die Frage, was unser Bote dem König von Kleinbritannien sagen sollte.

Dennoch saß ich da und starrte den Brief an und las ihn noch einmal. Wenn du den kaiserlichen Purpur deinem eigenen Blut vorziehst, dann mußt du dafür leiden. Es war typisch für Menw, den Satz so zu formulieren, dachte ich bitter. Ein extremer Satz, ein gewalttätiger Satz.

Ich hatte nie damit gerechnet, wieder nach Hause zu gehen. Selbst als ich wußte, daß ich Artus nie ein Kind, einen Erben schenken konnte, da wußte ich, daß er sich nicht von mir scheiden lassen würde. Während des langen Krieges gegen die Sachsen hatte er sich auf mich verlassen, und oft hatte er mir sogar sein Leben anvertraut. Wir hatten uns, solange der Krieg dauerte, selten gesehen, und seit dem Frieden waren wir im allgemeinen zu beschäftigt, um von irgend etwas anderem zu reden als von den Sorgen des Reiches, aber das Band zwischen uns ging so tief wie das Leben selbst. Artus und ich, wir kannten einander, wie nur solche Leute sich kennen, die sich bis zum äußersten füreinander verausgabt haben, und Artus hätte sich eher das Herz herausgeschnitten, als mich zu verstoßen.

Nein, ich hatte nie damit gerechnet, nach Hause zu gehen. Aber mein Zuhause hatte immer hinter mir gestanden, war immer eine Möglichkeit für mich gewesen. Das Haus und die Hügel, die Römische Mauer, die sich in den Westen hineinzog, und die gemusterten Fliesen um die Feuerstelle. Obwohl ich den Purpur meinem Blut vorgezogen hatte, obwohl ich dafür gelitten hatte, so war es doch irgendwie mein Blut, mein Zuhause und mein ganzes Wesen, das den Purpur gewählt hatte. Von allem jetzt abgeschnitten zu sein, das war, als ob mein Vater noch einmal starb.

Und wenn ich Menw seine Bitte abschlug, dann konnte ich

nie mehr nach Hause gehen. Ich wäre dann so gut wie sippenlos, ausgestoßen aus meiner Familie. Der größte Teil der Sippe stand auf Menws Seite, und sie alle glaubten, daß ich mehr für sie tun sollte. Außerdem war ich schon lange weg. Sie würden sich Menw nicht entgegenstellen, um mich zu unterstützen.

Es war am besten, es hinter sich zu bringen. Ich nahm den Brief auf, erhob mich vom Schreibpult und warf ihn ins Feuer. Er faltete sich langsam auseinander, wickelte sich um die Kohlen, und die Tinte dunkelte, während das Pergament braun wurde, und hob sich scharf und klar und absolut davon ab. Dann fraßen sich die Kohlen hier und da durch, und die Tinte wurde dunkel bis zur Unleserlichkeit, während die Luft voll vom Gestank nach verbranntem Leder war.

Meine Augen brannten, und ich wischte sie mit dem Handrücken und stellte fest, daß meine Hand zitterte. Aber es war jetzt vorbei, und das einzige, was ich tun konnte, war getan. Ich mußte zurück an die Arbeit und durfte nicht mehr darüber brüten.

Ich nahm den hellen Frühlingsumhang auf, den ich über einen Stuhl gehängt hatte, als ich mich hinsetzte, um den Brief zu lesen. Dann hob ich meinen Spiegel auf, um nachzuprüfen, ob ich würdig und beherrscht erschien, wie das einer Kaiserin zukam. Ich sah statt dessen, daß ich weinte. »Es ist der Rauch«, sagte ich laut zu mir, aber ich mußte den Spiegel wieder hinlegen und einen Augenblick stehenbleiben und mit mir ringen. Ich ging ins Nebenzimmer. Ich fand den Wasserkrug und wusch mein Gesicht. Das kalte Wasser kühlte meine heißen Augen, und ich fühlte mich ruhiger, als ich zurückging und wieder in den Spiegel schaute. Besser. Ich konnte es mir nicht leisten, Schwäche zu zeigen – nicht jetzt, wo Camlann in solcher Spannung war.

Mehr Weiß zeigte sich in meinem Haar, das bemerkte ich geistesabwesend, als ich nachschaute, ob es sich nicht gelöst hatte, als ich mir das Gesicht wusch. Nun, rotes Haar paßt nicht zu purpurnen Mänteln. Ich drehte den Purpurstreifen meines eigenen Umhangs nach innen, so daß er sich nicht so sehr mit meiner Haarfarbe biß. Wenn mein Haar weiß wurde, dann konnte ich wenigstens aufhören, auf solche Dinge zu achten. So, das war jetzt das Bild von der Frau, die ich sein mußte: noch immer jünger aussehend als vierunddreißig, das dichte Haar streng zurückgekämmt und hinten am Kopf aufgesteckt, die goldene Halskette, die Reichtum verkündete. Beherrscht und von guter Haltung. Meine Augen waren rot, und ich konnte die Linien der Anspannung nicht von meinem Gesicht glätten, obwohl ich mein Spiegelbild anlächelte und versuchte, es anzulügen. Aber wahrscheinlich würde niemand etwas bemerken, wenn ich mich selbstsicher benahm. Ich holte tief Atem und ging hinaus.

Das Haus, das Artus und ich teilten, lag neben der Festhalle von Camlann auf der Westseite. Es hatte drei Räume: einen äußeren Raum für Besprechungen mit einer Feuerstelle – ein Schlafzimmer und einen Raum zum Waschen. Die Diener, die sich darum kümmerten, wohnten am Fuß des Hügels im Norden, so daß wir ganz für uns waren, obwohl wir bei Nacht selbst Holz und Wasser holen mußten. Das Haus schaute nach Norden, und man konnte von dort den am dichtesten besiedelten Teil der Festung sehen: die Straße vor den Toren, die an den Ställen vorbei zur Festhalle führte. Die Halle bedeckte den Gipfel des Hügels. Sie stand östlich des Zentrums im gemauerten Hof. Die Hänge des Hügels sind im Osten sehr steil, und die Häuser an dieser Seite kleben im Winkel an diesem Hang. Als ich in der Tür des Hauses stand, blickte ich hinaus auf die zusammengedrängten Häuser am Straßenrand, wo die Hühner im Staub scharrten, und auf die Ställe, die sich am Nordhang ausbreiteten, wo ein paar Pferde an der Longe trainiert wurden und in der Sonne auf dem Übungshof im Kreis liefen. Weiter unten am Hang wurden die grünen Flecken zwischen den Häusern größer, und die riesige graue Masse der Mauern durchbrach das Muster – festgesetzter Stein mit einer hölzernen Zinne darüber. Die Tore wurden von einem einzigen Wachturm geschützt, aber weil jetzt Friedenszeiten waren, standen sie offen. Dahinter streckte sich die Straße in die

Ferne; sie wandte sich nach Osten durch das Flickenwerk der Felder, des Ödlands und der Weiden und durch die umgepflügten Äcker. Es war April, und die Schwalben, die aus dem fernen Süden zurückkehrten, fingen schon an, auf ihren Schwingen Kreise um das Dachgebälk der Festhalle zu ziehen, während Löwenzahnblüten das Gras bedeckten und die Apfelbäume, die hier und da verstreut standen, Knospen zeigten. Am Morgen hatte es geregnet, aber jetzt stand die Sonne am Himmel, und alles glitzerte. Das Licht war so scharf, daß es in die Seele zu schneiden schien. Hier war Camlann, hier war meine Burg, das starke Herz des Reiches. Ich holte noch einmal tief Atem, dann wandte ich mich ab und ging an der westlichen Mauer der Halle hinab nach Süden, wo die Lagerräume waren.

In der Burg herrschte gewöhnlich am Ende des Winters Kornknappheit, und manche Bauern, die feststellten, daß sie etwas übrig hatten, nutzten das aus, um das alte Korn zu einem hohen Preis zu verkaufen. Eine Anzahl von Bauern war an diesem Morgen angekommen, und man erwartete von mir, daß ich mit ihnen um ihre Produkte handelte. Der Haushofmeister hätte es auch tun können, aber der konnte schlecht feilschen, und er zog auch keinen Nutzen aus den Informationen, die wir von den Bauern über den Zustand der Dinge auf dem Land erhalten konnten. Solche Berichte waren aber unschätzbar für mich. Wenn es darum ging, große Mengen von Gütern später im Jahr zu kaufen, dann setzte der Preis, der in Camlann gezahlt wurde, den Preis für den ganzen Süden fest, und die Menge, die Camlann nahm, regelte das Angebot überall. Es war also sehr wichtig für mich, zu wissen, was außerhalb der Burg passierte, genauso wichtig wie das, was drinnen geschah.

Ein halbes Dutzend Karren war an den größten Speicher herangefahren, und ihre Besitzer – schmallippige, unabhängige freie Bauern – saßen in einer Reihe auf den Karren und schauten sauer drein, weil ich zu spät kam. Normalerweise machte es mir Freude, mit ihnen zu handeln, denn auch ihnen machte das Feilschen Spaß, und sie übten es wie eine Kunst. Jetzt aber fand ich das alles zum Wahnsinnigwerden, und ich wünschte, ich hätte einfach einen vernünftigen Preis nennen und es hinter mich bringen können. Statt dessen sprachen wir von der Menge des Saatgetreides, das den Bauern zur Verfügung stand, und von dem Betrag, für den das Korn auf einem gewöhnlichen Markt verkauft werden konnte. Es ging um den Mangel und dann wieder um den Überfluß an Korn in Camlann und auf dem Land, um den Wert der Waren, die Camlann als Gegenleistung für das Korn bot, um den Mangel oder den Wert dieser Waren und um die Kosten. Als wir uns schließlich der wichtigen Frage näherten, ob die Bauern Bezahlung in Vieh, Wollstoffen oder Metall wünschten und wieviel davon, da kam der Führer des Fußvolks der ›Familie‹, Cei ap Cynyr, an der Mauer der Halle entlanggestürmt, sah mich und arbeitete sich zu mir durch. Cei war ein sehr großer Mann, der größte in der ›Familie‹. Er besaß eine gewaltige Masse von sandrotem Haar und trug immer große Mengen auffallenden Schmucks und leuchtendgefärbte Kleidung, so daß es unmöglich war, ihn zu übersehen, selbst wenn er friedlich gestimmt war. Aber jetzt war er deutlich aufgeregt und in Wut. Ich bereitete mich darauf vor.

»Dieser goldenzüngige, ölige Bastard!« schrie er und schob einen Bauern beiseite. »My Lady, du mußt mit Rhuawn sprechen und ihn dazu bringen, daß er mir eine Entschuldigung bietet, oder ich kämpfe gegen ihn – ich schwöre es bei meinem Schwert –, und ich schone ihn nicht. Trotzdem ist es nicht seine Schuld, sondern die Schuld dieses heimtückischen Wiesels von den Ynysoedd Erch.«

Ich nahm seinen Arm und führte ihn eilig beiseite. Ich wußte, wer das ›heimtückische Wiesel‹ war, aber es war besser, die Bauern, die Außenseiter, nicht wissen zu lassen, um was es bei den Streitigkeiten innerhalb der ›Familie‹ ging – obwohl jetzt schon der größte Teil von Britannien wissen mußte, daß Artus' unbesiegbare, früher auch unteilbare Streitkraft von gewalttätigen Parteien auseinandergerissen wurde. Der Streit ging jetzt schon lange genug, so daß er berüchtigt geworden war. Fast seit der Zeit, als das ›Wiesel‹ in Camlann angekommen war.

»Was hat Medraut denn jetzt getan?« fragte ich.

Cei spuckte aus. »Ach, er hat nichts getan – wenigstens nicht direkt. Würdest du das von ihm erwarten? Nein, der redet nie einem Mann offen ins Gesicht. Er läßt hinter seinem Rücken irgendeine erlogene Geschichte fallen und läßt einen anderen dafür kämpfen.«

Die Bauern schauten bei diesen Worten sehr interessiert drein, und ich machte beruhigende Handbewegungen. Medraut ap Lot war der jüngste Sohn der Königin Morgas von den Orkneyinseln, die auf britisch die Ynysoedd Erch genannt werden, die »Inseln der Furcht«. Medrauts Mutter war die legitime Tochter des Kaisers Uther und Artus' Halbschwester. Medraut hatte seine Mutter angebetet, und sie hatte gewollt, daß er nach dem Tod ihres Mannes König der Inseln wurde, obwohl man überall glaubte, daß er nicht der Sohn ihres Mannes war, sondern geboren aus einer ehebrecherischen Affäre. Aber Morgas war tot, ermordet von ihrem ältesten Sohn Agravain aus Rache für eine ihrer Intrigen und um ein Gerücht, nach dem sie mit dem Tod ihres Mannes zu tun hatte. Die königliche Familie der Inseln hatte Agravain zu ihrem neuen König gemacht, trotz des Mordes. Die Königin war ihrem Ruf nach eine Zauberin gewesen, und die königliche Sippe hatte sie nicht geliebt, obwohl sie zuviel Angst vor ihr hatten, um ihr irgend etwas abzuschlagen. Vor Medraut fürchteten sie sich nicht so sehr, und Medraut war nach Camlann gekommen, während der neue König, sein Bruder, der lange für Artus gekämpft hatte, zurückkehrte und die Inseln beherrschte. Medraut war sehr verbittert gegen Agravain. Aber der unmittelbare Grund des Streits war im allgemeinen sein anderer Bruder, Gawain, der auch in Camlann lebte und einer von Artus' vertrautesten und geschätztesten Gefolgsleuten war. Gawain wurde von Medraut anscheinend noch mehr gehaßt als Agravain, obwohl er keinen Teil an dem Mord gehabt hatte.

Und der größte Teil der Streitereien fand zwischen Medrauts Freunden und Gawains Freunden statt, zu denen auch Cei gehörte.

Cei warf einen Blick zu den Bauern hinüber und senkte die Stimme. »Rhuawn hat angefangen, Gawain für den Tod der Zauberin von den Ynysoedd Erch die Schuld zu geben. Er wiederholt die Geschichte jetzt seit Jahren wie einen Katechismus, so daß die Hälfte der ›Familie‹ glaubt, Gawain hat seine Mutter ermordet – als ob die Hexe es verdient hätte, überhaupt am Leben zu bleiben! Von wem kann die Geschichte stammen, außer von Medraut? Ach, es ist eine alte Geschichte; so alt, daß ich sie mir schweigend anhören muß und nichts sage. Aber als Rhuawn es wagte, zu behaupten, daß Gawain die Verhandlungen mit Kleinbritannien behindert und absichtlich dem Friedensschluß da drüben im Weg steht, wegen irgendeines eingebildeten Schwachsinns – als ich gehört habe, wie Rhuawn das zu seinen Freunden sagte, da ging ich hin, noch während er redete, und sagte ihm, er sei der Schwachsinnige, wenn er solches Gefasel glaube. Und Rhuawn sprang auf, die Hand am Schwert, und nannte mich einen blinden, störrischen Narren, der nicht sehen könne, was vor seinen Augen läge, und er beschuldigte mich, dem Kaiser zu schmeicheln, daß er Falschheiten glaube – und das in der Gegenwart von vier anderen! My Lady, ich könnte Artus darum bitten, von Rhuawn eine Entschuldigung zu fordern, aber ich will den Mann nicht demütigen. Du kannst ihn überreden, sich zu entschuldigen – tu es, um Gottes willen, oder ich kämpfe morgen gegen ihn, und obwohl er ein Narr ist, habe ich nicht den Wunsch, ihn zu versehren.«

Ich nickte. Mir war übel. Dieser Streit war typisch. Ich hatte schon zu oft zu viele Krieger dazu überreden müssen, sich zu entschuldigen, und ich konnte die Tatsache nicht mehr verschleiern, daß meine Sympathien vollkommen bei Gawain lagen. Das bedeutete, daß es für mich immer schwieriger wurde, auch Mitglieder von Medrauts Partei für mich zu gewinnen – und Rhuawn gehörte zu Medrauts Partei.

Krieger neigen dazu, die besten Jahre mit Streitereien zu vertun. Es wird ihnen beigebracht, eine Beleidigung oder eine Schwäche als Unehre zu betrachten, und das einzige Mittel, was es gegen Unehre gibt, ist das Schwert. Sie streiten sich meist im Winter, wenn sie auf engem Raum zusammenleben – die dreihundert Mann, die in unserer Halle schliefen, hatten mehr Platz als die meisten – und wenn sie wenig zu tun haben. Im Sommer können sie in den Krieg ziehen, wenn es Kriege zu kämpfen gibt, oder sie können auch Räuber bekämpfen und Geleitschutz bieten oder wenigstens auf die Jagd gehen. Dann sind sie gewöhnlich friedlich. Aber die Streitereien in Camlann waren ernster. Sie legten sich nicht mit dem warmen Wetter. Jahrelang waren sie ständig schlimmer geworden, und die normalen Methoden, mit denen man sie ausräumte – Schmeichelei und Bitten auf beiden Seiten –, funktionierten weniger und weniger gut. Ich fürchtete um die Zukunft.

»Wenn Rhuawn sich entschuldigt«, sagte ich Cei, »dann mußt du ihn um Entschuldigung dafür bitten, daß du ihn schwachsinnig genannt hast.«

»Muß ich das, beim Himmel? Er ist schwachsinnig, weil er solche Verleumdungen glaubt!«

»Die Verleumdung ist Gawains Angelegenheit. Wenn jemand ihn ins Gesicht beschuldigt, dann kann er eine Entschuldigung verlangen, und wir können dafür sorgen, daß er sie auch bekommt, wenigstens, was die Verhandlungen mit Kleinbritannien betrifft. Es ist aber nicht deine Angelegenheit, Rhuawn für Gawain zu bekämpfen, edler Herr. Laß Gawain seine Ehre selbst bewachen. Er ist ja nicht gerade hilflos.«

»Er ist zu höflich. Und niemand wird ihn ins Gesicht beschuldigen, wenn er ihn auch bekämpfen muß: Entweder entgeht Gawain deshalb den Beleidigungen, oder er dreht sie um.«

»Es ist trotzdem seine Angelegenheit. Und wenn du nicht den Wunsch hast, gegen Rhuawn zu kämpfen, edler Herr, dann wirst du dich entschuldigen müssen.« Ich sagte das schärfer, als ich das meinte, denn ich wurde langsam ungeduldig.

Cei fing wieder an, zu protestieren. Aber einer der Bauern, der auch ungeduldig geworden war, kam herüber und schlug einen Preis für sein Korn vor und fragte, ob er akzeptabel sei. Es war zuviel Geld, und ich wußte es, aber ich schnappte: »Vielleicht«, und ging zurück, um alles zu erledigen. Cei lungerte hinter mir herum wie eine große, rote Gewitterwolke und wartete darauf, daß ich fertig wurde.

Als wir uns endlich auf einen Preis geeinigt hatten – und der Preis war noch immer zu hoch, da ich nicht in Stimmung war, geduldig zu feilschen, und diese südlichen Bauern lassen sich beim besten Willen nicht übers Ohr hauen –, da wurde ich noch von einem Bittsteller abgelenkt. Ein Junge, der in einem der Karren gesessen hatte, sprang heraus und kniete vor mir nieder.

»Was gibt's denn?« fragte ich müde.

»Edle Königin«, begann er und schaltete dann auf ein erstaunlich gutes klassisches Latein um. »Hohe Frau, ich bin gekommen in der Hoffnung, einen Platz im Dienst des Kaisers zu finden.«

Ich hatte irgendeine Klage über eine Nachbarsippe erwartet, und ich schaute den Bauern an, in dessen Karren der Junge gesessen hatte, und war überrascht. »Ist das nicht dein Sohn?«

Der Bauer schüttelte den Kopf. »Nein, Hohe Frau. Ich habe ihn nur von Baddon mitgenommen. Aber er ist ein guter, freundlicher Junge. Hör ihn an.«

Ich seufzte und schob eine lose Haarsträhne zurück. Noch eine Bitte um Dienst in Camlann. Immer kamen Leute und boten sich an, jedes nur vorstellbare Handwerk bei uns auszuüben, und viele akzeptierten wir auch. Aber viele nahmen wir nicht. Ich hatte jetzt keine Lust, die Fähigkeiten dieses Jungen abzuwägen, nachdem ich den Brief gelesen hatte und Cei drohend hinter mir aufragte. Aber ich befahl mir, stark, nobel zu sein, und lächelte den Jungen an. Cei schnaufte ungeduldig.

»Was für einen Platz meinst du, junger Mann?« fragte ich auch auf Latein und musterte ihn. Er sah aus, als ob er ungefähr dreizehn wäre – für dieses Alter war er von mittlerer

Größe, und er besaß eine Masse blasses Haar, das ein schmales Gesicht umrahmte, und ein paar erstaunlich dunkle Augen. Er war kein Bauernjunge, entschied ich. Sein Latein war zu gut, und in seinem Gesicht lag eine nervöse Feinfühligkeit, die für einige Erziehung sprach.

»Ich ... bei deiner geheiligten Freundlichkeit, ich bin gewillt, fast alles zu tun. Aber ich möchte lernen, ein Krieger zu sein.«

Cei schnaufte wieder. »Junge, mach der Hohen Frau keinen Ärger. Geh zurück zu deiner Familie, und lauf in Zukunft nicht mehr weg.«

Der Junge errötete, dunkles Rot überzog sein Gesicht. »Ich ... ich ...« stammelte er.

Ich lächelte noch einmal, um ihm Sicherheit zu geben. »Wie ist dein Name?« fragte ich. »Und wo wohnt deine Familie? Du bist eigentlich zu jung, um auf eigene Faust Dienst zu suchen.«

»Sie nennen mich Gwyn«, sagte er. »Den Namen meines Vaters kenne ich nicht. Und ich habe keine Familie, abgesehen von meiner Mutter. Und sie lebt in einem Kloster in Elmet. Gnädige Königin, ich bin gewillt, fast alles zu tun, wenn du mich hierbleiben läßt und ich zum Krieger ausgebildet werde. Ich weiß, daß ihr hier Knaben zu Kriegern ausbilden lassen müßt. Alle Söhne der großen Krieger – wie dieser Herr hier«, er schenkte Cei ein nervöses, bittendes Lächeln, »müssen auch Krieger werden. Sicherlich wäre es keine Belastung, wenn noch ein weiterer zu ihnen stößt?«

»So ist er also der Bastard einer Nonne, aufgezogen bei Nonnen«, sagte Cei. »My Lady, schick ihn weg. Wir haben schon mehr Diener, als wir ernähren können, und wir brauchen nicht noch einen halberwachsenen Träumer von einem Nonnenbastard.«

Als Cei anfing zu reden, war der Junge noch roter geworden, aber am Ende seiner Worte wurde er weiß. Er sprang auf die Füße, fing an, eine Antwort zu stammeln, und schwieg dann. Er blinzelte elend. Offenbar war er wirklich der Bastard einer Nonne, und er mußte ein Träumer sein, wenn er sich so sehr wünschte, ein Krieger zu werden, daß er gewillt war, das Zuhause, das er besaß, zu verlassen und allein nach Camlann zu gehen und sich anzubieten, ›fast alles‹ zu tun, um die Kunst des Krieges zu lernen.

»My Lady«, begann Cei wieder und kam zurück zu dem Thema, das die ganze Zeit seine einzige Sorge gewesen war, »wie kann ich mich Rhuawn gegenüber entschuldigen, nach all seinen Verleumdungen?«

Aber mir tat der Junge jetzt leid. »Du bist zu alt, um noch Krieger zu werden«, sagte ich ihm sanft, und ich ignorierte einen Augenblick Cei und die Bauern. »Die meisten Jungen beginnen mit ihren Übungen im Alter von sieben bis neun.«

»Aber ich habe ja damals angefangen, edle Dame, auf eigene Faust!« schrie der Junge und glitt wieder ins Britisch zurück. »Und ein Mönch im Bruderhaus beim Konvent meiner Mutter, der hat mich auch gelehrt – siehst du, der war früher Krieger. Nur – ich muß noch mehr wissen.«

»Sei stille, Junge«, schnappte Cei, aber ich hob die Hand und gebot ihm zu warten.

»Kannst du lesen, Gwyn?« fragte ich.

Der Junge nickte eifrig. »Ja, edle Dame. Und ich kann schreiben, Buchschrift und auch Kursiv. Meine Mutter wollte, daß ich Priester werde, und hat dafür gesorgt, daß ich schreiben lerne. Sie hat es mir selbst beigebracht.«

Ich schaute Cei an und hob eine Augenbraue. »Selbst hier gibt es eine Knappheit an Dienern, die lesen können«, sagte ich. »Ich könnte einen Schreiber brauchen, der die Inventare niederschreibt und für mich Buch führt.«

Cei zuckte die Achseln. »Wie es dir gefällt, my Lady. Es ist Zeitverschwendung, irgendeinem kleinen Priester-Bastard aus einem Konvent die Kunst des Krieges beizubringen, aber wenn du einen Schreiber brauchst, dann behalte ihn um Gottes willen. Wirst du mit Rhuawn sprechen?«

»Du magst bleiben«, sagte ich dem Jungen. »Geh in die Halle und frage nach Gweir, dem Haushofmeister. Der kümmert sich um dich. Und heute abend werde ich meinen Herrn

Artus bitten, dir einen Platz als Diener zuzuweisen. Ja, Cei, ich werde mit Rhuawn sprechen, aber ich verspreche ihm, daß du dich auch entschuldigst, wenn er es tut. Ihr guten Leute«, sagte ich zu den Bauern, »wenn ihr mit mir kommen wollt, dann sorge ich dafür, daß ihr den Preis für euer Korn bekommt.«

Die Bauern waren zufrieden. Cei brummelte zustimmend, und Gwyn war überglücklich. Als nächstes mußte ich also mit Rhuawn sprechen – obwohl ich, solange ich noch in den Lagerräumen war, auch wegen der Wolle für die Weber nachsehen mußte. Und dann kam noch das Fest am Abend.

Ehe der Nachmittag halb vorüber war, sprach ich mit Rhuawn, und schließlich überredete ich ihn, sich bei Cei zu entschuldigen. Aber ich wußte, daß keiner der beiden Krieger damit zufrieden sein würde. Ihre Versöhnung würde sein, als ob man zwei Stücke von einer zerbrochenen Schüssel zusammenpreßte; sie hielten vielleicht, wenn man sie vorsichtig behandelte, eine Weile zusammen, aber der Bruch war noch immer so tief und ungeheilt wie zuvor. Am Anfang hatte Rhuawn mir gar nicht zugehört. Er hatte mich nur mit einer Art Mißtrauen gemustert und mir höfliche, bedeutungslose Antworten gegeben. Am Ende unserer Unterhaltung war er wärmer geworden und sagte mir, er bedaure seine harten Worte. Aber Ceis Beleidigung sei für einen ehrenhaften Mann zu schwer zu ertragen gewesen und so weiter, und so weiter.

Aber als ich wieder den Hügel hinauf zur Halle ging, erinnerte ich mich immer wieder daran, wie anfangs sein Blick von mir seitwärts abgeglitten war. Das Mißtrauen wuchs. Ich konnte jetzt kaum noch die Kluft zwischen den beiden Parteien überbrücken, und wenn alles so weiterging wie bisher, dann würden Rhuawn und seine Freunde mich bald als Feind betrachten. In der Tat – mir war bewußt, daß Gerüchte um mich kreisten, daß Unterhaltungen plötzlich verstummten, wenn ich herankam. Nur, bis jetzt waren keine Gerüchte über mich geglaubt worden.

Als ich mich den Küchen näherte, wo ich die Vorbereitungen zum Fest in der Nacht überprüfen wollte, rief jemand meinen Namen. Artus' Zweiter im Kommando, der Feldherr und Führer der Reiterei, Bedwyr ap Brendan, eilte auf mich zu.

»My Lady Gwynhwyfar!« rief er noch einmal. »Mein Herr Artus schickt mich, dich zu suchen. Er will vor dem Fest heute nacht noch eine Besprechung führen über die Situation in Kleinbritannien.«

Ich blieb stehen und versuchte, meine Gedanken zu ordnen. Ich stieß meine Pläne für den Nachmittag über den Haufen. »Nun gut, Herr«, sagte ich nach einem Augenblick, »aber ich muß zuerst in der Küche noch ein paar Anordnungen treffen, oder es wird heute abend kein Fest geben.«

Er nickte und lächelte und paßte sich meinen Schritten neben mir an. Als Artus' Feldherr war Bedwyr natürlich auch bei der Besprechung, also hatte er nichts anderes zu tun, als auf mich zu warten.

Bedwyr war ein vielschichtiger Mann. Er war Artus' bester Freund, wie auch der beste Freund von Cei. Aber er unterschied sich von Cei, wie das bei einem Menschen nur möglich ist, und er war auch anders als die meisten anderen Krieger. Er kleidete sich einfach, ohne die bunten Farben oder den Schmuck, den die Krieger lieben. Er hatte sehr dunkles, braunes Haar und braune Augen, und er trug seinen Bart kurz geschnitten. Gewöhnlich war sein Gesichtsausdruck ruhig und aufmerksam. Sehr wenig entging ihm. Er war Bretone und stammte aus dem Südosten von Kleinbritannien, aus einer edlen Familie von römischer Herkunft. Er hatte auch eine römische Erziehung genossen, denn das Römische ist in Gallien stärker als in Britannien. Aber er hatte nicht viel darauf geachtet. Er schloß sich dem Heer des Bran an, dem jüngeren Sohn des Königs von Kleinbritannien, der Artus' Verbündeter wurde. Dort gewann er schnell Ruhm und Autorität, denn er war ein gefährlicher Reitersoldat, und er hatte die Klarheit der Gedanken, die Selbstbeherrschung und die Macht der Persönlichkeit, die einen Mann im Krieg zu einem Feldherrn macht. Als sein Herr Bran die See überquerte, um Artus in seinem Kampf gegen die Könige von Britannien um den Purpur zu helfen, da war Bedwyr einer seiner Kapitäne. Aber er wurde in der Schlacht verwundet, in der Artus die Krone gewann, und verlor seine Schildhand – seit damals schnallte er im Kampf seinen Schild fest an den Arm. Diese Begegnung mit dem Tod hatte seiner früheren Rücksichtslosigkeit ein Ende gesetzt. Er wurde bekehrt zu der Philosophie, die er als Junge gelesen hatte, und nahm sich vor, nach Kleinbritannien zurückzukehren und Mönch zu werden. Statt dessen begegnete er Artus, und nach einer einzigen Unterhaltung hatte er sich entschlossen, daß es besser wäre, für Gott zu kämpfen, als in einem Kloster über ihn nachzudenken. Ein paar Dutzend Krieger waren ihm gefolgt und hatten den Eid auf Artus geschworen, und Bran hatte wehmütig bemerkt, er sei nach Britannien gekommen, um Artus zum Titel zu verhelfen und nicht zu seinen eigenen besten Kriegern. Aber Artus lächelte und machte Bedwyr zu seinem Führer der Reiterei.

Dennoch, selbst als Leiter von Artus' Kavallerie und später, als Artus diesen Posten nicht mehr besetzte, als Feldherr hatte Bedwyr seine philosophische Distanz beibehalten. Er war ein sehr guter Mensch, und nie seit seiner Bekehrung waren niedrige oder grausame Handlungen von ihm bekannt geworden. Er hatte eine Leidenschaft für die Ehre, aber als ich ihm das erstemal begegnete, schien mir das seine einzige Leidenschaft zu sein. Ich fand ihn kalt. Er war niemals unhöflich, aber er hatte mir nur sehr wenig zu sagen, und er schaute mich nicht einmal lange an. Nachdem ich einige Zeit versucht hatte, mich mit ihm anzufreunden, und das nicht erreichte, nahm ich an, daß Bedwyr wie viele Philosophen mit Frauen wenig im Sinn hatte. Ich fand das um so ärgerlicher, als er nur vier Jahre älter war als ich und keineswegs ein graubärtiger Weiser. Es verwirrte mich, daß so viele andere, die ich liebte, ihn auch liebten. Und ich fing an, ihm seine Kälte mit einem – gleichermaßen höflichen – Widerwillen heimzuzahlen.

Als allerdings Medraut in Camlann ankam und die Streitereien begannen, da entschied ich, daß die Burg diese stille Feindschaft zwischen der Frau des Kaisers und seinem Feldherrn nicht tragen konnte, und wieder einmal bemühte ich mich, freundlich mit ihm zu sein. Lange Zeit erlebte ich wieder keine Fortschritte – und dann, eines Nachmittags, über irgend etwas ganz Trivialem, lächelte Bedwyr mich an. Sein Lächeln veränderte sein Gesicht in einer Weise, die ich noch niemals bemerkt hatte, denn niemals zuvor hatte ich ein Lächeln von ihm empfangen. Die dunklen Augen waren warm und freudig, sein Blick war mit einer Aufmerksamkeit auf mein Gesicht geheftet, die nicht mehr ruhig und gedankenvoll war, sondern lebendig und eifrig. Dann sah ich, daß ich mich die ganze Zeit geirrt hatte: Er war nicht kalt. Seine Distanz – das war der Schutz eines stolzen, ehrenhaften Kopfes gegen ein leidenschaftliches Herz. Er war einmal hart und gewalttätig gewesen, hatte sich von Launen beherrschen lassen, und jetzt war er entschlossen, nur noch seinem Verstand zu trauen. Ich entschied, daß seine philosophische Ehre ihn dazu geführt hatte, Frauen zu meiden, so daß er kaum wußte, wie man mit ihnen reden muß. Aber niemals war er bewußt mein Feind gewesen. Ich fing an, ihn zu mögen, und er hatte aufgehört, kalt und förmlich bei mir zu sein. Mit der Zeit vertraute ich ihm, wie Artus ihm vertraute. Das war das einzig Gute, das sich aus Medrauts Anwesenheit in Camlann ergab.

Bedwyr wartete, während ich der Frau des Haushofmeisters ein paar Anweisungen wegen des Festes gab, und führte mich dann aus den Küchen fort. »Mein Herr Artus muß jetzt schon einige Zeit auf uns warten«, bemerkte er ohne Aufregung. »Wo bist du gewesen, my Lady. Ich hatte erwartet, dich in den Lagerräumen zu finden, und in der Tat, man sagte mir auch, du wärst dort hingegangen.«

Ich seufzte. »Ich hab' die Lagerräume verlassen, um Rhuawn zu besuchen – ja, noch ein Streit. Mit Cei!«

»Ach! Und wird Rhuawn sich entschuldigen?«

»Ja. Wie auch Cei. Aber Gott weiß, wie lange der Frieden dauert.« Und ich dachte wieder an Rhuawns Blick, der mir auswich, und an das Mißtrauen und an den Verdacht.

Bedwyr schaute mich eine Weile an und sagte dann: »Und?«

»Und? Ich mach' mir Sorgen um die Zukunft. Bald wird es mir nicht mehr möglich sein, Rhuawn noch mehr Entschuldigungen abzulocken und irgendeinem anderen von . . . seiner Partei. Was aber den Streit selbst betrifft, so war er nicht schlimmer als all die anderen Streitereien.«

»Nun gut. Aber besorgt siehst du dennoch aus, my Lady, und mehr als bei den anderen Streitereien.«

Ich ging ein paar Schritte weiter, ehe ich ihn anschaute. Sein Blick lag auf meinem Gesicht; er wartete. »Ja, ich mache mir Sorgen«, sagte ich ihm. »Aber es geht um eine persönliche Angelegenheit.«

Sein Gesichtsausdruck wurde klar. »Um deinen Vater. Verzeih mir. Ich hätte es wissen und meinen Mund halten sollen.«

»Selbst du kannst dich nicht an alles erinnern, edler Herr. Da gibt es nichts zu verzeihen.«

»Hast du seit damals von deiner Sippe gehört?«

Er versuchte, mir den Kummer um den Tod meines Vaters zu lindern, indem er mich daran erinnerte, daß ich noch eine andere Familie hatte. Er versuchte, freundlich zu sein. Und ich verwirrte ihn, als ich abrupt stehenblieb und die Hände zusammenkrampfte und mit mir selbst kämpfte. Ich war müde, dachte ich, aber ich würde nicht schwach werden und mich meinem Kummer und meinem Zorn nicht so unterwerfen. Im vergangenen Monat hatte es soviel zu tun gegeben, und die Stimmung in der Burg war so verbittert, daß ich oft zu angespannt gewesen war, um Schlaf zu finden.

»My Lady?« Bedwyr war stehengeblieben und schaute mich an. Er betrachtete mich mit Sorge.

Ich machte eine abwehrende Handbewegung. »Ich habe einen Brief von meinem Vetter Menw bekommen. Er . . . wir haben uns vor Jahren gestritten. Er ist jetzt das Oberhaupt der Sippe. Er . . .« Ich hielt inne, denn ich schämte mich dafür, daß Menw einen Betrug verlangt hatte, und ich schämte mich, ihn beschuldigen zu müssen, meinen eigenen Vetter. Ich wollte nicht von diesem Brief reden.

Bedwyrs Kinn wurde fest. Er drehte sich um und ging weiter, und er schaute mich nicht an. Ich ging mit. »Du solltest es engstirnigen Menschen nicht erlauben, dich zu bekümmern, my Lady«, sagte er.

»Leichter gesagt als getan, Herr Bedwyr. Wie die meisten philosophischen Ratschläge.«

Er schaute mich wieder an, und er lächelte nicht. Er ließ sich auch nicht von meinen Versuchen ablenken, ihn zu zerstreuen. Halb unwillig fing ich an, ihm von dem Brief zu erzählen.

Wir waren bei meinem Haus, ehe ich fertig war. Die Frühlingssonne stand noch hoch, obwohl der Nachmittag schon halb vergangen war, und das Licht fiel warm und schwer auf unsere Köpfe und Flanken. Im Haus spielte jemand Harfe, und die sanften Töne zogen klar und fließend in die Stille, als wir stehenblieben und ich meine Erzählung schnell zu Ende brachte. Bedwyr und ich schauten einander an.

»Das war tapfer, Lady«, sagte er leise. »Kein Zweifel – es war sehr bitter, von zu Hause ins Exil zu gehen, aber es war tapfer. Wenn Zeit wäre – aber unser Herr wartet.«

Artus wartete in der Tat. Er saß da und starrte ins Feuer, und er hatte die Füße gegen den Rost gestemmt. Herr Gawain ap Lot, der der Botschafter in Kleinbritannien sein sollte, war auch anwesend. Er war derjenige, der die Harfe gespielt hatte. Artus konnte nicht spielen, denn das Harfespiel ist eine edle Kunst, die man in Klöstern wie in dem, wo er aufgezogen wurde, nicht unterrichtet. Aber er hörte gern zu. Als Gawain uns sah, stellte er die Harfe schnell hin und stand auf, um uns zu grüßen, und Artus richtete sich auf, nahm die Füße vom Rost und deutete uns mit einer Handbewegung an, daß wir Platz nehmen sollten.

»My Lady«, sagte Gawain und neigte den Kopf. Dann nahm er meine Hand und lächelte mich und Bedwyr an. »Und Bedwyr – wir glaubten schon, du wärst bis nach Ynys Witrin geritten, so lange hast du gebraucht, bis du da warst.«

»Lady Gwynhwyfar hat einen Streit zwischen Rhuawn und Cei geschlichtet«, sagte Bedwyr ruhig und nahm seinen Platz zu Artus' Rechten ein.

Artus zog die Mundwinkel schmerzlich nach unten und schaute mich an. »Noch ein Streit?«

Ich nickte und ließ mich müde auf meinem Platz am Schreibpult nieder, Artus gegenüber. Gawain setzte sich wieder, und alles Lächeln war vergangen. Er starrte ins Feuer. Er wußte, um wen es bei dem Streit gegangen sein mußte. Ich betrachtete ihn einen Augenblick, wie er sehr dunkel und still in seinem scharlachroten Mantel dasaß, mit seinem juwelenbesetzten Schwert, und wie seine schwarzen Augen durch die Flammen in eine andere Welt zu schauen schienen, wie immer, wenn er bekümmert war. Er hatte in letzter Zeit abgenommen. Teilweise war das seinen Reisen zuzuschreiben – er war erst in der vergangenen Woche aus Kleinbritannien zurückgekehrt, und weder die Verhandlungen noch die Reise waren leicht gewesen. Aber die Situation in Camlann mußte für ihn fast unerträglich sein. Ich sehnte mich danach, diese Zurückgezogenheit, diesen unirdischen Abstand zu überbrücken und den Schmerz zu lindern und ihn zu bemuttern. Aber das war unmöglich. Er war nur vier Jahre jünger als ich, und er war schwierig zu bemuttern. Wie Cei gesagt hatte – er war zu höflich. Ich mußte zusehen, wie er die Feindschaft ertrug, die sein Bruder gegen ihn erzeugt hatte, und konnte nichts sagen.

Und es ist jetzt nicht nur die Feindschaft gegen ihn, fügte irgend etwas in meinem Unterbewußtsein hinzu. Eines Tages wird es die Feindschaft gegen mich sein und selbst gegen Artus. Medraut wird die Menschen in der Burg gegen uns wenden. Und es wird bald sein, bald.

Ich schaute meinen Mann an, der darauf wartete, daß ich über den Streit berichtete. Schon jetzt schmerzte ihn der Zwist genausosehr, wie er Gawain schmerzte, denn er liebte die ›Familie‹ noch mehr als sein Reich, wenn das überhaupt möglich wäre, und die Teilung der Familie bedeutete ihm ständige Qual.

»Cei hat eine Bemerkung gehört, die Rhuawn einem seiner Freunde gegenüber machte«, sagte ich Artus, »und dann hat er Rhuawn deswegen einen Narren genannt. Rhuawn gab die Beleidigung zurück. Es wurden keine Schwerter gezogen und keine Schläge ausgeteilt, und sie haben sich darauf geeinigt, sich wieder zu versöhnen.«

Artus nickte. Aber seine Augen waren kalt und bitter. »Was war das für eine Bemerkung?«

Ich zögerte und schaute Gawain an.

»Tut so, als ob ich nicht hier wäre«, sagte Gawain und warf uns ein halb ironisches Lächeln zu. »Ich habe die Bemerkung nie gehört, und ich brauche deshalb gegen niemanden zu kämpfen.«

Ich zögerte wieder – aber schließlich betraf diese Bemerkung ja genau das Problem, weswegen wir zusammengekommen waren. »Er hat dich beschuldigt, die Verhandlungen mit Kleinbritannien absichtlich zu behindern. Es tut mir leid.«

Gawain schüttelte den Kopf. Er berührte kurz das Heft seines Schwertes, mehr, um sich zu versichern, als im Zorn. Dann faltete er die Hände um die Knie und starrte wieder ins Feuer. Er fühlte sich verantwortlich für die Streitigkeiten und hatte Artus einmal gebeten, ihn von der ›Familie‹ wegzuschicken, damit Streit vermieden würde. Artus hatte sich geweigert.

»Wir können nichts mehr tun, um dieses Mißverständnis auszuräumen«, sagte Artus und schaute seinen Krieger an. »Wir schicken dich ja schon zurück nach Kleinbritannien. Niemand kann sagen, daß ich dir mißtraue.« Gawain nickte, aber er sah nicht glücklicher aus.

»Und die Anschuldigung wird noch mehr entkräftet, wenn wir eine Einigung mit Macsen erreichen können. Gehen wir also jetzt zum unmittelbaren Thema über.« Er heftete seinen Blick auf Gawain, bis der Krieger aufblickte, wehmütig lächelte und zustimmend den Kopf neigte. »Erzähl uns noch einmal, was Macsen behauptet.«

Macsen war der König von Kleinbritannien in Gallien. Sein Königreich war ursprünglich von Britannien her besiedelt worden und deshalb eng an Britannien gebunden und den gleichen Gesetzen unterworfen. Es genoß auch die gleichen Privilegien. Solange Macsens jüngerer Bruder Bran noch König war, hatte es Frieden gegeben, denn Bran war Artus' Verbündeter gegen die meisten Könige von Britannien, als Artus Anspruch auf den Thron erhoben hatte. Aber Bran und sein Bruder Macsen waren lange Zeit Rivalen gewesen, und als ihr Vater starb, da war es fast zu einem bewaffneten Konflikt zwischen den beiden gekommen. Nur Brans Bündnis mit Artus und Artus' Macht hatten damals den Krieg verhindert, und Bran hatte die Wahl zur Königswürde gewonnen, die Macsen für sich beanspruchte. Jetzt war Bran tot, gefallen bei einem Grenzkonflikt mit den Franken im vergangenen Herbst, und Macsen wurde an seiner Stelle erwählter König der königlichen Sippe von Kleinbritannien. Verständlicherweise war er Artus gegenüber feindselig eingestellt, und das ganze Gewebe des Gesetzes und der Sitte, das Britannien und Kleinbritannien verband, war jetzt in Gefahr. Wir hatten Gawain als Botschafter zu Macsen geschickt, sobald das Wetter die Reise zuließ, und er hatte sich Macsens Behauptungen und Rechtfertigungen zwei Wochen lang angehört, ehe er zurücksegelte, um sich mit uns wegen der Antworten und Zugeständnisse, die wir machen wollten, zu besprechen. Gawain war als Botschafter unschätzbar. Er war von königlicher Geburt und mußte deshalb überall in Ehren empfangen werden. Er war an einem intrigenreichen Hof aufgewachsen und fand sich ohne Schwierigkeiten durch jedes Labyrinth aus politischen Intrigen hindurch. Er konnte lesen und sprach ein gutes Latein, wie auch Britisch, Irisch und Sächsisch, und in allen vier Sprachen war er ein beredter Unterhändler. Aber bei Macsen hatte das alles nichts genützt, und ich konnte nicht anders – ich hatte den Verdacht, während wir wieder Macsens Forderungen durchgingen und unsere möglichen Antworten, daß Gawain auch auf dieser Mission bestenfalls einen begrenzten Erfolg erreichen konnte. Es war unwahrscheinlich, daß Macsen einen Krieg mit uns riskierte, aber ohne Zweifel würde er jeden Trick anwenden, um seinen Willen zu bekommen. Und wenn Gawain gezwungen wurde, zu weiteren Besprechungen zurückzukehren, dann würden die Beschuldigungen gegen ihn wachsen und Kraft gewinnen und damit auch die Frage: »Warum unternimmt Artus nichts?« Und die vielsagende Antwort darauf: »Artus wird betrogen. Artus ist ein Narr. Artus ist parteiisch und blind.« Mir schauderte.

Die Besprechung war zu Ende. Wir hatten uns geeinigt, daß Gawain in zwei Tagen wieder nach Kleinbritannien reisen würde, und er und Bedwyr gingen. Artus und ich konnten uns für das Fest am Abend vorbereiten. Ich fing an, mein Haar zu lösen, denn es sollte ein offizielles Fest sein, auf dem ich eindrucksvoll aussehen mußte. Ich band mir das Haar mit Gold auf. Artus schaute mich müde an.

»Soviel über König Macsen«, sagte er. »Obwohl ich in der Tat glaube, daß wir den Ärger mit ihm genausowenig hinter uns haben wie den Ärger mit diesem Fuchs Maelgwyn von Gwynedd. Gwynhwyfar, mein Herz, mir wird speiübel beim Gedanken an diese Könige.«

Ich suchte meinen Kamm, fand ihn. »Unglücklicherweise können wir diese Könige nicht absetzen.«

Er schnaufte. »Jeder Versuch hätte zur Folge, daß wir abgesetzt werden. Und sie haben ein Recht auf ihre Königreiche.« Er stand auf und ging rastlos im Raum umher. Dann blieb er stehen, stützte die Hände auf den Tisch und fragte in die Luft: »Was soll ich nur tun?«

Ich wußte, daß er nicht mehr an Macsen von Kleinbritannien oder an irgendeinen anderen König dachte. Ich hatte den Unterton des Schmerzes schon gehört. Öfter und öfter während des vergangenen Jahres war er nachts starr und schweißbedeckt aufgewacht und hatte gerufen: »Morgas!« Es war immer Morgas, immer seine tote Halbschwester, die seine Alpträume erfüllte, und nie der wahre Grund seiner Alpträume, Morgas' Sohn Medraut. Aber es gab einen Grund dafür, und in der Nacht, als er hörte, daß Morgas tot war, hatte er ihn mir erzählt. Er hatte es niemand anderem gesagt, noch nicht einmal Bedwyr. Gawain wußte es, aber das kam daher, daß Morgas auch seine Mutter gewesen war, und Artus hatte früher angenommen, daß er alles wußte.

»Was soll ich nur tun?« fragte Artus wieder und wandte sich

von der Mauer ab. »Ich muß Dinge beweisen, die offensichtlich sein sollten, ich muß beweisen, daß ich Gawain traue, Gawain, bei dem auch der schlimmste Tyrann keine Untreue vermuten würde. Und wenn ich eine Lüge durch eine öffentliche Geste widerlegen könnte, wenn ich sie widerlegen könnte, ohne ihr die Substanz zu geben, die ihr die Anerkenntnis geben würde, dann wäre ich auch nicht besser dran. Denn zehn weitere Lügen sind aufgetaucht. Und dennoch – ich kann ihren Ursprung mit nichts bekämpfen. Denn er redet nicht von Verrat, und er leugnet, daß er die Gerüchte ins Leben gerufen hat, mit einem Gesicht von vollkommener Unschuld. Er benutzt selbst meine eigenen Fragen gegen mich. Wenn ich ihn doch ins Exil schicken könnte! Aber aufgrund welcher Anklage?«

»Ich dachte, wir hätten uns entschlossen, den Sturm so gut wie möglich durchzustehen«, sagte ich.

»Ich habe mich entschlossen. Bedwyr stimmte mir zu, du und Gawain nicht. Schick ihn auf die Inseln, hast du gesagt, selbst wenn es aussieht wie ein verbrecherischer Bruch der Gastfreundschaft. Aber dafür ist es jetzt zu spät. Er hat Freunde.«

»Er hat Freunde.« Ich legte den Kamm nieder; er fühlte sich in meiner Hand sehr schwer an. »Es wäre auch nicht mehr sicher, ihn auf die Inseln zu schicken. Sein Bruder ist ... krank.«

Der älteste Sohn der Morgas, Agravain ap Lot, König der Orkneys seit dem Tod seines Vaters, war in der Tat ein gebrochener Mann. Sein Muttermord hatte ihn vernichtet, und jetzt, nach allem, was man hörte, trank er sich zu Tode. Sein Vater hatte noch sehr viel Macht über das Piktenland und die westlichen Inseln wie auch über die Orkneys gehabt, aber diese Macht schlüpfte jetzt durch Agravains schlaffe Finger, und seine Sippe und seine Landsleute waren nicht erfreut darüber. Medraut auf die Inseln zu schicken, jetzt, wo sie so reif waren für Intrigen, das wäre für uns genauso gefährlich wie grausam gegen Agravain, der schließlich Artus' Gefolgsmann gewesen war und tapfer viele Jahre lang für ihn gefochten hatte und schon genug litt.

»Selbst wenn es sicher wäre, könnte ich ihn nicht ins Exil schicken. Ich habe nichts, was ich gegen ihn vorbringen kann. Gwynhwyfar, wie hast du gewußt, daß so etwas passieren würde? Du hast mich gewarnt, schon in der ersten Nacht, als er kam.«

Ich dachte an Medraut, wie er in der ersten Nacht gewesen war. Er hatte am Hohen Tisch gesessen, während des Festes, das wir zur Begrüßung seines Bruders, des neuen Königs Agravain, gegeben hatten. Er hatte einen safranfarbenen Mantel getragen, und das Fackellicht hatte sich in seinem blonden Haar gefangen und es leuchten lassen. Er war ein schöner junger Mann – von mittlerer Größe wie sein Bruder Gawain, stark, elegant, ein guter Reiter und ein fähiger Krieger. Die meisten seiner Gesichtszüge waren wie Gawains – oder wie Morgas', nehme ich an –, die gerade Nase und die feingemeißelten Wangenknochen, die gleichen schmalen, langfingrigen Hände. Aber seine weit auseinanderstehenden grauen Augen und der feste Unterkiefer erinnerten an Artus, und ich hatte in ihm die gleiche leidenschaftliche Hingabe gespürt, die ich bei meinem Mann so gut kannte. Aber diese Hingabe hatte einem ganz anderen Ziel gegolten, da war ich sicher. Und selbst wenn Medraut lächelte, hatte ich mich gefürchtet.

Ich schüttelte den Kopf. Dann stand ich auf, ging hinüber zu meinem Mann und legte die Arme um ihn. Er bewegte sich nicht; nur sein Herz schlug gleichmäßig an meinem. »Ich hab' es nicht gewußt«, flüsterte ich an seiner Schulter. »Ich hatte nur Angst. Ich weiß nicht warum. Du und Bedwyr, ihr wolltet Gründe, und ihr hattet recht. Es wäre ungerecht gewesen, ihn zu verdammen, ohne ihn vorher anzuklagen.«

»Du hattest auch Gründe.« Artus löste sich von mir und sank in den Sessel. »Du hast genug mit Menschen zu tun gehabt. Ich sollte dir trauen, wenn du sagst, daß jemand lügt. Und ich hätte auch Gawain zuhören müssen – er kennt Medraut besser als irgendein anderer. Aber ich dachte, er hätte den Tod seiner Mutter noch nicht genug verwunden, um klar zu denken, und ich dachte, du wärst übervorsichtig und vielleicht eifersüchtig. Und ich war entschlossen, ein Risiko einzugehen. Das hätte ich nicht tun sollen. Der Einsatz ist zu hoch.«

»Du hättest ihn auch nicht einfach ablehnen können. Er ist dein Sohn.«

Artus zuckte zusammen und wandte den Blick von mir ab. Er lehnte sich gegen den Tisch und starrte den Rauchfleck an, den die Lampe an der Wand hinterlassen hatte. Medraut war sein Sohn, geboren aus einer Blutschande, die er vor sechsundzwanzig Jahren mit seiner Schwester Morgas begangen hatte. Er hatte damals nicht gewußt, daß sie seine Schwester war; er hatte auch nicht gewußt, wer sein Vater war. Sie war eine verheiratete Frau gewesen, die bei ihrem Vater, dem Kaiser, wohnte, solange ihr Mann im Krieg im Norden von Britannien kämpfte. Und Artus war einer von den Kriegern ihres Vaters gewesen, ein Bastard, der in einem Kloster aufgewachsen war und der durch Fähigkeit und Glück sich einen Platz im kaiserlichen Heer erkämpft hatte. Sie hatte ihn mit Aufmerksamkeiten bedacht, ihn verfolgt, ihm gesagt, ihr Mann sei grausam, und schließlich hatte sie ihn in einer Nacht nach dem Fest zu Ehren seines ersten Sieges verführt. Er war damals achtzehn gewesen. Kurz danach hatte er entdeckt, daß Uther sein Vater war, und von Morgas erfuhr er, daß sie es die ganze Zeit gewußt hatte. Der schwarze Schrecken dieser Entdeckung hatte ihn seit damals verfolgt.

Artus hatte mir dies erzählt, als er hörte, daß sie tot war, und er hatte gesprochen, als ob er sich diese Geschichte ausriß wie ein monströses Krebsgeschwür, das in seinem Fleisch vergraben lag. Ich hatte geweint, aber seine Augen waren trocken geblieben. Er war grausam gegen sich selbst. »Ich wußte, was sie vorhatte, als ich aus der Halle kam und sie im Schatten warten sah«, sagte er. »Und ich habe mitgemacht. Ich erlaubte nur den Ehebruch, aber das war genug. Und dieser eine Augenblick der Zustimmung wird sich über mein ganzes Leben erstrecken, und wenn Gott gerecht ist, dann dauert er in alle Ewigkeit. Jetzt ist sie tot, und ich kann sie nicht mehr bekämpfen, kann . . . ihr nicht mehr entrinnen.« Er nahm den Brief auf, der die Nachricht enthielt, starrte ihn an und sagte still, so still, daß ich ihn kaum hörte: »Ihr Sohn – unser Sohn – hat sie angebetet.«

Und dennoch, als Medraut in Camlann aufgetaucht war, hatte er mehr verwirrt als feindlich gewirkt. Wir wußten von Gawain, daß Morgas Medraut das Geheimnis seiner Geburt erzählt hatte, und Gawain hatte darauf bestanden, daß sein Bruder jetzt Artus' tödlicher Feind sei. Aber Medraut wirkte eher verwirrt: Er war sehr verbittert gegen seinen Bruder, aber unsicher, was er jetzt tun sollte, wo seine geliebte Mutter tot war. Das hatte Artus die Hoffnung gegeben, er könne Medraut vielleicht für sich gewinnen. Gawain hatte uns gesagt, Medraut sei einmal ein freundliches Kind gewesen, und sie hätten sich in der Jugend sehr nahegestanden. Gawain selbst hatte seiner Mutter Morgas einmal gehuldigt, aber danach hatte er sich aus ihrem Griff befreit. Artus hatte gehofft, Medraut könne vielleicht das gleiche tun. Vielleicht hatte er sogar gehofft, den Schatten der Morgas durch ihren Sohn zu bekämpfen und ihr zu entrinnen. Jedenfalls hatte er Medraut einen Platz in Camlann zugewiesen. Und ich konnte es ihm nicht übelnehmen, daß er nach diesem Kind seiner Feindin hungerte, nach dieser goldenen Jugend. Ich hatte ihm keinen Sohn geschenkt, überhaupt kein Kind. Vielleicht lag sogar ein Stückchen Wahrheit in seiner Annahme, daß ich Medraut fürchtete, weil ich eifersüchtig auf ihn war. Ich konnte das nicht glauben, aber in solch einer Angelegenheit war es auch leicht, daß ich mich selbst belog. Artus' Feindin hatte ihm einen Sohn aus Haß geschenkt, während ich, die ich meine Augen und mein Gehör dafür gegeben hätte, ein Kind zu tragen, unfruchtbar war.

Ich saß auf der Kante des Tisches, nahm Artus' Hand und hielt sie in meinen beiden Händen. Mein Herz schmerzte wieder um ihn, und ich war sehr müde. »Mein Liebster«, sagte ich, »wir haben uns entschlossen, diesen Sturm durchzustehen. Wir haben schon Schlimmeres ertragen. Quäl dich nicht damit.«

»Es wird bald Kämpfe geben. Meine Männer fangen vielleicht an, sich gegenseitig wegen Medraut umzubringen. Was soll ich dann tun?«

Ich wußte es nicht. Ich konnte nur seine Hand halten und sie pressen, bis der dunkle Traum getrübt wurde und er mich wieder anschaute. Dann küßte ich seine Hand und den Ring an seinem Finger, den Siegelring, auf dem der kaiserliche Drache eingeschnitten war.

Er stieß einen tiefen Seufzer aus, und die gespannten Muskeln entspannten sich ein wenig. Er streckte die Hand aus und strich mir das Haar aus dem Gesicht. »Mein Herz«, sagte er, »ja, wir mögen es vielleicht überleben. Alles kann vielleicht noch gut werden.« Er erhob sich, küßte mich und fügte hinzu: »Aber jetzt gibt es ein Fest für die Botschafter. Wir müssen uns darauf vorbereiten.«

Ich nickte und kämmte mein Haar fertig. Ich fühlte mich so erschöpft, als ob ich den ganzen Tag auf der Reise verbracht hätte, auf schlechten Straßen.

Das Fest war prächtig und glanzvoll, und die Botschafter der Könige von Elmet und Powys wurden so großartig unterhalten, wie das einem kaiserlichen Hof zukam. Unsere siebenhundert Krieger füllten nur die halbe Festhalle, und der Rest der Plätze wurde von den Frauen der Verheirateten eingenommen – wir hatten die Sitte, nach der Frauen in der Halle nicht zugelassen sind, fallengelassen, wenigstens bei manchen Gelegenheiten. Auch der Troß der Botschafter war dabei und Priester und Machthabende und Bittsteller aus ganz Britannien. Fackeln in den Halterungen an den Mauern erleuchteten die Halle, und die beiden großen Feuerstellen an jedem Ende schickten Licht und Wärme zum hohen Dach hinauf. Die weißgekälkten Schilde an der Wand leuchteten, und die Tische waren voll vom Glitzern des Schmucks und der Waffen und der gestickten Umhänge, während die Halsbänder der schlanken Kampfhunde hier und da das Licht selbst unter den Tischen einfingen. Es gab Rindfleisch und Wild, Schweinefleisch und Lamm und wilde Vögel zu essen und Met und Wein, der aus Kleinbritannien importiert war, bis die Halle in Kreisen zu wirbeln schien. Und es gab Musik, Lieder von Artus' oberstem Barden Taliesin, den man den großen Poeten von Britannien nannte, und auch von anderen Sängern, bis die Tische zu den Tönen der Harfe zu schweben schienen.

Cei und Rhuawn versöhnten sich beim Fest, still, aber öffentlich. Artus gewährte drei Bitten, eine Bitte um Gnade für einen Verbrecher, eine um gerechte Schlichtung einer Fehde und eine für den Knaben Gwyn, der seinen Platz in Camlann bestätigt haben wollte. Ich ließ ihn hereinrufen, und er stand vor dem Hohen Tisch und sah sehr dünn und sehr furchtsam aus. Artus lächelte ihn sanft an.

»Mein Herr«, sagte Cei, der sich an seinen Ärger vom Nachmittag erinnerte und wegen der erzwungenen Versöhnung gereizt war, »warum schickst du diesen Jungen nicht nach Hause und suchst der Kaiserin statt dessen einen richtigen Schreiber? Der Junge ist nur ein Bastard aus einem Kloster, und wahrscheinlich ist er weder mit der Feder noch mit dem Schwert von Nutzen.«

Artus musterte Cei scharf, und einer seiner Mundwinkel zuckte. Die schwarze Stimmung des Nachmittags war vergessen. »Cei«, sagte er im gleichmäßigen Tonfall, »ich bin auch ein Bastard aus einem Kloster.«

»Du bist ein Kaiser, und du warst nie etwas anderes«, erwiderte Cei, ohne mit der Wimper zu zucken. »Ich wußte, daß du fähig bist, das Reich zu führen, schon damals, als du zum erstenmal nach Camlann kamst, lange bevor du Anspruch auf den Purpur erhobst.«

Artus lächelte. »Das war mit ungewohnter Höflichkeit gesprochen, alter Freund, aber nichtsdestoweniger war es eine Lüge. Wer war es denn, der mich ›den Mönch‹ nannte, als ich am Anfang Dienst bei Uther nahm? Ja, und du hast mich sogar niedergeschlagen, als ich an diesem Namen Anstoß genommen habe! Und, ja, ich danke dem Herzen, das die Vergangenheit so außer acht lassen kann. Junge, du bist hier willkommen. Du wirst der Kaiserin Gwynhwyfar helfen, wie sie es für nötig sieht, und du darfst den Rest deiner Zeit damit verbringen, mit den anderen Jungen der Burg zu üben. Hör zu, Herr Gereint, denn du wirst ihn ausbilden müssen! Sie benutzen am Vormittag den Hof hinter den Ställen. Geh morgen früh zu ihnen, wenn die Kaiserin nichts für dich zu tun hat.« Gwyn errötete vor Freude und verbeugte sich sehr tief. Seine Augen glänzten. Er war ein lieber Junge, dachte ich, und ich wünschte ihm alles Glück der Welt. Wahrscheinlich würde er es auch brauchen, denn die anderen Jungen würden einen fremden Eindringling kaum willkommen heißen, der sich in ihren festgefügten Kreis drängte.

Ich erhob mich und schenkte am Hohen Tisch den Wein ein, wie ich das bei jedem Fest tat, selbst bei den Feiern, von denen die meisten Frauen ausgeschlossen waren – es ist eine Ehre, und die Männer haben es gern. Die Botschafter lächelten und neigten die Köpfe, als ich ihnen einschenkte. Ich wußte, was sie an mir sahen – das purpurgesäumte Kleid aus weißer Seide, das ich trug, das Gold und die Perlen, das zuversichtliche Lächeln, die Dame der ruhmreichen Festung, die das Herz des Reiches war. Eine Lüge, und auch die Pracht des Festes eine Lüge, die wir ihnen erzählten, ohne ein Wort zu sprechen. Die brüchige Pracht von Eis, das bald zerbricht. Frost auf dem Gras, der mit der Morgensonne schmilzt. Und dennoch, die bittere Wahrheit der Zwietracht, der fremden Feindseligkeiten und der inneren Schwäche konnten vielleicht noch verschwinden, und nur der Glanz würde bleiben. Wer konnte dann noch sagen, daß alles eine Lüge war?

Dennoch, in dieser Nacht, als ich in mein eigenes Haus zurückkehrte und die Asche von Menws Brief in der Feuerstelle sah, wurde mir schlecht beim Gedanken an mich selbst. Ich wünschte mir verzweifelt, ehrlich sein zu können, zu weinen, wenn ich bekümmert war, offen Liebe und Haß zu zeigen, dem Reichtum, der Ehre und Schwertschneide der Macht zu entgehen. Aber Artus war schon im Bett und schlief den Schlaf der Erschöpfung. Er trug eine schwerere Bürde als ich, und er brauchte seine Ruhe. Also kroch ich still neben ihm ins Bett, um ihn nicht aufzuwecken.

2

Ich besuchte am nächsten Tag den Herrn Gawain ap Lot, ehe er nach Gallien abreiste. Er hatte ein Haus an der Ostseite der Halle, auf dem steilen Hang des Hügels, aber von dort hatte man einen schönen Blick auf Ynys Witrin und die Marschen. Wenn er in Camlann war – was wegen seines Wertes als Botschafter selten vorkam –, teilte Gawain das Haus mit Cei. Wenn Gawain nicht da war, brachte Cei seine Geliebte und ihre Kinder ins Haus, damit sie bei ihm wohnten, denn es gefiel ihm nicht, allein zu sein. Krieger sind an enge Quartiere gewöhnt, in der Halle oder auf Feldzügen, und sie lieben die Einsamkeit nie. Cei hätte es wahrscheinlich vorgezogen, die meisten Nächte in der Halle zu verbringen, aber sein Rang und seine Wichtigkeit verboten das, genau wie es ihm dadurch verboten war, seine Geliebte zu heiraten. Sie war eine fette, fröhliche Wäscherin namens Maire, und sie war jetzt schon seit einigen Jahren Ceis Geliebte. Sie war eine Witwe mit vier Kindern, von denen die beiden letzten von Cei waren. Sie hielt sich im Haus auf, als ich ankam. Sie war damit beschäftigt, Gawains Diener Rhys packen zu helfen, während Gawain auf der Schwelle saß und einen Speer schärfte. Ihr drittes Kind, Ceis rundlicher zweijähriger Sohn, saß auf der anderen Seite der Schwelle, lutschte am Daumen und starrte den Wetzstein an, der rhythmisch über das leuchtende Metall der Speerspitze glitt.

Konzentriert auf seine Arbeit bemerkte Gawain mich nicht, bis ich fast an der Tür war. Aber als die Morgensonne meinen Schatten vor ihm auf den Boden warf, blickte er auf, legte den Wetzstein hin und erhob sich.

»My Lady«, sagte er, »hundertmal willkommen.«

Ceis Sohn packte den Wetzstein und fing an, hoffnungsvoll damit auf die Schwelle zu schlagen. »Nein!« sagte Gawain und suchte nach einem Ort, wo er den Speer anlehnte. Ich kniete nieder und nahm dem Kind den Wetzstein ab.

»Das darfst du nicht«, sagte ich ihm. »Der Stein zerbricht dann.«

Das Kind stieß ein wütendes Geheul aus und versuchte, den Stein wieder zu packen.

»Cilydd!« sagte seine Mutter und tauchte böse aus dem Haus auf. »Du bist ein böser Junge! Ach, ich grüße dich vielmals, edle Dame – Cilydd, sei still, stör die Dame nicht.«

»Cilydd ist wie sein Vater: Er spricht alles offen aus«, sagte Gawain und lächelte. »Da.« Er nahm einen anderen Stein auf, ein Stück gewöhnlichen Feuerstein, und klopfte damit auf die Schwelle. Cilydd hörte auf zu heulen und blinzelte Gawain an. Der bot ihm den Stein, und der Junge nahm ihn und fing an, damit gegen den Türpfosten zu klopfen. Der Krieger richtete sich auf und wischte den Staub von den Händen. »Noch einmal willkommen, my Lady«, sagte er und hob die Stimme, damit ich ihn über dem Klopfen hören konnte. »Aber ich fürchte, mein Haus ist im Augenblick nicht bereit, dich willkommen zu heißen.«

»Ach, großer Herr, wir können auch gehen«, sagte Maire fröhlich.

»Es würde nicht viel ausmachen, wenn du gehen würdest«, sagte Gawains Diener Rhys, der auch aus dem Hause auftauchte. »Denn drinnen steht immer noch alles auf dem Kopf. Du bist jetzt oft genug ein- und ausgezogen, Maire. Man könnte glauben, daß du es inzwischen besser beherrschst.« Maire grinste und wackelte mit dem Kopf, und Rhys, der es ihr jetzt gegeben hatte, verbeugte sich vor mir. »Ich grüße dich, edle Dame.«

»Es tut mir leid, daß ich dir keine bessere Gastfreundschaft bieten kann, my Lady«, sagte Gawain, »aber wenn du hereinkommen magst, dann gibt es wahrscheinlich etwas Wein.«

»Nein. Ich danke dir. Gawain, ich muß mit dir sprechen. Vielleicht könnten wir zu den Mauern hinuntergehen – es sei denn, du mußt dich jetzt auf deine Reise vorbereiten.«

»Ich bin der letzte, der sich auf die Reise vorbereiten muß. Im Gegenteil, ich stehe hier nur im Weg – nicht, Rhys? Es ist ein schöner Morgen, my Lady. Laß uns spazierengehen.« Er lehnte den Speer an den Türpfosten, schaute dann Ceis Sohn und dessen Feuersteinhammer an und reichte die Waffe statt dessen an Rhys weiter. Ich gab Rhys den Wetzstein, den ich noch immer in der Hand hielt, und Gawain und ich wanderten den Hügel hinunter. Es war wirklich ein schöner Morgen. Das klare Wetter des vergangenen Tages setzte sich heute fort, und die Sonne stand strahlend in einem weichen Himmel. Die Luft war warm genug, daß mir mein Frühlingsmantel zu schwer wurde. Gawain trug keinen Umhang, und heute war er auch zur Abwechslung einmal ohne Kettenhemd. Deshalb ging er leichtfüßig. Seine rote Tunika hing locker, und ich konnte das Ende einer Narbe sehen, die sich zu seinem Schlüsselbein hochzog. Er hatte viele Narben.

»Du scheinst heute froh zu sein«, sagte ich, um die Unterhaltung in Gang zu bringen und weil er wirklich fröhlich wirkte – in letzter Zeit etwas Seltenes. »Rhys übrigens auch. Freust du dich, daß du Camlann verlassen kannst?«

»Camlann zu verlassen – darüber bin ich weder erfreut noch mißvergnügt, Lady. Aber ich bin froh, denn Rhys' Frau hat in der vergangenen Nacht ihr Baby bekommen, und ihr und dem Kind geht es gut.«

»Wunderbar. Ich muß die beiden besuchen. Ist es ein Mädchen oder ein Junge?«

»Ein Mädchen. Und Rhys freut sich auch darüber, denn jetzt hat er sowohl einen Sohn als auch eine Tochter.«

»Darüber bin ich sehr froh. Wird Rhys also jetzt mit dir nach Gallien reisen?«

Gawain schüttelte den Kopf. »Ich hab' ihm befohlen, hierzubleiben. Er hatte vor zu bleiben, bis seine Frau entbunden hatte, und es ist nicht nötig, die Pläne zu ändern. Er sagt jetzt, daß er mit will, weil es ihr gutgeht, aber es ist nur allzu deutlich, daß sein Herz bei ihr bleibt. Und ich möchte auch den Rest von ihm nicht von ihr wegzerren.«

Ich war ein bißchen enttäuscht. Rhys war ein einfacher, ehrlicher Bauernsohn, der mit beiden Füßen auf der Erde stand, und auf seine Weise war er so sehr Idealist wie Artus. Als er Gawains Diener geworden war, da hatte er mir damit einen Stein von der Seele genommen. Gawain war geistesabwesend genug, um seine Mahlzeiten zu vergessen, und ehrenhaft genug, daß er es vorziehen würde, sich eher betrügen zu lassen, als einem Schwächeren gegenüber auf seinen Rechten zu bestehen. Ohne Rhys hätte er sich ohne Zweifel überarbeitet. Ich wollte ihm befehlen, sanfter mit sich selbst zu sein, ich wollte ihn bemuttern, wie das erstemal, damals, als ich ihn kennenlernte. Da hatte er flachgelegen, im Delirium, zwischen den anderen Verwundeten, die Artus im Kuhstall meines Vaters zurückgelassen hatte, beim erstenmal, als er zu meinem Haus kam. Gawain hatte mich mit den dunklen Augen eines verwundeten Tieres beobachtet und war zusammengezuckt, als ich in seine Nähe kam. Die meisten verwundeten Männer mögen es, wenn sie von Frauen gepflegt werden. Das erinnert sie an ihre Mütter, und sie fühlen sich sicherer. Vielleicht hatte ich Gawain auch an seine Mutter erinnert, und der Gedanke an Morgas hatte ihn erschreckt. Jedenfalls hatte ich ihn bemerkt, ihm ganz besonders viel Wärme gezeigt, bis endlich die Vorsicht plötzlich und völlig verschwand und Dankbarkeit und Freundschaft Platz machte. Aber er war zu stolz, um viel von einem anderen zu nehmen. Er hätte sein Herzblut für mich oder für irgendeinen von seinen Freunden gegeben, aber ich konnte ihm nicht sagen, er solle nicht so hart arbeiten. Also sagte ich nur: »Ich hoffe, deine Reise wird nicht zu lange dauern.«

»Es ist unwahrscheinlich, daß sie lange dauert.« Sein Lächeln verschwand. Er wußte genausogut wie ich, daß Macsen für jede Frage, die wir gelöst hatten, andere Fragen aufbringen würde und daß er zu weiteren Konsultationen nach Camlann würde zurückkehren müssen.

»Darüber wollte ich mit dir sprechen«, sagte ich ihm. »Wahrscheinlich wirst du in einem Monat zurück sein.«

Er nickte, runzelte ein wenig die Stirn und fixierte seinen Blick auf mein Gesicht.

»Obwohl du offiziell nichts gehört hast, kennst du doch dieses neue Gerücht. Wenn die Verhandlungen sich hinziehen, dann wird das Gerücht wachsen. Und während es wächst, wird es zu einem Angriff auf Artus wie auf dich. Sie haben angefangen, sich gegen ihn zu stellen, diese Gerüchte. Immer öfter wird angedeutet, daß er ein Narr ist, daß er auf Schmeicheleien hört und parteiisch und ungerecht ist. Hör zu: Ich will, daß du das Thema der Verhandlungen heute abend auf den Tisch bringst – denen zu Gehör, die den Gerüchten glauben. Wenn einer von den Leuten dich daraufhin zur Rede stellt, dann appelliere an Artus und laß es ausräumen. Ich habe heute morgen mit Artus darüber gesprochen, und wir sind übereingekommen, daß damit die Gerüchte vielleicht sterben.«

Der finstere Blick wurde tiefer. »Ich könnte natürlich heute abend in der Halle davon sprechen. Aber ich glaube nicht, daß man mir darauf antwortet. Und wenn ich zur Verteidigung aufgefordert würde – my Lady, ich habe nicht den Wunsch, gegen jemanden zu kämpfen. Wenn ich herausgefordert würde, dann wird die Herausforderung vielleicht so formuliert, daß es mir unmöglich wäre, die Angelegenheit durch eine Bitte an Artus zu erledigen. Ich würde dann kämpfen müssen.«

»Artus könntest du immer ansprechen. Niemand hätte den Verdacht, daß du Angst hast.«

»Sie werden sagen, daß ich mich davor fürchte zu töten. Oder – noch wahrscheinlicher – daß unser Herr Artus mich davon abhält zu kämpfen, so daß ich nicht töte, weil er der Art, wie ich mich in der Schlacht benehme, nicht traut. Und es liegt auch ein bißchen Wahrheit darin. Ich weiß selbst nicht, was ich vielleicht tun würde.«

Gawain war in der Schlacht einer Art Wahnsinn verfallen, durch den er seine Handlungsweise nicht mehr beherrschen konnte. Er betrachtete diesen Wahnsinn als Geschenk des

Himmels. Medraut hatte viel Gerede darum aufgebaut. Er sagte, sein Bruder sei verstört, und es wäre wahrscheinlich, daß er jederzeit zum Berserker würde. Ich hatte diesen berühmten Wahnsinn noch nie erlebt, und sicherlich hatte ich auch noch nie eine Spur von Verrücktheit bei Gawain entdeckt. Aber der größte Teil der Familie hatte schon neben ihm gekämpft, und alle waren mehr als gewillt, Medrauts Geschichten zuzuhören.

»Hast du wirklich Angst davor?« fragte ich Gawain. »Hast du je gegen deinen Willen getötet – zum Beispiel bei einem Scheingefecht?«

Er zögerte. »Nein. Nein, ich glaube nicht, daß ich dabei töten würde . . . Aber selbst wenn ich niemanden umbringe, ich will nicht gegen einen Mann aus der ›Familie‹ kämpfen.«

»Das will ich auch nicht. Aber ich will, daß das Thema offen ausgesprochen wird.«

»Wenn das geschieht und wenn ich um Schlichtung bitten kann und wenn Artus sich dann für mich erklärt, dann wird er die Schuld nur auf sich übertragen.«

»Das wird aber dazu beitragen, die Sache endlich auszufechten. Gawain, die Zeit ist gegen uns. Medraut hat langsam gearbeitet. Zuerst hat er sich gegen Agravain ausgesprochen, als Muttermörder, und dann gegen dich. Er hat eine Partei um sich versammelt. Und jetzt wird ständig Artus' Fähigkeit in Frage gestellt, und Medraut trägt die Maske der Unschuld, der man Unrecht getan hat, wenn es offensichtlich wird, daß Artus ihm mißtraut und nicht glaubt. Wenn wir aber die Sache vorwärtsdrängen, wenn wir ihn dazu bringen, daß er Artus jetzt beschuldigt, ehe seine Gefolgsleute völlig von seinen Gedanken vergiftet sind, dann können wir ihn vielleicht weiter treiben, als seine Freunde das wünschen. Wir könnten ihn vielleicht sogar bei einem Verrat ertappen und ihn nach irgendwo ins Exil schicken und die ›Familie‹ wieder vereinigen. Aber wenn wir ihn selbst die Zeit bestimmen lassen, dann wird er uns vernichten. Ist das nicht sein Ziel?«

»Ja. Aber du hast eins der Dinge vergessen, die er getan hat, my Lady. Er weiß, daß du seine Feindin bist. Er sagt, du stecktest mit mir unter einer Decke. Vielleicht sagt er sogar, wir wären ein Liebespaar – verzeih mir! Ich glaube, er hat das vielleicht sogar schon angedeutet. Wenn Artus mich unterstützt, dann wird man sagen, daß du dahintersteckst, daß Artus schwach ist, ein betrogener Ehemann, den seine Frau beherrscht. Es wäre alles sehr häßlich.«

»Es wird auch häßlich werden und schmerzhaft. Aber noch schlimmer würde es sein, wenn wir zögern. Wir müssen es hinter uns bringen.«

»Es gibt noch etwas, das Medraut vielleicht tun würde«, sagte Gawain sehr ruhig. Er warf einen Blick um sich, um festzustellen, daß niemand in der Nähe war und uns hören konnte. Aber wir hatten bereits die Mauern erreicht und gingen daran entlang, und auf einer Seite war offener Platz und auf der anderen nur die rauhe Masse der Steine. »Vielleicht klagt er meinen Herrn Artus der Wahrheit an.«

»Es wird trotzdem Zeit brauchen, bis man die Wahrheit akzeptiert«, erwiderte ich nach einer Pause. »Und wenn wir Erfolg haben, dann wird Medraut diese Zeit nicht haben.«

Gawain schwieg eine Weile und ging mit gesenktem Kopf. Er starrte die Gräser an. Schließlich nickte er. »Nun gut«, sagte er mit müder Stimme. »Da du glaubst, daß es wahrscheinlich nützen würde – und es ist sehr wahrscheinlich, daß mich danach niemand mehr herausfordern wird.« Er lächelte wie zur Entschuldigung.

»Ich danke dir.« Ich nahm seine Hand und preßte sie. »Und du brauchst auch gegen niemanden zu kämpfen. Ich stimme dir zu, daß es am allerschlimmsten wäre, wenn du ein Mitglied von Medrauts Gruppe töten würdest.«

Er lächelte wieder und neigte den Kopf. Ich hatte gewußt, daß er tun würde, um was ich ihn bat, und ich hatte auch gewußt, daß er es widerwillig tun würde. Ich war diejenige, die mit ihm geredet hatte, und nicht Artus, denn Artus hätte er sofort gehorcht. Mir allerdings erlaubte er, ihn zum Gehorchen zu überreden. So war es für ihn leichter. Aber ich verlangte auch Schwieriges von ihm. Er wußte, daß er trotz meiner beruhigenden Worte vielleicht doch einen Zweikampf ausfechten mußte, und er konnte nur hoffen, daß er nicht gezwungen sein würde zu töten. Ich wußte, wie bitter ihm der Gedanke sein mußte, das Schwert gegen ein Mitglied der ›Familie‹ zu ziehen. Ich schaute sein müdes Gesicht an und wünschte, ich hätte das nicht von ihm verlangen müssen. Aber das ist eine weitere der bitteren Regeln der Macht: Diejenigen, die freigebig sind, müssen gebeten werden, immer und immer wieder zu geben, bis sie nichts mehr übrig haben, während Geizkragen, die jeden Tropfen ihres Reichtums und ihrer Kraft horten, reich und in Frieden bis zu ihrem Tod leben. Vielleicht wird Gott allen Gerechtigkeit widerfahren lassen, aber auf der Erde finden sie keine.

Wir kamen jetzt zu einer der Treppen, die an der Innenseite der Mauer lagen, und stiegen auf die Zinnen hinauf. Die Mauern waren jetzt in Friedenszeiten nicht bewacht, und die Zinnen erstreckten sich leer zu beiden Seiten in einer Kurve um den Hügel. Wir drehten uns um und schauten zurück nach Camlann, das sich lebendig und stark aus dem Rauch der Morgenfeuer erhob.

Ich warf einen Seitenblick auf meinen Begleiter. Es war hart, daß man Cei vom Streit zurückhalten mußte, wo er diese Zwistigkeiten doch so leicht nahm, und daß Gawain ermutigt werden mußte, sich ihnen zu stellen. Aber es würde nichts nützen, daß Cei stritt, während Gawain es vielleicht schaffte, die Situation zu lösen ... Er sah aus wie sein Bruder Medraut, der Grund seines Kummers. Man sagte, er sähe seiner Mutter Morgas sogar noch ähnlicher, dieser nachweislichen Zauberin. Blut ist etwas Seltsames. Es kann so mit sich selbst im Streit liegen ... Ich dachte an meinen Vetter Menw und schob den Gedanken schnell beiseite. »Gawain«, sagte ich, denn an einem hellen Morgen wie heute konnte ich von solchen Dingen reden, »deine Mutter – war sie schön?«

Die Frage schien ihn nicht zu überraschen, aber seine Hand glitt zum Heft seines Schwertes, und seine Augen weiteten sich ein wenig, wie immer, wenn Morgas erwähnt wurde. Er sah dann aus, als ob er aus den Höhlen der Berge hervorgekommen wäre, wo die Unterirdischen wohnen, und die meisten Leute, die ihn in solcher Stimmung erleben, bekreuzigten sich.

»Sie war furchterregend«, sagte er leise, aber schnell.

»Aber war sie auch schön?«

Er schwieg. Sein Daumen rieb müßig über das goldene Kreuzstück am Heft seines Schwertes. »Ich weiß es nicht«, sagte er schließlich. »Ich habe immer gesagt, sie ist schön, um zu erklären, was denen passierte, die sie sahen. Dennoch, als ich mich ihr entgegenstellte – zweimal, das erstemal, als ich die Inseln verließ, und noch einmal, ehe sie starb –, da kam sie mir nicht schön vor. Nein. Wenn die See und die Erde schön sind, dann hätte sie es nicht sein können. Aber sie anzusehen, das quälte die Seele, und niemand, der sie einmal gesehen hatte, konnte sie vergessen.«

»Aber warum? Selbst jetzt, wo sie tot ist, beeinflußt sie uns. Artus und Medraut fürchten sie noch immer. Und Agravain . . .« Ich hielt mitten im Satz inne. Es war nicht freundlich, Gawain an seinen Bruder zu erinnern.

»Es war die Kraft ihres Hasses und die Kraft ihres Willens«, sagte er sehr langsam, aber noch immer leise. »Es war ihre Zauberei. Die war wirklich, denn ich habe Grund, das zu wissen. In ihr . . . es war, als ob sich in ihr diese Welt und die Anderwelt trafen.«

»Du redest von ihr, als ob sie eine Art Dämon gewesen wäre.«

Er wandte den Blick ab. »Vielleicht war sie das.«

Ich streckte meine Hand aus, um seine zu berühren und ihn in die wirkliche Welt zurückzurufen – aber dann unterbrach ich mich wieder. Statt dessen drehte ich mich um und schaute hinaus über die Felder außerhalb der Mauer, hinter dem Ring des Walles an der Festung. Das nächste Feld war braun und wund, ganz neu zerfurcht vom Pflug. Dahinter grasten Schafe auf einer Weide, und die jungen Lämmer tanzten in der Sonne. Weit hinten erhob sich der Hügel von Ynys Witrin blaugrün und geheimnisvoll über dem tieferen Grün der Marschen. Der

Hügel schien über dem kultivierten Land zu schweben. Ich begriff, woher er seinen Namen hatte: Insel von Glas. Aber jetzt brachte mich dieser Name dazu, an die Schlösser in den Märchen zu denken, die Türme aus Glas, die nach der Sage zwischen dieser Welt und der nächsten liegen, umgeben von Nebel, Fackellicht und Meer. Es sind die Tore nach Yffern oder ins Königreich des Sommers, in die Hölle oder in den Himmel. Die Märchen erzählen, daß diese Welt und die nächste einander durchdringen. Man kann über ein wohlbekanntes Feld wandern, so wird erzählt, und plötzlich findet man, daß es fremd geworden ist. Und wenn man sich umdreht, dann entdeckt man, daß alle wohlbekannten Dinge verschwunden sind. Es heißt auch, daß die Welt so ist, wie das Herz sie haben will, daß die Realität so flüssig ist wie Wasser, daß man die Hand durch seine kühle Oberfläche strecken und eine tiefere Wirklichkeit berühren kann, wie einen Felsen unter der Oberfläche eines Baches. Hatte Morgas wohl solch eine Wirklichkeit gefunden, um den Strom der Welt durch die Macht ihres Willens und die Kraft ihres Hasses zu stören?

Ich holte tief Atem und fühlte das Holz der Zinne über der Mauer warm und wirklich unter meiner Hand. Zuviel Poesie, zuviel Märchen, sagte ich mir. Und dennoch, meine Frage war beantwortet. Selbst im Tode umgab uns Morgas' Einfluß: Vielleicht begriff ich auch einen Teil des Grundes dafür. Vielleicht hatte ich ihn schon seit langer Zeit gekannt.

»Wir müssen Medraut aus Camlann entfernen«, sagte ich laut, und Gawain, der sich umdrehte, um mich anzuschauen, nickte.

Die unmittelbare Anstrengung, alles voranzutreiben, nützte allerdings nichts. Gawain brachte das Thema der Verhandlungen am Abend in der Halle auf, und er tat alles, was er konnte, um Rhuawn und die anderen von Medrauts Gruppe zu irgendeiner Reaktion zu bringen. Aber sie gaben ihm überhaupt keine Antwort darauf, sie flüsterten nur hinterher miteinander. Am nächsten Tag reiste Gawain nach Gallien ab. Er stand im Mittelpunkt des Disputs, und wir wagten es nicht, einen anderen dazu zu bringen, die Angelegenheit schneller voranzutreiben.

Am gleichen Tag besuchte ich die Frau von Gawains Diener Rhys, und ich brachte ihr ein goldenes Amulett für das neugeborene Baby. Ich fand Eivlin schon wieder auf den Beinen, und die allgegenwärtige Maire half ihr. Maire hatte das eigene Baby dabei, aber der Rest ihrer Kinder war nicht da, wahrscheinlich paßte ihre Älteste, ein zehnjähriges Mädchen, auf sie auf. Beide Frauen hießen mich willkommen und zeigten mir das neue Baby mit großem Stolz, und das war auch gerechtfertigt, denn es war ein süßes, gesundes kleines Mädchen.

»Wir haben sie Teleri genannt, nach einer Nonne, die einmal freundlich zu uns war«, erklärte Eivlin, während ich dem Baby meinen Finger zum Spielen anbot. »Allerdings hoffe ich wirklich, daß dieses hier keine Nonne wird und auch nicht so starrköpfig wie ihre Namensschwester – oder wie du, du nichtsnutziger kleiner Fuchs!« Das sagte sie zu ihrem Sohn, ihrem ersten Kind, der nachdenklich die Finger in den Mund steckte und sie durch die Finger hinweg anlächelte. »Ach, nun sieh dir den an! Als ob er nicht heute morgen die ganze Sahne von der Milch abgeleckt und dann zu Mittag nichts gegessen hätte! Na, Sion, Mama ist zu müde, um dich jetzt dafür durchzuhauen, aber weißt du, was dein Vater sagt, wenn er nach Hause kommt?«

»Er gibt mir ein paar Nüsse«, mutmaßte der Junge durch die Finger. »Er hat's versprochen.«

»Das tut er allerdings, denn er ist ein Narr und verwöhnt mir den Jungen«, sagte Eivlin kummervoll. »Und ich tu's ja auch, und das ist um so schlimmer.«

Maire lachte. »Ach, der ist nicht verwöhnt. Bist du verwöhnt, Sion?«

Sion schüttelte den Kopf.

»Du mußt jetzt ein braver Junge sein und auf deine kleine Schwester aufpassen.«

Sion strahlte sie an und nickte.

»Er hat sich eine Schwester gewünscht«, erklärte Eivlin. »Einen Bruder hätte er zwar lieber gehabt, aber jetzt will er nur noch mit Teleri spielen. Oh ja, es wird eine Aufgabe werden, und eine Quälerei und eine schwere Arbeit, ihn davon abzuhalten, die Kleine mit seinen Umarmungen zu erwürgen.«

»Nach wem hast du Sion benannt?« fragte ich und fühlte mich bei diesen Frauen ungeschickt und unsicher. Der größte Teil meiner Aufgabe bestand darin, Camlann zu verwalten, ich hatte mit Staatsangelegenheiten zu tun und deshalb mit Männern. Eivlin und Maire lebten in einer anderen Welt. Ich stellte oft fest, daß ich anderen Frauen wenig zu sagen hatte.

»Sion? Der ist natürlich nach Rhys' Vater benannt. Rhys ist ein Rhys ap Sion, und sein Vater ist ein Sion ap Rhys, und dessen Vater war ein Rhys ap Sion.«

»Und wer war denn dessen Vater?«

»Ein Sion ap Huw«, sagte Eivlin bedauernd. »Trotzdem, der Bruder dieses Huw hieß Rhys, also ist der Name alt genug, und außerdem ist es ein guter Name. Still, mein Kleines«, sagte sie zu dem Baby. »Siehst du das hübsche Ding, das die edle Dame dir gebracht hat?« Der leere, unfixierte Blick des Babys nahm von dem goldenen Anhänger, den Eivlin über seinen Kopf hängen ließ, keine Notiz. Eivlin steckte es dem Kleinen in die Hand, und die winzigen rosigen Fingerchen falteten sich in schwacher Anstrengung halb darum, genau wie sie sich um jeden Gegenstand klammerten, den sie berührten. Dann schlossen sich die verschwommenen Augen, und das Kind schlief wieder ein.

»Du mußt müde sein«, sagte ich zu Eivlin. »Ich gehe jetzt und lasse dich ausruhen.«

»Du bist sehr großzügig, edle Dame. In der Tat, es ist wunderschön, wenn man Besuch von einer Kaiserin bekommt! Ich danke dir.«

Ich zwang mich zu lächeln und entschuldigte mich. Ich lehnte Maires Angebot ab, von dem Weinkuchen und dem frischen, eben gemachten Käse zu probieren, den sie entzückt sei, der Kaiserin anzubieten. Ich ging wieder den Hügel hinauf und kämpfte mit meiner Seele. Ich wollte keine Kaiserin sein, die für die Untertanen ihres Mannes großzügig und stark war. In diesem Augenblick sehnte ich mich verzweifelt danach, die Frau eines einfachen Mannes zu sein und eigene Kinder zu haben.

Als ich an den Ställen vorüberging, sah ich Bedwyr, der ein Pferd trainierte, einen zweijährigen braunen Wallach, mit dem er an der Longe arbeitete. Als er mich sah, schlang er die Zügel um einen Zaunpfahl und kam auf mich zu. Ich zwang mich zum Lächeln.

»My Lady! Ein schöner Tag«, rief er beim Herankommen, und die Wärme eines Lächelns lag in seinen Augen.

»Ein wundervoller Tag«, gab ich zurück. Ich lächelte wieder und wollte vorübergehen. Ich wollte mit niemandem reden.

»Was gibt es denn?« fragte er, und die Wärme verschwand aus seinem Blick, und Sorge tauchte darin auf.

»Nichts, Herr Bedwyr. Ich bin in Eile, das ist alles. Werde ich dich heute abend in der Halle sehen?«

Aber er hatte mich erreicht und faßte meinen Arm. Er schaute mein Gesicht prüfend an. »Du bist fast den Tränen nah, my Lady«, bemerkte er in dem gleichen Tonfall, den er auch für die Worte: »An deinem Kleid hängt ein loser Faden« benutzt hätte. »Lady Gwynhwyfar, kann ich dir irgendwie helfen?«

Ich schüttelte den Kopf, zog meinen Arm weg und ging weiter den Hügel hinauf. Er kam hinter mir her. »Wenn ich dir Hilfe geben kann, dann zögere nicht, mich darum zu bitten«, sagte er. »Wenn es um deinen Vetter geht, wenn du Hilfe haben wolltest . . . my Lady, ich könnte von meinem Herrn Artus Urlaub erbitten, nach Norden reiten und mit ihm für dich reden. Ich verspreche dir, wenn es in deinem Namen zu Kämpfen käme, dann würde ich ihn nicht töten.«

Ich blieb erstaunt stehen. »Gnädiger Himmel, nein! Herr Bedwyr, du bist sehr großzügig, aber . . . ja, ich danke dir. Es ist freundlich, es ist mehr als freundlich! Aber bring dieses Thema nicht wieder auf. Ich bitte dich, vor Artus und der Welt. Und daß du für mich sprechen willst . . . das ist edel, aber nicht weise. Denn wie könnte ich anschließend noch mit meiner Verwandtschaft reden? Ich ...« Ich hielt überwältigt inne. »Ich danke dir. Aber es war nicht der Brief meines Vetters, der mir Sorgen machte, Herr. Es war ... etwas anderes.«

»Komm und trink etwas Wein mit mir«, bot er an. »Du bist müde, und es wird besser sein, wenn du dich einen Augenblick ausruhst.«

Ich ging mit ihm zu seinem Haus, und er schenkte mir einen Becher Wein ein und fügte eine gleiche Menge Wasser hinzu. Sein Haus lag auf der Westseite der Festhalle, in der Nähe meines Hauses. Da er der Feldherr war, hatte er alle drei Räume für sich. Das Gebäude war meinem Haus sehr ähnlich, aber einfacher. Das paßte mehr zu seinem Geschmack. Der einzige Schmuck war ein Regal mit Büchern beim Schreibpult, an welchem ich saß, während ich den Wein trank. Er saß beim Feuer und schaute mich an.

»Danke«, sagte ich und schaffte es, meine Stimme wieder zu beherrschen. »Es war etwas ganz Dummes. Ich hätte es nie zulassen sollen, mich davon quälen zu lassen.« Ich hatte vor, nichts weiter zu sagen, sondern die Unterhaltung auf die Bücher oder auf die Politik zu bringen. Aber unter seinen ruhigen, besorgten Augen stellte ich plötzlich fest, wie ich sagte: »O Bedwyr, ich wünschte, ich könnte Kinder haben!«

Er sprang auf, wollte auf mich zukommen, blieb dann stehen und schaute mich an. Ich preßte die Hände vors Gesicht, zog sie über die Augen, um den Druck dort zu erleichtern. »Ich bin nur müde«, sagte ich. »Man fühlt es manchmal. All die Kriege, all die Beratungen und Parteien. Und manchmal wünschte ich mir, ich wäre eine ganz gewöhnliche Frau – ach, ich weiß, ohne Zweifel würde ich solch ein Leben hassen. Nur ... wenn ich ein Kind hätte, wenn Artus einen Sohn hätte ... er hätte Medraut niemals vertraut, wenn er von mir einen Sohn gehabt hätte, und wir hätten eine Zukunft, wenn es jemanden gäbe, der das Reich erbt, wenn wir gegangen sind ... Und ich hätte so gern ein Baby, mein eigenes Kind ...«

»Still«, sagte er, und dann kam er durch das Zimmer zu mir herüber, beugte sich linkisch über mich und tätschelte mir verlegen mit dem Stumpf seines Schildarms den Rücken. Ich brach in Tränen aus, und er legte die Arme um mich, während ich mich an seine Schulter lehnte und schluchzte. Die ganze Zeit schämte ich mich bitterlich dabei.

Nach einer Weile zog ich mich von Bedwyr zurück und trocknete meine Augen. Er lehnte sich gegen das Schreibpult, und sein Arm lag noch um meine Schulter, und er betrachtete mich noch mit Sorge. Ich griff nach dem Weinglas, nahm noch einen Schluck Wein und schaffte es zu lächeln. »Verzeih mir«, sagte ich. »Das war sehr schwach und dumm von mir.«

»My Lady!« protestierte Bedwyr. »Weiß Gott, du trägst das Gewicht von Camlann. Ist es da seltsam, daß du manchmal müde wirst? Ich bin geehrt, daß du mich gewählt hast, um dich auszusprechen.« Ich lachte ein bißchen, wischte mir wieder die Augen. »Wirklich, ich bin geehrt!« sagte er mit einiger Heftigkeit. »Gib dir nicht selbst die Schuld, edle Dame. Es gibt niemanden von uns, der nicht manchmal von seinen Sorgen niedergedrückt wird, und es gibt nur wenige, die so viele Sorgen haben wie du.«

»Aber nicht alle von uns imitieren deswegen einen Springbrunnen«, erwiderte ich.

»Richtig. Die meisten Krieger, von denen man fordern würde, das zu ertragen, was du erträgst, würden einen ihrer Kameraden wegen eines beiläufigen Wortes oder wegen eines Witzes mit dem Schwert anfallen. Springbrunnen sind da harmloser.«

Ich lachte und wischte mir noch mal das Gesicht. Ich rieb mir die Hände an meinem Kleid trocken. »Für deinen Umhang aber nicht, edler Herr. Ich kann sehen, daß ich den Mantel genauso gut durchweicht habe wie ein Gewittersturm.«

Er warf einen Blick auf den feuchten Fleck an seiner Schulter und lächelte dann. Das Lächeln erleuchtete sein Gesicht von innen. Ich erwiderte das Lächeln und erhob mich dann zittrig.

»Ich muß jetzt gehen, Herr«, sagte ich ihm. »Heute nachmittag soll ich den Tribut des nächsten Jahres mit dem Botschafter aus Elmet besprechen, und vorher muß ich mir noch ein paar Bittsteller anhören. So müssen wir also eine Weile weinen und uns dann trennen wie Liebespaare in einer Ballade. Ich danke dir für den Wein und dafür, daß ich deine Schulter benutzen durfte.«

»Ich bin dein Diener, my Lady«, gab er ernst zurück. Er öffnete die Tür für mich. Als ich draußen stehenblieb, um mich zu verabschieden, fügte er hinzu: »My Lady, du solltest weniger von dir verlangen und weniger hart arbeiten.«

»Leichter gesagt als getan, Bedwyr. Merkwürdig, daß dieses Sprichwort auf so viele von deinen guten Ratschlägen paßt! Aber ich danke dir. Wahrhaftig.«

Ich spürte, wie sein besorgter Blick mir den ganzen Weg bis zur Halle folgte. Ich schämte mich, daß ich vor ihm zusammengebrochen war. Und dennoch, ich fühlte mich jetzt besser. Es ist manchmal nützlich zu weinen. Es befreit einen, und hinterher kann man sich auf andere Dinge konzentrieren. Und, wie man so sagt: Geteilter Schmerz ist halbe Bürde. Aber ich wünschte mir, ich hätte mit Artus darüber sprechen können. Dennoch, auch er hatte Bürden genug und mehr als genug. Ich konnte mich nie so recht dazu bringen, ihm gegenüber meine Kinderlosigkeit zu erwähnen. Darin hatte ich deutlich versagt, obwohl er sicher auch an diesem Kummer trug. Aber darin wenigstens sprach Medraut die Wahrheit.

Am nächsten Tag gab es wieder fast ein Duell, aber danach wurde es in Camlann vergleichsweise ruhig. Das kam allerdings nicht daher, daß irgendein Problem gelöst wurde, sondern weil Artus es schaffte, ein paar von den streitsüchtigsten Kriegern in verschiedene Richtungen auseinander zu schicken. Eine Gruppe begleitete einen Wagenzug mit Material für die Arbeiten an den Deichreparaturen im sächsischen Königreich der Ostangeln, und die anderen gingen nach Dyfed, um eine Schlichtung des Streites um Ländereien durchzusetzen. Medraut selbst wurde in Camlann zurückgehalten. Wir konnten ihm nicht so weit trauen, ihn mitziehen zu lassen – weder mit seinen Freunden noch mit seinen Feinden.

Gawain kehrte in der zweiten Maiwoche aus Kleinbritannien zurück. Er sah krank aus und abgearbeitet bis auf die Knochen. Die Verhandlungen mit Macsen waren genauso verlaufen, wie ich das erwartet hatte: Ein oder zwei Forderungen waren befriedigt worden, aber fünf weitere waren jetzt an ihrer Stelle erhoben worden. Außerdem hatte Gawain all seine Fähigkeiten benutzen müssen, um zu verhindern, daß er selbst in ein Duell mit einem Krieger aus Macsens Heer verwickelt wurde, der ihn absichtlich provoziert hatte. Hätte Gawain gegen den Mann gefochten und gewonnen – und er hätte nicht verloren –, dann hätte Macsen nach dem Gesetz Klage gegen ihn erheben können und durch ihn gegen uns. Er hätte damit zukünftige Verhandlungen blockieren können. Artus erzürnte das alles, und anstatt Gawain zurückzuschicken, schrieb er Macsen einen höflichen Brief, in dem er verlangte, daß Macsen einen eigenen Botschafter schickte, der die Punkte besprach, die noch erledigt werden mußten. Außerdem befahl er Gawain, in Camlann zu bleiben, und vermied es, ihm irgendeine Arbeit zu geben. Er wollte, daß der Krieger sich ausruhte, aber noch mehr wünschte er sich, die schmorende Unruhe in Camlann endlich bloßzulegen und auszuräumen. Irgendwie funktionierte sein Plan auch, denn der Konflikt flammte offen auf, kurz nachdem die zerstrittenen Parteien aus Dyfed und East Anglia zurückkehrten. Dennoch wurden nur wenige Probleme gelöst.

Ich machte gerade Inventur bei der Wolle in den Lagerräumen, als Medraut hereinkam, auf der Suche nach mir.

Ich war an den aufgestapelten Ballen von verschiedenem Gewicht und Farbton entlanggegangen und hatte die Wolle überprüft, während mein Schreiber Gwyn hinter mir herkam und die Menge jeder Sorte auf einem Wachstäfelchen notierte. Die Schafe der Gegend waren neulich geschoren worden, und ich mußte wissen, wieviel Wolle ich noch für die Burg kaufen mußte. Deshalb mußte ich mein Inventar auf den neuesten

Stand bringen. Der Lagerraum war ein langes, schmales Gebäude und fensterlos. Die Wollballen waren bis zum Dach aufgestapelt, und das Sonnenlicht drang in staubigen Streifen durch die Balken. Viele der älteren Ballen lagen schon lange auf Lager; sie waren eng gepackt, zusammengepreßt und dick vom Staub bedeckt. Ich mußte mich bücken und stochern, um herauszufinden, was für Wolle es war, und meine Hände bedeckten sich mit Wollfett, und meine Lungen füllten sich mit Staub. Dann öffnete sich die Tür am anderen Ende des Lagerraums, eine Flut von blendendem Sonnenlicht strömte herein, und Medraut stand darin wie die Statue eines römischen Gottes. Ich hörte auf, Ballen zu zählen, und richtete mich auf.

»Edler Herr?« fragte ich und versuchte, nicht zu husten.

Er schlenderte müßig durch die Tür, trat aus dem Sonnenschein und kam das schmale Gebäude herunter. Vor mir blieb er stehen. Er machte eine leichte Verbeugung und schaute mich dann mit Artus' großen grauen Augen an und mit einem angedeuteten Lächeln an den Mundwinkeln. Er war wie immer makellos gekleidet. Sein kurzer Bart war säuberlich gestutzt, und er wirkte elegant, beherrscht, unverwundbar. »My Lady«, sagte er mit pflichtbewußter Sorge in seiner weichen, angenehmen Stimme. »Der Herr Goronwy ist bei einem Zweikampf verletzt worden, und der Kaiser will, daß du dich sofort an seiner Pflege beteiligst.«

»Ach du lieber Gott«, sagte ich. Ich wischte mir die schmutzigen Hände an der Schürze ab, die ich trug, riß dann das Ding los und warf es auf einen der Ballen. Medraut schaute nach unten, nicht ganz schnell genug, daß ich nicht den Ausdruck der Befriedigung in seinem Blick entdeckt hätte. »Wie schwer ist er verletzt? Mit wem hat er gekämpft?«

»Sehr edle Dame, wie sollte ich wissen, wie schwer er verletzt ist? Ich war nicht dabei. Man sagte mir, er sei zum Hause Gruffydds des Chirurgen gebracht worden. Ich hoffe, er ist nicht sonderlich verletzt, denn er ist mein Freund.« Er hielt noch einen Augenblick inne und fügte dann hinzu: »Der Feldherr, Herr Bedwyr, war derjenige, der ihn verwundet hat.«

»Bedwyr?« fragte ich und starrte Medraut an. Ich konnte mir nicht vorstellen, daß Bedwyr in ein Duell verwickelt wurde. Dennoch würde Medraut so etwas nicht aus der leeren Luft holen. Jetzt nickte er, noch immer mit diesem schwach angedeuteten Lächeln. Goronwy war einer seiner Gefolgsleute, seiner angeblichen Freunde. Aber Medraut freute sich darüber, daß es ein Blutvergießen gegeben hatte, wenn ich ihn richtig einschätzte, und es machte ihm nichts aus, wessen Blut vergossen worden war – obwohl er ohne Zweifel Bedwyrs Blut dem Blut Goronwys vorgezogen hätte. »Wo ist Artus?« fragte ich und unterdrückte einen plötzlichen Widerwillen gegen Medraut.

»Bei Goronwy im Haus Gruffydds des Chirurgen, edle Königin. Habe ich die Ehre, dich dorthin zu begleiten?«

»Nein. Ich danke dir. Ohne Zweifel sollte der Herr Goronwy nicht von allzu vielen Besuchern gestört werden. Gwyn, laß das jetzt. Herr Medraut, entschuldige mich.« Ich knickste leicht vor ihm – die höflichste Form, die mir einfiel, ihm zu sagen: »Ich will deine Gesellschaft nicht mehr«, und eilte aus dem Raum. Gwyn warf Medraut einen verängstigten Blick zu und rannte hinter mir her.

»Du brauchst nicht mitzukommen«, sagte ich dem Jungen, während wir durch die heiße, trübe Nachmittagssonne liefen. »Heute nachmittag brauche ich dich nicht mehr. Du kannst zu den Waffenübungen gehen – oder wird heute nachmittag geritten?«

»Wir reiten, edle Dame«, sagte er. Er hörte sich absolut elend an.

»Aber was ist denn?« fragte ich ihn und bemerkte zum erstenmal seinen Kummer.

Er blieb stehen und musterte mich mit seinen seltsamen dunklen Augen. In der kurzen Zeit, die er sich in Camlann aufhielt, hatte ich ihn sehr liebgewonnen. Er war ein ruhiger, freundlicher Junge mit sehr viel Mut. Er erduldete die Abneigung und Grausamkeit der anderen Jungen in Camlann mit geduldiger Zähigkeit, und er arbeitete bei den Waffenübungen mit einer Entschlossenheit, die nie nachließ. Einmal hatte ich ihn weinend in einer Ecke im Stall gefunden, aber er hatte sofort die Augen getrocknet und abgestritten, daß er einen Grund zu weinen hatte.

»Edle Dame . . .« sagte er jetzt hastig, »ich weiß, ich bin ein Niemand – ein absoluter Niemand. Aber du solltest dem Herrn Medraut nicht vertrauen. Es ist seine Schuld, daß Bedwyr gegen Goronwy gefochten hat.«

Ich schaute ihn überrascht an. »Du scheinst dir da sehr sicher zu sein.«

»Jeder weiß es«, erwiderte Gwyn. »Goronwy ist Herrn Medrauts Freund, und der Herr Bedwyr ist Herrn Gawains Freund. Warum sonst sollten sie also miteinander kämpfen?«

Ich legte meine Hand auf seine Schulter und fühlte die Knochen durch die einfache Tunika. Gwyn hatte sehr schnell gelernt. Aber er war ja auch ein intelligenter Junge. »Warum haßt du Medraut so?« fragte ich sanft.

»Er . . . er hat einmal meine Mutter geschlagen.«

»Was? Wie war denn das möglich? War er auf irgendeinem Feldzug?«

»Es war damals im Konvent, in Gwynedd. Seit Jahren hatte ich deswegen Alpträume.«

»Aber du hast doch gesagt, daß deine Mutter in einem Kloster in Elmet sei.«

Gwyn errötete. »Ach so.« Er schaute auf die Füße. »Ich wollte nicht sagen, das Kloster wäre in Gwynedd gewesen, denn die Klöster dort stecken voller Verrat. Ich hatte Angst, du würdest mich hier nicht akzeptieren, wenn ich gesagt hätte, ich käme aus Gwynedd. Bitte, edle Dame, sag es keinem anderen, daß ich in Wirklichkeit aus Gwynedd komme. Die anderen sagen dann . . . du erzählst es ihnen doch nicht, oder?«

»Natürlich nicht. Aber was ist damals passiert?«

»Medraut kam mit ein paar von seinen Gefolgsleuten zum Kloster, um . . . um etwas zu holen, auf das er kein Recht hatte. Meine Mutter versuchte, ihn zu beschämen, damit er verzichtete, aber er hat sie mit der flachen Seite seines Schwertes geschlagen und ist davongeritten, ohne sie noch einmal anzusehen. Er hat sie geschlagen, zu Boden geschlagen, und sie hat geblutet. Ich sah, daß Medraut weder Ehre noch Scham hat, und ich hab' mir geschworen, daß ich eines Tages ein Krieger werde und ihn herausfordere. Aber als ich hierherkam, da hab ich ihn stolz und mächtig vorgefunden, und viele Krieger folgen ihm wie . . . wie Hunde, die auf Häppchen warten. Und er tut nichts, außer seinen Bruder Gawain in Streit zu verwickeln und ihn zu verleumden. Ich habe die Leute reden hören . . . my Lady, die Leute reden, wenn ich dabei bin, denn sie glauben: ›Er ist nur ein Knecht, also muß er auch ein Narr sein.‹ Ich weiß, was Medraut zu seinen Gefolgsleuten sagt, und es sind alles Lügen. Der Herr Gawain«, sagte er mit offensichtlicher, verzweifelter Intensität, »der Herr Gawain ist ein großer, guter Krieger. Er ist der beste, der allergrößte Krieger in Camlann. Wenn ich so sein könnte wie irgendeiner von ihnen, dann möchte ich wie Gawain sein. Du darfst nicht glauben, was der Herr Medraut von ihm sagt. Ich weiß, daß ich nur der Bastard einer Nonne bin, wie der Herr Cei das sagt. Aber bitte, bitte, glaub mir, my Lady. Du darfst Medraut nicht vertrauen.«

Ich überdachte das, was Gwyn gesagt hatte, und entschied bedauernd, daß er mir nichts erzählt hatte, das mir nützen konnte. »Still«, sagte ich ihm. »Wir glauben nicht, was Medraut von Gawain sagt.« Ich drehte mich um und fing an, den Hügel weiter hinaufzugehen.

»Warum läßt du ihn dann hierbleiben?« rief Gwyn aus und rannte hinter mir her. »Der sagt, du würdest ihn wegschicken, wenn das, was er sagt, falsch ist. Und viele Leute glauben ihm. Und er sagt, der Kaiser ist umgeben von Schmeichlern und weiß nicht, wem er trauen soll, und er sagt, du, edle Dame, wärst die schlimmste von den Schmeichlern – oh, verzeih mir! Ich wollte nicht . . .«

»Ich weiß, was Medraut erzählt, Gwyn«, sagte ich ihm, ohne wegzuschauen. »Aber, siehst du, wir können ihn nicht fortschicken. Herrscher können nicht die Leute einfach wegschicken, ohne sie vorher irgendeines Verbrechens anzuklagen, und wir haben nichts, dessen wir ihn anklagen können. Und er hat jetzt seit einigen Jahren für Artus gekämpft. Wir müssen so tun, als ob wir ihn übersehen, und hoffen, daß wir die Stürme durchstehen, die er aufbringen mag. Aber hab keine Angst, mir zu erzählen, was Medraut sagt. Wenn es etwas Wichtiges ist, dann will ich, daß du es mir augenblicklich berichtest. Es würde mir helfen, und auch dem Kaiser. Und wir können nur hoffen, daß Medraut nichts findet, um seine Beschuldigungen zu untermauern, und irgendwann einmal wird er dann aus Mangel an Beweisen aufgeben müssen, so daß die Männer sehen, wie er wirklich ist. Aber erzähl niemandem, was du mir gerade gesagt hast, Gwyn. Offiziell ist Medraut einer von uns, und wir vertrauen ihm. Es darf nicht von mir berichtet werden, daß ich etwas anderes gesagt habe, sonst werden viele Leute glauben, daß Medraut recht hat und daß ich seine gerissene Feindin bin.«

»Ja, my Lady«, flüsterte Gwyn. »Aber der Herr Gawain . . .«

»Niemand, der Gawain gut kennt, wird Medrauts Beschuldigungen glauben. Aber komm, warum bewunderst du ihn so, Gwyn? Du kannst ihn nur selten gesehen haben.« Ich drehte mich zu dem Jungen um und schaffte es zu lächeln.

Diese Ablenkung funktionierte. Er errötete ein bißchen. »Ich habe ihn immer bewundert – aus den Liedern, weißt du. Und ich hab' ihn einmal in Gwynedd gesehen. Ich dachte damals, er sieht wie ein Engel Gottes aus. Er ritt auf seinem Pferd vorüber und sah aus wie das Wort Gottes in der Apokalypse . . . Es gibt ein Bild davon in einem Evangelium, das ich abgeschrieben habe, my Lady. Aber Gawain ist höflich, selbst zu Menschen wie mir, und er bemerkt uns. Neulich« – das Rot in seinem Gesicht wurde tiefer –, »neulich hat er mir gesagt, wie ich vom Pferd aus den Speer werfen muß, und er hat mir selbst gezeigt, was ich falsch gemacht hatte. Und er war so freundlich! Und er sagt, daß ich gut reiten kann.«

Er lächelte wieder. Diesmal war es ein wirkliches Lächeln. Ich konnte mir vorstellen, wie Gwyn Gawain in Gwynedd gesehen hatte: ein kleiner Junge, der mit Liedern und illuminierten Evangelien aufgewachsen ist und den riesigen weißen Hengst, das Gold, das Scharlachrot und das Glitzern der Waffen in Flügeln aus Licht verwandelt und etwas, das um soviel größer ist als die Welt, als seine eigenen Hoffnungen. Nun, er hätte für seine Heldenverehrung auch schlimmere Männer aussuchen können. Es sprach sehr für Gwyn, daß er die Sanftheit und Höflichkeit genausosehr bewunderte wie die Macht der Waffen. »Gereint, der Reitmeister, sagt auch, daß du gut reitest«, bemerkte ich. »Und er glaubt wie ich, daß ein ausgezeichneter Krieger aus dir wird, wenn du weiterhin so schnell lernst wie bisher.«

»Ich . . . ich danke dir, hochedle Dame«, stammelte er, und seine Augen leuchteten. Er wirkte so durchsichtig wie Frühlingswasser, dieser Junge, und er konnte seine Gefühle nicht besser verbergen, als er fliegen konnte.

»Dann geh und übe reiten, hochedler Krieger, und morgen früh bringen wir das Wollinventar zu Ende. Gut so?«

»Sehr gut, my Lady«, erwiderte er, ergriff meine Hand und preßte sie an seine Stirn, ehe er losrannte. Ich konnte wieder lächeln, wirklich lächeln, während ich eilig zu Gruffydds Haus hinüberging.

Der Chirurgus wohnte auf der Nordwestseite der Halle, auf halbem Weg den Hügel hinab. Von Geburt stammte er aus Caer Ebrauc, und er hatte dort einige Erziehung genossen. Dazu kam noch eine Ausbildung in der Chirurgie von denjenigen, die in der Stadt die Kenntnisse der lange verschwundenen römischen Legionen noch bewahrt hatten. Als er volljährig wurde, war er einem Kloster beigetreten und lernte dort ein bißchen Physik, die seine Kenntnisse in der Chirurgie unterstützte, aber er hatte Streit mit seinem Abt bekommen, und man hatte ihn gezwungen, das Kloster zu verlassen. Kurz nach dem Tod des Kaisers Uther, ehe Artus selbst Anspruch auf den Purpur erhob, war er zu ihm gestoßen. Gruffydds war ein vernünftiger, hartköpfiger Mensch, der niemals ein gutes Wort oder eine unfreundliche Tat für andere zustande brachte. Als ich sein Haus betrat, goß er gerade mit finsterem Gesicht irgendeinen klebrigen Sirup in einen Becher Wein. Goronwy, der Verletzte, lag auf einem Bett. Sein Schwertarm war ihm über die nackte Brust gebunden, und seine Flanke und die Schulter waren bandagiert. Sein Gesicht über dem schwarzen Bart wirkte bleich, und er schwitzte.

Gruffydds nickte und grunzte, als er mich sah, aber er grüßte mich nicht. Er gab Goronwy den Becher in die linke, unverletzte Hand: Der Wein schwappte, weil seine Hand zitterte. Er schluckte ein bißchen von dem Trank und zog ein Gesicht.

»Trink alles«, riet ihm Gruffydds. »Es betäubt den Schmerz – nein, so.«

»Ich kann selbst trinken. Ich hab' schon vor Jahren meine Mutter verlassen. Wenn es den Schmerz betäubt, warum hast du es mir dann nicht schon früher gegeben?«

»Ich hab' dir vorhin schon was gegeben. Jetzt gebe ich dir noch mehr. Ich wollte, daß du noch ein bißchen bei Sinnen bist, solange ich an dir arbeite. Denn wie leicht wäre es, einen Nerv durchzuschneiden, wenn man solch eine Wunde reinigt, und das unter einem gebrochenen Schlüsselbein. Gloria Deo! Bist du wild darauf, deinen Arm zu verlieren? Als ob du nicht schon deine Dummheit genug damit bewiesen hättest, daß du einen Zweikampf ausgefochten hast!«

»My Lady«, sagte Artus, der aus den Schatten neben dem Bett auftauchte. Ich hatte ihn bis zu diesem Augenblick nicht bemerkt, und mein Herz hämmerte plötzlich. Er nahm einen Augenblick lang meine Hände und preßte sie. Die Linien um seinen Mund und um seine Augen traten stark hervor.

»Medraut hat mir gesagt, du wärst hier und wolltest mit mir reden«, sagte ich.

Er nickte und ließ meine Hände los. »Ich hab' ihn auf dem Weg hierher getroffen und ihn zu dir geschickt.«

»Medraut!« sagte Goronwy und versuchte, sich hinzusetzen. »Er weiß also davon? Jetzt schon?«

»Ich kann mir vorstellen, daß die halbe Burg Bescheid weiß,

wie du mit dem Herrn Bedwyr gefochten hast, Goronwy«, erwiderte ich mit flacher Stimme.

»Ah.« Goronwy fiel wieder zurück auf das Bett. »Gut. Wenn du ihn siehst, sag ihm, daß ich seine Gesellschaft sehr begrüßen würde. Seinetwegen habe ich ja gekämpft, und wäre er anwesend gewesen, dann hätte er selbst gekämpft. Die Angelegenheit betrifft also ihn.«

Gruffydds grunzte. »Ich habe hier zu sagen, ob es dir gut genug geht, um Besucher zu empfangen, oder nicht. Und ich sage, daß du niemanden empfangen wirst. Nicht vor morgen.«

Goronwy versuchte wieder, sich hinzusetzen, stöhnte und fiel zurück. Gruffydds nahm ihm den Becher ab, schenkte noch etwas Wein hinein und fügte noch etwas Sirup hinzu. »Nimm das«, befahl er. »Das bringt dich zum Schlafen.« Goronwy nahm es ohne Widerrede.

»Warum hast du gegen den Herrn Bedwyr gekämpft?« fragte Artus, sobald der Becher leer war. Seine Stimme war ruhig und gelassen. Nicht einmal ich, die ich ihn so gut kannte, konnte die Anspannung darin entdecken.

Goronwy blinzelte ihn an. »Mein Herr, er . . . sein Speer sei verdammt! Er hat gesagt, ich wäre ein Lügner!«

»Hat er das? Warum?«

Goronwy blinzelte noch einmal. Die Droge fing an zu wirken, was Artus ohne Zweifel einkalkuliert hatte. »Er hat gesagt, ich . . . nein, zuerst haben wir über den Herrn Gawain geredet, Herr. Morfran ap Tegid und Constans und ich. Wir waren in der Halle. Und ich hab' gesagt, daß du Gawain nicht zurück nach Gallien schickst, weil du den Verdacht hast, daß er schlecht mit König Macsen verhandelt. Aber Morfran meinte . . . er sagte: ›Beim Himmel, das ist falsch‹, und du hättest Gawain nicht geschickt, weil er krank ist. Und Constans meinte, das könne er glauben, und Gawain sei in der Tat krank – im Gehirn, weil er seine Mutter umgebracht hat. Er hat eine schnelle Zunge, dieser Constans! Und Morfran wurde sehr ruhig und bekam einen unsicheren Blick, und dann hat er gefragt, ob Medraut das gesagt hätte, und Constans fragte, warum er es wissen wollte – und in diesem Augenblick kam der Herr Bedwyr heran – er hatte unten in der Halle gesessen, ein Stück entfernt von uns –, und Bedwyr sagte, Gawain sei nicht krank, sondern du, mein Herr, wünschtest, daß er sich ausruht. Und niemand bezweifle seine Treue. Und ich hab' gesagt, das wäre falsch. Denn es gäbe viele, die das bezweifelten, und mit Grund. Und Bedwyr nannte mich einen Lügner. Wie kann ein ehrenhafter Mann so etwas ertragen? Ich hab' ihn auf der Stelle zum Kampf herausgefordert. Er hat nichts gesagt und nur genickt. Und dann gingen wir hinaus in den Hof bei den Ställen und sattelten unsere Pferde und haben uns darangemacht. Aber sein Speer sei verdammt! Beim allerersten Angriff, ehe ich nur einen guten Schlag landen konnte, stößt er mich unter den Arm und schlägt mich vom Pferd, so daß ich jetzt nicht mehr in der Lage bin, für Monate gegen irgend jemanden zu kämpfen. Und, mein Herr – es ist doch wahr, daß du Gawain mißtraust, oder nicht?«

»Ich vertraue Gawain mehr als meinem eigenen Schildarm«, erwiderte Artus mit ruhiger Stimme. »Und Bedwyr vertraue ich mehr als meiner Schwerthand. Du hast müßigen Gerüchten zuviel Glauben geschenkt, Goronwy.« Er nahm dem Krieger sanft den Becher ab. »Hör zu, Vetter. Dieser Streit innerhalb meiner ›Familie‹ schmerzt mich so tief, wie deine Wunde dich schmerzt. Ich wünsche, daß der Streit endet.«

Goronwy blickte zu ihm auf und blinzelte noch immer schläfrig. Er klemmte die Unterlippe zwischen die Zähne. »Aber nach alledem traust du Gawain immer noch? So sehr? Er ist ein Muttermörder!«

»Vetter, auch das ist falsch. Denkt einen Augenblick nach, denkt an die Art, in der du zum erstenmal die Geschichte vom Tode der Königin Morgas von den Inseln gehört hast. Zuerst – waren sich da nicht alle einig, daß die Königin von den Händen des Herrn Agravain gestorben wäre? Und du hast auch gehört warum. Denk außerdem an Gawain. Du kennst ihn schon genausolange wie ich, du hast neben ihm gekämpft, von hier bis nach Kaledonien. Denk daran, wie oft er uns im Kampf gerettet hat und wie wohl er uns auf Botenreisen gedient hat und wie lange es dauert, bis er sich mit jemandem streitet – selbst mit dem niedrigsten Diener. Kannst du wirklich glauben, daß er wahnsinnig ist oder – noch schlimmer – verräterisch? Und kannst du glauben, daß ich es nicht wissen oder handeln würde, wenn es doch so wäre? Bin ich denn ein Narr? Goronwy?«

Goronwy schaute mich plötzlich an. Sein Blick war unsicher. Dann wandte er die Augen wieder zu Artus, in einem Ausdruck völliger Verwirrung. Artus beugte sich nach vorn und nahm seine Hand. Er umklammerte sie. »Vetter«, sagte er, »wieder denkst du an die wilden Gerüchte. Aber denk einmal daran, was du selbst getan und gesehen hast und was du weißt. Du weißt, wer und was ich bin, und du kennst Gawain und Bedwyr.«

Goronwy schaute ihn weiter in Verwirrung an.

»Wirst du dich mit dem Herrn Bedwyr versöhnen?« fragte Artus nach einem kurzen Schweigen.

»Mit Bedwyr? Ja, sein Speer sei verdammt. Wenn er den Ausdruck ›Lügner‹ zurücknimmt.«

»Das wird er tun. Aber du darfst nicht wieder deine Freunde gegen ihn aufbringen.«

»Wenn du es wünschst, Herr, dann will ich diesen Streit für mich behalten.«

»Ich wünsche es. Ausgezeichnet, Vetter. Schlaf jetzt!« Artus legte Goronwys Hand aufs Bett, wo sie sich langsam ballte und sich dann entspannte. Mein Mann betrachtete seinen Krieger einen Augenblick mit grimmigem Gesicht, drehte sich dann um und verließ den Raum.

Im Nachbarzimmer lag Gruffydds' Küche und auch der Platz, wo er seine Drogen präparierte. Artus lehnte müde an dem schweren Tisch, während Gruffydds die Tür schloß. Dann fragte Artus: »Und Bedwyr ist unverletzt?«

»Vollkommen. Er war derjenige, der Goronwy hierhergebracht hat. Goronwy ist auch nicht sehr verletzt – abgesehen von dem gebrochenen Knochen. Er sollte sich schnell erholen.«

Artus nickte. Dann sagte er mit leiser Stimme: »Er soll Medraut nicht empfangen. Verhindere das auf jede Weise, die dir zur Verfügung steht: Sag Medraut, daß er schläft oder daß er zu schwach ist, um Besucher zu empfangen. Bedwyr aber mußt du erlauben, ihn zu besuchen.«

»Das will ich tun, Herr. Und ich werde auch Rhuawn fernhalten und all die anderen aus Medrauts Partei, damit Goronwy eine Chance bekommt, wieder zu Verstand zu kommen.« Einen langen Augenblick begegnete er Artus' festem Blick, und dann fügte er hinzu: »Das ist doch dein Wunsch, oder nicht, Herr?«

Artus nickte. »Ja. Aber – wenn du es tust, dann mach es nicht zu offensichtlich.«

»Keine Angst. Aber ich bearbeite ihn auch selbst. Ich will sehen, ob ich ihm die Verleumdungen nicht ausreden kann.«

Artus fuhr fort, ihn mit Blicken zu fixieren. Gruffydds fügte abwehrend hinzu: »Gawain ist mein Freund, und es paßt mir gar nicht, wenn ich höre, daß er von einem goldenen Wiesel wie Medraut Verräter genannt wird.«

»Die ganze Geschichte ist sehr übel, aber Goronwy ist ein guter Mann, trotz allem. Was immer du sagst, fang keine weiteren Streitereien an! Wir können nur hoffen, daß sich alles mit der Zeit von selbst erledigt und daß jemand Gawain direkt darauf anspricht.« Nach einem weiteren Augenblick nickte Gruffydds, und Artus seufzte und rieb sich über den Mund. »Gut. Wenn du irgend etwas für Goronwy brauchst, wenn du willst, daß er anderswohin verlegt wird, dann haben die Diener Befehl, dir zu helfen. Gwynhwyfar, Bedwyr wartet sicher schon in unserem Haus.«

Bedwyr saß auf dem Rand des Schreibpultes und las ein Buch. Er legte es schnell hin, als wir eintraten, stand still und wartete. Blut war an seiner Tunika und an seinem Umhang, Goronwys Blut, und sein Gesicht war hart und bitter.

Artus durchquerte schnell den Raum und packte Bedwyr an den Schultern. »Es war gut«, sagte er, und die Grimmigkeit fiel plötzlich von ihm ab. »Es war gut, mein Bruder. Aber geh deinetwegen nicht solch ein Risiko ein. Ich könnte es mir eher leisten, Goronwy und Morfran zusammen zu verlieren, als dich zu verlieren.«

Bedwyrs Gesichtsausdruck entspannte sich, und er umklammerte Artus' Arm. »Es gab keine andere Möglichkeit, den Streit abzubrechen«, sagte er. »Wenn ich nicht dazwischengetreten wäre, dann hätte Morfran gegen Goronwy gekämpft, und einer von den beiden wäre sicher getötet worden.«

Artus nickte, schüttelte ihn ganz leicht, ließ ihn dann los und setzte sich ans Pult. »Ich habe Goronwy gerade gesagt, daß ich Gawain mehr vertraue als meiner linken Hand – und dir mehr als meiner rechten. Und ich bete zu Gott, daß sich das herumspricht. Da du derjenige warst, der gegen Goronwy gekämpft hat, glaubt diese Partei vielleicht, daß ihr Anführer mich angreift und nicht Gawain. Aber, Gott des Himmels! Ich kann jetzt auf nichts mehr trauen. Nichts geht über seine Macht, Worte ins Böse zu verdrehen.«

Niemand mußte fragen, wer ›er‹ war.

»Es wäre genauso schlimm gewesen, wenn du Gawain zurück nach Gallien geschickt hättest«, sagte ich. »Vielleicht geht es nicht um ihn, aber ich glaube, Medraut haßt ihn.«

Artus nickte schwer. »Und niemand hat Gawain bis jetzt direkt herausgefordert. Er ist schon seit zwei Wochen zurück und macht den Schwierigkeiten den Hof, und noch immer hat ihn niemand herausgefordert.«

Bedwyr schüttelte den Kopf. Er trug einen Sessel für mich ans Feuer und setzte sich dann wieder auf die Pultkante.

»Rhuawn hat vor zwei Tagen Gawain ein paar wilde Dinge ins Gesicht geschleudert«, sagte ich. »Aber nichts war dabei, was Gawain uns hätte melden können, damit wir es abweisen. Gawain wollte nicht sagen, mit was man ihn beleidigt hatte. Er meinte nur, er hätte gegen Rhuawn kämpfen müssen, wenn er von seinen Worten Notiz genommen hätte. Also verdrehte er ihre Bedeutung zu einem Witz und ging dann.«

»Es ist noch immer der alte Streit, nur deutlicher, unmittelbarer.« Artus stand auf, ging hinüber zum Feuerplatz und lehnte sich an die Wand. Er starrte in die tote Asche der Feuerstelle. »Dennoch muß mehr daran sein, sonst hätte jemand Gawain herausgefordert.«

»Eine Zeitlang wird es jetzt ruhiger sein«, sagte Bedwyr.

Artus rührte sich nicht. Seine großen grauen Augen starrten ins Nichts, ich wußte in einem plötzlichen impulsiven Schmerz, über was er jetzt nachdachte.

»Vielleicht solltest du Gawain irgendwo hinschicken«, schlug ich vor, um ihn von dem Alptraum abzulenken. »Du könntest ihn auf eine Mission schicken, nach Ebrauc – oder, noch besser, auf die Inseln –, mit einer Eskorte aus einigen von Medrauts Gefolgsleuten und einigen seiner eigenen Freunde. Vielleicht wäre er dann in der Lage, die Probleme zu lösen.«

Artus schüttelte den Kopf, ohne mich anzusehen. »Nein. Wenn jemand ihn auf der Reise herausforderte, dann wäre er nicht in der Lage, uns zur Schlichtung anzusprechen. Er würde kämpfen müssen. Und wenn jemand getötet würde, dann wären die anderen aus Medrauts Partei nach seinem Blut aus – Gott verhindere es, aber vielleicht gäbe es sogar auf dem Weg eine richtige Schlacht. Nein. Es gefällt mir nicht, daß alle zögern, Gawain auf irgendeine Anschuldigung herauszufordern, in der ich vielleicht urteilen könnte. Dadurch deutet man an, daß sie schon jetzt meiner Gerechtigkeit mißtrauen. Vielleicht ... vielleicht glauben sie auch schon an andere Gerüchte. Sie schreitet jetzt schnell fort, diese Krankheit. Viel schneller, als ich geglaubt hatte. Ich muß Medraut wegschikken ... aber wohin, um Gottes willen? Ich wage es nicht, ihn als Boten auf den Weg zu senden.«

»Schick ihn nach Gwynedd, damit er die Probleme wegen des letzten Tributes mit Maelgwyn bespricht«, schlug Bedwyr vor. »Er wird es nicht wagen, uns bei Dingen zu betrügen, die wir überprüfen können – wie Tributzahlungen. Und er kann Maelgwyn kaum mehr zu unserem Feind machen, als er schon ist. In der Tat – wenn er Maelgwyn zu sehr unter Druck setzt, dann fängt der König vielleicht an, ihm zu mißtrauen, und er hat dann einen Verbündeten weniger.«

Artus' Hand, die an der Wand ruhte, ballte sich langsam. »Wenn ich ihn zu Maelgwyn schicke . . . er ist bereit, das Geheimnis zu verraten. Er wird es Maelgwyn erzählen.« Sein Blick ging über den grauen Hauf aus Asche hinweg, in eine tiefere Dunkelheit, und sein Gesicht wirkte faltig und alt. Seine Stimme war zu einem Flüstern geworden.

»Herr?« fragte Bedwyr ebenfalls flüsternd und schaute Artus intensiv an. Er kannte das Geheimnis nicht, aber er kannte Artus schon seit vielen Jahren, viel zu lange, um diesen Schatten, der über ihm hing, nicht zu bemerken oder diesen starren Blick in die blinde Dunkelheit zu erkennen.

Artus schaute ihn plötzlich an. Sein Gesichtsausdruck war bitter. »Meine Frau weiß es.«

Ich blickte hinab auf meine Hände, die gefaltet im Schoß lagen. Ich sah das purpurne Glänzen des Amethysts in dem Siegelring, den ich trug, und den geschnitzten, kaiserlichen Drachen. Ich wollte Bedwyrs dunklem, fragenden Blick nicht begegnen. Aber ich fühlte ihn, als er sich wieder an Artus wandte.

»Und?« fragte Artus sehr leise, als ob er mit sich selbst spräche. »Du solltest es wissen. Du bist mein Feldherr.«

»Ich bin dein Freund«, erwiderte Bedwyr ganz ruhig. »Und dein Diener.«

Die zwei Paar Augen begegneten sich und schauten einander an. Bedwyrs Blick war ernst, mit einer offenen Demut, zufrieden mit dem, was Artus ihm sagen würde. Artus' Blick war hart und kalt, wie er selbst kalt war, verzerrt vom Schmerz einer Erinnerung.

Dann seufzte Artus und öffnete seine Hände in einer Geste der Niederlage. »Du bist mein Freund und Bruder. Und ich weiß, daß du mir folgen wirst, selbst wenn du es weißt. Aber ich sage dir jetzt, daß ich es für nicht gerecht halte, wenn du es weißt. Ich will es akzeptieren, weil ich muß – aber Gerechtigkeit ist es nicht, und es war nicht gerecht von mir, es so lange zu verheimlichen. Medraut . . .« Er hielt inne und holte tief und schluchzend Atem, »Medraut ist mein Sohn.«

Bedwyr starrte ihn an. Ich sah zu, wie die Bedeutung von Artus' Worten langsam über sein Gesicht zog, wie sich zuerst seine Augen vor Schrecken verdunkelten und wie dann nach und nach alles Blut sein Gesicht verließ. Er erhob sich, versuchte zu sprechen, hielt inne, und die Fingerspitzen seiner einen Hand ruhten auf der Oberfläche des Pultes. »War es – deine Schwester?« fragte er endlich.

»Ja.« Artus stand völlig still, fast ruhig, nur seine Augen waren lebendig und strahlend und schrecklich. »Hast du jemals bemerkt, daß er mir gleicht?«

»Ich . . . er ist dein Neffe. Ich dachte, deshalb sei es so.«

»Er ist mein Neffe und mein Sohn. Er ist geboren aus der Blutschande, die ich mit meiner Schwester Morgas begangen habe. Nach allen Traditionen der Kirche bin ich in Ewigkeit verdammt.«

»Er hat es nicht gewußt!« sprudelte ich heraus, unfähig, länger zu schweigen. »Er hat nicht gewußt, wer sein Vater war. Und sie hat es geplant, um uns zu vernichten.«

»Still, still«, sagte Artus und schloß die Augen halb im Schmerz. Dann schrie er, während er sich mit plötzlicher Wildheit zu mir umdrehte: »Glaubst du denn, daß das die Sache ändert?«

Plötzlich kehrte die Farbe in Bedwyrs Gesicht zurück. »Herr, es gibt keinen Grund, Lady Gwynhwyfar anzuschreien.«

Artus nickte, setzte sich dann plötzlich am Feuer nieder, als ob seine Kraft ihn endlich verlassen hätte. Er bedeckte das Gesicht mit den Händen. Ich sprang auf und ging zu ihm hinüber, kniete neben ihm, hielt ihn in den Armen. Aber er war völlig bewegungslos. Morgas hatte ihn tiefer verwundet, als daß ich ihn hätte heilen können. Bedwyr stand beim Pult, betrachtete uns und sagte nichts.

Nach einer langen Minute senkte Artus die Hände und begegnete wieder dem Blick seines Feldherrn. »So«, sagte er mit flacher, erschöpfter Stimme, »jetzt hab' ich es dir gesagt. Aber die Geschichte wird bald im Umlauf sein. Du sollst wissen, daß sie wahr ist. Ach, wenn du willst, dann füge deinem Wissen das hinzu, was Gwynhwyfar dir gesagt hat: Ich hab' es nicht gewußt. Es war . . . vor langer Zeit.«

Bedwyr neigte zustimmend den Kopf, eine Bewegung, die einer tieferen Verbeugung voranging, denn er sank in die Knie und zog sein Schwert. Er bot es Artus mit dem Heft voran. »Herr«, sagte er in einem Tonfall, der so ruhig und ausdruckslos wie Artus' Tonfall war, »vor vielen Jahren hab' ich dir dies gegeben. Hätte ich damals gewußt, was du mir heute gesagt hast, so hätte ich auch nicht anders gehandelt.«

Artus starrte ihn an, erhob sich dann, machte sich von mir los und berührte das Heft des Schwertes. Ich glaubte, er wollte Bedwyr auf die Füße helfen und ihn umarmen, aber er tat es nicht. Er stand nur da und schaute den Krieger an. »Ich danke dir«, sagte er endlich. »Setz dich.«

Er kehrte zu seinem Platz neben mir zurück, und Bedwyr erhob sich bebend. Er steckte sein Schwert in die Scheide und setzte sich nieder. Artus holte noch einmal tief Atem und führte die Besprechung mit ruhiger Stimme fort. »Du siehst also: Ich fürchte, Medraut wird bald anfangen, die Geschichte zu verbreiten. Daher will ich ihn nicht nach Gwynedd schicken oder zu irgendeinem anderen König, der wie Maelgwyn in der Lage wäre, solch eine Geschichte als Waffe gegen uns zu benutzen.«

»Medraut könnte es Maelgwyn selbst erzählen, ohne Camlann zu verlassen«, sagte ich in die Stille hinein. »In einem Brief.«

Artus drehte den Kopf um und schaute mich an. Sein Gesicht war kaum einen Fuß von meinem entfernt, aber seine Augen schienen mich aus großer Entfernung zu betrachten.

»Schick ihn nach Gwynedd«, sagte ich. »Mein Lieber, einige der Männer werden ihn jetzt anzweifeln. Wenn er abwesend ist, gleichgültig wo, dann verfliegt sein Zauber. Und wenn er die Geschichte Maelgwyn erzählt, dann wird sie weniger schaden, als wenn sie einem König erzählt würde, der unser Feind ist.«

»Aber er wird gern nach Gwynedd gehen wollen. Er hat schon mit Maelgwyn gesprochen; wir wissen das. Solch eine Geschichte würde er keinem Brief anvertrauen. Er wird sie auf seine eigene Art erzählen wollen, indem er seinen Weg mit Andeutungen und Gerüchten vorbereitet und ihn damit beendet, daß er vorgibt, daß der König selbst verletzt werden soll. Lieber Gott, ich kann ihn schon fast hören.«

»Mein Liebster . . .«, fing ich wieder an und streckte die Hand aus, um ihn zu berühren.

Aber er sprang auf, schritt zur Tür, drehte sich um und schaute zu mir zurück. »Das beste für mich wäre, abzudanken. Nein, sei still. Wenn ein anderer an meiner Stelle wäre, jemand, der von alledem nicht berührt ist, dann wäre alles gut. Und warum sollten Camlann oder du oder ganz Britannien für meine Sünde zahlen? Warum sollte jemand dafür leiden außer mir? Es kommt nur daher, daß ich Kaiser bin, daß ich den Purpur widerrechtlich genommen habe. Wenn ich abdanken könnte . . .«

»Herr!« riefen Bedwyr und ich zusammen aus.

Er schüttelte zornig den Kopf. »Es wäre das beste. Aber es gibt niemanden, den ich zu meinem Nachfolger ernennen könnte und den man überall akzeptiert. Am Ende würde es einen Krieg geben, noch einen Krieg. Und alles würde so enden wie damals, als ich die Macht ergriffen habe, und ohne Zweifel würde ich die Macht wieder ergreifen.« Er schlug hart mit der Hand gegen die Wand, hielt dann inne und umfaßte sie mit der anderen Hand. »Ich kann nichts anderes tun als weitermachen.«

»Artus!« rief ich und erhob mich mit steifen Knien. Das Herz tat mir weh, denn er wollte weder Trost noch Hoffnung von mir annehmen, und dennoch hatte er sich dazu entschlossen, weiterzukämpfen.

»Nein! Gwynhwyfar, dein Mitleid ist ein Tadel für mich. Siehst du das nicht ein? Muß ich so offen reden? Es ist meine Schuld, meine! Laßt mich für eine Weile allein. Ich werde ausreiten – ja, ich werde Medraut und Rhuawn als Begleitung mitnehmen und versuchen, ob ich nicht irgend etwas von ihren Plänen ausforschen kann. Bedwyr, du mußt Goronwy besuchen. Nimm den Ausdruck ›Lügner‹, den du ihm gegeben hast, zurück, dann ist er wieder versöhnt. Und schweig über den Streit. Sollte sich irgend etwas anderes ereignen, dann bin ich bei Sonnenuntergang zurück.« Er öffnete die Haustür, blieb dann stehen und schaute noch einmal zurück. »Verzeiht mir«, sagte er sehr ruhig, und dann war er fort. Bedwyr und ich schauten einander in tiefem Schweigen an, und wir sahen die Verlassenheit, die in unseren Augen lag.

»Du hast es gewußt – wie lange schon?« fragte Bedwyr endlich.

»Nur vier Jahre«, antwortete ich.

»Und sonst weiß es niemand?«

Ich schüttelte den Kopf, schaute mich um und setzte mich dann in den Sessel am Feuer, den Artus gerade verlassen hatte. Die Wärme seines Körpers war noch immer daran, und ich sehnte mich nach ihm, ganz plötzlich und ganz schrecklich. »Nur Gawain«, sagte ich zu Bedwyr. »Artus hat es ihm erzählt, ehe Gawain ihm Gefolgschaft geschworen hat. Artus dachte, Gawain wüßte es schon, und er hatte ihn deswegen schlecht behandelt.«

»Das war also der Grund.« Bedwyr fuhr mit dem Finger über die Linie seines Schwertheftes, hob dann eine Falte seines Umhangs auf und starrte einen Blutfleck an, der darauf war. »Wenn ich das gewußt hätte . . .«

»Was?«

Er ließ den fleckigen Stoff wieder fallen. »Nichts. Was hätte ich schon tun können? My Lady, ich würde für keinen anderen kämpfen als für Artus. Ich hätte mein Schwert schon vor Jahren an den Nagel gehängt, wenn ich aufgerufen worden wäre, einem anderen Herrn außer ihm zu dienen. Was er getan hat, das ist nicht weniger als ein Wunder. Er hat für das Licht gefochten, wo alle anderen nur für sich allein kämpften. Kein Gott würde ihn für das strafen, was er unwissend begangen hat. Es ist ein Werk der Hölle, um uns alle zu schwächen.«

»Gawain«, sagte ich müde, »Gawain glaubt, die Königin Morgas war eine Art Dämon.«

»Beim Himmel – ihr Herz muß schwärzer gewesen sein als das Herz eines anderen Sterblichen, daß sie so etwas getan hat. Kann Artus sich wirklich vorstellen, daß jemand anders besser regieren könnte als er? Selbst jetzt, selbst wo er Kaiser ist, sind wir kaum in der Lage, an dem festzuhalten, was das Alte Reich war. Was würden wir tun ohne ihn?«

Ich schüttelte den Kopf. Meine Hand ballte sich, und ich fühlte die Linie des Siegelrings an meiner Handfläche. »Ich glaube, daß wir bis auf den heutigen Tag nichts anderes getan haben, als einen Windschutz aus Sträuchern gegen den Sturm zu bauen«, sagte ich, »und seit dem Frieden haben wir versucht, ein Feuer dahinter anzuzünden. Aber ich dachte, wir hätten genug Feuer, um die Welt zu erleuchten, hier in Camlann, wenn wir Zeit genug haben. Nur Medraut wird unseren Windschutz niederreißen, wenn wir es zulassen. Artus weiß es, und er glaubt, es ist seine Schuld. Aber du hast recht, ohne ihn haben wir nichts als die Dunkelheit und die Stürme und die Könige von Britannien, die um einen purpurnen Umhang gegeneinander kämpfen. Artus will das nicht geschehen lassen.«

»Ich bitte Gott, daß es nicht geschieht.« Bedwyr schaute mich wieder an, kam dann zu mir herüber, kniete vor mir nieder und nahm linkisch meine Hände. Er küßte sie. »Hochedle Dame . . . du brauchst mir nicht zu sagen, daß er dich mehr als alle anderen liebt. Wenn jemand ihn trösten kann, dann bist du es.«

»Ich habe es versucht. Aber er will keinen Trost. Er wird die Festung halten, aber für diese Tat wird er sich auch strafen, und ich kann ihn nicht daran hindern.«

»Versuch es noch einmal, my Lady.« Sein Gesichtsausdruck war ernst und zärtlich. »Du bist nicht feige. Ich weiß, daß du weiterkämpfen würdest, selbst wenn der Kampf hoffnungslos wäre. Und er ist jetzt alles andere als hoffnungslos.«

Meine Sehnsucht, seine Freundlichkeit, Artus' Schmerz. Ich war wie gelähmt von zu vielen Gefühlen, und ich konnte doch nicht mehr fühlen. »Ich bin ... mit Recht getadelt, Herr«, brachte ich heraus. »Nun gut. Und was dich selbst betrifft, so verdienst du das Vertrauen, das er dir schenkt. Du verdienst es von mir genausosehr wie von meinem Herrn. Wenn ich dir so danken sollte, wie deine Freundlichkeit es verdient, dann würde ich nie aufhören können, dir zu danken.«

Er schaute mich noch einen Augenblick länger in völligem Ernst an, und dann küßte er noch einmal hastig meine Hände. Er stand auf, schaute mich an und verbeugte sich. »Ich muß gehen und Gawain suchen. Ich muß ihm sagen, was passiert ist. Gott schütze dich, my Lady.«

»Und dich auch, edler Herr.«

Als er gegangen war und ich das Haus für mich allein hatte, legte ich das Gesicht in die Hände und bemühte mich, ruhiger zu werden. Sei still, still ... Ich konnte die Brise im Strohdach hören und das hohle Geräusch, das der Wind unter den Balken machte. Ich hörte ferne, unverständliche Stimmen, die weit unten am Hügel riefen. Da. Meine Haut fühlte sich heiß an, und ich stand auf und ging ins nächste Zimmer. Ich fand einen Krug mit Wasser. Ich spritzte mir das Wasser an die Stirn und an die Wangen. Aber die Ruhe floh mich. Ich hatte das Gefühl, als ob ein Feuer unter meinem Herzen in diesem Gewebe aus Schmerz und Hilflosigkeit angefangen hatte zu brennen, und ich konnte es nicht so leicht auslöschen. Obwohl ich über Bedwyr froh war. Er war freundlich gewesen ...

Ich hielt inne und starrte in den Wasserkrug. Bedwyr. Was hatte ich gefühlt, als er meine Hände küßte? Was für ein Zeichen hatte er vor mir in der Luft gemacht, um mein Herz an sich zu ziehen, wie Artus das tat?

»O Gott«, flüsterte ich, und die Lippen meines Spiegelbildes bewegten sich entsetzt im Wasser. Nicht dies, nicht jetzt, nicht, wo ich soviel anderes zu tun hatte! Wie war nur diese Gefahr an mich herangekrochen, daß ich sie bis jetzt nicht bemerkt hatte? Ich war sicher gewesen in meiner Liebe zu Artus. Oh, natürlich sind manche Männer attraktiv, und der Körper findet sie anziehend. Aber das ist etwas, was man leicht weglachen kann und was nicht ernst zu nehmen ist. Ich hatte niemals einen anderen Mann außer Artus geliebt, ich hatte nie geglaubt, daß ich das konnte. Es gab viele, die ich zu meinen engen Freunden zählte, und Bedwyr hatte auch dazu gehört. Aber jetzt war ich überrascht worden, hineingelockt in ein anderes Gefühl, ein Gefühl, das tiefer ins Herz biß.

Ich dachte noch einmal daran, wie er mich angeschaut hatte, so zärtlich und ernst. Ich dachte an die eilige Berührung seiner Lippen auf meinen Fingern ... Ich konnte sie noch immer fühlen wie einen Ring aus unsichtbarem Gold. Ich ballte meine Hände zu Fäusten und preßte sie auf die Augen. Der Gedanke an diesen Ausdruck in seinen Augen, an sein seltenes, warmes Lächeln schmolz meine Seele in mir. Und es hatte auch ihn getroffen, es hatte ihn genausogut überrascht, dessen war ich sicher.

»O Gott«, sagte ich noch einmal. Meine Stimme klang seltsam.

Ich wischte mir die triefenden Hände an meinem Kleid ab und ging zurück in das Besprechungszimmer. Das Buch, das Bedwyr gelesen hatte, als ich ins Haus trat, lag noch auf dem Pult. Ich nahm es auf, um es wegzustellen – alles, um mich von dem aufgewühlten Gefühl in mir abzulenken. Es war die Aeneis, und als ich das Buch aufhob, klappte es am Anfang des vierten Kapitels auf:

At regina gravi iandudum saucia cura
vulnus alit venis et caeco carpitur igni ...

Aber inzwischen die Königin, schweren Schmerzes verwundet,
nähret die Wunde mit Blut, und ein blindes Feuer ergreift sie ...

Ich warf das Buch auf den Fußboden und starrte es an. Die unglückliche Dido, die in Aeneas verliebt war, der nach Rom wollte. Verliebt, verliebt, verliebt. Ich hatte nicht bemerkt, wie sie kam, und jetzt, wo ich sie sah, war es zu spät: Die Liebe packte mich wild, bittersüß, unwiderstehlich. Und ehebrecherisch, verräterisch, vernichtend.

Mit zitternden Händen nahm ich das Buch wieder auf. Ich glättete die geknickten Seiten und stellte es zurück an seinen Platz im Bücherregal. Dann blieb ich einen Augenblick stehen, und ich legte die Handflächen flach auf das kühle, narbige Holz des Pultes. »Nun gut«, sagte ich laut und fühlte das Schlagen meines Blutes in den Ohren. Es war geschehen; ich liebte Bedwyr. Aber dennoch, Artus ... ich schloß die Augen und dachte an meinen Mann. An die Augen, die mit einem Blick Schweigen befehlen oder von reiner Freude glühen konnten, an den zuversichtlichen Schritt, die Kraft seiner Hände und die leidenschaftliche Macht seiner Vision. Mein Mann, mein Liebster, und wenn er manchmal, unter der Bürde des Reiches, mich nicht hören wollte – nun, ich hatte das immer erwartet. Aber Bedwyr – nein, diese Wunde würde ich nicht mit meinem Blut nähren. Ich würde auch nicht mehr mit dem Feldherrn reden, es sei denn, die Umstände verlangten es.

Ich drehte mich um und stolperte aus dem Raum. Ich blieb in der Tür stehen. Der Tag war dunkel geworden, und Wolken spuckten ein paar kleine Regentropfen. Ich mußte ... ich mußte mit den Dienern reden, ich mußte dafür sorgen, daß ein paar von ihnen erfuhren, was Artus über Gawain gesagt hatte, so daß das Gerücht seiner Worte sich ruhig und natürlich verbreitete, zusammen mit der Geschichte von dem Streit. Ja. Und was Bedwyr betraf ...

Am besten war es, überhaupt nicht an ihn zu denken.

3

Am nächsten Morgen beendete ich mit Gwyn das Inventar der Wolle, als Gawain auf der Suche nach mir in den Lagerraum kam. Er lächelte, als er uns sah, nickte Gwyn zu und verbeugte sich leicht vor mir. »My Lady, ich würde gern mit dir reden, wenn du frei bist.«

»Ist es dringend?« fragte ich mit müder Sorge.

»Ach nein. Es kann warten – wann wirst du hier fertig sein?«

»Wir sind jetzt fast fertig. Wenn du willst, daß ich in die Halle komme, wenn ich fertig bin, oder in dein Haus . . .«

»Mach dir keine unnötige Mühe. Ich will hier warten, wenn ich nicht im Weg stehe. Kann ich irgendwie helfen?«

»Überhaupt nicht.«

»Schade. Ich fühle mich wie ein Pferd, das auf die Weide geschickt worden ist, wo es nichts anderes zu tun hat, als zu grasen und zuzusehen, wie seine Kameraden arbeiten. Ich hatte nicht geglaubt, daß dreißig so alt ist . . . he, Gwyn! Wie machst du dich denn beim Reiten?«

Gwyn, der Gawain mit leuchtenden Augen betrachtet hatte, stammelte eifrig seine Antwort. »Ich k-kann das Ziel jetzt aus dem Galopp treffen, seit du es mir gezeigt hast, edler Herr. Aber den Ring kann ich noch nicht aufheben, und die anderen haben mir gesagt, ich müßte es jetzt eigentlich können. Gestern hab' ich's versucht, und dann bin ich heruntergefallen, und dem Pferd hat es nicht gepaßt.«

Gawain lachte. »Hast du wieder den nußbraunen Dreijährigen geritten? Das Tier ist ein halbes Pony und hat nicht mehr Widerrist als ein Maultier. Außerdem noch weniger Ausbildung. Man kann nicht das ganze Gewicht auf eine Seite des

Pferdes verlagern, es sei denn, das Pferd ist daran gewöhnt. Was hat denn der Braune gemacht, als du dich über seinen Nacken gebeugt hast? Ist er plötzlich stehengeblieben und hat überrascht dreingeschaut?«

Gwyn lachte zurück. »Wie eine Henne, der man die Schwanzfedern ausrupft. Er ist, sobald ich das linke Bein hochgenommen hatte, einfach stehengeblieben, und dann bin ich heruntergefallen. Er hat mich beschnüffelt, als ich auf dem Boden lag, und er schaute sehr verwirrt drein. Aber die anderen hatten mir alle gesagt, ich sollte es doch mal versuchen.«

»Wahrscheinlich wollten sie dich nur herunterfallen sehen – und bei dem Tier gibt es ja auch nichts, woran man sich festhalten kann, wenn man abrutscht. Wenn du ihn aber an das Kunststück gewöhnen könntest und ihm beibringst weiterzulaufen, während du es machst, dann könntest du die Übung noch einmal wiederholen und sie alle überraschen.«

»Das wäre herrlich! Wie macht man eigentlich . . . oh. Das tut mir leid, my Lady. Es waren drei Ballen Grün, nicht?«

»Dreimal Grün einfach, zweimal doppelt. Vielleicht könnte der Herr Gawain dir heute nachmittag beibringen, wie man vom Pferd aus einen Ring vom Boden aufhebt. Aber warum in aller Welt willst du eigentlich so etwas können?«

»Wenn man das kann, dann wird man mit einem Gegner fertig, der gestürzt ist, oder man kann ein fallengelassenes Schwert aufheben«, antwortete Gawain sofort.

»Und wenn man mit dem ganzen Körper auf der einen Seite des Pferdes reiten kann«, fügte Gwyn eifrig hinzu, »dann kann man das Pferd während eines Angriffs als Schild benutzen. Der Feind sieht einen möglicherweise noch nicht einmal, oder er wirft keinen Speer, wenn er das Pferd will.« Gwyn schaute Gawain ernsthaft an, empfing ein zustimmendes Nicken, wurde dann wieder nüchtern und sagte: »Aber ich könnte den Herrn Gawain belästigen. Wirklich, edler Herr, ich weiß, du hast dich um viel wichtigere Dinge zu kümmern als um so etwas.«

»Ich habe der Kaiserin gerade gesagt, ich hätte mich um

nichts zu kümmern, weder um große noch um kleine Dinge. Und ich habe eine neue Fuchsstute, die ich für den Kampf ausbilden will. Ich bringe sie hinaus auf das Feld hinter den Ställen. Komm, wenn du willst – natürlich nur, wenn die Lady Gwynhwyfar nichts anderes für dich zu tun hat.«

»Heute nachmittag nicht«, antwortete ich sofort, erfreut darüber, daß Gwyn von seinem Helden das Reiten lernen würde. »Ich brauche noch die Liste von den Frauen, die für uns weben sollen, und die Mengen von jeder Farbe, die sie brauchen. Aber das kannst du heute abend für mich aufschreiben. Gut, Gwyn, dreimal Grün einfach, zweimal doppelt; und ...«, ich zählte schnell, »fünf Schwarz, ungefärbt, einfach ...«

Gwyn kritzelte hastig die Mengen mit seinem Stylus hin, verlegen, aber kompetent. Er achtete sorgfältig darauf, daß er Gawain nicht anschaute. Wir beendeten die Inventur, überprüften das Resultat, und dann sagte ich Gwyn, er solle eine saubere Kopie davon machen und schickte ihn dazu weg. Gawain schaute hinter ihm her und lächelte.

»Das ist ein kluger Junge«, sagte er mir. »Außerdem ein waghalsiger.«

»Er hält sehr viel von dir.«

Diese Worte brachten mir einen schnellen Blick ein. »Wirklich? Ich nehme an, er ist in die Lieder verliebt. Es war tapfer hierherzukommen und noch tapferer, zu bleiben. Die meisten der anderen Jungen in der Festung sind grausam zu ihm, obwohl das wahrscheinlich zu erwarten war.«

»Er erträgt es sehr gut. Bald werden sie müde sein, ihn zu ärgern, und dann kann er Freunde gewinnen. Aber ich bin froh, daß du ihn einige Zeit unterrichten willst.«

»Ach, das. Das ist eine Freude. Ich weiß noch, wie es ist, wenn man von anderen Kindern verachtet wird, und es kommt ja auch etwas dabei heraus, wenn ich ihn unterrichte. Aber obwohl Gwyn ein schnellerer Lerner ist, als ich es je war – das ist nicht das, was ich mit dir besprechen wollte.«

Ich machte eine Geste zur Tür, und er öffnete sie vor mir.

Er folgte mir hinaus in die sonnige Morgenluft. »Cei hält sich in meinem Haus auf. Er ist in einer fürchterlichen Stimmung«, sagte mir Gawain. »Sollen wir wieder zu den Mauern hinuntergehen?«

Wir gingen. Es war ein schöner Tag, in der Vollkommenheit der ersten Junitage. Die Lerchen sangen über Camlann, und Kinder spielten vor den Häusern, wo die Frauen am Dach die Wäsche aufhängen und über die Nachbarinnen klatschten. Wir gingen, ohne zu reden, den Hügel hinunter, denn der Tag war zu schön, um ihn so früh mit Sorgen zu belasten. Dann stiegen wir auf den Wall und schauten hinaus über die Felder, das Land, das vorher rohe Erde gewesen war, grünte jetzt – es war silbern vom Weizen und schimmerte im Wind. Gawain blieb stehen, lehnte sich an die Zinnen, und ich stellte mich neben ihn. Mir war, als ob die Brise die zugeballten, vielfältigen Sorgen von meiner Seele wegwehen und sie über das reiche Land verstreuen mußte. Es würde gar nicht alles so schrecklich werden: Das Schlimmste würde nicht geschehen. Camlann hatte den Bürgerkrieg und die sächsischen Kriege überstanden; es hatte die Armut und die Feindseligkeit und den Neid überstanden, und es war stark. Sein Leben ging weiter, beständig wie ein Pulsschlag, trotz aller Zweifel und Unsicherheiten seiner Herrscher. Gleichgültig, wen ich liebte oder haßte, Camlann würde mir immer Aufgaben bieten, kleine, neue Sorgen, die die größeren vernichteten. Vielleicht – nein, sicher – würde Camlann uns am Ende retten.

»Gestern habe ich mit meinem Bruder Medraut gesprochen«, sagte Gawain ohne Vorwarnung.

Mein Augenblick des Friedens verschwand so plötzlich wie eine Forelle, die man im Schatten eines ruhigen Teiches sieht. »Du hast mit ihm über Goronwys Zweikampf gesprochen? Du warst allein mit ihm?«

»Ja, wir waren allein. Und wir haben über den Zweikampf gesprochen, und . . . über andere Dinge. Dich und mich, und meinen Herrn, den Hohen König.« Gawain sagte immer ›Hoher König‹ für ›Kaiser‹. Das war seine irische Erziehung.

»Hat er dir viel erzählt?«

»Sehr wenig. Er ist uns ausgewichen.«

»Ach, wirklich! Hast du anderes erwartet?« Ich wandte mich verbittert von ihm ab und beugte mich über die Zinnen.

»Nein, ich glaube nicht. Aber ich mußte mit ihm reden. Ich weiß schon lange, was er vorhatte, aber jetzt fängt er wirklich an. Er hat es erreicht, daß Blut vergossen wurde. Also bin ich in sein und Rhuawns Haus gegangen, und als die beiden mit meinem Herrn Artus vom Ausritt zurückkamen, da habe ich ihn begrüßt und ihn gefragt, was er als nächstes vorhätte.« Gawain zuckte die Achseln. »Rhuawn protestierte dagegen und sagte gewisse zornige Worte, aber Medraut schickte ihn weg. Dann hat er selbst mit mir gesprochen, in sehr bitteren Worten.« Er schaute hinunter auf den Wall und den Graben vor den Zinnen und auf die grünen Gräser, die der Wind beugte. Das Unheimliche kam wieder über ihn, und ich merkte, daß er nicht das sah, was vor seinen Augen war, sondern etwas Tieferes, Seltsameres. »Er hat keine Freude an der Dunkelheit, der er dient. Er geht seinen Weg in blindem Schrecken, wie ein Mann in einer dunklen See, wo er weder Boden unter den Füßen noch Luft zum Atmen hat. Aber es kümmert ihn nicht. Er will nur zerstören, was er haßt, und er lebt vom Haß allein.« Gawain hielt inne, dann sagte er: »Einmal war er anders. Als wir beide noch Kinder waren – aber das sind Dinge, die dich nicht bekümmern müssen, my Lady. Als er damit fertig war, mich und die ›Familie‹ zu verfluchen, da hat er mir gesagt, er will die Geschichte seiner Geburt verbreiten. Er hat das nicht so deutlich ausgedrückt, aber ich glaube, er hat vor, den Botschaftern der Könige von Britannien Andeutungen zuzuflüstern, und wenn die Gerüchte dann außerhalb von Camlann überall durchgedrungen sind, dann will er seinen Freunden und Gefolgsleuten ihre Fragen mit weiteren Andeutungen beantworten. Außerdem erfindet er jetzt auch Verleumdungen gegen Bedwyr, denn Bedwyr war es ja, der gegen Goronwy gekämpft hat. My Lady, er muß aufgehalten werden.«

»Das alles hat er dir gesagt?«

Gawain blickte zu mir auf. Er war jetzt wieder menschlich und lächelte bedauernd. »Vor mir verstellt er sich nicht, my Lady. Wir kennen einander zu gut, und wir sind uns zu ähnlich. Aber er haßt mich sehr, weil er glaubt, daß ich ihn und unsere Mutter betrogen habe. Er will mich mit Ausdrücken reizen, die er versucht hat, mir anzuheften: Verräter, Wahnsinniger, Muttermörder. Als er sah, daß diese Worte keinen Eindruck bei mir machten, da fing er an, davon zu prahlen, was er vernichten wollte. My Lady, ich habe schon früher darauf gedrängt, und jetzt dränge ich wieder darauf: Er muß weggeschickt werden.«

»Wohin würdest du ihn denn schicken? Er kann Briefe schreiben, wo immer er ist.«

»Wenn er weit weg ist, werden Briefe weniger ausrichten. Schick ihn zurück auf die Inseln.«

Ich starrte hinunter auf die Mauer. »Artus wollte auch, daß er Camlann verläßt. Aber er will ihn nirgendwo hinschicken. Er hat den Verdacht, daß Medraut bereit ist, diese Geschichte zu erzählen.«

»Er hat den Verdacht? Wie kann er das?«

Ich schüttelte den Kopf. »Die Gefühle, die Artus bei dieser Geschichte hat, sind empfindlicher als die Hörner einer Schnecke oder die Tentakel der Seeanemone. Und die Zeit ist reif. Medraut könnte nach diesem Zweikampf leicht an Boden verlieren, denn Artus hat die Gründe, die Goronwy verteidigte, widerlegt. Medraut braucht etwas Neues. Aber er wagt es nicht, in der ›Familie‹ seine Geschichte offen zu erzählen, denn man wird ihm nicht glauben. Deshalb will er sie zuerst außerhalb von Camlann verbreiten. Wie könnten wir ihn zurück auf die Inseln schicken? Ihn ins Exil zu verbannen, wenn man ihm kein Verbrechen nachweisen kann, ohne Vorwarnung, das würde eine Kluft in der ›Familie‹ aufreißen, die wir vielleicht niemals wieder schließen können.«

»Ich weiß nicht«, sagte Gawain müde. »Ich habe keine Antwort. Ich weiß nur, daß ich für uns alle fürchte, falls Medraut fortführt, was er begonnen hat. Laß ihn zurückgehen nach

Dun Fionn, und laß ihn sehen, was aus Agravain geworden ist. Vielleicht bekümmert es ihn. Mir tut es weh.«

Gawain war im Sommer zuvor, nachdem er seine Botenfahrt in den Norden beendet hatte, auf die Orkneys gesegelt, und er war nach Camlann zurückgekehrt und hatte weiterhin über dem Schicksal seines älteren Bruders gebrütet. Es sah so aus, als ob Agravain den größten Teil der Zeit betrunken wäre, und er hatte schreckliche Alpträume, wenn er nüchtern zu Bett ging. Er war in den paar Jahren seit Morgas' Tod schnell gealtert. Er wurde zu einer Gestalt, die die nördlichen Könige verachteten, und er war verbittert, weil er es wußte. Jetzt blickte Gawain wieder auf, sah den Ausdruck in meinem Gesicht und schüttelte den Kopf.

»Denk nicht darüber nach«, sagte er mir. »Es gibt nichts, was man tun kann. Ich wußte, daß es passieren würde, nachdem er sie umgebracht hatte.«

Wieder schaute er hinaus über die Felder und sprach mit leiser Stimme. »Wie ich auch wußte, daß Medraut von ihr dazu getrieben wurde, diejenigen zu vernichten, die ihre Feinde gewesen waren. Seltsam, wie ihr Schatten sich unter uns hält. Agravain und Medraut, beide werden davon verzehrt . . . und Artus. Und jetzt lebt der Schatten mitten in Camlann und frißt an uns allen. Wie ich mir wünsche . . .« Seine Worte verwehten, und er fuhr fort, wie der Falke, dessen Name er trug, brütend über das Feld hinauszuschauen.

Ich legte meine Hand auf seine Schulter. »Was wünschst du dir?« fragte ich leise.

Er lächelte wehmütig und löste sich aus seiner trüben Stimmung. »Ich wünschte mir, daß ich die Lady Elidan geheiratet hätte und daß es mehr in meinem Leben gäbe als Schlachten und Botenreisen. Ich wünschte, ich hätte ein Stückchen von einem ganz gewöhnlichen Leben, zu dem ich mich wenden, in dem ich ausruhen könnte. Ich schwöre den Eid meines Volkes, ich beneide Rhys und Cei um ihre Kinder.«

»Ich auch«, antwortete ich leise. Er schaute mich scharf an, nahm dann meine Hand von seiner Schulter und küßte sie.

»Verzeih mir, my Lady. Ich weiß, daß du mehr erträgst als ich, und ich hatte nicht vor, mich zu beklagen.«

»Mein Bruder«, sagte ich, »du klagst weniger als ein Heiliger und mit Sicherheit weniger als ich.«

Ja, tatsächlich – plötzlich fühlte ich mich durch ihn beschämt. Sein Verhältnis zu seiner Familie war schon seit langer Zeit genauso gespannt wie mein Verhältnis zu meiner Sippe. Das kam erstens daher, daß er ihrem traditionellen Feind Artus diente, und zweitens, weil er vor vier Jahren gezwungen gewesen war, einen seiner Vettern umzubringen, der für Königin Morgas gekämpft hatte. Das war ein Verbrechen, für welches er aus seiner Sippe ausgestoßen werden konnte, aber da sein Bruder Agravain König war, hatte man die Angelegenheit mit ein paar Vergeltungsriten übergangen. Dennoch, er war nicht willkommen auf den Inseln. Ich hatte wenigstens Artus. Gawain hatte einmal eine leidenschaftliche Liebesgeschichte mit der Schwester eines nördlichen Königs erlebt: Der Bruder des Mädchens hatte gegen Artus rebelliert, und Gawain hatte ihn getötet. Die Lady Elidan, die Tochter des Caw, war von königlicher Geburt. Sie hatte dem Mörder ihres Bruders nie verzeihen wollen, und sie hatte es ihm auch gesagt. Noch Jahre nach dem Tod ihres Bruders, als Gawain sie in dem Kloster in Gwynedd, in welches sie sich zurückgezogen hatte, ausfindig gemacht hatte, hielt sie energisch an ihrem Wort fest und weigerte sich, Gawain zu verzeihen oder weiterhin etwas mit ihm zu tun zu haben. Er gab sich alle Schuld für das, was geschehen war, und er war ja auch der Schuldige gewesen. Er hatte bei ihr gelegen, als er als Artus' Bote Gast ihres Bruders gewesen war, und er hatte ihr einen Eid geschworen, ihrem Bruder nicht zu schaden, und er hatte ihn gebrochen. Aber er war sehr jung gewesen und voll verzweifelter Liebe. Ihr Bruder war in der Schlacht getötet worden, und Gawain liebte sie noch. Ich glaube, die meisten Frauen hätten ihm verziehen. Da ihm aber nicht verziehen worden war, achtete er wenig auf die Anstrengungen anderer Frauen, ihn anzuziehen. Nicht nur, daß er Elidan noch immer liebte, sondern er hatte ihr auch weh getan, und er fürchtete sich noch immer davor, auch einer anderen weh zu tun. So blieb ihm nichts: keine Eltern, keine Sippe, keine Frau, keine Kinder, und selbst seine Kameraden in der ›Familie‹ stritten sich darüber, ob er ein Wahnsinniger oder ein Verräter war. Vergleichsweise hatte ich Glück, sehr viel Glück.

»Es wäre besser, wenn du dich öfter beklagtest«, sagte ich ihm, noch immer beschämt wegen meiner eigenen Schwäche. »Wir haben dich zu hart arbeiten lassen, mein Freund. Diese Ruhe, die wir dir jetzt gönnen, hast du mehr als verdient.«

Er lächelte sanft und ironisch. »Ich bin also ein erschöpftes Schlachtroß, das vor der Zeit auf die Weide geschickt wird. Nun, ich kann nicht sagen, daß es nicht schön wäre, nur wenig zu tun zu haben, selbst jetzt, wo in der Festung alles auf Schwertes Schneide steht und die Hälfte von denen, die meine Freunde waren . . .« Er hielt sich davon zurück, noch eine Klage über die Auswirkungen von Medrauts Verleumdungen hervorzubringen, und schloß statt dessen: »Genug davon. Ich wollte Artus erzählen, was Medraut gesagt hatte, aber ich habe ihn gefunden, wie er in einem der Tortürme saß und nach Westen starrte, und ich hielt es dann für besser, ihn nicht zu stören. Wenn er schon ahnt, was Medraut tun will, dann ist es nicht überraschend, daß er gedankenverloren ist. Aber du kannst meinem Herrn Artus sagen, was ich dir erzählt habe, und sag ihm auch, daß ich gewillt bin, ihm in jeder Weise zu dienen, wenn er den Wunsch haben sollte, mich zur Bewachung Medrauts mitzuschicken, entweder auf die Inseln oder irgendwo anders hin. Und es tut mir leid, daß ich an einem so schönen Morgen so grimmig gesprochen habe.«

»Gawain, mein Freund, du weißt, daß es nötig war. Mach dir also nicht die Mühe, dich dafür zu entschuldigen. Ich werde es Artus sagen, wenn er frei ist. Und jetzt, Gawain – wolltest du nicht mit einem Pferd arbeiten?«

Ich hatte an diesem Nachmittag viel zu tun: Die Frühlingsaussaat und die Tauschgeschäfte waren größtenteils schon erledigt, und die Arbeiten des Sommers hatten noch nicht wirklich begonnen. Gawain ging mit mir wieder den Hügel hinauf zur Halle, und wir versuchten, über neutrale Dinge zu reden. Dann ging er, um sich etwas zu essen zu holen, ehe er mit seinem Pferd arbeitete. Ich war nicht hungrig. Ich wanderte rastlos in der Burg umher, gab den Dienern unnötige Ratschläge und besuchte dann eine Freundin. Es war eine meiner wenigen Freundinnen – Enid, Gereint ap Erbins Frau. Es gab so wenige Frauen, mit denen ich reden konnte, daß ich gewöhnlich unsere Unterhaltungen genoß. Aber jetzt war Enid trüber Stimmung, und sie konnte nichts als klatschen. Ich war angespannt und scharfzüngig. Wir waren beide erleichtert, als ich wieder ging.

Ich ging zurück zu meinem eigenen Haus, ins Schlafzimmer, um allein zu sein. Ich setzte mich auf das Bett. Camlann ist stark, hatte ich an diesem Morgen gedacht, ehe Gawain mir seine Neuigkeiten berichtet hatte. Aber an dem Tag zuvor hatte ich Bedwyr gesagt, Camlann sei nur ein Windschutz gegen die Stürme, ein zerbrechlicher Schutz für das schwache kleine Feuer, das wir angezündet hatten, und dieses Bild gab die Wahrheit deutlicher wieder. Vor zwanzig Jahren – was war Camlann da gewesen? Die Festung des Kaisers von Britannien, eines Mannes, der nur dem Namen nach Kaiser war und der nur wenig mehr Autorität besaß als irgendein kleiner Unterkönig. Und hundert Jahre davor?

Ein Hügel, überwuchert von Gräsern, bewohnt von Füchsen und Kaninchen mit leuchtenden Augen und Hasen. Die großen Städte der Gegend waren damals Baddon und Searisbyrig-Aquae Sulis und Sorviodunum. Junge Männer und Frauen konnten sich damals noch daran erinnern, wie die römischen Legionen endlich aus dem Süden abzogen, und vielleicht hatten sie sogar geglaubt, daß Rom noch immer stark war. Es hatte damals noch gestanden – Rom, die Ewige Stadt, wie diejenigen, die sie liebten, sie genannt hatten. Sie hatten nicht gewußt, wie nahe sie der Dunkelheit schon gewesen waren. Ich dachte an die zerfallene Mauer im Norden und die nackten Hügel dahinter. Diese Mauer, dieser Wall war Wirklichkeit gewesen: Camlann war nur sein eigener Schatten und versuchte, die wenigen kleinen Stückchen zu beschützen, die noch blieben. Camlann war nicht stark. Medraut beschwor einen Sturm herauf, der die Festung zerbröckeln lassen konnte.

Wir saßen in der Falle. Medraut hatte uns von jeder Seite Fallstricke gelegt, und die Zeit drängte dicht hinter uns her wie ein Jäger mit seinen Hunden. Ich sah keinen Ausweg, genausowenig wie Artus, der mit seinen großen Augen in die trübe Zukunft starrte, oder wie Bedwyr mit seinem Aufruf nach Mut und noch einer blinden Schlacht. Es gab keinen Weg außer einem – und den konnte ich nicht zulassen. Mehrmals während der letzten vier Jahre hatte ich daran gedacht, seit Medraut nach Camlann gekommen war. Und immer hatte ich angeekelt den Gedanken beiseite geschoben, denn ich wußte, daß er falsch war.

Und dennoch, dachte ich, so kann es nicht weitergehen. Medraut würde uns mit diesen Streitereien vernichten. Er hatte es geschafft, daß in der ›Familie‹ Blut vergossen worden war, und nur Bedwyrs schnelles Handeln hatte den Tod verhindert. Was Medraut plante, war noch mehr: Kampf zwischen meinem Mann und seinem Reich. Unehre für Artus, Haß in der ›Familie‹ und Rebellion und Bürgerkrieg in ganz Britannien. Den blutigsten Krieg, den es gab, und den grausamsten. Vielleicht konnten wir die Verleumdungen überstehen; vielleicht konnten wir Medraut zwingen, irgendeinen Fehler zu machen – aber diese Möglichkeit rückte mit jedem Tag, der verging, in weitere Ferne. Medraut besaß Tatsachen, und er wußte, wie man überredet und Gefolgsleute gewinnt. Ich hatte Angst, wie damals, als er nach Camlann kam. Wir alle waren erschöpft durch den Streit, die Anspannung und die dauernden Überlegungen, wie wir unsere Zukunft schützen konnten. Und es konnte alles so einfach, so leicht zu Ende gehen, wenn Medraut ganz ruhig starb.

Mit ungemütlicher Deutlichkeit erinnerte ich mich an einen Vorfall, der sich vor Jahren ereignet hatte. Damals hatte ich Gruffydd dem Chirurgen geholfen, einen fiebernden Mann zu behandeln. Gruffydd hatte diesen Mann in seinem eigenen

Haus untergebracht wie jetzt Goronwy. Ich erinnerte mich daran, wie er sich über den Mann beugte, seinen Puls zählte und unzufrieden murmelte. Dann ging er zu seinem Medizinschrank und holte von dem Regal ein Gefäß herunter, einen blauglasierten Tontopf, auf den ein zackiges ›H‹ eingekratzt war. Er goß etwas von der dunklen Flüssigkeit, die in dem Topf enthalten war, in einen Becher mit Wasser und gab ihn dem Patienten. Dabei erklärte er mir, daß von dem Trank der Herzschlag langsamer würde und das Fieber sank.

»Was ist es denn?« hatte ich gefragt.

»Eibe«, hatte er knapp erwidert.

»Aber das ist ja ein Gift!«

Er hatte genickt und geschnauft. »Viele Dinge sind giftig – wie zum Beispiel Met in großen Mengen. Aber soviel«, er legte einen Finger gegen die Seite des Topfes, »soviel ist eine passende Dosis für einen großen Mann, der Fieber hat, wie unser Freund hier. Soviel kann Leben retten. Die halbe Menge davon wäre für einen kleinen Mann oder eine Frau. Und soviel«, und er legte einen zweiten Finger neben den ersten, »soviel bringt Schlaf, und manchen sogar den Tod. Noch mehr aber«, er nahm den Topf auf und stellte ihn wieder auf das Regal, »vier Finger oder mehr davon werden auf jeden Fall jeden umbringen, und viele sind schon daran gestorben. Diejenigen, die es allerdings heimlich benutzt haben, mußten es in Met oder starkem Wein auflösen, denn es hat einen bitteren Geschmack.«

»Wie lustig«, sagte ich. »Und was ist mit Krötenblut, wenn man jemanden heimlich vergiften will?«

Gruffydd schnaufte noch einmal, unterdrückte ein Lachen und erwiderte: »Ein Ammenmärchen. Krötenblut kann niemanden vergiften, und ich glaube, es muß schon bei manch einem Essen den Geschmack verdorben haben.«

Ich würde Goronwy bald besuchen müssen, um zu sehen, wie gut er sich erholte, und um eine gerechte Besorgnis für ihn zu zeigen. In Gruffydds Haus konnte ich mich so frei bewegen wie in meinem eigenen. Es würde leicht sein, so leicht, diesen Topf von dem Regal zu holen und vier Finger breit von der

Flüssigkeit in eine Flasche zu gießen – eine Flasche wie zum Beispiel die leere Parfümflasche aus italienischem Glas, die ich unter dem Bett stehen hatte. Und dann, das nächstemal, wenn ich am Hohen Tisch beim Fest einschenkte, konnte ich die Flüssigkeit in einen Schlauch mit Met mischen und ihn Medraut zu trinken geben. Nein, keinen Schlauch Met. Dann mußte ich ja den Rest wegwerfen, und das wäre zu offensichtlich und zu gefährlich. Besser war es, zu warten, bis im Krug nur noch genug Met für eine Person übrig war, und dann mußte ich die Droge hinzufügen und Medraut einschenken. Wenn es spät am Abend war und wenn er genug getrunken hatte, um den Geschmack nicht mehr zu bemerken. Wenn die Feuer niedergebrannt waren und die Fackeln flackerten und auch die anderen viel getrunken hatten und nichts merkten, wenn ich in der falschen Reihenfolge ausschenken mußte. Niemand würde Gift vermuten, wenn jeder beim Fest Met getrunken hatte. Und Medraut würde nach Hause gehen, als ob er zuviel getrunken hätte – er würde ein bißchen torkeln. Und am nächsten Tag würde man ihn tot finden – schmerzlos im Schlaf verstorben. Und niemand würde in der Lage sein, zu sagen, ob er einfach für eine heiße Nacht zuviel Met getrunken hätte oder ob er an einem plötzlichen Herzstillstand gestorben wäre (was selbst jungen Männern passieren kann) oder an irgendeiner schnell wirkenden Krankheit. Er würde eine großartige Beerdigung bekommen, alle in der Burg würden trauern, und er würde niemals wieder Sorge bereiten. Seine Geschichte würde für immer unerzählt bleiben, und seine Verleumdungen würden endlich still schweigen. Wir könnten den Bruch in der ›Familie‹ heilen, wir könnten das Reich erneuern. Es wäre der Gipfel der Narrheit, alles, wofür wir gelitten und geblutet hatten, das letzte Licht im dunklen Westen, das in Qual und Anstrengung vor dem Zusammenbruch unserer Zivilisation gewonnen worden war, wegen eines einzigen Mannes in Strömen von Blut ins Nichts weggleiten zu lassen.

Ich sprang auf und preßte die Hände auf den Mund. »Das ist die Verdammnis«, flüsterte ich durch die Finger und hörte den verzerrten Klang der Worte in der stillen Luft des leeren Zimmers. Verdammnis. Es war böse. »Du sollst nicht töten. Kein Mörder gewinnt das ewige Leben«, verkündeten die Schriften.

Artus nannte den Mord ›Den Trick der Tyrannen‹. Bedwyr sagte, keine Notwendigkeit, kein äußerer Umstand könne es rechtfertigen, daß man eine Todsünde beging. Beide, und Gawain auch, bezweifelten manchmal, ob es gerechtfertigt war, selbst in der Schlacht zu töten. Dennoch hatten sie alle getötet ... Aber nein, keiner von ihnen würde jemals einen Mann bei einem Fest vergiften. Solch eine Tat trug nicht nur die ewige Verdammnis in sich, sondern auch die zeitliche Verdammung von all denen, die ich am meisten liebte, deren Meinung ich am höchsten schätzte. Und sie hatten recht. Wie konnte man – wie konnte ich – einen Mann unter dem Deckmantel der Gastfreundschaft vergiften, ihn keines Verbrechens beschuldigen, ihm keine Warnung geben, keine Chance der Selbstverteidigung oder der Reue? Es war ekelhaft, grausam, unehrenhaft, verräterisch, entsetzlich: Wie konnte ich nur?

Und dennoch ... welchen anderen Weg gab es?

Es war die Verwundbarkeit dessen, was ich liebte, die mich so quälte. Mein Mann, meine Freunde litten jetzt. Und das war nur der Anfang. Und es war nicht das Schlimmste. Nicht nur, daß wir leiden würden, sondern die Zukunft würde auch leiden. Oder übertrieb ich die Gefahr in meiner Angst? Was wollte Medraut denn? Macht für sich selbst? Wahrscheinlich. Er hatte König der Orkneys werden wollen, und er ärgerte sich darüber, daß sein Bruder gewählt worden war. Ohne Zweifel wäre er statt dessen gerne Kaiser. Dieser leere Blick, den ich bei ihm bemerkt hatte, wenn er meinte, daß niemand ihn beobachtete, heftete sich manchmal auf die goldene Drachenstandarte in der Halle. Aber nein, das war es nicht, was ich fürchtete. Es gab viele andere in Britannien, die auch gerne Kaiser gewesen wären. Was ich von Medraut fürchtete, war mehr. Es war etwas, das ich anfangs nicht hatte benennen können, selbst vor mir nicht. Es war der Wind aus der Finsternis, die reine Kraft der Vernichtung, die um der Vernichtung willen geschieht. Ich hatte nie die Königin Morgas von den Orkneys gesehen, aber ich wußte, was sie mit dem Leben derjenigen gemacht hatte, die sie berührte. Und ich war sicher, daß Medraut ihr noch immer ergeben war, daß er ihrem Haß die Treue hielt. Wer und was ein Mann ist, das bemerkt man an vielen Dingen, und nur wenige haben mit dem zu tun, was er sagt. Es sind seine Taten – kleine Taten mit wenig Bedeutung, oft etwas Triviales wie ein grobes Wort zu einem Diener. Es sind die Freundschaften und die Art, wie die Freundschaft erhalten wird, und die Wahl der Worte, der Gesten, der Blicke. Es sind alles Dinge, die an sich unwichtig sind, wenn man sie aber zusammen nimmt, schaffen sie Verdacht und schließlich Sicherheit. Ich war sicher, daß Medraut vorhatte, uns zu brechen, zu vernichten, aus Rache für seine Mutter. Und ich wußte, daß er uns in der Hand hatte, und wir konnten ihn weder freundlich stimmen noch harmlos machen.

Ich hatte genug von sorgfältig abgewägten Gründen und präziser Gerechtigkeit. Unser Standpunkt war nicht vernünftig, und auch Medrauts Standpunkt nicht. Und das Bedürfnis, zu schützen, das ich spürte, war nicht vernünftig. Aber ich wußte, daß mein Schrecken vor einem Mord nicht gegen die Gewalt dieses Bedürfnisses aufkommen konnte. Ob es Recht war oder nicht, ob ich dafür leiden würde oder nicht – ich wußte mit kalter Sicherheit, daß ich es tun würde: Ich würde versuchen, Medraut zu vernichten.

Wie ich es schaffte, weiter zu arbeiten, weiter zu lächeln während der nächsten drei Wochen, das weiß ich nicht. Nur die Macht der alten Gewohnheit hielt mich aufrecht. Mein Herz zitterte in mir, wie ein Hase, wenn die Hunde nach ihm suchen. Meine Absicht, zu morden, lag wie ein kaltes, schwarzes Gewicht in mir. Ich stahl das Gift, aber dann versuchte ich, mir selbst vorzumachen, daß ich es nicht benützen würde – dennoch konnte ich es nicht wegwerfen. Was Bedwyr betraf, so tat es mir weh, ihn anzusehen, und ich ging ihm aus dem Weg, soweit mir das möglich war. Nach den ersten paar Tagen verschwand sein verwirrter Blick, und er fing an, mir auch aus dem Weg zu gehen. Er verstand. Ich fragte mich, wie lange er wohl schon gewußt hatte, was er fühlte? Ich hatte den Verdacht, daß er es länger wußte als ich. Ich sehnte mich danach, mit ihm zu reden – viele Male. Ich ließ mir immer wieder Dinge einfallen, die ich zu ihm sagen wollte, und dann fiel mir ein, daß ich nichts sagen durfte, und meine Gedanken waren gequält. Artus hätte es bemerkt, aber seine Sorgen lagen anderswo. Goronwy, der sich von dem Zweikampf erholte, schwankte in seinem Bündnis, und manche anderen Krieger mit ihm. Artus traf sie häufig, und er hoffte, ihre Treue wiederzuerlangen. Eine Zeitlang glaubte er, er hätte wenigstens Goronwy zurückgewonnen. Aber dann schafften wir es nicht mehr, Medraut von ihm fernzuhalten, und er wurde wieder unsicher und hörte sich die Gerüchte wieder an. Und es gab mehr Gerüchte als je zuvor, in denen jetzt Gawain, Bedwyr und ich in einer Verschwörung gegen Medraut vereint waren, ihn bei Artus verleumdeten und versuchten, Goronwy zu ermorden. Artus entschloß sich, Medraut als Teil einer Eskorte für Macsens Botschafter nach Kleinbritannien zu schicken, wenn der Bote zu seinem Herrn zurückkehrte.

Dieser Bote kam in der dritten Woche des Juni in Camlann an. Er war ein niederer Krieger des Königs, von unedler Geburt. Sein Status war für Artus eine fast so direkte Beleidigung wie seine Worte und sein Benehmen. Nichtsdestoweniger spielten wir korrekt unsere Rolle und veranstalteten diesem Boten ein Fest mit der üblichen Pracht. Zu diesem Fest trug ich meine Flasche mit der gestohlenen Eibentinktur.

Macsens Bote hatte seiner Eigenschaft entsprechend den Platz zu Artus' linker Hand inne (es wäre übermäßig höflich gewesen, ihn zu Artus' Rechten zu setzen; schon so war er verlegen genug), und Medraut saß neben ihm. Der Botschafter verlangte während des zweiten Ganges Wein. Es war ein förmliches Fest, und keine Frauen waren in der Halle anwesend. Ich trat also erst jetzt ein und schenkte am Hohen Tisch den

Wein ein. Ich setzte mich neben Artus zu seiner Rechten nieder. Ich hatte die gläserne Phiole mit dem Eibengift unter meinem Gürtel festgebunden; es war ein breiter, hoher Gürtel, mit Gold bestickt. Das Gift war nicht zu sehen. Aber ich konnte es an meiner Seite fühlen wie ein Stück Eis, das mich langsam durchkühlte. Ich hatte rasende Kopfschmerzen.

»Du bist bleich, my Lady«, sagte Bedwyr, der ein Stückchen weiterrückte, damit ich mich setzen konnte.

»Mein Kopf«, sagte ich ihm. »Ich hab' das Gefühl, als ob er sich im nächsten Augenblick spaltet.«

»Was?« fragte Artus und brach die Unterhaltung mit dem Boten ab. Der Bote schaute verwirrt drein, beschämt und verlegen, und so hörte ich auf, mir die Schläfe zu reiben, lächelte und hob mein Glas für den Mann.

»Du bist wirklich bleich«, sagte Artus leise zu mir. »In letzter Zeit hast du dich überanstrengt, mein Herz. Geh jetzt zu Bett, wenn du willst. Ich entschuldige dich.«

»Nein, nein«, protestierte ich. »Nach einem Glas Wein verschwindet der Schmerz wahrscheinlich, und wir sollten zweimal so höflich sein, wenn Macsen unhöflich ist.«

Artus schaute mich einen Augenblick lang fest an, dann nahm er unter dem Tisch meine Hand, preßte sie und wandte sich wieder an den Boten. Ich warf einen Blick zu Bedwyr hinüber, der mich noch immer mit tiefer Sorge beobachtete und sich dann hastig und energisch auch dem Boten zuwandte.

Die ›Familie‹ war gereizt von all den Gerüchten, und viele der Männer tranken mehr als genug, während einige mißmutig und nüchtern blieben. Medraut trank nicht viel: Als ich kam, um sein Glas das drittemal nachzufüllen, sah ich, daß er den zweiten Becher, den ich ihm eingeschenkt hatte, kaum angerührt hatte. Er lächelte mich an, als ich den Becher anstarrte, und es war ein sehr wissendes, sehr bitteres Lächeln. Die Pupillen seiner Augen waren zusammengezogen zu harten, kalten, schwarzen Punkten. Das machte mir Angst, obwohl ich so tat, als ob ich lächelte, und weiterging. Sein Blick folgte mir, noch immer mit diesem kalten, wissenden Ausdruck.

Es ist unmöglich, sagte ich mir, während ich mich wieder hinsetzte. Er kann es einfach nicht wissen. Irgendwie mußte ich meine galoppierende Phantasie zügeln. Irgendwie ... ich wagte es, zu lachen, und ich hatte das Gefühl, als ob ich hart daran wäre zu schreien. Wenn nur die Nacht vergehen wollte! Hier saß ich und wartete darauf, daß ich einen Mann umbringen konnte, der drei Plätze weiter an meinem Tisch saß, und ich fühlte die Phiole mit dem Eibengift eisig an meinen Rippen brennen, während mir mein auserwähltes Opfer von Zeit zu Zeit ein kaltes, wissendes Lächeln zuwarf. Ich konnte das Vorhaben noch aufgeben ... die Welle der Erleichterung, die mich bei diesem Gedanken überflutete, war größer, als ich für möglich gehalten hatte. Aber nein, nein. Ich konnte jetzt nicht mehr zurück. Es ist nur meine Phantasie, sagte ich mir. Und es war die Phantasie, die die Fackeln so rot brennen ließ und das halbe Glas Wein, das ich getrunken hatte, stärker wirken ließ als den strengsten Met. Der Raum flutete um meinen hämmernden Kopf, und ich mußte nach Luft schnappen. Ich verdoppelte meine Anstrengungen, witzig und fröhlich zu sein, und ich spürte, wie etwas von der Gereiztheit um mich her sich auflöste, während ich lachte und noch einmal Wein einschenkte. Aber die ganze Zeit merkte ich, wie Medrauts Augen mich beobachteten, bis ich den Drang hatte, aus der Halle zu rennen.

Endlich war das Mahl beendet, und die Gesänge begannen. Unser oberster Poet, Taliesin, fing damit an, indem er von einer uralten Schlacht sang, den Eroberungszügen des Kaisers Konstantin. Und es wurde still in der Halle. Sie tranken Met und lauschten. Taliesin hielt inne, als er in seinem Lied erzählt hatte, wie Konstantin den Purpur gewann und zum Kaiser von Rom ausgerufen wurde. Er bat um Wein. Der Botschafter forderte mehr Met am Hohen Tisch. Ich erhob mich und ließ noch ein Faß zum hinteren Teil der Halle bringen. Als ich meinen Krug gefüllt hatte, sang Taliesin wieder. Diesmal handelte das Lied von einer Schlacht in unseren sächsischen Kriegen; es war ein Klagelied auf Owein ap Urien, den Sohn eines verbündeten Königs. Es war eins von Taliesins eigenen Liedern, und die Halle war still wie der Schnee, und alle waren eingehüllt in die Melodie, die in schnellen, unruhigen Kreisen schwebte, in den wilden Schmerz, der an die Worte gekettet war. Die Fakkeln waren niedergebrannt, wie ich das vorausgesehen hatte. Medraut trank noch immer nicht viel, aber ich schätzte, daß er jetzt genug getrunken hatte. Es war Zeit.

Ich begann am anderen Ende des Tisches und schenkte den herben gelben Met ein, bis nur noch ein Becher voll im Krug übrig war. Dann, fern vom Fackellicht, tastete ich unter meinen Gürtel.

»Seine Speere waren schneller als die Schwingen der Dämmerung . . .« sang Taliesin.

Die Flasche, die so kalt gewirkt hatte, war warm unter meinen Fingern. Ich fummelte den Stopfen heraus und goß schnell die Eibentinktur in den Krug. Dann verschloß ich die Phiole wieder und steckte sie zurück unter den Gürtel. Ich trat nach vorn, und die Musik war um mich herum, und ich lächelte, und ich stellte fest, daß Medrauts Glas leer war.

Taliesin sang:

> Fflamddwyn zu fällen
> war für Owein ohne Müh,
> schläft jetzt die Schar von Lloegyr,
> rot lastet der Morgen auf ihr,
> und die nicht flohen vom Felde,
> waren kühner mehr als klug . . .

Ich füllte Medrauts Becher und ließ den letzten Tropfen aus dem Krug rinnen. Dann, wie im Traum, ging ich zurück zu den Dienern, um mehr Met zu holen. Ich schenkte auch bei den anderen am Tisch sehr sorgfältig ein und vergoß keinen Tropfen. Aber als ich mich wieder hinsetzte, stellte ich fest, daß ich bebte. Ich hatte Angst, meinen Becher aufzunehmen, weil er zeigen konnte, wie sehr meine Hand zitterte. Aber Bedwyr philosophierte gerade mit Gawain, und Artus diskutierte die Politik mit dem Boten, und niemand bemerkte etwas. Jetzt blieb mir nur noch zu warten. Ich hatte ein Gefühl, als ob ich jeden Augenblick in Tränen ausbrechen könnte, und ich wünschte mir verzweifelt, alles wäre vorüber, es wäre schon Morgen, und sie kämen, um uns zu sagen, daß Medraut . . .

»Herr«, sagte Medraut, stand auf und lächelte Artus an. Er hielt den Giftbecher in der Hand.

Artus blickte von seiner Unterhaltung mit dem Boten auf und nickte dann Taliesin zu. Die Musik hörte auf, und in der Halle, wo man die Musik vermißte, war es sehr still. Ich konnte hören, wie die Feuer brannten, wie die Fackeln knisterten und wie das Blut dumpf in meinen Ohren pochte. Ich hielt mich an der Tischkante fest und starrte Medraut an. Ich konnte kaum etwas fühlen. Medraut stand gerade und schlank da, das Licht glitzerte auf seinem blonden Haar und seinem Bart, und die Schatten fingen sich in den Falten seines purpurgesäumten Mantels. Der Becher, den er hielt, war aus Bronze, eingelegt mit Silber, und er schien in seiner Hand zu brennen wie die Sonne um die Mittagszeit.

»Herr«, wiederholte er noch immer im gleichen lockeren Tonfall, und seine klare Stimme war in der Stille der Halle zu hören.

»Herr Medraut«, antwortete Artus im gleichen Tonfall, nur, seine Stimme war tiefer und rauher, weil er an diesem Abend so viel geredet hatte. »Was willst du mir sagen?«

Medraut lächelte wieder. »Vieles, was mir während meines Lebens begegnet ist, wenn du es mir erlaubst. Aber sicher, mein Herr, wäre es das beste, wenn ich dir zutrinken würde, auf deine Gesundheit, ein langes Leben und eine lange Regierungszeit. Nur widerstrebend würde ich das allerdings mit diesem Becher tun.« Er hob ihn leicht. »Obwohl ich meine, dem Kaiser Gesundheit und ein langes Leben zu wünschen, das wäre passend für den letzten Atemzug. Aber es wäre nicht passend, mit Gift auf so etwas zu trinken.«

Ein Keuchen, ein Gemurmel lief durch die Halle, hörte wieder auf. Ich schloß die Augen, spürte, wie Artus neben mir erstarrte, fühlte, wie seine grauen Augen sich auf Medraut fixierten, wußte, daß Unsicherheit und Zweifel in ihm aufwallten. Lieber Gott, dachte ich, laß mich jetzt sterben, hier, auf der Stelle. Laß mich meine Entehrung nicht erleben ...

»Ich verstehe den Sinn dieses Witzes nicht«, sagte Artus, und seine Stimme war ruhig, trug aber weit. »So schlecht ist der Met nun auch wieder nicht.«

Diese Worte brachten schwirrendes, nervöses Gelächter hervor, und dann herrschte plötzlich wieder Stille. Meine Augen öffneten sich von selbst, und ich sah, daß Medraut noch immer stand, den Becher noch immer erhoben hielt, und daß die Bitterkeit in seinem Gesichtsausdruck wuchs.

»Der Met, Herr, ist ausgezeichnet. Aber der Eibensaft hat einen bitteren Geschmack. Es ist doch Eibensaft, oder nicht, Lady Gwynhwyfar?«

Artus sprang auf. Seine Hände stemmten sich gegen den Tisch. »Du meinst das ernst! Was sagst du da, Mann, um die Kaiserin auf diese Weise zu beschuldigen?«

»Sie versucht, mich zu vergiften!« Medraut rief es. »Sie ist ein eifersüchtiges, intrigantes, treuloses Weib!« Er knallte den Becher auf den Tisch. »Eine Frau, deren Hand gegen mich gerichtet war, seit ich hierher kam, und die mit meinem wahnsinnigen Bruder Pläne gegen mich geschmiedet hat. Paß auf dich auf, Pendragon, oder sie schmiedet auch Pläne gegen dich! Dieser Becher ist schwarz vom Gift, das sie mit eigener Hand eben hineingegossen hat.«

»Beim König des Himmels, du lügst«, sagte Artus, ohne die Stimme zu heben. Aber er benutzte sie wie eine Schwertschneide. »Ich weiß nicht, ob das, was du sagst, Verleumdung ist oder der Witz eines Wahnsinnigen, Medraut ap Lot. Aber du sollst wissen, daß es Verrat ist, und ich will nichts mehr davon hören, wie auch die anderen hier, die die Freundlichkeit der Kaiserin kennen.« Zerfetzte Hochrufe klangen auf, meine Freunde sprangen auf die Beine, und zur Antwort kam zorniges Gebrüll. Artus hob die Hand, stand über mir, hochgewachsen und kalt und wütend, und die Stille, die von der langen

Gewohnheit des Gehorsams aufgezwungen wurde, flutete zurück. »Dein Witz ist von schlechtem Geschmack, Medraut. Setz dich hin und schweig.«

»Es ist kein Witz, Herr, es ist ein versuchter Mord. Sieh die Kaiserin an, diese hochedle Dame, die höchst freundliche und hervorragende Gwynhwyfar. Sieh sie an, wenn du meine Worte bezweifelst! Sie weiß, daß ich die Wahrheit sage!«

»Sei still!« schrie Artus, und selbst Medraut zuckte zusammen. »Die Lady Gwynhwyfar hat sich den ganzen Abend nicht wohl gefühlt, und welche Frau wäre nicht entsetzt darüber, wenn sie sich so verleumdet hörte? Du sagst, dieser Becher ist vergiftet? Gib ihn mir.«

»Herr!« krächzte ich, bekam keine Luft, hob die Hand, um nach ihm zu greifen.

»Es ist unwichtig, mein Herz. Ich glaube ihm nicht«, sagte Artus und schob mich beiseite. »Das ist also der Becher, Medraut, der schwarz von Gift ist?«

»Herr«, sagte Medraut, der jetzt unsicher geworden war, »willst du es wirklich riskieren . . .«

»Ich riskiere gar nichts. Gib mir den Becher. Da ich dein Herr bin und dein Kaiser, gib ihn her.«

Langsam, mit starrem, verwundertem Blick, gab Medraut ihm den Becher. Artus blieb einen Augenblick stehen und hielt ihn fest, und seine Augen waren furchterregend. Der Amethyst an seinem Finger brannte in tiefem Purpur auf der Bronze.

»Mein Herr«, sagte ich noch einmal und versuchte, ihn aufzuhalten. Aber sein Fuß bewegte sich unter dem Tisch und trat fest auf meinen, obwohl er mich nicht anschaute.

»Dein Giftbecher, Medraut«, sagte er, »ist nichts als ein Becher voller Lügen und billigem Geschwätz. Ich schenke dem nicht mehr Glauben als all den anderen Geschichten, die hier in Camlann erzählt werden, in denen dein Bruder zum Verräter gestempelt und ich zu einem schwachen Narren gemacht werde, der von einem intrigierenden Weib an der Nase herumgeführt wird. So!« Er setzte den Becher an die Lippen. Ich versuchte zu schreien, stellte fest, daß jeder Klang in meiner

Kehle gefroren war. Artus trank langsam, seine Hand bedeckte die Bronze völlig. Er hob auch die andere Hand an den Becher, als ob er ihn zu schwer fände, aber er trank ihn aus und stellte ihn leer auf den Tisch. Ich umklammerte die Tischkante, bis meine Finger schmerzten.

»Es ist alles in Ordnung damit, Medraut«, sagte Artus ruhig und lächelte über Medrauts Wut und Verwirrung. »Nichts ist auszusetzen an dem Met oder an der Ehre meiner Frau. Dein Witz war wüst und überhaupt nicht amüsant. Du hast meine Erlaubnis, dich zu entfernen. Taliesin!« Der oberste Poet verbeugte sich. »Musik. Es ist mir gleich, was du singst. Irgend etwas, damit diese betrunkenen Narren still sind.«

Taliesin schlug die Saiten seiner Harfe an, und Artus nahm seinen Platz wieder ein. Er betrachtete Medraut noch immer mit einem kalten Lächeln. Medraut starrte zurück, bleich vor Schrecken, aber nur einen Augenblick lang. Dann fing er an zu lachen, laut, so daß es die Musik übertönte. Noch immer lachend verbeugte er sich ganz tief und verließ die Halle. Artus schnippte mit den Fingern und reichte den leeren Becher einem Diener. »Mehr Met«, befahl er, und der Diener verbeugte sich und huschte davon.

»Herr«, flüsterte ich.

»Still!« zischte er kaum hörbar.

»Artus, er war vergiftet. Ich hab' ihn vergiftet. Laß schnell Gruffydd holen und ein Brechmittel. Es ist noch nicht zu spät . . .«

»Ich habe es nicht getrunken. Verstehst du? Ich hab' nur einen Mundvoll oder so geschluckt. Den Rest habe ich in meinen Ärmel geschüttet. Sieh!« Er drehte seinen rechten Arm unter dem Tisch herum, und ich sah, daß die Innenseite des Ärmels seiner Tunika vom süßen Met durchweicht war. Dann erinnerte ich mich an einen Trick, den er mir einmal gezeigt hatte, eine Möglichkeit, der Trunkenheit auf dem Fest eines anderen Herrschers aus dem Weg zu gehen: Man hielt den Becher hoch oben am Rand und goß den größten Teil seines Inhalts über die Handfläche in den Ärmel.

Ich spürte, wie mir die Tränen kamen, und ich hustete, um sie zurückzuhalten und um das Würgen in meiner Kehle zu unterdrücken. »Aber . . .«

»Um Gottes willen, lächele. Tu so, als ob es nur ein böser Witz gewesen wäre. Ewiger Gott, du willst doch nicht, daß sie Verdacht schöpfen, oder? Komm, jetzt tu so, als ob du an meiner Schulter vor Erleichterung kicherst . . . so.«

Ich preßte mich an ihn. Der Met an seiner Tunika sickerte in mein Kleid, und ich nahm mir vor, ehe ich aufstand, nachzusehen, daß man es nicht sah. Ich wußte, daß Artus lächelte, aber während ich meinen Kopf an seine Schulter preßte, spürte ich den bitteren Zorn in ihm, den Zorn über den Verrat. Und ich mußte noch mehr darum kämpfen, die Wellen der hysterischen Erleichterung und des Schmerzes zu beherrschen.

Ich sorgte dafür, daß die Reste des Festes entfernt wurden, ehe ich an diesem Abend heimging. Das Fest ging bis tief in die Nacht, also war es sehr spät, als ich ins Haus zurückkehrte. Wolken glitten über die Sterne, und die Burg war sehr still, abgesehen vom Rauschen des Windes im Strohdach. Das Haus war eine Oase aus Lampenlicht: Gold flutete über den sauber gekehrten Feuerplatz mit seinen leuchtenden Kacheln und der rauchgeschwärzten Wand, über die innere Tür, und das Bett mit seinen gelben und weißen Wolldecken und die abgenützte Öllampe aus rotem Ton, die von der Decke hing. Artus wartete. Er stand am Bücherregal und trug noch seinen Purpurmantel. Die Drachen, die auf dem Kragen eingestickt waren, glänzten. Sein Gesicht kam mir verschlossen vor, wie ich das noch nie erlebt hatte, und seine Augen waren bitter und kalt.

»Setz dich«, befahl er und zeigte auf das Bett. Ich setzte mich. Ich war zu müde und zu bekümmert, um zu sprechen. »Du hast versucht, meinen Sohn zu ermorden.«

Ich schluckte, schluckte noch einmal. Ich konnte nicht antworten.

»War es Eibensaft?« fragte er. »Wo hast du ihn her? Hast du ihn von irgendeinem aus der Stadt gekauft? Oder hast du ihn selbst gebraut?«

»Gruffydd der Chirurg benutzt ihn gegen Fieber«, sagte ich zu Artus und stellte fest, daß meine Stimme leise und unerregt klang. »Ich hab' es von ihm gestohlen.«

»Dann weiß er nichts davon? Gut. Hast du es irgendeinem gesagt?«

»Niemandem.«

Artus setzte sich auf das andere Ende des Bettes. Ich sah, daß er fröstelte. Ich sehnte mich verzweifelt danach, zu ihm zu gehen und ihn in die Arme zu nehmen, aber ich konnte es nicht. Wieder konnte ich nur dasitzen und warten. »Gut«, wiederholte er. »Woher Medraut wußte, daß der Becher vergiftet war, ist also ein Geheimnis. Denn ich hätte den Geschmack nie bemerkt. Wenigstens hat er niemanden, der seine Geschichte bestätigt. Wir werden nicht in aller Öffentlichkeit entehrt, und er hat sich lächerlich gemacht. Ich kann ihn jetzt sogar wegschicken. Ich könnte ihm Verrat anhängen – aber dadurch würden sich mehr Probleme ergeben, als gelöst werden.« Er hielt inne, starrte mich wieder an, und dann brach die Kälte, und sein Gesicht verzerrte sich vor Schmerz.

»Um Gottes willen, Gwynhwyfar – warum?«

»Du weißt doch warum!« rief ich zurück, als ob ich ihn anflehte. Aber ich wollte nicht betteln, ich wollte nicht sagen: »Ich hab' es für dich und für Camlann getan« – denn dadurch wurde es nicht weniger böse, und es war schamlos zu betteln.

»Aber es war infam, es war tyrannisch! Es war die Tat eines Feiglings, eines Zauberers, eines falschen Weibes. Es entehrt uns alle.«

»Es entehrt nur mich. Und ich bin eine Frau, Artus. Ich wußte, was ich tat und was du davon halten würdest. Vielleicht denke ich genauso darüber. Aber nichtsdestoweniger habe ich gedacht, es wäre das Risiko wert gewesen. Und ich wünsche mir noch immer, daß ich Erfolg gehabt hätte.«

Nur für den Bruchteil einer Sekunde flackerte etwas in seinen Augen auf, und ich sah, daß ich seinen Zorn falsch eingeschätzt hatte. Er war nicht zornig darüber, daß so etwas in seiner Halle versucht worden war, sondern er wünschte sich auch, daß ich Erfolg gehabt hätte, und die Erkenntnis dieses Wunsches in sich selbst war für ihn eine bittere Schande. Er sah, daß ich es sah, und wir starrten einander einen langen Augenblick an – in völligem gequälten Einverständnis. Dann stand Artus wieder auf und zog den Umhang noch fester um sich. Er zitterte noch immer. »Du«, sagte er langsam, »du, eine Möchtegern-Mörderin. Eine böse Stiefmutter. Oh, sie werden Geschichten davon erzählen, das ist sicher.« Seine Zähne begannen zu klappern, und er schlug mit der Faust gegen die Wand. Dann kippte er den Topf mit wilden Rosen um, der auf dem Nachttisch stand, und Wasser und Blumen fielen auf das polierte Holz. Er schlug darauflos, immer und immer wieder, zerquetschte die Rosen und trieb sich ihre Dornen in die Hand. Ich sah entsetzt zu, unfähig zu sprechen. Er hörte auf und schaute mich an, und seine Finger krümmten und streckten sich im Wasser auf der Pultplatte. »Fast hätte ich es getrunken. Ich konnte so etwas von dir nicht glauben. Von jedem anderen ja, aber nicht von dir. Oh, der Teufel soll diese Kälte holen!«

Mir wurde klar, was das für eine Kälte war, und ich sprang abrupt auf. »Artus, es ist der Eibensaft. Wieviel hast du getrunken?«

»Ich hab's dir doch gesagt. Nicht mehr als ein oder zwei Schluck. Genug, um die Kälte zu fühlen, aber nicht genug, daß es mir schaden könnte . . . Bleib weg.« Ich blieb mitten auf dem Fußboden stehen. »Für heute abend habe ich genug von deiner Zärtlichkeit, my Lady.«

»Artus«, sagte ich. Die Tränen, die ich früher am Abend beherrscht hatte, sprangen jetzt in meine Augen. Ich konnte sie nicht mehr aufhalten. »Artus, verzeih . . . Darum kann ich dich nicht bitten. Es tut mir leid. Ich wünschte, ich hätte den Becher ausgetrunken. Du frierst – bitte, laß mich helfen. Oh, es war böse, das weiß ich ja. Nur, bitte . . . du weißt, daß ich dich liebe.«

Er antwortete nicht. Er wandte sich ab, verkrampfte seine verletzten Hände und zitterte noch immer. »Geh schlafen«, befahl er mir mit grober Stimme. »Wir dürfen ihnen auch nicht den kleinsten Fetzen einer Bestätigung dieser Geschichte geben. Medraut mag andeuten, daß ich das Gift nicht getrunken habe, aber wir werden ihm keinen Beweis dafür liefern. Geh zu Bett. Gott, ich wünschte, ich hätte alles getrunken. Die Welt wäre dann sehr viel leichter zu ertragen. Geh schlafen! Und um Gottes willen, hör auf zu weinen.«

Ich entkleidete mich schweigend und schluckte die Tränen. Erst, als ich ins Bett geklettert war, wandte er sich zu mir um, löschte die Lampe, zog die Stiefel aus und stieg neben mir hinein, noch immer voll bekleidet. Er lag da, den Rücken mir zugewandt, und zitterte, und ich schaute hinauf zum Strohdach und versuchte, nicht zu weinen. Die Nachtstunden krochen langsamer vorüber, als Segel am fernen Horizont der Welt entlangkriechen, und langsamer als ein Wurm, der über die Blätter einer Rose kriecht.

Nach einer Ewigkeit des Elends schätzte ich nach Artus' Atem, daß er schlief. Ich glitt nah an ihn heran, legte meine Arme um ihn, um ihn zu wärmen. Im Schlaf zog er sich nicht vor mir zurück, sondern preßte seinen Kopf an meine Schulter. Aber als die graue Dämmerung unter den Balken hereindrang und als ich anfing, endlich einzudösen, da wachte Artus auf, schleuderte meine Arme weg und stampfte nach draußen in den Tag. Ich rollte mich in dem leeren Bett zusammen, den Kopf an die Knie gelehnt, und weinte, weinte bitterlich. Denn ich hatte Artus weh getan, obwohl niemand anderer ihn trösten konnte, ich hatte meinen Anspruch auf seine Liebe und die Erlösung meiner Seele verloren, und ich hatte trotzdem nichts gewonnen.

4

Ich war entschlossen, mich am Tag nach dem Fest genauso zu benehmen wie gewöhnlich, denn alles andere hätte neuen Gerüchten Nahrung gegeben. Deshalb hielt ich mich an den Plan, den ich gemacht hatte, und verließ das Haus am Vormittag, um mit ein paar freien Bauern der Burg über die Ernte zu sprechen, die in den umliegenden Feldern heranwuchs. Ich ließ Gwyn rufen, damit er die Kornmengen niederschrieb, die die Bauern erwarteten. Der Junge war besorgt, unaufmerksam und bekümmert während der ganzen Angelegenheit, und ich benahm mich wahrscheinlich nicht viel besser. Den ganzen Tag hatte ich böse Kopfschmerzen – das kam vom zu vielen Weinen. Aber ich hatte lange Jahre der Erfahrung hinter mir, die Gwyn fehlten. Ich mußte nicht lange nachdenken, um all die angemessenen Fragen zu stellen und all die angemessenen Glückwünsche und Beileidsbezeugungen auszusprechen. Ich hab' vielleicht sogar die Bauern angelächelt, obwohl mein Herz weit entfernt war von solch einem maskenartigen Lächeln.

Ich beendete das Geschäft mit den Freibauern und entließ sie wie auch Gwyn. Ich trug dem Jungen auf, von der erwarteten Kornmenge dieser Ernte eine Reinschrift zu machen und sie in eins von meinen Rechnungsbüchern zu legen. Die Bauern verbeugten sich und gingen in einer Reihe davon, aber Gwyn zögerte. Er fing an, auch wegzugehen, drehte sich dann aber um und rannte zurück. Neben meinem Stuhl fiel er auf die Knie nieder und ergriff meine Hand.

»Es war eine ekelhafte Lüge, edle Dame, und niemand, der Verstand besitzt, hat sie geglaubt«, sagte er mir wild. »Und alle erwarten, daß Medraut angeklagt wird, die kaiserliche Majestät zu verleumden, und daß man ihn verbannt. Wird er ins Exil geschickt werden?«

»Der Kaiser wird ihn wahrscheinlich aus Camlann entlassen«, sagte ich stoisch, und dann, während ich mir ein ziemlich vages Lächeln abzwang, »danke, Gwyn.«

Er preßte meine Hand an seine Stirn und ging dann weg, während er seine Wachstafel schwang und wild die Stirn runzelte. Bei seinem unverdienten Vertrauen fühlte ich mich noch schlimmer. Es vertiefte meine Schande. Und dennoch, die Worte des falschen Trostes bekamen von anderen ein Echo. Goronwy, der sich jetzt von dem Zweikampf erholt hatte, trat beim Mittagsmahl unter irgendeinem Vorwand an mich heran und sagte mir mit lauter Stimme, wie widerlich der Witz gewesen wäre und wie er hoffe, daß man Medraut des Verrats anklagen würde. Ich war froh, daß er sich anscheinend endlich von Medraut und seiner Gruppe losgerissen hatte, aber ich wünschte mir, er hätte einen besseren Grund dafür gehabt.

Am Nachmittag traf ich Gawain, und die Unterhaltung verlief ganz anders.

Ich wollte die Kornmengen, die Gwyn am Morgen niedergeschrieben hatte, mit ein paar anderen Zahlen vergleichen, und ich entdeckte, daß der Junge die Reinschrift nicht fertig geschrieben hatte. Ich ging ihn suchen, um von ihm die ursprüngliche Wachstafel zu holen, und fand ihn im Hof hinter den Ställen. Er und Gawain übten mit Gawains Fuchsstute das richtige Verhalten in der Schlacht, und Gawain gab Gwyn gute Ratschläge dazu. Diese Unterrichtsstunden waren regelmäßig geworden, und sowohl Gawain als auch Gwyn schienen sie sehr viel Freude zu machen, obwohl ein paar von den anderen Jungen in der Burg Gwyn um so mehr dafür ablehnten, daß er einen Freund unter den großen Kriegern hatte. Nichtsdestoweniger waren für Gwyn Gawain und die Fuchsstute mit der Zeit wichtiger geworden als Gereint, der Reitlehrer, und der maultierartige nußbraune Wallach. Als ich herankam, stand Gwyn mitten im Hof und hielt die Peitsche, während Gawain die Stute im weiten Kreis um ihn herumritt. Endlich waren sie in ihren Übungen jetzt dabei angekommen, den Ring aufzuheben.

»So«, sagte Gawain gerade, »diesmal lasse ich sie im kurzen Galopp gehen. Wenn sie verzögert, solange ich nicht im Sattel bin, benutz die Peitsche nicht, es sei denn, du mußt. Brüll sie zuerst an; sie weiß jetzt, was das bedeutet.«

Gwyn nickte ernst, und Gawain setzte dem Pferd die Fersen in die Flanken, damit es galoppierte. Die Fuchsstute war ein wunderschönes Tier, ein Nachkomme aus der Verbindung einer von Gereints Stuten und Gawains Schlachthengst Ceincaled. Sie lief so leicht wie ein Hirsch. Gawain ritt sie noch einmal im Kreis herum, und Gwyn drehte sich auf dem Absatz um, damit er dem Vorgang folgen konnte. Dann ließ Gawain den Kopf nach unten sinken, neben den Hals der Stute, und verlagerte das Gewicht auf die rechte Seite. Mit einer Hand packte er gleichzeitig Zügel und Mähne. Die Ohren der Stute zuckten zurück, als er ihr etwas zuflüsterte, aber sie verlor nicht an Tempo. Gawain zog das linke Bein hoch, hakte sein Knie um den Sattelknauf und schien plötzlich zu fallen. Die Stute verzögerte; Gwyn brüllte, und sie legte wieder Tempo zu. Gawain, der jetzt mit dem Kopf nach unten hing, griff mit dem rechten Arm auf den Boden, seine Finger schleiften einen Augenblick über das Gras. Dann, irgendwie, auf wunderbare Weise, saß er wieder aufrecht im Sattel und lachte und hielt zwischen Daumen und Mittelfinger einen goldenen Ring. Er warf ihn in die Luft, zügelte die Stute und ritt im Trab zu Gwyn hinüber.

»Soviel also für eine Übung, von der mein Bruder Agravain immer sagte, sie wäre nur gut genug für fahrendes Volk auf dem Jahrmarkt.«

»Herr, es war wunderbar!« sagte Gwyn warm. »Gereint muß mindestens zwei- oder dreimal probieren, und er kann es nicht so . . . nicht so . . .«

»Nicht? Er wird wohl alt. Er konnte es früher besser als ich. So, jetzt versuch du es mal.« Er sprang aus dem Sattel, nahm die Zügel und reichte Gwyn den Ring. Gwyn nahm ihn, stand einen Augenblick da und tätschelte der Stute die Schulter und flüsterte ihr zu, und dann sprang er in den Sattel. Er nahm die Zügel und schaute sich um, und da erst sah er mich. Sein Gesicht wurde lang.

»Edle Dame«, rief er. »Brauchst du mich jetzt?«

Ich zögerte. Ich wollte nicht hier herumstehen und Gawain Lügen erzählen, aber ich konnte es auch nicht über mich bringen, Gwyn ausgerechnet in diesem Augenblick wegzuzerren. »Du kannst kommen, wenn du mit dem Ring fertig bist«, gab ich zurück. »Es geht nur um die Ernteliste.«

Gwyn nickte. Er war wieder glücklich. Aber Gawain schaute mich ernst an. »My Lady«, sagte er, »vielleicht möchtest du einen Augenblick bleiben und zusehen?«

Wieder zögerte ich. Und dann, weil Unsicherheit schlecht aussah, ging ich über den Hof und stellte mich zu ihnen, obwohl ich wünschte, ich könnte das Lügen bis morgen oder bis zum nächsten Tage oder bis zur nächsten Woche verschieben. »Stehe ich euch hier im Weg?« fragte ich.

»Aber nein«, erwiderte Gawain. »Aber stell dich auf meine linke Seite, denn möglicherweise muß ich die Peitsche benutzen, wenn die Möwe vergißt, gleichmäßiges Tempo zu halten.« Er schnalzte dem Pferd mit der Zunge zu, und die Stute stellte die Ohren auf und drehte sie dann wieder rückwärts, um auf Gwyn zu horchen. Der Junge lächelte stolz und wendete das Pferd und ließ die Stute in den Kreis laufen, der schon in das Gras auf dem Hof eingetrampelt war.

»Soll ich den Ring hier niederlegen?« rief er uns zu. »Ja, genau da. Aber nimm dir Zeit, und sorg dafür, daß der Ring in der bequemsten Entfernung liegt.«

Gwyn nickte, und nach einem Augenblick der gesammelten Konzentration wendete er die Stute und ließ sie im Schritt um den Kreis herumgehen, um festzustellen, ob die Entfernung wirklich passend war.

»My Lady«, sagte Gawain mit leiser Stimme, »gestern abend . . .« Er zögerte, schaute mich an, und seine dunklen Augen waren unergründlich.

»Es war ein böser Witz«, sagte ich und wappnete mich.

Er schaute noch einmal schnell weg. »So sagt Medraut jetzt selbst, und man wiederholt es überall in der Burg, wenn auch unsicher. Medraut deutet an, daß Tieferes dahinter liegt, noch während er das abstreitet. Und dennoch hat Artus den Becher ausgetrunken, und es ist ihm nichts geschehen, obwohl manche behaupten, es sei ein Wunder.«

»Medraut unter anderem auch?«

»Nein, my Lady.« Gawain sah mich wieder an. »Ich habe es von Gruffydd, dem Chirurgen gehört. Er hat es mir im geheimen gesagt, mir allein.«

»Gruffydd? Aber er . . . ich dachte, er sei Medrauts Feind.« Ich unterbrach mich, wandte mich ab und kämpfte um Haltung. Gwyn hatte den Kreis jetzt vollendet und hakte sein Knie um den Sattelknopf und übte vorsichtig die ersten Stufen des Fallenlassens. Den Ring hielt er mit der Hand umklammert.

»Er ist Medrauts Feind. Er glaubt, es wäre eine ehrenhafte, ja sogar eine heldenhafte Tat, meinen Bruder zu vergiften. Er sagte mir, wenn das in der Tat dein Plan gewesen wäre, dann sei es ein vernünftiger und mutiger Plan gewesen, und er wünschte, er wäre gelungen. Und er sagte mir auch, er hätte bemerkt, daß aus seinem Lagerraum ein Teil der Eibenmixtur verschwunden sei. All dies sagte er mir natürlich streng unter vier Augen. Gruffydd kann den Mund halten.«

Gwyn ließ sich aus dem Sattel sinken, legte den Ring ins Gras und richtete sich dann mit einer Bewegung wieder auf, die schon jetzt von der Übung geglättet war. Er wandte sich zu Gawain um und strahlte, und Gawain nickte. Gwyn ließ die Stute traben.

»Nimm dir Zeit«, rief Gawain ihm zu. »Wenn du zu eilig bist oder aus Unsicherheit zögerst, dann ist alles ruiniert.« Gwyn nickte.

»Warum erzählst du mir das?« fragte ich flüsternd.

»My Lady . . . my Lady, ich habe Mitleid mit meinem Bruder Medraut. Früher einmal . . . früher einmal war er so wie

Gwyn. Es hat mich tief geschmerzt, ihn so verzerrt zu sehen und in solchem Haß. Wenn ich wüßte, daß einer meiner Freunde sich dazu gedrängt gefühlt hätte, ihn zu vergiften, dann würde ich . . . es würde mich bekümmern. Aber ich kann es verstehen. Vielleicht wäre es sogar, wie Gruffydd sagte, vernünftig und mutig. Ich bin kein Herrscher. Ich kann es nicht sagen.«

»Gawain . . .« begann ich, und dann fiel mir nichts mehr ein, was ich noch sagen wollte. Er schaute mich an und wartete, und derselbe ernste Ausdruck lag in seinem Blick, und endlich erkannte ich den Ausdruck als Mitleid.

»My Lady, ich weiß, daß du dich für so etwas niemals leicht entscheiden würdest oder ohne Qual. Du würdest es dir auch nicht wünschen, außer aus den reinsten Motiven. Aber jetzt, wo es fehlgeschlagen ist . . . he! Zurück dahinter!« denn Gwyn hatte die Übung versucht, und die Stute war in Trab verfallen, als er sich aus dem Sattel niedersinken ließ. Sie galoppierte jetzt wieder, und der Junge richtete sich mühsam auf und schaute bedrückt drein.

»Ich hab' den Ring nicht gekriegt«, sagte er Gawain.

»Beim ersten Versuch. Du selbst, mein Vetter, hast gesagt, daß Gereint mindestens zwei- oder dreimal versuchen muß, und könntest du, kleiner Welpe, ein besserer Reiter sein als er? Komm, versuch's noch einmal . . . My Lady«, er senkte die Stimme wieder, »gleichgültig, was geschehen ist, ich bin dein Freund und Diener wie immer.«

»Mein Bruder und Herr«, erwiderte ich, »Gawain, daß ich nicht Medrauts Mörderin bin, das habe ich nur der Vorahnung deines Bruders und Artus' schnellem Handeln zu verdanken, denn der eine verweigerte den Becher, und der andere goß ihn in den Ärmel aus. Aber im Herzen bin ich genauso schuldig, wie ich schuldig wäre, wenn ich deinen Bruder umgebracht hätte. Trotzdem wünsche ich mir noch immer, ich hätte es geschafft. Es tut mir leid. Ich verdiene nichts von dir, weder deine Freundschaft noch deinen Dienst und sicherlich nicht diese Freundlichkeit.«

»Du hast meine Liebe und meinen Gehorsam viele Jahre lang und für vieles verdient, was du für mich getan hast. Und ich habe schon gesagt, daß ich verstehe, warum du so etwas tun wolltest. Ich trage nicht die Verantwortung für das Reich, also steht es mir nicht an, zu beurteilen, ob dein Plan gerecht war. Hätte ich davon gewußt, ich hätte dagegen gearbeitet, hätte sogar Medraut gewarnt – obwohl er wahrscheinlich genug Zauberei geerbt hat, um es selbst vorherzusehen. Mit Giften ist er sehr vertraut. Er ist fähig, sich davor zu schützen. Und da der Versuch fehlgeschlagen ist, trägst du keine Schuld daran.« Er hielt inne, sah zu, wie Gwyn sich noch einmal nach dem Ring aus dem Sattel sinken ließ, die Zeit verpaßte und zu spät zupackte und fast stürzte, während er sich herumdrehte und danach langte. Dann erhob er sich unsicher wieder in den Sattel, mit leeren Händen. »Macht nichts, Vetter«, rief Gawain. »Sie läuft jetzt besser. Versuch's noch einmal!« Und dann, mit leiser Stimme, »My Lady, du darfst die finsteren Gedanken und den Kummer nicht nähren. Deine Kraft wird jetzt gebraucht. Die größten aller Herrscher haben Schlimmeres geplant und es dann auch durchgeführt. Denk an die römischen Hohen Könige, die unser Herr Artus so bewundert . . . Was sagt Artus dazu?«

»Er wußte nichts davon«, sagte ich ruhig. »Ich hab' es nicht gewagt, ihm davon zu erzählen. Ich wußte, er würde dagegen sein.«

Gawain schaute mich einen Augenblick lang fest an, und ich mußte fortfahren: »Ich habe ihn verletzt. Vielleicht wird er mich nie wieder lieben.«

Er schaute mich noch immer an, offen und ungläubig.

»Er hat ja einen Grund dafür! Ich habe hinter seinem Rükken einen Mord geplant. Ich hab' ihn verraten – ich habe sein Vertrauen in meine Ehre verraten. Und ich habe ihn in seinen Augen entehrt und ihn gezwungen, zu lügen und leere Gesten zu machen. Ich hab' versucht, etwas durchzuführen, das er sich halb selbst wünschte, das er aber nie versucht hätte.«

»Ich kann nicht glauben, daß er dich haßt. Sein erster Gedanke galt dem Schutz deines Namens.«

»Nein«, erwiderte ich müde, und meine trockenen Augen schmerzten wieder bei dem Gedanken. »Er wollte Medraut abwehren und uns schützen – Camlann, das Reich. Nicht mich. Und so sollte es auch sein.«

»Ich glaube nicht ... oh, gut gemacht, Mo Chara!« Denn Gwyn hatte sich triumphierend auf den Ring niedergesenkt und wendete jetzt die Stute und hielt den Ring strahlend und siegreich in der Hand. Er glitt von dem schwitzenden Pferd herab und gab ihn Gawain mit einer Verbeugung.

»Hast du mich gesehen, edle Dame?« fragte Gwyn hoffnungsvoll.

»In der Tat. Das hast du wunderbar gemacht, Gwyn.«

Er lächelte entzückt, stand einen Augenblick da, als ob er fast platzte, weil er etwas sagen oder brüllen wollte, beherrschte sich dann und fragte: »Soll ich jetzt die Listen holen, edle Dame, und die Rechnungsbücher?«

Er hatte seinen Blick auf mich geheftet, und Gawain warf mir den gleichen fragenden Blick zu, während eine Hand am Zügel des Pferdes lag. Die beiden Augenpaare waren gleich dunkel.

»Zuerst kannst du das Pferd in den Stall bringen«, sagte ich Gwyn, denn ich wußte, daß er das wollte. »Selbst ich weiß, daß der Reiter sich darum zuerst kümmert. Wenn du fertig bist, dann bring die Liste und die Bücher in mein Zimmer.«

Gawain lächelte sehr sanft, nahm dann meine Hand und berührte damit seine Stirn. Es war die gleiche Geste, die auch Gwyn benutzt hatte, aber Gawain meinte sie ganz anders, und ein Schrecken vor dieser Geste erfüllte mich. Ich wußte, was er wußte, aber er unterwarf sich mir trotzdem. Daß er es wußte, machte mich frei, und er blieb mein Freund ... aber ich hatte ja nie ein Recht auf Freundschaft gehabt, weder auf seine noch auf die Freundschaft irgendeines anderen. Niemand hat das. Auch das war Freiheit, wenn auch eine bittere Freiheit, wo ich selbst keine Rolle mehr spielte und nur noch in der edlen Haltung eines anderen existierte. Ich war dankbar, dankbarer, als ich sagen konnte.

»Ich danke dir viele Male für deine Freundlichkeit, my Lady«, sagte Gawain. »Wenn du noch weiter mit mir sprechen willst, bin ich dein Diener, wie immer.«

Ich nickte und ließ die beiden allein, damit sie sich über die Stute und Gwyns Reitkünste unterhalten konnten. Der blonde Kopf und der dunkle neigten sich über den glatten Rücken des Pferdes.

Artus erteilte an diesem Tag Medraut den Befehl, Camlann zu verlassen. Er beschuldigte ihn keines Verbrechens, sondern schrieb nur einen Brief, der darauf lautete, daß Medraut auf die Orkneys zurückgeschickt wurde und daß alle Personen, die den Brief lasen, ihm Hilfe auf der Reise bieten sollten. Artus ging dann mit Bedwyr und Cei zu Medrauts Haus, und sie präsentierten ihm das Dokument. Medraut begrüßte sie mit lächelnder Höflichkeit. Er entrollte und las den Brief und tat so, als ob er erstaunt sei. Cei erzählte mir anschließend davon. »Er hat gesagt: ›Für welches Verbrechen werde ich denn ins Exil geschickt?‹ Als ob er von solch einem Richtspruch noch nie gehört hätte und sich nicht denken könne, was er eigentlich getan hatte. Außer, daß er vielleicht die Kühe mit Steinen beworfen hätte. Aber unser Herr wollte das dumme Gerede nicht hören. ›Weil du von königlichem Geblüt bist und wegen deiner Stellung hier‹, hat er gesagt, ›deshalb hat man dich keines Verbrechens angeklagt, obwohl du genug Geschichtsbücher gelesen hast, um zu wissen, daß die Beleidigung der Majestät ein Schwerverbrechen ist und daß die Majestät beleidigt ist, wenn man die Frau des Kaisers absichtlich beleidigt. Wie auch immer, ich klage dich nicht an. Außerdem wirst du nicht ins Exil geschickt, sondern nur zurückgesandt. Dein Eigentum und dein Rang in Britannien sind sicher, zusammen mit all deinen Rechten und Privilegien, außer dem Recht hierzubleiben. Du darfst morgen abreisen. Nimm so viele Pferde, wie du willst, und wenn du frische Reittiere brauchst, dann kannst du sie von den Königen von Britannien fordern.‹ Medraut fing daraufhin an, seine leuchtende Unschuld darzustellen, aber unser Herr Artus fuhr fort und sagte: ›Cei reist mit dir.‹ Und ich hab' ihn angegrinst, und da hielt er den Mund. Mein Herr Artus hatte mir das gerade gesagt, my Lady, und so sehr ich auch gegen diesen Aal Medraut bin, ich bin froh genug darüber, daß ich ein Auge auf ihn halten kann. Und es wird schön sein, Agravain wiederzusehen, wie sehr er sich vielleicht auch in den letzten Jahren verändert hat. Aber, my Lady, du solltest dafür sorgen, daß Medraut nicht alles mitnehmen kann, was Artus ihm für seine Reise angeboten hat. Er hat Gold ausgeschüttet, als ob Medraut ein verbündeter König wäre und nicht so etwas wie ein Verbrecher.«

»Natürlich«, erwiderte ich, »Medrauts Freunde sind jetzt, wo ihr Anführer ohne eine Verhandlung weggeschickt wird, wütend genug. Wenn er aber offensichtlich gut behandelt wird, dann kann er von ihnen und von den Königen in Britannien weniger Ärger verlangen. Und wenn du neben ihm reitest, dann kann er die Reise auch nicht für weitere Intrigen benutzen.«

Cei grunzte.

Die beiden ritten in der Tat am nächsten Morgen los, mit einer Eskorte von drei anderen, die sie bis Ebrauc begleiteten. Von dort würden Medraut und Cei zu Schiff auf die Inseln fahren. Ich machte mir fortwährend Sorgen, bis wir hörten, daß sie tatsächlich angekommen waren. Ich machte mir Sorgen, ob Medraut wohl auf dem Weg wieder irgendeinen Ärger vom Zaun brechen würde oder ob er Cei in einen Zweikampf hineinlocken würde oder ob Cei auf eigene Faust einen Kampf anfing – er liebte ja das Kämpfen – und ob er, wenn er irgendeinen Krieger aus dem Norden getötet hatte, dann von irgendeinem König aus dem Norden selbst getötet würde. Aber die Reise verging offensichtlich ohne Zwischenfall, und eine kurze Notiz in Ceis eigener mühseliger Handschrift informierte uns darüber, daß das merkwürdige Paar Dun Fionn auf den Inseln erreicht hatte. Da allerdings hatte ich schon wieder andere Dinge, um die ich mir Sorgen machen mußte.

Die ersten paar Wochen nach dem versuchten Mord waren noch schlimmer als die Wochen davor. Artus, der in der Öffentlichkeit mir gegenüber so aufmerksam wie früher war, konnte sich privat noch nicht einmal dazu bringen, mit mir zu reden. Das Schweigen wuchs zwischen uns; bei Nacht lagen wir Seite an Seite im Bett, als ob die halbe Welt uns trennte. Am Morgen wachte ich auf und stellte fest, daß Artus mich mit verkniffenem, hageren Gesicht beobachtete, und wenn ich mich dann vor meinen Spiegel setzte, fand ich den antwortenden Ausdruck der Schuld und des Elends noch immer an mich geheftet. Ich mußte ihn sorgfältig von meinem Gesicht glätten, ehe ich mich der Welt gegenüberstellen konnte. Ich haßte es, unschuldig zu tun, ich haßte es mehr und mehr, während die Tage vergingen und die wilden Spekulationen in der Burg nach und nach neuen Geschichten und neuem Klatsch wichen. Zuerst wurde natürlich von dem einen oder anderen jede mögliche Erklärung vorgebracht: Ich hatte den Becher vergiftet, aber Artus sei durch ein Wunder verschont geblieben; Medraut hatte den Becher vergiftet, um mich zu belasten, aber Artus hatte entweder geschickt das Gift beiseite geschafft oder sei wie durch ein Wunder ... Oder der Becher war gar nicht vergiftet, sondern ich oder Medraut seien von Artus dazu verleitet worden, es doch zu glauben, oder auch noch von einem Dritten. Manche Leute glaubten sogar unsere offizielle Erklärung, daß es nur ein Witz mit Untertönen war, die nach Hochverrat klangen. Ein paar Freunde von Medraut errieten sogar die Wahrheit. Und alle Interpretationen von dem, was geschehen war, wurden endlos diskutiert und besprochen, während ich mich um meine Aufgabe kümmerte und versuchte, ungerührt zu erscheinen, als ob überhaupt nichts geschehen sei. Zeitweise hatte ich den Wunsch, in der Halle aufzustehen und ihnen die Wahrheit entgegenzuschreien, einfach, um von den endlosen unausgesprochenen Fragen frei zu sein. Aber schließlich waren alle möglichen Erklärungen gesucht und gefunden worden, und die aufgeregten Fragen ebbten ab. Medrauts Abreise hatte die Spannung sehr verringert. Viele seiner früheren Gefolgsleute fingen ohne seine Anwesenheit, durch die sie angestiftet wurden, an, wieder selbst zu denken, und sie entschlossen sich zu der Ansicht, daß er zu weit gegangen war. Das wurde offensichtlich, als es nach einer Weile trotz all der ursprünglichen Fragen und all der Streitereien keine Zweikämpfe mehr gab und weniger persönliche Zerwürfnisse. Ich bemühte mich sehr hart darum, ein paar von Medrauts Freunden, die jetzt schwankten, zu überzeugen, daß sie ihrem ausgewiesenen Anführer mißtrauen müßten, und je erfolgreicher ich damit war, desto mehr haßte ich mich anschließend. Mein Leben war eine Lüge, wie mein Lächeln, und ich wünschte mir von Herzen, daß ich nie nach Camlann gekommen wäre, sondern daß ich statt dessen irgendeinen fetten Bauern aus dem Norden geheiratet hätte und dabei gestorben wäre, ihm fette Kinder zu gebären. Die Heldinnen aus den Liedern haben es gut, denn sie können aus Kummer oder Schande sterben. In Wirklichkeit ist man aber in der Lage, viel mehr Elend und Leid zu ertragen, als einem wahrscheinlich vorkommt. Wenn einem das Leben nichts mehr wert ist, wenn die Welt nur noch wie eine große, korrumpierende Falschheit aussieht, wenn selbst die Liebe flach und zwecklos wirkt – dann schleichen dennoch die Stunden ständig weiter, und man fährt fort, diese Stunden mit den täglichen Kleinigkeiten auszufüllen. Das Beste, was ich zustande brachte, war ein Fieber.

Im Juli hatten wir schwere Regenfälle, aber am Ende des Monats kam eine Zeit des heißen, sonnigen Wetters. Die Luft war von Fiebern erfüllt. Ich bekam auch eins, lag ein oder zwei Tage im Bett, fühlte mich dann besser, stand auf und versuchte, mit den Vorbereitungen für die Ernte anzufangen. Das brachte natürlich das Fieber zurück, und diesmal schlimmer. Ich war gezwungen, wieder ins Bett zurückzugehen. Sobald ich in der Lage dazu war, ließ ich Gwyn rufen und diktierte ihm Briefe und Listen – die Erntezeit nimmt keine Rücksicht auf menschliche Schwächen. Am Ende der zweiten Woche des August kam Bedwyr und fragte, wie viele Kornvorräte zum Futter für die Reitpferde in diesem Winter zur Verfügung stehen würden.

Ich hatte seit jenem Fest nicht mehr mit ihm gesprochen. Ich hatte von Gawain erfahren, daß Bedwyr Bescheid wußte. Er hatte nah genug bei Artus gesessen, um dessen Trick mit dem Becher zu bemerken, und hinterher hatte er mit Artus darüber gesprochen. Was Artus zu ihm gesagt und was er zu Artus gesagt hatte, daran mochte ich nicht gern denken: Denn dann mußte ich mich vor beiden schämen. Ich wünschte mir mehr als je zuvor, Bedwyr aus dem Weg gehen zu können, aber als Feldherr überlappten sich seine Aufgaben auf vielen Gebieten mit meinen, und so konnte ich ihm nicht immer aus dem Weg gehen.

Jetzt war ich schon in der Lage, im Bett zu sitzen, und ich fühlte mich sogar erholt, obwohl ich es noch nicht wagte, das Haus zu verlassen. Ich hatte Angst, daß dann das Fieber wiederkäme. Aber ich war angekleidet, und ich hatte sogar das Bett an eine andere Stelle rücken lassen, damit ich zum Lesen das beste Licht hatte. Ich prüfte gerade ein paar Listen, die Gwyn mir dagelassen hatte, als ich das gedämpfte Geräusch eines Klopfens an der äußeren Tür hörte. Ich rief: »Herein«, und nach der unvermeidlichen Pause: »Hier herein!« Aber ich war überrascht, als Bedwyr die innere Tür öffnete und auf der Schwelle stand und stehenblieb, damit seine Augen sich an das Licht gewöhnten.

»Edler Herr«, sagte ich zur Begrüßung. Trotz meines Herzenswunsches, ihm aus dem Weg zu gehen, war ich froh, ihn dort stehen zu sehen. Er sah aus wie immer – offen und ernst. Er wandte sich aber von meinem Blick ab, und darüber wurde ich genauso verlegen, genauso angespannt, und ich war nicht sicher, wie ich ihn empfangen sollte.

Um den Bruchteil einer Sekunde zu spät verwandelte er den Seitenblick in eine Verbeugung, so daß ich nicht überzeugt war. Dann schloß er die Tür hinter sich. »My Lady, es tut mir leid, wenn ich dich belästigen muß, während du krank bist. Aber niemand anders scheint in der Lage zu sein, mir zu sagen, wieviel Korn wir wohl diesen Winter haben werden oder wie viele Pferde wir damit füttern können.«

»Ach«, sagte ich, »ach ja.« Ich durchsuchte die Listen in der

Hoffnung, die Antwort zu finden und ihn loszuwerden. Dann wurde mir klar, daß ich keine von den notwendigen Listen bei mir hatte, und ich mühte mich, mir ins Gedächtnis zu rufen, was darauf stand.

Bedwyr bemerkte meine Verwirrung und fügte schnell hinzu: »Es ist nicht dringend. Ich muß es nur bald wissen, denn nächste Woche will ich die Pferde, die wir nicht hierbehalten, auf die Winterweide schicken. Aber heute muß ich es noch nicht wissen.«

»Ich glaube, wir werden genug für zweitausend Pferde haben«, sagte ich ihm. »Oder auch ein bißchen mehr. Sagen wir, drei Pferde für jedes Mitglied des Heerbanns. Genauer kann ich es dir jetzt allerdings noch nicht sagen. Wahrscheinlich kann ich dir morgen nachmittag eine etwas bessere Schätzung geben.«

Er nickte, aber anstatt zu gehen, blieb er da und schaute mich an. »Gott lasse dich schnell gesund werden, my Lady«, sagte er nach einem Augenblick. »Du wirst sehr vermißt.«

»Ich habe mich schon fast erholt«, sagte ich und versuchte zu lächeln. Aber das Lächeln ging daneben. Bedwyr war kein Fremder, war niemand, den man durch Anspannung von ein paar Muskeln im Gesicht leicht hinters Licht führen konnte. Im Gegenteil – es war einfacher, vor Artus einen Kummer zu verbergen als vor seinen ruhigen Augen. Ich fühlte mich erschöpft und elend, und ich konnte sehen, daß er es wußte. Ich spürte, wie mein Gesicht heiß wurde vor Scham über meine Lügen, meine vielen Lügen. Aber ich konnte es nicht ertragen, ehrlich mit ihm zu sprechen und zusätzlich zu Artus' Zorn und Bitterkeit auch noch seine Verachtung zu spüren. »Morgen bin ich wahrscheinlich schon wieder auf«, beendete ich schnell den Satz.

»Treib dich nicht zu sehr, my Lady. Viel hängt von dir ab.«

Es verging wieder eine Minute des Schweigens, während wir einander anschauten, und ich wünschte mir verzweifelt, daß er ging und mich mit meinem Elend allein ließ. Dann fügte er entschlossen hinzu: »Unser Herr Artus vermißt deine Hilfe.«

Ich blickte hastig weg. Diese Sanftheit, wo ich Zorn erwartet hatte, verwirrte mich. »Tut er das?« fragte ich und wollte einen Tonfall der uninteressierten Frage anschlagen. Aber ich hörte mich nur flach und verbittert an. Diese zusätzliche Dummheit, dieser Mangel an Beherrschung bei mir, widerte mich an. Ich biß mir auf die Lippe und mußte die Tränen zurückblinzeln. Nach einer Krankheit kommen sie viel zu schnell.

Da machte Bedwyr zwei schnelle Schritte auf mich zu und nahm meine Hand. »Lady Gwynhwyfar«, er sank auf die Knie, damit er sich nicht über mich beugen mußte, »verzeih mir meine Unverschämtheit, so mit dir zu sprechen, aber ich muß sprechen. Dein Mann liebt dich tief, auch wenn er jetzt erzürnt über dich ist. Seit Medraut im Exil ist, haben wir miteinander gesprochen, und es ist so deutlich zu sehen wie der weite Himmel. Er sehnt sich nach ein paar Worten, die dich wieder mit ihm versöhnen, aber er weiß nicht, was er sagen soll. Ich bitte dich, my Lady, quäl dich nicht so. Sprich mit ihm, versöhne dich. Du bist geschickter in solchen Dingen als er, und es wird euch beide trösten.«

Ich zog meine Hand weg und biß mir auf die Lippe, bis ich Blut schmeckte.

»Warum sagst du mir das? Ich hab' alle Gesetze gebrochen, nach denen du und Artus lebt, im Namen eures eigenen Zieles. Deshalb hab' ich euch verraten. Und ich kann es weder vor Artus noch vor Gott bereuen, denn ich wünsche mir noch immer, ich hätte Erfolg gehabt und Medraut wäre in der Hölle. Wie kann ich mich also mit Artus versöhnen? Und du – du mußt mich genauso verachten. Lüg mich nicht an, Bedwyr. Ich habe die Lügen satt; ich würde deinen Haß weiteren Lügen vorziehen.«

Er begegnete meinem Blick einen Augenblick mit einem Ausdruck des Schreckens und neigte dann den Kopf fast bis auf das Bett. »My Lady«, flüsterte er, »wie könnte ich dich hassen oder verachten? Wenn das, was du getan hast, noch hundertmal schlimmer wäre, dann würden mich trotzdem deine Güte und deine Gnade zwingen, dich zu lieben. Selbst gegen meinen Willen, und ...« Er brach abrupt ab, starrte auf die Decke, ballte die Hand in ihren Falten. Ich berührte verwundert seine Schulter, und er blickte auf, und bei diesem Blick stieg mir das Herz in die Kehle.

»Du darfst nicht glauben«, nahm er nach einer Pause das Wort wieder auf, »daß unser Herr dich verachtet. Er ist nur um so mehr bekümmert, weil er dich so liebt und ehrt – und weil er Medraut fürchtet. Er schämt sich selbst, weil er Medraut gezeugt hat und jetzt wünscht, daß er tot wäre. Er ist mit sich selbst genauso im unreinen wie mit dir. Glaub mir, selbst um dir eine Freude zu machen, würde ich in diesen Dingen nicht lügen.«

Bei diesen Worten fing ich ernsthaft an zu weinen, und dann nieste ich und bekam einen Hustenanfall, denn nach dem Fieber hatte ich mich erkältet. Bedwyr reichte mir eins der Tücher, die an der Bettkante hingen, und setzte sich dabei aufs Bett. Ich wischte mir das Gesicht ab und putzte mir die Nase und schaffte es, die Tränen im Schach zu halten.

»Es tut mir leid, Bedwyr. Ich weine anscheinend immer, wenn du freundlich zu mir bist. Wenn Artus so denkt, wie du es mir gesagt hast, warum sagt er es mir dann nicht selbst? Nein, du hast gesagt, er hofft auf irgendein Wunder, das uns versöhnt. Um uns beide zu trösten. Und ich soll diese Versöhnung herbeiführen? Herr des Himmels, muß ich ihn wirklich anlügen und ihm erzählen, daß ich bereue, wo ich nicht bereue, und muß ich ihm sagen, daß ich froh darüber bin, weil Medraut am Leben ist?« Ich sprach von Gott, aber ich schaute Bedwyr an, seine dunklen, mitfühlenden Augen.

»Du mußt nur sagen, daß es falsch gewesen wäre, my Lady. Ich weiß, daß du das auch glaubst. Artus geht es mehr darum, dich zurückzugewinnen, als das Richtige oder Falsche in diesem Fall zu beweisen.«

Ich lachte bitter, hustete, nahm ein anderes Tuch. »Ach, und ist das alles? Und glaubst du wirklich, es wäre so einfach? Daß ich einfach ein paar Worte sage, und alles ist wieder gut? Nein, tut mir leid. Dein Rat ist wie immer gut und wahr und schwierig zu befolgen. Mein Freund, mein Herz, ich danke dir. Aber kannst du selbst vor dir dieses Verbrechen, das ich begehen wollte, rechtfertigen – obwohl du mich mit solcher Freundlichkeit behandelst?«

Sein Gesicht wirkte angespannt und gequält, aber seine Augen leuchteten intensiv, wärmten mich sehr nach so viel kaltem Elend. »Solche Rechtfertigungen bedeuten mir nicht viel. Du hast aus einem Übermaß an Liebe gehandelt, um das Reich um jeden Preis zu bewahren. Wie kann ich sagen, daß du dich geirrt hast? Sicher, ich weiß, es ist ein Verbrechen, einen Menschen zu vergiften. Aber dich zu rechtfertigen oder dich zu verdammen – das steht mir nicht an. Und die Tat ist ja auch nicht geschehen. Dazu ist es mir schwer gewesen, dich zu sehen, wie du deinen Kummer verbirgst, und doch zu wissen, daß er dich von innen frißt.« Er griff wieder nach meiner Hand und berührte sie mit seinen Lippen.

»Gwynhwyfar, ich weiß, daß du dich selbst verdammst, aber niemand hat das Recht dazu, außer Gott, der allein die Herzen wägen kann. Gwynhwyfar, hab Erbarmen mit dir selbst.«

»Soll ich so weitermachen, als ob ich nichts getan hätte, als ob alles unwichtig gewesen wäre? Soll ich zufrieden auf das Jüngste Gericht warten?«

»Was sonst kann man denn tun, außer sterben? Wir müssen mit unseren Sünden leben. Man wählt zwischen mehreren Übeln und erträgt diese Wahl. Ich . . . ich hab' mich einmal entschieden, daß es böse sei zu töten, selbst in der Schlacht. Artus zeigte mir, daß es auch böse sein kann, nicht zu handeln, wenn dadurch etwas von Wert gerettet werden kann. Selbst, wenn die Tat das Töten beinhaltet. Ich mußte ihm zustimmen. Aber sie sind noch da, all diese Toten. Ich kann das Blut von meinem Schwert wischen, aber niemals von meinem Herzen. All diese Menschen, die ich für das Reich getötet habe, für das Licht, sie sind so tot, als ob ich sie nur aus Haß umgebracht hätte oder um mir selbst zu beweisen, daß ich ein besserer Krieger bin als sie. Du dagegen hast niemanden umgebracht.«

Ich schüttelte den Kopf und starrte ihn an. Seine Ruhe war verschwunden. Jetzt war die Leidenschaft an seine Oberfläche getreten und damit der Schmerz. Er beugte sich nach vorn und umklammerte hart meine Hand, während er sich auf den Stumpf seiner Schildhand stützte. »Es ist einfacher, als man erwarten sollte. Es macht, wenn man dabei ist, wenig Eindruck. Hinterher, hinterher erinnert man sich daran und denkt anders darüber. Aber die einzige Alternative, die wir hatten, bestand darin, es zuzulassen, daß andere getötet werden, und wenn dabei kein Blut am Schwert bleibt, dann bleibt doch mehr Blut auf der Seele, wenigstens vor Gott. Was du getan hast – was du tun wolltest –, das zählt im Himmel weniger als die Verbrechen, die ich wissentlich begangen habe, die Morde, die Verstümmelungen, den Schmerz, die Witwen und Kinder, die nach dem Tod ihrer Väter und Männer verhungern, die verbrannten Felder und die geplünderten Städte – all das habe ich mit dieser Hand getan.« Er zog sie aus meinen Fingern und hielt sie vor mich hin: Seine Schwerthand hatte Schwielen von der Waffe, den Speeren und den Zügeln. Sie war auf dem Handrücken vernarbt von Übungskämpfen und den Zufällen des Krieges. Er betrachtete diese Hand mit einem Maß an Schmerz und Schrecken, der mir das Herz zerriß. Ich nahm die Hand und küßte sie. Er schaute mich an, als ob er vergessen hätte, daß ich da war, als ob er mich noch nie gesehen hätte. Er zog seine Finger über meine Lippen und berührte die Tränen, die noch an meinen Wangen hingen. Er glättete mein Haar und packte dann meine Schulter. Er beugte sich vorwärts und küßte mich.

Jeden Augenblick der nächsten Stunde nahm ich mir vor, aufzuhören, zu sagen: »Nicht weiter.« Aber ich tat es nicht. Es war süß, so süß, daß ich mir immer noch eine Minute davon wünschte, ehe ich in die Kälte und die Einsamkeit und die fruchtlose Sehnsucht nach Artus zurückkehrte, in die Schande und die Anspannung und die herannahende Dunkelheit. Ohne Zweifel hatte auch Bedwyr vor aufzuhören, aber auch er sagte nichts. Keiner von uns sagte ein Wort, bis es vorüber war und wir Seite an Seite dalagen und wußten, daß wir Artus betrogen hatten und alles, wofür wir lebten. Da drehte ich mich zur Wand und fing wieder an zu weinen.

Bedwyr richtete sich auf dem Ellbogen auf und streichelte mein Haar und meine Schulter. Er flüsterte: »Still. Es ist meine Schuld, nur meine Schuld. Still.«

»Nein, nein. Meine Schuld. Oh, warum haben wir das getan?«

»My Lady, meine süße Gwynhwyfar, ich liebe dich. Ich habe dich immer geliebt. Ich hab' versucht, mir etwas anderes einzureden, als ich sah, daß mein Herr dich auch liebt. Aber ich konnte das nicht ewig glauben. Ich hab' mich so lange nach diesem Augenblick gesehnt . . . ich hätte nie hierherkommen sollen. Du warst krank und bekümmert, und du konntest nicht anders. Es ist meine Schuld.« Die sanfte Hand glitt tiefer, und ich zitterte. Ich setzte mich abrupt auf und schaute ihn an.

»Es spielt keine Rolle, wessen Schuld es war. Artus darf es nicht wissen. Es würde ihm zu weh tun. Und wir dürfen es nie wieder tun.«

Er starrte mich noch einen Augenblick an und wandte sich dann ab. Er setzte sich auf und schwang die Beine über die Seiten des Bettes. »Du hast recht. O himmlischer Gott!« Er beugte sich voller Schmerz vornüber und umklammerte den Stumpf seines Schildarms. »Was habe ich getan? Die Frau meines Herrn, in seinem eigenen Bett –«

»Wir dürfen es nicht wieder tun!« sagte ich dringlicher. »Du mußt irgendwo hingehen, weit weg – bis wir dies ein wenig vergessen haben und bis ich wieder mit Artus versöhnt bin.«

Er nickte und drehte mir weiterhin den Rücken zu. Er saß noch immer tief gebückt. Das graue Licht, das durch die Balken fiel, berührte seinen Rücken und zeigte eine lange Narbe, die an seiner rechten Flanke hinauflief. Artus hatte ähnliche Narben. Alle Krieger zu Pferd haben sie – man kann nicht kämpfen und sich gleichzeitig selbst verteidigen.

»Es ist auch meine Schuld«, sagte ich zu Bedwyr.

Er schüttelte den Kopf, noch immer, ohne mich anzusehen.

»Ich liebe dich«, sagte ich. Die Worte wirkten bedeutungslos. »Ich liebe Artus, aber auch dich.«.

Er langte nach unten und tastete nach den Hosen, die er vor nicht so langer Zeit beiseite geworfen hatte. Er zog sie an, und als er stand, drehte er sich um und schaute mich an. Er mußte die Hose hochhalten, den er konnte den Gürtel mit einer Hand nicht befestigen. Wäre das in einem Märchen vorgekommen, ich hätte lachen müssen. Aber seine Augen waren sehr dunkel vor Schmerz, und die Haut um seinen Mund war straff gespannt.

»Du mußt zu Artus gehen«, sagte ich, während ich verzweifelt nachdachte. »Bitte ihn darum, dich nach Kleinbritannien zu schicken, um mit König Macsen zu sprechen. Artus muß jemanden hinschicken, und er ist entschlossen, nicht wieder Gawain auszusenden.«

Ein bißchen von dem Schmerz ebbte ab. »Ja«, sagte er nach einer Minute. »Ich kannte Macsen, als ich seinem Bruder Bran diente. Ich könnte mit ihm reden. Obwohl mein Herr mir vielleicht nur widerwillig erlaubt, eine Zeitlang das Land zu verlassen ... Aber ich könnte es dringend machen, und ich könnte den Wunsch äußern, meine Familie wiederzusehen und mich um die Güter zu kümmern. Sicher wird er mir dafür Urlaub geben.« Er sah sich nach seiner Tunika um, hob sie auf, zog sie mit dem Schildarm über den Kopf. Ich stand auf und befestigte den Gürtel für ihn, dann band ich die Bänder an seiner Tunika und wiederholte sorgfältig die Knoten, die sein Diener normalerweise machte. Er ließ mich alles tun und packte dann mein Handgelenk.

»Gwynhwyfar.« Seine Stimme nahm wieder den gewohnten ruhigen Ton an, aber Schrecken und Verwirrung verliehen ihr noch immer eine scharfe Kante. »My Lady, du weißt jetzt, daß ich dich liebe, und ich bin vernichtet. Ich habe meinen Herrn verraten. Ich weiß noch nicht einmal, ob ich es bereuen kann, denn ich begehre dich noch immer – aber genug davon. Wenn das, was wir getan haben, je entdeckt würde, dann laß mich dafür büßen. Es wäre ein deutlicher Fall des Verrats, aber mein

Herr würde wahrscheinlich den Urteilsspruch von Tod auf Verbannung umändern. Das könnte ich ertragen. Ich könnte es nicht ertragen, wenn du für mein Verbrechen leiden müßtest, denn es ist meine Schuld – nein, es ist wahr! Ich schwöre dir, ich würde deine Entehrung deutlicher fühlen als meine eigene. Ich weiß, daß du der Strafe nicht völlig entgehst, auch wenn es nie entdeckt wird, aber vielleicht kommst du leicht davon, wenn du nicht versuchst, für mich zu sprechen oder die Schuld auf dich zu nehmen. Wenn du es doch tätest, würden wir beide mehr leiden. Und bekümmere dich nicht zu sehr darum. Es ist meine Schuld.« Einen Augenblick lang verließ ihn seine Selbstbeherrschung, und er küßte mich noch einmal hart auf den Mund.

Als er mich losließ, sagte ich nichts, sondern ich suchte ihm nur sein Schwert und schnallte es ihm an. Ich half ihm auch mit den Stiefeln. Erst als er in der Tür stand, flüsterte ich: »Gott schütze dich.« Er neigte den Kopf und war fort. Eine lange Minute schaute ich die Tür an, dann ließ ich mich auf das Bett fallen. Ich kroch unter die Decke und lag da und zitterte und erinnerte mich daran, bis zum Abend, als ich endlich einschlief.

Am gleichen Abend sprach Bedwyr mit Artus und reiste noch innerhalb der Woche nach Kleinbritannien ab, trotz der Tatsache, daß er da schon meine Erkältung gefangen hatte. Ich blieb im Haus, bis er fort war, und danach ging es mir wieder gut genug, daß ich mit den Erntearbeiten weitermachen konnte.

Ich bemühte mich auch, die Versöhnung mit Artus herbeizuführen. Trotz allem, was danach geschehen war, mußte ich zugeben, daß Bedwyr recht hatte. Ich strafte meinen Mann genauso wie mich selbst dadurch, daß ich mich noch immer in Schuld und Schmerz vergrub. Und es nützte niemandem etwas. Ein paar Tage, nachdem Bedwyr abgereist war, kam ich, nachdem ich das Aufräumen nach einem Fest beaufsichtigt hatte, zurück und war entschlossen, mit Artus zu sprechen.

Das Haus war dunkel, als ich mit dem schwachen Binsenlicht, das mir in der Halle den Weg beleuchtet hatte, eintrat. Als ich das Schlafzimmer betrat, sah ich, daß Artus schon im Bett lag. Aber er zuckte zusammen, als das Licht über ihn fiel, und ich wußte: Er war noch wach, obwohl er mir den Rücken zukehrte und sich nicht bewegte. Ich wußte, er versuchte der schmerzhaften Stille zwischen uns aus dem Weg zu gehen, und er hatte Angst. Ich stellte das Licht in den Halter neben dem Bett und zog mich schweigend aus. Ich fragte mich, was ich wohl sagen sollte, und ich wünschte mir, ich hätte es verschieben können. Fast hätte ich das Licht ohne ein Wort ausgelöscht. Aber ich setzte mich einen Augenblick auf das Bett, schaute Artus an und berührte seine Schulter. »Es tut mir leid«, brachte ich heraus und hörte, wie rauh und unsicher meine Stimme klang. »Es war eine böse Absicht. Es tut mir sehr leid.« Und plötzlich dachte ich nicht an Medraut, sondern an Bedwyr, der dort lag, wo jetzt Artus war. Ich dachte an den Betrug, der größer war, als Artus wußte.

Er drehte sich um und schaute mich seltsam an – nicht kalt, sondern verwirrt. Er ergriff meine Hand, die auf seiner Schulter lag, und schaute sie an. Er musterte den geschnittenen Siegelring und sah dann mein Gesicht wieder an. Im Zimmer war es dunkel, denn das Binsenlicht flackerte und war fast ausgegangen. Artus seufzte.

»Es tut mir leid«, flüsterte ich noch einmal.

»Ich weiß«, erwiderte er. »Aber siehst du denn nicht, daß mehr nötig ist als eine Entschuldigung? Diese Tat . . . Medraut hat uns verkrüppelt.«

»Ich wollte, daß wir ihm entrinnen.«

Er zog meine Hand an seine Lippen, und sein Blick suchte meine Augen. »O mein Herz, wenn wir das nur könnten. Aber diese Tat, diese – sie entehrt dich. Ich weiß, daß du das akzeptieren wolltest, für das Reich. Aber ich kann es nicht akzeptieren. Und Medraut ist mein Sohn – meine Schuld.«

»Bitte«, sagte ich. Ich konnte nicht vernünftig mit ihm reden. Bei dem, was zwischen uns war, bedeutete Vernunft nichts.

Er berührte mein Gesicht und streichelte mein Haar zurück. »Du frierst«, sagte er nach einem Augenblick. »Komm, geh zu Bett und schlaf.«

Als ich unter der Decke war, legte er seinen Arm um mich, und ich lag sehr still und wagte es nicht, mich zu bewegen. Mein Herz schrie nach ihm, aber es war ein Anfang.

Das Schweigen wich langsam. Aber die Ernte ist eine Zeit, bei der viel zu tun ist, und da Bedwyr fort war, mußten Artus und ich einander öfter besprechen als gewöhnlich. Über den Angelegenheiten des Reiches hatten wir es gelernt, einander zu vertrauen: bei empfangenen und ausgegebenen Tributzahlungen, bei der Ausstattung eines Heeres, bei den Plänen der Könige. Durch die Arbeit jetzt wurde unser Vertrauen erneuert. Schließlich konnten wir sogar privat wieder frei miteinander sprechen und sogar lachen. Die letzte Barriere fiel Anfang Dezember, als Cei von den Orkneys zurückkehrte und die Nachricht von Agravains Tod brachte.

Vielleicht hätten wir es erwarten sollen. Wir hatten schon lange gewußt, daß es Agravain nicht gutging, und im Herzen hatte ich immer Angst davor gehabt, was Medraut auf den Inseln vielleicht tun würde. Nichtsdestoweniger kam die Nachricht wie ein Schock. Cei brachte sie ganz frisch: Er war mit der ersten Flut, noch am Tag, an dem Agravain starb, von den Inseln abgesegelt und mit einer Geschwindigkeit von Ebrauc weitergeritten, daß er eine Spur von zuschanden gerittenen Pferden hinter sich zurückgelassen haben mußte. Der Wind kam vom Norden, was sehr gut für die Reise war, und deshalb hatte er die ganze Strecke in einer Woche und sechs Tagen zurückgelegt. Er kam an einem kalten Dezembersamstag um Mitternacht an und brach sofort in unser Haus und brüllte, es sei dringend. Draußen schneite es ein bißchen, nasse Flocken, vermischt mit Regen. Cei war am gleichen Morgen von Caer Ceri losgeritten und hatte in Baddon die Pferde gewechselt. Er hatte ein graues Gesicht vor Erschöpfung und zitterte vor Kälte. Sobald Artus Übertunika und Umhang umgeworfen hatte, machte er sofort Feuer im Besprechungszimmer, während ich Cei etwas Wein einschenkte und mehr Wein ans Feuer stellte. Cei allerdings wartete nicht so lange, bis er seinen nassen Mantel ausgezogen oder mehr als einen Schluck aus dem Becher genommen hatte, ehe er heraussprudelte: »Agravain ist tot. Er hat ihn umgebracht. Dieser glattzüngige Bastard hat seinen Bruder ermordet.«

Ich ließ fast den Krug mit Wein fallen. Artus erstarrte einen Augenblick, während er an der Feuerstelle kniete und ein Stück Feuerholz in der Hand hielt. Ich wußte, daß das Feuer knisterte und das Wasser vom Strohdach tropfte, es mußten Geräusche dagewesen sein, aber ich kann mich an keins mehr erinnern, nur an eine große Stille. Dann legte Artus das Stück Holz ins Feuer, stand auf, zog einen Stuhl heran und machte Cei eine Handbewegung, damit er sich auch setzte. Cei tat es, machte seinen Mantel auf und hängte ihn zum Trocknen über die Stuhllehne.

»So – und was ist passiert?« fragte Artus ruhig. »Agravain ap Lot ist tot?«

»Jetzt vor fast zwei Wochen. Eines Morgens ist er kalt im Bett gefunden worden, ohne eine Wunde an sich. Aber Medraut hatte in der Nacht davor mit ihm getrunken, und Medraut ist ein Teufel und ein Gefolgsmann der Teufel, und er weiß, wie man Männer umbringt, ohne Spuren zu hinterlassen. Ich bin nicht der einzige, der das meint, Herr. Der königliche Heerbann von den Inseln hat es immer geglaubt. Es sind Hunde, diese irischen Krieger, eine Rotte Hunde, die jedem die Hand lecken, der sie schlägt. In dem Augenblick, als wir ankamen, fingen sie schon an, vor Medraut zu Kreuze zu kriechen, obwohl sie etwas anderes vortäuschten, wenn Agravain anwesend war.«

»Dann unterstützen die Krieger also jetzt Medraut?«

»Ja, die Schweine! Medraut hat sie früher angeführt, und vielleicht hätten sie ihn auch zum König gemacht, wenn seine Mutter noch lebte, denn sie hatten wegen dieser Hexe alle Angst um ihre Seele. Agravain mochten sie lieber, denn er war der Sohn seines Vaters und ein Mann, der neben ihnen gekämpft hatte, aber Agravain . . . war nicht mehr er selbst.« Die wütende Entrüstung verschwand einen Augenblick, und Cei fuhr in einer seltsamen verletzten Stimme fort, die ihm gar nicht ähnlich war. »Und was das schlimmste daran ist, Herr, es tat einem im Herzen weh, ihn anzusehen. Er war nicht er selbst. Ich hab' meinen Aufenthalt verlängert, um ihm zu helfen – du hast ja den zweiten Brief bekommen –, ich hab' versucht, ihn vor dem zu warnen, was passierte. Die meiste Zeit war er zu betrunken, um irgend etwas zu begreifen, und wenn er nüchtern war, dann war ihm eigentlich immer alles gleich. Daß ein Krieger, ein König und der Sohn eines Königs, so gebrochen sein kann, so verschreckt und unsicher! Und er war mein Freund – ein Mann, der in der Schlacht mein Schild war, und er war mir wie ein Bruder. Vergiftet, in seinem eigenen Haus, von dem glattzüngigen Bastard einer Hexe! Gott im Himmel! Wir müssen Gerechtigkeit für ihn erlangen – wir müssen . . .«

»Still«, sagte ich. »Erzähl uns die ganze Geschichte, und dann ruh dich aus, denn du bist übermüdet. Hier, der Wein ist jetzt heiß.«

Er stellte seinen Becher hin, und ich füllte ihn mit dampfend-heißem, honiggesüßten Wein. Er nippte ein bißchen, paßte wegen der Hitze auf und umfaßte den Becher mit seinen vor Kälte geröteten Händen. »An der Geschichte ist nicht mehr viel dran«, sagte er jetzt müde. »Wie ich sagte, ist Agravain tot aufgefunden worden, und zwar an dem Morgen, nachdem er bis spät in die Nacht mit Medraut getrunken hatte. Ich wachte auf und hörte sie jammern und heulen. Ein paar von der königlichen Familie, die Medraut hassen, auch wenn sie es nicht wagen, das offen auszusprechen, sind hereingekommen und haben mir die Neuigkeiten erzählt, ehe Medraut es konnte. Sie haben mir zu einem Schiff verholfen und mich zum Hafen gebracht, ehe der Tag zu alt wurde. Sie wollten wissen, was du tun würdest; ich hab' ihnen gesagt, ich sei sicher, daß dieser Mord dich erzürnen würde. Sie meinen, sie können sich Medrauts Wahl zum König nicht entgegenstellen, aber wenn du den Wunsch hast, mit ihnen Kontakt aufzunehmen, dann müßtest du eine Botschaft an Eoghan, den Schiffszimmermann im nördlichen Piktenland, aussenden – ich glaube, Eoghan ist einer ihrer Spione. Ich war froh, daß sie mir geholfen haben, Herr, denn ich hatte nicht den Wunsch, auf der Insel zu bleiben, wenn Medraut König ist.«

»Ist es sicher, daß sie ihn zum König machen?« fragte Artus.

»Niemand wagt es, sich ihm entgegenzustellen. Er kann den Thron haben, wenn er ihn will, und es ist ganz sicher, daß er ihn will. Mein Herr, Kaiser von Britannien, sollen wir den Krieg erklären?«

»Nein.«

Als Cei zornig vom Stuhl hochsprang, hob Artus die Hand und schaute ihn an. Es war der ruhige Blick, den ich so gut kannte, der Blick, mit dem er etwas befahl, was ihm widerstrebte, was er aber für unumgänglich hielt – eine Hinrichtung, eine Aufgabe, die diejenigen, die sie erledigten, das Leben kosten konnte. Cei erkannte den Blick auch, und obwohl er Artus überragte, schien er vor ihm zusammenzuschrumpfen. Langsam setzte er sich wieder.

»Aufgrund welcher Vorkommnisse könnten wir denn den Krieg erklären?«

»Medraut wird seinem Bruder ohne Zweifel eine glänzende Bestattung bieten und außerordentlich um ihn trauern. Dann wird er nach Süden eilen und mir Gefolgschaft schwören. Wir können nichts beweisen. Und wenn ich mit diesen Feinden von Medraut Verbindung aufnehme, die ihm weder offen entgegenzutreten wagen noch bekannt werden lassen wollen, daß sie von mir Nachrichten erhalten haben, was soll ich ihnen dann sagen? ›Ermordet ihn, und ich will euch belohnen?‹ Das ist schändlicher als Gift, und viel weniger wahrscheinlich könnte es Erfolg haben. Nein. Wir müssen uns vorbereiten auf das, was Medraut als nächstes plant.« Er machte eine Pause; dann fügte er mit sanfterer Stimme hinzu: »Geh zu Bett, Cei. Ich werde deine Kraft brauchen.«

Cei nickte. Er stellte seinen leeren Becher hin und stand

langsam auf. Dann hielt er inne, und es fiel ihm offenbar etwas ein. Seine Erinnerung berührte meine.

»Er teilt ein Haus mit Gawain«, sagte ich. »Er sollte Agravains Bruder diese Geschichte heute nacht nicht erzählen müssen.«

Cei nickte. »Ganz recht, my Lady. Es ist eine zu bittere Nachricht. Ich habe nach Gawain geschickt, als ich angekommen bin, damit ich nur einmal reden muß. Ich weiß nicht, wo er . . .«

Die Tür öffnete sich plötzlich, und Gawain trat ein. Sein Gesicht war sehr ruhig, aber einen Augenblick lang konnte ich ihn nicht erkennen. Er sah unirdisch und geistesabwesend aus. Offensichtlich hatte er seit einiger Zeit draußen gestanden, denn der Schnee schmolz in seinem Haar und hatte die Schultern seines Umhangs durchweicht. »Ich bitte um Entschuldigung«, sagte er mit nur leicht rauher Stimme, während er sich vor mir und Artus verbeugte. »Ich war draußen. Ich habe gehorcht. Aber ich habe erraten, was passiert ist, als dein Bote mich geweckt hat, Cei. Ich hatte Angst hereinzukommen. Vetter, es ist ein langer Weg zu den Inseln, und du solltest besser schlafen. Es braucht keine Worte mehr. Mein Herr, Lady Gwynhwyfar, gute Nacht.« Er hielt Cei die Tür auf. Cei bekreuzigte sich, nachdem er ihn eine Minute lang angestarrt hatte, nahm dann seinen Umhang auf, zog ihn über die Schultern und ging hinaus. Gawain verbeugte sich noch einmal leicht und glitt zurück in die Nacht. Der Riegel, der sich wieder ins Schloß schob, gab ein leises Klicken von sich, und dann war Stille.

Artus riß seinen Blick von der Tür los. Dann setzte er sich schwer in Ceis leeren Stuhl und starrte lange Zeit ins Feuer. Ich setzte mich auf den Boden neben ihn. Nach einer Weile legte er den Arm um mich, und ich lehnte meinen Kopf an seinen Schenkel. Das Feuer knisterte, und der Rauch, den der Schnee im Raum zurückhielt, brannte in unseren Augen. »Mein Herz«, sagte Artus endlich, »vielleicht hattest du damals recht.«

»Es ist böse, jemanden zu vergiften.«

»Aber jetzt hat Medraut seinen Bruder vergiftet, meinen Krieger.«

»Vielleicht ist es nicht wahr. Agravain ist lange krank gewesen.«

»Und du glaubst, es war ein natürlicher Tod?«

»Nein.«

Artus fuhr mir mit der Hand durchs Haar und drehte mein Gesicht dann zu sich hin. »Es tut mir leid«, sagte er mit sehr leiser Stimme. »Und trotzdem, es muß böse gewesen sein. Wenn wir solche Dinge tun, dann sind wir nicht besser als unsere Feinde. Nur, ich habe großen Schmerz um Agravain und um Gawain – und um uns alle. Gwynhwyfar, mein Herz, es wäre besser für dich gewesen, wenn du mich nie kennengelernt hättest. Dann wäre der Weg der Tugend wie eine römische Straße gewesen, wo wir jetzt . . . Furchen durch die pfadlosen Wellen ziehen. Meine Freude, es tut mir leid.«

Danach mußten wir einander umarmen, denn um uns waren nur die Stille, die Dunkelheit und der Wind.

5

Gawain hatte seinen Bruder Agravain geliebt. Unter allen Umständen hätte sein Tod ihn tief geschmerzt, aber daß der Tod wahrscheinlich von seinem eigenen Bruder verursacht worden war, das machte alles noch schlimmer. Ich erinnerte mich daran, wie Agravain und Gawain vor Jahren in Camlann am Tisch gesessen hatten und wie sie sich sprudelnd auf irisch unterhielten: Agravain goldenhaarig mit heißen blauen Augen, zornig, aufgeregt über irgend etwas, das jemand zu ihm gesagt hatte; Gawain ruhiger, seinen Bruder mit geduldiger Zärtlichkeit und einem Hauch von Belustigung betrachtend. Agravain hatte bei den Leistungen seines Bruders immer eine Art besitzergreifende Freude empfunden und war gewaltig stolz auf ihn. Gawain behandelte Agravain fast, wie er ein sensibles Kind behandelt hätte – schützend verteidigte er die gelegentlich auftretenden Wutausbrüche und seine Gewalttätigkeit –, denn Agravain war schon immer schnell in Wut zu bringen und überempfindlich bei Beleidigungen. Dennoch hatte ich aus ein paar Worten, die jeder gesagt hatte, entnommen, daß früher einmal ein enges Verhältnis zwischen Gawain und Medraut bestanden hatte, wobei Agravain der Außenseiter war, der potentielle Feind. Was Gawain jetzt dachte, konnte sich jeder selbst zusammenreimen: Er benahm sich wie immer, wenn er Kummer hatte – er weigerte sich höflich, mit irgend jemandem darüber zu sprechen, und verbrachte den größten Teil seiner Zeit zu Pferd oder beim Harfespiel oder beim Brüten. Aber als Medraut von den Orkneys einen Brief schickte und über Agravains Tod jammerte und versprach, sich in seiner neuen Königswürde mit Artus zu verbünden, da bat Gawain darum, als

Botschafter auf die Inseln geschickt zu werden. Vernünftigerweise schlug Artus das ab. Es war nicht nötig, und Gawain war der letzte, den man Medraut anvertrauen konnte. Statt dessen antwortete Artus per Brief, der König der Orkneys sei willkommen, und er könne Camlann in Frieden besuchen.

Noch ehe Medraut den Brief empfangen haben konnte, schickte er einen zweiten, in dem er aussprach, er hoffe im nächsten Frühling oder Frühsommer nach Camlann zu kommen, wenn sein Königreich besser zur Ruhe gebracht wäre und man leichter reisen könne. Artus war damit zufrieden, so lange zu warten. Er schickte eine Botschaft an Eoghan, den Schiffszimmermann im nördlichen Piktenland, der den Brief an diejenigen von Medrauts Vettern weiterleiten sollte, die mit ihrem neuen König unzufrieden waren. In diesem Brief drückte er aus, er trauere um Agravain, aber Medraut sei sein Neffe, und würde als solcher empfangen werden. Der Brief war so abgefaßt, daß er keine Schwierigkeiten verursachen konnte, wenn er in Medrauts Hände fiel, aber er drückte genauso deutlich aus, daß nichts unternommen werden würde, wenn man Medraut stürzte.

Die Verbannung, mit der Artus Medraut belegt hatte, durfte langsam in Vergessenheit geraten. Sie war über einen Privatmann ausgesprochen worden, und man durfte es nicht zulassen, daß sie die Verbindung mit einem wichtigen alliierten Königreich behinderte. Also warteten wir und wußten, daß im Frühling oder im Frühsommer des nächsten Jahres das Ringen wieder beginnen würde.

Es war ein seltsamer, bittersüßer Winter. Das Jahr war naß gewesen, mit viel Schnee und noch mehr Regen. Die Strohdächer der Halle und der Häuser wurden dunkel und schwer, und die Räume füllten sich selbst bei einem heißen trockenen Feuer mit Rauch. Aber eine Art Waffenstillstand herrschte jetzt in der ›Familie‹. Medraut, der verbündete König im fernen Dun Fionn, war ein anderer Mann als Medraut, der Krieger in Camlann, selbst für seine Freunde. Fremde Könige – damit hatte die ›Familie‹ nichts zu tun, es sei denn, sie neigten zum Krieg mit uns. Medraut hatte auf die Treue der Männer keinen weiteren Anspruch. Ja, es war nicht mehr so, wie es einmal gewesen war, nicht wie damals, während der Tage des Krieges oder während der ersten Jahre des Friedens, als Camlann fast wie ein neues Rom ausgesehen hatte. Damals wußten wir noch, daß wir uns auf einen Kampf eingestellt hatten, den die ganze Welt verloren hatte und den wir gewannen. Wir hatten gekämpft, wie nie ein anderer je gekämpft hatte, weder um die Macht noch um Gold und Ruhm, sondern um das Licht zu bewahren, das Reich – das Wissen und die Gerechtigkeit, das Gesetz und den Frieden. Dieser Kampf hatte unserem Leben eine Art Überschwang verliehen, selbst in allen Schwierigkeiten, in all der Gewalttätigkeit und allem Schmerz. Jetzt war der Frieden alt, wohlbekannt, selbstverständlich, und die Schlachten waren alle gekämpft. Jetzt waren Haß und Mißtrauen auf leisen Sohlen bei uns eingedrungen. Dennoch gab es Zeiten, wo es so aussah, als ob wir noch unschuldig wären und als ob uns noch alle Wege offenständen. Wir hielten Feste in der Halle, wir feierten Weihnachten und das neue Jahr viele Tage hintereinander. Der Glanz war größer als damals, während des Krieges oder kurz danach. Alles glänzte und glitzerte, und es sah so aus, als ob die Bänke selbst in der unteren Halle von Juwelen flammten. Taliesin sang von großen Dingen, die von uns und anderen vollbracht worden waren, bis die Männer von der Musik wie vom Met schwindlig waren, betäubt vom Ruhm der Vergangenheit und eifrig darauf bedacht, ihn zu genießen.

Es gab aber auch Zeiten, wo Camlann abgesehen von den großen Festen vom Rest der Welt abgeschnitten schien, als ob es auf halbem Weg zum Himmel läge: Das waren die klaren Wintertage, an denen der Schnee dick auf dem Boden lag und ich von meiner Tür aus die Felder bis in die weite Ferne sehen konnte – noch weiter selbst als Ynys Witrin, das wie Glas und Silber im Licht schimmerte. Die Kinder der Burg rannten dann schreiend umher und warfen Schneebälle, und manchmal ritten die Krieger ihre Pferde im vollen Galopp über die Hügel, aus der reinen Freude der Geschwindigkeit. Es war ein Fest aus stampfenden Hufen, weißen Atemwolken und zurückgeschleudertem Schnee, und im Vorübersausen klingelte das Geschirr und blitzte das Lächeln des Reiters. Drinnen bei den rauchigen Feuern sangen die Frauen am Webstuhl und die Handwerker an der Werkbank – oder sonst versammelten sich Freunde und Familien und lachten und stritten. Für mich gab's nicht viel zu tun; ich konnte mich jeder Gruppe anschließen, die sich zu Gesprächen oder Musik versammelt hatte. Der Winter ist eine stille Zeit: Die Ernte ist eingebracht und gelagert, alles ist überprüft und aufgezeichnet, der Tribut ist eingezogen. Das Reisen wird schwierig, also gibt es nur wenige Bittsteller, die um Gerechtigkeit ansuchen, und Boten, die auszusenden sind, warten gewöhnlich, bis der Frühling die Straßen auftaut und die See beruhigt, ehe sie zurückkehren. Ich hatte also Zeit – Zeit, die ich mit Artus verbringen konnte, in der ich Lieder hörte, in der ich Bücher las, die ich im Sommer zuvor von reisenden Händlern gekauft hatte und die jetzt auf dem Regal lagen und auf mich warteten. Aber selbst mitten in diesem ruhigen Winter spürte ich, daß es die Ruhe vor dem Sturm war – dennoch war ich entschlossen, das Beste daraus zu machen. Und, so sagte ich mir, sehr wahrscheinlich können wir den Sturm durchstehen, wenn er kommt. Noch haben wir Kraft.

Etwas, das mich weiterhin schmerzte, war Gawain. Die Feste des Dezember und des Januar vergingen, und er blieb höflich und distanziert und brütete über den Tod seines Bruders. Nur wenn er Gwyn unterrichtete, schien er fröhlicher zu werden.

Der Junge kam jetzt sehr gut in Camlann zurecht. Er hatte die anderen Jungen der Burg in der Fertigkeit mit den Waffen eingeholt, und jetzt fingen die anderen an, ihn zu akzeptieren. Er wuchs schnell, und es sah immer aus, als ob er zu groß für seine Kleider sei, aber er verlor mit seiner hohen Stimme nicht wie viele andere Jungen sein sanftes Benehmen.

Eines Tages allerdings, Anfang Februar, als Gwyn und ich die Rechnungen des nächsten Monats in der Halle durchgingen, betrat ein Mönch das Gebäude und schaute sich um, als ob er jemanden suchte. Gwyn erkannte den Mann sofort.

»Es ist Pater Gilla aus dem Kloster Opergelei, in der Nähe der Abtei meiner Mutter!« sagte er mir in großer Aufregung, während ich den Mönch zweifelnd musterte – Klosterbrüder neigten dazu, Artus stark abzulehnen, und es war selten, daß wir einen Mönch mit irgendeinem Auftrag oder irgendeiner Klage in Camlann sahen. »Er bringt mir sicher eine Nachricht. He! Pater Gilla, hier bin ich!«

Gwyn schrieb an seine Mutter, wann immer er einen Händler oder einen Reisenden finden konnte, der nach Gwynedd ging und den Brief mitnahm. Die meisten Reisenden taten das gern, denn solch ein Brief sicherte ihnen eine Unterkunft für die Nacht und eine Mahlzeit von der dankbaren Mutter. Gwyn hatte einmal einen Brief zurückbekommen, aber auch der war von einem Reisenden gebracht worden, der zufällig dort gewesen war. Ich hatte angenommen, daß die Mutter des Jungen zornig auf ihren Sohn war, weil er gegen ihren Wunsch weggelaufen war, um die Kunst des Krieges zu lernen, und daß es daher kam, daß sie ihm nicht öfter geschrieben hatte. Niemals war ein Bote mit einem Brief ausgeschickt worden, und ich hatte plötzlich Angst wegen des Jungen, und das um so mehr, als der Mönch nähertrat und ich sein Gesicht sah. Gute Nachrichten laufen auf zwei Füßen, sagt man, aber schlechte Nachrichten haben Flügel – und außerdem tragen gute Nachrichten keine Miene wie Pater Gilla.

Gwyn begriff das auch, als der Mönch zu uns herantrat, und seine anfängliche Aufregung wich der Besorgnis. »Aber ... was ist denn?« fragte er.

Der Mann schaute mich nervös an, und dann ließ er den Blick zu Gwyn hinübergleiten und wandte sich ab. Der Mönch war ein kleiner, blonder, zierlich gebauter Mann, dessen einfaches schwarzes Gewand an den Ellbogen abgenutzt und geflickt war. Es sah aus, als ob er nicht gern sprechen wolle.

»Ist etwas passiert?« wollte Gwyn wissen. »Ist Mama krank? Pater, sag es mir. Was ist los?«

Der kleine Mann schaute endlich den Jungen direkt an, und dann umarmte er ihn. »Mein Kind«, stammelte er und fuhr dann hastig fort, als ob er es hinter sich bringen wolle: »Gwyn, mein Junge, ich habe schlechte Nachrichten, wirklich schlechte. Deine Mutter ... sie wollte, daß ich komme. Sie sagte, wenn sie ... sie wurde krank, vor drei Wochen. Sie bekam ein Fieber, und zuerst wünschte sie sich, du wärst bei ihr ... aber du weißt ja, welchen Kummer es ihr gemacht hat, daß du hierher gelaufen bist, wo sie dich doch für die Priesterschaft vorgesehen hatte – aber sie sagte, sie hätte dir verziehen und daß es besser sei – wirklich, das waren ihre Worte –, daß es gut sei, weil du hier bist ...«

»Pater, was ist passiert?« unterbrach Gwyn. »Sie hatte ein Fieber – geht es ihr besser?« Gilla blinzelte ihn voller Jammer an. »Sie ... sie hat doch nicht ... sie ist doch nicht ...?«

»Sie ist tot, Kind«, sagte der Mönch. »Sie ist vor einer Woche und fünf Tagen gestorben, an einem Freitag. Sie gibt dir ihren Segen.«

»Nein«, sagte Gwyn. Er wandte sich von dem Mönch ab, übersah meine ausgestreckte Hand und setzte sich auf eine der Bänke. Er stützte den Kopf in die Hände.

»Es war ein schnell wirkendes Fieber«, fuhr der Mönch nach einem Augenblick fort. »Die ersten paar Tage ist sie aufgeblieben, und dann ist sie beim Mittagessen am Sonntag Epiphanias umgefallen und hat sich ins Bett gelegt. Ein paar Tage später ist sie gestorben. Sie ist sehr friedlich gestorben, nachdem sie den Brief geschrieben hatte. Sie war gewillt, diese Welt zu verlassen, sie hatte es eilig in die nächste. Sie segnet dich, und sie wünscht dir alle Freude ...« Seine Worte ebbten wieder ab, unsicher und kummervoll starrte er Gwyn an.

»Wo ist der Brief?« fragte Gwyn.

»Was?«

Der Junge hob den Kopf. Seine Augen waren zu strahlend, aber auf seinem Gesicht waren keine Tränen. »Der Brief. Du hast gesagt, sie hätte mir einen Brief geschrieben.«

Pater Gilla errötete. »Nein, nein, das hat sie nicht. Doch, sie hat einen Brief geschrieben, aber nicht an dich. Sie schrieb einen Brief an den Herrn Gawain ap Lot, an den, der nach deinen Angaben freundlich zu dir gewesen ist. Sie hat den Brief versiegelt und ihn mir gegeben. Vielleicht ist noch ein anderer Brief darin, unter dem Siegel, im Umschlag. Wir können ihn Gawain ja jetzt geben und sehen.«

»Ach«, sagte Gwyn, »an den Herrn Gawain. Damit er mich beschützt. Nein. Ich ... ich will jetzt niemanden sehen. My Lady.«

»Gwyn«, ich wollte auf ihn zugehen, ich sehnte mich danach, meine Arme um ihn zu legen, aber er warf die Hände vor mir hoch.

»My Lady« wiederholte er, »bitte, sorge für Pater Gilla, damit er Gastfreundschaft genießt. Er ist ein guter Mensch und ohne Verrat. In seinem eigenen Kloster besitzt er einen hohen Rang, und er war immer freundlich zu mir. Pater, bitte, ich will später mit dir sprechen, aber jetzt ...« Er drehte sich plötzlich um und rannte aus dem Gebäude.

Gilla schaute hinter ihm her und blinzelte noch immer. »Armer Junge«, sagte er, »armes, verwaistes Kind. Und ich kann nicht hinter ihm hergehen, das hat er noch nie zugelassen, selbst damals nicht, als er noch klein war.«

»Er wird später mit dir sprechen wollen«, sagte ich. »Pater, laß mich für dich einen Platz zum Ausruhen finden und laß mich dafür sorgen, daß du zu essen und zu trinken bekommst. Du mußt nach deiner Reise müde sein.«

»In der Tat, obwohl mein armes Pferd ein bißchen Pflege nötiger hat. Lady, ich danke dir für deine Freundlichkeit – ich weiß noch nicht einmal deinen Namen ...«

»Gwynhwyfar, Tochter des Ogyrfan«, sagte ich, und als er mich anstarrte, lächelte ich und fuhr fort: »Du siehst also, ich habe die Macht, dir hier gastliche Aufnahme zu sichern und dafür zu sorgen, daß dein Pferd gut behandelt wird.«

Er verbeugte sich sehr tief. »Ich hatte nicht gedacht, daß du es wärst, edle Königin. Ich dachte, Königinnen tragen Purpur und Gold. Obwohl Gwyn in seinen Briefen oft von dir geschrieben hat. Ich danke dir. Aber zuerst muß ich den Herrn Gawain ap Lot finden, damit ich ihm den Brief von der ehrwürdigen Mutter, der Äbtissin, geben kann.«

»Gwyns Mutter war Äbtissin?« fragte ich überrascht. »Das hat er nie erwähnt.«

»Aber sie war eine sehr große Äbtissin! Eine Frau von Adel, weise und mutig. Vor vierzehn Jahren ist sie nach St. Elena gekommen, und es war schon fast ihre Zeit, Gwyn zu gebären. Sie ist geblieben und hat die Gelübde abgelegt. Vier Jahre ist sie jetzt Äbtissin gewesen, und nie haben wir eine bessere gehabt.« Er machte eine Pause, sammelte sich und fügte hinzu: »Ich muß ihren Brief dem Herrn Gawain ap Lot geben. Könntest du mir freundlicherweise sagen, hochedle Dame, ob dieser Herr jetzt hier ist und wo er sein könnte?«

Ich hatte zufällig bemerkt, daß Gawain im Hof hinter den Ställen den Speerwurf übte, und ich sagte es Gilla. Ich begleitete ihn – und sein Pferd, das er an einem Pfosten vor der Halle angebunden und stehengelassen hatte – zu den Ställen, wo ich dafür sorgte, daß sich jemand um das Tier kümmerte. Und dann gingen wir zum Hof, wo ich ihm Gawain zeigte. Aber es war kaum nötig, besonders auf ihn hinzuweisen. Er warf seine Speere vom Pferd aus, und sein weißer Schlachthengst, der aus hundert Liedern berühmt war, hob sich von den anderen Pferden ab wie ein Schwan von einer Schar Gänse. Gilla ging hinaus in den Hof und winkte und rief mit schwacher Stimme, und dann blieb er stehen und wartete, während Gawain noch ein paar Speere auf das Ziel warf. Ich fing an, mit einem der anderen Krieger zu sprechen, der zufällig auch da war, und erzählte ihm von Gwyn. Müßig sah ich zu, wie Gawain den letzten Speer warf, das Pferd wendete, im leichten Galopp zu Gilla hinüberritt und vor ihm seinen Hengst zügelte. Sie sprachen miteinander, ich sah es aus dem Augenwinkel. Ich wußte, daß Gwyns Mutter in ihrer Entscheidung, an Gawain zu schreiben, eine gute Wahl getroffen hatte. Der Krieger hätte unter allen Umständen viel für Gwyn getan, und der Brief würde ihn dazu bringen, noch mehr zu tun.

Trotzdem – es tat mir weh, wenn ich an den Jungen dachte, der jetzt so litt, dem der Schmerz neu und der Gedanke an den Tod ungewohnt war. Gwyn war in seiner Weigerung, Trost anzunehmen, genau wie Gawain ... Gilla hatte Gawain den Brief gegeben, und er las ihn.

Plötzlich wirbelte die imposante Gestalt auf dem weißen Pferd herum und galoppierte davon. Gilla blieb wild gestikulierend stehen. Ich starrte überrascht hin, denn solche Unhöflichkeit sah Gawain nicht ähnlich. Ich hatte nicht viel Zeit hinzustarren, denn der Krieger galoppierte herüber, und der Schnee flog in großen nassen Klumpen von den glänzenden Hufen seines Hengstes. Es zügelte das Tier scharf, und der Hengst tanzte und bog den Nacken und kaute auf dem Gebiß.

»My Lady«, sagte Gawain und brüllte, damit er durch das ungeduldige Schnauben des Pferdes zu hören war, »wo ist Gwyn?«

»Laß ihn im Augenblick allein«, gab ich zurück, »er hat gerade Nachricht bekommen, daß seine Mutter tot ist, und er will genauso ungern mit jemandem davon sprechen, wie du das tun würdest.«

»Oh, ich weiß, ich weiß! Aber wo ist er?«

»Was gibt es denn?« wollte ich wissen, denn Gawain war so erregt, wie ich ihn noch nie gesehen hatte.

Er wedelte mit der Rolle Pergament. »Dieser Brief ... um der Liebe Gottes willen, my Lady, wenn du weißt, wo er ist, dann sag es mir!«

Das machte mir angst. Ich weiß nicht, was ich dachte – vielleicht war die Tatsache, daß der Brief an jemand anderen gerichtet war, ein Zeichen für Gwyn, daß seine Mutter ihm doch nicht verziehen hatte, daß er weggelaufen war, und daß er vielleicht in seiner Verzweiflung etwas Schreckliches tun würde und daß seine Mutter das wußte – ich weiß es nicht. »Er ... er geht manchmal zu einem Platz in den Ställen ... ich will es dir zeigen.«

Gawain sprang sofort von seinem Pferd, half mir in den Sattel und sprang hinter mir wieder auf. Er preßte dem Tier die

Fersen in die Flanken, und wir flogen den Hügel hinauf. Wir ließen die anderen Krieger und Pater Gilla mit aufgerissenen Mündern zurück.

Inmitten der Stallgebäude glitten wir vom Pferd, und Gawain faßte die Zügel des Hengstes, blieb stehen und entrollte den Brief wieder. Er starrte ihn an, las im flüsternden Ton ein paar Zeilen, senkte ihn dann und blickte hinauf ins Nichts. Sein Pferd schnaufte und schnupperte an seinem Haar, und er tätschelte geistesabwesend seinen glatten Nacken.

»Was ist denn?« fragte ich wieder, jetzt, wo ich Zeit zum Nachdenken gehabt hatte, weniger verängstigt.

Er schüttelte den Kopf. »Dieser Brief . . . my Lady, ich bin froh, daß du bei mir bist.« Seine Erregung hatte nachgelassen, aber er wirkte fast furchtsam. »Denn er könnte mich hassen, und es könnte vielleicht doch nicht wahr sein, und ich habe fast Angst, die Frage zu stellen. Wo, glaubst du, hält Gwyn sich auf?«

Ich nahm die andere Seite des Zügels und führte das Pferd zu seinem eigenen Stall. Gawain ließ los und folgte mir, während er den Brief umklammert hielt. Das Pferd hatte einen Stand an der westlichen Wand der Ställe, bei einer der Leitern, die hinauf auf den Heuboden führten. Ich öffnete die Tür des Standes und ließ das Pferd hineingehen und seine Krippe untersuchen. Gawain schloß die Tür und beugte sich dann über die untere Klappe, während er mich erwartungsvoll anschaute.

»Gwyn kommt manchmal hierher«, sagte ich flüsternd. »Ich hab' ihn schon einmal oder zweimal vom Heuboden rufen lassen. Gwyn! Gwyn, bist du da?«

Über uns war ein raschelndes Geräusch zu hören.

»Ich muß mit dir reden«, sagte Gawain laut.

Noch ein Rascheln, und dann kletterte Gwyn vom Heuboden die Leiter herunter und blieb unten stehen. Seine Augen waren rot und geschwollen, und er schaute uns in wortloser Verärgerung an. Ich war sehr froh, ihn zu sehen.

»Bitte, edle Dame, edler Herr«, sagte er, »ich würde jetzt lieber allein sein. Es ist sehr freundlich von euch, aber, bitte . . .«

Gawain starrte ihn an, wie gebannt. »Gwyn«, sagte er hastig, atemlos, »dieser Brief ...« Er tat ein paar Schritte auf den Jungen zu und hielt inne und streckte ihm die Rolle Pergament hin.

»Bittet sie dich darum, mich zu schützen?« fragte Gwyn. »Tut mir leid, Herr, ich weiß, es ist unverschämt, und ich weiß auch, daß ich nur ein Bastard bin. Aber ich hab' ihr geschrieben, wie freundlich du zu mir gewesen bist, und sie muß gedacht haben ... Bist du böse darüber? Sie will ja nur, daß ein Mächtiger mich schützt. So sind Mütter.«

Gawain errötete. »Ja. Natürlich. Sie ... Gwyn, wie lautete der Name deiner Mutter?«

»Elidan. Hat sie den Brief nicht unterschrieben? Sie ist – sie war Äbtissin in St. Elena.«

Ich hörte, wie ich mit einem Keuchen den Atem anhielt, denn ich verstand jetzt endlich, was da geschehen war.

Gawain verkrampfte die Hand um das Pergament und zerdrückte es. Er schloß sekundenlang die Augen, öffnete sie dann und schaute den Brief wieder an. Er glättete ihn sorgfältig, als ob er Angst hätte, daß das Pergament sich in Luft auflöste. »Und sie kam aus dem Norden«, flüsterte er.

»Ja. Schreibt sie das?«

»Nein. Sie war die Tochter von Caw und die Schwester von König Bran von Ebrauc. Ich wußte, daß sie sich in einer Abtei in Gwynedd niedergelassen hatte. Ich hab' sie dort einmal getroffen und sie um Verzeihung gebeten, aber sie hat mir ihre Verzeihung verweigert. Ich hab' dich auch gesehen, glaube ich, aber ich wußte damals nicht, daß du ihr Sohn warst. Warum hast du mir erzählt, daß deine Mutter in Elmet lebt?«

Gwyn starrte zurück, er war jetzt gründlich verwirrt. »Weil die Klöster in Gwynedd so voller Verrat stecken, und ich wollte nicht, daß die Leute das erfahren. Aber meine Mutter war nicht die Schwester eines Königs.«

»Sie war es doch, denn ich ... hab' sie damals gekannt. Sie hat an mich geschrieben. Sie hat es geschrieben, als sie starb. Sie verzeiht mir. Sie sagt, sie bedauert alle Schmerzen, die sie mir verursacht hat – mir, der ich sie angelogen, der ich ihren Bruder ermordet habe! –, und sie empfiehlt mir ... ihren Sohn.« Er hielt inne, seine Stimme brach im letzten Satz. »Sie hat mir nie gesagt, daß sie einen Sohn hatte. Ich wußte das nie. Gwyn. Du mußt wissen. Ich ... hab' deine Mutter einmal geliebt. Es war unehrenhaft, schändlich. Ich bin auf eine Mission geschickt worden, und ich habe die Schwester meines Gastgebers verführt. Danach, als ihr Bruder sich gegen meinen Herrn auflehnte, habe ich ihr geschworen, daß ich ihm nichts zuleide tun würde, und dann hab' ich ihn getötet. Ich habe sie gebeten, mich zu heiraten, aber danach konnte sie es nicht mehr. Und ... sie hat mir nie gesagt, daß sie ... daß wir einen Sohn hatten. Ich bin dein Vater. Kannst du mir verzeihen?«

Gwyn wurde so bleich wie das zerknitterte Pergament. Er starrte Gawain an. Gawain gab den Blick lange Zeit zurück, dann ließ er sich auf ein Knie fallen und hob die Hände in einer schwachen, hilflosen Geste.

»Hochedler Herr! Nicht!« rief Gwyn. Er rannte zu Gawain und versuchte, ihn wieder hochzuziehen. »Nicht vor mir, edler Herr!«

Gawain schüttelte den Kopf und blieb knien. »Du hast das Recht, mir zu vergeben oder mich zu verdammen.«

Gwyn trat einen Schritt zurück, blinzelte und sagte dann mit neuer, ruhiger Stimme: »Laß mich den Brief lesen.«

Gawain reichte ihn ihm. Der Junge stand sehr gerade im grauen Licht des Stalles und las den Brief mit leiser, klarer Stimme:

»Elidan, Tochter des Caw und Äbtissin von St. Elena, an Gawain, Sohn des Lot. Ich sterbe, so sieht es aus, und die Dinge, die mir einmal wichtig schienen, scheinen mir jetzt weniger wichtig. Für Gott spielt es keine Rolle, daß ich von Adel bin oder daß ich stark genug war, um nicht zu verzeihen. Ich verzeihe dir jetzt dafür, daß du mir Unrecht getan hast. Verzeih du mir den Schmerz, den ich dir verursacht habe. Es wäre besser gewesen, wenn ich früher nachgegeben und dich geheiratet hätte – aber es ist eine üble Welt, und das, was hätte sein können, ist jetzt nur noch Qual. Ich empfehle dir jetzt das Kind an, das ich getragen habe, deinen Sohn. Er ist nach deinem Namen Gawain getauft worden, aber sein ganzes Leben lang haben wir ihn Gwyn gerufen. Ich wollte, daß er Priester wird, aber das Schicksal ist stärker als ich, und es ist jetzt ein Jahr her, seit er nach Camlann ging. Und, das weiß ich aus seinen Briefen, er hat dich kennengelernt und fängt schon an, dich zu lieben . . .« Gwyn zögerte, errötete und kämpfte sich dann weiter: »Kümmere dich um ihn und schütze ihn mit friedlichem Herzen, denn ich schwöre vor Gott, dem ich bald gegenübertreten muß, daß er dein Sohn und meiner ist und niemand anderes Kind. Und endlich kann ich froh darüber sein, daß er zu dir gegangen ist, denn es ist recht, daß er seinen Vater kennt und daß du ihn kennenlernst. Gottes Segen sei mit euch beiden. Glaub mir, daß ich dich geliebt habe. Leb wohl.«

Der Junge senkte den Brief und schaute Gawain wieder an. »Du?« rief er, und die erzwungene Ruhe war verschwunden. Er war jetzt leidenschaftlich und ungläubig.

Gawain nickte.

»Aber . . . du? Jeder andere . . . Hast du sie geliebt?«

Zum erstenmal, daß ich mich erinnern konnte, war Gawains Gesicht offen und völlig ungeschützt und verwundbar. Es war verzerrt von Schmerz und Angst, und um die Augen herum hatte es den wehen Ausdruck, der von plötzlichem Schmerz kommt. »Ich hab' sie geliebt«, sagte er. »Als ich sie liebte, da wußte ich nicht, wie sehr ich sie liebte. Aber es war dennoch schändlich.«

Gwyn schaute den Brief wieder an. Er biß sich auf die Lippe und fing an, ihn einzurollen. Es dauerte lange. Seine Hände zitterten. »Du«, sagte er dabei, »ich habe nie gewagt, auch nur davon zu träumen, daß du es sein könntest. Ich wußte – nun, schon vor langer Zeit habe ich erraten, daß sie . . . meinen Vater geliebt hat. Ich weiß noch, wie sie schreckliche Dinge von ihm erzählte, als ich klein war, aber manchmal in der Nacht, da hat sie geweint. Und die anderen Schwestern flüsterten darüber und sagten, sie sei noch immer in ihn verliebt. Aber sie wollte mir niemals von meinem Vater erzählen, selbst als ich älter war und sie fragte. Ich hab' nie verstanden, warum jemand sie verlassen konnte. Und trotzdem hast du sie nicht geheiratet.«

»Sie konnte den Mörder ihres Bruders nicht heiraten. Als es zu spät war, da wollte ich sie heiraten, und sie sagte, sie würde sich umbringen, wenn ich wieder in ihre Nähe käme. Und ich wußte nie, daß sie einen Sohn hatte.« Schweigen. »Beim Hohen König des Himmels, kannst du mir verzeihen?«

Gwyn schaute ihn wütend an. »Natürlich. Dir könnte ich alles verzeihen. Ich könnte dir sogar verzeihen, wenn du sie nicht wirklich geliebt hättest, wenn du alles mit Absicht getan hättest. Ich habe geglaubt, du wärst wie St. Michael in den Evangelien, der Drachen niederreitet. Weißt du das denn nicht? Nur das . . . und sie ist tot – meine Mutter ist tot, und ich war nicht da. Ich hab' sie verlassen, um ein Krieger zu werden, und jetzt segnet sie mich und verzeiht mir, aber sie schreibt nicht an mich. An dich hat sie geschrieben, weil . . . weil du derjenige warst, der . . .« Er brach ab und schnappte nach Luft und versuchte, die Schluchzer niederzuwürgen. Gawain sprang auf und nahm den Jungen in die Arme, und er fing an zu weinen. Er lehnte sich an seinen Vater. Gawain war auch in Tränen. Endlich begriff ich, daß ich überflüssig war, drehte mich um und rannte hinaus. Die graue Welt da draußen vernebelte sich um mich, und ich hob die Hand und stellte fest, daß auch mein Gesicht naß war. Es war wunderbar, es war schrecklich, und dennoch – selbstsüchtiges Elend! –, Gawain hatte einen Sohn, und ich war unfruchtbar.

Gawain unternahm schnell Schritte, um Gwyn zu legitimieren. Unglücklicherweise war seine Stellung in seiner eigenen Sippe mehr als unsicher. Das alte Verbrechen des Mordes an einem Familienmitglied, das geruht hatte, solange Agravain König und Oberhaupt der königlichen Familie von den Inseln gewesen war, konnte jetzt jeden Augenblick von Medraut wieder ausgegraben werden. In den kurzen Monaten, seit Medraut

König geworden war, hatte niemand so etwas erwähnt, aber Gawain konnte nicht versuchen, seinem Sohn königlichen Status zu verschaffen, ohne seinen eigenen zu riskieren und wahrscheinlich zu verlieren. Da er allerdings unverheiratet war, konnte er Gwyn nach den Gesetzen des Reiches zu seinem legitimen Erben erklären und ihm dadurch gesetzlich den Stand seines Sohnes und Artus' Großneffen zuweisen. Dazu präsentierte Gawain ein paar Tage, nachdem er den Brief empfangen hatte, Gwyn bei einem Fest und schwor vor Artus, daß dies sein Sohn sei, von der Mutter, Elidan, Tochter des Caw, auf den Namen Gawain getauft. Er bat Artus, ihn als seinen Sohn und Erben anzuerkennen. Artus fragte, ob jemand etwas dagegen vorzubringen hätte, und als niemand sprach, rief er die ›Familie‹ zu Zeugen davon aus, daß Gawain ap Gawain von jetzt an als zum Adel zugehörig und als sein eigenes Familienmitglied zu betrachten sei. Zum Zeichen dessen schnitt er Gwyn eine Haarlocke ab, wie ein Pate das tun würde, und befahl dann dem Jungen, sich neben seinen Vater an den Hohen Tisch zu setzen. Vater und Sohn nahmen unter den Hochrufen von Gawains Freunden ihre Plätze ein, und ich schenkte für alle am Hohen Tisch Wein ein. Artus lächelte während dieser Zeremonie wie auch ich. Aber Gwyn schaute sehr ernst drein. Gawain wirkte ruhig, aber er beobachtete Gwyn, als ob er Angst hätte, daß der Junge einer von den Unterirdischen sei und beim Hahnenschrei verschwinden könne. Gwyn nahm einen Schluck Wein, an den er nicht gewöhnt war, und fing an zu husten. Er setzte das Glas ab und wurde rot. Aber als er sah, wie wir ihn anlächelten, da lächelte er plötzlich zurück, und sein ganzes Gesicht war überflutet von reiner Freude. Er hob Artus und mir sein Glas entgegen.

»Das ist ein Sohn, wie ihn sich jeder Mann wünscht«, sagte Artus in dieser Nacht, als wir allein zusammen in unserem Haus waren. »Gawain kann sich glücklich schätzen.«

»In der Tat«, sagte ich. Ich saß beim Feuer und löste mein Haar. »Ich werde Gwyns Hilfe vermissen.«

Artus lächelte und betrachtete mich. »Du meinst, du wirst

seine Gesellschaft vermissen. Aber es wird leicht genug sein, einen anderen Schreiber zu finden. Kinder bekommt man weniger leicht.«

Ich hörte auf zu kämmen und drehte mir eine Haarlocke um den Finger, als ob ich eine wirre Stelle darin entdeckt hätte. Es waren noch immer nicht allzu viele graue Haare darin, aber ein paar. Kinder bekam man allerdings weniger leicht. Und ich nehme an, für einen Mann ist ein Kind, das man im sechsten Monat verliert, nicht wirklich ein Kind. Ich hatte meinen Sohn, ehe ich ihn verlor, einmal unter dem Herzen gespürt, und ich wußte damals, daß er wirklich war. Aber Artus war damals auf einem Feldzug gewesen; er war zwar danach zurückgekommen, sobald er konnte, als ich noch immer sehr krank war, und er hatte versucht, mich zu trösten. Aber selbst damals konnte ich sehen, daß er nicht verstanden hatte. Nur – verstand er jetzt?

»Artus«, sagte ich, »hast du schon daran gedacht, eine andere Frau zu nehmen?«

Er lächelte mich an. »Bist du denn gestorben, mein Liebstes? Ich dachte, selbst ich würde so ein Vorkommnis bemerken.«

»Ich scherze nicht. Es gibt andere Trennungen als den Tod, und wenn die Kirche sie auch nicht billigt, sie sind doch dem Gesetz und der Sitte wohlbekannt. Viele Adlige lassen sich voneinander scheiden. Und du bist nicht zu alt, um ein Kind zu haben.«

Das Lächeln war völlig verschwunden. Er sprang auf, kam herüber und packte meine Schultern. Er hockte sich nieder, damit er mir ins Gesicht schauen konnte. »Sei nicht dumm«, sagte er grob. »Willst du dich denn von mir scheiden lassen?«

Ich kannte sein Gesicht besser als mein eigenes: die weit auseinanderstehenden grauen Augen, den Schnabel von einer Nase, die schmalen Lippen mit dem graugestreiften kurzen Bart, die kräftigen Züge, den schnellen Wechsel der Gesichtsausdrücke. Ich konnte seinem Blick nicht so ehrlich begegnen, wie er meinem begegnete, und während ich die Augen senkte, berührten seine Hände meine Finger. Die Tiefe von dreizehn

Jahren war zwischen uns, das Gewicht der Gewohnheit, des langen Vertrauens, erfüllt, betrogen und verziehen. Es waren tausendmal tausend winzige Dinge, unwichtige Erinnerungen, die übliche Erwartung dessen, was der andere wohl denkt, sagt, tut, träumt. »Nein«, sagte ich endlich. »Nein, natürlich nicht. Aber wenn es je eine Hoffnung gegeben hat, daß ich dir nach dem Krieg einen Sohn gebären würde, dann gibt es jetzt keine mehr, und es hat auch seit langer Zeit keine mehr gegeben. Und du brauchst einen Erben. Eine andere Frau schenkt dir vielleicht ein Kind.«

»Und was würdest du tun? Und was das betrifft – was würde ich tun? Meinst du denn, eine andere Frau könnte deinen Platz einnehmen? Ich bin nicht Herr dieser Burg – du bist diejenige, die hier herrscht. Ich schwöre beim Gott des Himmels – wenn je ein Mann mir gedient hätte, wie du mir gedient hast, und ich ihn beiseite schieben würde, wie ich das deiner Ansicht nach mit dir tun soll, dann würde ich sofort der undankbarste König in ganz Britannien genannt werden, und meine Männer würden mich alle verlassen, um sich einen anderen Herrn zu suchen, der sie besser belohnt.«

»Sie würden so etwas nicht erzählen und auch so etwas nicht tun, wenn du dich von mir scheiden ließest.«

»Nein, für eine Frau würden sie es wohl nicht tun. Aber ich. Und deshalb . . . Gwynhwyfar, ich will keine andere Frau. Ich hab' keine andere mehr gewollt, seit ich mich in dich verliebte. Würdest du denn wollen, daß ich die hohlköpfige siebzehnjährige Tochter irgendeines Königs heirate und mit ihr zufrieden wäre, während du . . . was tätest? In ein Kloster gehen? Irgendeinen von meinen Kriegern heiraten? Ich würde jeden Krieger umbringen, der sich dazu hergäbe!« Er fing an, wieder zu lächeln. Er fing an, das Thema wieder wie einen Witz zu betrachten. Ich mußte plötzlich an Bedwyr denken und zitterte.

»Du brauchst einen Erben. Es ist alles schön und gut, wenn du von mir und dir redest, aber zum Wohl des Königreichs brauchst du einen Erben.«

»Nein. Ich brauche keinen Erben. Ach, mein Liebling, du

hast recht, ich wünschte, wir hätten Kinder, deine Kinder. Aber es ist besser ohne sie. Jetzt stirbt die Tatsache, daß ich den Purpur einfach genommen habe, mit mir.« Ich fing an zu protestieren, aber er ließ mich mit einem harten, energischen Kuß verstummen. »Wenn ich sterbe«, sagte er, »dann wird das Imperium wieder an die Sippe meines Vaters zurückgehen. Ein Nachfolger aus dieser Sippe wird vor dem Gesetz das Recht auf den Thron haben. Und ich kann jeden innerhalb von vier Generationen von Kaisern zu meinem Nachfolger bestimmen, und wenn ich die Angelegenheit korrekt erledige, dann wird er auch als solcher anerkannt. Ich könnte Gereint ap Erbin wählen oder Constans aus der Familie – und Maelgwyn Gwynedd hat einen Anspruch . . .«

»Maelgwyn!« rief ich zornig aus.

Er lachte. »Nein, nicht Maelgwyn, da stimme ich dir zu. Er regiert Gwynedd schlecht genug. Ihm würde ich das Reich nicht geben. Und die anderen sind auch nicht dazu geschaffen, so große Macht auszuüben. Nur jetzt, jetzt – wer weiß? Seit Gawain Gwyn legitimiert hat, kann Gwyn auch als Mitglied der königlichen Familie betrachtet werden. Er ist ein Abkömmling vom ältesten legitimen Kind meines Vaters Uther. Ja, Morgas hat in eine andere Sippe eingeheiratet – aber wenn Gwyn nicht Mitglied der königlichen Familie von den Orkneys ist . . .« Er ließ meine Schultern los und stand auf. Seine Augen strahlten auf vor Erregung. »Meine Mutter war nicht von edlem Blut, aber Gwyns Mutter war eine Tochter des Caw, aus der königlichen Familie von Ebrauc. Das könnte sehr nützlich sein; vielleicht könnten dadurch endlich die Feindseligkeiten abgeschafft werden.« Er fing an, im Raum hin und her zu gehen. »Nun ja, er ist ein Bastard aus einem Kloster, genau wie ich. Aber mein Vater hatte eheliche Kinder und konnte mich nicht legitimieren. Die Leute werden bald vergessen, daß an der Geburt des Enkels von Caw und des Urenkels von Uther Pendragon etwas nicht stimmt. Wenn wir ihn vor dem Gesetz von der königlichen Sippe von Britannien akzeptieren lassen, dann hätte er einen sehr starken Anspruch auf den Thron.

Nicht viele Leute würde dagegen sprechen. Wußtest du –« er wandte sich zu mir um und stellte mir eine Frage, die offensichtlich mit dem, was er gerade gesagt hatte, nichts zu tun hatte, »daß der Kaiser Augustus ein Großneffe von Julius Caesar war? Es ist die gleiche Verwandschaft wie bei Gwyn und mir . . . Aber das sind alles Träume und wilde Spekulationen.« Er kam wieder zu mir zurück, zog mich hoch und preßte mich an sich. Ich lächelte, weil er froh war und hoffnungsvoller, als ich ihn seit langer, langer Zeit gesehen hatte. Ich spürte, wie sich in meinem Herzen die Hoffnung erhob, wie ein Krokus, der im Frühling die braune Erde beiseite schiebt.

»Laß die Zukunft bis morgen warten«, sagte Artus und lächelte mich mit dem alten Lächeln des Entzückens an. »Und erzähl mir nichts mehr von diesem dummen Gedanken von anderen Frauen.«

Gwyn wurde im März dieses Jahres vierzehn, und deshalb bekam er seine Waffen – die besten, die Gawain finden konnte. Er schwor Artus den dreifachen Eid der Gefolgschaft. Er zog in das Haus ein, das Gawain mit Cei teilte und wo noch reichlich Platz war. Cei, der früher einmal den Jungen mit ätzendem Spott bedacht hatte, sagte mir jetzt, er »käme gut mit ihm zurecht«, obwohl Gwyn am Anfang kühl geblieben war. Die Spannung, die Medraut in der ›Familie‹ erzeugt hatte, war während des Winters weitgehend abgeebbt. Jeder wirkte ruhiger. Das Geflüster gegen Gawain war nicht mehr zu hören, sowohl wegen des Mangels an Beweisen als auch, weil es schwierig ist, jemanden zu hassen, der wirklich glücklich ist. Denn Gawain war unendlich glücklich – so sehr, daß man ihn nur mit seinem Pferd über das Übungsfeld reiten sehen mußte, damit man es wußte. Er hatte einen Sohn – das Kind seiner heißgeliebten Elidan. Er hatte ihre Verzeihung für die Schuld, die ihn so lange gequält hatte. Er lebte jetzt für mehr als nur für Schlachten und Reisen als Botschafter. Gwyn seinerseits, nachdem er es mit Schwierigkeiten fertiggebracht hatte, seinen Helden als seinen Vater zu akzeptieren, entwickelte einen gewaltigen Stolz auf seinen Vater. Und die beiden hatten in der Tat sehr viel gemeinsam. Der Liebe und der Bewunderung stand also nichts im Wege. Es stimmte zwar nicht, daß sie sich niemals trennten, aber sie waren mit Sicherheit oft zusammen. Sie machten mit ihren Pferden Übungsritte, Gawain auf seinem weißen Hengst und Gwyn auf der Fuchsstute, die ihm Gawain jetzt offiziell geschenkt hatte. »Ich hatte sowieso vor, sie dir zu geben«, stellte Gawain fest, während er seinem Sohn die Zügel reichte, »schon vor dem Brief.« Wenn sie dann über die Hügel ritten, dann redeten die beiden von Büchern und Schlachten, von fremden Ländern und alten oder neuen Liedern. Nachdem es Gwyn einmal gelernt hatte, bewies er, daß er die Kunstfertigkeit seines Vaters an der Harfe geerbt hatte, und er hatte schon ›vor dem Brief‹ versucht, Irisch zu lernen. Aber er war nicht nur eifrig darauf bedacht, irische Lieder zu lernen, sondern er hoffte wie sein Vater, noch viele fremde Königreiche besuchen zu können. »Das nächstemal, wenn ich irgendwo hingeschickt werde, dann mußt du mit mir kommen«, sagte ihm Gawain. »Vielleicht geht es nach Gallien. Bedwyr ist den ganzen Winter dort gewesen, aber ich bezweifele, daß selbst jetzt alle Probleme dort gelöst sind.«

Sie waren es nicht. Von Dezember bis April hörten wir nichts von Bedwyr, wegen des harten Winters und weil die Händler nicht gewillt waren, ihre Schiffe auf der rauhen See in Gefahr zu bringen. Im späten September hatten wir einen Brief von ihm empfangen, der in der ersten Woche dieses Monats nach seiner Ankunft in Macsens Burg geschrieben worden war, und ein weiterer kam Anfang Dezember, in dem er berichtete, daß ein paar von Macsens Ansprüchen geregelt worden wären. Aber es hätten sich bereits andere ergeben. Als der Frühling die See ruhiger machte, bekamen wir noch einen Brief. Der war kurz nach dem zweiten, den wir empfangen hatten, geschrieben worden. Aber den Winter über hatte er bei einem unserer Mittelsmänner in einem bretonischen Hafen gelegen und auf ein Schiff gewartet. Dieser Brief enthielt schlechte Nachrichten: Macsen wäre in allen Punkten, die besprochen würden, unbeweglich geblieben und hätte bei Bedwyr ohne Unterlaß darauf gedrängt, seinem Bündnis mit Artus abzuschwören und statt dessen als Macsens Feldherr in Kleinbritannien zu bleiben.

»Als ich die Stellung, die er mir anbot, ablehnte«, schrieb Bedwyr, »wurde der König zornig und nannte mich einen Verräter an meinem Heimatland. Er wollte keins meiner Argumente für die Einheit des Reiches anhören. Er sagte, das Reich sei tot und solle auch tot bleiben. Er hat sehr darauf bestanden, bis ich dachte, es sei besser, ihn zu verlassen und den Winter auf dem Besitz meiner Familie im Südosten zu verbringen, wohin ich morgen reisen werde. Ich will im Frühling nach Britannien zurückkehren, sobald die Straßen und die Winde es zulassen – es sei denn, du entscheidest anders, mein Herr. Ich sehe aber keinen Sinn darin, zu bleiben, denn ich kann mit Macsen nicht verhandeln.«

Artus stimmte zu. Es sei das beste, wenn Bedwyr sich nicht mehr mit Macsen träfe. Er schrieb ihm und befahl seine Rückkehr. Also kam Bedwyr im Mai nach Camlann zurück, und sobald er ankam, wurde mir klar, daß das, was sich an jenem grauen Nachmittag im August zugetragen hatte, nicht vorüber war, wie ich geglaubt hatte.

Es war ein wunderschöner Frühlingsnachmittag; ich kam in irgendeiner Angelegenheit in die Halle, und ich fand eine kleine Gruppe von Männern, die herumstanden und unseren Feldherrn mit lauter Stimme willkommen hießen. Artus war bei ihnen und hielt Bedwyrs Hand umfaßt. Bedwyr stand müde von der Reise bei ihnen, unscheinbar gekleidet und unglücklich. Ich hatte ihn manchmal während der Monate, die er fort gewesen war, vermißt. Aber ich glaubte, daß die zerstörerische Liebe gestorben sei, und ich vermißte ihn nur, wie man einen mitfühlenden Freund vermißt. Dennoch – irgendwie spürte er meine Anwesenheit unter den anderen und blickte auf. Er suchte mich mit den Augen. Er lächelte nicht, als er mich sah, aber etwas sprang zwischen uns, wie eine lose Saite an einer Harfe, die plötzlich straff angezogen wird, die einen Ton gibt und andere Töne mit ihrem Klang ertränkt. Daran, daß mein Herz wild schlug, merkte ich, daß ich noch immer an ihn gebunden war, und ich wußte mit plötzlichem Schrecken, daß es für ihn noch schlimmer war, daß er mich keinen Augenblick während seiner Abwesenheit vergessen hatte. Ich wußte es, ohne viel mehr als einen Blick. Also fing ich wieder an, ihm aus dem Weg zu gehen.

Anfang Juni schickten wir Gawain und Gwyn an Bedwyrs Stelle nach Kleinbritannien. Wir waren dazu gezwungen, denn die ungelösten Probleme fingen an, uns Sorgen zu bereiten. Macsen hatte auf den Wein, den seine Leute exportierten, einen Zoll erhoben, der hoch war. Es war ein Geld, das üblicherweise im Handel mit barbarischen Staaten verlangt wird, nicht aber beim Handel mit anderen Provinzen des Reiches. Dadurch waren von verschiedenen Händlern Klagen laut geworden, wie auch von den Adligen, die sie belieferten. Schmuggler tauchten auf. Manche dieser Schmuggler waren gefangen und von Macsen hingerichtet worden, und jetzt belagerten uns ihre Familien mit Bitten um Rache, Gerechtigkeit und den Blutpreis. Mehrere Flüchtlinge vor der Justiz in Britannien hatten sich in aller Ruhe in Kleinbritannien niedergelassen, ungeachtet aller vorangegangener Pakte. Das erzürnte die Sippen, die sie geschädigt hatten, und die schlossen sich mit ihren Bitten um Gerechtigkeit den Schmugglersippen an. Gawain und Gwyn reisten also mit Ankündigung scharfer Gegenmaßnahmen ab: ein Handelsembargo und das Angebot auf Asyl für alle bretonischen Flüchtlinge.

Gawains Diener Rhys reiste auch mit. Nur zögernd trennte er sich von seiner Frau und seinen Kindern. »Schließlich«, sagte er mir, während wir die Ausrüstung für die Reise zusammenstellten, »schließlich braucht Gawain mich jetzt nicht mehr. Diesmal wird er sich nicht überarbeiten, nicht, wo sein Sohn dabei ist.«

»Meinst du nicht?« fragte ich zweifelnd. »Vielleicht arbeitet er zweimal so hart, damit Gwyn stolz auf ihn ist.«

Rhys schnaufte. »Vielleicht – aber er würde Gwyn nie so arbeiten lassen, und ich kann mir nicht vorstellen, daß Gwyn seinen Vater allein arbeiten läßt. Und er wird auch dafür sorgen, daß er gut behandelt wird, so daß es auch Gwyn gutgeht. Die Vaterschaft ist etwas Ausgezeichnetes, denn dadurch nimmt ein Mann Notiz von dem, was er tut.« Rhys grinste und fügte wehmütig hinzu: »Ich wünschte, ich hätte sein Gesicht gesehen, als er es herausfand« – denn Rhys hatte seltsamerweise seit Jahren über Gwyn Bescheid gewußt. Er hatte von der Lady Elidan persönlich alles über den Jungen erfahren, aber sie hatte ihn schwören lassen, daß er in dieser Angelegenheit schwieg. »Obwohl ich etwas gesagt hätte«, erzählte er mir, als er mich über sein Wissen informierte und darum bat, daß ich ihm erzählte, was passiert war, »ich hätte etwas gesagt, wenn ich geglaubt hätte, die beiden würden es nicht selbst herausfinden.«

»Ich glaube, du wirst feststellen, daß du noch immer gebraucht wirst«, sagte ich zu Rhys. »Macsen wird es Gawain nicht leichter machen als Bedwyr, und Gawain wird dann einen Diener brauchen, dem er trauen kann.«

Rhys seufzte und fuhr sich mit der Hand durchs Haar. »Das ist allerdings wahr. Und es ist ja auch nicht so, als ob ich ungern gehe – nur, Eivlin soll das Baby im Oktober bekommen, und ich wäre dann gern zur Hand. Mein Herr würde mich sicher vorher zurückschicken, wenn die Verhandlungen sich wie beim letztenmal hinziehen, aber ich würde lieber die ganze Zeit hierbleiben. Mit unseren beiden gesunden Kindern haben wir Glück gehabt, und Eivlin geht es auch jetzt gut. Trotzdem – es könnte doch gefährlich werden. Aber andererseits habe ich immer gewußt, daß ich im Dienste Gawains sehr oft würde reisen müssen, und jetzt ist es zu spät, sich noch darüber zu beklagen – und vielleicht ist die Angelegenheit ja auch bald erledigt.«

Sie war es nicht. Angesichts des Handelsembargos nahm Macsen den Zoll zurück, wollte sich aber auf keinen Blutpreis für die Schmuggler, die er hatte hinrichten lassen, einigen. Er stritt ab, daß es überhaupt Flüchtlinge gab. Briefe gingen über den Ozean hin und her; unsere Abgesandten kehrten spät im

Juli zu Verhandlungen zurück und segelten dann wieder hinüber, und noch immer zogen sich die Verhandlungen hin. Macsen gab in einem Punkt nach und entdeckte dann plötzlich fünf andere, an die er sich hängte. Im September wurde eine grobe, wenig zufriedenstellende Einigung erreicht, und die Gruppe kehrte zurück. Wir hätten sie auch gleich wieder losschicken können, aber wir hatten jetzt andere Dinge, an die wir denken mußten.

Im gleichen Frühling schrieb Medraut und verschob seine Reise nach Camlann. Er erklärte, er hätte ein paar häusliche Schwierigkeiten, die es nicht litten, daß er abwesend war. Gleichzeitig erfuhren wir von den unzufriedenen Mitgliedern seiner Sippe, daß Medraut einigen von ihnen mißtraute und daß sie Angst hätten. Sie fragten an, ob Artus ihnen Asyl bieten und zwischen ihnen und ihrem Vetter Medraut richten wolle. Artus schrieb zurück und erklärte, er sei gewillt, ihren Fall zu entscheiden, könne aber ein Asyl ohne Bedingungen nicht versprechen. Ehe sie diesen Brief hätten empfangen können, bekamen wir Nachricht, daß fünf Mitglieder der königlichen Sippe und etwa zwanzig andere aus verschiedenen edlen Sippen der Inseln des Verrats gegen den König angeklagt waren. Die fünf wurden aus der Sippe ausgestoßen und ins Exil geschickt, die zwanzig wurden hingerichtet. Die fünf, die mit ihren Dienern ins Exil geschickt wurden, legten in einer zwanzigrudrigen Karacke, mit Gütern beladen, von den Orkneys ab, aber sie waren kaum außer Sicht des Landes, als sich ein wilder Sturm erhob. Das Schiff havarierte an den Klippen des nördlichen Piktenlandes, und alle außer einem der Passagiere ertranken. Dieser Mann gehörte zu den fünf Adligen. Sein Name war Diuran MacBrenainn, und er war Feldherr von König Lot gewesen. Gawain kannte ihn als einen vernünftigen und gerechten Menschen, der der königlichen Sippe leidenschaftlich und treu ergeben war. Dieser Mann hatte es geschafft, sich am Kiel des Schiffes festzuklammern, und wurde schließlich an Land gespült. Er arbeitete sich bis zur Werft des Eoghan durch, wohin er vorher die Nachrichten zur Weiterleitung an Artus geschickt hatte. Hier wohnte er beim Schreiber auf der Werft und schickte eine Nachricht an Artus: einen elenden, nur halb leserlichen Brief, der offensichtlich in großer Hast diktiert worden war. Darin beschuldigte Diuran Medraut des Mordes an Agravain und des Mordes an den anderen im Schiff durch Zauberei. Diuran bat Artus »bey demm glauben an den Goth, selbigem du huligestt«, ihm Hilfe zu schicken und die Armee von Inselbewohnern zu unterstützen, die »die Ercendy-Inselnn vom son des Infernos« befreien sollten.

Artus schickte einen Kurier nach Norden, mit etwas Gold, um den Mann in seiner Lage zu unterstützen, und mit einem vorsichtig formulierten Brief, in dem Diuran nach Camlann eingeladen wurde. Er wurde auch gebeten, seinen Fall den anderen Königen von Britannien vorzutragen. Aber der Kurier kehrte mit dem Gold zurück, das erstaunlicherweise nicht angerührt worden war, und auch mit unserem Brief. Darin eingeschlossen war ein Brief von dem Schreiber der Werft. Offensichtlich hatte der auch den ersten Brief geschrieben, denn sein Stil in schlechtem Latein war der gleiche. Er verkündete in seiner Epistel, daß Diuran in der Woche, ehe unser Brief ankam, an einem Fieber gestorben sei.

»Ich habe ihm das Gold angeboten«, sagte unser Bote, »denn er war ein armer Mann und hat für das Begräbnis des anderen mit seinem eigenen Geld bezahlt. Aber er wollte es nicht. Er war ein seltsamer kleiner Mann.«

Trotz allem hielten Medrauts ›häusliche Schwierigkeiten‹ offenbar an, denn er verschob seinen Besuch noch einmal und ließ eine weitere Gruppe von Adligen hinrichten. Dann erklärte er einigen von den westlichen Inseln, die zu König Lots Gebiet gehört, sich aber unter Agravain abgesetzt und sich dem Schutz des Königs von Dalriada unterstellt hatten, den Krieg. Medraut segelte mit einer großen Armee zu ihnen hinüber, kämpfte mehrere kurze, scharfe Gefechte und besiegte sie. Ihr Verbündeter, Aengus von Dalriada, machte keine Anstalten, ihnen zu helfen. Medraut war mit Artus verbündet und außerdem mit Aengus' schärfstem Feind, Urien von Rheged, verwandt, und ohne Zweifel waren Aengus die westlichen Inseln nicht das Risiko eines Krieges mit den größten Mächten von Britannien wert. Wie auch immer, Medraut hatte freie Hand bei den Bewohnern der Inseln, und er zeigte keine Gnade. Er setzte die herrschenden Familien ab, ließ die Männer hinrichten und übergab die meisten der Frauen den neuen Clans, die er an ihre Stelle setzte. Die alten Herrscherfamilien waren, wie er sagte, des Verrats an ihm selbst und an Agravain schuldig.

Diese erfolgreiche Kampagne brachte Medraut mehr Unterstützung auf den Orkneys, denn seine Leute bewunderten seine militärischen Fähigkeiten und freuten sich darüber, daß sie die westlichen Inseln und die Furcht ihrer Nachbarn wiedergewonnen hatten. Im August schrieb Medraut wieder an uns, mit dem Inhalt, daß er jetzt Zeit habe, seinen verschobenen Besuch zu machen, und daß er im September, nachdem er in seine Festung Dun Fionn zurückgekehrt sei und dort alles in Ordnung gebracht habe, abreisen würde. Aber er schickte diesen Brief von der Werft des Eoghan im nördlichen Piktenland und fügte eine Notiz hinzu, die uns verstörte.

»Die Ärgernisse, die durch die laxe Herrschaft des armen Agravain aufgetreten sind, haben weite Verbreitung gefunden«, schrieb er. »Auf dieser Werft habe ich einen Schreiber gefunden, einen Padraig Mac Febail, wahrscheinlich den einzigen schreibkundigen Mann im Piktenland, der ausgerechnet diese Fähigkeit zum Verrat benutzt hat. Ich habe den Mann zu mir bringen lassen und fand bei der Befragung heraus, daß er, abgesehen davon, daß er meinen Feinden half, auch sein Kloster in Erin verlassen hatte – ohne Zweifel wegen irgendeines Verbrechens. Ich habe ihn deshalb hinrichten lassen, da seine Bösartigkeit sich so lange ausgewirkt hatte. Warum ich dir das erzähle, Herr? Nur zum Beispiel dessen, wie hier alles steht. Ich bin sicher, daß du meinen Standpunkt verstehst und mir vergibst, daß ich so lange brauche, bis ich kommen kann, um dir meinen Eid zu schwören.«

Es bekümmerte mich, an diesen Schreiber zu denken, der so

sorgfältig die Botschaften, die die Adligen von den Orkneys ihm mündlich übermittelt haben mußten, aufgeschrieben und in sein umständliches Latein übersetzt hatte. Der Schreiber selbst hatte im Exil gelebt, aber dennoch hatte er es irgendwie geschafft, Diuran nach dem Schiffbruch zu helfen, und er hatte das Gold zurückgeschickt, ohne etwas davon zu nehmen, um das Begräbnis zu bezahlen. Ich konnte mir vorstellen, wie er entdeckt wurde, wie ihn die Krieger des Königs vor Medraut zerrten, wie er unter dem kühlen, verachtungsvollen Lächeln verhört und schließlich mit einem lässigen Befehl in den Tod geschickt wurde, nicht so sehr um ihn zu strafen, sondern um Artus das Ausmaß von Medrauts Wissen zu zeigen.

»Meine Mutter hat auch in dieser Art regiert«, sagte Gawain, als er von Gallien zurückkehrte und Artus ihm den Brief zu lesen gab. »Alle auf den Inseln hatten Angst, wenn mein Vater ins Feld zog, denn ihre Regierung lastete schwer auf den Leuten. Aber sie war gerissener. Sie hatte ein Gespür dafür, was man tun konnte und was nicht, und die Leute hatten vor ihr mehr Angst, als sie je vor Medraut Angst haben werden.« Er schaute wieder den Brief von seinem Bruder an, hob dann den Blick und runzelte die Stirn. »Das wird nicht das Ende von Medrauts Schwierigkeiten sein.«

Auch nicht das Ende unserer Schwierigkeiten, dachte ich.

6

Anfang Oktober segelte Medraut mit zwei Schiffen und fünfzig Mann in Caer Gwent ein. Weil er in Frieden kam und im Namen des Kaisers, bot ihm Cynyr, der Herr von Caer Gwent, seine Gastfreundschaft an. Er schickte Artus Nachricht, er sei da und verlange eine Eskorte, damit das Land durch die Größe seiner Leibwache nicht in Schrecken versetzt würde. Artus selbst ritt nach Westen, um ihn nach Camlann zu begleiten. Er nahm auch fünfzig Mann mit. Er ließ mich und Bedwyr zurück, um die Burg zu verwalten.

Es war schwierig für mich geworden, Bedwyr aus dem Weg zu gehen, selbst ehe Artus losgeritten war. Am Anfang, als der Feldherr eben aus Gallien zurückgekehrt war, hatte er sich genausosehr bemüht, mir aus dem Weg zu gehen. Aber seine Anstrengungen waren erschlafft. Als der September kam, suchte er regelrecht Gelegenheit, um mich zu sehen. Einmal tadelte ich ihn dafür; er wandte den Blick ab und flüsterte: »Ich tu das nicht mit Absicht«, und dann, ganz langsam, wanderte sein Blick zu mir zurück, und er fügte hinzu: »Ich kann nicht anders.« Das beschämte mich. Bedwyr war von Natur aus ernst und nicht leicht zur Liebe zu bewegen. Aber wenn er sich verpflichtet hatte, dann war er treu und beständig, und deshalb litt er. In den Liedern leiden die Männer immer auf diese Weise, aber in Wirklichkeit vergessen die meisten die Liebe viel leichter. Bedwyr dagegen wurde fast krank davon. Mager und erschöpft war er aus Kleinbritannien zurückgekehrt, und mager und erschöpft blieb er auch. Er konnte nicht mehr frei mit Artus sprechen, was meinen Mann verwirrte. »Ich weiß nicht, was mit Bedwyr los ist«, vertraute er mir einmal abends an.

»Seit er aus Gallien zurück ist, wirkt er grimmig und still wie eine Grabsäule. Glaubt er denn, daß ich wütend bin, weil er gescheitert ist oder weil Macsen versuchte, ihn zur Untreue zu bewegen? Da sollte er mich aber besser kennen.«

Ich sagte nichts. Ich wußte nur zu gut, daß Bedwyr vor Artus von Schuld gequält wurde, und vielleicht auch von der Eifersucht. Ich konnte nichts sagen, selbst als Artus böse wurde. Jedesmal, wenn ich Bedwyr sah, erinnerte ich mich an diesen süßen, schrecklichen Nachmittag, und manchmal lag ich nachts wach und horchte auf Artus' ruhige Atemzüge neben mir, und ich sehnte und schämte mich. Manchmal begegnete mein Blick bei einem Fest Bedwyrs Blicken, und wir wußten ohne Worte, wohin unsere Gedanken sich gewandt hatten, und dann spürte ich, wie mein Gesicht heiß wurde, und ich drehte mich um und tat so, als ob ich mit einem anderen redete. Aber ich fühlte seine Anwesenheit wie ein strahlendes Licht, das Schatten um mich her warf. Also versuchte ich, dem Feldherrn nur in der Öffentlichkeit zu begegnen. Ich hatte Angst, als Artus verkündete, er wolle sich mit Medraut in Caer Gwent treffen, und ich drängte ihn, statt dessen Bedwyr zu schicken.

»Du beeilst dich, ihn zu treffen, als ob ihr beide einen Zweikampf auszufechten hättet«, sagte ich. »Aber du bist Kaiser, und er ist nur der Herrscher von ein paar Inseln am Rand der Welt. Außerdem ist er offiziell ein verbündeter Untertan. Du hast die stärkere Position. Laß ihn das spüren, und laß den Rest der Welt es sehen. Laß ihn zu dir kommen.«

Aber Artus stand nur in der Tür des Besprechungszimmers und drehte mir den Rücken zu und starrte nach Westen und befingerte das Heft seines Schwerts. »Warum sollte ich es Medraut erlauben, die Rolle eines Untertanen und Verbündeten zu spielen, wo wir doch beide wissen, daß er im Reich mein Gegner ist?« wollte er verbittert wissen. »Laß ihn und die ›Familie‹ und den Rest von Britannien sehen, daß ich mich ihm gegenüberstelle, und laß sie begreifen, daß es für sie eine Frage der Wahl ist. Außerdem will ich selbst sehen, wie er sich bei meinen Untertanen aufführt. Vielleicht hat er Cynyr von Caer

Gwent seine Geschichte schon erzählt. Ich kann dann sehen, was Cynyr von dieser Geschichte und von mir hält.«

»Mein Liebster, wenn er es Cynyr erzählt hat, dann werden wir es früh genug aus unseren anderen Quellen erfahren. Wenn du es selbst sehen willst, dann tust du dir nur weh.«

»Ich will es wissen! In Gottes Namen – soll ich denn hier stehenbleiben wie eine Statue in der Nische und alle Vorübergehenden anlächeln, während sie flüstern: ›Na, er sieht ja gut aus, aber eigentlich ist er ein Bastard, der Bastarde mit seiner eigenen Schwester zeugt, und ein Usurpator‹? Nein!«

»Aber Artus . . .«

Er wirbelte herum und schaute mich an. »Ich reise morgen nach Caer Gwent, und damit ist alles gesagt.«

Ich wandte den Blick von den kalten Augen ab und nickte.

Ich spürte, wie die Härte diesen Blick verließ, und blickte auf, als ich glaubte, er sei vergangen. Artus zuckte zusammen, wollte anscheinend eine Entschuldigung vorbringen, hielt dann verlegen inne. Er zuckte die Achseln. »Ich muß mich also darum kümmern. In ein paar Stunden . . .« Er drehte sich um, schaute noch einmal über die Mauern nach Westen und ging dann den Hügel hinunter. Sein Purpurmantel flatterte, und seine Hand lag am Schwert.

Er war tatsächlich ungeduldig. Den ganzen Sommer hatte er sich auf Medrauts Ankunft vorbereitet und auf das langsame Anwachsen der Gerüchte, die ihn entehrten und erniedrigten und die dem Abscheu und Haß der Welt sein am schmerzhaftesten gehütetes Geheimnis enthüllten. Er konnte es soeben noch ertragen und hoffen, die Macht lange genug festzuhalten, um einen angemessenen Nachfolger zu finden. Aber daß Medraut dauernd seinen Besuch verschob, daß der Kampf, auf den er sich vorbereitete, Woche um Woche verschoben wurde, diese Ungewißheit zerrte an seinen Kräften. In der Öffentlichkeit ließ er wenig davon durchblicken – er konnte es sich nicht leisten. Aber es wurde immer schwerer, ihn zu erreichen, und er wurde immer gereizter. Manchmal verlor er völlig die Geduld – gewöhnlich mit mir. Das sah ihm gar nicht ähnlich. Ich kannte ihn am besten, und bei mir konnte er es sich leisten, ehrlich zu sein. Aber wenn sein Zorn mit ihm durchgegangen war und er mich angebrüllt hatte, dann war es jedesmal schwerer für mich, ihm wieder näherzutreten. Beschämt zog er sich dann vor mir zurück. Und ich brauchte ihn mehr und mehr, während der Herbst dahinging. Die Ernte ist immer eine ermüdende Jahreszeit, fordert immer mehr, als man eigentlich geben kann. Ich wachte dann morgens auf und hatte das Gefühl, daß ich kaum genug Kraft zusammenraffen konnte, um aufzustehen, und mein Mann schaute mich müde an und wagte es nicht, sich für irgendeine Szene vom Abend zuvor zu entschuldigen, und er rührte mich auch nicht an. Und der größte Teil des Tages bestand dann aus wahnsinniger Arbeit. Ich eilte hastig in der Burg umher und prüfte und zählte Waren, die für den Winter eingelagert wurden, ich veranlaßte Zahlungen, empfing Tribute, hörte Bittsteller an, organisierte, brachte die Rechnungen in Ordnung, kümmerte mich um Leute – und hin und wieder spürte ich Bedwyrs Blick wie ein sengendes Feuer.

Sagt, ihr Weisen:
Was ist Sehnsucht?
Aus welchem Stoff – ist sie gewebt,
der vom Gebrauch – niemals verschleißt?

Gold nutzt sich ab – und selbst das Silber,
Seide zerreißt und Samt zerfranst,
aller Schmuck altert bald;
Sehnsucht lebt, sie schwindet nie.

Sehnsucht, Sehnsucht – weiche ein wenig,
meine Brust mir nicht beenge!
Stiehl dich von der Seite des Bettes –
laß den kurzen Schlaf mir kommen!

Das ist ein allgemein bekanntes Lied, aber wochenlang ging es mir durch den Kopf, bis ich es von Herzen satt hatte.

Ja – nachdem Artus fort war, passierte es auf eine Weise, die so deutlich zu sehen war wie der Verlauf von Flutwassern in einem trockenen Bachbett, und genauso unaufhaltsam. Zwei Tage lang benahmen Bedwyr und ich uns steif und geistesabwesend, sprachen gestelzt und förmlich miteinander und machten eine letzte, wilde Anstrengung gegen den demütigenden Verrat, dem wir beide nah waren. Dann, am dritten Tag, waren wir allein zusammen im Besprechungszimmer. Wir beredeten, wie die Tributzahlungen eingeteilt werden sollten.

»Ich kann weitere dreihundert Stück Vieh unter Bewachung zu dem Hof in der Nähe von Llefelys Stein schicken«, sagte Bedwyr, »aber dann werden wir mit Vieh knapp sein, oder nicht, edle Dame? Maelgwyn Gwynedd hat uns fünfzig Kühe weniger geschickt, als er versprochen hatte.«

»Ich habe einkalkuliert, daß er uns siebzig Kühe weniger schicken würde, edler Herr, also haben wir noch Spielraum.«

Er schaute mich überrascht an.

»Was ist denn daran so wunderbar«, fragte ich. »Maelgwyn versucht doch jedes Jahr, uns mit dem Tribut zu betrügen; es wäre erstaunlich, wenn er es nicht täte. Während des Krieges hat er oft damit Erfolg gehabt. Im Frühling schicken wir ihm dann wieder wie üblich ein paar Leute hin, um den ›unglückseligen Fehler‹ zu korrigieren – und vielleicht werden wir ihn diesmal dazu bringen, die Kosten für ihre Reise zu bezahlen.«

»Und du kannst ausrechnen, um wieviel er uns betrügen will?«

»Natürlich. Wir setzen die Tributzahlungen nach der Größe der Ernte fest. Maelgwyns Tribut hat die Menge der Ernte weniger fünfzehn oder zwanzig Prozent und plus eine Menge, die danach angesetzt wird, wie schwierig er sich in diesem Jahr betragen hat. Wenn er sich zu viele andere kleine Übertretungen hat zuschulden kommen lassen, dann wird er nervös und ein bißchen ehrlicher.«

Bedwyr lachte, und ich lachte mit. Dann sah ich, daß er mich wieder mit diesem eigentümlichen Licht in den Augen anschaute, und ich hörte auf zu lachen. Er wurde sehr ernst, streckte sich aus und ergriff meine Hand. Ich wandte mich ab.

»Aber ... wir müssen noch zweihundert Stück Vieh in der Nähe haben ...« begann ich unsicher. Seine Hand auf meiner wirkte wie die Wärme eines Feuers auf einen Blinden, viel wirklicher als das Augenlicht.

»My Lady ...« flüsterte er.

»Du mußt die Schafe von den südlichen Weiden wegtreiben lassen, mit einem Wachposten oder zweien, damit sie die anderen Weiden erreichen ...«

»Gwynhwyfar.«

Ich hörte auf, mich zu bemühen, und schaute ihn an. Der Puls meines Blutes machte mich schwindlig: Ich spürte ihn in jedem Zoll meines Körpers. »Wir dürfen es nicht«, sagte ich. »Es ist ein Betrug, es ist die schlimmste aller Sünden.«

»Bitte«, wisperte er, »nur noch dieses eine Mal.« Er rückte näher an mich heran, und seine Hand glitt meinen Arm hinauf.

Ich schloß die Augen und versuchte zu beten. »Aber denk doch daran, was passieren würde, wenn Medraut das entdeckte. Denk daran, wie er sein Wissen benutzen könnte.«

»Nur noch einmal, nur noch einmal. Bitte. Ich kann so nicht leben. Ich kann nicht mehr denken, weil ich an dich denke. Ich kann weder schlafen noch ruhen. Meine Liebste, ich kann es nicht ertragen.« Er war jetzt neben mir, legte den Arm um mich und berührte meine Brust.

Ich wollte aufstehen. Statt dessen sagte ich nur mit schwacher Stimme: »Aber du mußt es ertragen.«

»Bitte. Nur noch einmal.« Er küßte mich. Danach konnte ich nicht mehr denken; als er sich von mir losmachte und mich anschaute, hielt ich ihn fest und nickte weinend.

Als es vorbei war, schworen wir uns wieder, daß dies das Ende sein müsse, daß es nicht wieder passieren dürfe. Aber wenn man zweimal unfähig gewesen ist, einen Vorsatz einzuhalten, dann fängt man an, Fehlschläge zu erwarten. Und aus dieser Erwartung ergeben sich weitere Niederlagen. Wir hielten unseren Entschluß weniger als einen Monat ein, ehe wir ihn bei einer neuen Krise wieder brachen. Danach hofften wir, daß die Sehnsucht durch viele Liebesstunden sich erschöpfen würde, aber wir erreichten nur, daß wir einander unentbehrlich wurden. Und bei wiederholten Sünden wird das Gewissen, das zuerst noch empfindlich ist, nach und nach unempfindlich und findet Entschuldigungen, und man hört auf, sich besonders davon bewegen zu lassen. Nach einer Zeit war es uns sogar möglich, uns Artus gegenüber natürlich zu benehmen. Aber das kam später; zuerst hätte er etwas bemerkt, wenn er nicht selbst zu angespannt gewesen wäre, zu deprimiert, um mit seinen Freunden natürlich zu sprechen.

Artus kehrte mit Medraut an einem goldenen Oktobermorgen zurück, in der Woche, nachdem er abgereist war. Einer der Wachposten kam eine Stunde vor Mittag vom Tor und sagte mir, man hätte die Gruppe kommen sehen. Ich ging mit ihm zurück zum Tor und stieg auf den Torturm, um Ausschau zu halten. Bedwyr war schon da; er hielt auf seinem Pferd vor dem Tor und wartete darauf, Artus zu begrüßen und das militärische Kommando wieder abzugeben, das ihm Artus zeitweilig verliehen hatte. Er nickte mir zu, als ich ankam, aber nicht mehr. So lange wenigstens konnten wir unseren Entschluß einhalten.

Der Himmel war wolkenlos und hatte einen harten Glanz wie blaues Email, und die Bäume an den Rändern der Felder wirkten im Sonnenlicht wie aus Bronze gegossen. Die Felder selbst allerdings waren öde, denn die Ernte war eingebracht, und die Erde wirkte stoppelig und grau oder schwarz vom jährlichen Abbrennen. Über ihnen hing der Rauch von den Feuern wie ein Nebel. In der Ferne erhob sich Ynys Witrin hoch und grün über den dunklen Marschen; die Stadt schien über der Hauptstraße zu schweben, auf der eine lange Reihe von Reitern in gleichmäßigem Trab vorwärts rückte. Die Reiter waren schon nah genug, als ich auf den Turm stieg, so daß ich ein paar einzelne Gestalten ausmachen konnte. Ich sah, daß Artus' fünfzig Krieger mit Medrauts Leuten gemischt waren, wegen der größeren Sicherheit. Zwei Gestalten ritten Seite an Seite an der Spitze der Reihe, einer trug einen Purpurmantel und ritt ein bekanntes graues Pferd, der andere steckte in einem Umhang, der mit Safran gefärbt war, und trug einen goldenen Halsreifen. Er ritt einen schönen Fuchs. Es waren Artus und Medraut. Als sie näher kamen, wartete ich darauf, daß die Reihe schneller ritt, daß sie im kurzen Galopp, mit einem Klingeln von Geschirr und mit blitzenden Waffen und Schmuckstücken in einer Kurve zum Tor gestoben kam, wie Artus das immer in der Freude der Heimkehr tat. Aber die Reihe behielt ihren langsamen, ungleichmäßigen Trab bei, und während sie noch näher kam, sah ich, daß Artus' Schultern wie gegen die Kälte hochgezogen waren, während Medraut den Umhang über eine Schulter zurückgeworfen hatte und mit gleichgültiger Grazie zu Pferde saß. Schon jetzt war der Schatten auf uns gefallen; schon jetzt hatte Medraut eine Kälte auf das Herz gelegt.

Ich stieg vom Turm hinab und ging wieder den Hügel hinauf zur Halle. Während Artus' Abwesenheit hatte ich keine außergewöhnliche Macht, ich hatte ihm an den Toren nichts zu übergeben, und niemand erwartete, daß ich Medraut in Camlann willkommen hieß, nicht nach der Art, wie er die Burg verlassen hatte. Und ich hatte den Wunsch, den unvermeidlichen Kummer um ein paar Stunden aufzuschieben.

Natürlich sah ich Medraut beim Mittagsmahl in der Halle. Er verbeugte sich steif, und ich nickte gleichermaßen steif mit dem Kopf. Aber ich konnte sehen, daß ihm seine Königschaft gut bekommen war. Er wirkte schlanker als je zuvor, elegant und königlich in dem safranfarbenen Mantel mit dem Gold um den Hals und an den Fibeln seines Mantels und an den Armen und Fingern. Er hatte auch noch das gleiche lässige, einschmeichelnde Lächeln – das Lächeln, das mich schon vor langer Zeit verstört hatte und das ich mittlerweile haßte. Aber er sah auch mehr wie Artus aus, als das früher der Fall gewesen war, und mir wurde klar, daß er seinen Bart und sein Haar in der gleichen Art trug, die Artus eigentümlich war.

Nach dem Mahl, als Artus vorgeblich von der Reise ausruhte, erzählte er mir, was in Caer Gwent passiert war. »Medraut hat angefangen, seine Geschichte zu verbreiten, wie ich gedacht hatte«, meinte er sehr ruhig. Er sah älter aus als seine dreiundvierzig Jahre, und er hockte zusammengesunken beim Feuer wie ein alter Mann, dessen Blut dünn geworden ist. »Cynyr von Caer Gwent hat sie mit Sicherheit gehört. Nein, er hat nichts gesagt – aber er schaute mich an und dann Medraut, und dann sah er mich wieder an, die ganze Zeit, die ich da war. Und er war sehr still. Gewöhnlich klatscht er wie ein Barbier, aber diesmal war er ruhig. Und außerdem – du weißt ja, daß ich am Sonntag in Caer Gwent war? Als wir zur Messe gingen, da gab Cynyr irgendeine Entschuldigung ab und wollte nicht an der heiligen Kommunion teilnehmen. Auch da hat er mich angesehen. Er hat Angst, sich vor Gottes Augen zu beschmutzen, indem er die Kommunion nach einem Mann einnimmt, der mit seiner Schwester geschlafen hat.« Artus lachte bitter. »Und seine Männer haben es gehört, und meine Männer werden es wohl von denen gehört haben. Ich konnte nicht sagen, ob Medraut einfach dort und jetzt ein Gerücht losgelassen hat oder ob er es schon seit Monaten verbreitet und unsere Spione es einfach nicht gehört haben. Aber es hat sich jetzt festgesetzt, und er braucht selbst nichts mehr zu sagen – wenigstens nicht direkt. Er kann einfach warten, bis jemand ihm Fragen stellt. Hast du bemerkt, wie er sich das Haar geschnitten hat? Er ist schon bereit, den Kampf ernsthaft anzufangen. Aber er will es mir gegenüber immer noch nicht zugeben: Als ich ihn traf, da bestand er nur aus Lächeln und Verbeugungen und Höflichkeiten. Bei ihm kann man irgendwie nicht richtig durchkommen. Ich weiß nicht, wie ich mich gegen ihn wehren soll, jetzt genausowenig wie früher.« Artus rieb die Hände und hielt sie über das Feuer. Sein Siegelring glänzte. »Wenn die Könige von Britannien dieses Gerücht glauben, dann haben sie eine Entschuldigung für einen Aufstand. Ein Bastard-Kaiser ist schon schlimm genug, aber ein Kaiser, der sich des Inzests schuldig gemacht hat – das wird das Land vergiften, das wird den Zorn Gottes auf uns ziehen, das werden wenigstens die Kirche und meine Feinde behaupten. Wie lange können wir durchhalten?«

Ich schüttelte den Kopf. »Medraut kann noch immer nichts beweisen. Wir können es noch immer abstreiten, möglicherweise mit Erfolg. Vielleicht können wir die Macht behalten, bis unser Leben zu Ende geht.«

Er blickte auf und lächelte – es war ein kleines Halblächeln voll ironischer Belustigung. »Wirklich? Komm, meine Liebste, du bist klüger. Medraut ist kein Narr, und es mangelt ihm auch nicht an Geschicklichkeit. Vielleicht hat er, wenn er wirklich an die Macht gelangt, eine zu schwere Hand, aber er spielt auf der Unzufriedenheit von Britannien genauso meisterhaft wie sein Bruder auf der Harfe. Und er hat Saiten genug: Unzufriedene, rachsüchtige Könige wie Maelgwyn Gwynedd, den Neid der Kirche, die Langeweile meiner eigenen Krieger. Unsere Kriege mit den Eindringlingen sind zu Ende, aber das Reich ist nicht völlig wiederhergestellt, wie wir versprochen hatten, und die Enttäuschung darüber brennt in Britannien wie ein Stoppelfeuer, das nur darauf wartet, daß es aufflammen kann. Das einzige, was gebraucht wird, ist ein fähiger Anführer, der alles leitet. Medraut kann uns zerbrechen – oder er kann uns für die Macht einen solchen Preis zahlen lassen, daß wir besser tot wären. Die Macht ist es nicht wert, wenn man Tyrann sein muß, um sie auszuüben, oder wenn man das eigene Volk vernichten muß. Nein, wir müssen aushalten, solange das in Sicherheit möglich ist, und dann abdanken. Das Problem besteht noch immer darin, einen Mann zu finden, dem wir die Macht übertragen können – einen, dem ich zutraue, daß er gerecht regiert, und der stark genug ist, sich gegen Medraut zu behaupten. Und noch immer ist niemand da.«

»Es wäre sehr gefährlich abzudanken«, deutete ich an.

Er schenkte mir das gleiche müde Lächeln. »Denn dieses Reich, das wir erobert haben, ist eine Art Tyrannei«, zitierte er aus einer Sammlung von Sprüchen berühmter Männer, deren Namen ich zum größten Teil noch nie gehört hatte. Artus hatte dieses Buch aus dem Kloster mitgebracht, in dem er aufgezogen worden war – »Es war vielleicht falsch, die Tyrannei aufzurichten, aber es ist mit Sicherheit gefährlich, sie wieder loszulassen. Was hat dieser Spruch aber mit uns beiden zu tun? Wir haben das Reich nicht übernommen, um in Sicherheit zu sein, und wir haben oft genug den Tod dafür riskiert.«

»Ich meinte, es wäre gefährlich für das Reich. Die Könige von Britannien kennen dich, und wenn sie nicht an deine Gerechtigkeit glauben, dann glauben sie wenigstens, daß du ein fähiger Feldherr bist. Vielleicht wären sie gewillt, deinen Nachfolger zu bekämpfen, besonders wenn er jung wäre, wo sie gegen dich nicht kämpfen würden.«

Er seufzte und legte den Kopf in die Hände. »Du hast natürlich recht. Es gäbe vielleicht Krieg, ehe ich es mir leisten könnte abzudanken. Und wenn ich dann besiegt würde und Medraut die Macht ergriffe – nein, ich muß darauf vertrauen, daß Gott das wenigstens nicht zuläßt.« Er schaute wieder ins Feuer und fuhr so leise fort, daß ich ihn kaum hören konnte. »Und dennoch, diese Dunkelheit habe ich selbst verschuldet. Ich selbst bin verantwortlich dafür, daß Medraut existiert. Auch die Unruhe im Königreich ist meine Schuld, denn ich habe meine Macht durch Waffengewalt und gegen das Gesetz erworben, und es ist nicht überraschend, daß ich Feinde habe. Ich dachte damals, ich täte das Rechte, aber vielleicht war es in Gottes Augen eine genauso große Sünde wie der Inzest.«

»Nein«, sagte ich und legte die Hand auf seine Finger.

Er schüttelte sie ab. »Die Zerstörung kommt aus unserem Innern und aus meinem Innern. Die Sachsen konnten uns nicht besiegen, aber wir selbst vernichten jetzt das Reich. Es ist der Bruch in der Familie, der Fehler von innen. Früher habe ich gedacht, daß nur die Schande und die Unehre unerträglich wäre, wenn es bekannt würde, daß ich meine Schwester geliebt habe. Jetzt scheint mir das unwichtig. Denn es geht nur mich etwas an. Aber das andere, das ist der Untergang des Westens, die Dunkelheit, die über uns kommt. Warum müssen wir das Licht so lieben, wenn wir doch seine Zerstörung herbeiführen müssen?« Er schaute mich bei dieser Frage an und hob die Stimme, als ob ich vielleicht die Antwort wüßte. Das Feuer knisterte leise auf dem Herd.

»Meine Liebste, wir haben noch nicht verloren«, sagte er endlich. »Und du selbst hast gesagt, daß wir Gott vertrauen müssen. Sicher wird er es nicht zulassen, daß die Dunkelheit uns besiegt. Wir haben zuviel, wofür wir kämpfen müssen, um der Verzweiflung freie Bahn zu lassen.«

Er seufzte. »Ich bin müde.« Er rieb sich das Gesicht. »Ich kämpfe jetzt den größten Teil von dreißig Jahren, und ich fange an, noch nicht einmal mehr an den Sieg zu glauben. Und daß ich dafür verantwortlich bin . . . aber du hast recht. Wir haben sehr viel, für das wir kämpfen müssen. In der Tat, es ist ein Glück, das Viele lieben zu können und dafür zu kämpfen. Es wäre feige und unedel, aufzugeben, ehe der Kampf angefangen hat.« Er erhob sich und küßte mich, und dann stand er da und preßte mich an sich. Er trug noch immer sein Kettenhemd, und ich konnte die Kettenglieder unter seiner Tunika fühlen und die Kraft seines Körpers, die darunter lag. Ich dachte an Bedwyr und an meinen Wunsch, schwach zu sein, und ich schämte mich bitterlich.

»Gwynhwyfar«, sagte Artus, »ich verdiene dich nicht. Verzeih mir, daß ich zornig auf dich gewesen bin – und daß ich es ohne Zweifel wieder sein werde, denn ich bin sehr müde und habe schweren Kummer.«

»Ach, mein Liebster«, sagte ich, und mehr fiel mir nicht ein. Aber Worte waren auch nicht wirklich nötig.

In dieser Nacht, beim Willkommensfest, schwor Medraut Artus den dreifachen Eid der Gefolgschaft. Er kniete in der Mitte der Halle unter dem Firstbalken mit der goldenen Drachenstandarte und hielt Artus das Schwert mit dem Heft zuerst entgegen. Er schwor in klarer Stimme, mit offensichtlichem Ernst, als König Frieden mit Artus zu halten und keine Kriege gegen ihn oder seine Untertanen und Verbündeten zu unternehmen und die Gesetze des Reiches zu ehren und den Feinden von Britannien keinen Unterschlupf zu gewähren. Artus nahm das Schwert und gelobte, Frieden mit dem Königreich der Orkneys zu halten und so weiter. Die ›Familie‹ brach in Hochrufe aus, als Medraut sich wieder erhob, lächelte, und das Schwert in die Scheide steckte. Aber Medrauts eigene Leute, die er von den Orkneys mitgebracht hatte, beobachteten Artus grimmig und ohne mit der Wimper zu zucken.

Weder sie noch Medraut kehrten je zu den Inseln zurück. Medraut war seit zwei Wochen in Camlann und bereitete sich wieder auf seine Abreise vor, nachdem er die alte Spannung in der ›Familie‹ wiederhergestellt hatte, als ein Bote von den Orkneys zu uns kam. Er berichtete, der königliche Clan sei abgesetzt und die Inseln würden von jetzt an von einem Zweig der Familie Ui' Niall regiert, die den größten Teil von Erin beherrschten. Es hatte immer Feindschaft zwischen den Ui' Niall und dem königlichen Clan von den Inseln geherrscht. König Lot hatte ursprünglich Erin verlassen, als seine Familie den Besitz in Ulaid an die Ui' Niall verloren hatte. Die Ui' Niall waren jetzt von einer der adligen Sippen, die Medraut beleidigt hatte, nach Dun Fionn eingeladen worden. Diese Sippe und ihre Verbündeten besetzten an einem Tag, der vorher ausgemacht worden war, den Hafen auf der größten Insel. Eine Flotte von Erin legte an, und mit vereinten Kräften marschierte man über die Insel nach Dun Fionn. Wenn Medraut anwesend gewesen wäre, dann wäre die Festung ohne Zweifel in der Lage gewesen, dem Ansturm zu widerstehen. Jetzt aber hatte die Hälfte der Bewohner gemeutert und den Eindringlingen die Tore geöffnet. Alle männlichen Mitglieder der königlichen Sippe, zusammen mit ihren wichtigsten Verbündeten, wurden hingerichtet, und die Frauen verteilte man zur Ehe oder als Konkubinen an die Eindringlinge. Gewöhnlich war das letztere der Fall. All das war geschehen, kurz nachdem Medraut die Orkneys verlassen hatte, und wahrscheinlich schon, ehe er Caer Gwent erreichte. Ohne Zweifel war das Ganze schon vor Monaten geplant gewesen.

Wir gaben diesem Boten – der ein Mitglied der beleidigten und sich rächenden Sippe war – eine Audienz in der Halle. Der Mann war am Nachmittag angekommen, und es waren nicht viele Leute da, als er seinen Platz unter dem Firstbalken einnahm und zu reden begann – wir mußten nach Medraut schikken. Aber noch mehr Leute eilten herbei, als der Mann erzählte. Er berichtete seine Geschichte mit offensichtlicher Freude und schilderte die Einzelheiten in leuchtenden Farben zugunsten seiner neuen Herren, der Ui' Niall. Die Halle füllte sich mit Geflüster, mit Erklärungen an neu Angekommene, mit entsetzten Ausrufen und Forderungen um Entscheidungen in dieser Sache. Aber der Bote blickte sich nicht um, sondern schaute Artus fest ins Gesicht. Als er mit seiner Erzählung von den Ereignissen auf den Inseln fertig war, richtete er sich auf, legte eine Hand ans Schwert und sagte Artus noch ein paar stolze, abschließende Worte.

»Du darfst nicht glauben«, erklärte er in seinem ausgezeichneten Britisch, »daß es für dich noch immer möglich wäre, ungerechtfertigterweise einen zerstörerischen Einfluß auf den Inseln auszuüben. Wir sind Iren und keine Briten, und jetzt – gerechterweise! – sind wir an Erin gebunden. Wir schwören dir keinen weiteren Frieden, Hoher König von Britannien. Die verfluchte Familienlinie des Lot hat es getan, und alle Übel haben sich daraus gegeben, aus seiner Ehe mit einer britischen Zauberin um dein dreimal verdammtes Bündnis und aus seinen Söhnen – dem Säufer und dem Zauberer und Verräter und dem letzten und schlimmsten, den er nicht gezeugt hat – den in Schande gezeugten Bastard, dem Hexensohn und dem Fluch seines Volkes. Wenn du, Pendragon, vorhast, diesen Tyrannen wieder zurückzuschicken, damit er uns beherrscht, dann werden tausend Speere dir entgegenstehen und tausend Schwerter. Nicht so leicht wirst du da durchkommen, und nicht so leicht wirst du die Inseln behalten, wenn du es doch schaffst. Das haben wir geschworen – bei der Sonne und dem Wind, mit dem Eid unseres Volkes und beim neuen Gott von Erin und den Ui' Niall, die jetzt unsere Götter sind. Wenn du aber annimmst«, und er spuckte das Medraut entgegen, der still und unbewegt an Artus' rechter Seite gestanden hatte, »daß du zu den Inseln zurückkehren kannst, dann sollst du wissen, daß du zum Tod verurteilt bist, und gleichgültig, wie viele Wachen und Krieger du um dich scharst, wie viele Männer du durch Zauberei suchst und tötest – eines Tages wird jemand den Weg zu dir finden und dich für deine Tyrannei zahlen lassen. Auch das haben wir geschworen.«

Medraut starrte ihn an. Seine Augen waren leer, erstarrt vom Haß, obwohl sein Gesicht still und unbewegt war. »Und vielleicht«, sagte er im glatten Unterhaltungston, »vielleicht bist auch du zum Tod verurteilt, übermäßig angeberischer Bote.«

Der Bote lachte. »Du hast meinen Vater umgebracht, wenn es auch niemand beweisen konnte. Du hast ihn umgebracht, obwohl er nichts getan hatte, und für seinen Tod ist kein Blutpreis bezahlt worden. Meinen Vetter hast du öffentlich in deiner Halle abschlachten lassen. Ich habe um diesen Auftrag gebeten, Medraut, niemandes Sohn, so daß ich dich sehen konnte, wenn du diese Botschaft hörst. Und jetzt, da ich es gesehen habe, fürchte ich mich nicht mehr vor dem Tod. Lennavair, die Tochter des Durtacht, die du heiraten wolltest, schläft jetzt bei Laeghaire von den Ui' Niall als seine Konkubine, und sie ist froh darüber, daß sie die Geliebte eines wirklichen Mannes ist und nicht die Ehefrau eines Bastards.«

»Achte gut auf dein Schiff, wenn du nach Hause segelst«, sagte Medraut ruhig.

»Er ist als Abgesandter gekommen«, sagte Artus mit ruhiger, aber tragender Stimme. »Und wir werden es ihm erlauben, in Frieden wieder abzureisen, wie es das Gesetz und die Sitte verlangen. Ich weiß nicht, was du damit meinst, wenn du ihm sagst, er soll auf sein Schiff achten, Sohn des Lot. Ohne Zweifel ist er daran gewöhnt zu segeln, selbst im Herbst, und braucht eine solche Warnung nicht.« Medraut wandte seinen grausamen Blick auf Artus. Artus hielt ihm stand. Nach einem Augenblick fügte Artus sehr ruhig hinzu: »Denn wenn du diesem Mann Übles wünschst, dann möchte ich dich daran erinnern, daß Zauberei ein Schwerverbrechen ist.«

Medraut starrte noch einen langen Augenblick Artus an. Dann senkte er verstohlen den Blick und verbeugte sich. »Warum erwähnst du die Zauberei, Herr? Glaubst du etwa die wilden Anklagen der Leute, die sich zu deinen Feinden erklärt haben und die eine Sippe abgesetzt und ermordet haben, die mit dir durch viele Eide und viel Blut verbunden war? Ich glaube nicht, daß du solche Anklagen glauben kannst oder willst. Ich bitte dich, edler Herr, mir Urlaub zu geben, damit ich meine Familie und meine Gefolgsleute von diesem Unglück unterrichten kann.«

Artus nickte, und Medraut verbeugte sich und stieg von dem Podest herunter. Bei dem Boten blieb er stehen und warf ihm noch einen kalten, abschätzenden Blick zu. Dann lächelte er und ging langsam durch die ganze Halle hinaus. Alle machten ihm Platz. Viele seiner Freunde gingen hinter ihm her.

Der Bote aber schaute Artus überrascht an. »Du bewahrst die Tradition, was Abgesandte betrifft«, sagte er nach einer Weile. »Das ist gut. Welche Nachricht soll ich den Fürsten Ui' Niall, den Herrschern der Orkneys, von dir überbringen?«

Artus lehnte sich in seinem Sessel zurück und musterte den Boten gedankenverloren, bis der Mann, der bis dahin so kühn gewesen war, plötzlich unsicher dreinschaute und an seinem Schwert herumfummelte.

»Sag deinen Herren«, meinte Artus endlich, noch immer nicht laut, sondern mit müder Stimme, die aber trotzdem eine Stille in der ganzen Halle auslöste, »daß es mir um die Inseln leid tut. Sag deinen Vettern und ihren Verbündeten, daß ich bekümmert bin um die königliche Familie, die überaus grausam ermordet worden ist. Und sag deinen Leuten, daß auch sie mir leid tun und daß sie eine Sippe vernichtet haben, aus der immer ihre Könige hervorgegangen sind, daß sie fremde Herren gerufen haben, die über sie herrschen sollen. Sag außerdem zu deinen Herren, daß es leichter ist, zu behaupten, die Inseln seien an Erin gebunden, als sich darauf zu verlassen, daß Erin Hilfe schickt. Wenn die Ui' Niall meine Untertanen durch Überfälle an den Küsten beunruhigen, dann werden sie es bedauern. Ich werde dann der Sitte folgen, der ich immer gefolgt bin, und alle Räuber, die in Britannien gefangen werden, hinrichten lassen und für keinen ein Lösegeld nehmen.

Wenn die Ui' Niall britische Güter begehren – und sie werden Holz und Zinn und Eisen verlangen, denn so etwas gibt es nicht auf den Inseln –, dann werden sie sich mit mir einigen und den Eid schwören müssen, meine Länder und meine Untertanen zu respektieren.«

Der Bote schaute in die Richtung, in die Medraut gegangen war. »Aber was ist mit dem Tyrannen?«

»Durch Geburt kann er als einer aus der königlichen Familie von Britannien betrachtet werden. Er hat einen Platz hier, wenn er auf den Inseln keinen mehr hat.« Noch einen Augenblick lang herrschte Schweigen. Dann erhob sich Artus von seinem Sitz am Hohen Tisch und ging die Stufen vom Podium hinunter, bis er dem Boten gegenüberstand. »Ich will um einen Tyrannen nicht gegen Erin Krieg führen, selbst wenn der Tyrann der königlichen Sippe von Britannien angehört«, sagte er ruhig. »Wenn ihr wollt, dann könnt ihr Frieden mit mir haben. Ich werde die Bedingungen zusammenstellen, die du deinen Herren bringen kannst. Inzwischen bietet dir Camlann die Gastfreundschaft, die Abgesandten zusteht.«

Der Abgesandte starrte Artus noch einen Augenblick an – er glaubte ihm nicht ganz. Er sah sich in der Halle um, heftete dann seinen Blick wieder auf Artus. Dann verbeugte er sich tief. »Herr und Hoher König, ich danke dir.«

Als der Bote wieder zu den Orkneys abreiste, ließ Artus Medraut beobachten. Er gab dem Boten einen sorgfältig ausgesuchten Begleitschutz zu seinem Schiff zurück, das auch von verläßlichen Wächtern gehütet wurde. Endlich schickte er Geld zum Kloster nach Ynys Witrin, damit für die Reisenden auf See eine Messe gelesen wurde. Ob es nun durch diese Vorsichtsmaßnahmen kam oder weil Medraut sich entschlossen hatte, seine Wünsche der Notwendigkeit zu opfern, einen guten Eindruck zu machen – das Schiff kam sicher in Dun Fionn an, und nach kurzer Zeit hörten wir, daß unsere Vorschläge zu Friedenseiden von den Ui' Niall zur Verhütung von Piraterie und Raubüberfällen gegen einige Rechte zum Handel mit Britannien akzeptiert wurden. Und Medraut blieb in Camlann.

Obwohl Medraut seinen Sturz deutlich weder erwartet noch gewünscht hatte, er wirkte sich zu seinen Gunsten aus. Die Tatsache, daß Artus ihn bei einem Versuch, die Königswürde wiederzuerlangen, nicht unterstützen würde, gab ihm einen Grund zur Klage. Er war Artus' Neffe und hatte den Eid der Gefolgschaft geschworen, aber Artus hatte Frieden mit denen geschlossen, die Medrauts Familie ermordet und sein Königreich erobert hatten. Es spielte keine Rolle, daß das Bündnis nie über eine gemeinsame Verteidigung hinausgegangen war – es war alt und bestand schon lange, besiegelt durch Eheschließung in der vergangenen Generation, und es war in einem Augenblick umgestoßen worden. Selbst in der ›Familie‹ herrschte die starke Meinung vor, daß Artus Medraut hätte unterstützen müssen. Medrauts Taten, solange er noch an der Macht gewesen war, wurden nicht besonders ernst genommen: Medraut selbst gab der ›Laxheit des armen Agravain‹ die Schuld für die Tatsache, daß er so viele Adlige hatte hinrichten lassen müssen, und die Männer machen sich nie so viele Sorgen um die Tyrannei in einem fremden Land wie über irgendein leichtes Problem, das sie selbst haben. Es half auch nicht, daß Artus dafür sorgte, daß die Söhne der Morgas offiziell als Mitglieder der kaiserlichen Familie von Britannien anerkannt wurden, jetzt, da die Sippe ihres Vaters vernichtet war. Das diente nur dazu, Medrauts Anspruch auf britische Hilfe zu verstärken.

Der einzige Lichtblick, der uns bei all diesen Katastrophen blieb, war die Tatsache, daß Gawain jetzt offiziell ein Mitglied der königlichen Sippe von Britannien war – und damit auch Gwyn. Wie Artus vorausgesagt hatte, fingen die meisten Krieger schon an zu vergessen, daß Gwyn illegitim geboren war. Der Junge war mit Gawain nach Gallien gereist und danach in den Norden – König Urien von Rheged hatte irgendeinen Streit mit seinen sächsischen Nachbarn und hatte darum gebeten, daß Artus ihn schlichtete. Urien war ein sehr mächtiger König, der stärkste von allen nördlichen Herrschern, und Gwyn beeindruckte ihn sehr. Offenbar erinnerte er ihn an seinen eigenen Sohn Owain, der sich nach einer nicht vielversprechenden Kindheit und Jugend plötzlich in einer Reihe von hervorragenden Schlachten siegreich hervorgetan hatte und in der letzten Schlacht nach dem Sieg gefallen war. Als Urien Gawain die üblichen Geschenke gab – eins für Gawain selbst, als Abgesandten, eins für Artus, um ihn zu ehren, und eins für den sächsischen König, mit dem Gawain die Verhandlungen geführt hatte –, da beschenkte er auch Gwyn. Und als die beiden abreisten, da wünschte er dem Jungen von Herzen alles Glück.

Nachdem unsere Boten die Verhandlungen zwischen Urien und seinen sächsischen Nachbarn beendet hatten, unterbrachen sie in Ebrauc für eine Weile die Rückreise. König Ergyriad ap Caw hieß sie auf seiner Burg willkommen und begrüßte Gwyn sofort als seinen Familienangehörigen, den Sohn seiner Halbschwester. Diese Anerkennung gab Gawain die Möglichkeit, einen Teil der Feindschaft zwischen ihm selbst und den anderen Söhnen des Caw auszuräumen, die ihn gehaßt hatten, seit er ihren Bruder Bran getötet hatte. Gwyn kam erstaunlich gut mit einigen von ihnen zurecht, und auch sie gaben ihm Geschenke, als er Caer Ebrauc verließ.

Artus war sehr froh, als die beiden zurückkehrten. Er hoffte noch immer, daß ihm Zeit genug blieb, um Gwyn zu seinem Nachfolger zu bestimmen. Uriens Unterstützung dabei würde von unschätzbarem Wert sein, wie auch die Unterstützung der Söhne des Caw. Er nahm sich die Zeit, mit Gwyn über die verschiedenen Länder zu reden, die er besucht hatte, und er überzeugte sich, daß der Junge erstaunlicher politischer Einsicht fähig sei – und so mußte es auch sein, da Gawain ihn unterrichtete. Gawain selbst wäre als Nachfolger nie akzeptabel gewesen, trotz seiner politischen Fähigkeiten, denn er war erstens aus einer ausländischen Familie und zweitens viel zu sanft und anderweltlich, um für die Macht eines Kaisers geeignet zu sein. Vielleicht war Artus nur fasziniert von der Parallele zwischen Gwyns Vorleben und seinem eigenen. Aber wir hatten beide Hoffnungen, von denen wir nicht zu sprechen wagten, und wir hofften um so mehr, als die Situation ständig schlimmer wurde.

Die fünfzig Krieger, die Medraut von den Inseln mitgebracht hatte, fingen bald an, Probleme aufzuwerfen. Ein paar von ihnen stammten aus der königlichen Familie und zeigten sich Artus gegenüber zornig und ablehnend. Alle waren einzig und allein Medraut ergeben und gehorchten ihm vollkommen, während sie allen anderen gegenüber außerordentlich feindselig waren. Sie bildeten eine feste Gruppe in Camlann, eine Gruppe, die in sich selbst ruhte und von den anderen Kriegern durch die Barrieren der Kultur, der Sprache und der Religion isoliert war. Nur um Streitereien auszutragen, wurden diese Barrieren durchbrochen. Nach ein paar Zweikämpfen zwischen ihnen und einigen von unseren Männern schickte Artus den größten Teil der fremden Krieger zurück auf Medrauts Schiffe. Er ließ sie die westliche Küste entlangfahren, um Eindringlinge abzuhalten. Im Dezember wurde entdeckt, daß einige von diesen Schiffen selbst ein paar Überfälle durchgeführt hatten, und Artus ließ die Männer, die dafür verantwortlich waren, zum Tod verurteilen. Unglücklicherweise waren auch zwei Mitglieder der königlichen Familie dabei, und ihre Hinrichtung verursachte fast einen bewaffneten Konflikt. Lange Zeit danach gingen noch geflüsterte Gerüchte um: »Der Pendragon will das beenden, was die Ui' Niall angefangen haben.«

Gleichzeitig zirkulierten überall die Gerüchte, die Medraut um seine eigene Herkunft in Umlauf gebracht hatte, und unsere Spione berichteten aus allen Ecken von Britannien davon. Kein König wagte Artus zu fragen, ob sie wahr waren, aber bald erkannten wir an der Unsicherheit einiger Leute, die mit uns umgehen mußten, und am Zögern von anderen, mit uns in Kontakt zu treten, wer sie glaubte. Das ungemütliche Gefühl, das die Gerüchte verursachten, war aber nirgendwo so deutlich wie in Camlann. Medraut hatte es geschafft, wieder den größten Teil seiner Gefolgschaft um sich zu versammeln, und die Streitereien in der Familie begannen aufs neue. Diesmal aber lag ein Unterschied darin. Früher hatte Medraut in erster Linie seinen Bruder Gawain angegriffen und bei Artus nur seine Entscheidungsfähigkeit im Hinblick auf Gawain in Frage gestellt. Er hatte angedeutet, daß mein Mann meinen parteiischen Launen gegenüber schwach sei. Jetzt war der Angriff direkt geworden: Artus hätte Medraut ungerecht behandelt wegen eines schrecklichen Geheimnisses – eines Geheimnisses, über das man in der Festung flüsterte und nach dem Hunderte von erschrockenen oder sorgenvollen Augen suchten, die sich auf Artus hefteten, wo immer er hinging.

Einige von Medrauts Gefolgsleuten fühlten sich nicht mehr so recht wohl, als die Richtung, in die der Angriff ging, deutlicher wurde. Ein paar von ihnen waren nach dem Vergiftungsversuch abgefallen und ein paar nach Agravains Tod. Aber es gab noch immer eine stattliche Anzahl von Männern, auf die Medraut sich verlassen konnte – hundertundsechs, und noch einmal fünfzig oder so, die unsicher waren, wem sie die Treue halten sollten. Diese letzte Gruppe wurde ständig kleiner, denn die Männer entschlossen sich mehr und mehr, wem sie glauben wollten und wem sie am Ende folgten.

Der Winter war nicht ruhig. Artus trieb sich voran, wie er es seit dem Höhepunkt des Krieges nicht mehr getan hatte. Er stand vor Sonnenaufgang auf und arbeitete den ganzen Tag und versuchte, die Männer beschäftigt zu halten und ihre Streitereien zu verhindern. Er bot ihnen ein halbes Hundert Ablenkungen, damit wir Zeit gewannen. Er schickte unaufhörlich Boten an die Könige von Britannien, und das unter allen möglichen Vorwänden, damit seine Autorität ihnen vor Augen blieb und er den Kontakt hielt, den so viele der Könige gern abgebrochen hätten. Er tat so, als ob er noch nie etwas von den Gerüchten gehört hätte, und versuchte, so zu handeln, als ob seine Energie und Kraft von der Zeit nicht angekränkelt wären, als ob ihn noch immer die alte Begeisterung, die alte Freude bewegte. Aber am Abend brach er erschöpft auf dem Bett zusammen und war kaum noch fähig, sich zu bewegen. In der Nacht hatte er Träume: Er wachte oft auf und rief den Namen Morgas'. Dann ging er ans Schreibpult, zündete die Lampe an und las unsere abgenutzten Bücher durch, oder er schrieb stundenlang wütende Briefe. Ich wachte dann auch auf und erhob mich, und dann sah ich ihn im Nebenzimmer über das Schreibpult gebeugt, und das Lampenlicht beleuchtete die Knochen und Höhlungen seines Gesichts, so daß es wirkte wie ein Totenkopf. Ich ging dann hinüber und versuchte, ihn dazu zu bewegen, wieder zurückzukommen und auszuruhen, denn er brauchte den Schlaf verzweifelt. Trotz all der erzwungenen Energie während des Tages konnte er das nicht verbergen. Der Alptraum preßte seinem Gesicht den Stempel auf, tiefer und immer tiefer, und ich konnte die eingegrabenen Linien nicht wegglätten.

Selbst wurde ich auch so erschöpft, daß mein Hauptwunsch darin bestand, allem zu entrinnen. Ich hatte genausoviel zu tun wie Artus, und ich hatte das Gefühl, als ob all unsere Arbeit darin bestünde, unseren eigenen Schatten zu fangen. Gleichgültig, wie schwer wir arbeiteten oder was wir sagten und taten und welchen Vorteil wir daraus gewannen – die Gerüchte hielten Schritt mit uns. Oft hatten wir das Gefühl, als ob wir nicht mehr leisten könnten, und dann stellten wir nur fest, daß wir noch mehr tun mußten. Und darin, daß wir es taten, entdeckten wir weitere Dinge, die erledigt werden mußten, und noch weitere – bis die Tage vorüberwirbelten wie Hammerschläge.

Ich hatte Bedwyr. Ich brauchte Bedwyr. Er war meine einzige Zuflucht, ein Ort des Frühlings mitten in diesem dunklen Winter. Obwohl auch ihn der Alptraum umgab, lebte er doch nicht im Herzen des Alptraums, und er hatte – im Gegensatz zu Artus – Zeit, zu reden und zu atmen. Bei ihm konnte ich ruhen und Kraft finden. Ich konnte, für eine kleine Weile wenigstens, meine Sorgen zu seinen Füßen niederlegen und sie vergessen. Natürlich waren wir vorsichtig und taten es sehr heimlich. Häufig hatten wir plausible Gründe, einander zu treffen, und leicht genug konnten wir es einrichten, irgendwo in Camlann zusammenzukommen, wo wir nicht gestört wurden. Die Sünde des Verrats wurde mein Trost – und dennoch, selbst in diesem Trost lag Qual. Manchmal, wenn Artus aus einem schwarzen Traum erwacht war und ich im Bett lag und dem Kratzen seiner Feder zuhörte, dann wünschte ich, es sei alles vorüber, selbst wenn am Ende die Niederlage war und ich selbst in alle Ewigkeit verdammt wurde. Im Tod wenigstens liegt eine Art Endgültigkeit und eine Ruhe nach dem erbarmungslosen Kampf. Und am nächsten Tag weinte ich dann an Bedwyrs Schulter, weil ich nicht in der Lage gewesen war, Artus Trost zu bieten, und weil ich mich selbst verzweifelt nach Trost sehnte.

Aber das Ende kam tatsächlich bald – viel zu bald, dachte ich, als es endlich über uns war.

Im späten März begann ein neues Gerücht im Camlann zu kreisen. Artus kam eines Abends vor einem Fest in unser Haus zurück, warf ein Bündel von geschriebenen Botschaften auf das Pult, ließ sich in seinen Sessel fallen und bemerkte: »Mein Herz, es gibt ein neues Gerücht, das du am besten kennen solltest. Angeblich schläfst du jetzt mit Bedwyr und planst meinen Sturz.«

»Mit Bedwyr?« fragte ich und fühlte, wie die Kälte über mich kam. Ich starrte Artus an.

Aber er blieb nur zusammengesunken im Sessel sitzen und stellte die Füße auf den Rost des Herdes. »In der Tat. Man fragt sich, warum Medraut sich gerade auf Bedwyr versteift. Man sollte doch meinen, Gawain sei der wahrscheinlichere Kandidat für eine solche Geschichte. Aber das hat Medraut ja schon versucht. Außerdem hat er Gawain schon einen Muttermörder, Verräter und Wahnsinnigen genannt, und bisher hat er es noch nicht geschafft, Bedwyr zu beflecken. Also erfindet er so etwas. Ach, ich nehme an, in seiner Art ist die Geschichte schlau genug eingefädelt. Bedwyr ist kein Brite, gehört nicht zu einer königlichen oder wichtigen Sippe und hat trotzdem Macht und Einfluß. Medraut kann jeden Widerwillen, der dadurch erzeugt wird, dazu ausnutzen, seiner Geschichte Glaubwürdigkeit zu verleihen, und gleichzeitig kann er deinen Namen anschwärzen . . . ach, lieber Gott, jetzt auch noch Bedwyr. Jetzt haben wir niemanden mehr, der in einem Streit vermitteln kann oder der mit einem Mann aus Medrauts Gruppe in Verbindung tritt. Aber eine solche Geschichte – !«

Ich kam herüber und setzte mich zu seinen Füßen nieder. Ich fühlte mich sehr müde, und ich lehnte meinen Kopf an sein Knie. Was wäre, wenn ich es ihm erzählte, dachte ich plötzlich – was wäre, wenn ich alles beichtete, die Last ablegte, die Konsequenzen auf mich nahm? Aber als ich zu dem hageren Gesicht meines Mannes aufblickte, da wußte ich, daß ich nicht reden konnte, daß ich seinen Schmerz nicht noch vergrößern und ihn im Stich lassen konnte, damit er das Schwinden seiner Macht allein durchstand. »Willst du, daß ich mich in Zukunft kälter zu Bedwyr verhalte?« fragte ich. »Soll ich ihm die nächsten paar Wochen aus dem Weg gehen?«

Artus legte einen Arm locker um meine Schultern. »Nein. Mach dir keine Sorgen. Medraut würde das seinen Gefolgsleuten gegenüber nur folgendermaßen erklären: Du fühlst dich schuldig und hast Angst, entdeckt zu werden. Wir können nur hoffen, daß dieses Gerücht von selbst stirbt. Es muß von selbst sterben. Es ist zu absurd, als daß ein denkender Mensch es glauben könnte. Du und Bedwyr – meine Frau und mein getreuester Freund, die beiden Menschen, denen dieses Reich am meisten am Herzen liegt – des Verrats schuldig! Nein, mein Herz, laß nur. Das Gerücht wird sicher von selbst sterben.«

Aber es war nicht so, obwohl es mehrmals danach aussah. Immer, wenn die Männer anfingen, darüber zu lachen, erhob es sich von neuem, mit phantastischen Beweisen. Wir konnten zwar die Einzelheiten widerlegen oder erklären – so hatte man mich mit einer Weißdornblüte im Haar gesehen, nachdem Bedwyr eine an seiner Mantelfibel trug – Bedwyr und sechshundert andere! –, aber dennoch hielt sich die Geschichte, und jedesmal, wenn sie verblaßte, kam sie um so stärker wieder auf.

Gegen Ende April hatte Bedwyr mit einem von Medrauts irischen Kriegern im Stall eine Meinungsverschiedenheit. Dieser Mann, einer aus der königlichen Familie, wollte für eine Fahrt auf seinem Schiff ein paar Ausrüstungsgegenstände, die Bedwyr für überflüssig hielt. Das Streitgespräch wurde hitzig, und Bedwyr drehte sich endlich um, ging weg und sagte: »Ich rede wieder mit dir, wenn du abgekühlt bist, Ruadh.«

»So ist's richtig!« schrie der Ire hinter ihm her, in Hörweite von ein paar Dutzend Leuten, von denen mir einer später den ganzen Vorfall verärgert berichtete, »lauf nur zu der Frau deines Herrn, mach ihm auch da die Arbeit!« – und er machte eine obszöne Handbewegung.

Bedwyr blieb stehen und drehte sich zu dem anderen um. Der Mann wiederholte die Handbewegung, und Bedwyr kam zu ihm zurück. Er musterte den anderen von oben nach unten und sagte dann sehr ruhig und sehr kalt: »Was ist das für ein Unsinn? Bist du betrunken?«

Der Ire war völlig unerschüttert. »Muß ich betrunken sein, um die Wahrheit zu sagen? Ich hab es satt, daß du mir Tugendhaftigkeit vorspielst. Der tapfere, treue Bedwyr, der Philosoph, der vollkommene Feldherr! Im ganzen Westen weiß doch jeder, daß du mit der Hurenkönigin Gwynhwyfar schläfst, mit der Frau deines Herrn – mögest du viel Spaß mit ihr haben!«

Bedwyr schaute ihn schweigend einen Augenblick an. Dann, noch immer ruhig, aber mit einem harten Unterton, sagte er: »Du hast dich der Majestätsbeleidigung an unserem Herrn, dem Kaiser, schuldig gemacht. Und du lügst.«

»Beweise«, sagte der andere wild. »Beweis mir das mit deinem Schwert.«

»Mit Freuden. Hier und jetzt.«

Der Ire zögerte, nickte dann. »Zu Pferd oder zu Fuß?«

»Was immer dir lieber ist.«

Dabei wurden die Zuschauer unruhig, deren Zahl ständig wuchs, während die Menge aus dem Nichts auftauchte, angezogen von dem wahrscheinlichen Blutvergießen. Bedwyr war als Fußkämpfer nicht fähiger als andere auch, aber er war ein hervorragender Reiter. Ruadh dagegen war ein sehr guter Fußkämpfer. Ruadh wußte das und starrte Bedwyr einen Augenblick ungläubig an, ehe er heraussprudelte: »Zu Fuß!«

Bei diesen Worten meinte einer von den Mitgliedern der ›Familie‹, daß Artus von diesem Zweikampf wissen sollte, und rannte los, um ihn zu holen. Artus und ich waren alleine in der

Halle und hörten Bittsteller an, und der Krieger rannte heran und brüllte laut, so daß es alle hören konnten: »Bedwyr kämpft gegen Ruadh, zu Fuß!«

Ich dachte nicht bewußt an das, was passieren konnte; ich wußte es sofort, und ich hatte das Gefühl, als ob die Welt alle Farbe verlöre. Ich stand auf, ohne nachzudenken, und sagte zu den Bittstellern: »Die Audienz ist vertagt.« Artus ergriff meinen Arm, und wir gingen die Halle hinunter.

»Wo ist es?« fragte Artus den Krieger.

»Vor den Ställen. Sie . . .« Und der Krieger brabbelte auf dem Weg die ganze Geschichte heraus.

Wir kamen an und sahen, daß ein Haufen Männer dort herumstand und sich stritt. Als sie uns sahen, traten sie auseinander und verstummten. In der Mitte der Gruppe war zertrampeltes, blutiges Stroh, und ich sah eine Leiche: Ruadh.

»Was ist passiert?« fragte Artus.

Die erste Antwort war ein unverständliches Gebrabbel; Artus hob die Hand, damit alle schwiegen, und winkte einen Mann aus der Gruppe heraus. »Goronwy, was ist passiert? Wo ist Bedwyr?«

Goronwy war sehr erregt und überhörte die zweite Frage. Da er selbst einmal gegen Bedwyr gekämpft hatte, war sein Interesse an dem Zweikampf groß gewesen. »Es war eine knappe Sache, Herr«, sagte er, »dieser Hund hat die Lady Gwynhwyfar beleidigt, und Herr Bedwyr hat dann zu Fuß gegen ihn gekämpt. Ruadh schaffte es, einen Stoß unter den Schild einzubringen und ihn in den Schenkel zu stechen. Bedwyr ist gestürzt. Ach, aber er war schnell – das hatte Ruadh nicht erwartet. Er kam heran, um ihn zu erledigen, und dann war plötzlich Bedwyrs Schwert unter seinem eigenen Schild und traf ihn in den Magen, so schnell wie die Blitze des Himmels. Ehre sei Gott! Das war ein großartiger Streich, und auch noch aus kniender Haltung!«

»Großartig?« schrie ein anderer Krieger, einer von Medrauts Gruppe. »Gott im Himmel, ein Mann liegt tot – ein Mann aus der königlichen Sippe von Britannien!«

»Wo ist der Herr Bedwyr?« wollte Artus noch einmal wissen und hob jetzt die Stimme, da die Krieger wieder angefangen hatten, sich zu streiten. Sie verstummten.

»Wir haben sein Bein abgebunden und ließen ihn dann zu Gruffydd, dem Chirurgen, bringen«, erwiderte Goronwy. »Cei ist jetzt bei ihm. Viele von uns wären ja hingegangen, aber er selbst hat uns befohlen hierzubleiben, damit wir nicht im Weg sind.«

Mir war nicht klar gewesen, welcher Druck auf meinem Herzen gelastet hatte, bis dieses Wort es befreite. Bedwyr war am Leben und befahl noch immer sich selbst und den anderen. Ich spürte, wie Artus neben mir sich entspannte, obwohl sein Gesicht die feste Ruhe nicht verlor. »Sehr gut«, sagte er. Er hob die Hand, damit die Krieger weiter aufmerksam blieben, und schaute dann von einem zum anderen. »Es ist genug, meine Vettern. Kein Streit mehr. Rhuawn, geh und such Medraut ap Lot und sag ihm, daß sein Verwandter Ruadh tot ist und daß er meine Erlaubnis hat, nach seinem Belieben für die Beerdigung zu sorgen. Der Mann war ein Mitglied der königlichen Sippe, und seine Leiche soll entsprechend respektiert werden. Vier von euch sollen hierbleiben, um Wache zu halten. Ihr anderen seid entlassen. Ihr könnt wieder euren Aufgaben nachgehen. Für einen Tag hat es genug Blutvergießen gegeben, und ich wünsche nicht noch mehr davon. Gwynhwyfar, komm.«

Wir eilten von den Ställen zu Gruffydds Haus hinüber, und als wir ankamen, wischte sich der Chirurg gerade das Blut von den Händen. Er nickte uns zu und deutete dann mit einer ruckartigen Kopfbewegung zum Bett in der Ecke hinüber. Bedwyr lag darauf, während Cei auf dem Boden daneben saß und ein blutbeflecktes Tuch faltete. Der Feldherr war sehr bleich. Er schwitzte vor Schmerz, aber er war bei Bewußtsein und wirkte beherrscht, und – was am allerwichtigsten war – er lebte.

»Das schlimmste war der Blutverlust«, sagte Gruffydd zur Antwort auf unsere ungestellte Frage. »Die Wunde ist sofort abgebunden worden, glücklicherweise. Sonst würde der Narr jetzt hinter Ruadh her in die Hölle jagen. Er sollte sich eigentlich schnell wieder erholen, wenn er kein Fieber bekommt. Sag ihm, er soll die Droge schlucken, die ich ihm gegen den Schmerz gebraut habe. Er hat sie abgelehnt.«

Artus ging zum Bett und ergriff Bedwyrs Hand. »Du dummer Kerl«, sagte er böse, »warum bei allen Heiligen hast du ihm angeboten, zu Fuß mit ihm zu kämpfen?«

Bedwyr zuckte die Achseln. »Ich war zornig«, sagte er, und seine Stimme war rauh vor Schmerz. »Ich wollte ihn umbringen.«

Cei schnaufte wütend. »Das hättest du aber besser zu Pferd tun können.«

Bedwyr wandte den Blick ab. »Auf diese Weise werden mehr Männer seinen Tod als Zeichen der göttlichen Gerechtigkeit betrachten.«

»Es war das Risiko nicht wert«, sagte Artus. »Mein Freund, mein Bruder – wirklich nicht.« Der Zorn verschwand aus seiner Stimme, und er schaute fast glücklich drein. Bedwyr war am Leben. Mit unverständlicher Leichtigkeit fuhr er fort: »Du hast deine philosophische Zurückhaltung verloren, alter Freund. Was würde dein Victorinus dazu sagen?« Er ließ Bedwyrs Hand los, schaute sich um und nahm den Becher mit dem betäubenden Wein, den Gruffydd jetzt bereithielt. »Da, trink das. Es gibt keinen Grund dafür, daß du jetzt einen klaren Kopf behältst.«

Bedwyr machte keine Anstalten, den Becher zu nehmen.

»Ich hab' ihm das auch schon gesagt«, sagte uns Cei, »aber anscheinend glaubt er, er müßte wach bleiben – als ob keiner von uns gut genug wäre, sich um ihn zu kümmern.«

»Nimm es«, sagte ich.

Bedwyr schaute mich zum erstenmal an, und das bittere Elend in seinem Blick erschreckte mich. Dann sah er Artus an, nickte und streckte die Hand nach dem Becher aus.

»Ich hab' mich geschämt«, sagte er mir hinterher, als er wieder auf den Beinen war. »Ich hab Ruadh wegen einer Lüge umgebracht. Er hat die Wahrheit gesagt, und er ist dafür gestorben. Ich hätte nicht zu Pferd gegen ihn kämpfen können, weil ich ihm damit eine so kleine Chance gegeben hätte. Dennoch hatte ich den Wunsch, ihn umzubringen. Er hatte mich erzürnt, und ich wollte ihn tot und blutig vor mir sehen. Aber nachher, als ich ihn umgebracht hatte – da wollte ich leiden.« Er blickte auf die Erde unter seinen Füßen und schlug dann plötzlich auf die halb verheilte Wunde an seinem Oberschenkel. Er wurde weiß. Ich packte ihn am Arm, an den Schultern, und zog ihn an mich. Zum erstenmal seit dem Zweikampf waren wir allein, und während der beiden Wochen, die er krank gelegen hatte, war mir oft das Gefühl gekommen, als ob ich nicht mehr weitermachen konnte. Meine Freunde hatten mir alle gratuliert; sie schrieben Ruadhs Tod Gottes Gerechtigkeit zu, der den Lügner zu Boden schmetterte, und das tat mir noch weher als die Beleidigungen unserer Feinde. Ich hatte auch Angst um Bedwyr gehabt, weil sein Elend mich quälte, und noch immer fühlte ich mich zu Artus hingezogen und hatte niemanden, der mich wieder so machen konnte, wie ich einmal gewesen war. Nur mit Bedwyr konnte ich frei reden.

Manchmal dachte ich noch immer daran, die Beziehung zu beenden. Einmal hatte ich es sogar fest vor. Ich war eines Morgens in der Halle und hörte mir die Klagen einiger Bauern und Händler an, während ich am Hohen Tisch saß. Da kam Gawain herein. Weil Gwyn auf der einen Seite der Halle saß und mit ein paar Freunden Harfe spielte, dachte ich, Gawain suche seinen Sohn. Ich lächelte und nickte und hörte mir weiter die endlos lange Erzählung eines alten Mannes von seiner verlaufenen Kuh an. Ein paar Minuten später blickte ich zerstreut auf und sah den Krieger im Kreis der Bauern stehen. Offensichtlich wartete er darauf, daß ich fertig war. »Gibt es irgend etwas?« fragte ich.

»Ich würde gern mit dir sprechen, my Lady, wenn du frei bist«, gab er zurück.

»Aber natürlich. Ist es dringend? Das hier kann noch eine Weile dauern.«

»Ich warte.« Er schaute sehr ernst drein, und von seinem höflichen Lächeln, das er gewöhnlich zeigte, war keine Spur zu sehen. Der alte Mann hustete und erzählte weiter von seiner Kuh, und ich hörte zu und fühlte mich deutlich ungemütlich. Gawain warf einen Blick auf die anderen, die auch noch darauf warteten, angehört zu werden, ging dann hinüber und setzte sich zu Gwyn. Nach kurzer Zeit hörte ich ihn durch die Einzelheiten über Kühe hindurch singen. Jemand mußte ihm die Harfe gegeben haben.

»Also,« fuhr der alte Bauer fort, »ich hab' sie auf dem Markt gesehen, hab' ich. In Baddon, am letzten Sonntag war das. Es war meine eigene Kuh, Erdbeere. Aber dieser Kerl – der Hund, der lügnerische –, der hat gesagt, es wäre seine Kuh! Aber er muß sie an der Straße gefunden haben, und dann hat er sie mitgenommen, das hat er, und . . .«

Gawain sang:

> Der Brombeer weiße Blüte,
> der Himbeerblüte süßer Duft,
> lieblichste unter den Blumen im Licht
> das ist sie – meiner Augen Trost.

»Und dieser Mann, der ist verrückt, hochedle Dame, daß er behauptet, daß meine Kuh seine ist. Kann ich was dafür, wenn er seine Kühe nicht beisammenhalten kann? Du kennst mich gut. Schon zwanzig Jahre bestell' ich das Feld für Camlann, und ich schwöre, daß es meine eigene Kuh ist, die ich selbst aufgezogen hab', und meine Verwandten und Nachbarn, die können . . .«

> Sie ist mein Herz und mein Geheimnis,
> duftende Blüte des Apfelbaums.
> Sie ist der Sommer, der Glanz der Sonne,
> und es erleuchtet ihr Licht den Winter.

Ich preßte meine Hand an den Kopf und spürte, wie die Kopfschmerzen kamen. Gut, so erinnerte ich mich selbst, daß normale Leute wie diese Bauern uns genug vertrauten, um zu uns zu kommen und sich Gerechtigkeit zu holen – aber ich wünschte mir, sie würden es nicht jetzt genau in diesem Augenblick tun und nicht auf so langwierige Weise. Ich erkannte die Melodie des Liedes, obwohl ich die Worte noch nie gehört hatte. Bedwyr summte sie schon seit Wochen.

Schließlich hatte ich das Problem mit der Kuh und den Weiderechten eines anderen und den verängstigten Schafen noch eines anderen gelöst und konnte hinüber in die Ecke gehen, wo Gawain mit den anderen saß. Ich lächelte sie alle an, und Gawain stand auf und verbeugte sich. Gwyn, der die Harfe hielt, lächelte in diesem Augenblick auch und stellte das Instrument ab, um es seinem Vater nachzutun.

Ich bot ihm mit einer Handbewegung an, sitzen zu bleiben. »Keine unnötige Höflichkeit, Gwyn – ich muß nur mit deinem Vater reden, wenn du auf seine Gesellschaft einen Augenblick verzichten kannst.«

Da allerdings stand Gwyn schon. Er verbeugte sich. »Könntest du nicht bleiben und hier mit ihm reden, my Lady? Wenn es sich um eine wichtige Angelegenheit handelt, dann wären wir nicht gestört, und wir wären gern in deiner Gesellschaft, wenn es besprochen ist. Es ist schon zu lange her, seit jemand dich hat singen hören.«

»Eine Gnade, über die ihr euch alle freuen müßt«, gab ich zurück. »Aber ich glaube, diese Angelegenheit ist vertraulich – glücklicherweise für dich. Sonst würde ich vielleicht dein großzügiges Angebot annehmen und dein schönes Harfespiel dadurch verderben, daß ich versuche, eine Melodie dazu zu krächzen.«

Wir gingen die Halle hinunter, Gawain und ich. Gawain blieb in der Tür stehen und horchte, während sein Sohn zu singen begann. Gwyns Stimme hatte sich vom Quietschen eines Heranwachsenden zu einem tiefen Tenor umgewandelt. Er war jetzt fünfzehn und kein Kind mehr. Schon jetzt war er so hochgewachsen wie sein Vater. Gawain lächelte, warf noch einen Blick in die Halle und ging dann energisch hinaus in die Sonne. Ich folgte ihm.

Es war einer dieser Frühlingstage, bei denen man das Gefühl hat, als ob die Barrieren zwischen Welten gefallen wären und als ob Britannien zum Königreich des Sommers geworden wäre. Die Luft war weich und süß, das Gras unmöglich grün, und der Himmel wirkte lebendig vom Licht. Die Lerchen sangen, und selbst die paar Hühner, die in der Festung umherliefen, streckten sich und schlugen mit den Flügeln, als ob auch sie im Himmel schweben wollten. Meine Stimmung hob sich. Vielleicht irrte ich mich in dem, was Gawain wohl mit mir besprechen wollte. Aber als ich ein paar Takte von dem Lied summte, das er gerade in der Halle gespielt hatte, da schaute er mich scharf an.

»Cei war in der Halle«, sagte er, »also ist mein Haus leer, my Lady, wenn du Zeit hast für eine private Unterredung.«

»Danke, edler Herr«, antwortete ich und versuchte, wieder härter zu werden. »Gehen wir also dorthin.«

Er bot mir Wein an, als wir da waren, und ich nahm einen Schluck. Er schenkte auch sich einen Becher ein, stellte ihn aber unberührt auf den Tisch beim Feuer und saß einen Augenblick nur da und schaute mich mit dem gleichen dunklen, ernsten Ausdruck an.

»Also«, sagte ich und fühlte mich völlig leer und fast uninteressiert daran, wie es jetzt tatsächlich geschehen würde – jetzt, wo ein Freund mir die direkte Frage stellte. »Was gibt es?«

Er schaute schnell weg. »My Lady, letzte Woche, als mein Sohn und ich von unserer Reise nach Powys zurückkamen, stellten wir fest, daß in Camlann noch immer dieses neue Gerücht umgeht. Wir waren überrascht, daß es noch nicht entkräftet worden war, besonders nachdem Bedwyr deswegen einen Zweikampf ausgefochten hat.« Er hielt inne, schaute mich an und wartete. Ich sagte nichts, und nach einer Weile fuhr er fort. »Medraut kam zu mir und sprach unter vier Augen mit mir darüber. Er ist sehr befriedigt darüber. Er sagt, es sei wahr.«

»Jeder weiß, daß Medraut alle Gerüchte auf die Reise schickt«, gab ich zurück. »Warum solltest du diesem Gerücht besondere Aufmerksamkeit schenken?«

Er stand schnell auf und ging zur Tür, die wegen des besseren Lichts offen stand. Er lehnte sich an den Türrahmen und schaute hinaus auf die Mauern und die fernen Felder. »My Lady», sagte er mit tiefer, gequälter Stimme, »spiel mir nichts vor. Ich weiß, daß die Hälfte der Geschichte eine Lüge ist. Medraut hat das zugegeben. Aber er sagt auch, daß ein Teil davon nichtsdestoweniger die Wahrheit ist. Und ich kenne Bedwyr seit vielen Jahren, und ich weiß ... was möglich wäre. Und Medraut kann mir gegenüber nicht lügen.«

Ich hatte in meiner Phantasie diese Entdeckung schon tausendmal durchlebt, und die Wirklichkeit hinterließ in mir jetzt einfach ein müdes Gefühl oder – seltsamerweise – auch ein Gefühl der Erleichterung.

»Warum ist er zu dir gegangen und hat dir all das erzählt?« fragte ich. »Und warum sollte er unfähig sein, dich anzulügen?«

»Er kommt tatsächlich manchmal zu mir, um zu reden – wenn auch nur sehr selten. Du weißt das, my Lady. Ich bin der einzige, den er nicht belügen kann, und ich glaube, das gibt ihm irgendwie Erleichterung. Und ich kannte unsere Mutter genauso gut wie er. My Lady, ist die Geschichte wahr?«

Ich war still. Er drehte sich um und schaute mich an. Ich spürte, wie mein Gesicht langsam heiß wurde, und stand auf. »Ich möchte gehen«, sagte ich ihm.

»Nein, ich bitte dich, warte. My Lady, um der Freundschaft willen, die zwischen uns geherrscht hat, setz dich.«

Ich setzte mich wieder, und er ließ sich mir gegenüber nieder. Er wirkte sehr abwesend, sehr angespannt und unglücklich, und ich spürte etwas in der Leere, die in mir herrschte: Mitleid. Mitleid mit ihm und ein tieferes, quälenderes Mitleid mit Artus. »Es ist wahr«, sagte ich mit leiser Stimme. Ich nahm einen Schluck Wein. »Ich habe mit Bedwyr geschlafen. Der Rest – die angeblichen Intrigen und der Verrat – das ist falsch. Aber das andere ist wahr.«

Eine lange Minute war er still. Dann sagte er leidenschaftlich: »Du mußt es beenden!«

»O Gott!« antwortete ich. »Wenn wir nur könnten! Aber wir – ich bin nicht stark genug. Wir haben es versucht, aber es hat keinen Zweck. Wir brauchen einander.«

»Aber, my Lady – mein Herr Artus, dein Mann, weißt du, was das für ihn bedeuten wird, wenn er es herausfindet? Und weiterhin – du mußt doch wissen, daß die ›Familie‹ nie glauben würde, du wärest in dem einen schuldig und in dem anderen nicht. Die Männer werden sagen: ›Die Kaiserin und der ausländische Feldherr haben geplant, den gesetzmäßigen Kaiser zu stürzen!‹ Und damit werfen sie Ehebruch und Verrat in einen Topf. Wir werden dich verlieren, und Bedwyr. Und das Vertrauen in alle, die noch bleiben, wird auch verlorengehen – alles auf einen Schlag. My Lady, wie kannst du so etwas tun? Das ist die Bresche im Schilderwall, und Medraut weiß es. Er wird da angreifen, und unser Schutz wird sich auflösen wie Nebel vor dem Wind.«

Ich schaute den Tisch an, zog die Schultern hoch und fühlte mich gleichzeitig heiß und kalt. Mein Wein stand da, der bronzene Becher, auf den in Silber Vögel getrieben waren. Gawain hatte ihn von irgendeinem irischen König bekommen. Ich nahm ihn auf und trank ein wenig von dem Wein. Ich war zu angewidert von mir selbst, um zu sprechen. Ich sollte es beenden. Ich sollte Gawain sagen, ich würde es tun – morgen. Und dann würde ich sehen ... aber ich wußte, es war unmöglich. Ich konnte es nicht. Ich konnte mich danach sehnen, zur Sicherheit des Reiches und zu Artus' Glück – aber das war alles. »Mein Freund«, sagte ich, »die Liebe hat dich einmal zu einem Eidbrüchigen gemacht, und mir hat sie nicht weniger angetan. Ich kann nicht aufhören. Bitte versuch mich zu verstehen.«

»My Lady«, Gawain streckte die Hand aus und berührte meine Finger. Ich blickte auf. Das Elend war jetzt deutlich auf seinem Gesicht zu sehen, und die Abwesenheit verschwand. »Was kann man tun?«

»Du mußt es natürlich Artus sagen«, erwiderte ich, schluckte dann und räusperte mich, denn meine Stimme war rauh.

»Ich könnte dich nicht verraten.«

Das überraschte mich. Ich starrte ihn an und sah, daß er es ehrlich meinte. Das tat weh. »Du mußt«, wiederholte ich. »Es ist deine Pflicht deinem Herrn gegenüber. Und es ist besser, daß Artus es von dir erfährt als von Medraut und seinen Freunden. Es ist besser, daß er es unter vier Augen erfährt und daß er Schritte unternehmen kann, um die Auswirkungen zu mildern, die die Nachricht haben wird.« Er schaute mich weiterhin an, ohne mir zuzustimmen. »Gawain, es ist sicher, daß die Angelegenheit irgendwie mit der Zeit herauskommen wird. Wenn du sie nicht verrätst, dann wird ein anderer es tun. Und du könntest uns nicht schlimmer verraten, als wir uns selbst schon verraten haben.«

Er schüttelte den Kopf. »Ich bin dein Freund gewesen, hoffe ich, und deine Freundschaft hat mir viel bedeutet. Mein Sohn betet dich mehr an als die gesegnete Jungfrau. Und Bedwyr ist mir ein Bruder gewesen, seit ich nach Camlann gekommen bin, auch wenn er in den letzten Monaten Angst hatte, mit mir zu reden. Wie kann ich dich verraten und dir Unehre, Exil oder Tod bringen? Und wie könnte ich meinem Herrn erzählen, daß seine Frau und sein bester Freund ihm untreu sind? Wenn diese Angelegenheit sowieso entdeckt wird, dann soll sie entdeckt werden, ohne daß ich Verrat üben muß. Aber ich bitte dich, my Lady, wie du deinen Mann und deine Freunde und das Königreich liebst, beende diese Verbindung. Ich würde Bedwyr beschwören, aber wenn du mich kaum anhörst, dann weiß ich, daß er mich auch nicht anhören würde.«

Er war so verzweifelt, so eingefangen von seiner Liebe zu uns allen, daß ich sagte: »Ich will es versuchen.« Halb glaubte ich es selbst. Ich wünschte, ich wäre tot gewesen. Irgendwie nahm ich an, das wäre besser gewesen. Es wäre mit Sicherheit ein besseres Ende für unsere Probleme gewesen als die Entdekkung. Aber es gab blinde Hoffnungen und unmittelbare Notwendigkeiten, die mir jeden Tag gegenübertraten, und ich hatte nicht den Wunsch, mich umzubringen. Bedwyr und ich konnten vielleicht trotz allem die anderen mit Erfolg hinters

Licht führen, oder die Situation in Camlann besserte sich auch vielleicht, und wir konnten dann unsere Verbindung beenden.

Ich trank den Wein aus, versuchte mich wieder in die Gewalt zu bekommen und ging dann mit Gawain zurück zur Halle.

Ich hatte für diesen Nachmittag ein Treffen mit Bedwyr vereinbart. Camlann war groß, und viel Land lag eingeschlossen innerhalb seiner Mauern. Ein Teil dieses Landes war nicht bebaut, und ein paar verstreute Bäume, junge Eichen, Birken oder Eschen, zogen sich im Osten den Hang hinauf. Ich wußte, daß an diesem Nachmittag niemand seine Schweine oder sein Vieh dort hintrieb, und es gab einen Lagerschuppen, der an der Mauer angebaut war. Dort wollte ich Bedwyr treffen. Er war da, schon bevor ich angekommen war. Ich hörte ihn das Lied summen, das Gawain gespielt hatte, während ich den Hügel herabkam, und mein Herz hämmerte.

Bedwyr saß auf einem Baumstumpf vor dem Schuppen und hielt in der einen Hand die weiße Schwungfeder irgendeines Vogels. Er drehte sie hin und her. Er hörte meine Schritte in den Resten der Blätter des vergangenen Jahres und stand auf. Sein Gesicht erleuchtete sich von seinem warmen Lächeln. Der Wind wehte durch die Bäume, und die Sonne tanzte in den Zweigen, und ich wußte, es war hoffnungslos. Ich konnte ihm nicht einfach sagen, es sei vorüber, und dann wieder weggehen.

»Gawain weiß es«, sagte ich, während ich an ihn herantrat. »Aber er wird es niemandem sagen. Er will uns nicht verraten. Aber er bittet uns, ein Ende zu machen.«

Bedwyrs Lächeln verschwand. Aber schon legte er seine Arme um mich. Ich lehnte die Hand an seine Schulter. Ich fühlte die Sonne warm auf meinem Rücken und sehnte mich nach einem Augenblick des Lichts und der Freude unter den Schatten. »Wir müssen es beenden«, flüsterte ich.

»Wir müssen«, gab er zurück, aber keiner von uns bewegte sich.

7

Anfang Juni verließ Artus Camlann, um den König von Elmet zu besuchen, der sich mit dem König der Ostangeln stritt, aber nicht den Wunsch hatte, uns den Streit zur offiziellen Schlichtung vorzutragen. Bedwyr und ich waren wieder einmal mit der Verantwortung über die Burg allein, und überraschenderweise blieb auch Gawain. Artus wollte dem Krieger eine Ruhepause geben, und er hoffte, Gawain würde ein Auge auf seinen Bruder halten.

Die Spannung in der Festung wurde unerträglich. Einige von Medrauts Gefolgsleuten hatten vielleicht sogar den Verdacht, daß Bedwyr und ich vorhatten, die Macht zu ergreifen, während Artus unterwegs war. Jedenfalls gab es, kurz nachdem Artus abgereist war, einen Zweikampf, und einer aus der Gruppe unserer Getreuen wurde getötet. Sein Gegner war schwer verletzt, und wir ließen ihn zu Gruffydd bringen, damit er versorgt wurde. Danach brachen fast weitere Gewalttätigkeiten auf. Wo Gruffydds Sympathien lagen, das war überall gut bekannt, und viele der Männer glaubten, er würde den Verwundeten entweder vergiften oder ihn vernachlässigen und so sterben lassen. Am Ende schafften es Bedwyr und ich, die Angelegenheit ohne weitere Kämpfe zu schlichten – wir verkündeten, daß Artus den Mann nach seiner Rückkehr richten würde. Wir verbaten es Medrauts Partei, eine Wache aufzustellen, und wir erlaubten es den Freunden des Mannes, inoffiziell bei ihm zu bleiben, bis es ihm gut genug ging, daß er in das Haus eines Freundes getragen werden konnte. Wenigstens mußten wir ihn nicht wie einen Gefangenen halten. Er war viel zu krank, um zu fliehen. Dennoch wurde in der Burg geflüstert und gemurrt, und Bemerkungen wie »gerissene Hure« und »fremder Emporkömmling« waren hinter unserem Rücken zu hören. Es gab keine weiteren Zweikämpfe mehr, aber das beruhte größtenteils auf der Tatsache, daß die Anspannung so groß geworden war, daß die beiden Parteien einander nicht mehr einzeln oder zu zweien beleidigten. Der nächste Streit, das hatte ich im Gefühl, würde nicht nur in einem Duell enden, sondern in einem bewaffneten Konflikt überall in der Burg. Aber ich glaubte nicht, daß Medraut dafür schon vorbereitet war, also wartete ich wie er und schwieg.

Etwa zwei Wochen, nachdem Artus abgereist war, kurz bevor er wieder zurückerwartet wurde, ordnete ich an, daß ein Fest gefeiert wurde. Die Spannung war ein bißchen abgeebbt, und ich dachte, daß ein Fest mit Liedern über den alten Krieg vielleicht die Erinnerung an die alte Kameradschaft zurückbrachte und alle sich weiter beruhigten. Außerdem konnten die Frauen, da es ja ein privates Fest war, die Tische mit ihren Männern teilen und würden ohne Zweifel dazu beitragen, daß die Stimmung sich weiter lockerte.

Zuerst ging alles sehr gut. Cei hatte um die Erlaubnis gebeten, seine Geliebte, Maire, neben ihm sitzen zu lassen, und sie erschien auch in ihrem besten Kleid und behängt mit etwas geborgtem Schmuck. Sie war so aufgeregt wie ein kleines Kind und lachte entzückt über jede Kleinigkeit. Fast alle am Hohen Tisch fingen auch an zu lachen, und als das Mahl vorüber war, hatten wir schon mehrere alte Preislieder von Taliesin gehört. Es schien fast, als ob Medraut nie nach Camlann gekommen wäre, obwohl er schweigend in unserer Mitte saß. Auch die unteren Tische hallten von Gelächter und Witzen und von alten Schlachten, die noch einmal durchgekämpft wurden. Taliesin kam und setzte sich ans Ende des Hohen Tisches und lächelte, er sei müde vom Singen, und jetzt sei jemand anders an der Reihe. Gawain lachte und spielte irgendein irisches Lied über den Frühling, das er vor einer Weile in die britische Sprache übersetzt hatte. Dann bot er die Harfe Bedwyr an. Bedwyr war in außergewöhnlich guter Stimmung. Er nahm sie, lächelte und sagte: »Ich soll also als erster nach dir spielen und mich zum Narren machen? Warum gibst du das Instrument nicht an Cei weiter, damit er sich blamiert? Aber wenn ich muß . . .« Und dann spielte er einhändig ein Lied – ein lateinisches Gedicht, das ich gern mochte. Bedwyr hatte keine gute Stimme, aber sein Harfespiel war ausgezeichnet: Sparsam, schwierig, kraftvoll. Als er fertig war, bot er mir die Harfe an. Aber das Harfespiel gehörte zu den Dingen, die ich zugunsten des Lesens vernachlässigt hatte, als ich noch jung gewesen war. Also lehnte ich ab und gab statt dessen die Harfe Medraut, der zu meiner Linken saß.

Medraut nahm sie, lächelte mit aller Höflichkeit und fing an, das Präludium zur Geschichte von Blodeuwedd zu spielen – einem Lied über eine Ehebrecherin. Ostentativ warf er mir einen Blick zu, ehe er tatsächlich zu singen begann, schaute allerdings ungetrübt drein. Er machte eine Pause, gerade lange genug, daß jeder sie bemerkte, der zuhörte. Dann fing er an, etwas anderes zu spielen. Er machte das sehr geschickt. Es war eine Andeutung, die für jeden vollkommen zu durchschauen war, ohne daß er ein Wort sagte. Ich konnte nur ruhig dreinschauen und lächeln und so tun, als ob ich zu unschuldig wäre, um es zu bemerken.

Als Medraut mit seinem Lied zu Ende war und die Harfe Gwyn anbot, der nebem ihm saß, da nahm Gwyn das Instrument mit sehr ernstem Blick an. Er zupfte zögernd an den Saiten, als ob sie verstimmt wären, und blickte dann entschlossen auf. »Ich sehe nicht ein, warum du das erste Lied, das du angespielt hast, nicht zu Ende gebracht hast«, sagte er Medraut in klarer, tönender Stimme. »War die Harfe da zu falsch gestimmt?«

Medrauts Lächeln blieb unverändert, aber seine Augen glitzerten. Er hatte Gwyn leidenschaftlich gehaßt, von dem Augenblick an, als er erfuhr, daß der Junge der Sohn seines Bruders war und deshalb eher Haß als Verachtung verdiente. Zerstörerisch, wie Medraut war, hatte er offensichtliche Schwierigkeiten, diesen Haß zu verbergen. Gwyn machte natürlich keine fruchtlosen Versuche, seine Abneigung gegen Medraut zu verstecken, und zwischen den beiden herrschte eine eigentümliche Ehrlichkeit.

»Nein«, sagte Medraut. »Aber ich dachte, die Geschichte wäre zu lang, und außerdem wäre sie auch für die anwesende Gesellschaft nicht passend gewesen.«

Gwyn lächelte und zupfte noch ein paar Saiten. »Allerdings, du hättest uns alle damit gelangweilt – das Lied ist schon so oft gesungen worden, daß alle es auswendig können. Und passend ist es auch nicht, weil keine große Wahrheit darin liegt – ich habe neulich mit einem Priester gesprochen, einem gebildeten Mann. Der sagte, es sei eine heidnische Sage über die alten Götter, und es sei von vorne bis hinten falsch und übel.« Maire kicherte darüber, und einen Augenblick später klang wieder in Wellen das Gelächter von den Leuten herüber, die der Unterhaltung gefolgt waren. Gwyn schaute mich an, und sein Lächeln veränderte sich zu einem Ausdruck wunderbarer, geheimer Freude. Er teilte mit mir die Befriedigung darüber, daß Medraut beschämt worden war.

Ich lächelte zurück. Ich liebte den Jungen. »Spiel das Lied, das du neulich in der Halle gespielt hast«, schlug ich vor. »Es hatte eine wunderschöne Melodie, aber die Worte konnte ich damals nicht richtig verstehen.«

Gwyn errötete leicht. »Ach, das Lied. Es ist nichts Besonderes – aber da du mich darum bittest, my Lady, will ich es singen.«

Aus seinen Worten entnahm ich, daß er das Lied selbst komponiert hatte, und versuchte wieder ernsthaft und aufmerksam dreinzuschauen. Gwyn spielte ein kurzes Präludium und sang:

Sag, wohin gehst du? Erwacht nicht der Weißdorn?
Hoch an den Hügeln schlagen die Amseln,
breit rinnt der Bach in seinem Bette,
während der Seewind weit über Wogen
schwarzrückige Schwalben schickt aus dem Süden!
Sag, wohin gehst du?

Ich geh nach Osten, reit zu den Orten,
wo weiß vom Winter die Wasser wallen,
hastige Wasser, frisch über Felsen
wild in die Wirbel des freien Flusses,
der sich breit unter wehenden Wolken
wälzet nach Osten . . .

Ich geh, zu kämpfen, kann nicht verweilen!
Leicht flieht das Leben, flüchtig wie Frühling,
schneller als Glanz auf glitzernden Wellen.
Was also warten wir auf den Mittag,
beklagen den Tod wir wohl vor dem Winter?
Bald kommt die Kälte, kein Lenz währt für immer.

Es war in der Tat eine wunderschöne Melodie, durch die eine seltsame Tonfolge lief, die einem unerwartet wieder durch den Kopf ging, wenn man sie schon für vergessen hielt. Cei allerdings, der neben Gwyn saß, nahm die Harfe mit einem Schnaufen, als der Junge zu Ende gesungen hatte.

»Du bist mir aber einer, daß du schon vom Tod singst, kleiner Welpe«, sagte er. »Du bist ja noch nie nach Osten geritten, um dich den Sachsen gegenüberzustellen, und möge Gott geben, daß du es auch niemals brauchst. Es wäre eine verdammte Schande für einen Dichter schöner Lieder, durch ein sächsisches Schwert zu sterben.«

Gwyn lächelte. »Ich hoffe, daß der Sachse sterben würde, und nicht ich. Sing du selbst ein schönes Lied, edler Cei.«

Gerade, ehe Cei anspielen konnte, beugte sich Medraut über den Tisch nach vorn und unterbach. »Wir brauchen wohl keine Angst zu haben, daß du von einem Sachsen getötet wirst, Neffe. Ich glaube nicht, daß du von einer Schlacht viel mitkriegen würdest.«

Cei antwortete darauf, ehe Gwyn es tun konnte. »Was meinst du damit?« fragte er in dem Tonfall höflicher Neugier, die bei ihm immer andeutete, daß er Streit suchte.

Medraut lächelte verächtlich. »Selbst wenn unser junger

Held in die Schlacht reiten würde oder wenn er in einem Zweikampf irgendeinen Streit ausfechten wollte – glaubst du wirklich, daß sein Vater es ihm erlauben würde, die zarten Glieder unter feindlichen Schwertern in Gefahr zu bringen? O nein! Selbst wenn mein Bruder in den Klauen seines berühmten Schlachtenwahnsinns steckt, würde er vor väterlicher Angst zittern und die Ehre vom Schlachtfeld verjagen.«

Gwyn wurde bleich. Seine Augen glänzten. Gawain unterbrach sofort: »Du irrst dich sehr, Bruder. Weder würde ich meinem Sohn befehlen, ein Feigling zu sein, noch würde er sich, wenn ich es täte, so etwas befehlen lassen. Ich habe gesehen, wie meine Freunde in der Schlacht getötet wurden, und ich weiß gut genug, daß man manche Schmerzen ertragen muß.« Es entstand eine Pause, und Medraut und Gawain beobachten einander mit äußerlicher Ruhe; aber darunter war zu spüren, daß sie einander völlig durchschauten und daß sie unversöhnliche Gegner waren. »Natürlich«, fuhr Gawain in einem Tonfall fort, der für die gespannte Stimmung zu lässig war, »wenn mein Sohn durch einen Trick oder durch Gewalt in einen Streit verwickelt würde oder wenn er durch Verrat ermordet würde, dann wäre das etwas ganz anderes. Tod in einem Kampf unter Gleichen muß getragen werden, wie man den Tod durch Flut oder Fieber erträgt. Aber die Gesetze versprechen denen Gerechtigkeit, denen man Übles angetan hat, und um Gerechtigkeit in solch einem Fall zu erlangen, würde ich bis ans Ende der Welt gehen. Ich würde keinen Blutpreis nehmen und kein Leben auf der ganzen Welt schonen, auch wenn man mich darum bittet oder wenn man es von mir verlangt. Und das ist nur recht in Fällen von Betrug oder Verrat – aber in der Schlacht muß man der eigenen Fertigkeit vertrauen und Gottes Gnade.«

Medraut senkte den Blick. Aber Gawain fuhr fort, ihn ohne mit der Wimper zu zucken anzustarren. Gwyn sah auch unruhig zu. Seine Hand glitt durch seinen Schwertgurt und ruhte neben dem Heft seines Schwertes. »Natürlich«, sagte Medraut mit leiser Stimme. »Alle kennen deine leidenschaftliche Liebe zur Gerechtigkeit – selbst der Gerechtigkeit für eingebildete Verbrechen, Bruder. Und natürlich ist dein Sohn in der Lage, sich selbst zu verteidigen. Darin gleicht er dir – wie auch in anderen Dingen.« Er blickte wieder auf, und seine blassen Augen glänzten bösartig.

»In welchen anderen Dingen?« wollte Gwyn wissen.

Medraut lächelte grausam. »Nun, ihr habt beide eure Heimat und eure Sippe verlassen – ihr habt beide eure Mutter angefeindet, als ob sie eine Fremde gewesen wäre, und ihr habt sie beide allein sterben lassen.«

Gwyns Hand schloß sich um das Schwert. Er wollte aufspringen. Medraut fügte sofort hinzu: »Aber natürlich habe ich davon keine Ahnung. Und das Gesetz erlaubt es mir nicht, mit meinen Sippengenossen zu streiten oder Zweikämpfe mit meinen eigenen Blutsverwandten auszufechten. Ihr Herren, my Lady, unverständlicherweise werde ich plötzlich müde. Ich hoffe, ihr wollt mir die groben Worte verzeihen, die ich vielleicht gesprochen habe, und mich für den Rest des Festes entschuldigen. Gute Nacht.«

Er stand auf und verließ die Halle. Während er ging, erhob sich auch eine Anzahl anderer Krieger. Die Männer schauten verwirrt und überrascht drein und eilten hinter Medraut hinaus. Cei, der noch immer die Harfe hielt, spuckte über ihren Rückzug verächtlich aus. »Ist ihm tatsächlich doch einmal die Geduld gerissen«, bemerkte er. »Na, jetzt sind wir sie gut los.« Er schlug ein rauhes Marschlied an. Gwyn saß da und schaute hinter Medraut her. Er umkrampfte mehrmals das Heft seines Schwertes. Dann wandte er den Kopf ab. Gawain betrachtete ihn schweigend und mit Besorgnis.

Als das Fest vorüber war, stimmte ich nicht mit Ceis Ansicht überein, daß Medraut einfach in Wut geraten war, als er einem Zweikampf mit Gwyn so nah gewesen war. Sicher, er haßte den Jungen und konnte seinen Haß nicht verbergen. Aber Medraut sagte oder tat selten etwas, das nicht von seiner persönlichen Politik diktiert wurde. Ich konnte das alles nicht ganz glauben. Ich hatte nie das Gesicht hinter der goldenen Maske gesehen, und ich glaubte auch nicht, daß ich es jetzt gesehen hätte. Wenn Artus dagewesen wäre, dann hätten wir stundenlang über das gesprochen, was passiert war. Irgendwie freute ich mich darüber, daß er abwesend war und daß ich nicht mit ihm darüber sprechen mußte. Aber die reine Gewohnheit, die mit diesen Unterhaltungen verbunden war, ließ mich nicht zur Ruhe kommen. Das Haus schien mir sehr kalt und leer ohne meinen Mann, der am Schreibtisch saß und darauf wartete, daß ich hereinkam. Durch die angespannte Stimmung und die viele zusätzliche Arbeit hatte ich in den letzten Tagen nicht viel Zeit hier verbracht, und so war das Haus sauber geputzt und ohne jeden Charakter wie eine Gästeunterkunft. Ich setzte mich auf das Bett, löste mein Haar und kämmte es aus. Dann fand ich, daß ich zu angespannt war und Artus zu sehr vermißte, um mich hinzulegen und auszuruhen. Ich ging ins Besprechungszimmer und schaute mir ein paar Papiere auf dem Schreibtisch an. Aber ich konnte mich nicht konzentrieren. Ich saß da und starrte die Lampe an, bis alles um das Blau ihrer Flamme herum schwarz war, und ich dachte über die Szene nach, die gerade vergangen war, und über andere Szenen, und ich konnte keine Schlüsse daraus ziehen. Ich löschte die Lampe und ging dann zur Tür. Draußen ragte die Halle schwarz und hoch neben dem Haus auf und verdeckte den Mond. Hinter ihrem Schatten lagen klar und offen die Wiese, die Pfade, die rundlichen Formen der Häuser. Sie wirkten im schwachen Mondlicht wie farblos gebleicht. Aber aus Bedwyrs Haus drang ein wärmerer Glanz. Das Butterblumengelb einer Lampe. Bedwyrs Diener schlief jetzt in seinem eigenen Haus, und niemand sonst war da. Ich blieb einen Augenblick stehen und schaute hin. Dann ging ich hinaus und schloß die Tür hinter mir.

Bedwyr saß auf der Schwelle seines Hauses, starrte den Mond an und sang sehr leise:

> Sie ist mein Herz und mein Geheimnis,
> duftende Blüte des Apfelbaums ...

Er sah mich und hörte auf zu singen. Er erhob sich, trat aus dem Lampenlicht hinaus in den Mondschein, und der Mond machte ihn so bleich wie den Tod. »Ich habe mich schon gefragt, ob du kommen würdest«, sagte er. »Schön, daß du da bist.«

Der Mond hatte eine Kälte auf mein Herz gelegt, und ich zog ihn aus dem kalten Licht ins Haus. Er schloß die Tür. Das Feuer brannte hell auf dem Herd, und die Lampe warf einen sanften dämmrigen Schein durch das einfache Zimmer, über das Regal mit Büchern und die silberne Weinkanne mit den beiden Bechern, die auf dem Tisch standen. Bedwyr lächelte mich an und schenkte mir Wein ein. Während er mir den Becher reichte, sagte er: »Ich dachte mir, daß du kommen würdest, my Lady. Dein Haar ist so sehr schön.«

Ich lächelte zurück und schob mir eine Strähne aus dem Gesicht. »Du kennst mich also gut, Herr. Was meinst du, was Medraut damit erreichen wollte?«

Er lächelte noch einmal, während er mit dem Becher in der anschaute. »Ich habe gut geraten, daß du das fragen würdest. Ach, Gwynhwyfar, ich weiß es auch nicht. Ich glaube, dieses eine Mal ist er einfach nur wütend geworden. Er hat genausoviel Grund, angespannt zu sein, wie wir. In letzter Zeit hat er es nicht geschafft, weiter an Boden zu gewinnen, jetzt, wo es einfach nur noch darum geht, wem man folgen sollte – ihm oder unserem Herrn, dem Kaiser.«

»Aber seine Gefolgsleute sind ihm jetzt noch viel ergebener.«

»Richtig. Aber die Gruppe ist kleiner, als er gehofft hatte.«

»Dennoch wollte er . . . irgend etwas. Ich glaube nicht, daß er nur wütend geworden ist. Dazu ist er viel zu gerissen.«

»Vielleicht. Aber Gwyn erfüllt ihn mit Besorgnis und Zorn, noch mehr als Artus, obwohl er unseren Herrn mehr haßt. Und Gawain sagt, daß er ehrlich mit ihm ist. Da könnte er sehr gut wütend werden.«

Ich setzte mich ans Schreibpult und nippte den Wein. Im Zimmer war es warm, und es war tröstlich, zu reden, verstanden zu werden, nicht allein zu sein. »Er könnte – aber jetzt habe ich auch Angst um Gwyn. Ach, ich weiß ja, Medraut kann selbst keinen Streit mit Gwyn anfangen. Das Gesetz würde es ihm nicht erlauben, gegen seinen eigenen Neffen zu kämpfen. Aber er könnte einen seiner Gefolgsleute dazu überreden. Und Gwyn ist verletzt und zornig, und man hat ihn damit gereizt, daß er sich hinter seinem Vater versteckt. Er könnte sehr leicht zu einem Kampf provoziert werden. Will Medraut ihn vernichten? Fürchtet er die Tatsache, daß Artus Gwyn wohlgesonnen ist?«

Bedwyr schüttelte den Kopf. »Der Junge ist ja auch nicht völlig hilflos, my Lady. Schon jetzt ist er vielen Männern gewachsen, wenigstens zu Pferde. Außerdem ist er beliebt. Solch ein Streit würde Medraut wenig Gutes bringen. Und Gawain hat es deutlich gemacht, wie er einen solchen Streit ansehen würde. Ich glaube nicht, daß irgend jemand sich Gawain zum Feind wünscht. Sei ganz sicher – ich glaube nicht, daß Gwyn in Gefahr ist. Und, Taube meines Herzens, wenn an der Angelegenheit doch mehr dran ist, dann wirst du es nicht finden, indem du die Oberfläche ankratzt.«

»Nein«, sagte ich. Ich stellte fest, daß ich ihn im warmen Lampenlicht musterte – das dunkelbraune Haar, vom Grau noch unberührt, die ernsten Augen unter den geraden Augenbrauen, die Reste eines Lächelns, das sich um seine Mundwinkel eingegraben hatte. Liebe war wie etwas Festes, scharfkantig und schmerzhaft, und schnitt mir ins Herz. Wir hatten beide gewußt, daß ich nicht nur gekommen war, um über die Schrekken der Welt und die Labyrinthe der Intrigen und der Politik zu reden. Wir wollten uns beide von all diesen Dingen für kurze Zeit losmachen, wir wollten zusammen allein in unserer privaten Welt sein. Jetzt blühte diese Welt um uns. Bedwyr stellte seinen unberührten Becher Wein hin, kam nach vorn und bückte sich. Er küßte meine Augenlider. Er drehte sich mein Haar um die Finger und küßte mich noch einmal. Ich stellte meinen Becher hin, stand auf und preßte mich an ihn. Man kann sich in der Liebe verlieren; man kann die eigene

Identität, die Bindungen, die Verantwortung und alles vergessen. In der Liebe kann man alles verleugnen, was man ist und meint, denn alles wird nichts, wird zu einer anderen Welt, zu einem Traum. Bei Bedwyr war ich einfach Gwynhwyfar, nicht die Lady oder die Kaiserin, nicht alt und beladen mit Sorgen und Banden, und außerhalb der lampenerleuchteten Wände seines Hauses war nichts. Er löste die Bänder an meinem Kleid und zog mich auf das Bett hinab.

Und dann zerbrach unsere Welt in tausend Stücke.

Die Lampe und das Feuer flammten auf, flackerten von einem plötzlichen Windstoß, und der kalte Geruch der Nacht kam herein. Ein Ruf schallte, weitere Rufe. Bedwyr rollte von mir herunter und stand auf. Er packte das Schwert, das neben dem Bett lag, und duckte sich zwischen mir und der Tür. Ich setzte mich auf, versuchte voller Verwirrung, mein Kleid zurückzuziehen, und hörte Medrauts Stimme, die triumphierend rief: »Sie ist da! Seht!«

Das Licht flackerte wie wahnsinnig. »Was willst du hier?« wollte Bedwyr wissen. »Geh hinaus! Oder soll ich dich umbringen, wie ich Ruadh umgebracht habe?«

»Wer ist die Frau, die bei dir ist?« schrie eine andere Stimme. »Warum versteckst du sie?«

Schritte drängten vorwärts; Bedwyr trat gegen das Bett zurück und schüttelte die Scheide von seinem Schwert. Das blendende Feuerlicht fing sich im Stahl und ließ ihn flammen wie die Sonne. »Entwaffnet ihn!« rief Medraut. »Er ist des Verrats schuldig!«

»Mörder! Usurpator! Verräter!« schallten andere Stimmen. Stahl blitzte.

Ich warf die Decke ab und stand auf. Ich schob mich an Bedwyr vorüber. Im Raum wurde es plötzlich sehr still. Ich schüttelte das Haar aus den Augen und zog mein Kleid hoch.

Ungefähr ein Dutzend Männer drängten durch die Tür herein, und Medraut war an ihrer Spitze. Sein Auge war vom Triumph gerötet, und er hatte das Schwert gezogen. Ich ließ meine Blicke über ihn und seine Zeugen gleiten und sah Gwyn in der vordersten Reihe. Er hatte ein weißes Gesicht vor Schrecken, und es war ein Schrecken, der auch mich sofort traf, so daß ich mir wünschte, ich könnte in die Erde versinken. Als mein Blick Gwyns Augen begegnete, wurde er purpurrot und versuchte, durch die hereindrängenden Menschen wieder rückwärts hinauszugehen. Aber er konnte es nicht. Ich schaute weg, sah noch ein paar entsetzte, bekümmerte Gesichter in der Menge, Männer, die meine Freunde gewesen waren, die mich geehrt hatten. Medrauts Plan war mit Sorgfalt durchgeführt worden. Ich hatte sie verraten, und jetzt, wo ich es sah, war ich so krank vor Scham, daß ich einen Augenblick lang nicht sprechen konnte. Ich schaute wieder Medraut an.

»Du hast mit ihnen gewettet, daß ich hier sein würde«, sagte ich, verblüfft darüber, daß ich meine Stimme beherrschte. »Und die Gruppe, die dir folgt, hat lauthals behauptet, ich wäre schuldig, und meine Freunde, daß ich unschuldig wäre. Dann habt ihr euch darauf geeinigt, es nachzuprüfen. Und du hast diese Prüfung vorgeschlagen, wie du es schon die ganze Zeit tun wolltest. Nun, du hast gewonnen. Aber«, ich schaute zu Gwyn und den anderen hinüber, »nicht alles an deiner Geschichte ist wahr, nicht alles, wenn auch dieser Teil stimmt.«

Die Röte verschwand langsam aus Medrauts Gesicht. Er spuckte aus. »Du lügnerische, verfluchte Hure!« sagte er. »Tust du noch immer unschuldig?«

Bedwyr trat neben mich – nur sein Schwertarm, der sich hob und die Waffe im Winkel vor sich hinstreckte, war angriffsbereit. Ich nahm seinen Arm und preßte ihn. Ich spürte, wie sein Blick verwirrt auf mir lag, aber ich wollte ihn nicht anschauen. »Ich bin des Ehebruchs schuldig«, erklärte ich ihnen allen. »Aber vor Gott, dem Herrn des Himmels und der Erde, sind wir beide unschuldig an dem anderen Verrat, den das Gerücht uns zuschreibt. Wir haben niemals unserem Herrn Artus oder seinem Reich Böses gewünscht, und wir haben nie geplant, die Macht für uns selbst zu gewinnen. Jetzt könnt ihr uns mitnehmen und bestrafen, wie ihr wollt, denn wir verdienen alles, was ihr uns antun wollt, das streite ich nicht ab. Aber, meine

Freunde, wenn ihr mich je im Leben angehört habt, dann hört mich jetzt an: Medraut ap Lot plant den Untergang für uns alle, und wenn ihr ihm früher mißtraut habt, dann mißtraut ihm jetzt noch mehr. Laßt mich jetzt zurück zu meinem Haus gehen, damit ich den Urteilsspruch von meinem Herrn, dem Kaiser, erwarten kann.«

Medraut versuchte, auf mich loszustürzen und mich zu schlagen, aber einer seiner Freunde hielt ihn zurück. Seine Eleganz und sein verächtliches Lächeln waren verschwunden. Er hatte jetzt ein rotes Gesicht, war zornig und aufgeregt, war mir völlig fremd. »Die Lügnerin, die ehebrecherische Verräterin!« zischte er und spuckte uns an. »Wir haben sie beide erwischt, auf frischer Tat, wie sie einander in den Armen lagen und keuchten und ihren wahren Herrn betrogen, und noch immer ist sie hochmütig!«

Medrauts Freunde stießen ein Gebrüll aus und drängten nach vorn. Ich ließ Bedwyrs Arm los und ging auf sie zu. Ich wagte es nicht, Bedwyr anzuschauen. Seine Leidenschaft hatte ihn wieder betrogen, und ich wußte, daß er bereit war, gegen sie zu kämpfen und ohne Zweifel im Kampf gegen sie zu sterben. Aber das war das letzte, was wir tun sollten. Wir mußten unser Urteil abwarten, verurteilt werden für das, was wir getan hatten, und überall in der Burg mußte man die wahre Geschichte erfahren, so daß die Leute wußten, daß weiter nichts geschehen war. Ich war wieder ich selbst, war wieder das, was die Natur und der Zufall und die Zeit und die Macht aus mir gemacht hatten. Ich konnte klar denken. Als ich bei Medraut angekommen war, traten seine Gefolgsleute ein bißchen zurück und starrten mich an. Sie haßten mich, aber ich wußte: Ich konnte befehlen, und sie würden gehorchen.

»Ich muß jetzt eure Gefangene werden«, sagte ich, »wie auch der Herr Bedwyr. Wo ist Cei?«

Ein Gemurmel. »Wir nehmen dich gefangen!« sagte Medraut scharf.

»Cei ist der Befehlshaber der Fußtruppen, er hat den höchsten Rang nach Bedwyr und mir. Jetzt ist er notwendigerweise

Befehlshaber dieser Burg und nicht du, Medraut ap Lot. Er soll dafür sorgen, daß wir bewacht werden – oder hältst du ihn auch für einen Verräter? Sag mir, Medraut – schlafe ich deiner Meinung nach auch mit ihm? Du hast so viele Lügen um mich herum gewunden, daß ich sie einfach nicht alle im Kopf behalten kann.«

»Du . . . du arrogante, unverschämte . . . willst du abstreiten, kannst du abstreiten, bei was wir dich ertappt haben?«

»Ich bin in einem schuldig, aber nur in einem. Oder, wenn es mehr gibt, dann soll mein Herr darüber entscheiden, und nicht du. Laß mich jetzt zurück zu meinem Haus, und warte auf seine Rückkehr. Ich bin gewillt zu sterben, wenn er das will. Aber ich schwöre es noch einmal vor euch allen, daß ich nie gewünscht oder gehofft habe, daß irgendein anderer an seiner Stelle den Purpur tragen soll. Ich war schwach, ich sehnte mich nach Trost, und Herr Bedwyr hat ihn mir gegeben. Das war alles. Jetzt aber wißt ihr genausogut wie ich, daß ihr nicht über uns richten könnt. Ihr könnt nur darauf warten, daß der Kaiser zurückkehrt.« Hinter mir hörte ich einen leisen Plumps, und meine Knie gaben vor Erleichterung fast nach. Bedwyr hatte sein Schwert beiseite geworfen. Ich fuhr zuversichtlicher fort: »Du, Rhuawn, und du, Goronwy, ihr könnt kommen und mich bewachen, damit ich mich nicht in meiner Verzweiflung noch vor dem Morgen aufhänge, was Medraut ohne Zweifel befürchtet. Will jetzt jemand Cei holen?«

»Ich . . . ich hole ihn«, sagte Gwyn. »Und ich hole auch meinen Vater.« Er drehte sich um, schob sich durch die anderen und war verschwunden.

Medraut starrte mich mit leidenschaftlichem Haß an. »Du gibst noch immer Befehle? Das wird sich bald genug ändern.«

Ich sagte nichts. Ich ging nur auf die Reihe der Männer zu, und sie machten mir Platz. »Gwynhwyfar«, sagte Bedwyr hinter mir. Ich drehte mich um und sah, daß er vor der dunklen Ecke mit dem unordentlichen Bett stand und daß sein Schwert vor seinen Füßen brannte. Seine Hand hob sich mir entgegen, und in seinen Augen lag Schrecken und Verzweiflung.

»Wir wußten doch, daß es so kommen würde«, sagte ich ihm.

Er nickte und senkte die Hand. »Denk an das, was ich dir gesagt habe«, flüsterte er. »Es ist meine Schuld.«

Ich antwortete nicht. Ich wandte mich wieder der Tür zu. Rhuawn und Goronwy traten aus der Gruppe der anderen heraus und folgten mir nach draußen. Ich hatte sie sorgfältig ausgesucht, einen aus jeder Gruppe. So waren beide zufrieden. Aber mein klarer Kopf, die erregende Freude darüber, daß ich endlich ehrlich mit Medraut hatte reden können, verging, als ich durch die Tür trat und Bedwyr zurückließ, damit er auf die Wache wartete, die Cei ihm schicken würde. Dann schluckten mich die Tiefe meiner Schande, meiner Demütigung, und der Schrecken und die Angst vor der Zukunft. Ich wünschte mir, ich würde in dieser Nacht sterben und weder Artus noch den Tag jemals wiedersehen.

Ich sah Artus auch nicht, als er nach Camlann zurückkehrte und hörte, was passiert war. Gawain und Cei erwarteten ihn am Tor und unterrichteten ihn darüber. Zuerst weigerte er sich, es zu glauben. Aber als er sah, daß es seine Richtigkeit hatte und daß niemand es abstritt, da befahl er allen, ihn allein zu lassen. Als sie zögernd gehorchten, wendete er sein Pferd und ritt im Galopp von Camlann fort. Er kehrte erst am Mittag des nächsten Tages zurück. Dann ging er, noch immer staubbedeckt von seinem Ritt, zu Gawain und besprach mit ihm die Situation und wie man sie am besten anpacken konnte. Danach besuchte er zusammen mit Gawain Bedwyr, der unter Wachen in seinem eigenen Haus gefangengehalten wurde.

Es war Gawain, der mir das alles erzählte. Er war sofort gekommen, als Gwyn ihm von unserer Entdeckung berichtete, und er sagte kein einziges tadelndes Wort. Statt dessen besprach er sofort mit mir, wie man am besten gegen Medrauts Beschuldigung des Verrats angehen konnte. Er und Gwyn besuchten mich während der nächsten Woche immer wieder und informierten mich von den Ereignissen. Sie halfen mir zu planen und brachten mir die Listen und Papiere, um die ich bat –

denn ich war entschlossen, alles in der Burg in guter Ordnung zu hinterlassen.

»Hat Artus lange mit Bedwyr geredet?« fragte ich Gawain voller Sorgen.

Der Krieger schüttelte den Kopf. »Nein. Im Gegenteil, er hat kaum mit ihm gesprochen. Er kam ins Haus, und Bedwyr ist vor ihm auf die Knie gefallen und hat den Kopf gesenkt. Artus sagte nur: ›Erzähl mir, was geschehen ist, aber nicht mehr‹, und Bedwyr sagte: ›Es war meine Schuld, Herr, und es schmerzt mich bitterlich.‹ Artus sagte: ›Nur die Geschichte.‹ «

»War er zornig?«

»Nicht zornig. Er schaute Bedwyr an, als ob er ihn noch nie gesehen hätte. Ich habe dir gesagt, my Lady, wie es ist: Artus ist wie ein Mann, der nach einer großen Schlacht wieder zu sich kommt – wie betäubt. Er weiß weder, was er getan hat, noch was er tun wird. Bedwyr kniete vor ihm, und seine Finger krallten sich in den Staub des Fußbodens. Er hatte Angst aufzuschauen, und mein Herr Artus hat ihn nur betrachtet, wie er vielleicht ein Tier betrachten würde. Er hat versucht, zu verstehen, was das Tier will. Dann erzählte Bedwyr, er hätte dich verführt, nachdem ... nachdem du den Anschlag auf das Leben meines Bruders verübt hattest, als du krank und unglücklich warst. Er sagte, er hätte dich schon lange Zeit vorher geliebt. Und er sagte auch, du hättest oft versucht, das Verhältnis zu beenden. Er hätte dich aber immer dazu gedrängt, es fortzuführen – ist das wahr, my Lady?«

»Er übertreibt, um sich selbst die Schuld zuzuschieben. Ja, das mit der Zeit stimmt, und vielleicht auch die Art, wie die Dinge liefen. Aber er verdreht alles, um mich zu entschuldigen.«

Gawain schaute mich einen Augenblick lang genau an. Dann zuckte er die Achseln. »Er hat all das Artus erzählt, ohne aufzublicken. Er schaute ihn erst am Ende an. Dann hob er den Kopf, und sie musterten einander lange Zeit. Dann sagte Bedwyr: ›Aber du warst derjenige, den sie liebte. Nur – du hast mehr von ihr verlangt, als ein Mensch geben kann. Niemand kann immer nur ein Herrscher sein, immer stark, noch nicht einmal du oder sie. Ich habe sie bedrängt, sich ein bißchen an mich anzulehnen. Das war meine Schuld. Bestraf sie nicht dafür. Und, Herr, in allem anderen bin ich immer dein Diener gewesen – dieser Verrat ist für mich auch bitter.‹ Artus sagte nichts. Er deutete mir nur mit einer Handbewegung an, ihm zu folgen, und ließ Bedwyr auf den Knien liegend zurück.«

»Will Artus auch hierher kommen?« fragte ich sehr ruhig. Ich hatte Angst, meine Stimme zu heben. Ich hatte Angst, sie könnte von Hoffnung oder Angst falsch klingen. Ich hatte das Bedürfnis, ruhig zu bleiben.

Gawain zögerte. Dann schüttelte er den Kopf. »Ich weiß es nicht. Aber ich glaube nicht, daß er das vorhat. Er schläft jetzt in meinem Haus und will dort bleiben, bis zur Verhandlung. Er hat niemandem erzählt, was er davon hält oder welche Pläne er hat. Aber ich glaube nicht, daß er dich sehen will.«

Und er sah mich auch erst am Tag der Verhandlung. Sie fand statt etwa eine Woche nach der Entdeckung. Sie wurde in der Halle abgehalten, vor allen Einwohnern von Camlann und vielen Außenstehenden.

Am Morgen der Verhandlung kleidete ich mich besonders sorgfältig, als ob ich an einem großen Fest teilnehmen müßte. Einerseits tat ich das aus einer mutigen Stimmung heraus und andererseits, um den Zuschauern etwas zu beweisen. Ich riß die purpurnen Fransen von meinem besten Kleid ab, dem Gewand aus weißer Seide, das die lange Straße von Rom hierhergereist war. Die Seide war schwer zu zerreißen, und an den Kanten blieben zottige, herabhängende Fäden aus Purpur und Gold zurück. Ich trug keinen Schmuck, und ich nahm den Siegelring vom Finger und wickelte ihn in die Streifen aus gold- und purpurfarbener Seide ein. Dann steckte ich mir das Haar mit einer Kette aus römischen Glasperlen auf, die ich als Mädchen neben der Römischen Mauer gefunden und die ich getragen hatte, als ich nach Süden, nach Camlann ritt. Ich war überrascht, als mein Gesicht im Spiegel ziemlich genauso wie immer aussah. Noch vor einer Woche war der Purpur fast ein

Teil von mir gewesen, und jetzt stellte ich weniger dar als damals, als ich zum erstenmal nach Camlann kam. Ich hatte keine Hoffnung mehr auf die Macht und keine Sippe, zu der ich zurückkehren konnte. Selbst meine Kleidung gehörte der Kaiserin, die ich nie mehr sein würde. Ich hatte nicht mehr als mich selbst und was immer mein Herr mir in Zukunft gab.

Die Wachen klopften an die Tür. Ich legte den Spiegel beiseite und ging mit ihnen in die Halle.

Sie war voller Männer – sie quoll fast über. Keine Frauen waren anwesend, denn die Gesetze sind Angelegenheit der Männer. Als ich durch das große Tor eintrat, stieg ein Gemurmel auf, und ich konnte sehen, wie die Leute in der hintersten Reihe den Hals reckten, um mich besser sehen zu können. Ich hatte mich entschlossen, meine Erniedrigung in Demut zu tragen, da sie verdient war. Aber nichtsdestoweniger stellte ich fest, daß ich jetzt, wo es darauf ankam, stolz und zornig war. Ich hielt mich sehr gerade und ging langsam den langen Weg hinauf zum Tisch. Sie hatten die Fackeln angezündet, obwohl es Tag war, und die Strahlen des Sonnenlichtes, die durch die Balken hereinfielen, waren blau vom Rauch. Es war heiß, sowohl von der Wärme des Tages als auch von den dichtgedrängten Körpern in der Halle, und während ich ging, fühlte ich mich schwindelig. Die Gesichter in der Menge trugen keine Züge. Ich konnte das Glitzern der Waffen und Rüstungen sehen, das Weiß der Schilde, die an den Wänden aufgehängt waren, aber ich erkannte keine Freunde. Am anderen Ende der Halle, sitzend am Hohen Tisch, thronte eine Gestalt wie eine Statue. Sie wirkte unbeweglich in der Hitze und dem rauchigen Licht. Artus trug den Purpur und einen Halsreifen aus schwerem Gold, und seine rechte Hand ruhte auf der Rolle mit den Beweisen, die vor ihm auf dem Tisch lag. Das Licht brannte purpurn in dem Juwel seines Siegelrings. Sein Gesicht wirkte wie aus Stein geschnitten, und als ich herantrat, schauten seine Augen durch mich hindurch. Er begegnete weder meinem Blick, noch beantwortete er ihn, genausowenig wie die Augen eines Kaisers auf einem Mosaik.

Bedwyr stand schon vor Artus, und ich warf ihm einen Blick zu, während meine Wachen mich zu einem Platz an seiner Rechten brachten. Er sah erschöpft aus, sein Gesicht wirkte müde um den harten Schmerz in seinen Augen, und in seiner dunklen Kleidung, ohne alle Waffen und Ehrenzeichen, wirkte er eher wie ein armer Mönch als wie ein Feldherr. Er schaute mich kurz an, und etwas sprang in seinem Blick auf – Mitleid, Bedauern oder Liebe, das konnte ich nicht feststellen, denn er schaute sehr schnell wieder weg. Unsere Wachen stampften mit den Schäften ihrer Speere auf den Fußboden, und die Verhandlung begann.

Artus erhob sich und nahm die Rolle mit den Beweisen auf. »Bedwyr, Sohn den Brendan, früherer Feldherr dieser ›Familie‹, und Gwynhwyfar, Tochter des Ogyrfan, ihr seid angeklagt, die kaiserliche Majestät beleidigt zu haben, nach den Gesetzen des Reichs der Römer und von Britannien, dadurch, daß ihr Ehebruch begangen habt. Die Klage wird vorgebracht von Medraut, Sohn des Lot. Medraut, wiederhole jetzt vor diesen Zeugen die Anklage, die du gegen diese Personen führst.«

Medraut erhob sich von einem Platz an der Seite des Podiums, stand auf und trat links vor Artus. Er trug nicht seinen safranfarbenen Umhang, sondern einen, der einen Purpurstreifen hatte. Um seinen Hals lag ein Reifen, der Artus' Halsreifen ähnelte. Ehe er anfing, machte er eine Pause, um sicher zu sein, daß alle in der Halle die Ähnlichkeit zwischen Artus und ihm selbst bemerkten, ehe sie von seinen Worten abgelenkt wurden. Dann, ohne Bedwyr oder mich anzuschauen, gab er seine Fassung davon wieder, wie er den Ehebruch entdeckt hatte. Er sprach mit klarer Stimme, die gelegentlich von Kummer gefärbt war, als ob ihn solche schrecklichen Ereignisse schmerzten. Ich beobachtete Artus. Mein Mann sah sehr müde aus und noch hagerer und grauer, jetzt, wo ich nah genug war, um es zu sehen. Aber sein Gesicht blieb ausdruckslos. Ich hatte diesen Ausdruck starrer Ruhe schon oft genug gesehen, um zu wissen, was er bedeutete. Aber ich glaube, die meisten der anderen hielten ihn für kalt und unbewegt.

Ich kam mir sehr seltsam vor, so vor Artus zu stehen und zuzuhören, wie Medraut mich anklagte. Vor nicht allzu langer Zeit hatte ich noch an Artus' Stelle gesessen und anderen Gerechtigkeit ausgeteilt. Ich klammerte mich an dieses Gefühl der Seltsamkeit und des Schreckens, denn es war besser als die heiße Schande und der unwürdige Zorn auf die Demütigung und der Ekel gegenüber Medrauts glatter Ansprache, die meine Alternativen waren.

»In der Nacht, ehe diese Verbrechen entdeckt wurden, hat ein Fest stattgefunden«, sagte Medraut und kam endlich zum Ende. »Ich habe es früh verlassen, weil ich verärgert über die Korruption dieser beiden war, und auch, um einen klaren Kopf zu behalten, sollte es während der Abwesenheit meines Herrn irgendwelche Schwierigkeiten geben . . .«

»Drück dich deutlicher aus«, sagte Artus, vielleicht zum zwanzigstenmal während Medrauts Rede. Medraut hatte dauernd versucht, in irreführender Weise anzudeuten, Bedwyr und ich hätten Artus' Sturz geplant. Aber er war jedesmal unterbrochen worden, wenn Artus wissen wollte, was er meinte und welche Beweise er dafür hätte. Da er keine besaß, war er jedesmal gezwungen gewesen, seine Andeutungen wieder zurückzunehmen.

»Ich wollte auf der Hut bleiben«, sagte Medraut jetzt sofort, »falls während der Abwesenheit meines Herrn irgendwelche Schwierigkeiten auftauchten. Diese Verbrecher hätten sie dadurch, daß sie so mit ihrer verräterischen Liebe beschäftigt waren, vielleicht übersehen können.«

»Hattest du Grund, bei diesen beiden Personen Nachlässigkeit zu vermuten?«

»Nein, Herr. Aber ich dachte, es sei möglich, daß sie vielleicht unter den Umständen nachlässig würden.«

»Aha? Und vielleicht hast du auch gedacht, daß sie in irgendeinem Punkt, bei dem du ihr Gegner warst, nicht vertrauenswürdig wären? Ich glaube, einer deiner Freunde, Herr Llneawc ap Creiddawl, war zu der Zeit gefangengesetzt worden. Man hatte ihn der Majestätsbeleidigung beschuldigt.

Vielleicht hattest du den Verdacht, es könnte ihm etwas passieren?«

»Herr, ich bestätige nichts. Und mein Freund Llneawc meinte nur, diese beiden Personen seien Verbrecher, wie die Ereignisse das auch bewiesen haben.«

»In der Tat. Man berichtete mir, dein Freund hätte mich ebenfalls einen Verbrecher genannt und ein weiteres Mitglied der ›Familie‹, das meinen Namen verteidigen wollte, in einem Zweikampf getötet.«

Medraut lächelte, als ob er sich in der Halle für Artus' Taktlosigkeit entschuldigen müsse. »In der Tat, Herr, von irgendwelchen Beschuldigungen, die er gegen dich vorgebracht haben soll, weiß ich nichts. Was das betrifft, so laß es genug sein, daß ich um das Wohlergehen der Burg während deiner Abwesenheit besorgt war.«

»Deine Treue ist mir willkommen, Medraut. Du hattest also keine Beweise für weitere Verbrechen und keine Gründe, den Beschuldigten zu mißtrauen?«

Medraut zögerte. Seine Gelassenheit wurde endlich von einer leisen Andeutung von Zorn angekratzt. Dann, nachdem ihm offenbar klargeworden war, daß seine Andeutungen ihn nirgendwohin brachten, antwortete er schließlich: »Nein.«

»So«, meinte Artus. »Du hast das Fest früh verlassen – ich glaube, es war nach einem Streit mit Herrn Gwyn.«

Medrauts Zorn wurde etwas deutlicher. »Ja, Herr.«

»Aber nach dem Fest bist du an Herrn Gwyn herangetreten und hast ihm von deinem Verdacht gegen Herrn Bedwyr und Lady Gwynhwyfar erzählt.«

»Ja, Herr.«

Artus schaute auf die Rolle in seiner Hand, musterte dann wieder Medraut. »In deiner Aussage behauptest du lediglich, daß du die Situation mit einem Freund besprochen hättest, als Herr Gwyn aus der Halle trat und dich wegen deiner Behauptungen herausforderte. Jetzt aber stimmst du mit Herrn Gwyn überein und sagst, du wärst absichtlich an ihn herangetreten. Was hast du nun eigentlich wirklich getan, Medraut?«

Medraut schaute Artus hart an. Artus blieb ruhig, sein Blick war milde und forschend. Medraut neigte den Kopf. »Ich glaube, ich habe zuerst mit einem Freund gesprochen, Herr, und nachdem ich dann Herrn Gwyn sah, habe ich auch ihn angeredet.«

»Aha. Und du hast ihm gegenüber angedeutet, daß die Lady Gwynhwyfar bei Bedwyr sei?«

»Das habe ich, Herr. Gwyn hat das glattweg abgestritten, und ich schlug ihm vor, wir sollten es doch einmal genau feststellen. Wir gingen zuerst zum Haus der Lady Gwynhwyfar und erhielten keine Antwort, als wir an die Tür klopften. Und dann, nachdem wir Herrn Bedwyrs Haus betreten hatten, fanden wir die beiden . . .« Der Zorn trat plötzlich an die Oberfläche, »eng umschlungen und keuchend auf dem Bett.«

»So. Und dann hast du sie gefangengenommen?«

»Ja. Herr Bedwyr hat zuerst versucht, sich uns zu widersetzen, aber die Lady bestand darauf, daß er sich uns ergab.«

»Ich glaube, die Lady hat von dir verlangt, daß du nach Herrn Cei schickst, der bei ihrer Gefangennahme verantwortlich für die Burg sein mußte.«

»Ich habe nach Cei geschickt, Herr, sobald das Verbrechen bekannt wurde.«

»In der Tat? Ich habe hier, bewiesen durch . . . vier Zeugen, daß die Lady verlangte, daß man nach Herrn Cei schickt, während du sie beleidigt hast. Herr Cei wurde schließlich von Herrn Gwyn herbeigeführt, weil die Lady es verlangt hatte. Natürlich war es völlig in Ordnung, daß Herr Cei anwesend war, denn du hattest ja nicht die Befugnis, die beiden zu verhaften, und deine Stellung war schon dadurch unsicher, daß du in Herrn Bedwyrs Haus eingedrungen bist, ohne ihn vorher anzuklagen.«

»Herr«, sagte Medraut mit sehr kaltem Blick, »vielleicht habe ich in der Hitze des Augenblicks und in meinem Schrekken darüber, daß ich das Verbrechen des Ehebruchs buchstäblich vor meinen Augen begangen sah, unpassende Sprache benutzt und mich unpassend benommen. Wenn das der Fall war, dann schreib es meinem leidenschaftlichen Einsatz für deine Ehre zu. Ich hatte immer vor, nach Herrn Cei zu schicken.«

»Aha. Ich danke dir, Medraut. Ohne dich wäre dieses Verbrechen nie ans Licht gekommen. Hast du deinem Zeugnis noch etwas hinzuzufügen?«

Medraut zögerte wieder. Dann entschloß er sich offenbar, nichts mehr zu sagen. »Nein, Herr. Ich möchte nur noch sagen, daß ich diesen Flecken auf deiner Ehre und deinem Namen bedauere.«

»Danke. Du darfst dich setzen. Herr Gwyn!«

Gwyn, Cei und mehrere andere wurden gerufen, um Medrauts Geschichte zu bestätigen. Sie taten es so zartfühlend, wie sie konnten. Intrigen und Verrat wurden nicht weiter erwähnt.

Schließlich wurde Bedwyr aufgerufen. Er tat einen Schritt nach vorn, fiel vor Artus auf ein Knie nieder und stand dann wieder auf. Artus schob die Rolle beiseite und schaute ihn an, wie Gawain es beschrieben hatte: als ob Bedwyr ein fremdartiges, geheimnisvolles Tier sei, das er nicht verstehen konnte. »Gibst du dein Verbrechen zu?« fragte er Bedwyr.

Bedwyr neigte den Kopf. »Ja, Herr. Ich bin des Ehebruchs mit der Lady Gwynhwyfar schuldig und daher des Verrats gegen dich.« Artus betrachtete ihn und wartete, und Bedwyr hob den Kopf wieder, ehe er fortfuhr. »Ich habe die Lady schon seit langer Zeit geliebt, vielleicht fast so lange wie du selbst. Obwohl ich lange, nachdem du mit ihr verheiratet warst, nicht mit ihr reden wollte. Bei einer Gelegenheit allerdings, als du abwesend warst und sie sich einsam fühlte und schwer an ihren Sorgen trug und unter einem privaten Kummer litt, da habe ich sie überredet, mir zu vertrauen, und habe sie verführt, wie ich dir das erzählt habe. Sie hat oft versucht, sich von diesem Verbrechen abzuwenden, aber ich drängte sie, damit fortzufahren, und sie hat nachgegeben – aus Mitleid. Ich für meinen Teil, Herr, ich bin sicher, daß das, was Herr Gwyn über die Ereignisse der Nacht berichtet, wahr ist. Ich spreche nicht dagegen und streite auch nichts ab. Aber die Liebe hat mich getrieben und nicht der Wunsch, die kaiserliche Majestät zu verletzen, denn ich habe ihr mit großer Freude gedient. Mein Herr, in allem außer diesem einen hat dir mein Leben immer zur Verfügung gestanden, und diese Liebe war ein Wahnsinn, durch die ich außer mich geriet. Glaub mir, daß ich dich sonst nie betrogen habe und daß ich zufrieden bin, für diese Schuld zu sterben, wie mir das ansteht. Wenn du mich statt zum Tod zum Exil verurteilst, dann werde ich ein Kloster aufsuchen und mich dort der härtesten Buße unterziehen, die ich finden kann, um mich selbst für diese jammervolle Sünde zu strafen.«

Artus schaute seine Hände an und drehte den Siegelring an seinem Finger. Ich glaubte, ich hätte einen Schatten des Zorns über sein Gesicht gleiten sehen, aber wenn es der Fall gewesen war, dann war er schnell verschwunden. »Hast du dem irgend etwas hinzuzufügen?« fragte er Bedwyr mit ruhiger Stimme.

»Nein, Herr. Ich gebe mich damit zufrieden, deinen Urteilsspruch zu erwarten.«

Artus nickte und hob dann den Kopf. »Gwynhwyfar, Tochter des Ogyrfan«, rief er, und endlich begegnete er meinem Blick.

Ich trat nach vorn. Ich hatte vorgehabt, mich zu verbeugen, aber ich fürchtete, er würde wegschauen, wenn ich es täte. Mein Mund war trocken, und ich mußte immer wieder schlukken. Ich vergaß all die anderen, die dicht gedrängt in der Halle standen – ich vergaß die Hitze, vergaß alles außer ihm.

»Du bist angeklagt, die kaiserliche Majestät dadurch beleidigt zu haben, daß du Ehebruch mit diesem Mann begangen hast. Gibst du das zu?«

»Ja, Herr«. Ich mußte den Atem anhalten und wieder schlukken. Ich dachte darüber nach, ob ich Bedwyrs Geschichte korrigieren sollte oder nicht, und ich fragte mich, wie ich Artus sagen sollte, daß ich ihn noch immer liebte. Aber nach dieser einzigen Antwort erhob er sich und sah sich langsam in der Halle um.

»Sowohl die Lady Gwynhwyfar als auch der Herr Bedwyr haben sich der Anklage des Ehebruchs für schuldig bekannt, die Medraut, Sohn des Lot, vorgebracht hat. Gibt es jemanden, der dagegenspricht?«

Ich starrte ihn an. Ich konnte nicht glauben, daß er das Verfahren beenden wollte, ohne daß ich mehr gesagt hatte als »ja, Herr«. Aber er stand still, hielt die Rolle mit den Beweisen in der Hand und wartete. Niemand sagte etwas. In der Halle war es so still, daß ich die Schwalben hören konnte, die im Strohdach zirpten, und die Kinder, die draußen am Hang riefen.

»Dann erkläre ich sowohl Gwynhwyfar, Tochter des Ogyrfan, wie auch Bedwyr, Sohn den Brendan, der Majestätsbeleidigung für schuldig. Die Strafe dafür ist der Tod. Da beide aber dem Reich lange und treu gedient haben und da es keine Beweise dafür gibt, daß sie irgendeinen anderen Verrat begangen oder geplant haben, wandle ich jetzt den Schuldspruch für beide um. Bedwyr ap Brendan.«

Bedwyr trat nach vorn.

»Dich entkleide ich aller Ehren, Ränge und Privilegien, die dir bisher übertragen worden sind. Ich schicke dich ins Exil nach Kleinbritannien, und der Tod erwartet dich, wenn du nach einer Woche noch in irgendeinem anderen Teil meines Reiches gefunden wirst. Du magst deine Pferde mitnehmen und deine Waffen und ausreichend Lebensmittel, um dich und deinen Diener auf der Reise nach Kleinbritannien zu versorgen. Du mußt diese Burg heute nachmittag, vor Einbruch der Dämmerung, verlassen.« Bedwyr fiel wieder auf das Knie, neigte den Kopf und stand auf. »Und du, Gwynhwyfar, Tochter des Ogyrfan . . .«

Die mächtigen, großartigen Worte brachen ab, während Artus zum erstenmal zögerte und mich anschaute. Ich schrie fast zu ihm hinüber, wollte ihn bitten, mir eine Möglichkeit zu geben, mit ihm zu sprechen. Ich hatte den Drang, nach vorn zu rennen und zu seinen Füßen niederzuknien und ihm zu erklären, ihn wissen zu lassen, daß ich ihn liebte – trotz meines Ehebruchs. Aber gab es etwas, was ich sagen konnte und mit dem der Lauf dieses unverbrüchlichen Gesetzes geändert werden konnte? Sein Blick war kalt, bitter kalt. Ich konnte mich nicht bewegen. Der Ausdruck auf seinem Gesicht war nicht der gleiche, mit dem er Bedwyr betrachtet hatte. Ich sah, daß er nicht verstand, was ich getan hatte. Daß er es nicht verstehen konnte und daß die Wunde, die ihm der Verrat des Menschen, dem er am meisten getraut hatte, niemals wieder heilen konnte. Er wollte mich nicht ansehen, das sah ich. Es tat ihm weh, und ich wußte, daß er mich nicht reden hören wollte und daß ich ihn nicht mit Erklärungen quälen sollte. Ich neigte den Kopf, und er schaute über mich hinweg die Halle hinunter. Er war wieder so still und abweisend wie eine Statue.

»Gwynhwyfar, Tochter des Ogyrfan, es ist nicht ziemlich, daß eine Frau, die die kaiserliche Würde innegehabt hat, ins Exil geht oder von denen gestraft wird, die ihre Untertanen waren. Dessen eingedenk, auch, daß du weniger schuldig bist als dein Verführer, entscheide ich nur, daß du zu deiner eigenen Sippe zurückbegleitet werden sollst und unter den Schutz des Sippenältesten zurückkehrst, damit du dort den Rest deines Lebens verbringst.

Der Spruch ist gesprochen – es ist beendet.«

»Herr!« rief Bedwyr aus. Ich schaute schnell zu ihm hinüber und schüttelte den Kopf, und er verstummte. Aber er wollte auf mich zugehen, als ob er mit mir reden wollte, und mußte von seinen Wachen zurückgehalten werden. Ich verneigte mich tief vor Artus, wie Bedwyr das getan hatte. Aber ich erinnerte mich auch, wie Bedwyr, an den Brief von meinem Vetter Menw. Das Exil wäre seinem ›Schutz‹ vorzuziehen gewesen. Dieser Schutz würde mehr bedeuten als nur harte Worte: Ich konnte erwarten, daß ich geschlagen wurde und daß Menw sich alles mögliche ausdachte, um mich zu demütigen und zu unterwerfen. Ohne Zweifel würde er sich auf diese Gelegenheit stürzen.

Artus erhob sich, und die Menge hinter ihm drängte sich langsam aus der Halle. Die Leute redeten gedämpft. Der harte Ausdruck in Artus' Gesicht verwandelte sich jetzt in einen gequälten Blick, erschöpft, als ob seine Kraft ihn verließe und er nicht mehr viel länger aushalten könne. Ich wußte: Er hatte nicht vor, mich zu demütigen. Von Menw wußte er nur sehr wenig – und wahrscheinlich hatte er das wenige, das er wußte, vergessen. Die Urteilssprüche waren gnädig, erstaunlich gnädig, ausgefallen. Und ich wollte nicht bei ihm betteln und ihn bitten, den Spruch zu ändern, und ihm erklären. Er wünschte keine Erklärungen, und ich wollte mich nicht an seiner Gnade festklammern und weinen. Ich wollte die Bande der Liebe nicht ausnutzen, die vierzehn Jahre, die wir miteinander verbracht hatten, um eine Bitte zu verstärken wie ein Bettler, der eine Eiterbeule vorzeigt. Ich hatte ihm weh getan, und er wollte nichts mehr mit mir zu tun haben. Das reichte, um mich verstummen zu lassen bis zum Tod.

Als Artus vom Podium herabtreten wollte, trat Medraut vor ihn. »Herr«, sagte er, »ich bitte dich, mir zu erlauben, mein Eintreten für deine Ehre deutlich zu machen. Laß mich diese Frau zu ihrer Familie zurückgeleiten.«

Artus schaute ihn nur an.

»Ich bin zutiefst bewegt, Herr«, fuhr Medraut fort und konnte Artus nicht in die Augen schauen, »über das Unrecht, das du erlitten hast. Und ich bin eifrig darauf bedacht, weiteres Unrecht zu verhindern, indem ich dafür sorge, daß diese Frau in sicherem Gewahrsam gehalten wird und daß sie nicht ihren Wachen entschlüpft und schamlos hinter ihrem Liebhaber herrennt.«

Artus wandte sich ab und ging mit seinem langen, festen Schritt zum Ausgang hinüber. »Du redest sehr unverschämt von meiner Frau, Sohn des Lot«, warf er zu Medraut hinüber, ohne sich umzudrehen. »Aber wie du willst. Cei, wähle fünf andere, die ihn begleiten sollten – nicht Gawain und nicht dich selbst, denn euch brauche ich. Sie sollen morgen früh losreiten.«

Cei, der Artus vom Hohen Tisch hinunter gefolgt war, schaute hinter ihm her, während er durch die Menge schritt, die vor ihm dahinschmolz. Dann drehte er sich selbst um und machte ein wildes, finsteres Gesicht. Gwyn sprang vom Podium und kam zu ihm herüber. »Laß mich mit Lady Gwynhwyfars Eskorte reiten«, bat er.

Medraut warf Gwyn einen giftigen Blick zu. Aber Cei nickte ihm zu, grinste und schlug ihm auf die Schulter. Gwyn lächelte zurück und kam zu mir herüber. Er war noch immer sehr verwirrt über das, was geschehen war, aber er neigte mehr dazu, Medraut die Schuld zu geben als mir. Das war unvernünftig, aber freundlich. »Wenigstens werde ich noch eine weitere Woche oder zwei die Freude haben, in deiner Gesellschaft zu sein, my Lady«, sagte er.

Ich lächelte. Ich stellte fest, daß mein Gesicht steif war und daß es weh tat zu lächeln. Plötzlich hatte ich den Wunsch, mich irgendwo hinzusetzen und allein zu sein. Ich wollte nicht weinen, sondern einfach stillsitzen, bis der Schmerz verging. »Danke, Gwyn«, sagte ich rauh. »Herren, laßt mich zurückgehen in mein Haus, damit ich mich auf die Reise vorbereiten kann.«

Cei nickte, und ich ging mit meinen Wachen hinüber.

Ich sah Artus erst, als ich am nächsten Morgen abreiste. Es war der letzte Tag des Juni, und das Tageslicht kam früh. Die Sonne stand schon hoch, als ich mich der Gruppe, meiner Eskorte, bei den Ställen anschloß. Aber trotzdem war es noch früh. Sechs Krieger standen da: Medraut, sein Freund Rhuawn und Gwyn mit drei anderen von der Gruppe der Getreuen. Es waren auch vier Diener dabei, und unsere Gruppe hatte sechzehn Pferde. Auf mich wartete mein eigenes Pferd, meine wunderschöne, temperamentvolle kleine Fuchsstute, und sie wieherte eifrig, als sie mich sah, und schnupperte an meiner Hand und suchte nach Äpfeln. Gwyn reichte mir die Hand, um mir in den Sattel zu helfen, und wir ritten unter dem blaßblauen Himmel los. Ich hielt mich in der Mitte, und meine Eskorte flankierte mich, und die Diener kamen hinter uns mit den Packpferden. Die Leute von Camlann drängten sich dicht an der Straße, die zum Tor führte, und betrachteten unseren Zug. Zu meiner Überraschung rief jemand, sobald wir den Stall verlassen hatten, »Leb wohl, edle Dame!« Und viele andere nahmen den Ruf auf. Eine Frau stürzte aus der Menge, zwang die Eskorte zum Halten und reichte mir einen Strauß

Rosen und ein Päckchen mit süßen Weinkuchen. »Das Glück sei mit dir, my Lady«, sagte sie, nahm meine Hand und preßte sie an ihre Stirn. Ich erkannte Eivlin, die Frau von Gawains Diener. »Besseres Glück, als du bis jetzt gehabt hast.«

»Ich danke dir«, erwiderte ich. »Leb wohl.«

Gwyn, der sie zu mir durchgelassen hatte, lächelte. Aber Medraut machte ein finsteres Gesicht und scheuchte die anderen mit einer Handbewegung zurück. Dann spornte er sein Pferd zu einem kurzen Galopp, und wir anderen waren gezwungen, ihm zu folgen. Wir ritten die Straße hinunter, an den Häusern vorbei, den offenen Feldern, hinunter zum Tor und hindurch. Ich blickte zurück zur Burg, die sich hinter ihren nackten Mauern über den Toren erhob und deren Gebäude sich bis zum fernen Strohdach der Halle hinzogen. Ich schaute immer und immer wieder zurück, während wir die Straße hinuntertrabten, bis ich die Festung zwischen den anderen Hügeln aus der Sicht verlor. Dennoch ritt ich weiter und schaute über die Schulter zurück, und ich konnte nicht glauben, daß ich meine Burg nicht länger ausmachen konnte und daß ich so leicht verlassen konnte, was ich so lange geliebt hatte.

8

Die erste Nacht unserer Reise verbrachten wir in einer befestigten Villa, ein paar Meilen südlich von Baddon. Sie war der Besitz eines Adligen, der solchen berühmten und berüchtigten Gestalten gern seine Gastfreundschaft anbot und der mich ständig mit unverschleierter, unverschämter Neugier beäugte. Ich war also froh, als ich wieder abreisen konnte.

Am nächsten Tag kamen wir bis Caer Ceri und wohnten dort beim Herrn der Festung des Ortes. Es war ein Mann, den ich einigermaßen gut kannte und der während des Krieges nützlich gewesen war. Er behandelte uns mit viel größerer Höflichkeit und gab ein Fest für uns. Von ihm erfuhr ich, daß Bedwyr am Tag zuvor in Caer Ceri durchgekommen war. Dieser Umstand wäre vielleicht unbemerkt geblieben, hätten nicht ein halbes Dutzend von Bedwyrs Freunden – die Bretonen, die Bedwyr in Artus' Dienst gefolgt waren – sich entschlossen, mit ihm den Dienst auch wieder zu verlassen und ihn bei seiner Abreise von Camlann zu begleiten. Jede Gruppe von Bewaffneten, die größer als ein halbes Dutzend ist, wird in jeder Stadt bemerkt, und man fragt danach.

»Aber verstehen kann ich es nicht«, sagte ich dem Herrn der Burg. »Ich habe nicht angenommen, daß er diesen Weg zieht. Man würde doch eher erwarten, daß er nach Caer Uifc oder nach Caer Gwent reitet und von dort ein Schiff nimmt.«

»Wahrscheinlich wird er ein Schiff von Caer Gloeu nehmen«, sagte der Adlige. »Der Flußhafen ist groß genug, und vom oberen Saefern gibt es um diese Zeit des Jahres viel Verkehr. Man kann dort schnell ein Schiff finden. Vielleicht wollte er der allgemeinen Aufmerksamkeit entgehen, indem er den größeren Häfen auswich. Mach dir keine Sorgen, edle Dame. Ich hätte es gar nicht erwähnt, aber ich glaubte, er sei vielleicht den Weg geschickt worden, und ich habe mich gefragt, welchen Grund es dafür wohl gab.«

Ich nahm mir auch vor, mir keine Sorgen darüber zu machen, obwohl ich dennoch überrascht war. Aber ich fühlte mich lethargisch und wie betäubt, und ich dachte nicht wieder darüber nach.

Am folgenden Tag nahmen wir die nordöstliche Straße, die von Caer Ceri nach Linnuis führt, wo sie in die Hauptstraße nach Ebrauc einmündet. Es war ein weiterer schöner Sommertag. Die Straße war in den Tälern von einem leichten Nebel verhangen, aber die aufsteigende Sonne löste ihn schnell auf. Die feuchten Wälder glänzten, das Korn auf dem gepflügten Land fing an, silbriggolden zu werden, und das Vieh auf den Weiden war glatt und glänzte vor Zufriedenheit. Der strahlende Tag verdüsterte mir die Laune, und ich ritt dahin und starrte die Sonne auf der Mähne meines Pferdes an. So konnte ich mich in die Betäubung einsinken lassen, in die Müdigkeit, die auf mir lastete und bei der jede Anstrengung zu groß wirkte. Ich konnte ausruhen und nicht viel fühlen, anstatt alles zu fühlen, was man bei dem, was geschehen war, fühlen konnte. Ich träumte fast, als jemand aufbrüllte, und das Pferd vor mir hielt an. Ich zügelte meine Stute und blickte auf, und ich sah eine andere Gruppe von Reitern, die im Trab aus der anderen Richtung die Straße herunter auf uns zukamen. Mit Schrecken erkannte ich den ersten Reiter als Bedwyr.

»Herr Bedwyr!« sagte Gwyn im gleichen Augenblick und hielt sein Pferd neben meinem an. Seine dunklen Augen weiteten sich, wie das auch bei seinem Vater der Fall war, wenn etwas ihn erregte. Aber Gawain zeigte Sorgen oder Nervosität niemals so deutlich wie Gwyn. Gwyn fürchtete eine Szene, harte Worte, Feindschaft zwischen denen, die er liebte. »Was erwartet er denn?« fragte er mich besorgt. »Erwartet er etwa, daß . . .«

»Er ist gekommen, um die Lady zu rauben«, erklärte Medraut. Er nahm seinen Schild von der Schulter und schnallte ihn an den Arm. Einige der anderen Krieger taten das gleiche.

»Im Namen des ewigen Gottes!« schnappte ich, zornig über die Krieger und noch zorniger auf Bedwyr. »Es ist nicht notwendig, sich auf einen Kampf vorzubereiten. Wenn Bedwyr deswegen gekommen ist, dann wird er unverrichteterdinge wieder wegreiten. Denn ich werde nicht mit ihm gehen.«

Medraut achtete nicht auf das, was ich sagte. Er zog seinen Wurfspeer aus der Schlinge am Sattel und ließ sein Pferd vorwärts laufen. Die andere Gruppe hielt inne, und Medraut zügelte sein Pferd auch wieder. Er gab ihm die Sporen, damit es tanzte.

»Du hinterhältiger Verräter!« rief Medraut. »Weswegen bist du gekommen?«

Bedwyr ritt wieder vorwärts. Dann, als er sich von den anderen gelöst hatte, hielt er sein Pferd an. Auch er hatte sich den Schild an den Arm geschnallt, aber er hielt ihn im Winkel vom Körper ab und war dadurch ungeschützt. »Laß die Lady Gwynhwyfar mit uns kommen«, rief er Medraut zu. »Ich weiß, daß das Haus ihres Vetters ihr wenig gefallen wird, und – wie der Kaiser sagte – es ist nicht ziemlich für solch eine Dame, wie eine Verbrecherin behandelt zu werden.«

Er war also tatsächlich deswegen gekommen. Ich erinnerte mich an Bedwyrs Versuch, zu protestieren, als mir der Schuldspruch gesprochen wurde. Wortlos schrie ich vor Zorn und Hilflosigkeit auf. Er hätte doch wissen müssen, daß ich nicht gerettet werden wollte, daß er mich nicht vor den Konsequenzen unseres Verbrechens schützen konnte und daß es nicht seine Aufgabe war, mich zu schützen. Ich war, obwohl ich bei ihm schwach gewesen war, stark genug, jetzt den Kummer zu ertragen, und ich verdiente ihn auch. Oh, er war freundlich wie immer. Aber das war Wahnsinn. Ich spornte meine Stute vorwärts. »Medraut!« begann ich.

Medraut drehte sich um. Sekundenlang sah ich den Triumph in seinem Gesicht, und dann traf mich das Schaftende seines Speers an die Schläfe und schlug mich aus dem Sattel. Ich war so überrascht und entsetzt, daß ich noch nicht einmal aufschrie, und der Boden schien mir entgegenzuspringen. Über mir hörte ich Medraut rufen: »Sie hat das mit ihm zusammen geplant! Bewacht sie!« Ich versuchte aufzustehen – ich lag ausgestreckt im Staub der Straße –, aber er hatte mir den Atem aus den Lungen geschlagen, und ich konnte meine halb gelähmten Glieder nicht dazu bringen, mir zu gehorchen. Hufe donnerten an mir vorbei, und vor mir hörte ich Rufen und einen Schrei der Wut oder des Schmerzes. Ich versuchte wieder zu rufen, konnte es nicht, schaffte es, mühsam aufzustehen, und griff nach den Zügeln meiner Stute, um hinter Medraut herzureiten und ihn aufzuhalten. Denn ich sah, daß er auf Blutvergießen aus war, und ich wußte, daß ich ihn aufhalten mußte. Meine Stute war solch ein Durcheinander nicht gewöhnt und tanzte nervös. Sie versuchte, umzudrehen und nach Hause zu laufen, und ich sprang wie blöde hinter ihr her. Mehr Hufe waren um mich herum, und dann drängte sich Gwyns Pferd neben meins, und Gwyn lehnte sich aus dem Sattel über mein Pferd und streckte dem Arm aus, um mir hochzuhelfen. »Halte sie auf!« schrie ich ihm entgegen und nahm seine Hand nicht. Ich wußte, jede Sekunde war kostbar, und er konnte die anderen schneller erreichen. »Gwyn, Gwyn, mein Herz, dies ist völliger Wahnsinn. Geh, sag Bedwyr, daß ich nicht mit ihm gehen werde. Bring ihn dazu, wieder wegzureiten. Halte sie auf! Lieber Gott!«

Gwyn verstand sofort. Er spornte seine Fuchsstute zum Galoppieren. Sie setzte davon wie die Möwe, nach der sie benannt war, und ich schaffte es, in meinen Sattel zu klettern, mein Pferd zu wenden und hinter ihm her zu galoppieren. Vor mir war ein wirbelndes Gedränge von Männern und Pferden und Waffen. Schwerter blitzten, Wolken von Staub wallten auf, Kalk stäubte von den Schilden in die klare Luft. Pferde drängten rückwärts und drehten sich auf der Stelle. Einer von Bedwyrs Männern lag sehr still im Staub der Straße. Er durchweichte den Sand mit seinem Blut. Medraut kämpfte gegen einen anderen und versuchte, Bedwyr zu erreichen, der gerade mit Rhuawn focht. Und Gwyn galoppierte auf all die Männer zu, und sein helles Haar flatterte im Wind.

»Halt, halt!« rief Gwyn, und seine Stimme überschlug sich vor Dringlichkeit und wurde hoch wie eine Kinderstimme. »Es ist nicht notwendig – die Lady geht nicht mit. Bedwyr, Rhuawn, die Lady geht nicht mit! Bedwyr! Hör zu!« Er warf seinen Schild vom Arm mitten in den Kampf hinein, unter die Füße von Bedwyrs Pferd. Er streckte die Arme weit aus. »Bedwyr!«

Rhuawn zögerte mitten in einem Schwertstreich, und Bedwyr blickte auf. Ich war nah genug, um sein Gesicht zu sehen. Er hielt einen Wurfspeer in der Hand; das Licht glänzte auf der Waffe und in seinen Augen. Sein Arm war zurückgestreckt, bereit, den Speer zu schleudern. Und noch während ich zusah, flog dieser Arm vorwärts, zu schnell, um ihm mit Blicken zu folgen, und etwas blitzte auf. Gwyn, der hoch im Sattel aufgerecht saß, vollkommen im Gleichgewicht für jeden Schritt seines Pferdes, stürzte plötzlich. Alles schien sehr langsam zu geschehen. Ich sah Gwyn auf die Straße stürzen, als ob er durch Wasser fiel, und sein Pferd stürzte an ihm vorüber und legte verwirrt die Ohren zurück und verstand nicht, was er machte. Gwyn rollte im Staub auf die Seite. Er schaukelte hoch, streckte eine Hand aus und richtete sich auf. Er zog die Knie unter sich an und versuchte aufzustehen, aber er fiel wieder auf die Straße. Bedwyrs Speer ragte unter seinem Schlüsselbein hervor; die Waffe wirkte sehr schwarz, abgesehen von der bronzenen Umhüllung am Schaftende, die sich abhob wie ein Schmuck, der nicht dorthin gehörte. Gwyn öffnete den Mund. Ein erstaunter Blick war auf seinem Gesicht, aber als er nach Luft schnappte, kam nur Blut heraus. Eine Hand tastete nach dem Speer, zerrte daran, glitt dann zurück in den Staub, die Handfläche aufwärts gedreht. Und dann lag er entspannt, verdreht auf der Seite, und der erstaunte Ausdruck war noch immer auf seinem Gesicht gedruckt, und das Strahlen verschwand schon aus den dunklen Augen.

Ich schrie, stellte ich fest. Es war ein entsetzlich lautes, schrilles Geräusch. Ich ließ die Zügel meiner Stute fallen, als sie endlich die Gruppe der Männer erreicht hatte und stehenblieb, wo die anderen Pferde standen. Ich konnte kaum den Schrei eines anderen hören: »Mörder!« oder den Schrei eines Pferdes, das von einem anderen Speer getroffen worden war. Ich wollte aufhören zu schreien und konnte es nicht. Überall um mich her herrschte jetzt Geschrei und Verwirrung, und ich dachte: »Sie zertrampeln Gwyn«, und suchte nach ihm im Staub unter den Hufen, dem aufgerührten Staub und dem Kalkstaub in der Luft und dem Blut auf der Straße. Ich schob meine Faust in den Mund und versuchte, mich vom Schreien abzuhalten, und irgendein Reiter, irgendein halb bekanntes Gesicht, schoß vorüber und fing die Zügel meiner Stute ein. Dann spornte er sein Pferd zum Galoppieren und zerrte mein Tier hinter sich her. Ich klammerte mich in der Mähne meiner Stute fest und versuchte, sie anzuhalten. Sie tanzte wild und stieg. Ich war nicht sicher, was ich tun sollte, ich wußte noch nicht einmal, für welche Gruppe dieser Krieger kämpfte. Ich brachte mein Tier wieder zum Galoppieren. Das Blut und das Sonnenlicht der Straße verschwanden hinter den Bäumen. Ich begriff, daß ich rückwärts geschaut hatte. Weiteres Gebrüll schallte, und ein paar andere Reiter galoppierten hinter uns her, holten uns ein und ritten neben uns.

»Sie verfolgen uns nicht«, sagte Bedwyrs ruhige Stimme neben mir. »Sie kümmern sich um Gwyn und um die Verwundeten.«

Ich schaute hinter mich, und schon hatte sich die Straße zwischen den Bäumen verloren. Ich wußte noch nicht einmal, in welche Richtung uns der wilde Galopp brachte. Äste peitschten an uns vorüber und rissen an mir. »Laß mich zurückreiten!« schrie ich.

Bedwyr nickte seinem Freund zu, und der ließ meine Zügel los. Ich nahm sie und ließ meine Stute langsam im Schritt gehen. Die anderen taten das gleiche.

»Geh nicht zurück«, sagte Bedwyr. »Ich bitte dich, my Lady, komm mit mir.«

Ich hielt mein Pferd an. Die Stute stand still, ihre Flanken zitterten, und ihre Augen rollten zu mir zurück. Sie hatte die Ohren flach an den Kopf gelegt. Um uns herum war nur das Geräusch des Windes in den Blättern und das Lied der Vögel. Ich holte tief Atem und blickte durch die Äste hinauf zum verhüllten Himmel. »Gwyn«, sagte ich, und meine Stimme war fast verschwunden. »Du hast Gwyn getötet. Du hast ihn umgebracht.«

Bedwyr sagte nichts.

»Aber er hat noch nicht einmal gekämpft – er hatte seinen Schild weggeworfen! Du hast ihn umgebracht!«

Ich zog den Kopf meiner Stute herum, bereit, sie in die Richtung zurückzudrängen, die wir gekommen waren. Bedwyr beugte sich herüber und ergriff meine Hand. Endlich schaute ich ihn an. Ich sah zum erstenmal sein Gesicht. Ich habe Männer gesehen, die in Qualen starben, an einer Krankheit oder an Wunden. Sie haben das gleiche weiße, gequälte Gesicht und die gleichen verwirrten Augen.

»My Lady«, flüsterte Bedwyr, »ich bitte dich. Geh nicht.«

Ich stieß den Atem aus und hörte, daß es ein Schluchzer war.

»Dein Kopf blutet«, sagte Bedwyr, und die Maske des Schmerzes verblaßte ein wenig, so daß seine Gesichtszüge ihm wieder mehr ähnelten. »Da, verbinde es.«

Ich legte die Hand an den Kopf, fand eine Stelle des Schmerzes, zog meine Hand wieder weg. Sie klebte von dem Blut, das von Medrauts Schlag herrührte. Ich schüttelte den Kopf. »Wir wollen zuerst mehr Entfernung zwischen uns und ihnen bringen«, sagte ich Bedwyr. »Ich reite mit dir.«

Wir erreichen an diesem Abend Caer Gloeu. Wir waren einer der alten Straßen durch den Wald gefolgt, die ein paar Meilen vom Hafen entfernt auf die römische Straße auftrafen. Im Hafen lag ein Schiff, das bereit war, nach Kleinbritannien auszulaufen, und Bedwyr hatte schon für acht Personen und für die Pferde das Geld für die Passage bezahlt. In Wirklichkeit waren wir nur sechs, denn zwei von seinen Männern waren im Kampf auf der Straße gefallen.

Wir versuchten, in der Stadt keine Aufmerksamkeit auf uns zu ziehen. Um die Mittagszeit hatten wir bei einem Bach gehalten und uns das Blut abgewaschen, mit dem wir bespritzt waren. Glücklicherweise trug ich nur ein einfaches grünes Kleid und einen dunklen Reisemantel, und nichts unterschied mich von irgendeiner anderen Frau in der Hafenstadt. Bedwyr und seine Männer hätten auch eine Gruppe von Adligen sein können, die ausgezogen waren, um Pferde zu kaufen.

Alle meine Sachen waren verloren, und jetzt besaß ich wirklich nichts mehr außer dem, was ich am Leib trug. Bedwyr hatte außer dem Geld für die Überfahrt nichts mit ins Exil nehmen dürfen, und obwohl seine Freunde etwas besser dran waren, mußten wir doch, wenn wir in Kleinbritannien ankamen, noch eine ganze Strecke weit reisen. Und wir hatten wenig Geld übrig. Deswegen übernachteten wir nicht in der Stadt, sondern auf dem Schiff. Ich bekam eine Kabine für mich allein, und die fünf Männer teilten den anderen Raum, den das Schiff für Passagiere zu bieten hatte.

Der Kapitän führte mich in den Raum, und ich dankte ihm dafür. Ich war froh, daß ich mich eine Weile auf das winzige Bett setzen konnte. Aber einige Zeit später erhob ich mich wieder, suchte den Kapitän auf und bat um Pergament und Tinte. Er murmelte ärgerlich was in den Bart, brachte aber schließlich die Tinte, eine Feder und einen Frachtbrief. Den könne ich leicht überschreiben, sagte er mir. Ich fand einen Bimsstein und rubbelte das Pergament damit ab. Schließlich, obwohl ich so hart aufgedrückt hatte, daß das Blatt mir mehr für ein Sieb zu passen schien als für einen Brief, setzte ich mich damit hin. Ich spitzte die Feder, tauchte sie in die Tinte, saß da und starrte auf das Blatt voller Löcher. Was konnte ich schreiben? »Mein Herz, meine Freunde, Bedwyr hat Gwyn ermordet, und deshalb muß ich mit ihm gehen, denn er ist zu Tode betrübt. Ich muß auch mit ihm gehen, weil du ihn vielleicht noch einmal vor Gericht stellst – wegen Mord. Und mich – weil ich versucht habe, deinen Richterspruch zu umgehen«? Aber ich hatte ja nicht vorgehabt, mit Bedwyr zu gehen. Wie konnte ich so etwas schreiben und darauf hoffen, daß es mir geglaubt wurde? Und Gawain würde diesen Brief lesen, und es gab keine Worte, die ich ihm sagen konnte. Im Gegenteil – es gab noch nicht einmal Worte, die ich für mich selbst aussprechen konnte. Ich hatte gedacht, die Entlarvung, die Demütigung, das Exil von Camlann und die Trennung von beiden Männern, die ich liebte, das alles wären Katastrophen gewesen, die zu ertragen über meine Kraft ging. Aber jetzt sah ich, daß man niemals sagen kann, man hätte das Schlimmste schon erlebt. Selbst die Fähigkeit, Schmerz auszudrücken, verließ mich, und die Worte schienen mir im Angesicht dieser Wirklichkeit alle flach und bedeutungslos.

Die Tinte an meiner Feder war trocken. Ich reinigte die Feder, spitzte sie noch einmal und tauchte sie wieder in die Tinte. Es war von größter Wichtigkeit, daß Artus die wahre Geschichte erfuhr. Medraut hatte sich voller Freuden dieses Unglücks bedient, und ich konnte nicht bezweifeln, daß er es auch dazu benutzen würde, den größten Schaden anzurichten, den er fertigbringen konnte. Ich mußte alles tun, was ich konnte, um weitere Katastrophen zu verhindern.

Es klopfte hastig, die Tür öffnete sich, und Bedwyr trat ein. Ich legte die Feder hin.

Er stand da, die Hand auf dem Türriegel, und starrte mich und das Blatt Pergament an. »Schreibst du an Artus?« fragte er mit rauher, unsicherer Stimme.

Ich nickte. »Ich dachte, wir könnten den Brief vielleicht dem Hafenbeamten übergeben.«

»Ja.« Er trat von der Tür weg, blieb stehen und starrte mich hungrig an. »Sag ihm . . . sag ihm, daß ich nicht vorhatte, Gwyn zu töten.«

Ich nahm die Feder und schrieb die Anrede: »Guinivara artorio augusto imperatori domino salutatem vellit.« Ich starrte die Schriftzüge einen Augenblick an und fuhr dann fort. Ich las laut vor, was ich schrieb. Die scharfen Züge der lateinischen Schrift wirkten, während ich weiter schrieb, immer kälter und distanzierter.

»Mein liebster Herr, ich bitte dich, mir zu glauben, daß ich nichts von dem Hinterhalt wußte und diese Rettung weder geplant noch gewünscht habe. Der Herr Bedwyr aber, in dem Wissen, daß zwischen mir und dem Vetter, dessen Schutz du mich anvertraut hast, Feindschaft herrscht, ist uns auf der Straße entgegengetreten und forderte von Medraut, mich auszuliefern. Er selbst wurde nicht gewalttätig, bis der Herr Medraut ihn angriff. Der Herr Gwyn versuchte, Frieden zu stiften, und wurde von einem Speer getötet, den Bedwyr geworfen hat . . .«

»Es war ein Unfall«, sagte Bedwyr und trat näher.

Ich blickte auf und legte die Feder wieder beiseite. »Du hast ihn gesehen, ehe du den Speer geworfen hast. Ich weiß, daß du ihn gesehen hast.«

»Nein! Aber . . . mein Arm bewegte sich schneller als meine Gedanken. Kannst du das verstehen? My Lady, du mußt es verstehen. Man bewegt sich zwangsläufig schnell im Kampf. Wenn man zögert, um sich zu überlegen, ob man einen Mann nun töten will oder nicht, dann stirbt man an seiner Stelle. Ich blickte auf, ich sah einen Mann, der ungeschützt war, und ich warf den Speer. Aber während ich warf, dachte ich: ›Das ist Gwyn – er versucht, Frieden zu stiften.‹ Aber ich konnte meine Hand nicht mehr aufhalten und auch den Speer nicht ablenken, den ich schon in Bewegung gesetzt hatte. Ich wußte, was ich tat. Aber mein Arm hat es getan. Ich konnte kaum glauben, daß es passiert war. My Lady, ich wünschte mir, ich wäre an seiner Stelle gestorben! Ich bin nichts wert. Ich bin nichts mehr wert gewesen, als ich zum erstenmal meinen Herrn betrogen habe.« Er hielt inne, hielt die Luft an und fuhr dann drängend fort: »Du mußt mir glauben, my Lady. Ich könnte es nicht ertragen, wenn auch du mich für einen Mörder hältst.«

»Ich glaube dir«, sagte ich nach einem Augenblick. »Aber wenn die Eskorte wieder in Camlann ankommt, dann werden die Leute sagen, du hättest uns auf der Straße angegriffen. Und Gwyn hätte den Schild weggeworfen, und du hättest ihn getötet. Das wird sich nicht gut anhören.«

»Ich weiß.« Er setzte sich zu meinen Füßen auf den Boden, nahm den Brief auf und schaute ihn an. Ich berührte seine Schulter, und er drehte sich um, umfing mich und preßte sein Gesicht an meinen Schenkel. Er zitterte.

Er litt, ja, ganz sicher. Aber das Bild von Gwyns erstauntem Gesicht erhob sich zwischen uns, und ich saß kalt und schweigend da. Nach kurzer Zeit sagte ich: »Artus hatte gehofft, Gwyn würde zu einem Mann heranwachsen, den er zu seinem Nachfolger ernennen könnte.«

Bedwyr drehte schmerzerfüllt den Kopf hin und her.

»Und wenn Gawain die Geschichte glaubt, die die Leute von der Eskorte erzählen, dann wird er bei jedem König auf der ganzen Erde Gerechtigkeit verlangen – gegen dich.«

Bedwyr hob den Kopf. »Macsen ist noch immer nicht einverstanden damit, Flüchtlinge zurückzuschicken. In Kleinbritannien sollten wir sicher sein.«

»Sicher! Wir sollten sicher sein! Warum hast du solch einen wahnsinnigen Hinterhalt geplant?«

»Ich dachte nicht, es würde zum Kampf kommen. Meine Freunde waren entschlossen, mir zu folgen, und ich glaubte, deine Eskorte würde sicher nicht gegen die eigenen Kameraden kämpfen, gegen Männer, die keines Verbrechens angeklagt sind. Ich dachte, sie wären vielleicht halbherzig dafür, dich freizulassen. Ich konnte den Gedanken nicht ertragen, daß du von deinem Vetter Unrecht erleiden könntest. Ich dachte, selbst Artus hätte nichts dagegen, wenn er erst einmal wüßte, was dir in Ebrauc bevorstand. Er war noch nie rachsüchtig, selbst wenn man ihn sehr verletzte. Und ich wollte nicht kämpfen, nicht einmal mit Medraut – aber er hat dich niedergeschlagen.«

»Ein bedeutungsloser Stoß, wie ihn eine Frau ihrem Mann mit dem Besenstiel versetzen könnte! Nein, nein, ich glaube dir. Hab keine Angst. Und ich glaube auch, daß du Gwyn nicht töten wolltest. Aber es gibt so viel, was er hätte sein können, was er hätte tun können. Gwyn hätte vielleicht die Welt verändert. Es gab keinen anderen wie ihn. Und daß er mit fünfzehn durch einen Unfall sterben mußte . . . von deiner Hand . . .«

»Er hat eine bittere Welt gut verlassen.«

»O ja – ohne Zweifel. Aber die Welt ist jetzt nur noch bitterer. Und deine Männer haben gegen meine Eskorte gekämpft, und zwei von ihnen sind tot und wer weiß wie viele von der Eskorte. Es waren Freunde, Kameraden – seit vielen Jahren. Sie hatten kaum eine Ahnung, warum sie miteinander kämpften!«

»Ich weiß. Früher einmal habe ich sie alle angeführt. Gwynhwyfar, mein Leben. Stoß mich nicht noch tiefer in meine Unehre hinein. Ich ertrinke schon fast darin. Ich kann mich kaum selbst ertragen, wenn ich an das denke, was ich eigentlich sein wollte, was ich gewesen bin, und wenn ich mir dann vorstelle, was ich jetzt bin – ein Verräter, falsch, ungerecht und mörderisch. Lieber Gott, ich würde lieber sterben als so vernichtet weiterleben! Aber ich fürchte die Verdammnis. Ich habe Angst, Angst – und ich bin verwirrt. Ich kann nicht denken. Nichts, das ich gesehen oder gedacht oder gelesen habe, nichts, auf das ich hoffte und an das ich glaubte, keine Philosophie und keine Klarheit ist mir mehr geblieben, weder im Herzen noch im Gehirn. Ich bin nicht mehr ich selbst. My Lady, wie du auf deine Erlösung hoffst, so sei mir gnädig! Ich habe es aus Liebe zu dir getan, und wenn du dich gegen mich stellst, dann ist die ganze Welt öde und leer.«

»Oh, liebes Herz«, sagte ich und spürte, wie etwas in mir brach, etwas, das zu tief war, um in Tränen überzufließen. »Wie kann ich mich gegen dich wenden? Aber ich wünschte mir, wir wären beide gestorben, ehe wir diesen Tag erlebten, und das, was daraus entstehen wird.«

Er sagte nichts. Er stand nur auf und legte die Arme um mich, und ich konnte nicht länger kalt zu ihm sein. Für kurze Zeit lebten wir wieder zusammen in einer Welt, die auf uns beide beschränkt war und in der es keine Vergangenheit und keine Zukunft gab. Aber danach lagen wir Seite an Seite in der Dunkelheit und horchten mit offenen Augen auf das Knirschen des Schiffes und das Klatschen der Wellen, und wir warteten auf einen Morgen, der endlose Zeit auf sich warten ließ.

Am nächsten Tag schrieb ich den Brief an Artus zu Ende und versiegelte ihn sorgfältig. Bedwyr gab ihn dem Hafenbeamten und erklärte, der Brief enthielte wichtige Informationen und müsse sofort an den Kaiser geschickt und nur an einen der bekannten Boten des Kaisers abgegeben werden. Diese Forderung war nicht so ungewöhnlich, denn einige unserer Späher hatten schon früher Botschaften über Caer Gloeu geschickt. Bedwyr und ich kannten diesen Weg genau.

Während Bedwyr die Angelegenheit erledigte, wurde das Schiff zum Auslaufen überprüft – die Pferde waren fest in ihren Unterständen angebunden, und die Ladung aus Wolle und Eisen wurde vertäut. Sobald Bedwyr zurückkehrte, legten wir ab, und das Schiff glitt hinaus auf den weiten Saefern. Wir segelten unter einem wolkigen Himmel den Fluß hinunter.

Wir folgten dem Strom des Saefern durch Mor Hafren, und dann arbeiteten wir uns langsam an der Nordküste von Dumnonia entlang. Wir segelten gegen ungünstige Winde. Ich war noch nie zu Schiff gereist, und ich wurde krank. Das wenigstens bedeutete, daß ich mir nicht andauernd Sorgen machte. Als wir aber das Ende der dumnonischen Halbinsel erreicht hatten und uns nach Süden wandten, da stand der Wind hinter uns, und das Schiff fuhr ruhig. Als wir in Bresta im Nordwesten von Kleinbritannien ankamen, glaubte ich langsam, daß das Reisen zur See doch eine ganz vernünftige Sache sei. Und trotz allem, was geschehen war, erregte mich trotzdem der Anblick der Küste von Gallien, die vor uns lag. Ja, sie sah der Küste von Dumnonia sehr ähnlich, und sie war sogar nach diesem Teil von Britannien benannt. Bresta selbst war eine schöne römische Stadt, deren hohe steinerne Befestigungen noch intakt waren, und eine Anzahl von anderen Schiffen ankerte in seinem Hafen und gab ihm ein geschäftiges Aussehen.

Wir hatten vorgehabt, uns gleich nach unserer Landung in Gallien nach Bedwyrs Besitz auf den Weg zu machen, mit unseren Pferden die südöstliche Straße zu nehmen und auf dem Weg unsere Lebensmittel zu kaufen. Als aber unser Schiff anlegte und wir ausstiegen und auf den regendurchweichten Kai traten, da entdeckten wir, daß König Macsen seinerseits auch Hafenkommandanten eingesetzt hatte. Das machte uns alles sehr viel schwieriger. Macsen war gezwungen gewesen, die hohen Zölle, mit denen er britische Güter belegt hatte, wieder zurückzunehmen. Jetzt war er offenbar entschlossen, wenigstens nichts an den normalen Hafengebühren zu verlieren – noch nicht einmal den Floh auf dem Kuhschwanz, wie man sagt. Unser Schiffskapitän berichtete, daß er Passagiere befördert hätte, und deshalb traten zwei kalte, graue Stadtbewohner an uns heran, während unsere Gruppe gerade die Pferde auf das Dock führte. Sie verlangten, wir müßten alle ins Zollhaus kommen. Das war ein römisches Gebäude – einmal war es sehr schön gewesen, aber jetzt war es eine halbe Ruine. Zur Hälfte war es im britischen Stil repariert worden. Die Kluft zwischen den beiden Bauweisen hatte das Gebäude ungemütlich gemacht. Ursprünglich hatte es wohl als Heizung ein römisches Hypocaustum gehabt, eine Fußbodenheizung. Aber jetzt stand eine Feuerstelle darin, ohne daß es dafür eine angemessene Entlüftung gab. Der Raum war von dem Feuer aus feuchtem Holz mit dickem grauen Rauch gefüllt und auch mit konfiszierten britischen Gütern – Säcken voll Zinnerz, Bündeln von Fellen, Wolle und wollenen Stoffen –, die fast bis unters Dach gestapelt lagen und drohten zusammenzubrechen, wenn man dagegenstieß. Und das war schwer zu vermeiden. Die beiden Stadtbewohner führten uns zum Feuer hinüber, wo sie sich hinsetzten und uns stehen ließen. Sie starrten uns an und spähten durch den Rauch. Einer hustete. Der andere fragte Bedwyr: »Bist du der Anführer dieser Gruppe?«

Bedwyr nickte.

»Du hast dem Kapitän des Schiffes, mit dem du gekommen bist, deinen Namen nicht angegeben. Du hast acht Plätze belegt. Wo sind die fehlenden zwei Leute?«

»Sie konnten nicht kommen.«

»Welchen Grund hattest du hierherzureisen?«

»Ich sehe nicht ein«, sagte Bedwyr mit seiner ruhigen, gleichmäßigen Stimme, »warum der Grund, daß Privatleute in eine andere Provinz reisen, einen Beamten offiziell interessieren sollte.«

Die beiden blinzelten ihn an. Derjenige, der gesprochen hatte, hustete jetzt, und derjenige, der eben noch gehustet hatte, sagte: »Wir können es nicht dulden, daß bewaffnete Gruppen überall herumstreunen, wo es ihnen gerade Spaß macht. Wir haben schon Banditen genug, ohne daß wir noch weitere aus Britannien importieren müssen.«

»Wir sind keine Banditen, sondern edelgeborene Bretonen.«

»Er spricht wirklich wie ein Bretone«, meinte der eine Beamte zum anderen. »Warum seid ihr also hierhergekommen?«

Wir mußten nicht unbedingt die Umstände unserer Reise verschleiern. Artus hatte an König Macsen geschrieben und ihn darüber informiert, daß Bedwyr nach Kleinbritannien ins Exil geschickt worden war, aber es war unwahrscheinlich, daß der König diesen Brief schon empfangen hatte. Nichtsdestoweniger hatte Bedwyr, weil der Kampf auf der Straße die Situation wahrscheinlich verändert hatte, angenommen, es sei am besten, inoffiziell zu kommen und die Aufmerksamkeit des Königs soweit wie möglich zu vermeiden. Auf diese Weise konnte Macsen Artus wahrheitsgemäß sagen, er wüßte nicht, wo wir wären. Dadurch entspannte sich vielleicht die Atmosphäre, die entstand, wenn eine zweite Gerichtsverhandlung verlangt würde. Außerdem hatte Bedwyr nicht vergessen, daß Macsen einmal versucht hatte, ihn dazu zu überreden, in sein eigenes Heer einzutreten. Er war wütend gewesen, als Bedwyr sich geweigert hatte. »Ich glaube nicht, daß er wütend genug werden würde, um uns mit Gewalt wieder nach Britannien zurückzuschicken«, hatte er mir gesagt. »Aber möglicherweise legt er uns von hier bis zu meinem Zuhause ein paar Hindernisse in den Weg.«

Jetzt tippte Bedwyr müßig auf seinen Schwertgriff und musterte die beiden Beamten. »Ich sehe nicht ein, woher ihr das Recht haben wollt, uns dermaßen zu verhören«, sagte er endlich. »Aber ich will euch sagen, daß ich auf den Besitz meiner Familie zurückkehren und mich dort in Frieden niederlassen will. Ich nehme doch an, daß ihr es uns erlauben werdet weiterzureisen, wenn das nicht gegen eure Gesetze verstößt.«

Einer der Beamten flüsterte dem anderen etwas zu. Ich zog Bedwyr beiseite und flüsterte auch. »Wenn sie darauf bestehen – wirst du ihnen dann sagen, wer wir sind?«

Bedwyr zögerte, ehe er antwortete. »Macsen wird bald herausfinden, daß ich in Kleinbritannien bin. Dann schickt er vielleicht nach mir. Wenn es sich herausstellt, daß ich gelogen habe, dann wird alles für uns noch schlimmer. Ich muß die Wahrheit sagen. Aber die beiden haben kein Recht, sich so aufzuführen, als ob wir die Grenze überquert hätten in irgendein Land außerhalb des Reiches.«

Einer der Beamten hustete wieder. »Ihr könntet Verbrecher sein«, sagte er. »Sag uns eure Namen und den Grund, warum ihr hergekommen seid.«

Der andere Beamte zog ein Wachstäfelchen und einen Stylus heraus und setzte sich selbstzufrieden und zuversichtlich bereit, die Informationen aufzuschreiben.

Bedwyr seufzte und nahm den Brief aus seinem Gürtel, den Artus ihm gegeben hatte. Darin stand einfach sein Name, der Urteilsspruch und eine Forderung, der Leser möge Bedwyr beim Suchen eines Schiffes und der Mittel, den Urteilsspruch durchzuführen, jede Hilfe bieten. Bedwyr gab den Beamten den Brief. Sie starrten den Drachen auf dem Siegel an, fuhren zusammen, brachen dann den Brief auf und entrollten ihn. Sie hielten ihn nah an das rauchige Feuer heran, um besser lesen zu können. Erstauntes Gemurmel. Sie blickten auf, musterten Bedwyr und uns andere und lasen weiter. Sie flüsterten miteinander, und einer stand auf und verließ schnell das Zollhaus.

»Edler Herr«, sagte der andere, »dein Name ist hier wohlbekannt. Für welches Verbrechen hat Artus von Britannien seinen Feldherrn ins Exil geschickt?«

»Wegen Majestätsbeleidigung. Ich nehme an, wir dürfen jetzt gehen?«

»Hm, hm.« Husten. »Edler Herr, vielleicht solltest du die Nacht über hierbleiben. Ich weiß, daß Hywel, der Herr dieser

Stadt, einen Gast, der so berühmt ist wie du, willkommen heißen würde.«

»Ich danke dir. Aber ich will mich dem Spruch fügen, den mein Herr, der Kaiser, über mich gesprochen hat, und auf die Güter meiner Familie zurückkehren.«

»Aber diesem Spruch hast du dich ja schon gebeugt, edler Herr. Sieh nur«, er tippte auf den Brief, »hier steht, dein Exil soll die Provinz Kleinbritannien sein. Eine Stadt ist dort nicht ausdrücklich angegeben.«

»Ich danke dir noch einmal. Aber ich habe nicht den Wunsch, meine Reise unnötig zu verlängern. Ich fühle meine Entehrung zu deutlich, um selbst an der Gastfreundschaft meiner Landsleute Gefallen zu finden.«

Weiteres Husten. »Edler Herr, der König wird beleidigt sein, wenn du nach Süden reitest, ohne zuerst den Hof zu besuchen und ihm selbst alles zu erklären.«

Bedwyr schwieg einen Augenblick. Dann verbeugte er sich leicht. »So sei es also. Ich würde den König nicht beleidigen wollen.«

Nach kurzer Zeit kehrte der andere Beamte zurück. Er brachte mit sich etwa neun Krieger und einen rundlichen Adligen von mittlerem Alter in einem scharlachroten Umhang, der mit Goldstickerei bedeckt war. Der Beamte begrüßte ihn mit einer Verbeugung als »Herr Hywel«.

»Hochedler Herr«, sagte dieser Mann zu Bedwyr, »ich bin sehr geehrt, daß du hierhergekommen bist, obwohl es mich natürlich tief bekümmert, daß du ins Exil zurückkehrst. Sicher ist es eine unverdiente Strafe, die Laune eines Tyrannen. Ich bitte dich, nimm meine Gastfreundschaft an.«

Während wir so Hywels Kriegern gegenüberstanden, wurde uns deutlich, daß wir entweder Gäste oder Gefangene waren. Also gaben wir so elegant wie möglich nach, sammelten unsere Pferde und unser Gepäck vom Kai ein und folgten Hywel durch die Stadt zu den Gebäuden, die er zur Unterbringung seiner Kriegertruppe und für sich selbst benutzte. Hywels eigenes Haus wurde von den anderen flankiert. Es waren römische

Gebäude, gut erhalten und luxuriös eingerichtet – sie waren tatsächlich feiner als alles, was es in Camlann gegeben hatte. Hier wurden uns unsere Pferde abgenommen, während Diener unser Gepäck wegtrugen und Hywel andere Diener anwies, das beste Gästezimmer für Bedwyr herzurichten. Dann fragte er höflich: »Und wessen Frau ist die Dame?«

Bei diesen Worten erhob sich ein peinliches Schweigen. Hywel schaute mich scharf an. Bis jetzt mußte ich bei ihm den Eindruck einer Dame und deshalb einer Ehefrau gemacht haben, aber jetzt konnte ich sehen, wie er mein grobes Reisegewand musterte und sich innerlich umstellte. Mir wurde klar, daß die Geschichte herauskommen mußte. Es war ganz offensichtlich, daß wir zu König Macsen weitergeschickt werden mußten, deshalb konnten wir von der Verheimlichung der Geschichte nichts erhoffen. Wahrscheinlich hatte irgendein Gerücht Hywel schon erreicht, und ich konnte meinen nordbritischen Akzent nicht vertuschen. Außerdem war ich sicher, daß ich mich nicht einer Behandlung unterwerfen konnte, die eher für ein schlampiges Dienstmädchen geeignet war.

»Herr Hywel«, begann ich und wählte meine Worte sehr sorgfältig, »ich bin nicht die Frau irgendeines dieser Männer. Herr Bedwyr hat sich großzügig entschlossen, mir seinen Schutz angedeihen zu lassen, in Anbetracht dessen, daß wir durch uns selbst unseren Status verloren haben. Da Bedwyr durch den gerechten Zorn meines Mannes, des Kaisers, ins Exil gehen mußte, hielt ich es nicht für passend, leichter davonzukommen als er. Also habe ich seinen Schutz und sein Exil akzeptiert. Wenn ich in deinem Haus auch willkommen bin, dann danke ich dir. Und wenn nicht, dann bitte ich dich, mir zu meiner Rückkehr nach Britannien eine vertrauenswürdige Eskorte zu geben.«

Hywel riß den Mund auf und starrte mich an. Dann schaute er schnell zu Bedwyr hinüber. Durch dessen Gesichtsausdruck war er überzeugt, daß ich keine Scherze machte. Er wurde nachdenklich. Die Tatsache, daß er nachdenklich und nicht erschrocken oder verblüfft war, ließ mich erraten, daß ich recht gehabt hatte und daß er die Gerüchte schon gehört, sie aber vielleicht als Unsinn abgetan hatte.

»Höchst – hm – edle Lady Gwynhwyfar«, sagte er, »es ist mir immer eine Freude, einer schönen Frau Gastfreundschaft zu bieten. Sei willkommen, Lady. Hm . . .« er warf wieder einen Blick auf Bedwyr.

Ich kam seiner nächsten Frage schnell zuvor, indem ich antwortete: »Ich danke dir für deine Gastfreundschaft, Herr Hywel. Und ich würde außerdem dankbar sein, wenn du mir irgendein privates Zimmer zur Verfügung stellen könntest, wo ich mich ausruhen kann. Unsere Reise ist in den letzten Tagen sehr hart gewesen, und ich bin müde.« Das würde ihn sicher dazu bringen, daß er mich nicht einfach in Bedwyrs Zimmer schickte. Untreu mochte ich ja sein, aber ich würde den Klatschbasen von Kleinbritannien nicht noch mehr Stoff zu bekakeln geben, und ich würde auch die Beweise meiner Schande nicht in einem fremden Land zur Schau stellen.

Wir wurden zwei Wochen lang in Hywels Festung gehalten, ehe man uns eine Eskorte zu Macsens Hof gab, und ich lernte Bresta kennen und entwickelte eine Abneigung dagegen. Mein erster Eindruck von der Stadt als reich und lebendig stellte sich als falsch heraus. Im Hafen war ziemlich viel Leben, aber die Stadt war wie die meisten Städte in Britannien mehr als halb leer und verfiel innerhalb ihre herrlichen Befestigungen. Nichtsdestoweniger war Bresta die mächtigste Stadt im nordwestlichen Teil von Kleinbritannien, der Region, die nach dem Teil von Britannien, der sie ähnelte, Dumnonia genannt wurde. Die meisten Leute waren Armorikaner – das heißt, sie stammten von denen ab, die Kleinbritannien bewohnt hatten, ehe es von Britannien aus kolonisiert wurde. Die Menschen hier sprachen unter sich einen eigentümlichen lateinischen Dialekt, den ich völlig unverständlich fand. Hywel und seine Krieger, zusammen mit den meisten der Handwerker und Gasthausbesitzer, waren erst seit einer oder zwei Generationen nicht mehr britisch – Hywel selbst hatte Cawel im Gueid Guith in Südbritannien erst verlassen, als er schon zwölf Jahre alt war. Das erzählte er mir sehr oft. Er verbrachte viel Zeit damit, sich mit Bedwyr und mir zu unterhalten – gewöhnlich war er dann von mehreren seiner Krieger umringt, obwohl er zu höflich war, um uns in offenen Worten zu sagen, daß er uns unter Beobachtung hielt. Er behandelte immer mich besonders mit großer Höflichkeit, wenigstens wenn ich dabei war. Ich wußte allerdings, daß er und die anderen in der Burg mich alle als Bedwyrs gestohlene Frau betrachteten, etwas zum Angeben, ein schönes Pferd, das ein wagemütiger Räuber erbeutet hat und das sie jetzt gern einmal seine Gangarten laufen sehen und bewundern wollten. Sie machten Witze auf Artus' Kosten, und manche der Krieger lachten tatsächlich darüber in meiner Anwesenheit. Es gab nichts, was ich dagegen tun konnte. Diese Situation war fast noch schlimmer als die Scham: Ich war nutzlos und hilflos. Ich war an Verantwortung und Autorität gewöhnt gewesen, und jetzt gehörte ich zu Bedwyrs Gepäck wie ein Beutestück aus einer Schlacht. Bedwyr natürlich gefiel das nicht mehr als mir, und für ihn war ich gewillt, sehr viel zu ertragen. Ich sagte mir, in Britannien wäre nichts besser gewesen; bei Menw hätte alles viel schlimmer werden können. Nichtsdestoweniger fing ich an, Hywel zu verachten, mitsamt seiner Burg, seiner Stadt und seinem Königreich. Ich war sogar froh, als er uns zu Macsen auf den Weg schickte.

Zuerst ritten wir von Bresta nach Nordosten, Bedwyr, seine vier Gefolgsleute, ich selbst und zehn von Hywels Kriegern. Wir folgten dem Elorn-Fluß zu den Hügeln, überquerten den Fluß dann bei Llandernoch und wandten uns nach Süden, wo Macsens Hauptstadt Car Aes lag. Die Bretonen sagen alle ›Car‹ für ›Caer‹. Sie sprechen das Britisch tief hinten in der Kehle, so daß es seltsam klingt, fast wie eine fremde Sprache. Bedwyrs Aussprache hatte sich durch die Jahre in Britannien gemildert, und auch der Akzent Hywels und seiner Männer war sanfter. Aber als wir zu den älteren Siedlungen im Inneren des Landes kamen, wurde die Sprache immer merkwürdiger. Kleinbritannien besteht in Wirklichkeit aus mehreren Ländern und mehreren Völkern. Die frühesten britischen Kolonien entstanden am Ende des Reichs der Römer, im Innern des Landes. Sie wurden herausgerodet aus den großen Wäldern, in die die ursprünglichen Bewohner nicht eingedrungen waren. Die Küsten wurden erst später von Britannien aus kolonisiert. Hywels Provinz Dumnonia und die Nachbarprovinz Pregor waren verhältnismäßig neu. Cenw, die Zentralregion, wo Macsen direkt herrschte, war der älteste und seltsamste Teil des Landes. Bedwyrs Familie – es war eigentlich keine Sippe, denn unter den Bretonen sind Sippen weniger wichtig – lebte weiter im Osten in der Näher einer Stadt, die Gwened hieß. Sie lag in der Provinz Broerec. Macsen hatte so weit im Osten keinen unwidersprochenen Herrscheranspruch mehr, denn die östlichen Teile von Kleinbritannien hatten sich teilweise einem sächsischen Stamm ergeben, der sich ›Die Franken‹ nannte. Dennoch spürte man Macsens Autorität überall. Er behauptete, er stamme vom ersten Herrn von Kleinbritannien ab, von Conan Meriadec, und er könne Gehorsam von jedem verlangen. In der letzten Juliwoche erreichten wir seinen Hof.

Hywel hatte natürlich seinen Oberherrn von unserer Ankunft informiert, und der König hatte außerdem Artus' Brief, in dem Bedwyrs Exil erwähnt war, erhalten. Macsen selbst kam zu den Toren von Car Aes, um uns zu begrüßen – wie Hywel und die meisten der bretonischen Adligen hatte er sich in einer römischen Stadt niedergelassen und nicht in einer Hügelfestung. Er behandelte uns mit größerer Höflichkeit, als unser augenblicklicher Status das verlangte, und ritt mit uns durch die Stadt zu seinem Haus. Dabei zeigte er uns die Sehenswürdigkeiten. Er war ein paar Jahre älter als Artus, und er hatte ein dünnes, hartes Gesicht, das Falten der Verbitterung zeigte. Was mir am meisten auffiel, war sein Mund. Der hatte dicke, feuchte Lippen und starke, weiße Zähne, die durch den dichten, schwarzen Bart glänzten. Manchmal biß sich Macsen auf die Oberlippe und starrte etwas oder jemanden mit seinen kalten, schwarzen Augen an, und bald lernte ich diesen Blick als ein Zeichen von Gefahr erkennen. Aber es war ganz deutlich, daß er sein Bestes tat, um charmant zu wirken.

Macsens Häuser lagen mitten in der Stadt – es war die alte römische Präfektur mit den öffentlichen Gebäuden. Sie waren in sehr gutem Zustand. Er ließ uns sehr schöne Zimmer zuweisen, viel schönere als bei Hywel. Mich aber ließ er ins gleiche Zimmer mit Bedwyr führen. Die Diener kümmerten sich nicht um meine Proteste. Es war ein Zimmer, das noch ziemlich im römischen Stil gehalten war – mit fliesenbelegtem Fußboden, schweren, purpurn gefärbten Vorhängen und dicken Teppichen am Bett, das das einzige Möbelstück im Zimmer war. Tausendmal lieber hätte ich ein einfaches britisches Zimmer gehabt, sauber und weiß gekälkt, mit einem Schreibpult und Tischen und einem Bücherkasten. Dieser purpurrote Luxus bedrückte mich.

Ich stritt mich mit den Dienern, und Bedwyr stand an der Wand und beobachtete mich. Er wollte, daß ich blieb, das wußte ich, obwohl er mich nicht darum bat. Allein war er unglücklich. Mir ging es im Grunde nicht anders, aber ich hatte noch immer Angst, bei ihm zu bleiben. Ich hatte das Gefühl, daß ich es nicht zulassen konnte, daß ein Nichts aus mir wurde, ein Anhängsel, ein Werkzeug, das man gegen Artus benutzen konnte. Aber die Diener waren mißmutig und bestanden auf ihren Aufträgen, und ich hatte hier nichts zu sagen.

Noch ein Diener erschien, als ich gerade der Verzweiflung nah war, und verlangte, daß Bedwyr augenblicklich mit ihm käme, um mit König Macsen zu reden. Bedwyr zögerte und schaute mich an. Dann seufzte er und ging. Ich setzte mich erschöpft auf das Bett. Die Diener fingen an, mir die Dinge zu zeigen, die Macsen zu meiner Bequemlichkeit hierher hatte bringen lassen. Sie hielten Seidenstoffe und Schmuckstücke hoch, als ob sie von mir erwarteten, daß ich in die Hände klatschte und beim Anblick solch hübscher Dinge entzückt quietschte wie ein kleines Mädchen. Das schönste war ein Kleid. Sie wollten, daß ich es beim Fest an diesem Abend trug. »Ein Geschenk vom König.« Das Kleid war aus violetter Seide, schwer mit Gold bestickt. Ich weigerte mich, es anzurühren. Die Diener hörten aber nicht auf meine Weigerung, bis ich ihnen schwor, statt dessen mein einfaches grünes Reisekleid zu tragen, das in einem ziemlich schlimmen Zustand war, weil es tagelang auf staubigen Straßen getragen worden war. Bei diesen Worten verließen die Diener mißmutig das Zimmer und zogen los, um sich mit Macsens Haushofmeister zu bereden. Ich blieb wütend zurück. Ich würde nicht wie die rechtmäßige Ehefrau eines Kaisers gekleidet auf Macsens Fest erscheinen und die Schande meines Mannes zur Schau stellen, und ich würde Macsen und seinen Gefolgsleuten auch keine Chance geben, sich an Artus' Schmerz zu weiden.

Bedwyr kam von seinem Gespräch mit dem König erschöpft zurück und ließ sich schwer auf das Bett sinken. Er bemerkte das Kleid, das die Diener auf dem Bett hatten liegenlassen, in der Hoffnung, daß ich es mir anders überlegte. Er warf mir einen fragenden Blick zu. Ich erklärte ihm alles mit ziemlich lauten und deutlichen Worten.

»Ja«, sagte er und runzelte die Stirn. »Er will uns ins rechte Licht setzen. Er will uns benutzen.«

Mein nutzloser Zorn verflog. Die Situation war zu hoffnungslos und bedrängt dafür. Sie würde uns nur das Herz brechen, und wir konnten nichts erreichen. Ich kam zu ihm herüber und setzte mich neben ihn auf das Bett, bei seinen Füßen. »Was hat er gesagt?« fragte ich ihn ruhig.

Bedwyr zuckte die Achseln und rieb sich das Gesicht. »Zuerst . . . zuerst hat er nach Einzelheiten an unserem Urteil gefragt und nach dem Kampf auf der Straße – er hatte davon gehört. Als ich zögerte, ihm davon zu erzählen, bestand er darauf, daß ich offen mit ihm sprechen müsse, wenn ich seinen Schutz suchte. Danach war ich ehrlich mit ihm. Dann hat er mich genau ausgefragt, ob ich in der Tat gegen meinen Herrn Artus intrigiert hätte, und ich stritt das unter Eid ab. Ich glaube, das hat ihn nicht gefreut. Dann . . . dann zeigte er mir einen Brief von Artus, den er vor ein paar Tagen erhalten hat.«

Ich blickte schweigend und voller Angst auf, und er nickte. »In dem Brief verlangt Artus, daß Macsen uns beide nach Britannien zurückschickt. Ich soll vor Gericht erscheinen, weil ich die Krieger des Kaisers auf kaiserlichen Straßen angegriffen habe und weil ich Gwyn ap Gawain aus der königlichen Familie ermordet habe. Und du sollst wegen Verschwörung und Flucht gerichtet werden. Im Brief standen sehr harte Worte, mein Herz. Artus bestand darauf, daß Macsen uns zurückschicke, oder man müsse annehmen, er habe alle seine Eide und Bündnisse gebrochen und eine Rebellion angefangen.«

»O himmlischer Gott«, flüsterte ich. Das war schlimmer, als wir erwartet hatten.

Bedwyr nickte. »Ja. Das war eine Kriegsdrohung. Ich ... war tief besorgt über diesen Brief. Als Macsen sah, daß ich ihn ausgelesen hatte, kaute er eine Zeitlang auf der Lippe und beobachtete mich. Dann sagte er: ›Du siehst, was dein Herr mir befiehlt. Soll ich ihm gehorchen oder nicht?‹ Und ich erwiderte: ›Du bist König. Du hast die Wahl.‹ Und er lächelte und sagte: ›Aber du bist derjenige, der sterben wird, wenn ich dich zurückschicke, denn nach deinen eigenen Angaben bist du schuldig. Die Angelegenheit geht fast ausschließlich dich an. Und die Lady Gwynhwyfar kommt vielleicht mit einem leichteren Urteil davon, wenn deine Geschichte wahr ist und sie in der Tat des Verrates unschuldig ist. Trotzdem wird ihre Strafe streng sein.‹ Und dann redete er eine Zeitlang von Strafen und von Möglichkeiten, wie sie durchgeführt werden konnten. Als ich nichts sagte, faltete er den Brief zusammen und steckte ihn weg. Dann fing er wieder mit der gleichen Geschichte an, die ich mir im vorigen Jahr nicht hatte anhören wollen, als ich als Artus' Botschafter hierherkam. Zuerst sagte er viel über Kleinbritannien – daß es ein selbständiges Land sein sollte und nicht ein Teil des Reiches. Und dann sagte er, er schulde Artus keinen Gehorsam, sondern sei früher nur gezwungen worden, den Drohungen und Forderungen eines Tyrannen nachzugeben. Dann sagte er, daß ich als Bretone und als ein Mann, dem der Kaiser Unrecht getan hätte, eigentlich mit ihm übereinstimmen müsse. Dem fügte er noch eine Menge Schmeichelei hinzu. Meine Fähigkeiten als Feldherr seien wohlbekannt, und Artus verdanke mir sehr viel und hätte mir wenigstens Reichtum und Ländereien geben müssen, als er mich entließ – als ob jeder andere König im Westen mich nicht für solch einen Verrat hätte töten lassen! Und dann erinnerte er mich daran, er hätte mir ja schon einmal die Stellung seines Feldherrn angeboten, und er sagte, er wolle dieses Angebot jetzt erneuern, wenn ich ihm in einer Rebellion gegen Artus helfen wolle. Und wenn nicht, dann würde er uns zurückschicken. ›Du kennst des Kaisers Kriegskünste, seine Verbündeten, die Zahl seiner Krieger und seine Strategien‹, sagte er mir, ›und mein Heer und das Volk, die wissen, daß du dich auskennst. Sie haben schon angefangen, Lieder über dich zu schreiben, wie du die Frau des Kaisers gestohlen hast und sie mit dir in dein eigenes Heimatland führtest. Wenn du Feldherr bist, dann werden dir die Leute bereitwillig in den Krieg folgen.‹« Bedwyr berichtete von dieser Rede in einem Tonfall großer Verbitterung. Dann umfaßte er den Stumpf seiner Schildhand mit seiner gesunden Hand und starrte finsteren Blickes das violette Kleid an. »Was konnte ich sagen?« fragte er mit sehr leiser Stimme nach sehr langem Schweigen. »Macsen hat seit seiner Thronbesteigung auf diese Chance zur Rebellion gewartet, denn er hat Artus immer gehaßt. Und er weiß, daß ich ihm wertvoll sein würde. Wenn ich mich weigere, dann ist es wahrscheinlicher, daß er uns selbst verurteilt und umbringt, ehe er uns zu Artus zurückschickt. Artus könnte dich gut verschonen, und das wäre für Macsen sicher weniger nützlich, als wenn er dich umbrächte, um sein eigenes Volk zu beeindrucken.«

»Du kannst Artus nicht verraten«, sagte ich.

»Ich habe ihn schon verraten. Ich habe sein Vertrauen getäuscht, ich habe ihn vor seinen Untertanen entehrt und seine Gefolgsleute ermordet. Spielt es eine Rolle, ob ich meinen Verbrechen noch eine bewaffnete Rebellion hinzufüge?«

»Natürlich! Wir kannst du auch nur daran denken, eine Armee gegen die Männer zu führen, die du einmal selbst geführt hast?«

»Kleinbritannien ist niemals ein echter Teil des Reiches gewesen. Nach ein paar Schlachten könnte Artus sicher mit Macsen wieder einen neuen Pakt schließen und sich dann zurückziehen. Und die ›Familie‹ ist besser als jede Streitmacht, die Macsen zusammenbringen könnte, auch wenn Artus die Heere aller Könige von Britannien nicht dazuholt. Vielleicht wäre ein Krieg im Ausland nützlich für Artus. Vielleicht könnte damit der Bruch in der ›Familie‹ geheilt werden. Wenn es aber nicht geschieht, was spielt es für eine Rolle? Wir sind sowieso verdammt.«

Ich sprang auf und packte Bedwyr an den Schultern. Ich zwang ihn, mich direkt anzuschauen. »Du hast doch Macsen nicht etwa gesagt, daß du seine Armee führen willst?«

Zögernd schüttelte er den Kopf. »Ich habe ihm gesagt, ich würde darüber nachdenken. Er hat mir für meine Entscheidung bis morgen früh Zeit gelassen.«

»Bis morgen früh.« Ich ließ ihn los und trat zurück. Ich dachte scharf nach. »Wir könnten diese Nacht fliehen.«

Bedwyr schüttelte ungeduldig den Kopf. »Das könnten wir nicht. Wir sind im Herzen von Macsens Burg, und wir haben nur soviel Freiheit, wie Macsen uns erlaubt. Und wenn wir tatsächlich flüchten könnten, was dann? Sollen wir weglaufen und unter den Franken oder den Sachsen wohnen, oder sollen wir Schweine hüten wie die Helden in den alten Ammenmärchen?«

»Du kannst doch nicht daran denken, kaltblütig gegen Artus und die ›Familie‹ zu kämpfen.«

»Ich habe schon gegen Artus und die ›Familie‹ gekämpft! Liebste Gwynhwyfar, wir werden beide leiden, wenn ich mich weigere.«

»Wir haben schon gelitten, und wir leiden noch. Und wir werden noch viel mehr leiden, ob du jetzt zusagst oder dich weigerst. Wie – warum kannst du auch nur im Traum daran denken, unserer Qual noch mehr Schuld hinzuzufügen?«

Bedwyr stand auf, ging zur Bettstelle und berührte die glänzende Seide des Gewandes. »Wir sind schon Verdammte auf der Erde«, sagte er mit leiser Stimme. »Müssen wir es so eilig haben, auch in der Hölle verdammt zu sein?«

»Gott ist gnädig«, sagte ich nach einem Augenblick des Schweigens. »Wenn wir sterben, weil wir die Treue nicht brechen und unser Land und unseren Herrn nicht betrügen wollten, sondern unser Leben in ehrlicher Reue aufgeben, dann wird Gott uns vielleicht verzeihen. Aber wir wissen, daß Verräter in die unterste Hölle verdammt werden.«

»Wenn Gott gnädig wäre«, gab Bedwyr zurück, ohne den Blick von dem Gewand abzuwenden, »dann wäre dies alles nicht geschehen. Gott ist gerecht. Und nach der Gerechtigkeit bin wenigstens ich verdammt, denn ich habe meinen Herrn verraten und alles, an das ich glaubte. Ich meine, daß man in der Verdammnis das Bildnis Gottes in der eigenen Seele zerstört hat. Vielleicht, vielleicht kann ich dieses Bildnis wieder ein bißchen herrichten, wenn ich lebe. Aber im Tode würde die Ödnis ewig werden. Vielleicht wird es sogar unmöglich, sich nach dem Guten zu sehnen, danach – obwohl das vielleicht auch denen passieren kann, die noch auf der Erde leben. Aber die ewige Verdammnis . . . my Lady, wir sind beladen mit Verbrechen. Wenn ich Macsens Angebot annehme, dann ist das ein Verbrechen. Wenn wir es ihm erlauben, uns nach Britannien zurückzuschicken, dann wird er trotzdem rebellieren, bei irgendeiner anderen Gelegenheit. Und vielleicht ist Artus dann nicht darauf vorbereitet. Und wenn wir noch einmal vor Gericht stehen, dann bekommt Medraut eine zweite Möglichkeit, die ›Familie‹ weiter zu spalten. Zurückzukehren, das bietet also vielleicht Gelegenheit für mehr Verbrechen, als hierzubleiben. Und wenn wir hierbleiben und uns umbringen, dann ist das auch ein Verbrechen. Es gibt kein Entkommen. Gott straft uns, er hat uns unseren Sünden übereignet. Warum sollten wir also nicht den leichtesten Weg einschlagen und länger leben? Wenigstens kann ich dir dann weiterhin treu bleiben, wenn auch keinem anderen.«

Ich hätte mit ihm gestritten. Ich hätte versucht, ihm diese außerordentliche Verzweiflung auszureden und ihn zu überzeugen, daß er Macsens Angebot ablehnen mußte. Aber in diesem Augenblick traten zwei weitere von Macsens Dienern ein.

»My Lady«, sagte einer nervös und bemerkte endlich, daß die Atmosphäre angespannt war und daß sie uns störten. »My Lady, hast du dich entschlossen, das Geschenk des Königs, das er dir so großzügig gemacht hat, anzunehmen?«

Ich schaute Bedwyr an, der noch immer dastand und das Gewand befingerte. Aber er drehte sich nicht um. Wenn wir vernichtet und verdammt waren, dann, so dachte ich, würde ein Purpurgewand daran auch wenig ändern. Aber ich war nicht, wie Bedwyr, in der Lage, die ganze Welt als etwas Abstraktes zu betrachten, so daß eine einzige verräterische Tat mich ändern mußte. Ich wußte, ich war eine Verbrecherin und ohne Ehre, aber dennoch konnte ich es nicht ertragen, mich selbst oder meinen Mann noch weiter zu erniedrigen oder noch ein winziges Quentchen mehr Unehre auf mich zu nehmen, als ich mußte.

»Übermittle dem König mein Bedauern«, sagte ich zu der Dienerin, »aber der kaiserliche Purpur ist jetzt eine zu edle Farbe für mich. Es würde mir nicht ziemen, sie zu tragen. Außerdem beißt sich diese Farbe mit meiner Haarfarbe.«

Die Dienerin nickte, seufzte, nahm das Kleid auf und hängte es über den Arm. »Es ist nicht freundlich, my Lady, ein Geschenk abzulehnen, das von einem so großen König so großzügig gegeben worden ist. Aber der König schickt dir ein anderes Kleid, damit du ihn auf dem Fest nicht beschämst.« Sie winkte, und das andere Mädchen kam ins Zimmer. Es brachte ein blaugrünes Kleid und eine dicke Goldkorde, die mit Bernstein und blauer Emaille verziert war. Ich dankte den beiden mit äußerster Höflichkeit dafür und bat sie, meinen Dank auch dem König auszudrücken. Als sie gegangen waren, schaute ich wieder Bedwyr an. Ich konnte den Gedanken nicht ertragen, daß ich, obwohl er verzweifelt war, grob zu ihm gewesen war. Da Worte nichts nützen konnten, ging ich zu ihm hinüber und legte die Arme um ihn und tröstete ihn. Ich hielt ihn, wie eine Mutter ein verletztes Kind halten würde.

9

Da Macsen sowohl Bedwyr als auch mich zum Fest an diesem Abend eingeladen hatte, hatte ich angenommen, es sei eine informelle Angelegenheit, bei der Männer und Frauen zusammen essen konnten. Aber als ich an Bedwyrs Arm eintrat, entdeckte ich, daß ich die einzige anwesende Frau war. Ich blieb auf der Schwelle stehen und spürte, wie mein Gesicht unter den starren Blicken all der Männer heiß wurde. Nicht alle von Macsens Kriegern waren da, denn da er in einer römischen Stadt wohnte, besaß er keine richtige Festhalle und konnte sie nicht alle unterbringen – aber es waren genug von ihnen zugegen, daß ihre Blicke mich störten. Einen Augenblick lang war ich in Versuchung, einfach kehrtzumachen. Dann schob ich den Gedanken beiseite und vergaß die neugierigen Blicke, denn neben Macsen auf dem Podium saß – Cei.

Der Eingang zu dem öffentlichen römischen Gebäude, das Macsen zu seiner Halle gemacht hatte, lag hinter dem Podium. Cei mußte sich also umdrehen, um festzustellen, wen die anderen anstarrten. Als er es tat, wurde sein Gesicht fast so rot wie sein Bart, und er sprang auf die Beine.

»Was soll das heißen?« wollte Cei wütend von Macsen wissen. »Du hast gesagt, die beiden wären nicht in deiner Festung, als ich dir den Brief gegeben habe!«

»Das waren sie auch nicht. Sie sind heute nachmittag angekommen. Ich habe sie hierherbringen lassen«, gab Macsen aalglatt zurück. »Setz dich wieder, Cei.« Und dann schaute er Cei nachdenklich an und biß sich auf die Oberlippe.

Cei blieb stehen. »Hast du vor, ihnen Unterschlupf zu gewähren? Sie sollten deine Gefangenen sein, nicht deine Gäste!«

»Vielleicht sind sie es auch. Das erfährst du morgen, Cei.«

»Ich bin an den Befehl meines Herrn gebunden«, sagte Cei scharf. »Und es wäre für mich nicht ziemlich, mit den Feinden meines Herrn zu essen und zu trinken.«

»Ich bin hier der Herr, nicht du«, sagte Macsen jetzt schärfer. »Entweder bleibst du als mein Gast hier, oder du verläßt das Fest. Was aber die beiden anbetrifft – die bleiben.«

Ich ließ Bedwyrs Arm los und kam herüber, während Cei schäumend dastand und nicht wußte, was er tun sollte. »Cei«, sagte ich, »ich wußte nicht, daß du hier warst, aber bei deinem Anblick sinkt mein Herz. Wenn die Befehle meines Herrn es dir erlauben, dann bleibe und erzähl mir, was in Camlann passiert ist. Denn ich bin fast krank vor Sehnsucht, von Camlann zu hören. Wenn du aber nicht bleiben kannst . . . Macsen, ich würde lieber gehen, als daß du aus Höflichkeit so unehrenhaft einen Gast und Botschafter von deinem Fest wegschickst.«

Macsen biß sich auf die Lippe und starrte mich an. Denn so, wie ich es ausgedrückt hatte, würde es einen ernsten Bruch der Gastfreundschaft bedeuten, wenn er Cei wegschickte. Aber Cei zog die Schultern hoch und schaute mich verwirrt an.

»My Lady«, begann er und rief dann angewidert aus, »ach, zur Hölle damit! Ich meine Lady Gwynhwyfar!« Aber er fuhr nicht fort. Ich nahm seine Hand und umklammerte sie. Ich war überrascht, wie froh ich darüber war, sein Gesicht zu sehen. Ich hatte das Gefühl, als ob eine klebrige Lage von Staub jetzt weggewaschen worden wäre und als ob ich mich wieder wie ich selbst benehmen konnte. Cei schaute noch immer verwirrt drein, aber fast unwillkürlich nahm er meine Hand und umfaßte sie mit beiden Händen. »Also, my Lady«, sagte er ruhiger, »du bist schon seit so vielen Jahren meine Herrin gewesen, daß ich keine andere Anrede für dich mehr finden kann. Und trotz allem sind wir ja Freunde gewesen, du und Bedwyr und ich. Vielleicht sollte ich jetzt gehen und die Leute über König Macsens Gastfreundschaft reden lassen, wie sie wollen – aber wenn er treu bleibt, dann reisen wir morgen zusammen zurück nach Camlann.«

»Und ich würde die Reise in solcher Gesellschaft genießen«, gab ich zurück.

Cei lächelte und ließ mich zu seiner Rechten Platz nehmen – nicht auf dem Platz, den Macsen mir hatte geben wollen. Bedwyr setzte sich zu meiner Rechten nieder. Er begrüßte Cei nicht, er starrte nur auf den Tisch, und Cei sagte kein Wort zu ihm. Aber sie kannten einander vielleicht besser, als ich sie beide kannte. Sie hatten unzählige Schlachten zusammen gekämpft, einander das Leben gerettet, bei zahllosen Feldzügen Seite an Seite gelagert. Das machte es für die beiden jetzt um so schwieriger, die richtigen Worte zu finden.

Cei schaute mich scharf an, als das Mahl begann. »Nun, my Lady«, sagte er, »als du hereinkamst, da dachte ich, du wärst die schönste Königin seit Helena, der Mutter Constantins. Aber jetzt sehe ich, daß du bleich bist. Bist du krank gewesen?«

»Nein. Es ist nur die Reise und der Kummer. Aber sag mir, wie stehen die Dinge in Camlann? Wie geht es meinem Herrn Artus? Und Gawain – es hat mich krank gemacht, an ihn zu denken.«

Cei warf mir einen sehr seltsamen Blick zu. Hinter ihm lauerte Macsen mit glühenden Blicken. Sein Schaustück benahm sich nicht, wie er sich das gewünscht hätte. Wahrscheinlich hatte er auf einen Streit gehofft, bei dem Cei hinausstürmte und Bedwyr und mich zurückließ, damit seine Männer beeindruckt waren.

»Du glaubst, ich hätte mich mit Bedwyr wegen meiner Flucht besprochen?« fragte ich und erriet den Grund für den seltsamen Blick. »Cei, ich schwöre dir, das habe ich nicht getan. Ich wußte nichts von diesem Plan, bis Bedwyrs Gruppe uns auf der Straße begegnete.«

»Und sie ist nur mit mir gekommen«, fügte Bedwyr mit leiser, rauher Stimme hinzu, »weil sie wußte, daß ich vor Kummer über das, was ich getan hatte, verzweifelt war.«

Cei schaute ihn bei diesen Worten nicht an. Bedwyr heftete kurz seine Augen auf ihn und wandte dann den Blick ab. Er schaute hinaus in die Halle. Er war sehr bleich geworden, und die Haut um seine Augen wirkte steif vor Anspannung.

Ceis zorniger Blick wich einem Ausdruck der Unsicherheit. »Und wie kam es, daß du Gwyn getötet hast?« fragte er Bedwyr und sprach auch leise.

Bedwyr schüttelte den Kopf, als ob er etwas beteuern wollte, das er schon viele Male gesagt hatte. »Ich habe ihn getötet, wie man in der Schlacht tötet. Die Hand ist schneller gewesen als der Gedanke, der sie führen sollte. Ich hatte keine Zeit zu denken.«

Cei pfiff leise durch die Zähne. »Das war eine schwarze Stunde, Vetter, als du geplant hast, die Kaiserin zu retten. Und es war noch ein schwärzerer Augenblick, als du den Speer gegen deine Kameraden geschleudert hast. Aber ich glaube dir. In der Tat, ich hätte nie geglaubt, daß du unseren Gwyn umbringen könntest, daß du Mord im Sinn hattest. Nicht, wo dieser goldenzüngige Bastard einer Füchsin und eines Teufels, dieser Medraut, unter deinen Gegnern war.«

»Aber hast du denn meinen Brief nicht gesehen?« fragte ich, und als Cei verwundert dreinschaute, fügte ich hinzu: »Den Brief, den wir in Caer Gloeu hinterlassen haben.«

Cei schüttelte den Kopf. »Als die Nachricht kam, haben wir nach Caer Gloeu geschickt, um nachzuforschen, ob ihr noch da wärt, und um herauszufinden, auf welchem Schiff ihr ausgelaufen seid, so daß wir euch auch sicher folgen konnten. Aber ein Brief war nicht da. Vielleicht ist er verlorengegangen oder verlegt von den Leuten, bei denen du ihn hinterlassen hast.«

»Vielleicht«, sagte ich, aber ich fragte mich, wen Artus wohl nach Caer Gloeu geschickt hatte. Wenn es nicht Medraut selbst gewesen war, dann sicherlich einer von Medrauts Freunden, jemand, der den Brief von dem Hafenbeamten angenommen und ihn insgeheim vernichtet hatte.

Schnell sagte ich Cei, was in dem Brief gestanden hatte, und Bedwyr fügte gelegentlich zwei oder drei Worte mit kaum hörbarer Stimme hinzu. Als ich fertig war, nickte Cei.

»Das ist schrecklich zu hören«, war seine einzige Bemerkung. »Einer von eurer Eskorte bestand darauf, daß du nicht willig mitgegangen wärst und daß du Bedwyr hättest sagen wollen, du gingest nicht mit. Aber wir wußten nicht, was wir glauben sollten. Jetzt scheint es, als ob das Rad der Fortuna sich gegen uns dreht, und selbst unschuldige Absichten zielen auf Vernichtung.«

»Ich bete darum, daß unser Reich dem Untergang noch entgeht«, erwiderte ich ruhig. »Aber ich bitte dich, Cei, sag mir, was in Camlann passiert ist!«

Cei schaute mich mit einem Gesichtsausdruck an, den ich zuerst nicht erkannte. Ich hatte diesen Ausdruck bei ihm so selten gesehen: Mitleid. »Nichts Gutes ist geschehen, my Lady. Im Gegenteil – seit dieser Bastard einer Hexe nach Camlann gekommen ist, ist dort wenig Gutes geschehen.«

Ich sagte nichts, und schließlich fuhr Cei fort: »Also gut. Medraut und die anderen von deiner Eskorte kehrten sechs Tage, nachdem sie ausgeritten waren, nach Camlann zurück. Sie waren in schlechtem Zustand. Zwei Männer beförderten sie auf Bahren, die zwischen zwei Pferden aufgehängt waren, und drei waren in Decken eingewickelt und hingen über anderen Pferden – und eins dieser Pferde war die schöne Fuchsstute, die Gawain Gwyn geschenkt hatte. Sie ritten zur Halle herauf, ohne nach rechts oder links zu schauen, und dort hielten sie. Ich saß zufällig draußen vor der Halle und genoß die Sonne, aber als ich sah, wie sie herankamen, stand ich auf und starrte sie an, wie ein Bauer auf einem Jahrmarkt um sich glotzt. Also sitzt Medraut vor mir ab und sagt mir: ›Bedwyr hat Gwynhwyfar gestohlen. Wo ist der Kaiser?‹ Also rufe ich die Diener, damit sie sich um die Verwundeten kümmern und Gruffydd, den Chirurgen, holen. Und dann gehe ich mit Medraut in die Halle, denn ich wußte, mein Herr würde da sein. Und richtig, er und Gawain saßen am Hohen Tisch und redeten über Politik, aber sie hörten auf und schauten besorgt drein, als sie Medraut hereinkommen sahen.

Medraut und Rhuawn und all die anderen, die noch laufen

konnten, gingen direkt in die Halle. Sie hatten es überhaupt nicht eilig, und dann nahm Medraut sich viel Zeit und verbeugte sich vor Artus. ›Warum bist du hier?‹ fragte Artus ihn. ›Man kann nicht in einer Woche nach Ebrauc und zurück reiten.‹ ›Mein Herr‹, sagt Medraut sehr kühl und tut so, als ob er seinem Zorn nicht nachgibt. ›Bedwyr ap Brendan und seine Freunde haben uns auf der Straße von Caer Ceri nach Linnuis angegriffen und die Lady Gwynhwyfar mit sich weggeführt.‹ Und Artus starrte ihn einfach an und runzelte die Stirn. Nach einem Augenblick sagt Gawain zum Kaiser: ›Mein Herr, wenn das wahr ist, dann ist das kein Verbrechen, es sei denn, es hat Blutvergießen gegeben. Du hast der Lady befohlen, zu ihrer Familie zurückzukehren, aber sie hat das Exil gewählt, eine viel schwerere Strafe. Und Bedwyr ist seinem Urteilsspruch nachgekommen. Wenn es aber Blutvergießen gegeben hat, dann können wir den gerechten Blutpreis fordern, und die Sache hat ein Ende.‹ Artus wandte den Blick ab und verbarg einen Augenblick lang sein Gesicht in den Händen. Ich glaube, er war wie gelähmt davon, wie auch ich. Mir gefielen Medrauts Worte nicht, denn ich wußte, es waren Männer getötet worden, und selbst wenn das nicht der Fall gewesen wäre – ein Kaiser kann es sich nicht leisten, daß seine Frau mit einem anderen Mann in einem fremden Land lebt. ›Sie sollte in irgendein Kloster eintreten‹, sagte der Kaiser. ›Das zieht sie ihrer Familie vielleicht vor, Herr‹, sagt Gawain, und Artus nickt. Er sah so müde aus, wie ich ihn noch nie gesehen hatte, und ich habe ihn nach all seinen großen Schlachten erlebt, mitten in den Feldzügen der letzten Jahre, die einen Mann mit ihren Strapazen fast umbringen. Dann drehte Gawain sich um, schaute die anderen an und sagte: ›Aber wo ist mein Sohn?‹ Und Medraut sagt, ›er ist draußen.‹ Und Gawain lächelte, Gott helfe ihm, und stand auf und ging hinaus, um seinen Sohn zu sehen. Ich wollte ihn aufhalten, aber ich war selbst nicht sicher, was Medraut meinte. Denn Gwyn hätte ja auch einer von den Verwundeten sein können. Also geht Gawain hinaus, und auch Artus und Medraut und die anderen. Als wir aus der Halle traten, waren die Diener und Gruffydd schon bei den Verwundeten und kümmerten sich um sie, und Artus bleibt stehen und schaut Medraut an und sagt: ›Es hat also doch Blutvergießen gegeben.‹ Und Medraut verbeugt sich, wie um zu verbergen, daß er lächelt (aber ich hab' das Lächeln vorher gesehen), und sagt: ›Einer ist tot, und zwei von unserer Gruppe sind verwundet. Zwei von Bedwyr sind gefallen.‹ Und Gawain dreht sich herum und schaut die Leichen an, die in Decken gewickelt sind, und sieht das Pferd seines Sohnes. Und dann schaut er diesen Bastard Medraut an und sagt mit seltsamer Stimme: ›Wo ist mein Sohn?‹ Und Medraut geht zu der Fuchsstute und schneidet die Seile durch, mit denen die Leiche auf ihrem Rücken festgebunden ist. Und dann fällt die Leiche auf den Boden, und ein Stück der Decke rutscht beiseite, und da liegt Gwyn, tot. Und Medraut sagt: ›Da ist er.‹ Und Gawain starrt einen Augenblick hin, und dann stößt er diesen langen, fürchterlichen Schrei aus und geht hinüber zu der Leiche und zieht den Rest der Decke weg. Und er legt eine Hand über die Wunde in der Brust des Jungen und die andere unter seine Schultern, als ob er versuchen wollte, ihm aufstehen zu helfen. Aber genauso hält er inne und kniet da und schaut ihn an und gibt keinen weiteren Laut von sich. Also sagt Medraut: ›Er hat versucht, Frieden mit Bedwyr zu machen, als wir angegriffen wurden. Er hat den Schild weggeworfen und Bedwyr gerufen, und Bedwyr blickte auf und sah ihn und hat ihn mit dem Speer getötet.‹ Und er fährt fort und sagt, daß du, my Lady, mit den anderen weggeritten wärst. Artus schaut die anderen Männer an, und sie bestätigen es alle, obwohl einer darauf besteht, du wärst nicht willig mitgegangen. Aber wütend waren sie alle. Also fragt Artus, wer noch gefallen ist, und hört die Namen von denen, die mit dir weggeritten sind. Und dann fragt er Gruffydd, wie es den Verwundeten geht, und er sagt es ihm. Dann befiehlt er einigen von den Dienern, die Leichen wegzubringen und zu waschen und zur Beerdigung vorzubereiten. Und dann geht er hinüber zu Gawain und legt ihm die Hand auf die Schulter, und Gawain blickt zu ihm auf mit einem Ausdruck wie ein Wesen aus der dunklen Anderwelt. Und Artus sagt: ›Wir müssen dafür sorgen, daß er beerdigt wird‹, und ruft die Diener, damit sie die Leiche wegbringen. Und Gawain sagt nichts und läßt ihn wegtragen. Dann steht er auf, zieht die Kapuze übers Gesicht und geht weg, ohne etwas zu sagen oder jemanden anzuschauen, und niemand wollte auch zu ihm etwas sagen.

Also, Artus ließ die Verwundeten versorgen, und am nächsten Morgen haben sie eine Messe für die Toten gelesen. Gawain stand während des Gottesdienstes die ganze Zeit da, ohne ein Wort zu sagen, und beobachtete die Beerdigung mit einem Gesicht wie eine Statue in der Kirche. An diesem Nachmittag hat er die Fuchsstute aus dem Stall geholt, sie zum Schlachthaus gebracht und getötet. Dann ging er durch unser Haus und suchte Gwyns Sachen zusammen und brachte sie nach draußen, um sie zu verbrennen. Ich kam herein, als er das tat. Ich hatte gerade von der Stute gehört. ›Was machst du denn hier bloß?‹ fragte ich ihn. ›Ich will nicht, daß diese Dinge mich an ihn erinnern‹, sagte Gawain, ohne sich umzudrehen. ›Und ich könnte es auch nicht ertragen, daß ein anderer sie benutzt.‹ My Lady, ich kann einfach nicht sagen, was das für mich bedeutete: Es brach mir das Herz, wenn ich ihn anschaute. Es war für mich das gleiche wie damals, als ich den armen Agravain sah, ehe er starb. Es dürfte nicht sein, daß man zusehen muß, wie einem Freund das angetan wird.

An diesem Abend hielten sie das Beerdigungsfest in der Halle. Gawain kam spät herein, ging zum Hohen Tisch, setzte sich aber nicht. Statt dessen zieht er sein Schwert und legt es vor Artus hin, das Heft auf Artus' Hand gerichtet. Und er selbst sinkt auf beide Knie und beugt den Kopf. Und Artus sagt: ›Was wünschst du?‹ Und sofort sagt Gawain: ›Gerechtigkeit, Herr.‹ Artus sagt: ›Ich schreibe wegen Bedwyr an Macsen von Kleinbritannien. Würdest du einem Blutpreis zustimmen?‹ Aber Gawain sagt: ›Ich habe einmal geschworen, und zwar in dieser Halle, daß ich bis ans Ende der Erde gehen und kein Leben auf der ganzen Welt verschonen und keinen Blutpreis annehmen würde, wenn mein Sohn durch Verrat ums Leben käme. Und zu diesem Eid stehe ich.‹ Artus schaut darauf sehr grimmig drein, sagt aber: ›Ich schreibe an Macsen.‹ ›Tu das, Herr‹, antwortet Gawain. ›Aber schreib ihm nicht, wie du ihm früher geschrieben hast, denn sonst wird Macsen so tun, als ob er nichts von irgendwelchen Verbrechern wüßte, oder er wird sagen, daß zwischen uns kein Pakt besteht, nachdem er Menschen ausliefern muß. Er wird dann nichts tun.‹« Und Cei warf einen Blick zu Macsen hinüber, der jetzt wie gebannt zuhörte, genau wie die anderen am Hohen Tisch. »›Herr‹, sagt Gawain, ›du mußt ihm Krieg versprechen, wenn er keine Gerechtigkeit walten läßt.‹ Artus sagt nichts dazu. Er war nicht erpicht auf Krieg, und ich glaube, er hat verstanden, my Lady, wie das alles geschehen sein mußte. Er hat nie geglaubt, daß Bedwyr Gwyn umbringen wollte. Und er war auch nie einer von den Männern, die das Blut von denen fließen sehen wollen, die ihm Dienste geleistet haben. Aber Gawain kniete weiterhin und sagte: ›Mein Herr, seit siebzehn Jahren habe ich für dich gefochten, die volle Hälfte meines Lebens. In deinen Diensten habe ich Wunden und Strapazen ertragen, bin ich von einem Ende Britanniens bis zum anderen gereist, habe ich Meere überquert, habe ich mich von meiner eigenen Sippe losgesagt, solange ich noch eine hatte. Ich habe nie um ein größeres Geschenk gebeten als um diesen Dienst selbst. Und jetzt will ich auch nichts von dir verlangen, sondern ich bitte wie jeder anderer Bittsteller, daß du mir Gerechtigkeit gegen den Mörder meines Sohnes gibst.‹ Darauf sagt Artus: ›Wahrscheinlich wird das Krieg bedeuten. Ich gebe dir Briefe und setze dich als Botschafter ein. Geh selbst nach Kleinbritannien und fordere Gerechtigkeit von Bedwyr. Ich glaube nicht, daß er sich weigern wird, gegen dich zu kämpfen oder deiner Forderung nachzukommen.‹ Aber Gawain sagte: ›Ich habe nicht all die Jahre für das Reich und für dich gekämpft, daß ich jetzt private Rache wünsche. Nein, mein Herr, laß die ganze Welt sehen, daß du mir Gerechtigkeit gegen diesen Verbrecher gibst, Gerechtigkeit und das Gesetz.‹ Da seufzte Artus und streckte die Hand aus und umfaßte das Heft von Gawains Schwert. ›Du verlangst nicht mehr, als dir zusteht. Du sollst deine Gerechtigkeit bekommen, und wenn wir ganz Kleinbritannien verwüsten müssen, um sie zu erlangen.‹«

Cei hielt inne und nahm einen großen Schluck von Macsens Wein.

»So«, sagte Macsen, »es ist also Gawain ap Lot, der diese üblen Gefühle mir gegenüber aufgerührt hat, wegen seines privaten Streites.«

»Der Kaiser verlangt nicht mehr als Gerechtigkeit von einem seiner Unterkönige, der durch den Eid daran gebunden ist, sie ihm zu geben«, erwiderte Cei sofort.

»Aber dieser Gawain ap Lot ist noch nicht einmal Brite. Er stammt aus keinem Teil des Reiches. Er ist ein irischer Wolf, der nach Rache heult.« Macsen redete laut, denn er wollte, daß seine Gefolgsleute ihn hörten.

Cei knallte seinen Becher auf den Tisch und starrte ihn an. »Gawain ist ein Mitglied der königlichen Sippe, ein Verwandter des Kaisers und einer seiner besten und treusten Krieger! Was für ein König würde denn solch eine Bitte übersehen, von solch einem Diener? Mit Sicherheit nicht mein Herr Artus – das erfährst du zu deinem Schaden, wenn du versuchst, dich Artus' Forderungen entgegenzusetzen.«

»Und diese Forderung ist das Leben dieses Mannes, Bedwyr ap Brendan«, sagte Macsen. Er schaute Cei einen langen Augenblick an, und Cei wirkte unruhig und verlegen. Macsen ließ seine Blicke dann von Cei zu Bedwyr hinüberwandern, aber Bedwyr saß nur da, starrte seinen Teller an und sagte nichts.

»Aber wie war die Situation, als du abgereist bist?« fragte ich Cei, um das Thema zu wechseln. Ich wollte nicht, daß der Krieger hier in Kleinbritannien in einen Streit verwickelt wurde. Es war ungewöhnlich, daß Cei zum Botschafter gewählt worden war, denn er stritt immer gerne mit jedem, der Artus oder dem Reich feindlich gesinnt war. Wahrscheinlich hatte Artus ihn geschickt, um Macsen einzuschüchtern und um sein Ultimatum möglichst deutlich zu machen.

Cei zuckte die Achseln. »Es hat sich nicht viel verändert. Artus kümmert sich um die Angelegenheiten des Reiches, die ›Familie‹ streitet und schärft die Schwerter, und Gawain sitzt in seinem Haus und brütet, oder er reitet sein Pferd täglich bis halb nach Baddon. Unser Diener Rhys und ich selbst, wir sind die einzigen, die es wagen, mit ihm zu reden, aber er sagt wenig genug zu uns. Einmal hat er stundenlang mit Medraut geredet, aber was die beiden besprochen haben, das weiß niemand.« Cei machte eine Pause, warf wieder einen Blick zu Macsen hinüber und fügte hinzu: »Medraut benimmt sich wie gewöhnlich« – ein ungewohnter und ziemlich später Versuch, diskret zu sein.

»Ein sehr hübscher Bericht«, sagte Macsen sardonisch. »Und jetzt haben wir für heute genug von Camlann und von der angestrebten Rache gehört. Kommt, jetzt soll es etwas lustiger werden!« Und er klatschte in die Hände, damit seine Barden kamen und für ihn sangen. Nach kurzer Zeit fingen einige seiner Männer einen Schwertertanz an.

Cei verließ das Fest früh. Bedwyr bat darum, auch gehen zu dürfen, kurz nachdem Cei gegangen war. Ich zog mich mit ihm in unsere Zimmer zurück, aber er wollte weder von Ceis Neuigkeiten noch von Macsens Angebot sprechen; er wollte mich nur in den Armen halten, und danach lag er still auf dem Bett – wach und bewegungslos, wie ein Mann, der an einem Fieber stirbt.

Am nächsten Morgen fragte ich ihn, welche Antwort er Macsen geben wolle.

»Keine«, erwiderte er.

»Keine? Aber Macsen sagte, du müßtest ihm eine Antwort geben.«

»My Lady, ich habe versucht, mich dazu zu entschließen, sein Angebot abzulehnen. Das Leben wird durch Verrat zu teuer erkauft, besonders, nachdem man seine Freunde so verletzt hat. Aber ich kann nicht einfach ablehnen. Ich kann es nicht. Mich von denen, die ich verletzt habe, richten zu lassen, dich gestraft zu sehen – vielleicht ausgepeitscht oder sogar hingerichtet – so gebrochen vor meinen Freunden zu stehen und vor den Männern, die ich befehligt habe – das kann ich nicht. Aber wie kann ich Macsens Angebot akzeptieren und weitere Verbrechen gegen meine Kameraden und gegen meinen eigenen Herrn begehen? Nein, ich will ihm keine Antwort geben. Macsen soll selbst wählen. Aller Wahrscheinlichkeit nach wird er sich dazu entschließen, uns mit Cei zurückzuschicken, und damit hat es ein Ende, auch ohne daß ich wähle.«

Aber das war genau das, was Macsen nicht tat. Er ließ Bedwyr noch an diesem Morgen rufen und fragte ihn, wie er sich entschieden hätte, und Bedwyr sagte ihm, er könne sich nicht entscheiden. Nach einer Weile schickte er also Bedwyr zurück, ließ Cei rufen und befahl ihm, Kleinbritannien sobald wie möglich zu verlassen. Er solle Artus sagen, Macsen erkenne Artus' Reich nicht mehr an und wolle Artus' Befehl, einen Mann betreffend, der als Macsens Untertan geboren sei, nicht akzeptieren. Ich erfuhr erst hinterher davon, sonst hätte ich Artus einen weiteren Brief geschrieben, den Cei mit nach Camlann hätte nehmen können.

Macsen sagte an diesem Tag und am nächsten nichts zu uns. Wir sahen ihn während all dieser Zeit nicht. Wir wurden gut bewacht, man erlaubte uns noch nicht einmal, unser Zimmer zu verlassen. Ich bestach eine der Dienerinnen, damit sie uns ein paar Bücher brachte. Damit konnte man sich die Zeit vertreiben, aber der Zeit, die man mit Lesen verbringen kann, sind Grenzen gesetzt.

Am dritten Tag, nachdem Cei wieder abgereist war, befahl uns Macsen noch einmal zu einem Fest. Er ließ Bedwyr zu seiner Rechten plazieren und mich neben Bedwyr. Er sprach freundlich und lässig über unwichtige Dinge, als ob nichts geschehen wäre. Später am Abend fing er an, von Artus' wahrscheinlicher Invasion zu reden, aber er unterhielt sich mit seinem eigenen Feldherrn – einem mürrischen, mageren Mann mit allzufrüh ergrautem Haar, und nicht mit Bedwyr. Erst als das Mahl vorüber war und wir dasaßen und Macsens ausgezeichneten Wein tranken, während einer von Macsens Barden sang, wandte sich Macsen an Bedwyr und fragte ihn zu dem Thema aus, das er eben mit seinem Feldherrn besprochen hatte. »Was meinst du?« wollte er wissen. »Sollten wir die Häfen verbarrikadieren?«

»Ach, es hat keinen Sinn, die Häfen zu verbarrikadieren«, meinte der Feldherr Lenleawc nachdrücklich. »Es gibt Strände genug, wenn Artus mit Karacken kommt, und wir können nicht die ganze Küste mit Booten bewachen.«

»Aber wenn er kleine Karacken benutzt und an den Stränden landet, dann wird er mehrmals fahren müssen, um die Armee herüberzubringen«, erwiderte Macsen. »Und wir wären gewarnt und hätten mehr Zeit, unseren Gegenschlag vorzubereiten.«

»Er wird keine Bauernarmee herbringen«, sagte Bedwyr.

»Warum nicht?«

Bedwyr war klargeworden, was er gesagt hatte, und er zögerte.

»Komm, das ist doch keine geheime Information! Wenn du unserem Krieg um die Unabhängigkeit so abgeneigt bist, wenn du deinem eigenen Land gegenüber so untreu bist, daß du Skrupel hast, am Tisch deines Gastgebers Informationen von dir zu geben – wenn das so ist, dann solltest du morgen nach Camlann zurückreiten.«

»Artus wird wahrscheinlich während der Erntezeit angreifen«, sagte Bedwyr nach einem weiteren Augenblick des Schweigens. »Du wirst Schwierigkeiten haben, um diese Zeit deine eigene Armee zusammenzubringen, und Artus' Vorteil, der in seinen ausgebildeten Kriegern liegt, wird um so effektiver sein. Wahrscheinlich wird er eine Streitmacht von ausgesuchten Männern mitbringen, nicht mehr als tausend an der Zahl, und wird direkt hier, bei deiner Festung, zuschlagen. Auf diese Weise hofft er, den Krieg schnell zu Ende zu bringen.«

Ich starrte Bedwyr zornig an. Macsen bemerkte das, lächelte in sich hinein, ignorierte mich aber und stellte Bedwyr eine weitere Frage. Bedwyrs Zögern bei der Beantwortung dieser

Frage verschwand langsam, während er sich an Artus' Strategien begeisterte, und ich saß schweigend an seiner Seite und hörte zu, und mein Herz wurde kälter und kälter.

An den folgenden Tagen besprach sich Macsen weiterhin mit Bedwyr, und die Zeit, die Bedwyr ihm widmete, wuchs ständig. Er wußte jetzt, daß sein Standpunkt falsch war. Er hatte Macsen keine Antwort gegeben, und Macsen hatte sein Schweigen als Zustimmung gedeutet. Bedwyr konnte den Schutz, den Macsen uns bot, und der der direkte Grund für den Krieg war, nicht annehmen und sich trotzdem weigern, Macsen zu unterstützen. Irgendwie glaubte er ja, daß Kleinbritannien ein separates Königreich war und nichts mit Britannien zu tun hatte und daß Macsen in seinem Reich tun konnte, was er wollte. Aber der Hauptgrund dafür, daß er zustimmte, Macsen bei seiner Rebellion zu helfen, war die betäubende Verzweiflung, von der er nie mehr frei zu sein schien. Er war auch anscheinend nicht mehr in der Lage, eine moralische Entscheidung zu treffen, und Macsen drängte ihn in seiner Unentschlossenheit dazu, mit ihm gemeinsame Sache zu machen. Bedwyr fing also an, nachdem er nur Ratschläge erteilt hatte, ein System aufzustellen, mit dem man eine Armee schnell ausheben konnte und mit der die Küste verteidigungsbereit war – die Häfen zu verbarrikadieren und jedem Bauern, der eine Landung auf dem Strand meldete, Belohnung zu versprechen, auch das war Bedwyrs Plan. Er war bereit, die Krieger auszubilden, und schließlich, im September, akzeptierte er offiziell eine militärische Stellung unter Macsen.

Bei jedem Schritt redete ich Bedwyr ins Gewissen. Er stimmte dann meinen Argumenten zu, und danach sagte er, er wüßte schon, daß dies oder jenes falsch wäre, aber es gäbe keine Möglichkeit, gerecht zu bleiben, und er könne nicht mehr zurück. Schließlich, da meine Argumente seine Verzweiflung nur noch vertieften, gab ich auf. Ich versuchte, Bedwyr aufzuheitern und ihn auf diese Weise wieder zur Vernunft zu bringen. Aber er ließ sich nicht aufheitern. Seine einzige Flucht vor der Verzweiflung bestand darin, sich auf seine Arbeit für

Macsen zu werfen, und während die Tage vergingen, sah ich ihn weniger und immer weniger.

Die Beschränkungen, mit denen wir lebten, wurden nach und nach aufgehoben, je mehr Bedwyr zur Mitarbeit bereit war. Bald wurde mir erlaubt, in der Stadt umherzureiten, wenn ich Lust hatte, obwohl ich dauernd beobachtet wurde, falls ich Anstrengungen machen sollte, die Stadt zu verlassen. Wenn schöne Kleider und Schmuck mir eine Quelle der Freude gewesen wären, dann wäre ich entzückt gewesen. Denn mit solchen Dingen wurde ich geradezu überschüttet. Macsen wollte, daß ich schön und wertvoll wirkte, so daß seine Gefolgsleute noch stärker dadurch beeindruckt wurden, daß Bedwyr mich gestohlen hatte. Artus' Demütigung sollte sie aufheitern. Macsen wollte auch, daß ich Bedwyr glücklich machte. Schon bald begriff er, daß ich meinerseits seinen Plänen vollkommen abgeneigt war. Aber er war zufrieden damit, daß ich über ihn keine Macht hatte.

Nun, ich wenigstens war froh darüber, daß ich wieder mein Pferd reiten konnte, daß ich an die frische Luft kam oder unter Bewachung auf dem Land oder bis zum Rand des großen Waldes reiten konnte. Ich schaffte es auch, ein paar Bücher zu finden. Dennoch, die Stunden waren ermüdend und voller Elend. Alles war wie in Bresta, nur noch schlimmer. Manchmal, wenn ich an den Mauern von Car Aes spazierenging, hatte ich den Drang, mich hinunterzustürzen. Es war nicht einmal der Wunsch zu sterben, sondern die tiefe Sehnsucht nach Freiheit. Manchmal in meinen Träumen konnte ich von den Mauern losfliegen, aber immer versagte ich im Flug, selbst im Traum. Und dann fiel ich aus der hohen Luft in die Dunkelheit.

Im späten August war es noch schlimmer. Macsen und Bedwyr ritten davon, um die Strandbefestigungen zu inspizieren. Mir war es nicht erlaubt, die Stadt zu verlassen, und zwei Krieger folgten mir, wann immer ich Macsens Haus verließ. Macsens Haushofmeister trat an mich heran und schlug vor, er könne doch Bedwyrs Platz einnehmen, solange Bedwyr noch fort wäre. Ich hätte ja meinen Mann verlassen und wäre deshalb schamlos, glaube er, und ich müsse ja ganz wild nach einem Mann sein, da doch mein Liebhaber abwesend wäre. Ich schlug den Mann ins Gesicht, und er grinste und versuchte mich zu küssen. Ich konnte ihn nur dadurch abschütteln, daß ich ihm drohte, Bedwyr von seinem Vorschlag zu erzählen, wenn er wieder zurückkäme. Aber natürlich konnte ich das nicht tun, als Bedwyr tatsächlich zurückkehrte. Ich hätte ihm damit nur Ärger bereitet, denn ohne Zweifel hätte er den Mann zum Duell gefordert. Und Macsen und seine Krieger wären amüsiert gewesen.

Ich wurde zornig und niedergeschlagen, und ich konnte mit niemandem mehr reden, ohne daß das Temperament mit mir durchging. Ich verbrachte Stunden auf der Mauer in der Nähe der Stadttore, schaute hinaus nach Westen und fragte mich, wann Artus wohl aus Britannien kam. Vom Torturm aus konnte man gerade noch das Ende der bebauten Ländereien sehen, die Car Aes umgaben, und dahinter den Rand des großen Waldes. Die Bretonen hatten Angst vor dem Wald. Sie sagten, wenn man sich darin verirrte, dann fand man vielleicht nie mehr den Weg zurück auf die Erde der Menschen, sondern wanderte für immer darin umher. Alles, was wunderbar oder schrecklich war, sollte angeblich den Wald bewohnen – es sollte dort Teufel und Götter geben, Schlösser aus Glas und verzauberte Quellen, und wenn man diese Dinge fand, dann verlor man alles andere. Ich hatte den Wunsch, einmal diesen Wald zu besuchen, aber man erlaubte mir nie, so weit zu reiten.

Artus kam im September. Er hatte von den Küstenbefestigungen gewußt – wir hatten ja immer Spione in Kleinbritannien gehabt, und Bedwyr war nicht so weit gegangen, ihre Namen Macsen gegenüber zu enthüllen. Statt zu versuchen, die Verteidigungsanlagen zu überwinden, hatte Artus sich entschlossen, ihnen aus dem Weg zu gehen. Einige seiner sächsischen Untertanen hatten Freundschaftsverträge mit dem fränkischen Königreich im Nordosten von Kleinbritannien, und

Artus hatte sich mit dem König dieses Landes geeinigt, eine gewisse Summe in Gold für das Recht zu zahlen, einen seiner Häfen zu benutzen und sein Land nach Kleinbritannien zu durchqueren. Der fränkische König hatte wahrscheinlich Freude daran, daß Kleinbritannien überfallen werden sollte, denn die Summe war ziemlich bescheiden, und er machte Artus keine Schwierigkeiten. Die Sachsen und die Franken waren schon seit so langer Zeit Feinde der Briten gewesen, daß noch nicht einmal Bedwyr so etwas erwartet hatte. Die Invasion kam für ihn und Macsen schließlich doch als Überraschung. Allerdings lag Macsens Heer an der Küste bereit, und der größte Teil von Macsens adligen Heerführern zusammen mit ihren Kriegern waren schon dazu überredet worden, sich dem König anzuschließen. Mit dieser Streitmacht eilten Bedwyr und Macsen von der Küste heran und schafften es, Car Aes zu erreichen, ehe Artus viel mehr getan hatte, als die Grenze zu überqueren. Bedwyr und Macsen hatten natürlich dadurch, daß sie im Land Vorräte requirieren konnten, einen Vorteil über Artus. Artus dagegen mußte Gruppen ausschicken, die Vorräte organisierten, oder er war gezwungen, einen Troß mitzuführen, der ihn langsamer machte.

Nachdem Macsen von der Küste her Car Aes erreicht hatte, wollte er in der Festung bleiben und es Artus erlauben, ihn zu belagern, so lange er wollte. Macsen konnte dann seine Armee zusammenrufen. Bedwyr allerdings überredete ihn, diesen Plan fallenzulassen, und zog statt dessen am Tag nach seiner Ankunft wieder von Car Aes aus. Artus, so sagte er, würde nicht seine Zeit damit vergeuden, Belagerungsmaschinen zu bauen, sondern er würde statt dessen herumziehen und das Land ausplündern und das Korn verbrennen, das noch immer ungeerntet auf den Feldern stand. Falls Macsen sicher in seiner Festung sitzenbleiben wolle, während dies geschah, würde ein großer Teil seiner Armee nicht auf den Ruf nach den Waffen reagieren, und es bestünde Gefahr, daß er vom Rest seiner Leute abgeschnitten würde. Statt dessen ritten die beiden also eilig nach Norden und planten, Artus eine Falle zu stellen, ihn anzugreifen, dann zurück zur Festung zu reiten und Verzögerungstaktik anzuwenden, damit Artus beschäftigt war, bis die Ernte eingebracht und die Bauernarmee zusammengekommen war.

Artus war Ende September über die Grenze nach Kleinbritannien eingedrungen. Sein Heer begegnete Macsens Heer zum erstenmal in der ersten Oktoberwoche und kam am Ende des Monats vor Car Aes an. Die Verzögerungstaktik, die Bedwyr empfohlen hatte, war teilweise erfolgreich gewesen: Die Ernte war eingebracht, ausreichend Vorräte, um den Winter zu überstehen, waren in der Burg gelagert, und die Landleute hatten ihre Güter verborgen und konnten sich sicher fühlen, daß sie in diesem Winter nicht verhungern würden, wenn sie dem Aufruf des Königs folgten. Ein Teil der Armee war aufgestellt. Aber die Zahl der Leute, auf die Macsen gehofft hatte, war nicht zusammengekommen. Es schien, als ob der Ruf zu den Waffen im Südosten durch falsche Berichte (zweifellos von Artus' Spionen in Umlauf gesetzt) gestört worden wäre. Nach den Gerüchten war der Krieg schon zu Ende. In Cernw und im Nordwesten zögerte man beträchtlich, gegen Artus in den Krieg zu ziehen. Wenn Kleinbritannien auch niemals ein wirklicher Teil des Reiches von Britannien gewesen war, es war doch immer durch starke Bande an das Reich gebunden gewesen, und viele Bretonen hatten das Gefühl, daß Macsens Rebellion nur dazu vom Zaun gebrochen wurde, um Macsens eigenen Ehrgeiz zu befriedigen und einen berüchtigten Verbrecher zu unterstützen. Viele der älteren Krieger waren mit Macsens jüngerem Bruder Bran gezogen, als der sie damals nach Britannien führte, um Artus zu unterstützen, der Anspruch auf den Purpur erhob. Und diese Gefolgsleute von Bran hatten Macsen nie gemocht.

Andererseits brachten Versuche, eine Gegenrebellion ins Leben zu rufen, wenig Erfolg. Die Leute waren stolz auf Bedwyr und respektierten Macsens Namen und seine Herkunft. Macsen kehrte daher mit den Streitkräften, die er im September gehabt hatte, nach Car Aes zurück – es waren seine eigene

Truppe von vierhundert Mann und weitere vierhundert Krieger seiner Fürsten und eine zusätzliche Armee von ungefähr tausend schlecht bewaffneten, schlecht beherrschten Bauern. Macsen nährte die schwache Hoffnung, daß noch tausend weitere kamen. Artus hatte, wie Bedwyr das vorhergesagt hatte, ungefähr tausend Mann mitgebracht, den größten Teil der ›Familie‹ und Männer aus den Heeren von König Constantius von Dumnonia, König Urien von Rheged und König Ergyriad ap Caw von Ebrauc. Obwohl Artus' Heer an Zahlen gemessen Macsens Streitkraft unterlegen war, stellte er in Wirklichkeit eine gefährlichere Macht dar als Macsen. Und wie das für Artus typisch war, besaß er in seiner Reiterei einen überwältigenden Vorteil. Macsen wäre innerhalb einer Woche gründlich geschlagen gewesen, hätte er nicht Bedwyr gehabt. Artus stellte fünfzig Fallen, die Bedwyr voraussah oder erkannte oder vermied. Ich glaube, sowohl für Artus als auch für Bedwyr war dieser Feldzug wie ein Spiegelfechten. Jeder kannte die Gedanken des anderen fast genauso gut wie seine eigenen.

Macsen und seine Streitkräfte ritten eines Nachts Ende Oktober in Car Aes ein. Bei Fackellicht durchritten sie die Tore. Hinter ihnen auf der Ebene konnte ich andere Feuerfunken sehen, und bei diesem Anblick stieg mir das Herz in die Kehle, denn ich wußte, daß diese Lichter zu Artus gehörten.

Bedwyr sah mich auf der Mauer stehen und zusehen, als er neben Macsen herantritt, und er hob grüßend die Hand. Aber bald war er damit beschäftigt, für die Männer zu sorgen – die Armee und die Krieger zusammen stellten eine größere Anzahl von Leuten dar, als die Stadt aufnehmen konnte. Also ging ich allein zu Macsens Haus zurück – oder vielmehr gefolgt von meinen beiden Wachen. Bedwyr kam spät in unser Zimmer und legte sich erschöpft hin, ohne mehr als seine Stiefel und sein Kettenhemd auszuziehen. Er küßte mich nur kurz zur Begrüßung. Am folgenden Tag aber gingen wir zusammen auf die Mauern. Wir schauten hinaus über die nackten Felder und sahen, daß die ›Familie‹ zwischen uns und dem Wald lagerte. Mein Herz stieg wie ein Adler auf dem Wind, als ich die Zelte dort sah und fern und herzzerreißend schön das goldene Leuchten von Artus' Standarte ausmachte.

»Er kann das Land jetzt nicht verwüsten«, sagte mir Bedwyr. »Aber wahrscheinlich kann er genug Vorräte zusammenrauben, um sich durchzubringen. Trotzdem kann er es nicht wagen, die Gruppen zu weit auszusenden, aus Angst, daß wir kommen. Es ist jetzt nur noch eine Frage der Zeit, und dadurch, daß er wartet, hat er am meisten zu verlieren.«

Ich schaute Bedwyr an, während er das sagte und dort im frühen Novembersonnenschein stand. Etwas in seinem Gesicht war hart geworden, und um seine Augen und Mundwinkel sah ich neue Linien der Bitterkeit. Er zerstört sich selbst, dachte ich. Mir fiel ein, was er über die Verdammnis gesagt hatte, und ich wandte den Blick ab.

»Es war ein bitterer Kampf«, sagte er mir. »Wir haben viele Männer verloren.«

»Und Artus?«

»Ich weiß nicht, wie viele er verloren hat.« Etwas in seinem Tonfall brachte mich dazu, ihn wieder anzuschauen, und ich sah, daß die neuen Linien in seinem Gesicht nicht nur von seiner neuen Härte stammten, sondern vom Leiden, von der Selbstverachtung und der Verzweiflung.

Artus schickte tatsächlich ein paar Tage später Gruppen aus, die Vorräte organisieren sollten. Und Bedwyr führte einen Trupp von Macsens Reiterei gegen Artus' Lager. Wieder sah ich von den Mauern zu.

Die Männer in Artus Lager hatten reichlich Zeit, Bedwyr kommen zu sehen, und lange, ehe die Streitmacht von der Stadt sie erreicht hatte, verließ ein anderer Trupp Reiter das Lager im Galopp und schwärmte über die Ebene aus. Ich stand da, strengte die Augen an und horchte auf die Bemerkungen der Wachen um mich herum, mit ihren fremdartigen Akzenten. In mir herrschte ein qualvoller Zwiespalt. Zum erstenmal sah ich den Krieg mit meinen eigenen Augen, sah ich tatsächlich, wie meine beiden Liebsten ausritten, um einander umzubringen, aus Verzweiflung und um die Gerechtigkeit.

Die Reihen der Reiter trafen sich, und sofort waren sie nicht mehr voneinander zu unterscheiden. Ich fragte mich, wie sie wohl in der Schlacht die eigenen Leute von den Feinden unterschieden. Natürlich war es bei den Sachsen einfacher, die gewöhnlich Helme trugen und sich anders kleideten. Aber wenn Leute vom gleichen Blut gegeneinander kämpfen, wie können sie dann wissen, wo sie zuschlagen müssen? Dieser Krieg war wie ein Wahnsinniger, der in Krämpfen lag und sich selbst und die Umstehenden schlug, ohne zu unterscheiden, besessen einzig und allein von der Gewalttätigkeit selbst. Wahnsinn war das, purer Wahnsinn. Der göttliche Wahnsinn, der über jene kommt, die verdammt sind, zu vernichten.

Die Schlachtreihe schwankte rückwärts zum Lager. Ich glaubte, ich sähe Gawain, ich träumte, ich könne Artus ausmachen und Bedwyr und jeden einzelnen von hundert bekannten Gestalten. Aber die Kämpfenden waren in der Entfernung zu klein, waren nichts als ein Glitzern von Waffen und ein Hin- und Hergaloppieren von Pferden. Selbst die Geräusche wurden auf der Ebene vom Wind übertönt, bis man sie über den Bemerkungen der Wachen um mich her nicht mehr hören konnte. Ich sank auf die Knie, lehnte den Kopf gegen die Wand und weinte bitterlich. Dann kamen die Wachen und brachten mich zurück in mein Zimmer.

Ich mußte fliehen. Das war mir klar, sobald ich wieder allein war. Dies alles war meine Schuld, meine Schuld, weil ich untreu gewesen war, weil ich mein eigenes Glück über das gestellt hatte, was das Reich von mir verlangte. Andere Frauen konnten Ehebruch begehen und nur dieses Verbrechens schuldig sein, aber ich hatte außerdem auch Verrat begangen, und ich hatte es gewußt. Ich kannte mein Vergehen so genau, wie ich ein faulendes Geschwür erkennen konnte, das das gesunde Fleisch frißt und wegzerrt. Ich mußte dafür sterben. Nur so konnte mein Leben zu Ende gehen, frei von dieser sich ausbreitenden Fäulnis. Irgendwie mußte ich entrinnen, zu Artus zurückkehren und meinen Urteilsspruch akzeptieren – und der mußte nach dieser Rebellion das Todesurteil sein.

Und darum hatte es keinen Sinn, herumzusitzen und zu weinen. Ich hatte das schon mehr als oft genug getan. Jetzt mußte ich Pläne machen.

Ich ging zu dem Silberspiegel, den mir Macsen zur Verfügung gestellt hatte, und schaute mein Gesicht an. Während der vergangenen Monate hatte ich an Gewicht verloren, und ich sah blaß, hohlwangig und alt aus, und meine Augen wirkten eingesunken. Sie waren jetzt auch rot. Plötzlich schämte ich mich für mich selbst, wegen der langen Monate des passiven Elends, wegen meiner Unentschlossenheit und weil ich vor Macsens Männern geweint hatte. Genug, zuviel davon. Konnte ich mich verkleiden und meinen Wachen durch die Finger schlüpfen?

Ich wusch mir das Gesicht und ging los, um zu sehen, ob ich nicht ein paar Schminksachen finden konnte oder eine Perücke.

Ich mußte mich vor dem Haushofmeister demütigen, um die Schminkfarbe zu bekommen. Er hatte sich damals darüber geärgert, daß ich ihn abgelehnt hatte, und nutzte jetzt meine Bitte aus, indem er mir hämisch vorhielt, ich hätte mein gutes Aussehen verloren, und er fragte sich deutlich, ob Bedwyr mich wohl nicht mehr wollte. Meine Situation hatte mich einige Geduld gelehrt, und ich antwortete ihm darauf nicht. Schließlich schaffte ich es, aus den Lagerräumen etwas Kohle, Bleiweiß und Karminrot herauszuholen. Als ich in mein Zimmer zurückkam, war die Tür verschlossen. Als ich sie aufschloß, hörte ich ganz kurz ein hämmerndes Geräusch. Bedwyr mußte zurück sein.

Als ich die Tür öffnete, fand ich Bedwyr in der Nähe des Bettes stehen. Er hielt mir den Rücken zugedreht. Dann, als ich hereinkam, fuhr er wild zusammen und wirbelte herum. Er hatte sein Kettenhemd und seine Tunika ausgezogen, und sein Blick, als er meinem begegnete, war schuldbewußt und erschrocken. Eine blitzartige Einsicht verriet mir, was er hatte tun wollen, ehe ich es bewußt begriff, ehe ich meinen Blick zum Bett hinüberwandte und das Schwert sah, das sorgfältig aufrecht eingeklemmt war und darauf wartete, daß jemand sich hineinstürzte.

»Gwynhwyfar«, sagte Bedwyr, idiotischerweise bedauernd, »ich hatte nicht erwartet . . .«

Ich ging hinüber zum Bett und berührte das Schwert. Bedwyr hatte die Matratze auf den Boden geworfen und die Waffe in den Rahmen eingeklemmt. Er hatte ein paar von den ledernen Bettgurten dazu benutzt, es festzubinden, und dann hatte er den Riemen wieder an das Bett genagelt, damit er hielt. Dieses hämmernde Geräusch hatte ich gehört. Ich fing an, das Stück Leder loszumachen. Meine Hände waren ganz ruhig. Irgendwie wunderte ich mich, daß ich so wenig verspürte, aber das war auch alles.

»Warum hattest du vor, es so zu machen?« fragte ich, ohne ihn anzuschauen. »Artus hätte es vielleicht nicht geglaubt, wenn ihm Macsen erzählt hätte, daß du in dein eigenes Schwert gefallen wärst.«

»Daran habe ich nicht gedacht«, seine Stimme war ruhig und klang ganz gewöhnlich.

Ich hatte das Schwert freigemacht. Ich nahm es auf und hielt das Heft mit beiden Händen fest. Obwohl es ein Reiterschwert war, eine Hiebwaffe und keine Stichwaffe, besaß es doch eine scharfe Spitze. Es hätte schon geleistet, was Bedwyr von ihm verlangte. Ich wandte meinen Blick vom Schwert zu Bedwyr hinüber, der noch immer mit nackter Brust und schweigend und beschämt an der Tür stand. Aus der Ruhe heraus und wegen der normalen Worte, die zwischen uns gewechselt worden waren, hatte ich plötzlich eine Vision, wie er quer über dem Bett lag und wie das Schwert ihn durchstochen hatte und wie er sich daran wand. Ich konnte fast das Blut auf dem dicken, scharlachroten Teppich riechen. Meine Hände fingen tatsächlich an zu zittern. »Warum?« fragte ich.

Bedwyr wollte sich abwenden. Er sah die Tür, schloß sie sorgfältig wieder und drehte den Schlüssel um. Er kam zum Bett hinüber und fing an, die Matratze wieder aufzuheben. Ich legte das Schwert auf den Fußboden und half ihm. Als die Matratze wieder im Bett lag, nahm er seine Tunika vom Fußboden auf und zog sie an – er zitterte ein wenig, denn das Feuer war niedergebrannt, und im Zimmer war es kalt. Dann setzte er sich auf das Bett und nahm das Schwert auf. Er hielt es mit der Spitze nach oben und schaute es an. »Wenn ich zwei Hände hätte«, sagte er leise, »dann hätte ich es festhalten können, und ich wäre schon tot.« Er schaute sich um, und ich nahm den Schwertgurt vom Fußboden und reichte ihn ihm. Er steckte das Schwert in die Scheide.

»Warum?« fragte ich noch einmal. »Warum nur?«

Er sah mich an, als ob er hinter mir den Abgrund des Todes erblickte, als ob diese Dunkelheit sich in ihm gründete und widerspiegelte. »Ich habe Gawain umgebracht«, flüsterte er und drehte den Kopf weg.

Einen Augenblick bedeuteten die Worte mir nichts. Ich schaute ihn an. Verstohlen berührte ich seine Schulter. Dann überflutete mich die Bedeutung dessen, was er gesagt hatte. Ich erinnerte mich daran, wie Gwyn und Gawain sich zusammen über den Rücken der Fuchsstute beugten und lächelten. Mir fiel Gwyns erstauntes Gesicht wieder ein und sein Blut auf der Straße von Caer Ceri. Und jetzt? Ich lehnte mich zitternd gegen Bedwyr. Er legte die Arme um mich.

»Er . . . ich habe ihn herausgesucht«, sagte er und redete jetzt schnell mit stammelnder, gebrochener Stimme. »Ich dachte, er würde mich töten und damit wäre alles zu Ende. Ich weiß, zu Pferd komme ich nicht gegen ihn an. Aber als ich zu ihm herantritt . . . da achtete er nicht darauf. Zuerst hat er nicht darauf geachtet. Dann griff ich ihn an, aber er hielt die Hand hoch. In letzter Minute blickte er auf . . . und sah mich direkt an. Der Schlachtenwahnsinn hatte ihn im Griff, wahrscheinlich hat er mich noch nicht einmal erkannt. Ich war sicher, daß er mich in dem Augenblick töten würde. Sein Schwert war bereit. Ich zielte einen Schlag auf seinen Kopf. Er wäre abgewehrt worden, hätte er sein Schwert benutzt. Aber er tat es nicht, er wollte es nicht. Er saß nur da und schaute mich an. Mein Schwert traf ihn und schleuderte ihn vom Pferd, und das Pferd stieg und schlug mit den Hufen nach mir. Ich mußte wenden und meine Männer zurückführen, denn die ›Familie‹ war zu stark für uns. Warum hat er nicht zugeschlagen? Ich wollte, daß er es tat. O Gott, Gott, ich habe zu lange gelebt!«

»Wir müssen zurück«, sagte ich.

Er schien sofort ruhig zu werden. Er legte die Hand an meine Schläfe und schaute mich schweigend an.

»Wir müssen zurück«, wiederholte ich. »Wir haben beide zu lange gelebt. Aber es wird mehr nützen, wenn wir unser Leben in Artus' Hände geben, als wenn wir es uns mit eigenen Händen nehmen. Wenn wir vom Gesetz getötet werden, dann geben wir Gawain, was er wollte.«

Noch immer sagte er nichts. Ich machte mich von ihm los und stand auf. »Hör zu, mein Herz. Ich habe mich entschlossen, daß ich gehen würde, nachdem ich dich heute morgen kämpfen gesehen habe. Und ich werde gehen. Wie lautet die Losung an den Toren?«

»Du ... du kannst nicht einfach durch die Tore hinausreiten.«

»Du hast Doppelwachen auf den Mauern aufgestellt, damit die Männer bei Nacht beschäftigt sind und keinen Ärger machen. Wir können nicht fliehen, außer durch die Tore.« Ich ging zum Wandschrank, suchte mein dunkelgrünes Kleid heraus und schnitt mit meinem eigenen kleinen Messer einen breiten Streifen vom Saum ab. »Ich kann nicht ausreiten. Aber zwei Männer zu Pferd, die die Losung kennen, könnten das schon. Ich weiß, daß du Männer ausgeschickt hast, die die Armee zusammenrufen sollen. Du hast Boten in jede Ecke des Königreichs geschickt. Wenn wir an den Toren das Losungswort sagen und bei Nacht ausreiten, dann sollten eigentlich keine Fragen gestellt werden.«

»Niemand würde zwei Männern Fragen stellen. Aber ein Mann und eine Frau, das wäre etwas anderes.«

»Sieh«, sagte ich. Ich ging hinüber zum Spiegel und wand mir das Stück Tuch um den Kopf, unter dem Kinn durch und um den Hals. Dadurch wirkte mein Gesicht noch schmaler, und mein Haar wollte einfach nicht säuberlich darunter bleiben – aber ich konnte es ja flechten und befestigen, so daß niemand es bemerkte. »Das werde ich tragen«, sagte ich Bedwyr, »und einen Umhang mit Kapuze. Und ich will mein Gesicht so anmalen, daß es im Schatten der Nacht aussieht, als ob ich einen Bart hätte. Bei Tageslicht würde das nicht gehen, ich weiß. Aber in der Nacht könnte ich als Mann durchgehen.« Im Spiegel sah ich, daß er mich zweifelnd anschaute. »Du hast doch außer deinem Kettenhemd noch einen Schuppenpanzer, oder?« fragte ich sein Spiegelbild. »Nun, ich werde den Schuppenpanzer tragen und dazu Stiefel und Beinlinge. Und ich kann gut genug reiten, daß ich mich nicht verrate. Ach, ich weiß, es ist ein wilder Plan. Aber wenn es zum Schlimmsten kommt, dann werden sie glauben, daß wir Deserteure sind, und uns umbringen, wenn wir uns an den Toren nicht fangen lassen wollen. Sie würden da unten keine Frau erwarten und deshalb auch keine sehen.«

»Wenn sie uns als Deserteure umbrächten, dann hätten sie damit recht. Ich wäre ja einer«, sagte Bedwyr langsam.

Ich wandte mich vom Spiegel ab und legte ihn hin. »Du würdest zu deinem wahren Herrn zurückkehren.«

»Ich habe auch Macsen einen Eid geschworen.«

Ich starrte ihn an, und er erklärte. »Du weißt, daß er mich zum Befehlshaber seiner Reiterei gemacht hat. Glaubst du denn, ich hätte, nachdem er mich dazu gemacht hat, einem Treueeid ausweichen können? Und ich will nicht diesen Eid auch noch brechen.«

»Wenn du zu Artus zurückkehrst, dann wirst du den ersten Verrat auslöschen.«

»Nein. Niemand kann den auslöschen. Ich habe meine Freunde umgebracht.«

»Und deshalb solltest du zurückkehren und ihnen Gerechtigkeit zuteil werden lassen.«

Er schüttelte den Kopf. »Gwynhwyfar, ich bin in diesem Land geboren, und ich habe einmal geschworen, seinem König zu dienen – Macsens Bruder. Von diesem Eid bin ich entbunden worden, um Artus zu dienen. Aber Artus habe ich betrogen und mich selbst ins Unrecht gesetzt. Macsen kann eine Entschädigung von meiner Familie verlangen, wenn ich auch ihn betrüge. Und selbst wenn er das nicht täte, ich will mich nicht zweimal zum Verräter machen.«

»Dennoch warst du gewillt, eine weitere Todsünde zu begehen und an deinem eigenen Schwert zu sterben, anstatt weiterhin gegen die ›Familie‹ zu kämpfen.«

»Das ist etwas anderes.« Er schaute das Schwert an, das er noch immer festhielt, legte es dann nieder und umklammerte den Stumpf seiner einen Hand mit der anderen. »Ich will nicht zweimal meineidig werden. Ich hätte es vorgezogen zu sterben, ehe ich einmal zum Verräter werde. Aber ich will lieber einmal ein Verräter sein als zweimal.«

»Oh, sehr schön! Du würdest lieber dem Teufel dienen, nachdem du einmal gestolpert bist, als zu Gott zurückzukehren!«

»Macsen ist nicht der Teufel.«

Ich setzte mich und band zornig das Stück Tuch wieder los. Ich fing an, mein Haar aufzustecken und zu flechten.

»Aber siehst du denn nicht, daß es schlimmer ist, zweimal ein Verräter zu sein als einmal?« fragte Bedwyr in großem Kummer.

»Ich sehe nur, daß wir unserem Herrn Übles angetan haben, und noch mehr Übles hat sich daraus ergeben. Wir sollten zurückgehen und die Strafe für unser Verbrechen erdulden, anstatt wie Hunde herumzukriechen, die eine Tracht Prügel erwarten und sich gern davor drücken würden.«

»Gwynhwyfar, dies ist nicht dein Heimatland, und du hast auch keinen Eid geschworen!«

»Ich wünschte, du hättest das auch nicht getan. Und obwohl es doch so ist, sehe ich nicht ein, warum dein Eid gegenüber Macsen schwerer wiegt als dein Eid gegenüber Artus!«

»Weil ich meinen Eid gegenüber Artus schon gebrochen habe.«

»Ach, deine Philosophie sei verdammt! Eide sind bedeutungslos; es ist das Herz, das schwört und sich an das bindet, was ein Mann ist und wofür er steht. Du hast im Herzen doch nie vorgehabt, Macsen zu dienen.«

»Ich kann nicht dadurch flüchten, daß ich mich frage, was ich im Herzen gemeint habe. Ich habe geschworen, Macsen zu dienen, und jetzt muß ich die Konsequenzen ziehen. Ich habe mich einmal zum Verräter gemacht, und ich weiß, was daraus erwachsen ist. Ich will es nicht noch einmal tun, selbst wenn der Grund wichtiger wäre. Ich will statt dessen sterben, wenn Gott gerechterweise oder gnädigerweise mir den Tod gibt.«

Einen Augenblick schauten wir einander an. Dann fiel mir wieder ein, was Bedwyr hatte tun wollen, und ich ging zu ihm hinüber, kniete neben ihm auf den Fußboden nieder und nahm seine Hand. Ich konnte nicht verstehen, warum er sich weigerte, Macsen zu verlassen, aber ich mußte glauben, daß er nach seinem Gewissen handelte.

»Also gut«, flüsterte ich. »Bleib hier. Aber ich habe nicht geschworen, und ich werde gehen. Wie lautet die Losung?«

Er starrte mich einen langen Augenblick an. Dann fiel er neben mir auf die Knie, legte die Arme um mich und zog mich heftig an sich. »Geh nicht«, stöhnte er. »Geh nicht.«

»Wie lautet die Losung?« wollte ich wild von ihm wissen, denn seine Bitte zerriß mir das Herz.

Er ließ mich langsam los und sah mich wieder an. »Du kannst doch nicht vorhaben, mich auch noch zu verlassen.«

»Ich liebe dich. Das weiß du. Und vielleicht will ich nur gehen, weil ich dieses Land und dieses Leben hasse. Aber ich kann diesen Zwiespalt nicht länger ertragen. Wenn du mir nicht hilfst, Bedwyr, dann werde ich eine andere Möglichkeit zur Flucht finden, ganz allein, das verspreche ich dir. Obwohl ich dich liebe, werde ich – muß ich gehen.«

Während er mich weiterhin anstarrte, fragte ich mich, ob er sich wohl umbringen würde, wenn ich ihn verließe. Der Gedanke ließ mich innerlich zittern. Aber ich konnte es nicht zulassen, daß er nur für mich lebte, wenn darum alles andere in Scherben fiel. Und ich glaubte, daß er das Schwert nur im ersten Ansturm des Schmerzes festgebunden hatte und daß er in Wahrheit auf einen Tod in der Schlacht hoffte. Er wußte, daß ein Selbstmord sowohl Artus als auch Macsen in Verlegenheit bringen würde, und außerdem war Selbstmord eine weitere Todsünde. Und ich hoffte, daß er in der Schlacht starb. Er hatte nichts mehr, für das er leben konnte, und es war besser, im Kampf zu sterben, als sein Blut im erstickenden roten Luxus dieses schrecklichen Zimmers zu vergießen.

»Die Losung der Festung ist ›Freiheit‹«, sagte Bedwyr mit leiser Stimme. »Aber die Wachen am Tor haben ein besonderes Losungswort. Wenn sie danach fragen, dann sag ›Freiheit‹. Danach werden sie weiter fragen: ›Wessen Freiheit?‹ und darauf muß du antworten: ›Die Freiheit des Willens und dieses Königreichs‹.«

»Die Freiheit des Willens und dieses Königreichs«, wiederholte ich und schaute ihn an. Ich fühlte mich unaussprechlich glücklich darüber, daß er verstand und daß er mir wenigstens dabei zustimmte. »War das deine Idee?«

»Nein, Macsen hatte den Gedanken. Er gibt jeden Tag eine neue Losung aus, und gewöhnlich hat sie etwas mit Freiheit zu tun. Die Kleidung und den Panzer will ich dir geben.«

»Nicht hier. Ich werde beobachtet, wenn ich dieses Zimmer verlasse. Könntest du die Sachen irgendwo verstecken – in den Ställen? Ich glaube, ich könnte den Wachen entschlüpfen, wenn ich die Festhalle verlasse. Sie folgen mir nicht, wenn ich mit dir zusammen bin.«

»Gut«, sagte er wie betäubt.

Ich musterte sein Gesicht, hatte den Wunsch, es mir einzuprägen. »Du kannst ihnen hinterher erzählen, daß ich dir gesagt hätte, ich wolle wegen irgend etwas noch einmal zurückgehen, und dann sei ich dir entwischt.«

»Nein. Sie werden wissen, daß du das Losungswort von mir erfahren haben mußt. Und ich werde ihnen die Wahrheit sagen. Ich glaube nicht, daß der König übermäßig wütend darüber sein wird. Du bringst ihm keinen Nutzen, und er mißtraut dir. Mich braucht er, und er wird zufrieden genug darüber sein, daß ich nicht mit dir gegangen bin. Wenn er aber trotzdem wütend wird und mich aus seinen Diensten entläßt, um so besser. Entweder wird er mich selbst töten lassen, oder ich werde dir folgen und Artus die Hinrichtung überlassen.«

Macsen gab in dieser Nacht ein großes Fest, um den ›Sieg‹ des Geplänkels an diesem Morgen zu feiern und den bisherigen ›Erfolg‹ des Krieges. Viele der Männer betranken sich und versuchten, Bedwyr dafür zu gratulieren, daß er Gawain getötet hatte. Sie mußten betrunken sein, daß sie das taten, denn Bedwyr sah jedesmal, wenn seine Tat erwähnt wurde, so grimmig aus, daß auch der blödeste Krieger es bemerkt hätte, wäre er nüchtern gewesen. Ich sagte den ganzen Abend lang nichts, ich saß nur bleich und geistesabwesend da, aber das war nichts Neues und erregte keine Aufmerksamkeit. Bedwyr und ich verließen das Fest, sobald wir konnten, in aller Höflichkeit und gingen hinunter zu den Ställen.

Es war dunkel, und die Stallburschen schliefen. Bedwyr fand eine rußgeschwärzte Lampe, und in ihrem Schein suchten wir die Kleidung, die er unter einem Heuballen beim Stand meiner Stute hinterlassen hatte. Ich kleidete mich um, und er sattelte das Pferd. Die Sachen waren natürlich zu groß, aber zu Pferd, mitten in der Nacht, und mit einem Mantel darüber war das nicht zu sehen. Ich benutzte etwas von der Kohle, die ich geborgt hatte, um mir damit Wangen und Oberlippe dunkler zu färben. Dann wickelte ich den Schal um den Kopf und zog die Kapuze meines Umhangs über. Bedwyr hob die Lampe und schaute mich kritisch an.

»Dein Schnurrbart ist schief.«

Ich schmierte noch ein bißchen Kohle darüber.

»So geht es sehr gut – die Wachen werden nach oben schauen müssen, um dein Gesicht zu sehen, und dieser Schal verbirgt sehr viel.« Er führte meine Stute aus ihrem Stand hinaus und reichte mir die Zügel. Dann stellte er die Lampe hin und küßte mich verzweifelt und hart mehrere Male. »Viel Glück«, sagte er mit rauher Stimme.

Ich nickte. Meine Kehle war so zugeschnürt, daß ich nicht antworten konnte. Ich saß auf und warf einen letzten Blick auf ihn, wie er in der Pfütze aus dämmrigem Lampenlicht dastand. Die Kohle von meiner Oberlippe war auf seinem Gesicht verschmiert, und er wirkte fast so ruhig wie damals, als er noch Artus' getreuer, philosophischer Feldherr gewesen war. Aber jetzt war es eine andere Ruhe, eine Ruhe, die zu den Kranken kommt, wenn sie endlich von ihrer Qual erschöpft sind und dem Schmerz nicht länger widerstehen können, sondern nur noch still daliegen und auf das Ende warten.

»Möge Gott dich schützen und dir gnädig sein«, sagte ich. Dann, weil ich mir, wenn ich noch mehr sagte, nicht mehr trauen konnte, preßte ich meiner Stute die Fersen in die Flanken und ritt aus dem Stall hinaus.

Ich traf den Wachposten auf der Straße. Aber ich sagte ihm das Losungwort mit einer Stimme, so tief, wie es mir nur irgend möglich war, und er sagte mir, ich könne weiterreiten. Ich kannte eine Abkürzung zum Stadttor, aber auf diesem Ritt schien es sehr lange zu dauern. Meine Stute spürte meine Erregung und benahm sich widerspenstig. Sie war selbst in ihren besten Zeiten ein temperamentvolles, nervöses Tier, aber sie konnte so schnell laufen, wie die Schwalbe fliegt, und hatte alle Kraft. Heute war sie durch den ungewöhnlichen nächtlichen Aufbruch auf ihrem bequemen Stall schlecht gelaunt, und ich fing an, mir Sorgen zu machen, sie könne vielleicht am Tor ein Durcheinander erzeugen und möglicherweise sogar steigen und tänzeln, so daß mir die Kapuze abrutschte und man mich gefangennahm.

Als ich das Tor endlich erreichte, flammte es vom Fackellicht. Ich ritt mutig hinein, und die Hufe meiner Stute klapperten auf den Pflastersteinen. Zwei Wachposten vor dem massiven eichenen Tor standen stramm, und ganz schwach konnte ich die anderen oben auf dem Turm sehen.

»Losung?« fragte einer der beiden, die vor mir standen.

»Freiheit.«

»Wessen Freiheit?«

»Die Freiheit des Willens und dieses Königreichs.«

Der Posten nickte seinem Kameraden zu, der zu dem Nebentor neben dem Haupttor ging und es aufriegelte. »Paß auf deine Erkältung auf, mein Freund«, sagte der erste Posten. »Und viel Glück. Der Feind ist heute näher als vergangene Nacht, trotz des großen Kampfes heute morgen.«

Ich hustete. »Danke. Ruhige Wache wünsch' ich dir.« Ich trat meine Stute, ließ sie im Trab durch das Tor gehen und spornte sie dann zum Galopp. Zu meiner Rechten glimmten Artus' Lagerfeuer, aber ich hielt schräg von der Mauer weg, bis ich sicher sein konnte, daß mich die Wachen nicht mehr sahen. Dann schlug ich einen Haken zurück und ließ meine Stute auf die Feuer zugaloppieren, als ob ich, wenn ich sie nicht erreichte, vor Kälte sterben müßte.

Ich war noch weit von den Feuern entfernt, als ich zu meiner Rechten ein anderes Pferd galoppieren hörte. Es war noch zu weit weg, daß ich es in der wolkigen Nacht hätte sehen können. Ich ließ meine Stute schnell weiter galoppieren, denn ich fürchtete, daß meine Flucht schon entdeckt war und daß jemand hinter mir her geschickt worden war, um mich zu suchen. Mein Pferd war wahrscheinlich das schnellere.

Mein Verfolger begriff das auch ziemlich schnell, denn nach einer weiteren Minute Galopp rief er aus: »Halt! Halt, im Namen des Kaisers!« Er hatte eine britische Stimme, eine nördliche Stimme wie ich selbst. Sofort verlangsamte ich meine Stute zum Schritt.

Der andere galoppierte heran, ragte drohend aus der Dunkelheit auf und zügelte neben mir. »Losung?« fragte er.

Ich zögerte, sagte nichts.

»Wessen Mann bist du, und wohin willst du?« verlangte er zu wissen.

»Ich bin Brite«, sagte ich ihm und stellte fest, daß meine Stimme vor Anspannung noch immer tief und rauh klang. »Ich fliehe aus der Stadt. Ich will den Kaiser sprechen.«

Der Posten kam näher, ein dunkler Schatten auf einem dunklen Pferd. »Losung?«

»Macsens Losungswort ist ›Freiheit‹, Artus' Losungswort kenne ich nicht.«

»Einer aus dem Norden«, murmelte der Reiter und machte offenbar eine Bemerkung über meine Stimme. »Und nur ein Junge. He, Kerlchen, deine Flucht ist dir aber gut gelungen, wenn es wirklich eine war. Ich bringe dich selbst ins Lager, denn der Kaiser hat Befehl gegeben, jeden aus der Stadt zu ihm zu bringen. Wenn du die Wahrheit sagst, dann wirst du feststellen, daß du Glück gehabt hast. Gib mir die Zügel.«

Ich warf die Zügel über den Hals meiner Stute und reichte sie ihm. Er nahm sie mit einem Nicken, wendete sein Pferd und ritt zurück, um einem anderen Wachposten eine Erklärung abzugeben, ehe er zurück zu den Lagerfeuern ritt.

»Losung?« rief jemand, als wir die erste Palisade passierten.

»Lex Victrix!« rief derjenige, der mich gefangengenommen hatte, »das Gesetz, die Siegerin.« Und dann wandte er sich an mich und fügte hinzu: »Und jetzt, mein Junge, kennst du unser Losungswort. Hoffentlich hast du aber keinen Grund, es heute nacht noch zu benutzen.«

Eine Anzahl von Männern saßen um das Hauptfeuer, als wir herankamen, tranken und reichten sich eine Harfe weiter. Ich erkannte die meisten von ihnen, und das Erkennen kam wie ein scharfer Schmerz in meinem Herzen, obwohl ich mich freute.

»Halt!« rief einer von diesen Männern, während er träge aufstand und sich die Asche von den Beinlingen bürstete. »Wer bist du, und was willst du?«

»Morgant ap Casnar«, erwiderte der Wachposten, »einer aus dem Heerbann des Ergyriad ap Caw von Ebrauc. Ich hab' diesen Jungen hier erwischt, wie er aus der Stadt ritt. Er ist Brite, seiner Sprache nach zu urteilen, und er sagt, er wäre geflüchtet. Ich habe ihn hierhergebracht, weil ich dachte, der Kaiser will ihm vielleicht ein paar Fragen stellen.«

»Tut er womöglich auch. Na, mein Junge?«

»Ich bin kein Junge, Morfran«, sagte ich und nannte ihn beim Namen. Ich warf die Kapuze ab und wickelte den Schal los. Tiefe Stille herrschte plötzlich, und das Knistern des Feuers klang sehr laut. Noch mehr Männer standen auf. Ich wischte mit dem Schal die Kohle von meinem Gesicht und fragte: »Wo ist mein Herr Artus?«

Die Klappe des großen, kaiserlichen Zeltes vor dem Hauptfeuer wurde zurückgeworfen, und Artus stand da. Über dem Feuer begegneten sich unsere Blicke. Ich glitt von meinem Pferd herab. »Artus«, sagte ich, und dann: »Ich bin zurückgekehrt, um meine Strafe anzunehmen.«

Er schaute mich einen langen Augenblick an. »Weiß Bedwyr, daß du gekommen bist?«

»Ja. Er hat mir geholfen zu fliehen. Macsen hielt mich unter Bewachung.«

»Komm hier herein. Morfran, kümmere dich um das Pferd der Lady.«

Ich ging linkisch in den schweren Stiefeln um das Feuer herum. Ich kam mir in den übergroßen Männerkleidern ausgesprochen lächerlich vor, als ob es nichts Wichtigeres gäbe, das ich fühlen sollte. Artus hielt die Zeltklappe für mich auf, und ich ging hinein.

Drinnen brannten zwei Fackeln und eine Lampe. Cei saß mit einem Stapel von Kartenplänen an dem leichten Tisch. Er sprang auf und starrte mich erstaunt an, als ich eintrat. Auf dem Bett, angelehnt an einen der Zeltpfosten, saß Gawain.

Ich schrie auf, als ich ihn sah, wollte vorwärts gehen und stolperte in meinen Stiefeln. Artus half mir wieder auf die Beine. »Gawain!« rief ich aus, und ich spürte, wie mein Gesicht sich fast in einem Lächeln verzog, wie ich es seit vielen erschöpfenden Monaten nicht mehr gelächelt hatte. »Bedwyr sagte mir, er hätte dich umgebracht!«

»Fast«, meinte Artus hinter mir. Gawain starrte mich an, als ob er mich nicht erkannte. Seit dem Tag, an dem ich ihn zum letztenmal gesehen hatte, war er gealtert, und er wirkte sehr bleich und krank. Sein Kopf war verbunden. »Wie auch immer«, fuhr Artus trocken fort, »der Hieb war nicht besonders hart. Gawain, Cei, meine Frau ist mit Bedwyrs Hilfe aus der Stadt entkommen.«

»Das ändert nichts«, sagte Gawain langsam. »Bedwyr bleibt schuldig.«

»Willkommen, my Lady«, sagte Cei, nahm meine Hand und grinste. »Hundertmal willkommen.«

»Tausend Dank. Gawain, ich bin sehr froh, daß du am Leben bist. Und Bedwyr wird genauso froh sein.« Ich schaute mich nach Artus um, und dann entschied ich mich, es offen auszusprechen. »Heute morgen hatte er vor, sich in sein Schwert zu stürzen, als er glaubte, du wärst tot.«

»Das ändert nichts«, wiederholte Gawain.

Artus nahm meinen Arm und führte mich zu einem anderen Stuhl. Ich setzte mich, und er stand einen Augenblick da und schaute mich an. Ich konnte seinen Gesichtsausdruck nicht deuten, obwohl ich sein Gesicht so gut kannte. »Was ist das in deinem Gesicht«, fragte er.

Ich rieb daran, nahm dann den Schal und rieb noch einmal damit. »Ein Bart. Ich brauchte einen, um durch das Tor zu gelangen«, ich legte den Schal hin. »Wenn es dir irgend etwas nützt, Macsens Losungswort für heute nacht ist ›Freiheit‹.«

»Aha!« rief Cei.

»Mag sein«, sagte Artus und beobachtete mich noch immer.

»Ein Nachtangriff!« sagte Cei eifrig. »In der Tat, my Lady, das ist eine ausgezeichnete Idee. So könnten wir es vielleicht schnell zu Ende bringen. Es wäre besser als noch mehr Arbeit mit diesen Belagerungsmaschinen«, und dann, an Artus gewandt, »die du aus diesem Buch hast. Damit verschwenden wir nur Zeit und Leben.« Er schaute Gawain an, wie um ihn herauszufordern. Offensichtlich hatte ich ein Gespräch darüber unterbrochen, wie man Car Aes einnehmen könne, und Cei und Gawain hatten unterschiedliche Ansichten. »Und ich sage noch immer, daß wir diese verfluchte Stadt aufgeben sollten, wenn unser Nachtangriff danebengeht. Wir sollten nach Süden ziehen, alles plündern, was wir finden können, und dann nach Hause zurückkehren. Im nächsten Sommer können wir ja wiederkommen. Macsen hätte es dann sicher satt, für uns den Gastgeber zu spielen, und würde sich mit uns einigen.«

»Wir müßten mehr über die Verteidigungsanlagen herausfinden, ehe wir einen Nachtangriff riskieren können«, sagte Artus müde. Und, an mich gewandt: »Kommt Bedwyr auch?«

Alle schauten mich an, und ich senkte den Blick und starrte auf meine Hände. Ich rieb den Finger, an dem ich einmal den Ring mit dem kaiserlichen Siegel getragen hatte, und schüttelte den Kopf. Ich blickte wieder zu Artus auf. Er wirkte müde und überhaupt nicht zornig. »Bedwyr hat Macsen einen Eid geschworen. Er . . . ich glaube, er würde gern kommen. Aber er meint, er ist verdammt, und will sich dir nicht gegenüberstellen. Und er sagt, er will nicht zweimal meineidig werden.«

»So. Und Macsen will ihn natürlich so lange wie möglich behalten, denn seine eigene Feldherrnkunst ist nichts im Vergleich mit Bedwyrs. Er wird sich also nicht einigen, auf lange Zeit nicht.« Artus schüttelte den Kopf. »Cei, du weißt, daß wir es nicht wagen können, lange von Britannien fortzubleiben.«

»Bedwyrs Gründe ändern nichts«, wiederholte Gawain noch einmal. »Die Gerechtigkeit verlangt es, daß er stirbt. Macsen ist dazu nur ein Werkzeug.« Er holte tief Atem. »Versucht den Nachtangriff. Da wir das Losungswort haben, gerät er vielleicht. Und wenn nicht, dann benutzt die Belagerungsmaschinen.«

»Ich sehe noch immer nicht ein, warum du Bedwyr heute morgen nicht selbst umgebracht hast, weil du doch so erpicht darauf bist, daß er stirbt«, schnappte Cei. »Du hättest es tun sollen.«

»Ich sage dir doch – der Wahnsinn war über mir!« schnappte Gawain zurück und versuchte aufzustehen. Dann hielt er inne, wurde bleich vor Schmerz und schloß die Augen.

Cei sprang auf und packte ihn an der Schulter. »Leg dich hin«, drängte er und schob den anderen sanft zurück. »Gott im Himmel, du mußt dich stillhalten!«

»Der Wahnsinn war über mir«, sagte Gawain eindringlich. »Es war, als ob wir noch immer gegen die Sachsen kämpften und als ob er noch immer mein Befehlshaber wäre. Ich konnte nicht klar denken, sonst hätte ich ihn getötet. Aber es wäre das beste, wenn er nach einer Gerichtsverhandlung stirbt, von der Hand des Gesetzes, in Britannien, vor der ganzen ›Familie‹.«

Artus hob die Hand und nickte. »Wir werden heute nacht den Angriff versuchen. Gwynhwyfar, wie sieht es mit ihren Verteidigungsanlagen aus?«

Ich sagte ihm alles, was ich wußte. Durch die Stunden, die ich stehend auf den Mauern verbracht hatte, war mir vieles aufgefallen, obwohl ich zugeben mußte, daß ich von dem, was an Macsens Hof passierte, weniger als die Diener wußte. »Ich bin buchstäblich wie eine Gefangene gehalten worden«, erklärte ich, »ich war unter Bewachung, wann immer ich Macsens Haus verließ.«

»Ich weiß«, sagte Artus. »Ich hatte einen Mann innerhalb der Festung. Er ist vor ein paar Wochen umgebracht worden.« Er schwieg einen Augenblick und beobachtete mich noch immer. Es war alles ganz anders als bei unserer letzten Begegnung, als ihm mein Anblick schmerzhaft gewesen war. Ich fragte mich, was er jetzt wohl fühlte. »Cei sagte mir, du hättest behauptet, du hättest nichts von dem Hinterhalt auf der Straße gewußt, bis es passierte.«

»Ich wußte auch nichts davon. Aber hinterher . . . ich bin mitgegangen . . . ich bin willig mit Bedwyr gegangen, mein Herz. Er war in solch verzweifelter, kummervoller Stimmung, daß ich ihn nicht verlassen konnte.«

Gawain lachte, schauderte dann und schloß wieder die Augen. Das Lachen mußte seinen verwundeten Kopf erschüttert haben.

»Und dennoch gab es keine Verschwörung?« wollte Artus wissen, »kannst du darauf schwören?«

»Ich, Gwynhwyfar, Tochter des Ogyrfan, schwöre im Namen des Vaters, des Sohnes und des Heiligen Geistes, daß ich niemals geplant habe, mit Bedwyr zu entfliehen, und daß ich nichts von seinen Plänen wußte, bis er uns auf der Straße gegenübertrat. Außerdem schwöre ich, daß Bedwyr selbst nie vorhatte, mit unseren Leuten Hiebe auszutauschen, und daß er nur sein Schwert zog, nachdem Medraut mich davon abgehalten hatte, ihm zu sagen, daß ich nicht mitgehen würde. Medraut hat auch die anderen dazu aufgestachelt, Bedwyr anzugreifen. Wenn ich lüge, möge die Erde sich auftun und mich verschlingen, möge die See sich erheben und mich ertränken, möge der Himmel zerbrechen und auf mich fallen.«

Artus lächelte ganz leise und schaute Gawain an.

»Ändert noch immer nichts«, sagte Gawain müde. »Wir hatten gehört, daß die Lady wie eine Gefangene gehalten wird. Wir wußten die ganze Zeit, daß ihr Anteil an der Schuld kleiner ist. Dennoch hat es einen Mord gegeben, Macsen steht noch immer fest zu seiner Rebellion, und es muß noch immer Gerechtigkeit dafür ausgeteilt werden.«

»Du willst mich wieder vor Gericht stellen«, sagte ich zu Artus. »Ich weiß das. Und ich bin gewillt, meinen Schuldspruch zu akzeptieren. Deswegen bin ich gekommen.« Unsere Blicke begegneten sich, aber noch immer waren seine Augen ohne Zorn. Das Schweigen und das Fackellicht lag zwischen uns wie eine Straße, und ich spürte, wie mein Blut in meinen Adern zu singen begann. Er war nicht zornig, er hatte mir vergeben. »Mein Herz ist bekümmert über das, was geschehen ist«, fuhr ich, jetzt unsicher, fort. All meine Entschlossenheit schmolz im Licht seiner Augen. »Ich habe es verdient zu sterben. Und ich würde lieber sterben, als auch nur einen weiteren Tag der Grund dafür zu sein, daß diese Kluft zwischen uns entstanden ist. Damit kann ich nicht leben . . .«

Artus begann zu sprechen, schwieg aber wieder. Er schaute Gawain an, dann mich. »Der Krieg wird dennoch weitergehen, mein Herz«, sagte er mir ganz ruhig. »Aber ich bin froh, daß du nicht länger dazugehörst. Ich bin froh, daß du wieder da bist. Und wenn du mit Gewalt entführt worden bist, wenn du gefangengehalten worden bist, dann ist es vielleicht nicht nötig, einen neuen Schuldspruch auszusprechen. Vielleicht könnte der alte geändert, ja, sogar ausgesetzt werden.« Er schwieg noch einen weiteren Augenblick und sagte dann: »Ich habe einen Brief von deinem Vetter bekommen, dem Oberhaupt deiner Sippe. Wenn Bedwyr ihn kannte, dann bin ich nicht überrascht darüber, daß er dich retten wollte. Ich glaube nicht, daß es gut wäre, wenn du dort hingingst.« Er starrte im Zimmer umher, ganz plötzlich in kaltem Zorn, aber sein Zorn galt nicht so sehr den Menschen, die im Zimmer waren, sondern seinem Königreich und dem Purpur. »Ich will nicht, daß sie stirbt!« schrie er laut. »Soll Bedwyr die Strafe zahlen!«

Gawain schaute mich seltsam an, sagte aber nichts. Cei grinste. »Na, sie hat ihre Strafe doch schon bezahlt! Sie ist von einem fremden König gefangengehalten worden. Ach, Herr, my Lady, es war eine mutige Tat, als Mann verkleidet aus Macsens Festung zu fliehen. Die Krieger werden ihr alles verzeihen nach solch einer Heldentat. Jahrelang wird man Lieder darüber singen.«

Ich wußte nicht, was ich sagen sollte. Solch ein Willkommen hatte ich nicht erwartet. Ich wurde empfangen, als ob ich von einer Botenreise zurückgekehrt wäre, und nicht als entflohener Verbrecher. Aber ich war eine Verbrecherin, und ich wollte nicht, daß Bedwyr die Strafe für ein Verbrechen zahlte, das ich genausogut wie er begangen hatte. Dennoch, mein Mann stand in meiner Nähe und betrachtete mich, und ich wußte nicht, was ich zu ihm sagen sollte.

Artus sah meine Verwirrung und schüttelte den Kopf. »Wir müssen morgen darüber reden. Im Augenblick, my Lady, ruh dich aus. Du siehst sehr müde aus.« Er ging zum Eingang seines Zeltes und gab ein paar Dienern den Befehl, für mich ein Zelt herzurichten. Dann rief er verschiedene Männer und gab Befehl für den Angriff in dieser Nacht. Ich lehnte mich in meinem Stuhl zurück und schaute die wohlbekannten Gesichter und Dinge an. Ich schloß die Augen und hörte den Stimmen zu: Ceis polterndes Geflüster mit Gawain, Artus' starke Stimme, die draußen Befehle erteilte, Scherze, Gelächter, aufgeregtes Diskutieren unter den Männern. Es kam mir noch nicht wirklich vor. Einen Augenblick lang fürchtete ich, ich könnte aufwachen und mich wieder in diesem erstickend roten Zimmer in Car Aes finden. Ich öffnete schnell die Augen.

Artus kam wieder herein, ging zu seinem Schreibtisch und

überprüfte einen Plan, den er von Macsens Verteidigungsanlagen gemacht hatte. Dann blickte er wieder zu mir auf und lächelte. Als ich ihn lächeln sah, glaubte ich, das Herz würde mir brechen. Er sah älter aus als vorher, abgenutzt zu einem ergrauenden Schatten, aber sein Lächeln war noch das gleiche, und auch die direkte, ehrliche Kraft seiner Augen. »Ich kann nicht glauben, daß du da bist«, sagte er mir. »Ich wünschte – aber du mußt dich ausruhen, und ich habe Arbeit zu erledigen. Hast du andere Kleidung? Dann will ich dir welche besorgen lassen – obwohl ich bezweifle, daß wir hier in unserem ganzen Lager etwas Schöneres haben als das Festkleid einer Bauernfrau.« Er half mir auf die Füße, führte mich zum Eingang des Zeltes und schnippte mit den Fingern. Ein Mann zu meinem Schutz erschien. Artus blieb stehen und hielt noch immer meinen Arm. »Wünsch mir Glück in dieser Nacht, my Lady.«

Ich drehte mich um und hielt ihn an den Armen fest. Ich blickte auf, schaute in sein Gesicht. Ich dachte an Bedwyr in dem dunklen Stall und an Artus, wie er in Camlann meinen Schuldspruch aussprach – Dinge, die wichtig gewesen waren, die noch immer wichtig waren. Aber neben dieser Rückkehr spielten sie keine Rolle mehr, und während ich ihn anschaute, war ich wieder zu Hause. »Gott soll dich verteidigen«, sagte ich. »Und viel Glück.«

Während ich zu meinem eigenen Zelt hinüberging, begleitet von einem Krieger, den ich kannte, betete ich, daß ich dort sterben könnte, unter Freunden, und nicht gedemütigt unter Fremden. Und ich betete auch, daß Bedwyr in dieser Nacht nicht gefangengenommen würde, daß man ihn nicht zurückbrachte und ihn die Strafe zahlen ließ, die ich hätte zahlen sollen, sondern daß Bedwyr, lebendig oder tot, irgendwie nach irgendwohin entkam.

10

Das Zelt, das Artus für mich bereitgestellt hatte, war klein, aber drei Männer waren daraus ausgezogen, damit ich Platz hatte. Drinnen war ein Feuer, und als ich mit meinem Wächter eintrat, machte Rhys, Gawains Diener, gerade Wasser darüber heiß. Als er mich sah, spaltete sich sein Gesicht fast in einem gewaltigen Grinsen, und er verbeugte sich sehr tief. »Lady Gwynhwyfar! Willkommen daheim. Die Nachricht von deiner Flucht hat sich schon überall im Lager herumgesprochen.«

Ich nahm seine Hand und lächelte zurück. »Danke dir, Rhys. Ich bin froh, dich wiederzusehen. Wie geht es Eivlin und den Kindern?«

»Gut, als ich abgereist bin. Ich bin froh, daß du zurück bist, my Lady. Es lastet wie ein schweres Gewicht auf dem Herzen, wenn man Krieg gegen Freunde führt. Kommt der Herr Bedwyr auch?«

Ich hörte auf zu lächeln und schüttelte den Kopf.

Rhys seufzte. »Na«, er fuhr sich mit der Hand durchs Haar, »ich mach' dann mal weiter. Gott sei uns gnädig.« Mein Beschützer murmelte etwas und zog sich zurück. Er stand draußen Wache, und Rhys verbeugte sich leicht vor ihm, während er das Holz für das Feuer überprüfte. »Nun, edle Dame, du bist sicher ruhebedürftig. Und ich muß zurück zu meinem Herrn. Er ist verwundet.«

»Ich weiß. Er ist in Artus' Zelt und plant den Angriff.«

»Was? Noch immer?« Rhys starrte mit großen Augen. »Gott im Himmel! Er mußte da hineingetragen werden – konnte nicht laufen, bestand aber darauf, mit Artus zu reden, sobald ihm klar wurde, wo er nach seiner Verwundung hingekommen war. Den Chirurgen hat das gar nicht gepaßt, aber der Gedanke, daß er sich aufregen könnte, hat ihnen noch weniger gefallen. Er ist erst heute nachmittag aufgewacht, und offenbar ist er noch nicht wieder bei Sinnen. Dieser sture, stolze . . .« Rhys wurde plötzlich klar, daß man so nicht von seinem Herrn redete. Anstatt also alles fertigzumachen, hob er den Kessel mit dem heißen Wasser vom Feuer und überprüfte den Eimer mit dem kalten Wasser.

Ich setzte mich auf die Strohmatratze und zog meine komischen Stiefel aus. »Dein Herr ist sehr verbittert«, sagte ich zaghaft. Rhys kannte Gawain genauso gut wie jeder andere, und er würde wissen, wie es mit ihm stand.

»Ist es denn überraschend, daß er verbittert ist? Warum hat Bedwyr das arme Kind umgebracht? Entschuldige, my Lady. Meine Zunge redet unverschämter, als ich bin.«

»Entschuldige dich nicht. Du bist schon lange genug bei uns, daß du ein Recht hast, solche Fragen zu stellen. Bedwyr hat den Speer geworfen, ohne daran zu denken, auf wen er ihn warf.«

»Aha. Fast, my Lady, könnte ich glauben, daß wir alle unter einem Fluch stehen. Ich könnte nicht glauben, daß Bedwyr meinen Herrn Gwyn umbringen wollte, genausowenig wie der Kaiser diesen Krieg will oder wie du dem Kaiser je Übles zugedacht hattest. Dennoch geht alles schief. My Lady, mein Herr hat sich in letzter Zeit wie ein Verhexter benommen. Er hat nichts bemerkt und kümmert sich um nichts. Ich kann ihn kaum dazu überreden, zu essen oder zu schlafen, und er kümmert sich noch nicht einmal mehr besonders um sein Pferd. Du weißt, wie sehr er das Tier liebt. Dieser Krieg ist schlecht für ihn. Und meinem Herrn geht es noch schlimmer, seit wir in diesem elendiglichen Königreich angekommen sind. My Lady, er will eigentlich Bedwyr gar nicht umbringen. Aber er kann den Gedanken nicht ertragen, daß Bedwyr seinen Sohn umbringen kann und unangetastet entkommt. Na schön. Aber als er heute Bedwyr in der Schlacht begegnete, da hat er ja selbst herausgefunden, daß er ihn nicht umbringen will. Fast ist er selbst getötet worden. Diese Kopfwunde ist schlimm. Jetzt kann er wenigstens nicht mehr kämpfen. Weiß Gott, er kann noch nicht mal stehen. Die Chirurgen sagen, er müsse sich ganz ruhighalten und jeder Aufregung aus dem Weg gehen. Aber das ist das einzige, was er überhaupt nicht tun wird, nicht, solange er hier ist und der Krieg noch andauert. My Lady, der Kaiser schickt übermorgen ein paar von den Verwundeten heim. Überrede ihn, meinen Herrn auch wegzuschicken.«

Ich schaute Rhys gedankenvoll an. »Ich will Artus sagen, was du mir erzählt hast, wenn ich ihn morgen sehe. Aber warum glaubst du, daß ich irgendwelchen Einfluß hätte? Ich bin eine Verbrecherin, die auf ihr Urteil wartet.«

Rhys grinste noch einmal. »Vielleicht, my Lady. Aber seit wir in Kleinbritannien angekommen sind, ist das Gerücht umgegangen, daß du gefangengehalten wurdest und daß du sowieso mit Gewalt nach Kleinbritannien entführt worden bist. Alle in der ›Familie‹ brannten darauf, dich wieder zu befreien. Es ist komisch, wie weit ein Krieg Männer dazu bringt, die Meinung zu ändern. Bei all der Aufregung haben sie die Gerichtsverhandlung fast vergessen.« Er hustete. »Natürlich mag es in Britannien noch anders aussehen. Medraut und seine Partei sind ja alle dort.«

»Was?« Ich schaute Rhys scharf an. Ich sah, daß er es ernst meinte. »Medraut und seine Partei sind in Britannien zurückgelassen worden, damit sie in Camlann für Ordnung sorgen, solange Artus und all unsere besten Verbündeten hier sind? Das ist Wahnsinn!«

»My Lady, der Kaiser konnte kaum Männer nach Kleinbritannien mitnehmen, deren Treue er anzweifelt. Bei so einer kleinen Truppe geht das nicht. Wenn hier ein Verrat aufkäme, würde Macsen uns sofort vernichten. Aber der Kaiser ist kein Narr, my Lady. Er hat nicht alle unsere besten Verbündeten mitgenommen, sondern nur Teile ihrer Truppen. Constantius von Dumnonia hat er in Camlann gelassen, damit er ihm die Festung warmhält, und ohne Zweifel hat er dem König auch aufgetragen, Herrn Medraut fest im Auge zu behalten. Und König Urien von Rheged und Ergyriad von Ebrauc hat er auch zurückgelassen. Sie sind darauf vorbereitet, ihn sofort zu warnen, wenn es im Norden irgendeine Rebellion gibt. Ich würde mir keine Sorgen machen, my Lady.«

Rhys hatte wahrscheinlich recht, obwohl mir das alles nicht gefiel. Ich hätte ihn noch weiter ausfragen können, aber in diesem Augenblick kam ein anderer Diener herein und brachte ein einfaches Kleid und ein paar Decken. Ich dankte ihm, dankte Rhys, und sie lächelten beide und wünschten mir gute Nacht. Sie ließen mich allein mit dem Krieger, der draußen Wache hielt.

Ich konnte nicht schlafen. Ich lag wach und hörte zu, wie die Männer im Lager den Angriff auf Macsens Festung vorbereiteten. Ich betete für Artus, für Bedwyr, wälzte mich noch lange hin und her, nachdem die letzten Stimmen und das Klingeln der Pferdegeschirre in der Nacht verhallt waren. Was würden sie wohl erreichen? Würde es ein Erfolg werden? Es würde gut sein, wenn ich den Alptraum hinter mir hätte, aber wenn Bedwyr gefangen wurde, wenn man ihn in Ketten zurückbrachte und ihn nicht nur für seine eigenen Verbrechen, sondern ihn auch für meine vor Gericht stellte – dann hätte der Alptraum erst angefangen. Es ist hart, im Krieg eine Frau zu sein, und es ist noch schlimmer, wenn man noch nicht einmal weiß, auf was man hoffen darf.

Ich stand auf, zog das Kleid an, wickelte mir die Decke um die Schultern und ging hinaus, um mit meinem Beschützer zu reden. Er hatte eine Beinwunde, das war mir vorher aufgefallen. Artus würde keinen fähigen, körperlich gesunden Mann zu einem unnotwendigen Wachdienst einteilen. Aber der Form nach war es notwendig, und ich nehme an, dadurch hatte der Krieger auch etwas zu tun. Ich kannte den Mann aus Camlann, und ich wußte, daß er ungeduldiger als ich auf den Ausgang eines Angriffs wartete, bei dem er nicht mitspielen konnte. Wir saßen herum und diskutierten über den Krieg, meine Gefangenschaft, seine Beinwunde, Britannien und das

Reich, bis die Dämmerung grau über den Wäldern in unserem Rücken stand.

Die Armee kehrte sehr erschöpft und müde zurück, aber in einer Gruppe. Der Angriff war fehlgeschlagen. Zuerst, so erfuhren wir, hatte das Losungswort und ein Ablenkungsangriff sie in die Lage versetzt, die Tore zu nehmen. Aber hinterher waren die Männer in den unbekannten Straßen gestellt und gezwungen worden, sich wieder zurückzuziehen. Artus sei in Sicherheit, so sagte man uns. Cei, Goronwy und Gereint – ja, auch in Sicherheit. Anderen ging es auch gut. Einer oder zwei waren tot, ein paar verwundet. Und Bedwyr, so sagte man mir, hätte die Verteidigung geleitet, hätte sich von der Ablenkung an der Nordmauer nicht zum Narren halten lassen, sondern sei sofort zu den Toren gekommen und hätte es geschafft, Artus' Pläne zu durchkreuzen. Ja, Bedwyr sei auch noch immer am Leben und unverletzt.

Erst nachdem ich das erfahren hatte, kam der Schlaf, den ich beiseite geschoben hatte, plötzlich wieder über mich. Ich ging zurück ins Zelt und verlor mich im Nichts, während die Sonne sich über den Bäumen erhob.

Es war schon volles Tageslicht, als ich aufwachte. Ich war noch immer müde und begriff sofort, daß ich geweckt worden war, denn jemand beobachtete mich. Ich setzte mich auf und sah Artus.

»Still«, sagte er leise. »Es ist erst Vormittag. Dein Wächter hat mir gesagt, du wärst die ganze Nacht wach gewesen, und du mußt einfach den Wunsch haben weiterzuschlafen.«

»Du auch«, deutete ich an, »und ich möchte wetten, daß du überhaupt nicht geschlafen hast. Wie lange bist du schon hier, Herr?«

»Noch nicht lange. Komm, wenn du nicht schlafen willst, dann frühstücke mit mir.«

Wir frühstückten in seinem Zelt, und es war wie in den alten Zeiten in Camlann, wo die Leute alle fünf Minuten unsere Ruhe störten. Artus erzählte mir vom Krieg, und ich erzählte ihm von den vergangenen Monaten und von Bedwyr.

Als ich ihm von Bedwyrs Leid berichtete, nickte Artus. »Ich habe Bedwyr in der vergangenen Nacht gesehen«, sagte er mir.

»In Car Aes?« fragte ich, und meine Kehle zog sich zusammen.

Er nickte. »Bedwyr hat mein Leben geschont, obwohl er es mir hätte nehmen können. Aber das hat mich nicht überrascht.« Jemand kam mit einer Frage wegen Pferdefutter herein, und Artus kümmerte sich darum. Dann fuhr er fort. »Wir saßen in einer Seitenstraße in der Falle, ich und ein paar andere von der ›Familie‹. Ich hatte die Breite der Straßen falsch eingeschätzt – oder vielmehr war mir nicht klar gewesen, daß Pferde in solchen Straßen schlecht zu beherrschen sind. Wir sind nicht genug an den Belagerungskrieg gewöhnt, um ihn zu beherrschen. Eine organisierte Gruppe von Speerwerfern hat in solcher Enge den Vorteil über Reiterei, gleichgültig, wie gut die Reiterei ist. Bedwyr hatte Truppen in der Nähe des Tores aufgestellt, und als er mit zusätzlichen Truppen selbst auftauchte, waren wir zum Rückzug gezwungen. Aber ich habe meine Männer eine Straße hinuntergeführt, von der man nicht zum Tor gelangen konnte, und die Speerwerfer kamen hinter uns her. Es war totales Chaos. Wir hatten das Torhaus angezündet, und das Feuer verbreitete sich weit. Die Pferde wurden scheu, und man konnte sich in dem Durcheinander kein Gehör verschaffen. Dann sah ich Bedwyr über den Köpfen der anderen Speerwerfer, und er sah mich. Er befahl seinen Männern, sich zurückzuziehen, und wir ritten weiter die Straße hinunter und schlossen uns den anderen am Tor an. Wir kamen ganz nah an Bedwyr vorüber, während wir zu den anderen stießen. Einmal war ich nicht mehr als sechs Schritte von ihm entfernt. Er leidet wirklich.«

Ich blickte auf meine Hände und ballte sie dann ineinander.

»Er wird natürlich Macsen sagen, es wäre Dummheit gewesen, mich umzubringen, meine Männer wären grausam, unbeherrschbar und rücksichtlos geworden, wenn ich gefallen wäre, und so wird er die Befehle entschuldigen, die er gegeben hat. Es ist ohne Zweifel wahr. Macsen schuldet Bedwyr viel. Aber ich schulde ihm genausoviel.«

»Dennoch wirst du ihn hinrichten lassen.«

Artus schaute mich fest an. »Du liebst ihn noch immer.«

»Ja, natürlich. Du ja auch.«

Er zuckte die Achseln, wandte den Blick von mir ab und schaute ins Nichts. »Er ist viele Jahre lang mein Freund gewesen. Er ist die Hälfte meiner eigenen Seele gewesen. Aber ich würde meine rechte Hand abhacken, wenn es für das Reich notwendig wäre, und es ist notwendig. Gawain hat recht: Bedwyr muß sterben, weil es um die reine Gerechtigkeit geht. Um die Gerechtigkeit und das Weiterleben des Reiches. Nur . . .«

»Nur was?«

Er streckte die Hand über den Tisch und ergriff mein Handgelenk. »Nur, ich will nicht, daß diese Gerechtigkeit sich auch auf dich erstreckt.« Nach einem Augenblick des Schweigens fuhr er fort, »ich hatte erwartet, daß ich dich vermisse. Aber es ist schlimmer geworden, als ich erwartet hatte. Nicht nur, weil die Festung und das Königreich ohne dich fast nicht regierbar sind und weil alles im Reich in Unordnung ist und die Diener und Bauern seufzen, wann immer du erwähnt wirst. Ich vermisse dich. Ich konnte es kaum ertragen, in Camlann unser Haus allein zu bewohnen. Ich erwartete immer wieder, dich da vorzufinden, ich vergaß jeden Morgen, daß du weg warst, und entdeckte es neu, zu meinem Kummer. Soll ich noch deutlicher werden? Vor der Gerichtsverhandlung sagte mir Bedwyr, daß ich von dir mehr verlangt hätte, als irgend jemand geben kann. Das ist wahr, obwohl ich es damals nicht zugeben wollte. Ich habe mir erlaubt, schwach zu sein, wütend zu werden und endlose Forderungen an dich zu stellen, aber ich habe dir nie das gleiche erlaubt. Nein, hör mir zu. Ich weiß gut genug, daß die Stärksten Ruhe brauchen, wenigstens manchmal. Ich habe das im Krieg gesehen – man kann einen Mann weiter treiben, als er selbst es für möglich hält, aber am Ende kippt er nur um und tötet einen Kameraden oder flieht vor dem Feind oder bricht das Vertrauen. Es hätte mir klar sein müssen, was ich dir antat. Und dann habe ich dich gerichtet. Ich selbst habe Ehebruch begangen, ohne den Ansporn der Liebe oder der Einsamkeit, sondern nur aus Betrunkenheit und Lust nach der Königin Morgas – wie konnte ich Bedwyr dafür richten, daß er dich liebte, oder dich, weil du ihm nachgegeben hast? Du wärst mir nie untreu geworden, wenn ich es nicht selbst verschuldet hätte.«

»Mein Herz«, sagte ich, »du schiebst dir zuviel Schuld zu. Du hast kein Verbrechen begangen, und ich habe es doch getan. Dennoch liebe ich dich, und ich habe dich sogar geliebt, als ich dir untreu war. Wenn du mir verzeihst, dann ist das alles, was ich mir wünsche, und vielleicht mehr, als ich verdiene.«

Er küßte meine Hand. »Ich glaube, das Verzeihen muß auf beiden Seiten sein. Liebste, die Menschen würden dich vielleicht jetzt als Kaiserin wieder akzeptieren, wenn bei einer zweiten Verhandlung bewiesen würde, daß du mit Gewalt aus Britannien entführt und gefangengehalten worden bist.«

»Das ist nicht wahr.«

»Das sagtest du schon. Aber Bedwyr muß sterben. Das siehst du doch ein, oder nicht? Es gibt keine Möglichkeit, das zu vermeiden. Aber mußt du deswegen auch sterben? Es würde doch nichts nützen, weder dem Königreich noch der ›Familie‹ – und mir am allerwenigsten. Wir würden alle dafür leiden. Mein Herz, sag ihnen, daß du mit Gewalt von Britannien fortgeführt worden bist.«

»In der Verhandlung? Unter Eid?«

»Es stimmt ja fast. Du hättest Bedwyrs Angriff abgewendet, wenn du davon gewußt hättest, und du hattest nie vor, mit ihm zu gehen.«

»Es würde dir auch nichts nützen, mich zu verschonen. Die Menschen werden mich anspucken und sagen, ich sei eine Hure, die mit ihrem Liebhaber davongelaufen ist, einen Krieg verursacht hat und von ihrem betrogenen, ihr hörigen Mann wieder zur Ehre erhoben worden ist. Sie werden sagen, daß du schwach und korrupt bist. Medraut wird das ausnutzen.«

Artus zuckte zusammen. »Das können wir ertragen. Aber benutz nicht solche Worte. Dein Vetter hat so in seinem Brief an mich über dich geredet. Er sagte, er könne deinen Schuldspruch akzeptieren und würde dafür sorgen, daß du angemessen gestraft würdest. Warum hast du mir nichts von ihm erzählt? Ich hätte dich nie in sein Haus geschickt, wenn ich es gewußt hätte. Aber es ist mir nicht passend, den Ansichten von solchen Männern wie ihm nachzugeben, und es scheint mir auch nicht angemessen, all meine Taten Medrauts Meinung anzupassen. Ich brauche dich. Willst du ... nicht lügen, sondern eher die Wahrheit verzerren, wenn du wieder vor Gericht stehst? Dann könnte ich nicht mehr in mein Urteil hineinlegen als die Buße, die die Kirche für Ehebruch vorsieht, und dich bei mir behalten.«

»Du ... du riskierst viel.«

»Du verstehst mich nicht. Ich brauche dich.«

Ich war gegen mein besseres Wissen mit Bedwyr gegangen, weil er mich brauchte. Und jetzt, obwohl Artus ruhiger war als damals Bedwyr, sah ich doch, daß er es nicht weniger ernst meinte. Aber wenn ich tot war, dann fand er vielleicht eine andere Frau zur Ehe, eine, die ihm Kinder gebar und die ihm eine bessere Lady sein konnte, als ich es gewesen war. Unter Eid zu lügen und einen anderen die Strafe für meinen Fehler tragen zu lassen, das kam mir monströs vor ... obwohl ich wußte, daß Bedwyr, wäre er dagewesen, mir genau denselben Rat gegeben hätte wie Artus.

»Laß mich nachdenken«, bat ich. »Ich war sicher, daß ich für meinen Verrat sterben würde, wenn ich zurückkäme. Ich hatte nie erwartet, daß mir verziehen wird, und ich dachte, ich könnte ehrlich sterben. Ich will mich zuerst wieder an den Gedanken gewöhnen, daß ich weiterleben soll.« Nach einem Augenblick der inneren Verwirrung fragte ich: »Wann würdest du die Verhandlung abhalten?«

Ein Bote kam herein und unterbrach uns. Er fragte in einer Angelegenheit nach, bei der es um Lösegelder ging. Artus kümmerte sich darum und wandte sich dann wieder an mich. »Es wäre besser, wenn alles in Camlann stattfände, nachdem Bedwyr gefangen oder getötet ist. Ich könnte dich morgen mit den Verwundeten zurückschicken. Wenn du erst einmal in Britannien wärst, könntest du die Fasten- und Bußezeit beginnen, die die Kirche vorschreibt, und mir auch deine Meinung über die Situation zu Hause übermitteln. Dieser Krieg sollte nicht mehr viel länger dauern. Denn ich möchte nicht Ceis Plan folgen und Macsen mit ausgedehnten Überfällen mürbe machen. Dadurch würde sich im Reich zuviel böses Blut bilden, und ich kann es mir auch nicht leisten, Britannien so lange allein zu lassen. Und Medraut ist allein in Camlann, und das ist gefährlich, selbst unter Beobachtung. Vielleicht klappt es mit den Belagerungsmaschinen. Wirst du meine Bitte erfüllen?«

»Ich ... ich will darüber nachdenken. Gib mir Zeit, bis du wieder zurück in Britannien bist.«

»Du meinst, du wirst es tun, es sei denn, Bedwyr wird gefangengenommen«, sagte er und lächelte leicht.

»Ich weiß gar nicht, was ich meine. Ich will nicht, daß er für mein Verbrechen die Schuld zugeschoben bekommt. Rhys glaubt, du solltest Gawain auch mit den anderen Verwundeten wegschicken.«

Artus lächelte ein bißchen deutlicher. »Das hatte ich geplant, wenn ich ihn dazu überreden kann, ohne daß er sich übermäßig aufregt und noch kranker wird. Mein Herz, bitte denk wirklich darüber nach. Wenn wir uns gegen Medraut behaupten können, dann gibt es keinen Grund, warum wir nicht auch den Königen von Britannien die Stirn bieten sollten.«

Wenn die Sterne silberne Nägel wären, dachte ich, dann könnte man sie dazu benutzen, die Pferde zu beschlagen. Aber ich liebte Artus. Vielleicht würde ich gewillt sein, selbst das zu tun, damit er glücklich war. Aber wenn Bedwyr vor meinen Augen für mein Verbrechen leiden sollte, dann wußte ich nicht, ob ich es tun konnte.

Ich verließ den nächsten Tag das Lager mit den Verwundeten. Artus mochte es nicht, Männer in seinem Lager zu haben, die nicht schnell reisen konnten und die vielleicht in Gefahr waren, wenn Macsen es doch schaffte, den Rest seiner Streitkräfte zusammenzurufen, und Artus sich schnell zurückziehen mußte. Gawain allerdings bestand darauf, er erhole sich schon schnell genug, und es hätte keinen Sinn, ihn zurück nach Britannien zu schicken. An dem Morgen, an dem ich abreiste, ging ich selbst, um mit ihm zu reden. Artus hoffte, ich könne den Krieger dazu überreden mitzureisen. Er war in einem eigenen Zelt, und Rhys versorgte ihn. Er lag sehr still, als ich hereinkam, und schaute auf die leere Wand des Zelts.

»Gawain«, sagte ich, und er blickte zu mir herüber und sah dann Rhys an, der direkt hinter mir stand. Er sagte nichts.

»Tut es sehr weh?« fragte ich.

»Nein. Mach dir keine Sorgen. Ich brauche nichts.«

Rhys stieß verärgert den Atem durch die Zähne. »Herr, die Lady ist auf Bitten des Kaisers gekommen, um nachzusehen, ob du heute mit den anderen abreist.«

»Das hatte ich mir gedacht. Mach dir keine Mühe, my Lady. In ein paar Tagen bin ich wieder auf den Beinen – ohne Zweifel wäre ich in der Lage, zurück zur Armee zu reiten, ehe die Verwundeten die Schiffe erreichen. Es hat also keinen Sinn, wenn ich abreise.«

Rhys schnaufte. »My Lady, rede doch vernünftig mit ihm«, murmelte er zu mir herüber. »Deine Meinung sollte er jetzt noch respektieren. Ich gehe nach draußen und packe.«

Gawain sah zu, wie Rhys ging, aber nur seine Augen bewegten sich. Offenbar war es ihm schmerzhaft, den Kopf herumzudrehen.

»Rhys glaubt, der Krieg ist schlecht für dich«, sagte ich.

»Rhys mischt sich immer in Dinge ein, die ihn nichts angehen. Angeblich soll er mein Diener sein, aber er hält sich für meinen Herrn.«

»Ich habe nie gehört, daß du ihm das gesagt hättest.«

»Was für einen Sinn hätte es denn auch? Rhys will ja nur mein Bestes.«

Sein dunkler, starrer Blick machte mir Kummer. Es war schwer zu erkennen, was er anschaute. Ich berührte seine Stirn, und sie fühlte sich heiß an. »Du hast das Fieber«, sagte ich ihm. »Außerhalb der Truppe wärst du besser dran.«

»Warum kümmerst du dich so um mich, my Lady?«

»Ich habe mir immer große Sorgen um dich gemacht«, sagte ich nach einem Augenblick des Schweigens. »Ich habe dich gern gehabt, wie ich einen Bruder von meiner eigenen Sippe gemocht hätte.«

»Alles Lügen«, murmelte er so undeutlich, daß ich die Worte kaum verstehen konnte.

Ich hatte gezweifelt, als Artus mich gebeten hatte, mit Gawain zu reden, und jetzt bezweifelte ich noch mehr, daß er auf mich hören würde, und der Schrecken überkam mich. »Trink ein bißchen Wasser«, sagte ich endlich. »Bei dem Fieber wirst du es brauchen.«

Er lachte ein bißchen, und das Lachen klang bitter. Aber er nahm den Becher Wasser, den ich ihm einschenkte. »Morgens ist es schlimmer«, sagte er mir. »Aber ich genese . . . und das ist genug.«

»Wie du willst.« Ich schaute ihn noch einmal genau an, aber er hatte sich ins Kissen zurückgelegt und blickte an mir vorüber zu dem niedrigen Dach des Zeltes auf. »Gawain, du glaubst doch nicht wirklich, daß ich lüge, wenn ich dir sage, daß ich mir Sorgen um dich mache?«

»Möglicherweise fühlst du wirklich Besorgnis. Aber was für eine Rolle spielen denn Gefühle und Absichten? Du und Bedwyr, ihr habt vielleicht nichts Böses vorgehabt, aber dennoch habt ihr beiden meinen Sohn getötet.« Seine Augen wandten sich vom Zeltpfosten ab, und er begegnete meinem Blick. »War es denn nicht genug, daß ich den Mund gehalten habe, als ich von eurer Verbindung erfuhr, und daß ich alles getan habe, um dir zu helfen? War es dir nicht genug, daß Gwyn dir mutig zu Hilfe eilte, daß du ihn trotzdem umbringen mußtest?«

»Es war ein Unfall«, sagte ich, aber meine Worte klangen leer.

»Es ist vielleicht auch Sorglosigkeit gewesen und keine Absicht. Aber was spielt das für eine Rolle? Es ist getan.« Gawain setzte sich plötzlich gerade auf, keuchte dann vor Schmerz, ließ sich vornüber sinken und hielt sich den Kopf mit den Händen.

»Nicht!« schrie ich und versuchte, ihn zu stützen. »Du schadest dir nur selbst.«

»Was spielt das für eine Rolle?« fragte er und redete wie ein Mann, den ich noch nie kennengelernt hatte, und nicht wie der Freund, den ich seit vielen Jahren schätzte. »Für was soll ich denn wieder gesund werden? Du und Rhys und die anderen, ihr versteht nichts. My Lady, my Lady, du hattest so viel. Du hattest eine Sippe, und du warst das Juwel und der Schatz der Familie deines Vaters. Lange Zeit wollte er dich niemandem verheiraten, obwohl viele dich begehrten, denn er konnte keinen finden, der gut genug war, bis er den Kaiser von ganz Britannien fand. Und da wurdest du zur Krone des Reiches, zu der Dame, die alle Könige und alle Leute liebten und bewunderten – mit Recht. Ich will zugeben, daß es gerechtfertigt war. Aber du warst nicht zufrieden mit deinem Mann, du hast dir auch noch einen Liebhaber genommen, einen Mann, würdig genug, ein zweiter Kaiser zu sein. Und du hast sie vernichtet, obwohl du es nicht vorhattest. Aber, nicht zufrieden damit, zugrunde zu richten, was dir gehört, haben du und die deinen auch noch meinen Sohn vernichtet – meinen Sohn, der meine ganze Familie war und alles, was mir von meiner Liebsten, meiner Frau noch blieb. Dennoch sagst du noch immer, daß du dir Sorgen um mich machst. Du hättest deine Besorgnis besser zeigen können, indem du mich umbringst und meinen Sohn am Leben läßt.«

Vielleicht hätte ich zur Antwort etwas gesagt, aber die leeren Worte trockneten in meiner Kehle und würgten mich. »Es bekümmert mich«, sagte ich endlich.

Er lachte wieder das verbitterte Lachen. »Auch mich bekümmert es. Und noch viel schlimmer.«

»Würde Bedwyrs Tod oder mein Tod diesen Kummer verringern?«

Er saß da und schaute auf seine Füße. »Nein. Aber wenigstens wäre er gerecht. Etwas Gerechtigkeit würde in der Welt bleiben.«

»Dann sag mir – soll ich, wenn über mich verhandelt wird, die einfache Wahrheit sagen? Soll ich sagen, daß ich Britannien willig verlassen habe, und soll ich, für Verrat verdammt, sterben? Wäre dir das recht?«

»Wenn du das sagtest, dann würdest du lügen. Du bist nicht willig mitgegangen, sondern gegen deinen Willen, um Bedwyr zu trösten. O nein, deinen Absichten nach warst du unschuldig, und ohne Zweifel ist es auch Bedwyr. Nur, das ändert nichts. Und ich kann noch nicht einmal wünschen, daß du oder er sterben solltet. Ich bin noch immer ... besorgt um dich. Es gibt keine Gerechtigkeit, noch nicht einmal im Herzen.« Er blickte auf, schaute durch mich hindurch, abwesend und menschenunähnlich. »Einmal bin ich zum Königreich des Sommers gesegelt, zur Anderwelt. Damals dachte ich, daß der Kampf zwischen Licht und Dunkelheit auf der Erde ausgefochten wird und daß die Absicht unseres Geistes ihn widerspiegelt und die Erde mit der Anderwelt verbindet. Aber jetzt scheint mir diese Welt abgeschnitten und weit entfernt von dort, denn selbst die besten Absichten jener, die dem Licht ergeben sind, können Dunkelheit schaffen. Und daher gibt es keine Gerechtigkeit, kann es keine Gerechtigkeit geben. Vielleicht ist es falsch, wenn wir überhaupt handeln. Vielleicht sind wir alle in Ewigkeit in die Hölle verdammt. Laß mich allein, my Lady. Sag Artus, ich werde bleiben, es sei denn, er befiehlt mir etwas anderes.«

Ich nickte, verließ ihn und ging wieder in mein eigenes Zelt. Ich zitterte und versuchte, nicht zu weinen. Es stimmte ja. Alles, was er zu mir gesagt hatte, stimmte. O Gott, Gott, warum ist die Erde je geschaffen worden?

Die Karren mit den Verwundeten fuhren um die Mittagszeit los. Es waren drei lange, mit einem Baldachin gedeckte Wagen zum Schutz gegen die Sonne und den Regen. Sie waren mit Stroh ausgepolstert, damit die Männer es bequemer hatten, und es lagen ein paar Dutzend in jedem Wagen. Auch eine Eskorte von zwanzig Mann ritt mit uns, aber sie sollten nur bis zum Hafen unsere Begleiter sein, wo wir uns einschifften. Ich konnte meine Stute reiten, aber ich verbrachte auch einige Zeit in den Karren. Ich hatte schon früher den Chirurgen geholfen, und ich wußte, wie man Kranke pflegt. Es gab reichlich für mich zu tun.

Die Karren rumpelten sehr auf der Straße, obwohl wir ziemlich langsam reisten und versuchten, so ruhig wie möglich zu fahren. Wir fuhren einige Tage lang nach Nordosten, und dann folgten wir der Küstenstraße genau nach Osten in die Gegend, die von den Franken beherrscht wird. Wir fanden Artus' Schiffe noch immer sicher in ihrem fränkischen Hafen, und die Hafenbeamten halfen uns, das Schiff zu beladen, das wir benutzen wollten, und versuchten, in schlechtem Latein mit uns zu reden. Sie waren entzückt, als sie entdeckten, daß ich ein bißchen Sächsisch konnte – das sich nur leicht von ihrer eigenen Sprache unterschied –, und versuchten, mich über verschiedene ekelhafte Kuren für Wunden aufzuklären. Als das Schiff bereit war zu segeln, bestanden sie darauf, ein Fest zu geben, für uns und die Eskorte, die am nächsten Tag die Rückreise zu Artus antreten sollte. Als das Schiff Segel setzte, fragte ich mich, wie Artus' vereintes Reich wohl aussehen würde. Es gab keinen Grund zur Feindschaft mit den Sachsen, wenn sie die Gesetze hielten. Aber ich war jetzt nicht mehr sicher, daß so ein Reich überleben konnte.

Unsere Reise war kürzer als die, die ich auf dem Weg nach Kleinbritannien durchlitten hatte. Wir überquerten das Meer direkt von Gallien nach der Südküste von Britannien und segelten an dieser Küste entlang zum Hafen von Caer Uisc, wo wir anlegten und das Schiff wieder entluden. Die Reise von Caer Aes hat den größten Teil von drei Wochen in Anspruch genommen. Drei der Verwundeten waren gestorben, aber der Rest erholte sich gut.

Die Fahrt nach Camlann dauerte zwei Tage. Über Nacht blieben wir in einer kleinen Hügelfestung an der Straße – es war nur ein Bauerngehöft, dessen Name ich vergessen habe. Der Herr des Hauses behandelte uns sehr seltsam; ewig wirkte er so, als ob er jeden Augenblick etwas heraussprudeln wollte, und nie tat er es. Ich nahm an, daß er über meinen Stand im unklaren war, und fragte mich wieder, was ich tun würde.

Am Nachmittag des zweiten Tages, in der frühen Dämmerung des Winters, kamen wir in Camlann an. Der grüne Hügel erhob sich still aus den öden Feldern und den nackten Bäumen; Rauch von der Festung trieb über die frühen Sterne, und wir konnten den Glanz des Feuers im dunklen Osten erkennen. Etwas in mir tönte: »Zu Hause, zu Hause!« Wie eine klare Glocke, aber ich war zu traurig und müde, um sehr darauf zu achten.

Die Tore der Festung waren verschlossen, als wir herankamen, und das überraschte mich. Aber dann dachte ich, unser Verbündeter, Constantius, hätte es vielleicht für richtig gehalten, Vorsichtsmaßnahmen zu ergreifen. Einer der Wächter rief uns vom Turm an und fragte nach unseren Namen und unseren Geschäften.

»Wir bringen die Verwundeten von Gallien nach Hause«, rief der Chirurg – offiziell führte er die Gruppe. »Du solltest mehr Fackeln hierherbringen lassen, wenn du deine eigenen Kameraden nicht erkennen kannst!«

Die Tore wurden entriegelt, und die Karren rollten hindurch. Ich ritt meine Stute, und wieder bemerkte ich, daß die Wächter uns seltsam anschauten. Einige von ihnen erkannte ich als Medrauts Männer. Zwei von ihnen kamen vom Wachturm und begleiteten uns den Hügel hinauf.

Die Karren rumpelten zur Halle hinüber und hielten an. Die Wächter, die vom Tor gekommen waren, verschwanden sofort in der Halle, und weitere Krieger tauchten auf, um uns zu beobachten, während der Chirurg um die Karren ging und die Männer untersuchte, die alle saßen und sich umschauten, selbst die sehr kranken. Sie lachten und scherzten über das, was sie jetzt tun würden, wo sie wieder zu Hause waren. Bald kamen noch ein paar weitere Krieger aus der Halle und brachten Fackeln.

»Die Kaiserin!« rief einer von diesen Männern aus, und sofort begannen die Leute von Camlann miteinander zu murmeln und hoben die Fackeln hoch, so daß sie mich deutlich sehen konnten.

»Warum ist die hier? Ist Macsen besiegt?« fragte einer von ihnen den Chirurgen.

»Caer Aes wurde belagert, als wir abreisten«, sagte ich, und sie wurden alle still und starrten mich an. »Ich bin aus Macsens Festung entkommen und bin um mein Urteil zu meinem Herrn Artus gegangen. Er hat mir befohlen, hierher zu reisen und auf meine Gerichtsverhandlung zu warten. Wo ist König Constantius? Wir haben ein paar Verwundete hier, die versorgt werden müssen.«

Ein paar von den Männern lachten, und die anderen hüllten sich in unruhiges Schweigen. »Wo ist König Constantius?« fragte einer der Krieger. »Die Lady will wissen, wo König Constantius ist.«

»Da sollte sie besser den Kaiser fragen – oder die Kirche«, sagte ein anderer.

Diese Spötterei fing an, mich zu ärgern. »Der Kaiser hat mir gesagt, Constantius habe hier das Kommando. Ist das nicht richtig?«

»Constantius kommandiert jetzt niemanden mehr. Niemanden außer Würmern.«

»Nein, die Würmer befehlen ihm. Sie konnten ihm befehlen, daß er ihnen ein schönes Fest bietet.«

»Und, hochedle Dame, wir haben jetzt einen anderen Kaiser – einen besseren.«

Als ich begriff, was sie meinten, hatte ich das Gefühl, als ob sich die Welt auf den Kopf stellte, und ich sah plötzlich, was unser Gastgeber uns in der vergangenen Nacht hatte sagen wollen. Ich begriff, warum die Tore geschlossen waren, warum die Wächter mit uns vom Tor den Hügel hinaufgekommen waren. Und während mir alles klar wurde, kam Medraut aus der Halle. Er trug einen Umhang aus kaiserlichem Purpur. Er lächelte liebenswürdig.

»Willkommen in Camlann«, sagte Medraut zu unserer Gruppe, die plötzlich schweigend und bewegungslos dastand. »Eure Ankunft ist ein Glück, denn jetzt habt ihr die Möglichkeit, euch unserem Ziel anzuschließen, die Möglichkeit, die der

Tyrann Artus, der Bastard, euch verweigert hätte. Diejenigen, die mir schwören, daß sie mir folgen wollen, werden in der Tat willkommen geheißen werden, und sie können auch Zeichen meiner Dankbarkeit erwarten. Aber wie viele seid ihr denn?«

Der Chirurg, der neben dem vordersten Karren stand, starrte Medraut nur verwirrt an. Medraut schlenderte an dem Wagen vorüber und schaute die Männer abschätzend an. »Keine kräftigen Krieger? Eine Schande. Trotzdem, die meisten von euch sind schon wieder ziemlich beieinander, nicht?« Er richtete die Worte besonders an einen Mann, einen guten Fußkämpfer, der sein rechtes Bein bis zum Knie verloren hatte. Der Mann errötete, als er sich so angesprochen hörte, glitt vom Karren und umklammerte den Rand, so daß er stehen konnte. »Ich werde nie krank genug sein, um für einen Verräter zu kämpfen«, sagte er Medraut. Dann rief er seinen Genossen zu: »Seht nur, was dieser fremde Bastard getan hat! Er hat die Großzügigkeit unseres Herrn ausgenutzt, um den Purpur zu ergreifen! Der verbrecherische, mörderische . . .«

Medrauts Lächeln war verschwunden, als der Mann den Mund aufmachte. Jetzt nickte er und trat zurück. Ein Blitz war zu sehen, und der Krieger hustete plötzlich, verbeugte sich und fiel auf das Gesicht. Ein Speer stand aus seinem Rücken hervor. Ich schrie auf, sprang vom Pferd und rannte zu dem Mann hinüber. Ich drehte ihn um. Er war schon tot. Seine Augen standen starr in seinem Kopf. Ich berührte den Streifen Blut neben seinem Mund voller Entsetzen. Dann sank ich zurück, als Medraut meine Hand beiseite trat und mit einem Fußtritt die Leiche wieder aufs Gesicht drehte.

»Lady Gwynhwyfar«, sagte Medraut mit leiser, kalter Stimme, »wie kommt es, daß du hier bist? Ich konnte den Bericht kaum glauben. Das ist eine Ehre, die ich nicht erwartet habe.«

Ich sagte nichts, ich starrte Medraut nur an. Der Umhang, den er trug, gehörte Artus, und sein reicher, purpurfarbener Saum schleifte über den Boden.

»Sie hat gesagt, sie wäre von Macsen geflohen und wegen

ihres Urteilsspruchs zu Artus zurückgekehrt«, sagte einer von Medrauts Kriegern.

»Und wir wissen, was für ein Urteil der Kaiser für sie sprechen würde«, gab Medraut zurück, und seine Augen wurden schmal. Er fing wieder an zu lächeln. »Zehn Minuten in seinem Bett, und alles wäre vergeben!« Seine Männer lachten. »Steh auf, my Lady, Mörderin. Die Gerechtigkeit liegt jetzt in meinen Händen.« Ich kniete weiterhin bei dem toten Krieger, und ich sah jetzt, wie das Fackellicht sich in Medrauts Haar und im Gold des Kragens und des Umhangs fing. Seine kalten Augen glitzerten plötzlich, und er bückte sich. Er packte meinen Arm und zerrte mich hoch. Er hielt mich fest und schlug mich zweimal ins Gesicht, und dann warf er mich einem Wächter in die Arme. Jemand schrie auf.

»Die Dame ist Kaiserin – die Frau unseres Herrn Artus!« rief der Chirurg und rannte hinüber zu Medraut, während ich versuchte, meine Sinne wieder in die Gewalt zu bekommen.

»Ich bin der Kaiser«, sagte Medraut. »Ich kann mit dieser Frau oder mit jedem einzelnen von euch tun, was mir gefällt. Jeder, der Lust hat, kann mir die Treue schwören und hier willkommen sein. Die anderen sind Diener meines Feindes, des Usurpators und Tyrannen Artus ap Uther. Sie sind verhaftet. Wer von euch will mir den Eid schwören?«

Schweigen. Einer der Verwundeten murmelte einen Fluch.

»Bringt sie weg. Schließt sie in den Lagerraum ein«, befahl Medraut seinen Kriegern.

»Aber sie sind verwundet und unbewaffnet . . .« protestierte der Chirurg.

»Dann geh mit ihnen und kümmere dich um sie. Nein, die Lady Gwynhwyfar soll nicht mit den anderen eingesperrt werden. Bringt sie . . . bringt sie in das Haus des Feldherrn Bedwyr. Bindet sie und stellt Wachen vor die Tür. Um sie kümmere ich mich später.«

Medrauts Männer strömten wie ein Mob um die Karren herum, brüllten und lachten. Die Verwundeten versuchten sich zu wehren oder zu protestieren, aber die Karren wurden schnell weggefahren. Ich sah das bei einem Blick über die Schulter, während meine Wächter mich wegzerrten, und ich war noch halb betäubt von dem Schrecken und von Medrauts Schlag, als sie mich stolpernd zu Bedwyrs Haus führten. Sie banden mir die Hände mit Streifen von der Bettdecke vor dem Leib, nahmen mir mein kleines Messer und gingen dann. Sie schlossen die Tür ab. Ich brach neben dem Bett zusammen und verbarg mein Gesicht in der rauhen Wolle der Bettdecke. Draußen konnte ich hören, wie die Wachen Witze rissen und aufgeregte Rufe ausstießen.

Denk nach, sagte ich mir und versuchte, die Tränen der Hysterie zurückzubeißen. Du mußt nachdenken. Die ganze Zeit hast du vor diesem Augenblick Angst gehabt. Jetzt brauchst du nicht so überrascht zu sein, wo es geschehen ist. Medraut hat Constantius ermordet und den Purpur für sich in Anspruch genommen. Was ist aus Constantius' Kriegern geworden?

Ich hatte keinen von den Männern des dumnonischen Königs gesehen, das begriff ich jetzt. Medraut mußte seinen Zug sehr sorgfältig geplant haben. Er hatte Constantius ermordet, und dann hatte er Constantius' Männer von seinen Gefolgsleuten aus dem Hinterhalt erledigen lassen, wahrscheinlich bei Nacht, als sie nach dem Fest schliefen. Vielleicht hatten einige der Männer Medraut den Eid geschworen, aber die anderen? Tod oder Gefangenschaft – es sei denn, daß einige entkommen waren. Ob Medraut wohl Verbündete hatte?

Ohne Zweifel hatte er sich mit Maelgwyn, dem König von Gwynedd, in Verbindung gesetzt. Maelgwyn würde ihn bei jedem Schachzug gegen Artus unterstützen. Andererseits konnte Medraut Maelgwyn nicht sehr trauen. Der König von Gwynedd wollte den Purpur selbst, und es würde ihm nicht so sehr gefallen, daß Medraut ihn trug. Ob Maelgwyn wohl Männer nach Camlann geschickt hatte? Nein, das glaubte ich nicht. Ich hatte keine gesehen. Obwohl Maelgwyn ohne Zweifel seine Armee zusammengeholt hatte und obwohl er wahrscheinlich in diesem Augenblick eilig auf dem Weg zu Medraut war.

Medraut allerdings mußte im Augenblick nicht nur seine eigenen Gefolgsleute in Camlann haben. Selbst wenn er es geschafft hatte, einigen von Constantius' Männern den Treueeid abzuzwingen und wenn ein paar unzufriedene Adlige zu ihm gestoßen waren, konnte er nicht mehr als etwas über zweihundert Krieger haben. Dreihundert höchstens. Maelgwyn hatte noch einmal dreihundert und eine Armee von etwa zwei- oder dreitausend Bauern. Wann hatte Medraut gehandelt und die Macht ergriffen? Wahrscheinlich erst in letzter Zeit – dennoch hatte er offensichtlich genug Zeit gehabt, die Burg nach seinem eigenen Geschmack umzugestalten. Vor einer Woche, zwei Wochen? Jemand mußte jetzt, in diesem Augenblick, auf der Reise nach Kleinbritannien sein, um Artus zu warnen. Artus besaß viele Spione und viele treue Gefolgsleute. Medraut konnte sie nicht alle ermorden. Und wenn Artus es hörte, dann würde er die Belagerung fallenlassen und nach Britannien zurückkehren, so schnell er konnte. Würde er Medraut gegenübertreten können, wenn er ankam?

Medraut, Maelgwyn von Gwynedd. Und wer noch? Dyfed, Powys, Elmet würden wahrscheinlich offiziell beim Kampf neutral bleiben. Wenn sie die Gerüchte glaubten, die Medraut verbreitet hatte, und wenn sie sich noch immer an Artus' gewaltsame Machtergreifung vor zwanzig Jahren erinnerten, dann konnten sie sich vielleicht feindlich zeigen und ein paar Männer schicken, die gegen meinen Mann kämpften. Andererseits war Medraut von Geburt ein Fremder und – nach dem gleichen, mächtigen Gerücht – ein Kind, geboren aus Blutschande und deshalb verflucht. Die Könige von Britannien würden ihn nicht gegen Artus unterstützen, dessen Herrschaft ihnen wenigstens bekannt war. Und die Könige würden auch nicht Maelgwyn unterstützen. Vielleicht rebellierten sie unabhängig voneinander, aber wahrscheinlich würden sie abwarten, um herauszufinden, ob Maelgwyn oder Medraut oder Artus sich halten konnten, ehe sie etwas unternahmen. Ebrauc, Rheged – die würden Artus unterstützen, wenn sie zeitig genug informiert würden, obwohl die Hälfte ihrer königlichen Truppen jetzt in Kleinbritannien war. Und die sächsischen Königreiche?

Sie hatten einen gesunden Respekt vor Artus, der sie trotz schwerer Nachteile geschlagen hatte. Aber ein Britannien, das von Bürgerkrieg zerrissen wird, war ihnen sehr von Vorteil. Vielleicht machten sie eine Zeitlang mit Medraut gemeinsame Sache und betrogen ihn hinterher natürlich, aber sie würden ihn gegen Artus unterstützen. Dennoch, Verhandlungen mit den Sachsen brauchten Zeit. Medraut hätte vorher nicht direkt mit ihnen verhandeln können – Artus und ich hätten sicher davon gehört. Alles in allem, so entschied ich, würden mein Mann und sein Sohn in dem Krieg, der vor uns lag, die gleiche Kampfkraft haben.

Ich setzte mich auf, wischte mir das Gesicht und fühlte mich etwas besser. Die Innenseite meiner Lippe war bei den Schlägen, die Medraut mir versetzt hatte, an meinen Zähnen aufgerissen, und mein Gesicht war blutverschmiert. Ich stand auf und schaute mich um. Im Zimmer war kein Wasser. Der Herd war kalt, selbst die Asche des Feuers war weggeräumt. Die Bücher waren verschwunden und auch die Lampe. Nur das Bett und ein paar dumpf riechende Decken waren noch da. Niemand hatte mehr in dem Haus gelebt, seit Bedwyr es im Sommer verlassen hatte, und der Staub lag dick auf dem Schreibpult. Es war sehr kalt, das spürte ich jetzt. Meine gebundenen Hände waren rot geworden und zeigten blasse Flecken, und sie waren steif und betäubt. Ich bewegte sie, drehte sie hin und her und versuchte, meine Bande zu lockern. Ich ging hinüber zu der Bettdecke, die die Wachen beiseite geworfen hatten, nachdem sie meine Fesseln davon abgeschnitten hatten, und zerrte sie ungeschickt um mich herum. Dann spuckte ich auf einen Zipfel und wischte mir damit das Gesicht. Mein Haar hatte sich an einer Seite gelöst, aber ich konnte es nicht wieder hochbinden. Ich saß angekuschelt an das Bett und steckte die Hände, um sie zu wärmen, zwischen die Knie. Medraut würde ohne Zweifel jemanden schicken, der sich bald um mich kümmerte. Was immer er mit mir vorhatte, es konnte nicht sein, daß er mich einfach so sterben lassen würde.

Was er vorhatte . . . mich zu strafen, irgendwie. Kein Zweifel. Ein öffentlicher Machtbeweis, eine Verhandlung für eine Frau, die versucht hatte, ihn zu ermorden, und eine öffentliche Hinrichtung. Den Feuertod? Die Steinigung? Die Folter? Ich spürte jetzt eine Kälte, die sich von der Kälte in dem eisigen, leeren Zimmer unterschied. Lieber Gott, dachte ich, gib mir Kraft. Wenn ich nicht entrinnen konnte, dann mußte ich wenigstens tapfer sterben, wie das einer Kaiserin von Britannien anstand.

Entkommen. Meine Fesseln waren sehr straff. Draußen standen zwei Wachen – warum hatte Medraut nicht einen drinnen aufgestellt, damit er mich beobachtete? Er mußte Angst haben, daß ich versuchen würde, mich umzubringen, weil er mich hatte binden lassen. Welchen Grund auch immer er gehabt hatte, es war zu meinem Vorteil. Wenn ich irgendwie fliehen konnte – durch das Rauchloch? –, aber ich mußte ja auch noch den anderen Teil der Festung durchqueren, und danach über die Mauern. Es wäre Wahnsinn, es am Tor zu versuchen. Hier würde man mich erkennen, und ich kannte das Losungswort nicht. Trotzdem – es sollte möglich sein, die Mauern von innen zu ersteigen. Medraut hatte nicht genug Männer, um den ganzen Kreis der Festung sehr genau zu bewachen.

Ein Dienstmädchen kam herein, begleitet von einem Krieger. Sie schaute sich um, sah mich und wurde blaß vor Angst. Der Krieger stieß sie vorwärts. »Mach Feuer«, befahl er, »und kümmere dich um die Gefangene.« Er lehnte sich an die Wand bei der Tür und betrachtete mich. Ich blieb sitzen, wo ich war. Das Mädchen machte Feuer, holte Wasser und kehrte das Zimmer, ohne mich anzuschauen, obwohl ich aufstehen und anderswohin rücken mußte, als sie herüberkam, um das Bett zu machen. Ganz deutlich hatte sie große Angst. Plötzlich fragte ich mich, was mit den Dienern in Camlann sein mochte. Wenn sie gehorsam waren, dann sollten sie eigentlich in Sicherheit sein – außer Ceis Geliebter, Maire, und der Frau von Gawains Diener. Medraut hegte der letzteren gegenüber besonders einen alten Groll, denn Eivlin hatte seiner Mutter gedient und sie verraten. Medraut war sicher fähig, diese Frau und ihre

Kinder hinrichten zu lassen. Und er konnte Maire und ihre Kinder gegen Cei ausspielen.

»Eivlin, Rhys' Frau«, sagte ich zu dem Dienstmädchen, »und Ceis Maire – sind die beiden in Camlann?«

Das Mädchen warf mir einen entsetzten Blick zu und schüttelte dann den Kopf. »Still!« befahl der Wächter.

Meine Hände wurden befreit, und ich durfte mich waschen. Dann wurde ich wieder gebunden, und diesmal band man mir auch die Füße. Das Dienstmädchen und der Wächter verließen den Raum, und ich setzte mich auf das Bett und starrte in das frisch angezündete Feuer. Ob ich wohl die Stoffessel daran durchsengen konnte?

Sie waren eben gegangen. Wahrscheinlich würde ich jetzt allein gelassen, wenigstens eine kleine Weile. Ich kannte Medrauts Pläne nicht, aber je eher ich flüchtete, desto besser. Wohin sollte ich gehen, wenn ich entkommen war? Darüber dachte ich besser später nach.

Ich rollte vom Bett herunter und kroch hinüber zum Feuer. Es war mit Holz von Apfelbäumen angemacht und brannte gleichmäßig. Ich schob meine Hände über die Flamme, und als meine Haut verbrannte, wurde mir klar, daß diese Methode unnötig schmerzhaft war. Also nahm ich ein Stück loses Holz und schob eine glühende Kohle aus dem Feuer. Ich preßte meine Fesseln dagegen. Es tat weh, und ich biß mir auf die Lippen und schloß die Augen. Ich dachte an Artus, während der Stoff an meinen Fesseln glimmte. Aber bald konnte ich meine Hände bewegen. Der Stoff wurde locker, riß – ich zerrte meine Hände zurück, sie waren frei. Ich streckte meine tauben Finger. Gott sei Dank. Ich lehnte mich zurück und band meine Füße los jetzt – wie kam ich aus dem Haus? Das Rauchloch über der großen Feuerstelle konnte von den Wächtern draußen gesehen werden. In der Küche gab es noch eine Feuerstelle – einen Ofen. Wenn ich dort vom Rauchloch einen Teil des Strohdaches herunterzog, konnte ich vielleicht hinausklettern. Am besten nahm ich die Decken vom Bett und benutzte sie zu einem Seil, damit ich damit die Mauern der Festung übersteigen konnte. Ich zerrte die Decken herunter, schaute mich im Zimmer um, nach irgendeinem Gegenstand, mit dem ich sie zerschneiden konnte. Nichts da. Ich ging in die Küche, kam zurück, nahm noch einen qualmenden Ast aus dem Feuer und benutzte den, um mit hartem Zerren jede Decke in drei Streifen zu zerteilen. Es waren alte Decken, und es war leichter, als ich gedacht hatte. Ich band die Streifen zusammen. So. Und jetzt . . .

Die Tür flog auf, und Medraut trat ein. Auf halbem Weg in die Küche, in der Falle, sah ich, wie er stehenblieb, lächelte und die Tür hinter sich schloß. Ich ließ meinen Armvoll Dekkenseil fallen.

»Hochedle Dame«, sagte Medraut, »ich hatte gedacht, du wärst gebunden und damit sicher.« Er warf einen Blick nach unten, sah die Stückchen von verkohltem Bettuch bei der Feuerstelle, bückte sich und hob eins auf. Er schaute mich an und hob eine Augenbraue. »Deutlich, aber gut nachgedacht und wagemutig.« Er kam herüber und packte meine Hand, schaute sich die Brandblasen am Handgelenk an und schüttelte lächelnd den Kopf. »Nichts weniger hätte ich erwarten sollen. Und du hast auch ein Seil gemacht, um über die Mauern zu klettern! Was für ein Glück, daß ich gerade hereinkam. Ich glaube, hochedle Dame, du hast dich in meinen Absichten dir gegenüber geirrt.«

»Spiel mir nicht den Narren vor, Medraut«, sagte ich mit gleichmütiger Stimme. »Du weißt, daß ich deine Feindin bin, und wir wissen beide, daß ich dir jetzt ausgeliefert bin. Und ich erwarte keine Gnade von dir.«

Wieder das aalglatte Lächeln, die ironisch gehobene Augenbraue. »Du hast mich immer zu hastig eingeschätzt, my Lady. Was glaubst du denn, habe ich mit dir vor, daß du dir solche Mühe gibst, zu fliehen?«

Ich starrte ihn an und versuchte, die Maske zu durchdringen. Ich glaubte keinen Augenblick, daß er vorhatte, gnädig zu sein, aber ich konnte auch nicht sehen, was er mich glauben machen wollte oder welches Spielchen er jetzt spielte. »Du weißt, daß ich versucht habe, dich zu vergiften«, sagte ich endlich. »Und ich glaube, du hast vor, mich dafür vor Gericht zu stellen oder auch für irgendwelche anderen Verbrechen, für die du Beweise an den Haaren herbeiziehen kannst.«

»Ach, aber der Kaiser hat ja den vergifteten Becher ausgetrunken, und es ist ihm nichts passiert. Offensichtlich habe ich mich damals geirrt. Wessen bist du denn schuldig, my Lady, außer Ehebruch? Und das ist kein Verbrechen gegen mich. O nein, wenn dein Mann nicht Kaiser ist – und ich sage, er ist keiner –, dann wäre das überhaupt kein politisches Verbrechen, und es ginge mich nichts an. Warum also sollte ich dich grausam behandeln?«

Ich hob die Hand an mein Kinn, das noch immer von dem Schlag, den er mir vor ein paar Stunden gegeben hatte, empfindlich war. »Was hast du denn mit mir vor, Medraut?« wollte ich wissen. »Wenn du versuchen willst, mit mir zu handeln, dann sage ich dir ganz offen, daß ich mit dir unter keinen Umständen Frieden schließen will und daß ich dich auch nicht unterstütze, gleichgültig, was du mir versprichst.«

»Du willst meine Absichten mit dir wissen?« Er lachte. »Die sehen so aus.« Er packte mich an den Schultern und küßte mich wild.

Einen Augenblick lang war ich so erstaunt, daß ich nicht reagieren konnte. Dann versuchte ich, mich von ihm loszumachen. Er packte eins meiner Handgelenke, hielt mich fest, erwischte das andere Handgelenk und quetschte es. Sein Griff auf den Brandblasen war die reine Qual.

»Frau meines Vaters«, sagte er durch die Zähne, »gerissenes Weib meines Vaters, die schöne und kluge Tochter des Ogyrfan, die Kaiserin Gwynhwyfar. O ja, du bist schön, du bist wirklich eine Königin. Das wird Artus mehr schmerzen als der Verlust seines Königreichs. Der Prinz der Hölle selbst muß dich hierher zu mir geschickt haben.«

»Laß mich los!« sagte ich. »Das kannst du nicht tun!«

Er lachte noch einmal, packte mich noch fester und zerrte meine Hände hoch, so daß mir die Tränen des Schmerzes in die Augen sprangen. »Ich kann, wie du schon sehen wirst. Ich werde dich haben, genau wie mein Vater meine Mutter hatte – mit Gewalt.« Er zerrte mich hinüber zum Bett, trat die Beine unter mir weg und fiel auf mich. Ich schrie so laut ich konnte, bekam eine meiner Hände frei und fand Medrauts Messer an seinem Gürtel. Medraut fluchte. Ich schlug zu, blindlings, und seine Hand war wieder an meinen Handgelenken. Ich roch Blut. Meine Hand wurde zurückgedrückt, und ich konnte das Messer nicht halten. Es fiel auf das Bett und glitt mit einem leisen Plumps zu Boden. Medraut preßte sich gegen mich. Unser Atem mischte sich, und er fing meine Arme mit seiner rechten Hand. Seine linke Hand bewegte sich langsam meinen Körper hinab und riß dann die Schnüre meines Kleides auseinander. Seine Augen starrten mir direkt ins Gesicht – wild, verbittert, mit einer seltsamen, qualvollen Einsamkeit.

»Artus hat seine Mutter nicht vergewaltigt!« sagte ich und benutzte die einzige Waffe, die mir noch blieb – Worte. »Deine Mutter hat ihn verführt. Sie hat es mit Absicht getan, denn sie wollte dich gebären, zu seiner Vernichtung. Du bist ihr Werkzeug, nicht mehr als ein Werkzeug! Denk doch an sie! O Gott, hilf mir!«

Medrauts Körper erschlaffte. »Lügen!« schrie er – er schrie wie ein verwundetes Kind. Unter dem Schrecken und dem Zorn rührte sich eine kleine Hoffnung in mir. Alles, was Gawain je von seinem Bruder gesagt hatte, fiel mir jetzt mit brennender Klarheit wieder ein.

»Sie hat dich nie geliebt«, sagte ich Medraut. »Sie hat nur die Zerstörung geliebt. Gawain liebt dich. Artus wollte dich lieben, aber sie hat dich nie geliebt. Sie . . . sie wollte dich nur auffressen. Sie hat deinen Vater verschlungen, sie hat Lot verschlungen und Agravain. Sie frißt alles auf. Sie hat auch deine Seele gefressen und dich allein in der Nacht zurückgelassen.«

»Lügen!« schrie er. Er glitt vom Bett herab, kniete daneben und schlug nach mir. Ich versuchte, meinen Kopf zu bedecken, und er zielte verkrampfte, hysterische Schläge auf meinen Kopf und meine Schultern, ohne Sinn und Verstand, ohne

Ziel. »Sie liebt mich doch! Ich werde dich umbringen ... du Hexe! Du stolze Hure! Ich ... ich werde ...«

Er schluchzte. Die Schläge hörten auf. Ich schüttelte den Kopf, senkte die Hände und schaute ihn an. Seine Brust hob sich heftig von den Schluchzern, und sein Gesicht war tränenverschmiert. Als sich unsere Blicke begegneten, wurde er still.

»Sie ist tot«, sagte ich. »Und dich hat sie genausogut vernichtet.«

Er stöhnte wie ein Verwundeter im Fiebertraum. Er hob die Hände ans Gesicht, nahm sie dann wieder tränennaß herunter. Er starrte einen Augenblick lang verständnislos die Tränen an, blickte dann auf zu mir und starrte. Zorn wuchs in seinem Blick. Er wischte sich das Gesicht, wandte sich ab und verließ ohne ein weiteres Wort das Zimmer.

»Bindet sie, so daß sie das Feuer nicht erreichen kann«, hörte ich ihn dem Wächter befehlen, während er ging, und in seiner Stimme lag keine Spur von Glattzüngigkeit mehr. Ich brach vor der Wand zusammen, ich zitterte und weinte vor Erleichterung. Gott sei Dank.

Aber würde das alles noch einmal funktionieren? Wenn er sich betrank, würde es ihm dann nicht gleichgültig sein, wieviel ich ihm von Morgas erzählte? Und wenn er mich knebelte – ich mußte entkommen. Ich mußte aus Camlann entkommen, auch wenn das mein Tod war.

Einer der Wächter kam mit einem starken Seil ins Haus, band mir die Handgelenke wieder und schnürte sie dann fest an den äußeren Pfosten der Bettstelle. Während er sich umdrehte, um hinauszugehen, hielt er inne, hob etwas vom Fußboden auf und blieb einen Augenblick stehen, während er den Gegenstand im Feuerlicht drehte. Es war Medrauts Messer, und es war blutverschmiert. Zum erstenmal schaute mich der Wächter direkt an und spuckte dann verächtlich vor mir aus. »Mörderische Hure«, sagte er und schritt hinaus.

Ich lag still und lehnte meinen Kopf an die Arme. So angebunden konnte ich entweder an der Bettstelle sitzen oder mich hinlegen, die Arme über dem Kopf. Aber ich konnte weder gerade stehen noch im Zimmer umhergehen. Ich hatte Medraut wohl nicht sehr schlimm mit dem Messer verletzt. Mein Stoß war wild gewesen und hatte nichts Festes getroffen. Ich mußte ihm irgendwo einen Kratzer verpaßt haben. Er würde zurückkommen, und es würde, gebunden wie ich war, sehr schwierig werden, mich zu befreien. Es würde mir sogar schwerfallen, mich umzubringen.

Meine Gedanken sprangen und liefen zwischen unmöglichen Fluchtarten hin und her, die immer wilder wurden, als der Schlaf mich überkam – man kann überall schlafen, wenn man erschöpft genug ist –, und ich lag stöhnend im Alptraum da. An einen Traum kann ich mich noch erinnern. Ich flog auf dem Rücken des Drachens von unserer Standarte über Camlann, während Medraut, verwandelt in einen Adler, hinter mir flog und immer näher und näher kam. Er erreichte mich, und ich erwachte schreiend, während ich noch die grausamen Klauen an meinen Handgelenken spürte – aber das Zimmer war still und leer, und ich hatte nur meine verbrannten Hände am Seil gerieben. Die graue Dämmerung fiel durch das Rauchloch, und ich lag bewegungslos und starrte sie an, während sie langsam zum hellen Tag wurde.

Ich muß wieder eingeschlafen sein, denn als ich zum nächstenmal die Augen öffnete, waren Menschen im Zimmer. Ich versuchte mich hinzusetzen, fing mich mit den Handgelenken am Seil, mühte mich, bis ich endlich die Beine auf den Fußboden schwingen, mich hinsetzen und mich müde an die Bettstelle lehnen konnte. Ich konnte nicht klar sehen. Durch einen von Medrauts Schlägen war mir ein Auge zugeschwollen. Meine Beulen schmerzten, meine Handgelenke brannten wieder, und die Zunge schien mir geschwollen in einem rauhen, trockenen Mund. Ich schüttelte den Kopf, versuchte mir das Haar aus den Augen zu schleudern und schaffte es, die anderen im Zimmer zu erkennen. Einer war das Dienstmädchen, das am Tag zuvor gekommen war, und der andere war Medrauts Freund Rhuawn. Er starrte mich an, voller Entsetzen oder Widerwillen, ich konnte nicht sagen, was es war.

»Rhuawn«, sagte ich und meine Stimme war nur noch ein krächzendes Flüstern.

Er machte dem Mädchen eine Handbewegung, und sie kam eilig herüber und band meine Handgelenke los. Sie fummelte an den steifen Knoten. »Willst du etwas Wasser, edle Dame?« fragte sie flüsternd.

»Danke«, erwiderte ich. Sie hatte einen Krug Wasser mitgebracht, und jetzt hielt sie ihn mir an die Lippen – meine Hände waren zu steif, als daß ich irgend etwas damit hätte halten können, und außerdem gab es im Zimmer keine Becher. Das Wasser war bitterkalt, es stach in die wunden Stellen in meinem Mund, so daß ich nur ein bißchen davon trinken konnte. Das Mädchen stellte den Krug hin und legte Holz aufs Feuer, dann stellte es den Rest des Wassers zum Wärmen darauf.

»Edle Dame . . .« begann Rhuawn mit rauher Stimme. Dann ebbten seine Worte ab, und er starrte mich noch immer an.

»Was gibt's denn?« fragte ich kalt.

»Ich hatte gehört, der Herr Medraut wollte . . . dich heiraten.«

Ich starrte ihn einen Augenblick mit leeren Blicken an. Dann schüttelte ich den Kopf. »Nach dem, was Medraut mir sagte, waren seine Absichten mit mir weniger sanft als die Ehe.« Obwohl das vielleicht sogar stimmte. Es wäre in der Öffentlichkeit eindrucksvoll gewesen, wenn er die Kaiserin geheiratet hätte.

»Er hat dich geschlagen!« Rhuawns Stimme war plötzlich wieder laut. Das Mädchen warf ihm einen entsetzten Blick zu.

»Ich hatte Glück, daß ich so davongekommen bin.« Ich sagte das mit gleichmütiger Stimme. Dann biß ich mir auf die Lippen, denn der Ausdruck in Rhuawns Gesicht zeigte jetzt ganz deutlich keine Abneigung, sondern Schrecken und Entsetzen. »Du bist nicht Medrauts Meinung!« sagte ich.

Er wandte sofort den Blick von mir ab, und eine Hand fiel auf sein Schwert und umklammerte das Heft, bis die Knochen deutlich hervortraten. »Medraut ist mein Freund und mein Herr«, flüsterte er.

»Einmal hast du Artus einen Eid geschworen«, sagte ich ihm, und meine Stimme war auch leise. »Du hast ihm einmal gesagt, du würdest für ihn nach Yffern gehen, wenn er das wünschte. Jetzt ist Medraut dein Freund, dein Herr, und du bist gewillt, Krieg gegen deine Freunde, gegen deine Kameraden zu machen, denen du in vielen Schlachten zur Seite gestanden hast. Jetzt bist du gewillt, einen Usurpator zu unterstützen, der das Königreich des Herrn an sich gerissen hat, dem du verschworen warst. Du willst dabeistehen, während die Frau deines früheren Herrn in ihrer eigenen Burg vergewaltigt wird. Welchen wirklichen Grund hat Artus dir, Rhuawn, gegeben, daß du ihn verrätst? Erzähl mir nichts von Gerüchten und den wunderbar eingefädelten Beleidigungen, die Medraut dir in die Ohren geblasen hat. Sag mir – hat Artus jemals einem deiner Sippe oder deiner Verwandtschaft Übles angetan, oder hat er danebengestanden und dir nicht geholfen, wenn ein anderer sie bedrohte? Hat er dich um deinen Anteil an der Beute betrogen? Hat er deine Güter gestohlen, oder hat er es zugelassen, daß sie gestohlen wurden? Hat er von dir in der Schlacht mehr verlangt, als er von sich selbst verlangte?« – Rhuawn sagte nichts. »Welchen Grund hat Artus dir gegeben, daß du meineidig wirst und ihn verläßt?«

»Keinen«, gab Rhuawn flüsternd zurück. »My Lady, ich habe denen nicht geglaubt, als sie sagten, Medraut hätte das hier vor . . . dieses Verbrechen gegen dich. Ich habe es nicht geglaubt, als sie sagten, er wollte nur den Purpur. Und jetzt . . . jetzt weiß ich nicht mehr, was ich glauben soll. Aber Medraut ist Unrecht getan worden, und er ist mein Freund.«

Ich schob mir das Haar aus dem Gesicht. Das Dienstmädchen starrte uns mit schreckgeweiteten Augen an, und ich mühte mich, sie wiederzuerkennen, festzustellen, ob sie diese Unterhaltung an Medraut weitergeben würde. Aber selbst wenn sie jedes Wort wiederholte, ich hatte nichts zu verlieren, wenn ich redete.

»Warum?« verlangte ich von Rhuawn zu wissen. »Was hat dir Medraut jemals Gutes getan? So, er hat dir also gesagt, er wolle den Purpur nicht? Jetzt hast du erfahren, daß das eine Lüge war.«

»Er sagt, der Kaiser würde ihn ermorden lassen, wenn er nicht die Macht ergreife, um sich zu verteidigen.«

»Artus sollte so etwas tun? Artus, der so geduldig mit Bedwyr und mir war, als wir das Verbrechen gegen ihn begangen haben, und der uns noch immer retten würde, wenn er könnte? Du kennst Artus doch besser, Rhuawn. Laß mich ganz offen reden. Ich habe wirklich versucht, deinen Freund und deinen Herrn Medraut zu vergiften, denn ich fürchtete, daß genau das passieren würde, was jetzt geschehen ist, dieser Bürgerkrieg. Ich wollte damals lieber selbst verdammt sein, als zuzusehen, wie das Reich von Medraut zerschlagen wird. Aber ich habe es meinem Mann nicht gesagt, und als er meinen Plan, meinen Anschlag entdeckte, war er sehr zornig.« Rhuawn beobachtete mich, betrachtete mich mit weißem Gesicht und völlig erschüttert. »Medraut hatte dich die ganze Zeit angelogen. Er wollte immer nur Macht – denk doch nach! Erinnere dich daran, als er zum erstenmal hier auftauchte! Und jetzt, wo er die Macht besitzt – benutzt er sie gerecht und gnädig? Sagt er dir auch nur, was er vorhat? Du hast jetzt Angst vor ihm, deinetwegen und um der anderen willen.«

Rhuawns Gesicht zeigte mir ganz deutlich, daß ich recht hatte, und eine verzweifelte, fast überwältigende Hoffnung sprang mich an. Ich hatte Rhuawn nie für böse gehalten, nur für betrogen. »Rhuawn«, flüsterte ich, »hilf mir fliehen.«

Abrupt öffnete sich die Tür, und ein anderer Krieger stand da und schaute Rhuawn grimmig an. Rhuawns Gesichtsausdruck wurde sofort leer, vorsichtig.

»Herr Rhuawn, du solltest nicht hier sein«, sagte der andere.

»Der Herr Medraut wollte, daß die Lady bedient wird«, stellte Rhuawn fest. »Und Mabon, der vor mir die Wache hatte, ist kein Grund eingefallen, warum ich mich nicht um sie kümmern sollte.«

»Du meinst, der Kaiser wollte, daß sie bedient wird«, korrigierte der Wächter und warf mir einen kurzen Blick zu.

»Der Kaiser Medraut. Ich will gerade jetzt zu ihm, ihm von ihr erzählen.« Rhuawn warf mir einen weiteren unergründlichen Blick zu und ging dann. Er überließ es dem anderen Krieger, mich wieder zu binden.

Der Tag verging mit quälender Langsamkeit. Man brachte mir am Vormittag etwas Essen und erlaubte es mir, zu stehen und mich zu waschen. Die Möglichkeit, zu stehen, war mir willkommen. Ich konnte jetzt, so gut es ging, die Risse in meinem Kleid zusammenbinden und es in sauberem Wasser waschen, aber ich hatte keinen Hunger.

Einige Zeit nach Mittag wurde mir noch mehr Essen gebracht, aber diesmal konnte ich es noch nicht einmal ansehen, und am Abend brachte man mir nichts. Ich versuchte, meine Hände von den Seilen zu befreien, aber ich konnte nicht an die Knoten kommen, obwohl ich meine Hände herumdrehte und fummelte, bis meine Handgelenke bluteten. Das Bettgestell war allzu solide gemacht, und ich konnte es nicht auseinanderzwingen.

Es wurde dunkel. Rhuawn war nicht zurückgekehrt, und meine kurze Hoffnung kam mir plötzlich sinnlos vor. Die Angst und das elende Gefühl waren so sehr gewachsen, daß ich sie nicht länger spürte, sondern nur noch dasaß, mich an die Bettstelle lehnte und mein betäubtes Gehirn dazu zwang nachzudenken.

So saß ich, als ich an der Tür Stimmen hörte, und zum erstenmal schaute ich vom Feuer weg in die dunkle Ecke des Zimmers, die sich zur Welt öffnete.

»Ich habe Medrauts Erlaubnis, sie zu sehen«, klang Rhuawns protestierende Stimme.

»Der Kaiser hat nichts davon gesagt, daß ich dich durchlassen soll«, erwiderte einer der Wächter.

»Ich brauche keine Erlaubnis. Ich bin von Anfang an sein Freund gewesen.«

»Ein Freund, bei dem er mehr und mehr abkühlt, Rhuawn ap Dorath, jedenfalls seitdem er den Purpur genommen hat. Geh weg.«

»Na gut.« Ein seltsames Grunzen war zu hören.

»Was?« klang eine andere Stimme – der andere Wächter. »Hueil – he!« Ein kurzes Geräusch ertönte, Metall auf Metall, und ein Keuchen. Die Tür wurde aufgestoßen, und Rhuawn kam herein. Er hielt das blanke Schwert in der Hand, aber es glänzte nicht im Feuerlicht. Es war Blut daran. Er eilte zu mir herüber und schwang das Schwert hart gegen das Seil, das um die Bettstelle geschlungen war. Dann packte er meine Hände und zerrte mich hoch. »My Lady«, sagte er, »wir müssen uns beeilen.«

»Schneide die da durch«, sagte ich ihm, denn meine Handgelenke waren noch gebunden. Er starrte mich an, und ich legte meine Hände auf das Schwert. Er sah, was ich wollte, riß die Klinge zwischen meinen Handgelenken abwärts. Die Stricke teilten sich. Ich wandte mich ins Zimmer zurück, fand das Seil aus Decken, das ich am vergangenen Tag gemacht hatte, und folgte Rhuawn aus dem Haus.

Die Wächter lagen bei der Tür. Der eine lag ausgestreckt quer über der Schwelle und starrte gen Himmel. Sein Gesicht war in einer Grimasse des Schmerzes verzerrt. Seine offenen Augen starrten in die Dunkelheit der Nacht, auf die paar nassen Schneeflocken, die vom niedrigen Himmel herabtrieben. Rhuawn starrte ihn an und schüttelte den Kopf. Ich zögerte. Dann blieb ich stehen und machte den schweren Wintermantel von dem einen los, der so starrte. Ich zog das Kleidungsstück hoch. Ich würde es brauchen, und der Wächter spürte die Kälte nicht mehr.

»Ja . . . gut«, sagte Rhuawn, der selbst zitterte. »Und die Armreifen, nimm die auch. Hier, nimm auch meine. Du wirst Geld brauchen. Ich muß dein Pferd holen.«

»Ich könnte nicht auf meiner Stute durch das Tor reiten, und du könntest sie nicht aus den Ställen holen. Aber würden sie dich durch die Tore hinauslassen? Dann nimm irgendein Pferd – nicht meins – und sag . . . sag, du hättest eine Botschaft nach Caer Uisc zu bringen und du nähmst ein Ersatzpferd mit. Führ die Tiere um den Wall herum zu Llarys Feld, auf der anderen Seite der Mauer. Dort kann ich sie überklettern.«

»Ja. Ich bringe dein Pferd . . . ein Pferd.« Rhuawn holte tief Luft.

»Und deins – hast du die Zeit, kannst du durch das Tor hinausreiten?« fragte ich, denn er schien mir in solcher Verwirrung, daß ich nicht sicher war, ob er mich verstanden hatte.

»Sie werden mich nicht aufhalten«, erwiderte er.

»Dann triff mich am anderen Ende von Llarys Feld, sobald du kannst. Bei Llarys Feld.«

»Ja, ja . . . ich werde . . . die Pferde holen.« Er schüttelte wieder den Kopf und sagte nichts, während ich mir die Kapuze meines Mantels über den Kopf zog und in die Dunkelheit hinausrannte.

Zu dieser Nachtzeit war es ruhig in der Burg, und die paar, die unterwegs waren, sahen mich nur als Gestalt, die sich gegen den Wind gekrümmt hat. Der Schnee fiel dichter, als ich die Baumgruppe erreichte, wo ich mich früher mit Bedwyr getroffen hatte. Ich blieb stehen und beobachtete. Nach kurzer Zeit ging über mir auf der Mauer der Posten vorüber, und sobald er gegangen war, eilte ich hinüber zu der Vorratshütte, kletterte von dem Holzstoß daneben auf das Dach hoch und arbeitete mich von da auf den Wehrgang hinauf, der am Rand der Mauer entlanglief. Ich blieb stehen, keuchte von der Anstrengung, befestigte dann mein Deckenseil an einem eisernen Krampen. Ich mühte mich über die Mauerkrone und kletterte ein Stückchen das Seil hinab. Dann fiel ich – meine Hände waren noch immer zu taub, um fest zuzupacken. Bei dem Fall verstauchte ich mir den Knöchel und fiel Hals über Kopf in den Schlamm des Feldes. Aber ich sprang wieder auf und versuchte, das Seil loszuschütteln. Es hatte keinen Zweck – es ging nicht ab. Ich würde einfach hoffen müssen, daß der Wächter es im Schnee irgendwie nicht bemerkte. Ich stolperte von der Mauer weg, den Graben hinab, das Ufer hinauf. Ich machte mich auf den Weg zum anderen Ende des Feldes und hoffte, daß Rhuawn es schaffte, mit den Pferden durch das

Tor zu kommen. Ich glaubte nicht, daß ich weit laufen konnte. Ich war noch nicht weit gekommen, als ich den Wächter auf der Mauer als Silhouette vor dem Himmel sah, und ich fiel im Lehm des gepflügten Feldes auf die Knie, hüllte mich in meinen Umhang und betete, daß er das Seil nicht sah. Er ging vorüber, ohne mir einen Blick zuzuwerfen. Ich war einfach ein dunkler Fleck in dem Schwarzweiß des Feldes und des Schnees. Als ich sicher war, daß er weg war, sprang ich auf und fiel wieder um, als mein Knöchel unter mir nachgab. Ich setzte mich, fühlte die Tränen der Erschöpfung in meinen Augen und wünschte mir, ich hätte an diesem Tag doch etwas gegessen. Aber es blieb mir nichts anderes übrig, als hinüberzustolpern zum anderen Ende des Feldes und dort zu warten. Da saß ich und lehnte mich an den Zaun. Der nasse Schnee fiel vom schweren Himmel, und alles war sehr, sehr still.

Nach einer dunklen Ewigkeit hörte ich Hufschlag und das Klingeln von Pferdegeschirr und stand auf. Das Geräusch wurde deutlicher: Zwei Pferde. Ich humpelte vorwärts.

Da ragten sie aus der Dunkelheit hervor, eine undeutliche Gestalt auf einem dunklen Tier und ein anderes Pferd am Zügel. Ich rief Rhuawns Namen, und die kleine Gruppe hielt.

»Hier«, sagte ich. Er kam herüber, saß ab und half mir in den Sattel. Ich schämte mich, weil ich seine Hilfe brauchte.

»Dein Pferd hat Constans gehört, es heißt Schwerttänzer«, sagte Rhuawn. »Es ist ein Schlachtroß, gut ausgebildet.« Ich nickte, nahm die Zügel und tätschelte den Hals des Tieres. Das Pferd zuckte unruhig mit den Ohren, unsicher, warum es in einer solchen Nacht den Stall verlassen mußte.

»My Lady«, fuhr Rhuawn fort und sprach mit leiser Stimme, »du kennst doch noch Eivlin, die Frau von Gawains Diener?« Ich blickte zu ihm auf und versuchte, sein Gesicht in der Dunkelheit auszumachen. »Medraut hatte vor, sie und ihre Kinder umzubringen. Aber ich habe es für unehrenhaft gehalten, Krieg gegen Diener zu führen, gegen Frauen und Kinder. Ich habe Medraut nichts davon gesagt, aber ich habe die Frau gewarnt, als Medraut die Macht ergriff, und ihr geholfen, Camlann zu verlassen. Die Familie ihres Mannes wohnt in der Nähe von Mor Hafren und besitzt ein Gehöft an einem Fluß, der Fromm heißt. Man erreicht das Gehöft, wenn man von der Hauptstraße, die von Baddon nach Caer Ceri führt, die zweite Abzweigung nach Osten nimmt. Der Älteste der Sippe heißt . . . heißt . . .«

»Sion ap Rhys«, sagte ich. Es war mir wieder eingefallen.

»Ja. Wenn du dort hingehst, my Lady, dann bin ich sicher, daß die Frau sich an dich erinnert und dafür sorgt, daß du verborgen und vor Medraut in Sicherheit gehalten wirst.«

Ja. Medraut würde sich niemals an die Sippe eines Dieners erinnern, geschweige denn ein Sippenmitglied kennen.

»Gut«, sagte ich. »Aber du kommst doch hoffentlich mit mir.«

Er lachte seltsam. »Ich glaube, ich werde bald ein Versteck finden, my Lady, wenn es auch nicht ganz nach meinem Geschmack ist. Aber vielleicht auch nicht. My Lady, um diese Zeit werden sie wissen, daß du fort bist. Wir müssen uns eilen, und wir können nur hoffen, daß der Schnee unsere Spuren auslöscht.«

Er wendete sein Pferd, spornte es zum Galopp, und ich folgte. Constans' Pferd Schwerttänzer war schnell genug, aber ich mußte die Zähne zusammenbeißen, um bei seinem harten Gang im Sattel zu bleiben.

Wir galoppierten eine lange Strecke, bis die Pferde selbst in der Kälte gewaltig schwitzten. Dann trabten wir, und dann galoppierten wir wieder. Der Wind war bitter kalt, und ich neigte mich tief im Sattel und ritt blind. Ich gab mich mit dem Gefühl zufrieden, daß das Pferd seiner Gangart nach auf der Straße blieb. Der Schnee gefror in meinen Augenwimpern.

Rhuawns Pferd scheute plötzlich quer über den Pfad, und ich zog die Zügel und sah, während ich endlich aufblickte, daß der Sattel leer war. Einen Augenblick lang starrte ich verwirrt hin. Dann leitete ich mein Reittier zu Rhuawns Pferd hinüber und fing es am Zügel – das war nicht schwierig, denn die Pferde waren beide müde. Ich ritt die Straße zurück. Wir waren jetzt auf der Hauptstraße, der nördlichen. Es war ungefähr

Mitternacht, und wir waren vielleicht sechzehn oder siebzehn Meilen von Camlann entfernt.

Ich fand Rhuawn ein paar Schritte die Straße hinunter. Er kniete mitten auf dem Weg und erbrach sich krampfhaft. Ich sprang aus dem Sattel. »Rhuawn!« sagte ich, und er blickte auf. Sein Gesicht war ein blasser Schatten in der Dunkelheit. »Was ist passiert?«

Schweigen. »Es tut mir leid. Mir ist so heiß.«

Der Wind peitschte die nassen Schneeflocken in unsere Gesichter. Die Zügel über meinem Arm schienen dort angefroren. Ich ging zu Rhuawn, nahm seinen Arm, berührte seine Stirn. Obwohl der Kragen seines Umhangs vom Eis wie glasiert wirkte, war seine Haut brennend heiß. »Was ist passiert?« flüsterte ich und hatte plötzlich große Angst.

Rhuawn lachte ein Lachen, das in einem Schluchzer endete. »Ich bin heute morgen zu Medraut gegangen und habe für dich gebeten. Er sagte mir, ich solle an diesem Abend mit ihm speisen und die Angelegenheit besprechen. Aber bei Tisch verlor er kein Wort darüber. Nur . . . er hat mich angeschaut. Ich erinnere mich daran, daß er mit diesen Augen auch Constantius angeschaut hat, an dem letzten Abend, als er mit ihm speiste. Sie sagen, Constantius sei an einem brennenden Fieber gestorben. Medraut sagte, es sei das Fieber gewesen.« Ein langes Schweigen folgte. Die müden Pferde atmeten schwer und kauten in der Stille laut auf den Gebissen. »Es muß in dem Wein gewesen sein«, sagte Rhuawn. »Ich dachte, der schmeckte ein bißchen bitter. Aber Medraut beschwerte sich auch darüber und sagte, wegen des Krieges mit Kleinbritannien hätten wir keinen guten Wein. Also schöpfte ich auch keinen Verdacht.«

»Du hättest es mir erzählen sollen!« begann ich – aber was hätte ich tun können, wenn er es mir erzählt hätte? Vielleicht hätte ein Chirurg Rhuawn helfen können, wenn es sofort geschehen wäre, aber kein Chirurg in Camlann hätte dazu die Erlaubnis bekommen. Und jetzt war es vielleicht zu spät. »Du mußt Wasser haben«, sagte ich und dachte schnell nach. »Iß ein bißchen Schnee.«

»Ich spucke es wieder aus.«

»Das ist ja der Sinn der Sache. Das Gift macht dich krank. Wenn du genug davon ausspeist und wenn du genug davon aus deinem Körper herausspülen kannst, dann ist das, was noch übrigbleibt, vielleicht nicht genug, um dich umzubringen. Da.« Ich raffte eine Handvoll Schnee hoch, und er nahm sie, erbrach sich noch einmal und noch einmal und fing an zu zittern. Ich half ihm aufs Pferd, schaffte es irgendwie, ihn in den Sattel zu bringen, und nahm ein paar Lederriemen vom Geschirr und band Rhuawn damit fest. »Wir müssen uns eilen«, sagte ich ihm. »Vielleicht könnten wir einen Platz zum Halten finden.«

»Nein! Eine Rast können wir nicht riskieren. Medraut wird uns finden.«

Dazu hatte ich nichts zu sagen, also schüttelte ich nur den Kopf und spornte mein Pferd zum Galopp. Vielleicht war die ganze Flucht sinnlos. Medraut hatte viele Möglichkeiten, alles zu erfahren – durch Spione und durch seine privaten Zaubereien. Ich konnte nur beten, daß keins seiner Mittel ihm diesmal diente – ich konnte darum beten, daß Rhuawn genug von dem Gift ausgebrochen hatte und daß er sich erholte.

Der Ritt wurde zum Alptraum. Die Pferde waren jetzt zu müde, um zu galoppieren, und wir trabten und ritten Schritt und trabten und ritten Schritt, während der Schnee immer dichter fiel und die Welt immer kleiner wurde, bis sie zuletzt nur noch aus der Straße direkt vor uns bestand und aus unseren Pferden. Nach kurzer Zeit fing Rhuawns Pferd an, auf der Straße hin und her zu wandern und zurückzufallen. Ich ritt zu ihm hinüber und nahm Rhuawn die Zügel aus den Händen. Er phantasierte und antwortete nicht auf meine Fragen. Er murmelte nur unzusammenhängendes Zeug. Ich schaute mich nach Lichtern um, nach einem Rastplatz, aber es gab kein Licht. Es war dafür zu spät, und der Schnee verschluckte alles in seiner weißen Dunkelheit.

Vielleicht drei Stunden, nachdem wir zum erstenmal angehalten hatten, bekam Rhuawn Krämpfe. Ich bog von der Straße ab und zog sein Pferd hinter mir her, das trotz seiner

Müdigkeit völlig verschreckt war. Ich begann, ein Feld zu überqueren. Der Wind hörte auf, und ich stellte fest, daß wir ein Stückchen Wald erreicht hatten. Ich ritt am Waldrand entlang, bis ich eine Höhlung im Boden fand, die windgeschützt und ohne Schnee war. Hier zerrte ich Rhuawn vom Pferd, legte den Tieren Beinfesseln an und sammelte etwas Brennholz. Rhuawn hatte in dem Packen hinter seinem Sattel Stahl und Zunder und eine Wolldecke, und durch irgendein Wunder schaffte ich es, ein bißchen von dem Holz anzuzünden, das nicht zu feucht war. Ich zog Rhuawn näher ans Feuer und wikkelte ihn in die Decke. Ich versuchte, ihm weiteren Schnee einzugeben, aber seine Zähne waren zusammengebissen, und sein Körper zuckte in Krämpfen, und er konnte ihn nicht nehmen. Sein Gesicht im Feuerlicht war fast nicht mehr zu erkennen. Es war verzerrt und mit Schaum und mit Erbrochenem befleckt. Die Pupillen seiner Augen hatten sich geweitet, so daß es aussah, als ob eine lebendige Dunkelheit in seinem Schädel kochte. Ich berührte wieder seine Stirn, und noch immer war sie brennend und trocken. Während ich neben diesem Feuer an der Straße in Dumnonia stand, fiel mir plötzlich wie aus einer anderen Welt eine Unterhaltung ein, die ich einmal mit Gruffydd, dem Chirurgen, geführt hatte – sie hatte sich ausgerechnet um kosmetische Produkte gehandelt. »Nachtschatten«, hatte er gesagt, »ist ein tödliches Gift. Aber wenn man es in die Augen tut, dann macht es sie strahlend. Es erweitert die Pupillen. Es verursacht auch Fieber, Erbrechen, Delirium und Krämpfe. My Lady – warum spielen die Frauen nur mit solchen Dingen herum? Kein vernünftiger Mann würde sie anwenden.«

»Männer mögen strahlende Augen«, hatte ich erwidert, »aber beklag dich nicht bei mir – ich benutze keinen Nachtschatten. Kann das Zeug auch töten?« »In der richtigen Dosis ja«, hatte der Chirurg schnaufend vor Widerwillen gesagt. »Zuviel, und man speit es beim Erbrechen wieder aus. Nachtschatten, das ist kein Gift für Amateure.« Aber Medraut war kein Amateur.

Wir konnten in dieser Nacht nicht weiterreiten. Die Pferde waren sowieso schon fast verausgabt. Aber ich bezweifelte, daß jemand uns in diesem Schnee finden konnte. Ich legte mehr Holz aufs Feuer, sattelte die Pferde ab und versuchte, eine Art Schutzdach für Rhuawn zu errichten.

Rhuawn starb etwa zwei Stunden vor Sonnenaufgang. Die ganze Zeit sagte er nichts, und er erlangte auch nicht das Bewußtsein wieder. Mir war klar, als er nicht mehr atmete, daß ich ihm nicht dafür gedankt hatte, daß er mich gerettet hatte. Nun, sagte ich mir, es ist eine böse Welt. Möge Gott ihn dafür belohnen.

Lange Zeit saß ich da und schaute seine Leiche an. Dann, weil die Nacht kalt war, obwohl der Schnee aufgehört hatte, zog ich die Decke von ihm ab und wickelte sie um mich.

Ich hatte keine Möglichkeit, ihn zu begraben. Ich besaß weder die Werkzeuge noch die Kraft, ein Grab zu schaufeln. Ich konnte auch sein Pferd nicht mit der Leiche beladen und weiter die Straße hinunterreiten. Dann hätte ich zuviel Aufmerksamkeit auf mich gezogen. Allein, in meinem schmutzigen Bauernkleid, ging ich vielleicht unbemerkt als die Frau eines Bauern durch, die zufällig ein schönes Pferd besaß. Wenn ich aber noch ein anderes Pferd mitführte, das mit der Leiche eines Kriegers beladen war, dann würde man mich bemerken, sich an mich erinnern, mich aufgreifen – und die ganze Flucht wäre für nichts gewesen. Aber ich konnte auch nicht einfach die Leiche für die Raubtiere hier liegenlassen. Außerdem konnten Medrauts Männer, wenn sie mir folgten, die Leiche finden oder erfahren, daß sie gefunden worden wäre. Sie würden dann wissen, daß ich diese Straße genommen hatte. Dazu kam noch, daß ich weder Essen für mich selbst noch Futter für die Pferde hatte und daß ich keinen weiteren Tag ohne Nahrung reiten konnte.

Ich kauerte mich beim Feuer hin, und ich mußte ein bißchen gedöst haben, denn als ich wieder aufblickte, stand die Sonne schon über den Feldern. Der Schnee glitzerte hell, und die Bäume, die über den Feldern standen, zerschlitzten ihn mit ihren langen blauen Schatten. Im Nordosten, ganz in der Nähe, erhob sich weiß und dick fedriger Rauch in die Morgenluft.

Ich erhob mich, fing Rhuawns Pferd ein, sattelte es und brachte es mit Mühe fertig, die Leiche darüberzuzerren und sie anzubinden. Dann sattelte ich mein eigenes Pferd, saß auf und ritt auf den Rauch zu, während ich das andere Tier am Zügel führte.

Es war ein kleines Gehöft, eine Scheune und zwei Häuser. Als ich in den Hof einritt, kam gerade eine Frau von der Scheune zu einem der Häuser herüber. Sie trug zwei Eimer Milch. Sie schaute mich an, kreischte, ließ einen der Eimer fallen, packte den anderen gerade noch und klammerte ihn fest.

»Ich will dir nichts tun«, sagte ich ihr, während Männer aus der Scheune und dem nächsten Haus herausgerannt kamen. »Könnt ihr in eurem Haushalt ein Pferd brauchen?«

Das war ein Risiko, aber kein allzu großes. Ich wußte, daß die Landsleute von Dumnonia Medraut gegenüber sehr feindselig eingestellt waren – er hatte schließlich ihren König umgebracht und einen Kampf vom Zaun gebrochen, der mit Sicherheit ihrem Land schadete. Und es war wahrscheinlich, daß sie sich über ein Geschenk wie das schöne Pferd Rhuawns sehr freuen würden, wenn sie es annahmen. Sie mußten auch fürchten, es wieder zu verlieren, wenn sie mich verrieten.

Die Männer des Hofes gruppierten sich um die Frau und starrten mich an. Plötzlich kam mir der Gedanke, wie ich wohl aussehen mußte – mein Gesicht eingefallen und rot von der Kälte, bedeckt mit blauen Flecken. Mein Haar zerzaust und durcheinander und ich selbst von Kopf bis Fuß schlammbespritzt. Dazu ritt ich noch ein erschöpftes Schlachtroß und hatte ein anderes Pferd bei mir, das mit einer Leiche beladen war.

»So«, sagte einer der Männer schließlich, »du bist aus Camlann?«

»Ja.«

Er kam zu Rhuawns Pferd herüber und starrte die Leiche an. Er berührte sie vorsichtig und fühlte, daß sie kalt war. Er wandte sich wieder mir zu. »Dein Mann? Hat dieser Hexenbastard ihn umgebracht?«

»Ja«, erwiderte ich, und die Welt war viel zu fern für mich, als daß ich eine Lüge oder Wahrheit hätte sagen können. »Ich gebe dir das Pferd, wenn du dich um die Leiche kümmerst und mir etwas Korn für mein eigenes Pferd gibst. Ich habe noch weit zu reiten.«

Der Mann konnte natürlich von mir nehmen, was immer er wollte, ohne sich Sorgen darum zu machen, wie er mich bezahlen wollte. Aber das hier war ein dumnonischer Hof, und er lag in der Nähe der Straße. Wenn es ein Gesetz gab, dann mußte es eigentlich hier herrschen – und so war es auch. Der Mann nickte. »Es ist ein schönes Pferd. Und wahrscheinlich war das auch ein guter Mann. Ich habe Mitgefühl mit dir, Lady. Komm doch nach drinnen und ruh dich aus. Ich sorge dafür, daß sich jemand um dein Pferd kümmert.«

»Ich muß mich beeilen.«

»Du kannst gehen, wann immer du willst. Aber hab keine Angst, daß wir dich betrügen werden. Im Gegenteil – ich glaube, es würde uns unser Seelenheil kosten, wenn wir eine Lady um einen Zauberer betrügen, der aus Inzest geboren ist.«

Ich blieb bis zum Abend auf dem Hof. Ich hatte Glück gehabt, daß ich diese Stelle gefunden hatte. Hätte ich versucht, ohne Rast und ohne Nahrung nach Mor Hafren weiterzureiten, ich glaube, ich wäre wohl gestorben. Es war bitterkaltes Wetter, und ich war schon sehr geschwächt.

Die Leute des Hofes waren vorsichtig, aber freundlich. Sie hatten Geschichten von dem gehört, was in Camlann geschehen war, sie hatten von Hinrichtungen und vom Tod ihres Königs gehört. Sie kannten auch ein paar Diener, die von Camlann geflohen waren. Sie behandelten mein Pferd gut, und auf meine Bitte tauschten sie sein silbergeschmücktes, mit Emaille verziertes Geschirr gegen eins aus unverdächtigem einfachen Leder aus. Sie gaben mir, um den Unterschied im Wert auszugleichen, ein paar Kleider dafür. Sie gaben mir auch heißes Essen, warmes Wasser, mit dem ich mich waschen konnte, und sie wechselten meine schlammbespritzte Kleidung gegen sauberes Zeug aus. Sie gaben mir ein warmes Bett, in dem ich schlafen konnte. Am Spätnachmittag weckten sie mich auf und sagten, es sei jetzt soweit, daß man ›meinen Mann‹ begraben könne. Sie legten Rhuawn in ein Grab hinter ihrer Scheune, und die Zeremonie war ein Gemisch aus altem Aberglauben und christlichen Gebeten. Sie gaben mir seinen Schmuck und seinen Dolch – ich sagte ihnen, sie sollten ihm sein Schwert lassen. Ich war ihnen dankbar. Aber ich wußte, daß sie mich nur für die Witwe eines Kriegers hielten. Was sie vielleicht getan hätten, wenn sie gewußt hätten, wer ich wirklich war, das wußte ich nicht, und ich wollte es auch nicht wissen. Als also die Bestattung vorüber war, nahm ich Abschied.

»Aber heute nacht wird es kalt«, sagte der Älteste des Gehöftes zu mir. »Du solltest nicht reisen. Seit wir Nachricht vom Tod des Königs haben und seit der Kaiser abwesend ist, gibt es hier viele Räuber. Eine Frau, die allein reist, ist nicht sicher.«

»Eine alleinreisende Frau ist nie sicher gewesen«, erwiderte ich. »Aber hier bin ich auch nicht sicher, und ihr lebt gefährlich, solange ich da bin. Es wird besser sein, wenn ich in der Nacht reite. Es gibt dann weniger Räuber und . . . andere Gefahren in der Gegend.«

Bei diesen Worten nickte der Älteste.

Das schnelle Tempo in der vergangenen Nacht hatte mich fast bis nach Baddon gebracht, trotz des Schnees. Jetzt war der Schnee zum größten Teil wieder geschmolzen, und ich kam gut voran. Ich erreichte die Stadtmauer von Baddon noch in der Dämmerung. Ich umkreiste die Stadt, ritt nicht durch die Tore ein, denn Medraut hatte wahrscheinlich Männer dort hingeschickt, die nach mir Ausschau halten sollten. Es war völlig dunkel, als ich wieder auf die Straße kam, die nördliche Straße. Ich spornte mein Pferd zu einem schnellen Trab.

Die zweite Abbiegung nach Osten, an der Straße von Baddon nach Caer Ceri, hatte Rhuawn gesagt. Ich hatte Angst, daß ich entweder seine Richtungsangabe falsch in Erinnerung hatte oder daß er selbst sich darin geirrt hatte und daß ich den falschen Hof ansteuerte. Außerdem fürchtete ich Medrauts Zaubereien, daß er es irgendwie fertigbringen würde, mich zu finden, und daß der Tod mir folgte, bereit, alle niederzuschlagen, von denen ich mir Schutz erhoffte. Aber ich konnte nirgendwoanders hingehen.

Die Nacht war klar, ein strahlender Halbmond stand am Himmel. Die zweite Abzweigung, die man eine Straße nennen konnte, kam etwa siebzehn Meilen von Baddon entfernt. Mein Pferd war noch immer müde von der erschöpfenden vergangenen Nacht, und ich ließ den Hengst langsam im Schritt gehen. Ich folgte dem ausgefahrenen, lehmigen Pfad durch das Weideland. Es gab eine ganze Anzahl von Gehöften in der Gegend, denn an mehreren Stellen sah ich Rauch in die klare Mondnacht aufsteigen. Aber ich schätzte, daß das Gehöft, was ich suchte, weiter im Osten liegen mußte, wenn es in der Nähe des Flusses Fromm lag.

Die Sterne senkten sich schon gegen Morgen, und halb schlafend kam ich an ein Gehöft, das sehr nah an der Straße lag. Ich zögerte, wendete dann mein Tier und ritt darauf zu.

Als ich näherkam, fingen Hunde laut an zu bellen. Ich saß also nicht ab, sondern ritt nah an die Tür des größten Hauses heran und wartete dort. Die Tür öffnete sich einen Spalt, und ich konnte sehen, wie drinnen Lampen angezündet wurden. Ein Mann kam heraus, der einen Jagdspeer bei sich hatte, und mehrere andere folgten hinter ihm. Der eine zog sich hastig eine Tunika an, die anderen hatten unter ihren Umhängen eine nackte Brust.

»Wer bist du und was willst du?« wollte ihr Anführer mit scharfer Stimme von mir wissen.

»Ist dies der Hof von Sion ap Rhys?« fragte ich.

»Es ist eine Frau!« rief einer der Männer – denn da ich in meinen Umhang eingehüllt war, hatten sie das vorher nicht sehen können. Jetzt waren sie deutlich erleichtert.

»Ich bin Sion ap Rhys, von der Sippe des Huy ap Celyn«, sagte der Anführer. Er war ein älterer Mann, vierschrötig gebaut, mit einem breiten, kraftvollen Gesicht. Ich schaute ihn genauer an, und mir wurde klar, daß ich seinen Sohn kannte, der die gleichen Züge trug. Ich hielt den Atem an.

»Ich suche Eivlin, die Frau des Rhys ap Sion. Ich bin eine Freundin.«

Die Männer schauten mich einen Augenblick lang schweigend an. »Sind keine anderen bei dir?«

»Ich bin allein.«

Sion ap Rhys seufzte, reichte seinen Speer an einen der anderen weiter und fuhr sich mit der Hand durchs Haar. »Dafydd, nimm ihr Pferd und kümmere dich drum. Huw, sieh unten an der Straße nach, ob wirklich niemand sonst mehr kommt. Tritt doch ein – Lady?«

»Ich danke dir«, sagte ich und saß ab. Ich taumelte, und ich fühlte mich schwindlig, als mein eigenes Gewicht wieder auf meinen Füßen ruhte, und ich mußte mich an das Pferd lehnen. Aber ich faßte mich bald wieder. Das Sippenoberhaupt bot mir seinen Arm zur Stütze an, ich nahm ihn, und wir gingen zusammen ins Haus.

»Sie sucht Eivlin«, sagte Sion der Familie, die sich hinter der Tür drängte. Es schienen eine ganze Menge von ihnen zu sein, und fast augenblicklich kamen noch mehr, denn Eivlin selbst stürzte ins Zimmer.

»Hochedle Dame!« schrie sie, »König des Himmels! Was ist mit dir geschehen?«

Ich versuchte zu sprechen und fing an zu husten. Man half mir zur Feuerstelle, und ich sank dort auf einem Hocker zusammen und hatte den schrecklichen Wunsch zu weinen. Eivlin nahm mir den Umhang von den Schultern und sah dann die blauen Flecken in meinem Gesicht. Sie stieß wieder einen Schrei aus. »Was haben sie mit dir gemacht, die mörderischen Wilden? Morfudd, hol ein bißchen Wasser – die arme Lady ist krank. My Lady, was ist passiert? Ist Macsen tot? Ist der Kaiser zurück? Geht es meinem Mann gut?«

»Rhys . . . war kerngesund, als ich ihn zum letztenmal gesehen habe«, sagte ich. »Über das andere weiß ich nicht Bescheid. Ich kam nach Camlann . . . war es vor vier Tagen?, und ich wußte nichts von dem, was Medraut getan hat. Rhuawn hat mir zur Flucht verholfen. Er ist tot. Medraut hat ihn vergiftet – es war Nachtschatten, glaube ich. Medraut sucht mich. Rhuawn sagte mir, du würdest mich vielleicht verbergen.«

»Und das werden wir auch, in der Tat. Ach, Sion, mein Vater. Das ist die Lady Gwynhwyfar, die Frau des Kaisers. Sieh nur, wie man sie behandelt hat! Medraut ist ein Wolf, ohne Scham und Mitleid – er ist überhaupt kein Mensch!«

Ich fing schwächlich an zu lachen, während Sion und seine Sippe mich entsetzt anstarrten. Eivlin hatte ja keine Ahnung, wie schlimm es wirklich gewesen war.

Aber wenigstens war ich im Augenblick in Sicherheit.

11

Ich blieb länger als zwei Wochen auf Sions Hof. Ob Medrauts Zaubereien nicht funktionierten oder ob er keine Zeit hatte, keine Gelegenheit, sie anzuwenden, das weiß ich nicht. Aber niemand entdeckte mich.

Von Eivlin erfuhr ich, daß Medraut eine Woche und vier Tage, ehe ich in Camlann angekommen war, die Macht ergriffen hatte. Es war ziemlich genau so verlaufen, wie ich angenommen hatte: Es war auf einem Fest gewesen, vor dem Medraut seinen Gefolgsleuten in Andeutungen geraten hatte, nur mäßig zu trinken. In dieser Nacht bekam Constantius ein ›Fieber‹, und Medraut sagte seinen Gefolgsleuten, man würde ihn – natürlich höchst unfairerweise – verdächtigen, Constantius vergiftet zu haben. Seine Männer, alarmbereit und wach, überfielen Constantius' Gefolgschaft, ehe die Neuigkeit sie erreichte, und die Hälfte von ihnen fiel. Ein paar von den Übriggebliebenen schafften es, in der Verwirrung zu entfliehen, und der Rest wurde in den Lagerräumen eingeschlossen. Constantius starb am nächsten Tag. »Rhuawn kam vor dem Morgen zu mir, gerade nachdem er mit der Ermordung der Gefolgschaft des Königs fertig war«, erzählte mir Eivlin. »Er sagte, Medraut solle jetzt Kaiser sein, und ich müsse fliehen. Und ich war verwirrt, fast bis zum Wahnsinn. Denn wie konnte ich mit dem Baby fliehen, und die kleine Teleri ist noch nicht mal drei? Aber Rhuawn sagte, Medraut hätte die Tore noch nicht gesichert, und alles sei in großer Verwirrung. Er hätte gesehen, wie bei den Ställen ein paar Karren angeschirrt würden. Also schleifte ich die Kinder raus in die Dunkelheit, und Sion und Teleri brüllten beide. Ich rannte dann mit ihnen hinunter zum

Tor, und Gott sei gelobt, es war ein Karren da. Rhuawn half mir, er trug ein paar Sachen, mit denen ich die Reise bezahlen konnte. In Gedanken hatte ich ihm Unrecht getan, my Lady, denn ich hatte ihn als einen Verräter gehaßt. Ach, aye, nein, meine ich. Nicht alle von Constantius' Männern kamen um. Ich hab' gehört, daß einige in die sächsischen Königreiche fliehen konnten und sich von dort nach Kleinbritannien eingeschifft haben. Es wird nicht lange dauern, ehe der Hohe König zurückkommt und der Frieden wieder einkehrt.«

Ich sagte nichts dazu. Ich bezweifelte allerdings, daß das, was zerstört worden war, wieder zurückkommen könnte. Bis zu einem gewissen Grad konnte man einen zerbrochenen Topf oder einen Besenstiel wieder zusammenstückeln, aber ein Reich, das ist etwas Lebendiges – es besteht aus den Herzen von Menschen. Und wenn es zerschlagen wird, dann wird es nie wieder gerade wachsen, selbst wenn man es gut einrichtet. Die ›Familie‹ führte Krieg gegen sich selbst, und Britannien war in einem Bürgerkrieg geteilt, wie damals vor zwanzig Jahren, als Artus die Macht ergriff. Medraut hatte offenbar Verbündete im Norden: Ergyriad ap Caw, der König von Ebrauc, war von seiner eigenen Sippe zur Abdankung gezwungen worden und mußte seinen Titel an seinen Halbbruder Hueil abgeben – einen oder zwei Tage, ehe Medraut im Süden die Macht ergriff. Hueil machte immer Ärger und haßte Artus, dem er für den Tod seines Vaters Caw und seines Bruders Bran die Schuld zuschob. Unter seiner Führung erhob sich Ebrauc in Rebellion. Unser Verbündeter Urien von Rheged hatte seine Armee zusammengerufen, und mit seinen restlichen Leuten – die anderen hielten sich ja mit Artus in Gallien auf –, versuchte er, die Rebellion zu unterdrücken. Dafür konnten wir ihm dankbar sein, denn der Zeitpunkt, zu dem dies stattfand, zeigte deutlich, daß Hueil mit Medraut unter einer Decke steckte. Aber andererseits war Urien unsere größte Hoffnung gewesen, wenn Artus zurückkehrte. Jetzt war es nicht sicher, ob Artus Medraut und Maelgwyn mit den Streitkräften, die ihm noch zur Verfügung standen, besiegen konnte.

Denn Maelgwyn kämpfte in der Tat mit Medraut Seite an Seite. Zwei Tage, nachdem ich auf dem Gehöft angekommen war, hörten wir, daß Maelgwyns Armee im Norden von uns den Saefern überquert hatte und daß er eilig nach Süden, nach Camlann ritt. Er hatte keine vereinigte Gegnerschaft. Die mittleren Königreiche von Britannien würden weder für Artus noch für Medraut kämpfen. Alte Feindseligkeiten und Mißverständnisse und neue Gerüchte verbanden sich und brachten sie dazu, ihrem Kaiser die Unterstützung zu versagen, aber wenn Artus starb, dann würden sie ohne Zweifel gegen Medraut aufschreien und gegen ihn und gegeneinander in den Krieg ziehen und versuchen, jeden Vorteil aus der Anarchie für sich herauszuschlagen. Nur Dumnonia von allen südlichen Königreichen hätte uns vielleicht geholfen. Aber Dumnonia war führerlos und machtlos. Der König war tot, die Hälfte der königlichen Truppe war mit Artus in Gallien, und die restlichen waren tot und verhungerten langsam in den Lagerhäusern in Camlann.

Als ob dies alles nicht schlimm genug wäre, gab es noch mehr Grund zur Furcht. Medrauts Streitkräfte wuchsen ständig. Unzufriedene Adlige, Krieger, die den Frieden satt hatten und auf Beute und Ruhm hofften, Schuldner und Verbrecher, die eine Lösung für ihre eigenen Probleme im Zusammenbruch des Reiches sahen – sie alle liefen in Scharen zu Medraut über. Und Medraut war in der Lage, einen ähnlichen Zulauf zu Artus zu verhindern. Fast täglich hörten wir von Adligen aus Artus' Gefolgschaft, die verhaftet oder hingerichtet worden waren, von Geiseln, die anderen genommen wurden, von beschlagnahmten Gütern und verlorenen Burgen.

Dennoch, das Land um Mor Hafren wenigstens schien Artus zu unterstützen. Ein Mitglied aus Sions Sippe – gewöhnlich sein zweiter Sohn, Dafydd – ging jeden Tag nach Baddon, um dort auf dem Markt das Neueste zu erfahren. Als der Markt auf Medrauts Befehl hin geschlossen wurde, gab es Versammlungen an verschiedenen Orten auf dem Land, wo Nachrichten und Gerüchte zirkulierten. Gelegentlich bekamen wir auch Nachrichten aus Baddon, denn es sah so aus, als ob Ceis

Geliebte Maire sich dort bei ein paar von ihren Vettern niedergelassen hätte. Sie war wie Eivlin in der Verwirrung, die der Einnahme von Camlann folgte, geflohen. Einer von diesen Vettern kam zu den Versammlungsplätzen und gab mit trauervoller Stimme die schlechten Nachrichten ab, die Dafydd uns berichtete. Alle Sippen schienen auf Nachricht zu warten, daß Artus zurückkam, so daß die Bauernarmee zusammentreten und sich ihm anschließen konnte. Jagdspeere wurden geschärft und alte Kriegsspeere, Dolche und Schwerter wurden aus Scheunen und Höhlungen unter den Dachbalken hervorgeholt, ja selbst aus Gräbern. Sie wurden gereinigt und poliert, und man übte stundenlang damit. Artus hatte lange und gut genug geherrscht, daß diese Leute ihm vertrauten und große Furcht vor einer möglichen Niederlage Artus' hatten. Die Bauern hatten in Bürgerkrieg und Anarchie mehr zu verlieren als die Adligen, die sicher in ihren Burgen saßen.

Zwölf Tage, nachdem ich auf dem Hof angekommen war, kehrte Dafydd vom Nachrichtensammeln zurück und erzählte, Medraut und Maelgwyn hätten mit ihren Streitkräften Camlann verlassen und ritten jetzt nach Osten. »Echel aus Nafs sagt, das käme daher, weil der Kaiser im Osten gelandet ist. Sie reiten, um gegen ihn zu kämpfen«, erzählte er uns. »Aber Cas ap Saidi sagt, das käme nur daher, weil sie sich mit den Sachsen verbündet haben und sich ihnen anschließen.«

Alle aus der Sippe schauten mich an. Aber ich konnte nur den Kopf schütteln. Ich konnte nicht sagen, welche Seite der Erzählung vielleicht der Wahrheit am nächsten kam. Ich hatte nicht gehört, daß die Sachsen sich auf irgendeine Seite geschlagen hätten, und ich war auch nicht sicher, ob sie es tun würden. Ein paar von den sächsischen Anführern, glaubte ich, mochten und respektierten Artus. Andererseits wußte ich, daß sie mit ihrer Stellung als Tributpflichtige nicht zufrieden waren und mehr Land wollten. Wenn Medraut ihnen Land versprochen hatte, dann konnte es sein, daß sie ihn dafür unterstützten. Aber würden sie gewillt sein, Medraut zu vertrauen? Und – konnte Artus ihnen vertrauen, genügend vertrauen, um in einem ihrer Häfen zu landen, nachdem sie schon wußten, daß sein Volk sich in Rebellion erhoben hatte? Artus mußte wissen, daß die Sachsen ihn unter solchen Umständen höchstwahrscheinlich durch irgendeinen Trick in die Falle locken würden, ihn umbrächten und dann gegen Medraut kämpften.

»Ich weiß nicht«, sagte ich Sions Sippe mit müder Stimme, »wir müssen abwarten.«

Wir warteten. Ich konnte in der Nacht nicht mehr schlafen, und die Tage waren eine endlose Folge von grauen Minuten, die alle völlig gleich waren. Es fiel mir schwer, in dem rauchigen kleinen Gehöft zu bleiben. Es gezieme sich nicht, so waren die Sippenmitglieder sich alle einig, daß die Kaiserin von Britannien bei der Hausarbeit auch nur einen Finger rührte. Und von mir wäre es unhöflich gewesen, mich um die Arbeit zu kümmern, an die ich am besten gewöhnt war, nämlich den Haushalt zu leiten. Am Ende konnte ich nur mit den Kindern spielen und darum beten, daß es Abend wurde, und dann, daß der Morgen wieder anbrach. Sions Sippe war sehr gut zu mir, und ich verdankte ihnen mein Leben. Aber ich sehnte mich am meisten danach, von diesem Gehöft wegreiten zu können und es nie wiederzusehen.

Drei Tage später bekamen wir eine neue Nachricht: Sandde, der junge Herr der Festung von Ynys Witrin, hatte sich in Rebellion gegen Medraut erhoben und sich für Artus erklärt. Ich erinnerte mich von meinen vielen Besuchen in Ynys Witrin noch an Sandde. Es war ein hochgewachsener, magerer junger Mann mit dem Gesicht eines Engels und dem Benehmen eines verängstigten Hasen. Sein Vater war immer in seinen Ansichten denen des Klosters von Ynys Witrin gefolgt und war Artus gegenüber feindlich eingestellt. Sandde war nach dem Tod seines Vaters vor erst drei Monaten Herr der Burg geworden, und man hatte ihm bisher keine Begünstigung einer der Parteien nachsagen können. Also war er Medrauts Aufmerksamkeit entgangen. Jetzt schickte er Männer überall im dumnonischen Land umher, einen harten Tagesritt in alle Richtungen, und verkündete seinen Aufruhr und behauptete, das Gerücht, Artus sei im Land der Sachsen gelandet, sei wahr.

»Reiten wir morgen nach Ynys Witrin?« fragte Dafydd eifrig, nachdem er diese Nachricht losgeworden war.

»Geben wir der Angelegenheit noch ein paar Tage«, gab sein Vater zurück. »Möglicherweise ist es ein Trick.«

»Aber wer würde uns wohl dazu überlisten, für Artus zu kämpfen?« wollte Dafydd zornig wissen.

»Sandde – oder Medraut«, sagte ich ihm, und ich fühlte mich sehr müde. »Sandde hat vielleicht keine Nachrichten über Artus und versucht nur, Vertrauen in seine Sache zu gewinnen, indem er es vorgibt. Wenn das aber der Fall ist, dann hat er keine Chance, Medraut oder Maelgwyn allein zu besiegen – in Ynys Witrin besitzt er nur dreißig Krieger, nur seine eigenen Vettern. Es wäre besser, auf Artus zu warten. Und es ist vielleicht Medrauts Plan, Artus' Gefolgsleute ans Tageslicht zu ziehen, so daß er mit ihnen abrechnen kann, ehe Artus erscheint. Wir müssen warten, bis wir ganz sicher wissen, daß Artus da ist.« Und, so fügte ich zu mir selbst hinzu, das dauert vielleicht lange. Das gute Reisewetter war jetzt vorüber. Artus mußte vielleicht bis zum Frühling warten, ehe er das Meer von Gallien aus wieder überqueren konnte.

Dennoch, drei Tage später ritt Dafydd früh am Nachmittag zu uns zurück. Sein Pferd war schaumbedeckt und schwitzte von einem harten Galopp, und Dafydd rannte ins Haus und brüllte, es sei wahr. Artus sei zurück und habe sich mit Cerdic, dem König der Westsachsen, verbunden. Er sei eine Woche zuvor im Hamwih gelandet, von wo er nach Norden geritten und zu Cerdic gestoßen wäre, der jetzt mit seinen Truppen und einem Teil seiner Armee nach Süden ritt, um sich mit ihm zusammenzuschließen. Artus hätte mit Cerdic gesprochen, und anstatt mit ihm zu streiten, hätte der sächsische König versprochen, Artus so lange zu unterstützen, wie er sich innerhalb der Grenzen seines Königreiches aufhielte. Aber es war noch mehr an der Nachricht. Cerdic und Artus waren nach Westen geritten und mit ihren Streitkräften westlich der Festung Sorviodunum, welche die Sachsen Searisbyrig nennen, auf Medraut und Maelgwyn gestoßen. Es hatte einen Kampf zwischen den

Vorreitern der beiden Armeen gegeben, der sich danach zu einem Scharmützel entwickelt hätte. Artus' Reiterei – vorhersehbar – hatte gewonnen und Medrauts Reiterei gezwungen, sich zurückzuziehen. In dieser Nacht hatte Medraut einen Boten an Cerdic abgesandt. »Sie sagen, Medraut hätte ihm halb Dumnonia und ein Drittel von Elmet angeboten, und daß er nie wieder Tribut zahlen müsse, wenn er Artus verriete«, sagte Dafydd. »Ein paar sagen, es sei sogar noch mehr gewesen. Aber Cerdic meinte, man könne ja am nächsten Morgen darüber verhandeln, und als Medraut dazu erschien, sagte er: ›Wie groß die Feindschaft auch ist, die ich dem Kaiser Artus gegenüber empfinde, und welche Ärgernisse mir von ihm auch noch bevorstehen, ich werde ihn nicht an einen zauberischen, meineidigen, tyrannischen Bastard verraten. Wenn du weiter nach Osten kommst, Medraut, Sohn des Niemand, dann dringst du in mein Königreich ein und sollst dafür büßen.‹ Und sie sagen, Medraut zieht sich zurück!«

Sion ap Rhys fing an zu nicken, und Dafydd schaute ihn eifrig an. »Also gut«, sagte Sion langsam. »Die Armee wird gebraucht. Wir reiten morgen nach Ynys Witrin – und möge Gott uns schützen!«

Es war die letzte Dezemberwoche, aber nach einigen Schneefällen war das Wetter milde geworden, und die Straßen waren voller Schlamm. Sion hatte geplant, einen Ochsenkarren voller Vorräte mitzunehmen, aber jetzt entschied er, das nicht zu tun wegen des schlechten Zustandes der Straßen. Statt dessen belud er zwei Pferde und das Maultier, die zum Hof gehörten. Neun Männer ritten mit, all die jüngeren Männer der Sippe, angeführt von Sion selbst. Dann waren noch ich da und Eivlin. Eivlin hatte sich lange Gedanken gemacht, ob sie nicht bei ihren Kindern bleiben müsse, aber am Ende hatte sie sich entschlossen mitzugehen. »Die edle Dame wird eine Dienerin brauchen«, sagte sie Sion, »und die Streitkräfte des Kaisers werden ohne Zweifel Diener brauchen. Außerdem möchte ich bei meinem Mann sein.« Also blieben die Kinder bei der Großmutter und den Tanten, und Eivlin ging im Schlamm neben dem Maultier her. Sion bestand darauf, daß ich das Schlachtroß ritt, das ich aus Camlann mitgebracht hatte, wie das einer Frau meines Ranges zukam. Aber nach den ersten paar Meilen saß ich ab und brachte Sion dazu, sich mit Eivlin und mir abzuwechseln. Sion war ein alter Mann und Eivlin eine junge Mutter, die seit Jahren keinen Grund mehr gehabt hatte, zu Fuß zu gehen.

Es waren fünfunddreißig Meilen bis Ynys Witrin. Früh am Morgen ritten wir los, ehe die Sonne aufging, und kamen nach der Abenddämmerung an. Wir trafen auch andere auf der Straße, die den gleichen Weg hatten wie wir selbst. Manche kamen einzeln oder zu zweien, andere in großen Sippenverbänden wie Sions Familie. Sie waren mit allem möglichen bewaffnet, von uralten, rostzerfressenen römischen Schwertern bis zu Mistgabeln und Treibstöcken für Ochsen. Allen war unsere Gesellschaft lieb, und selbst diejenigen, die einander nie an einem Markttag begegnet waren, unterhielten sich bald eifrig über die Steuern und den Preis von Käse und Ale, seit die Märkte geschlossen waren. Niemand sagte etwas über den Krieg, was seltsam tröstlich war. Ich redete auch nicht viel. Ich ging oder ritt zwischen den anderen und horchte auf die festen Stimmen und sehnte mich so sehr nach Frieden und nach Sieg, daß ich manchmal glaubte, ich könne nicht mehr atmen.

Als wir in der Stadt Ynys Witrin ankamen, bestand Sion darauf, daß ich wieder den Hengst Schwerttänzer bestieg, damit ich mich den Wächtern am Tor so großartig präsentieren konnte, wie das für jemanden möglich war, der soviel Schlamm wie ich an seiner Kleidung hatte. So kamen wir durch die Stadt Ynys Witrin in einer Gruppe, die jetzt auf über dreißig Männer gewachsen war, und fingen an, den Hügel zur Burg hinaufzusteigen. Die Nacht lag schon schwer über den Marschen, und es war Neumond. Aber selbst bei hellem Tageslicht war es unmöglich, Camlann auf den buckligen Hügeln im Südwesten auszumachen, das wußte ich. Unmöglich – aber ich schaute immer und immer wieder hin.

Die Festungstore von Ynys Witrin waren fest verriegelt.

Aber überall standen dicht gedrängt Fackeln, und unsere Gruppe wurde lange, ehe wir die Tore erreichten, angerufen.

»Wir sind Untertanen des Kaisers Artus«, antwortete Sion im Namen der ganzen Gruppe und legte eine Hand auf die Schulter meines Pferdes. Er atmete schwer vom Steigen. »Wir sind gekommen, um uns Sandde anzuschließen und gegen Medraut zu kämpfen.« Das Fackellicht brach sich auf den notdürftigen Waffen, während die Tore geöffnet wurden.

Ich mußte den Wachen noch nicht einmal sagen, wer ich war. Ich ritt noch nicht durch die Tore, da wurde ich schon erkannt, angerufen und von den anderen abgesondert. Als ich bestätigte, daß ich in der Tat Gwynhwyfar, Tochter der Ogyrfan, war und daß ich mit dem Herrn der Festung reden wollte, da gab man mir wenig Zeit, mich von Sion zu verabschieden, bevor man mich zu Sandde führte.

Der Herr von Ynys Witrin machte sich mit seinem Schreiber gerade Sorgen über seine Rechnungslisten, als ich in sein Zimmer gebracht wurde. Als er mich sah, sprang er auf und kippte fast das Tintenfaß über das Pergament. »Lady Gwynhwyfar!« rief er aus und starrte mich an. Dann errötete er, verbeugte sich, packte meine Hand und hielt sie linkisch fest, während er lächelte. »Hochedle Dame, ich hatte gehört, was der Tyrann mit dir tun wollte, und ich hatte auch gehört, daß du geflohen bist. Ich bin sehr froh, my Lady, dich wiederzusehen. Cuall, hol Wein! Sie sagen, dein Mann ist fast wahnsinnig aus Angst um dich, my Lady. Aber ich bin sehr froh, dich zu sehen, ich erinnere mich noch sehr genau an deinen Edelmut von damals, als ich noch ein Junge war. Cuall! Ah, da ist er ja wieder. Trink einen Schluck Wein, edle Dame.«

Cuall, der Schreiber, schenkte mir Wein ein und bot mir seinen Platz am Schreibpult an. »Eben sind noch weitere sechsunddreißig mit der Lady angekommen«, sagte er seinem Herrn. »Ein Viertel von ihnen hat keine Vorräte.«

»So. Wie viele sind das zusammen?« fragte Sandde. »Zahl der Männer, meine ich, nicht der Vorräte.«

Cuall riß das Pergament vom Schreibpult. »Dreihundertvierundsechzig für heute. Zweihundertzwölf für gestern. Einhundertsechzehn vom Tag vorher. Zusammen mit denen, die in den ersten Tagen kamen, ehe wir die Erklärung abgaben, macht das eine Armee von siebenhundertvierzig. Deine eigenen Streitkräfte, zusammen mit den anderen Adligen, die zu uns gestoßen sind, kommen jetzt auf dreiundsechzig.«

»Siebenhundertvierzig!« rief Sandde aus. »Was sollen wir tun? Wie viele haben ihre eigenen Vorräte mitgebracht? Ich wünschte, ich hätte ihnen gesagt, sie sollten sich selbst versorgen – wie können wir denn siebenhundertvierzig Leute füttern, ganz zu schweigen von dreiundsechzig Adligen und all den Dienern? Hochedle Dame«, Sandde schaute mich abrupt wieder an, »es ist ein Wunder – es ist die Gnade Gottes, daß du gekommen bist. Ich habe so oft von deiner fabelhaften Fähigkeit gehört, Burgen zu verwalten und Vorräte aufzutreiben. Mein Vater hat dich immer dafür verflucht. Und ich weiß nicht, was ich tun soll. Bis vor drei Monaten hatte ich noch nie irgend etwas verwaltet, und diese Rebellion ist komplizierter, als ich erwartet hatte. Es ist überhaupt nicht so, als ob man eine kleine Burg leitet. My Lady, wenn du gekommen bist, um zu helfen – das bist du doch, oder nicht? –, dann bitte rate mir, wie ich diese Armee ernähren soll!«

Ich fing an zu lachen und verschluckte mich an dem Wein. »Ich danke dir, Herr Sandde«, sagte ich ihm, als ich ausgehustet hatte. »Bist du sicher, daß du meine Hilfe willst?«

»Hochedle Dame, wie könntest du das bezweifeln? Warum sollte ich sie nicht wollen?«

»Dieser Krieg ist vielleicht durch meine Schuld entstanden«, sagte ich ihm. »Weil ich mit dem Herrn Bedwyr weggelaufen bin.«

Er wandte den Blick von mir ab und wurde purpurrot. »Was für eine Rolle spielt denn das?« fragte Cuall, der Schreiber. »Jetzt haben wir den Krieg – und nach allem, was ich gehört habe, hat deine Treue dem Reich gegenüber nie in Frage gestanden.«

»Genau«, sagte Sandde und konnte mich wieder anschauen.

»Genau. Und was die Ernährung von siebenhundertvierzig Leuten anbetrifft – die Mönche im Dorf haben ja geholfen – nicht viel, aber doch ein bißchen, was eine Gnade ist, denn Cuall hier ist der einzige in der Festung, der lesen kann. Aber welche Vorräte wir haben und wie wir noch andere kriegen können ... hochedle Dame ...« Er nahm das Stück Pergament Cuall aus der Hand und gab es mir. Er schaute mich gespannt an. Ich preßte die Hand auf die Stirn und fühlte, daß meine Haut heiß war. Ich fragte mich, ob das, was ich fühlte, Scham oder die Angst davor war, wieder Autorität auszuüben. Aber ich schaute die Zahlen auf dem Blatt an, versuchte, sie zu verstehen und verspürte dabei eine seltsame, wilde Freude. Der Krieg hatte begonnen, und ich hatte wieder einen Platz im Kampf.

An diesem Abend blieb ich auf bis nach Mitternacht. Ich versuchte, Sanddes Angelegenheiten zu entwirren, und ich wäre vielleicht noch länger aufgeblieben, wenn ich nicht von dem langen Tagesritt und der langen Wartezeit müde gewesen wäre und nach einer Weile anfing, fünfzehn und zwölf zusammenzuzählen und zweiundfünfzig herauszubekommen. Endlich merkte Sandde, daß ich erschöpft und noch immer schlammbespritzt war. Er sprang auf, entschuldigte sich vielmals bei mir und ließ mich zu dem Haus führen, das seiner Mutter gehört hatte. Dort stellte ich fest, daß Eivlin sich schon eingerichtet hatte und schlief. Ich war zu müde, um mehr als nur ein bißchen von dem Dreck abzuwaschen, ehe ich Eivlins Beispiel folgte. Am nächsten Morgen fand ich es schwieriger als erwartet, aufzustehen. Aber es war notwendig, daß ich wieder an die Arbeit ging. Ich hatte von Sandde erfahren, daß Medrauts Streitkräfte sich aus ihrer Stellung in der Nähe der sächsischen Grenzen zurückgezogen hatten, obwohl sie im Augenblick noch nicht weit gekommen zu sein schienen. Man erwartete, daß sie in die Nachbarschaft von Camlann zurückkehrten. Offensichtlich würde sich Cerdics Unterstützung Artus gegenüber nicht über die Grenzen seines eigenen Königreichs ausdehnen. Sachsen und Britannier hatten einander zu oft bekämpft, um zuversichtlich gemeinsam in britisches Territorium einzumarschieren. Die sächsischen Krieger hegten gegenüber einem britischen Kaiser nur sehr nebelhafte Treuegefühle. Wenn mein Mann Medraut verfolgen wollte, dann würde er das mit nicht mehr Leuten als seinen Streitkräften aus Gallien tun müssen. Er brauchte die Armee, die Sandde aushob, sehr dringend. Jetzt mußte Medraut auch von Sanddes Rebellion gehört haben. Er würde sie mit Sicherheit zerschlagen wollen, ehe Artus sich Sandde anschloß. Ja ich begriff nicht einmal, warum er in der Nähe der Grenze wartete, und ich erwartete ihn jede Minute hier.

Sandde, dessen Ansichten oft überraschend vernünftig waren, wenn er auch wenig Erfahrung besaß, hatte Boten an Artus geschickt, sobald er erfahren hatte, daß Artus sich tatsächlich in Britannien aufhielt. Bis jetzt war aber noch keine Antwort gekommen. Es war ungeheuer wichtig, daß Artus und Sandde sich auf eine Methode absprachen, wie sie ihre Streitkräfte vereinigen konnten, und Sandde machte sich Gedanken darüber, ob er nicht Ynys Witrin verlassen sollte, ehe Medraut ankam und die Stadt belagerte. Wenn Sandde allerdings loszog, dann würde es für Artus schwieriger werden, mit ihm Kontakt aufzunehmen. Also gab sich Sandde mit meinem Vorschlag zufrieden, er solle doch für die Männer, die der Armee beitreten wollten, Orte bestimmen, an denen sie sich treffen konnten. Wenn Ynys Witrin dann durch eine Belagerung abgeschnitten wurde, dann wäre Artus wenigstens nicht von jeglicher Versorgung abgeschnitten. Das Problem, sich auf eine mögliche Belagerung einzurichten, war eigentlich dringender als das Problem der Nahrungsbeschaffung für die Armee. Damit war leicht fertig zu werden, wenigstens im Augenblick. Ich ernannte Sion ap Rhys und ein paar andere zu Aufsehern bei der Nahrungsverteilung, so daß die Bauern, die selbst Lebensmittel mitgebracht hatten, mit denen teilten, die nichts hatten. Männer wie Sion einzusetzen, das gehörte zu den klügsten Dingen, die ich tat. Denn die Bauern waren gewillt, von einem anderen Bauern Maßnahmen zu akzeptieren, die sie bei einem

Adligen zurückgewiesen hätten. Wir hatten genug Vorräte, um uns wenigstens eine Weile durchzubringen, und wir fingen an, Botschaften zu den Treffpunkten zu schicken, die es jetzt anstelle der Märkte gab. Darin baten wir um mehr Nahrungsmittel – aber wir würden nicht genug haben, um eine Belagerung durchzustehen.

Während dieser erste Tag verging, erwartete ich dauernd die Nachricht, daß Medrauts Armee sich näherte. Aber es kam keine, und Sanddes Späher berichteten nur, es sei ruhig im Land. Weitere fünfhundert Mann erschienen, um sich der Armee anzuschließen. Manche kamen aus weiter Entfernung – aus Elmet und Powy auf der anderen Seite von Mor Hafren. Die Kopfzahl unserer Armee stieg auf über tausend Mann. Jeglicher Platz in der Burg war vollgepackt, und die meisten von denen, die am Tag zuvor angekommen waren, schliefen schon auf dem Boden, unter Karren oder unter Schutzdächern aus Feuerholz, Stroh und Dachmaterial. Ich ließ Arbeitsgruppen in die Stadt schicken, damit sie die alten öffentlichen Verteidigungsanlagen reparierten, so gut sie konnten. Ich ließ von anderen Schilf in den Marschen schneiden, und wieder andere benutzten sie, um etwas bessere Schutzdächer für die Armee zu bauen. Und noch immer gab es kein Anzeichen von Medraut.

Am folgenden Tag hörten wir wilde Gerüchte über Artus. Er sei mit Cerdic zurück in die sächsische Königsburg gezogen – er sei bei Nacht nördlich von Medrauts Armee vorübergeritten und eile jetzt zu Maelgwyns Königreich Gwynedd – er hätte Medrauts Armee im Süden passiert und versuche jetzt, sich nach Ynys Witrin oder nach Camlann durchzuschlagen. Das einzige Sichere schien mir, daß er sich nicht länger an der dumnonischen Grenze aufhielt.

»Sollten wir Männer nach Norden schicken?« fragte mich Sandde aufgeregt und besorgt.

»Er wird durch Caer Ceri durchziehen müssen, wenn er die Straße nach Gwynedd einschlägt«, sagte ich. »Das ist nur eine Stadt, keine Burg. Es sollten keine Krieger dort sein. Und es wären nicht viele Männer dazu nötig, sie ein paar Tage zu halten. Vielleicht solltest du dort eine Truppe hinschicken.«

Sandde stimmte mir zu, und wir besprachen, ob wir noch eine weitere Truppe nach Baddon senden sollten. Diese Stadt allerdings war befestigt und bewacht, und wir entschieden, daß wir nicht genug Männer übrig hätten, um sie einzunehmen. Wenn Artus nämlich doch nach Ynys Witrin kam, dann würden wir jeden Mann brauchen, den wir hatten. Nachdem das entschieden war, ging ich hinunter in die Stadt, um herauszufinden, ob von den Mönchen jemand gewillt war, in dem Hospital zu arbeiten, das ich in der Burg einrichten wollte. Das Kloster war natürlich viel besser geeignet, aber ich hatte wenig Vertrauen in die Verteidigungsanlagen der Stadt und hätte es nicht gern gesehen, wenn unsere Verwundeten in Medrauts Hände fielen, falls die Stadt nach der Belagerung fiel.

Weitere fünfhundert Männer kamen an diesem Tag. Und noch immer kein Anzeichen von Medraut.

Spät in der Nacht ging ich zur Ruhe. Ich war sehr müde – viel müder, als ich hätte sein sollen, dachte ich, während ich mir das Haar auskämmte. Aber an meinem nächsten Geburtstag, in ein paar Wochen, würde ich achtunddreißig werden. Ich wurde zu alt, um herumzulaufen wie ein Mädchen. Ich erinnerte mich an die Mädchen, mit denen ich gespielt hatte, als ich noch jung war, und ich versuchte mir vorzustellen, wie sie jetzt wohl aussahen. Sie waren sicher mit Landbesitzern und Bauern im Norden verheiratet und hielten ein kleines Haus in Ordnung oder verwalteten einen kleineren Hof. Sie waren nie auf der Schwertschneide der Macht gewandelt. Sie hatten wohl Kinder – ich dachte an eine, die ich kannte und die bei einer Geburt gestorben war. Vielleicht kämpften ihre Söhne jetzt in diesem Krieg. Aber wie hatten sie wohl gelebt, während all der Jahre? Sie hatten sich sicher mit wenigen Dienern gestritten, sie hatten am Webstuhl gesungen, gesponnen, gekocht, mit den Nachbarinnen geklatscht – und jetzt heulte der Krieg wie ein schwarzer Sturm vor ihren Türen. Sie waren jetzt Frauen, die vom Gebären breite Hüften und lange Brüste bekommen hatten, und ihre Gesichter waren wohl verwittert und gealtert durch das Land und die Sorge darum, durch die Zeit und durch den Frieden. Ich hielt inne, ging dann hinüber und nahm den Spiegel auf, der auf einem Tisch in der Ecke lag. Im Raum war es dämmrig, denn er war nur von einer Lampe erleuchtet. Eivlin und die beiden anderen jungen Frauen, die durch die überfüllte Burg in dieses Haus gepreßt worden waren, schliefen im Nebenzimmer. Ich konnte ihren ruhigen, gleichmäßigen Atem hören. Ich hob den Spiegel, damit er das Lampenlicht einfing, und die weiche Flamme hing in dem polierten Silber und warf das Licht auf mein Gesicht. Meine Augen sahen dadurch sehr dunkel aus. Mein Gesicht wirkte müde – aber nicht vom Land und sicher nicht vom Frieden. Meine traurige Müdigkeit schien mir auf den Knochen eingeprägt zu sein, und in diesem Licht, so dachte ich, wirkte ich vielleicht schon alt.

Ich legte den Spiegel hin. Gott oder das Schicksal hatten mich von all den anderen ausgewählt, hinter dem Webstuhl hervorzukommen und ins Herz des Sturmes zu treten. Ich war in den Blitzen und in dem schwarzen Wind eingefangen. Einmal, das fiel mir wieder ein, hatte ich mit Bedwyr über unser Reich gesprochen, das ein Schutzschirm gegen den Wind sein sollte. Ich war die schwache Stelle in dieser Barriere gewesen, die Stelle, wo sie nachgegeben hatte – jetzt war aller Frieden zerbrochen, und der Sturm kreischte herein.

Es war nicht genug Zeit, um über solche Dinge nachzudenken. Wenn ich überlebte, dann hätte ich Zeit zur Reue, aber jetzt . . . jetzt gab es viel zu tun. Ich legte mich hin und horchte, ehe ich einschlief, auf den Atem der jungen Frauen und den Wind, der draußen in den Dachbalken wehte.

Ich wurde aus tiefem Schlaf dadurch geweckt, daß jemand meine Schulter schüttelte und leise sagte: »My Lady! My Lady.« Ich mühte mich, wach zu werden, und setzte mich auf. Eivlin ließ die Hand sinken. »My Lady«, flüsterte sie, »sie sagen, es gibt Neuigkeit – einen Boten. Sie sagen, du sollst schnell kommen.«

Ich schüttelte mir das Haar aus den Augen, sprang auf und zog mir mein Kleid über, ohne vorher die Untertunika anzuziehen. Dann schlüpfte ich in ein paar Schuhe. »Wohin soll ich schnell kommen?« fragte ich Eivlin.

Sie reichte mir meinen Umhang. »Ins Hospital, my Lady. Sie sagen, der Bote stirbt.«

Ich hatte das Hospital in Sanddes Gästehaus eingerichtet, das groß und gut beheizt war. Um diese Zeit war es natürlich teilweise belegt, aber man konnte es ausräumen, und in dem anschließenden Lagerraum bestand auch die Möglichkeit zu heizen, wenn mehr Platz notwendig wurde.

»Ich gehe, und ich bleibe da, so lange ich gebraucht werde. Nein, komm nicht mit. Geh wieder schlafen. Der Mann, der dir das gesagt hat – ist der draußen?«

Er war draußen. Er hockte an der Tür, so daß er eilig beiseite rückte, als ich sie öffnete. Ein wüster Wind herrschte, der die Sterne blankgeblasen und kalt mitten am Himmel reingefegt hatte, obwohl im Westen ein Nebel wallte, der Schnee versprach. Ich schätzte, daß es ungefähr noch vier Stunden bis zur Dämmerung waren, und mich fröstelte. Wir gingen eilig zum Gästehaus. Wir liefen fast, um warm zu bleiben.

Sandde saß in dem schwacherleuchteten Raum, der hinter der Haustür lag, während ein paar Mitglieder der Armee auf Strohsäcken an der Wand lagen und versuchten zu schlafen. Der Herr von Ynys Witrin schaute sehr trübselig drein. Aber als ich hereinkam, sprang er wie immer auf, deutete zur Tür, in eins der anderen Zimmer und stammelte eine Begrüßung. Dann rannte er zu der Tür hin und öffnete sie. Ich ging hindurch und stand plötzlich in strahlendem Fackelschein. Ich sah Gawain, der sehr still auf dem einzigen Bett lag und dessen Kopf mit einer Bandage umwickelt war, die vom Blut purpurrot gefärbt war. Ein Chirurg beugte sich gerade über ihn.

Ich blieb stehen, starrte hin, und Schrecken erfüllte mich. »Was ...« begann ich, aber dann sah ich Rhys, der neben dem Chirurgen kniete. Er hatte sich umgedreht und schaute mich an. »Rhys, was ist geschehen?«

Rhys stand schnell auf, während er einen Augenblick sehr grimmig auf Gawain hinabschaute. Der Chirurg nickte ihm zu, und er kam herüber. Er drängte mich durch die Tür zurück in das andere Zimmer, und dann schloß er die Tür hinter sich.

»My Lady«, sagte Rhys, nahm dann meine Hand und preßte sie ganz fest. Er war bleich, und sein Gesicht und seine Hand waren feucht vom Schweiß. »Sie haben mir gesagt, du wärst hier und sie würden nach dir schicken. Ich konnte es kaum glauben. Der Chirurg hier sagt, daß mein Herr stirbt. Kann er das wissen?«

»Er . . . er ist ein Mönch aus Ynys Witrin. Sie sagen, er ist sehr geschickt. Aber was ist passiert? Wie . . . Hat Artus Gawain als Boten hierhergeschickt?«

Rhys ließ meine Hand los und rieb sich über das Gesicht und durchs Haar. Er stand da, und sein Gesicht war einen Augenblick verborgen. Dann ließ er die Hände sinken und nickte müde. »Mit ihm war nichts anderes mehr anzufangen. Er wollte nicht ruhen, und er wollte wieder in die Schlacht reiten, sobald es ihm gut genug ging, überhaupt zu reiten. Es war besser, solange wir noch auf der Reise zurück nach Britannien waren – auf dem Schiff mußte er Ruhe geben. Aber seit wir angekommen sind – my Lady, die Chirurgen haben gesagt, er dürfe sich nicht aufregen. Also hat der Kaiser ihn mit einer Botschaft hierhergeschickt, damit er bei den Kämpfen nicht dabei ist. Aber heute – gestern vielmehr – nun, das Land im Norden ist voller bewaffneter Männer, die für jeden Herrn kämpfen, den man sich nur vorstellen kann, oder auch einfach für sich selbst. Wir haben ein paar getroffen, die uns wegen unserer Pferde umbringen wollten. Gawain hat ein paar von ihnen gefällt, und die anderen hatten Angst genug, um uns wegreiten zu lassen. Aber eine halbe Meile weiter auf der Straße ist er von seinem Pferd gestürzt und ohnmächtig geworden, genau wie jetzt. Sein Kopf fing an zu bluten. Ich konnte ihn nicht aufwecken, und ich konnte auch die Blutung nicht zum Stehen bringen. Ich hab' versucht, sie auszubrennen; das hat ein bißchen geholfen, und dein Chirurg hier hat es gerade noch einmal getan. Manchmal auf der Straße ist er wach genug geworden, um zu reden. Aber meistens sprach er mit Leuten, die gar nicht da waren. Also habe ich ihn hierhergebracht. Aber sie haben mir gesagt, er wird sterben, wahrscheinlich in ein paar Stunden. Von der Hüfte abwärts wäre er sogar schon tot.«

Nach einer kurzen Pause fragte Sandde: »Wie lautet die Botschaft?«

Rhys starrte ihn an. Sandde starrte zurück, kaute auf seinem Schnurrbart und fummelte an seinem Schwertgurt herum. Nach einem Augenblick schüttelte Rhys den Kopf. »Du hast ihn nie gekannt – und deswegen sind wir schließlich gekommen.« Er fummelte an seinem Gürtel und zog einen Brief hervor. »Da. Ich hab' ihm den Brief abgenommen, nachdem er gestürzt war.«

Sandde nahm das Pergament gespannt auf, schaute das Siegel an und reichte es dann mir, so daß ich es ihm vorlesen konnte. Ich starrte das Schreiben wie betäubt an. Es war mit Kalk und Lampenruß versiegelt, aber Artus' Drachensiegel war fest darauf eingeprägt.

»Bitte, my Lady«, sagte Sandde, »wir müssen doch wissen, was wir tun sollen.«

Ich erbrach das Siegel und rückte näher an die Lampe, um zu lesen. »An Sandde, den Herrn von Ynys Witrin, von Artus Augustus, Imperator Britanniae: Meinen Gruß«, las ich vor; dann starrte ich die kühne, wohlbekannte Handschrift an und senkte den Brief. »Sandde, Herr Gawain ap Lot ist mein Freund. Weißt du, warum er stirbt? Gibt es eine Hoffnung?«

Sandde machte eine verlegene Handbewegung. »Sie haben mir einfach gesagt, er läge im Sterben.«

»Es ist ein Knochensplitter«, antwortete Rhys. »Er ist gebrochen, als Gawain verwundet wurde, aber er hat sich nicht gelöst. Vielleicht wäre alles wieder zusammengewachsen – das sagt wenigstens dein Chirurg. Aber jetzt schneidet der Splitter das Gehirn auseinander. Der Chirurg sagt, der Splitter sitzt zu tief, als daß er ihn herauskriegen könnte. Es gibt auch noch eine weitere Wunde von dem Kampf auf der Straße, aber dein Chirurg sagt, die spielt keine Rolle. Noch ein paar Stunden, meint er. Er wollte noch nicht einmal versuchen, ihm zu helfen.« Rhys holte tief Atem und rieb sich wieder das Gesicht.

»Aha«, sagte ich, und dann, weil ich nicht wußte, was ich tun sollte, hob ich den Brief wieder. »– von Artus Augustus: Meinen Gruß. Mein Freund, ich weiß nicht, ich weiß nicht, wie ich dir danken soll. Ich bitte dich, nicht von Ynys Witrin auszuziehen, sondern dort zu warten und eine so große Streitmacht zusammenzubringen, wie du kannst. Schicke deine Nachrichten zu den Orten, die mein Bote dir nennen wird. Er ist ein Mann von großen Fähigkeiten und gewaltiger Erfahrung, und du kannst seinen Worten genauso trauen wie meinen eigenen. Er wird dich von meinen Plänen informieren. Wenn du kannst, schicke Vorräte, besonders Korn, an die Orte, die er dir nennen wird, denn wir müssen vielleicht unsere eigenen Vorräte im Stich lassen, um an Geschwindigkeit zu gewinnen. Wenn du das nächstemal von mir hörst, bring all deine Streitkräfte an den Ort, den ich dir nennen will, und verbirg sie da. Denn ich hoffe, ich kann Medraut und Maelgwyn eine Falle stellen. Mehr kann ich der Tinte nicht anvertrauen. Gott gebe euch Hilfe!« Ich zögerte, bemerkte ein paar zusätzliche Worte, die in krakeliger Handschrift über das Ende der Rolle gekritzelt waren. »Falls . . .« fing ich an und hielt dann inne.

»Was?« wollte Sandde wissen.

»Falls du von mir irgendwelche Nachricht hättest, will er es wissen. Und er sagt, du sollst mich ehrenhaft behandeln, wenn ich hierherkommen sollte. Er sagt auch, du könntest mir Befehlsgewalt anvertrauen, besonders dabei, Vorräte aufzutreiben.«

Sandde lächelte. »Das ist ein unnützer Ratschlag. Du kannst ihm jetzt selbst schreiben. Aber was sollen wir tun? Er hat der Tinte zu wenig vertraut und der Gesundheit seines Boten zu sehr.« Er fixierte seinen Blick wieder auf Rhys, fuhr zusammen und wollte dann wissen: »Weißt du eigentlich, was dein Herr mir hat sagen sollen?«

Rhys zuckte die Achseln und fuhr sich noch einmal mit der Hand durchs Haar. »Etwas davon.« Er warf einen Blick im Zimmer umher und senkte dann die Stimme. »Als wir den Kaiser verließen, ritt die ›Familie‹ schon in gutem Tempo Richtung Gwynedd. Unser Herr Artus schätzt, daß Maelgwyn ein Kampf gegen dich das Risiko nicht wert ist, sein eigenes Königreich plündern zu lassen. Er wird also in hitziger Verfolgung losreiten. Medraut wagt es nicht, nur mit seinen eigenen Gefolgsleuten gegen dich zu kämpfen – die meisten von denen, die seit dem Anfang der Rebellion zu ihm gestoßen sind, bleiben mit Sicherheit bei Maelgwyn, denn sie möchten gegen Artus kämpfen und glauben fest, daß das Königreich ruiniert ist, wenn sie ihn töten können. Während sie aber nachfolgen, wird der Kaiser seine Männer in verschiedenen Gruppen mit Ersatzpferden und den größten Teil der Vorräte aussenden, und diese Gruppen warten dann auf Sammelplätzen im Süden. Einige Zeit, bevor er den Saefern erreicht, wird er den Rest der Vorräte zurücklassen, einen Kreis zurück zu seinen Verfolgern schlagen und dann, so schnell er kann, nach Süden kommen. Er wird den Rest seiner Männer bei den Sammelplätzen abholen, und dazu frische Pferde. Möglicherweise braucht er dann neue Vorräte, denn obwohl wir von Cerdic einiges bekommen haben, konnten wir nicht so viel transportieren, daß es bestimmt reicht. Danach, glaube ich, hofft Artus, daß Maelgwyn und Medraut dicht hinter ihm die Verfolgung aufnehmen, und wenn deine Truppen irgendwo im Hinterhalt liegen, wird er sicher die Rebellen direkt in die Falle hineinführen.«

»Ach!« rief Sandde aus. »Das ist ein ausgezeichneter Plan, der ist unseres Kaisers würdig. Aber diese Sammelplätze, wo liegen sie? Ich muß eine Stelle für den Hinterhalt finden und dem Kaiser sagen, welchen Platz ich für am besten halte. Wohin soll ich die Nachricht senden?«

»Das weiß ich nicht«, sagte Rhys. »Gawain weiß es – die Stelle und die Losungsworte und die richtige Zeit.«

Sandde stieß einen lauten, wortlosen Seufzer aus und schwieg dann. »Aber was sollen wir denn tun?« wollte er nach einer Minute wissen. »Ist es wahrscheinlich, daß dein Herr wieder aufwacht?«

Rhys lächelte bitter. »Wie sollte ich das wissen? Dein Chirurg konnte es mir nicht sagen. Er sagte nur, mein Herr würde in ein paar Stunden sterben.«

»Da«, sagte ich. »Such mir ein paar Wachstäfelchen, und ich warte dann hier und schreibe die Informationen nieder, wenn Gawain aufwacht.« Ich ging hinüber zur Tür des anderen Zimmers und trat wieder in das Fackellicht hinein. Nach einem Augenblick folgte mir Rhys, danach auch Sandde.

Der Chirurg saß auf einer Strohmatratze in der Ecke und zog sich die Schuhe aus. Mit einem Ausdruck des Ärgers blickte er zu uns auf, aber dann erhob er sich und verbeugte sich vor Sandde.

Sandde ging hinüber zum Bett und schaute Gawain an, dann den Arzt. »Gibt es nichts, was du tun könntest?« fragte er. »Wird er vor dem Ende aufwachen?«

Der Arzt zuckte die Achseln. »Möglicherweise. Das hängt davon ab, wie schnell das Ende kommt. Aber es wird bald sein, wenn hier Unruhe herrscht und er gestört wird.«

»Ich will hierbleiben, aber ich verhalte mich ruhig«, sagte ich und schaute mich nach einem Hocker um. Ich rückte ihn ans Bett und setzte mich.

»Wie es dir gefällt, edle Dame«, sagte der Chirurg. »Wenn dein Wohlwollen nichts dagegen hat, möchte ich jetzt schlafen.« Seine Stimme klang bitter. Schon lange hegte er offenbar die Feindseligkeit gegen Artus, die im Kloster üblich war, und ohne Zweifel fand er das Bündnis mit Sandde unangenehm.

»Schlaf, so lange du kannst«, sagte ich ihm. Er verbeugte sich noch einmal, löschte eine der Fackeln und legte sich dann auf seine Matratze nieder. Er zog die Wolldecke über sich und wandte uns den Rücken zu.

»Ich lasse dir von jemandem Schreibmaterial bringen«, flüsterte Sandde mir zu. »Und ich danke dir, my Lady. Ich bete zu Gott, daß er aufwacht!« Er ging und nahm eine weitere Fackel mit, um sich den Weg zu Halle zu erleuchten.

Rhys setzte sich am Fuß des Bettes auf den Boden, lehnte sich an den Bettpfosten und bedeckte das Gesicht mit den Händen.

»Es tut mir leid«, sagte ich und wußte nicht ganz, was ich eigentlich damit meinte. »Rhys, du hast eine lange Reise hinter dir, und du mußt sehr müde sein. Ruh dich aus – ich wecke dich, wenn irgend etwas passiert.«

Rhys schüttelte den Kopf. »Ich danke dir, my Lady. Aber ich möchte warten.«

Wir warteten, und das Schweigen war so tief, daß wir jedes Flackern der einzigen Fackel hören konnten, die noch da war. Wir hörten das leise Geräusch der Asche, die auf den Fußboden fiel, das Atmen jedes Menschen im Zimmer und den lauten Wind draußen vor dem Haus. Ein Diener kam mit den Wachstäfelchen, einem Stylus und Pergament, Tinte und Federn; dann ging er wieder.

Ich stützte den Kopf in die Hände und schaute Gawain an. Ich hatte zum erstenmal bemerkt, wie hager sein Gesicht geworden war – verzerrt von Kummer und Krankheit. Aber jetzt im Fackellicht sah er erschreckend jung aus, fast wie damals, als ich ihn zum erstenmal gesehen hatte, als er verwundet im Haus meines Vaters lag. Immer hatte er ausgesehen, als ob etwas Größeres als die Welt ihn erfüllte. Jetzt wirkte er, als ob er damit verschmölze, im Schwebezustand zwischen der Erde und der Anderwelt. Das rote Fackellicht auf seiner schweißfeuchten Haut gab ihm ein glühendes Aussehen, wie Metall im Feuer, als ob die Knochen darunter sich zu einer anderen Form verschmolzen. Ich berührte leicht seine Stirn, aber sie war nicht heiß. Meine Hand streifte den Verband, und er rutschte beiseite, denn er war nur um den Kopf gewickelt und nicht befestigt. Ich zog ihn eilig wieder zurück – sein Kopf hatte von Bedwyrs Schwert eine Delle bekommen, der Knochen leuchtete sehr weiß in einem Durcheinander von rot und schwarz verbranntem Fleisch, das jetzt durch den Sturz vom Pferd und die Untersuchung durch den Chirurgen zerquetscht und zermahlen war zum formlosen Grau des Gehirns.

Ich verkrampfte meine Hände ineinander, damit sie still blieben, und dachte an Gawain, wie er in der Vergangenheit gewesen war. Ich dachte daran, wie er seinen Hengst über das Übungsfeld in Camlann ritt, wie er mit der Geschwindigkeit eines Falken sich auf den Ring senkte, der auf dem Boden lag. Dann dachte ich an Gwyn, wie er das gleiche versucht hatte, und daran, wie ich den Jungen zum allerletztenmal erlebt hatte. Er hatte auf den Knien gelegen, auf der Straße nach Caer Ceri, und er hatte verwirrt an Bedwyrs Speer gezerrt. Und ich dachte an Bedwyr, der in Macsens Ställen stand und mir Lebewohl sagte – an sein ruhiges Gesicht und an die völlige öde Verzweiflung in seinen Augen. So groß war unser Reich gewesen, so viel hatte es bedeutet, und jetzt war es zu diesem Unglück gekommen. Ich hatte den Drang, zu weinen, aber in mir waren keine Tränen, nur ein riesiger, leerer Schmerz um alles, was war. Und um mich war nur Schweigen und draußen der Wind.

Ungefähr in der Stunde der Dämmerung blickte ich auf und sah, daß Gawains Augen offen waren und er mich beobachtete.

»Gawain«, sagte ich und hielt den Atem an. Ich wollte schon seine Hand berühren, aber dann fielen mir seine letzten Worte an mich wieder ein, und ich zog meine Finger zurück. Ohne Zweifel war ich der Mensch, den er am wenigsten gern zu sehen wünschte – aber vielleicht auch nicht, und es gab ja noch die Nachricht. »Kannst du mich verstehen?«

Seine Lippen formten tonlos das Wort »Ja«. Rhys stand auf und kam eilig herüber. Gawains Blick fixierte sich auf ihn, und er lächelte ganz schwach. »Rhys«, sagte er im allerleisesten Flüsterton, »es ist also wahr?«

»Mein Herr? He, mein Herr, wir sind in Ynys Witrin. Das ist wahr.«

»Und sie . . . war sie vorher schon hier? Ich habe ja vorher mit ihr geredet.«

»Ach, die Kaiserin! Ja, sie ist wirklich hier. Auf der Straße hast du geträumt, mein Herr, aber jetzt ist sie da.«

Er schloß die Augen, öffnete sie dann wieder und schaute mich an. »My Lady«, sagte er noch immer in diesem fast unhörbaren Flüsterton, »aber natürlich bist du da. Natürlich. Medraut hat dich nicht . . .«

»Er hat mir nichts getan.«

»Gut.« Sein Blick heftete sich wieder auf Rhys. »Diesmal sterbe ich wirklich, Vetter.«

Der Diener sagte einen Augenblick lang nichts. Dann senkte er den Blick und murmelte: »Die Chirurgen sagen es.«

Wieder das leichte Lächeln. »Es ist wahr. Haben sie mir die Beine abgeschnitten? Nein? Ich spüre nichts. Ich hatte nicht gedacht . . . daß ich so sterben würde. Rhys, wo ist mein Pferd?«

»In Sanddes Ställen. Ich habe ihnen gesagt, sie sollten sich gut um ihn kümmern, oder sie müßten sich vor ihm in acht nehmen.«

»Gut«, das Lächeln kam wieder, langsam und schmerzhaft. »Danke dir. Du mußt ihn freilassen. Niemand darf ihn mehr reiten, wenn ich tot bin. Laß ihn sehen . . . daß ich tot bin. Dann laß ihn frei.«

»Gut, Herr.«

»Und mein Schwert . . . befestige das an seinem Sattel. Laß sie zusammen gehen. Ich will sie zurückgeben.«

Rhys schluckte ein paarmal und nickte dann.

Gawain schaute wieder mich an. »Ich . . . bin . . . froh, daß du da bist, my Lady. Ich sollte . . . nein, das muß ich später sagen. Artus hat mir eine Nachricht für Sandde mitgegeben. Sie ist wichtig.«

Ich nickte und nahm das Schreibtäfelchen auf. Gawain lächelte noch einmal.

Er hatte gerade angefangen, mir die Truppenbewegungen zu erklären, die Artus plante, als der Chirurg aufwachte und herüberkam. Er fühlte dem Krieger den Puls und schüttelte den Kopf. Gawain bat ihn höflich darum, zu gehen. »Wenn du auch ein Arzt bist, so muß ich doch die Geheimnisse meines Herrn aussprechen, und du solltest sie nicht hören.«

»Nun gut«, sagte der Chirurg. »Es gibt sowieso nichts mehr, was die Chirurgie für dich tun könnte. Dennoch – ich bin auch ein Mönch, ein Gottesmann. Du würdest gut daran tun, deine Sünden zu beichten und das Sakrament zu empfangen.«

»Später, wenn mir noch Zeit bleibt«, sagte Gawain.

Der Mönch warf uns allen einen Blick des giftigen Widerwillens zu. »Du würdest besser daran tun, mit einer geheiligten, von Sünden gereinigten Seele vor Gott zu treten, und nicht gebunden an weltliche Dinge und die Geheimpolitik von Königen.«

»Ich würde nicht zu meinem Gott gehen und Verpflichtungen unerledigt hinter mir lassen, und das auch noch durch Selbstsüchtigkeit«, erwiderte Gawain. »Ich bitte dich, geh. Wenn noch Zeit ist, wenn ich frei von dem bin, was mich jetzt noch bindet, dann soll man dich rufen.«

Der Mönch schnaufte und stelzte hinaus. Gawain fuhr mühsam, aber mit sorgfältiger Gleichmäßigkeit mit Artus' Botschaft fort.

Nach kurzer Zeit hielt er zum vierten- oder fünftenmal inne und schloß die Augen. Er schien kaum noch zu atmen, und ich dachte: »Jetzt ist es soweit«, und das Herz pochte mir in der Kehle. Aber er öffnete die Augen wieder und schaute mich an.

»Das ist alles«, sagte er. »Das ist das letzte, was ich in Artus' Dienst tun werde. Du mußt . . . du mußt ihm meinen Gruß bringen, und meinen Dank. Du mußt sagen . . . sagen, daß ich in der Wahl meines Herrn nichts bedauere, außer daß ich ihm nicht besser gedient habe. So. My Lady, ich . . . ich möchte jetzt noch einen Brief aussenden. Willst du ihn für mich schreiben?«

»Natürlich. Sprich nur. Ich habe Pergament.«

Er sah zu, während ich die Feder spitzte und sie in die Tinte tauchte. Ich legte das Pergament über die Knie. Dann schloß er die Augen. »Gawain an Bedwyr, Sohn des Brendan: Meinen Gruß«, sagte er mit einer Stimme, die lauter klang, als man das je von ihm gehört hatte. Die Spitze der Feder, die ich benutzte, ging durch das Pergament und brach. Gawain öffnete bei dem

Geräusch die Augen, und ich zog die Feder heraus und starrte ihn an.

»An Bedwyr?« fragte ich voller Verzweiflung.

»Du hast gesagt, du willst es tun. Du mußt ihn für mich schreiben – ich kann es nicht. My Lady, mir bleibt nicht viel Zeit. Das ist die größte Schuld, die mich noch bindet, und ich habe nicht viel Zeit übrig, um sie zu bezahlen.«

Ich spitzte eilig noch einmal die Feder. »Sprich also. Ich schreibe. Nur ... denk daran – ich habe ihn geliebt, und er ist auch dein Freund gewesen.«

»Ich denke daran.« Gawain schloß wieder die Augen. »Ich wollte ... jetzt weiß ich nicht mehr, was ich sagen wollte. Ich habe geträumt, ich spräche mit Bedwyr. Es muß gewesen sein, nachdem ich vom Pferd gestürzt bin. ›Meinen Gruß Vetter, ich sterbe. Ich wollte schreiben, weil ... weil jetzt ...‹– nein, schreib nicht ›jetzt‹, schreib, ›weil ich mir deinen Tod so gewünscht habe, und jetzt scheint mir meine Bitterkeit sinnlos. Ich habe mich nach Gerechtigkeit gesehnt, mit einer Sehnsucht, die mehr als gerecht war, und deshalb ... deshalb habe ich unserem Herrn Vernichtung gebracht, und allem, für das wir gekämpft haben – größere Vernichtung als die, die deine Schuld ist. Du hast einmal gesagt ...‹ Aber nein, er kann es nicht gesagt haben. Das war in dem Traum. ›Wenn die Gerechtigkeit, nach der ich mich sehnte, in der Welt wäre, dann gäbe es darin keinen lebendigen Menschen mehr. Wie kann ein Mann gerecht für ein Verbrechen bestraft werden, das er nicht vorhatte zu verüben? Du hattest recht, als du sagtest, daß die Gnade allein gerecht ist. Ich ... ich verzeihe dir den Tod meines Sohnes. Verzeih du mir meine Rache. Ich ...‹« Er hielt abrupt inne, schaute einen Augenblick lang verwirrt über meine Schulter, und dann, ganz plötzlich, füllten sich seine dunklen Augen mit einem strahlenden Leben, und er lächelte. »Du?« fragte er.

Ich schaute über die Schulter zurück. Es war niemand da. Ich drehte mich voller Schrecken wieder um und faßte seinen Arm. Rhys hatte gesagt, Gawain habe auf der Straße phantasiert und mit Leuten geredet, die gar nicht da waren. Jetzt schien es mir, als ob das vielleicht wieder der Fall wäre. »Gawain, was hast du?« fragte ich.

Er schaute wieder mich an. Er war verwirrt. »Aber siehst du es denn nicht? Oh, dann ist es das Ende. Ich weiß nicht mehr, was ich noch in dem Brief schreiben könnte, nur, daß ich Gottes Gnade für uns alle erbitte. Rhys . . .« Der Diener nahm seine Hand. »Rhys, mein lieber Freund, leb wohl. My Lady, leb wohl – und wenn du kannst, dann sag meinen Bruder, daß ich ihn geliebt habe. Ich komme.« Er schaute wieder in die leere Luft, und er lächelte dabei wie ein Kind. Unter meiner Hand spürte ich, wie die Muskeln an seinem Arm sich spannten, und mir wurde klar, daß er versuchte, sich hinzusetzen. Ich packte ihn und lehnte ihn an mich. Ich spürte, wie sein Herz noch einmal an meinem schlug, zweimal, nichts mehr . . .

Stille. Ich setzte mich auf und schaute ihn verzweifelt an, suchte nach einem Zeichen, daß er noch lebte. Aber der Ausdruck, den er sein Leben lang gehabt hatte, dieses geheimnisvolle Strahlen, das war verschwunden, und sein Gesicht war mir fast unbekannt – es war das Gesicht meines Freundes und gleichzeitig eines Fremden.

Rhys bekreuzigte sich. Er weinte still. »Herrgott, hab Erbarmen«, sagte er auf britisch, bekreuzigte sich dann noch einmal und fügte die übliche Formel im Latein der Kirche hinzu: »Gib ihm die ewige Ruhe.«

»Und laß das ewige Licht über ihm leuchten«, erwiderte ich mechanisch. Aber ich dachte, alles Licht auf der Welt wäre tot oder läge im Sterben, und mein eigenes Herz stürzte in die Dunkelheit.

Wir zogen die Decke über Gawains Gesicht, und ich ging hinüber zu der letzten, zischenden Fackel und löschte sie. Der Tag war angebrochen, und das Zimmer war schon gestreift von neuem Sonnenlicht. Als ich die Tür zum Nebenzimmer öffnete, sah ich, daß das Feuer für den Morgen angezündet war, und eine Anzahl von Leuten saß darum herum und aß Brot und Käse und trank warmes Ale.

»Er ist tot«, sagte ich ihnen.

Der Mönch nickte, nahm noch einen letzten Bissen Brot und wischte sich dann die Krümel von den Fingern. Er wollte gerade etwas sagen, als eine andere Gestalt neben dem Feuer hochsprang und brüllte: »Rhys!«

»Eivlin!« rief Rhys hinter mir und drängte sich grob an mir vorbei. Er und seine Frau schlossen sich in die Arme, daß es so aussah, als ob ein Schloß sich zusammenfügte, und sie hielten einander wild umklammert.

Erst als ich die beiden so sah, wurde mir klar, was für große Angst sie umeinander gehabt haben mußten – und mir wurde klar, wie sehr ich selbst mich jetzt nach Artus sehnte.

»Ach, Rhys«, sagte Eivlin, als ich von der Tür wegtrat, »Rhys, ist es dein Herr – der Herr Gawain, der tot liegt?«

Rhys nickte, versuchte zu reden und würgte an den Worten.

»Ja«, antwortete ich für ihn. »Du bist also nur meinetwegen hierhergekommen, Eivlin? Na, dann kümmere dich um deinen Mann. Könnte einer von euch«, ich schaute die Männer am Feuer an, den Mönch und die anderen, die über Nacht in dem Zimmer geschlafen hatten, »könnte einer von euch dem Herrn Sandde dies alles berichten und ihn darum bitten, sich um die Beerdigung zu kümmern? Sagt ihm auch, ich habe die Nachricht, und ich werde bald zu ihm kommen.« Einer der Männer nickte und ging mit mir aus dem Zimmer hinaus in den Morgen.

Frischer Schnee lag auf dem Boden, und der Himmel war gefleckt von Wolken. Während mein Bote den Hügel hinauftrottete, lehnte ich mich an die Außenwand des Hauses und schluckte die kalte Luft in tiefen Atemzügen. Ich preßte den Brief und die Täfelchen an mich. Der Schmerz in meinem Herzen schien fast erstickend. Aber ich konnte nicht weinen, und nach kurzer Zeit ging ich wieder den Hügel hinauf zu meinem eigenen Haus, um mich zu waschen und umzuziehen, ehe ich Sandde besuchte. An diesem Tag war noch viel zu tun.

Ich schrieb den ganzen Morgen Briefe an jeden, der mir einfiel und der vielleicht gewillt war, zusätzliche Vorräte auf Kredit zu liefern – es war eine verzweifelt kurze Liste von Namen, aber eine Liste, die sehr schwer zusammenzustellen war. Am Nachmittag, als ich an Artus schrieb, befaßte sich der größte Teil meines Briefes nur mit der Frage der Versorgung. Erst als ich damit fertig war, wurde mir mit Schrecken klar, daß ich nicht von Gawains Tod berichtet hatte. Es war erst ein paar Stunden her, und die Leiche wartete noch auf die Beerdigung, aber schon war sein Tod eine Tatsache. Du bist müde, sagte ich mir, um die Welle der Übelkeit zu ersticken, die über mich kam. Dann tauchte ich die Feder in die Tinte und schrieb einen vollen Bericht. Am Ende hatte ich keinen Platz mehr auf dem Pergamentblatt, und ich mußte den Brief abrupt beenden. Fast wenigstens konnte ich nichts mehr hinzufügen. Aber als ich dann die Seite umdrehte, sah ich den Platz, der über der Einleitung noch vorhanden war, und fügte in meiner kleinsten Schrift hinzu: »Ich bin geflohen, ehe Medraut mir etwas antun konnte. Ich will dich nur wiedersehen. Meine Seele, mein geliebtes Leben, befiehl mir, mit Sandde und seiner Armee zu dir zu kommen. Aber wie auch alles gehen mag – Gott möge dich schützen.« Jetzt war kein Platz mehr da, und die zusammengedrängten Buchstaben wirkten bedeutungslos, wenn ich an seine Anwesenheit dachte. Also schrieb ich nichts mehr, sondern faltete den Brief, versiegelte ihn und gab ihn dem Boten. Einen Augenblick saß ich da und starrte Sanddes Schreibpult an, und ich fragte mich, ob Artus wohl den Brief bekommen würde und was er gerade tat und wann wir einander wiedersehen würden. Damals wünschte ich – und viele Male hinterher –, daß ich noch ein zweites Stück Pergament verlangt und die Ränder mit Worten vollgestopft hätte. Aber vielleicht hatte ich das Allerwichtigste ja gesagt – und vielleicht hätte ich beim besten Willen nicht mehr sagen können.

An diesem Abend begruben wir Gawain auf dem Friedhof des Klosters von Ynys Witrin. Während die Prozession der Trauernden sich zum Grab bewegte, hielt Rhys Gawains Pferd, und das juwelenbesetzte Heft des Schwertes glänzte neben dem leeren Sattel. Der Hengst schnaubte ernsthaft, als die

Leiche herausgebracht wurde – er erkannte Gawain. Aber während die Mönche beteten und sangen, wurde das Tier immer unruhiger, und als die Leiche in den Boden gesenkt wurde, wieherte Ceincaled laut und wollte sich von Rhys losreißen. Als die Beerdigung zu Ende war, zog Rhys dem Hengst das Geschirr vom Kopf, und das Pferd galoppierte zum Grab hinüber und stampfte darauf herum. Es schaute sich um, beroch die Luft und den Boden, warf dann den Kopf zurück und wieherte. Die Mönche bekreuzigten sich und flüsterten miteinander.

»Laßt ihn«, sagte Rhys, drehte sich auf dem Absatz um und ging wieder den Hügel hinauf. Ich folgte ihm, und die anderen Trauernden und die Mönche zerstreuten sich. Aber als ich einen Blick zurückwarf, sah ich, wie der Hengst weiß und herrlich in der Dämmerung bei dem feuchten Grab stand, den Kopf hochschleuderte und immer und immer wieder sein wildes Wiehern ausstieß. Am Morgen war das Pferd verschwunden. Eine Zeitlang befürchtete ich, jemand könnte es gestohlen haben, das Tier und das Schwert, das angeblich jede Hand verbrannte, die es gegen den Willen seines Besitzers zog. Aber solch ein Pferd, geschweige denn solch ein Schwert, war zu prächtig, um verwechselt zu werden oder unbemerkt zu bleiben, und man hörte nie wieder etwas von ihnen, noch nicht einmal in den Gerüchten. Gawain hatte immer behauptet, das Schwert und das Pferd seien aus der Anderwelt gekommen. Vielleicht hat sich der Hengst tatsächlich von dem dunklen Grab abgewandt und ist durch die Nacht in einen Tag hinausgaloppiert, der jetzt mit der Erde nichts mehr zu tun hat – an einen Ort, wo kein menschlicher Kummer es mehr erreichen kann und von dem keine weitere Liebe es zurückhält. Wie immer es auch gewesen sein mag, Ceincaled ist verschwunden und hat auf dem neuen Grab nur ein paar Hufabdrücke zurückgelassen. Und ich hatte nicht viel Zeit, mir Sorgen darüber zu machen.

12

Gawain hatte uns gesagt, Artus wolle den Saefern, nachdem er Searisbyrig verlassen hatte, in drei Tagen erreichen – zwei Tage, nachdem Gawain selbst nach Ynys Witrin kam. Artus würde dann umdrehen und den größten Teil einer Nacht sehr schnell in Richtung Camlann reiten, und danach wolle er langsamer an den verschiedenen Versammlungspunkten vorüberziehen und seine Männer einsammeln. Er wollte dann ungefähr um die Mittagszeit des zweiten Tages nach dem Aufbruch vom Saefern in der Nähe von Ynys Witrin sein – vier Tage, nachdem wir seine Botschaft erhalten hatten. Es war am Abend des Tages vor dem offiziellen Ankunftstag, als wir unseren zweiten Brief von ihm erhielten. Er war sehr kurz, offensichtlich in Hast geschrieben. Der Empfang meines Briefes wurde bestätigt, und Artus schrieb, einige der Vorräte hätten ihn tatsächlich erreicht. Er war mit dem Platz, den Sandde für den Hinterhalt empfohlen hatte, zufrieden, und er trug Sandde auf, Ynys Witrin vor der Dämmerung des folgenden Tages zu verlassen und seine Streitkräfte an diesen Punkt in den Hinterhalt zu legen. Artus wolle dann etwa eine Stunde vor Mittag dort ankommen.

»Medraut und Maelgwyn sind höchstens fünf Meilen hinter mir«, schrieb er. »Ich hoffe, ich kann sie auch morgen in dieser Entfernung halten. Möge es dir gutgehen!« Und – ganz klein geschrieben: »Gwynhwyfar, mein Herz, reite nicht mit der Armee. Wir werden kein Lager haben, und ich möchte dich nicht in Gefahr bringen, falls wir die Schlacht verlieren. Wenn aber alles gutgeht, dann sehe ich dich morgen abend. Geht es übel aus, dann denk immer daran, daß ich dich geliebt habe.«

Alles außer den letzten Zeilen las ich Sandde vor. Dann blieb ich sitzen und starrte die Zeilen an, die ich nicht laut gelesen hatte. Ich dachte, die Lampe flackerte, aber als ich aufblickte, sah ich, daß es nur das Zittern meiner Hand war.

»Morgen«, hauchte Sandde. Er nahm mir den Brief ab und starrte ihn an, als ob er ihm seine Bedeutung dadurch abringen könnte, wenn er ihn scharf genug anschaute. »Morgen, noch vor der Dämmerung! Und morgen abend ist alles vorbei.« Er sprang auf und schritt durchs Zimmer, stellte sich auf einen Fuß und schaute das Feuer an. Er verflocht seine Finger hinter dem Schwertgurt. »Wie . . . wie viele Männer haben wir jetzt?« fragte er.

»Eine Armee von zweitausendeinhundertundsiebzehn«, sagte ich ihm. Ich brauchte die Zahlen nicht nachzuprüfen: Sie waren mir dauernd im Gedächtnis. »Und achtundneunzig Krieger, eingeschlossen diejenigen, die wir mit Nachrichten ausgesandt haben.«

»Und Medraut und Maelgwyn – wie viele haben die?«

»Ihre Armee zählt wahrscheinlich dreitausend Mann. Ihre Heerbanne zusammengenommen mit denjenigen, die seit dem Anfang der Rebellion zu ihnen gestoßen sind, zählen wahrscheinlich tausend ausgebildete Krieger.«

»Und der Kaiser hat auch tausend.«

»Jetzt sind es etwas weniger. In Gallien hat es Verluste gegeben.«

»Aber haben sich ihm nicht einige Sachsen angeschlossen?« Sandde drehte sich um und musterte besorgt mein Gesicht. Ich schüttelte den Kopf – die Sachsen würden den Briten in einem britischen Königreich nicht vertrauen.

»Dann sind die anderen in der Überzahl«, sagte Sandde ernst. Er zwang sich zur Fröhlichkeit. »Trotzdem – die Anzahl an ausgebildeten Kriegern ist doch auf beiden Seiten gleich, oder nicht? Und der Kaiser, das habe ich gehört, ist so daran gewöhnt, mit noch schlechteren Siegeschancen zu kämpfen, daß es ihm fast gleich vorkommen muß.«

»Artus hat mit viel schlechteren Chancen auf einen Sieg gegen die Sachsen gekämpft, das ist wahr«, sagte ich und begegnete seinem Blick. »Aber die Sachsen verlassen sich gewöhnlich mehr auf halb ausgebildete Bauern und haben fast nie eine ordentliche Reiterei. Einige aus Medrauts Armee waren Mitglieder der ›Familie‹, und die meisten der anderen Krieger haben an Artus' Beispiel gelernt. Sie sind fast so geübt wie Artus' Männer. Diesmal ist es nicht das gleiche wie damals bei den Sachsen. Die Zahlen des Feindes fallen ins Gewicht.«

»Ach so.« Sandde biß sich auf die Lippen. Dann kam er herüber und setzte sich an das Schreibpult. Er schaute mich noch immer ernst an, und seine Augen wirkten im Lampenlicht sehr blau. »Ich habe noch nie eine Schlacht erlebt«, sagte er mir. »Ich wußte nicht, was ich tat, als ich diese Rebellion gegen Medraut angezettelt habe. Ich wollte nur . . . Medraut hatte einen meiner Freunde wegen Verrats hinrichten lassen, und ich bewunderte Artus, und niemand tat etwas. Aber jetzt erwartet jeder von mir, daß ich ihm sage, was er tun soll, und ich weiß nicht, was ich tun soll. Hochedle Dame . . .« Er umklammerte plötzlich meine Hand. »Ich weiß, es ist feige, so zu reden, aber du bist wie meine Mutter, die mich verstanden hat. Bitte, entschuldige.«

Ich nahm seine andere Hand. Er ist noch zu jung dafür, dachte ich, viel zu jung. In der Tat war ich alt genug, um seine Mutter zu sein. »Hab keine Angst«, sagte ich ihm so ruhig, wie ich das wagen konnte. »Du hast deine Männer noch nicht einmal im Stich gelassen, und du wirst sie auch morgen nicht enttäuschen. Unsere Anzahl an Kriegern ist der des Feindes fast gleich. Unsere Sache ist gerechter, und außerdem haben wir den Vorteil, sie zu überraschen. Vertrau Gott unseren Sieg an.«

Er küßte meine Hände und preßte seine Stirn darauf. »Kaiserin«, flüsterte er, brach dann ab, stand plötzlich auf und befingerte sein Schwert. Er reckte die Schultern und versuchte zu lächeln. »Es wird alles gutgehen!« verkündete er.

»Ja, wenn Gott gerecht ist«, gab ich zurück. »Und um dich brauche ich mich wenigstens nicht zu fürchten, Sandde. Im

Gegenteil – ich glaube, alle in dieser Schlacht werden dich für einen Engel halten, der den Seelen der Toten hilft, und kein Speer wird auf dich geschleudert werden.« Er versuchte zu lächeln, so schwach der Witz auch war. »Also«, fuhr ich fort, »wen sollen wir morgen zuerst wecken?«

Während ich ihn beobachtete, wie er sich daranmachte, den Marschplan auszuarbeiten, fragte ich mich, ob er wohl noch leben würde, wenn die Sonne das nächstemal unterging, und falls er am Leben blieb, ob er dann noch immer so gerade stehen konnte. Ich fragte mich, ob er wohl blind zurückkommen würde, ohne einen Arm, ein Bein, schreiend auf einer Bahre. Viele würden so zurückkommen, und man würde sie nach Ynys Witrin bringen, denn das war die nächste Stadt am Schlachtfeld, in der wir Befehlsgewalt hatten. Ich dachte an meinen Mann und fragte mich, ob er wohl auch zu mir kommen würde und in welchem Zustand.

Der größte Teil der Armee stand drei Stunden nach Mitternacht auf, und sie marschierten noch vor der Morgendämmerung hinaus. Sandde ritt an der Spitze, gefolgt von den edlen Kriegern, die sich ihm angeschlossen hatten – es war eine Gruppe, die Medrauts Unterdrückung kleingemacht hatte. Dann kam das einfache Fußvolk, das in Familiengruppen marschierte. Eivlin hatte sich schon von ihrem Mann und dessen Verwandtschaft verabschiedet, und jetzt stand sie neben mir am Tor, schweigend in ihren Mantel gehüllt. Als das letzte Paar Füße an der Mauer vorübergetrampelt war, blieben wir noch eine Weile stehen und starrten hinter den Kriegern her. Wir sahen zu, wie sich die lange Reihe die bleiche Straße hinunterwand, hinein in die Stadt am Fuß des Hügels, und wie die Männer in den Schatten der dunklen Marschen verschwanden. Schon waren die Sterne blaß, und die Nachtluft war schwer vom Tau. Als in der Festung ein Hahn krähte, drehte ich mich um und schaute die Gruppe von Frauen, alten Männern und Kindern an, die überall verstreuten Mönche und Diener, die alle geduldig und erwartungsvoll meiner Befehle harrten. Ich frage mich kurz, warum die Befehlsgewalt mir so einfach zugefallen war und nicht Sanddes Schreiber Cuall, der bei den anderen wartete. Aber ich kannte den Grund. Cuall selbst verwirrten die Ereignisse, und niemand anders war gewillt oder fähig, Befehle zu erteilen. In dieser Krise kümmerte es niemanden, was ich getan hatte, wie sehr ich auch die Schuld für das tragen mochte, was passiert war. Wichtig war nur noch, daß ich die Frau des Kaisers war und daran gewöhnt, mich dem Sturm zu widersetzen.

»Bis Mittag wird nichts geschehen«, sagte ich ihnen. »Geht nach Hause und ruht euch aus, so lange ihr noch könnt. Wenn es Zeit ist, Gruppen auszusenden, die den Verwundeten helfen, dann lasse ich euch rufen – aber dann werdet ihr euch eilen müssen, und vielleicht werden die meisten von euch auch gar nicht gebraucht.« Und ich lächelte. Ich versuchte dreinzuschauen, als ob ich nur befürchtete, daß der Sieg allzu schnell kommen würde, noch ehe wir die Karren fahrbereit hatten. Ich bekam ein paar Lächeln, einen zerfetzten Hochruf. Ein alter Mann nahm meine Hand und preßte sie an die Stirn, während ich durch die Menge ging, und rief aus, daß ich bald wieder Kaiserin in Camlann sein würde. Ich lachte und sagte, er würde auch bald wieder auf seinem Hof sein. Als ich mein eigenes Haus erreicht hatte und wieder allein war, da sah natürlich alles ganz anders aus. Ich setzte mich auf das Bett und wartete und wartete auf den Morgen, und ich verflocht meine Hände ineinander und rieb den Finger, an dem ich einmal den Ring mit dem kaiserlichen Drachen getragen hatte.

Dieser Morgen hatte sich anscheinend vom Rad der Zeit freigemacht und hinkte ganz allein hinterher. Er bewegte sich nicht, er wollte nicht enden. Ich ließ überall in der Festung jeden Topf und jeden Wassertrog mit Wasser füllen, ich überprüfte immer und immer wieder unsere Nahrungsmittelvorräte und sprach noch einmal mit den Chirurgen ab, wer zum Schlachtfeld ging und wer in Ynys Witrin blieb, um die zu behandeln, die zurückgebracht wurden. Ich überprüfte die Räume, die wir für die Verwundeten ausgeräumt hatten, ich besorgte Holz für die Feuer, und noch immer wartete die

Sonne im Osten des Mittags. Der Platz des Hinterhalts, das wußte ich, lag direkt an der Einmündung der Hauptstraße auf die westliche Straße, die nach Camlann führte. Artus hoffte, Medraut würde glauben, er sei auf dem Weg nach der Festung selbst, und vielleicht erwartete er, daß Sandde dort zu Artus stieß. Er mußte wissen, daß Artus sich mit Sandde treffen wollte, und da er Camlann mit nur einer kleinen Schutzmannschaft verlassen hatte, stand auch zu erwarten, daß der Kaiser versuchen würde, die Festung selbst zu nehmen und seinen Verbündeten dort zu treffen. Dennoch – Medraut erwartete vielleicht auch einen Hinterhalt und war darauf vorbereitet. Doch selbst wenn das der Fall war – es gab keine Möglichkeit, Maelgwyns Bauernarmee zu formieren, und der genaue Platz und die genaue Zeit mußten ihm unbekannt sein. Er würde sich eilen müssen, um Artus zu fangen, ehe er Camlann erreichte, und deshalb war Artus' Plan wahrscheinlich wirksam.

Um die Mittagszeit schickte ich die Karren los, zusammen mit den Chirurgen und Dienern, die auf dem Schlachtfeld erste Hilfe leisten konnten, und mit Wasser, Nahrung und Brennstoff. Der Winter ist eine schlechte Zeit für einen Krieg. Die Verluste sind höher, denn die Verwundeten sterben schnell, es sei denn, man kann sie unter Dach und Fach bringen und warm halten. Es würde sehr schwierig für uns werden, sie anständig zu versorgen, zehn Meilen vom Schlachtfeld entfernt und mit nur wenigen Pferden für die Karren. Angenommen, Medrauts Streitkräfte nahmen die Hauptstraße, dann stand die Armee des Feindes zwischen uns und dem Schlachtfeld. Aber wir hofften, daß Artus von den Versammlungspunkten extra Karren mit Vorräten mitgebracht hatte. Wir hofften, daß ein paar von den Verletzten herausgeholt und zu uns geschickt werden konnten.

Am Nachmittag kam auch tatsächlich ein Wagen an. Er gehörte nicht zu denen, die wir losgeschickt hatten, sondern war einer von Artus. Ein Bauer, dessen Bein durch eine Wunde verkrüppelt war, fuhr den Karren, und er war gefüllt von Männern, die größtenteils aus Sanddes Armee stammten. Einer von ihnen war tot, die anderen brauchten sofortige Hilfe. Ich sorgte dafür, daß der Wagen entladen wurde, und fragte den Fahrer aus.

»Ja, wirklich – wir haben den Ort pünktlich erreicht, edle Dame«, erzählte er mir. Anscheinend hatte er keine Schmerzen, obwohl seine Augen vor Schrecken dunkel waren. »Wir hatten Zeit, Feuer zu machen und uns zu wärmen, ein bißchen zu essen und auszuruhen, ehe der Kaiser kam und uns sagte, wir sollten die Feuer ausmachen. Der Feind tauchte vor Mittag auf, kurz nach dem Kaiser. Wir haben sie angerannt.«

»Sind sie in die Falle hineinmarschiert?« fragte ich. »Ist Artus bei euch geblieben oder auf der Straße weitergezogen? Wo war die Reiterei?«

»Ich . . . das weiß ich nicht. Wir haben sie angerannt, und als wir sie erreichten, da wurde nur noch geschoben und gebrüllt. Es waren Maelgwyns Männer, Bauern wie ich, und keine Krieger. Einer von ihnen hat mit dem Messer auf mich eingestochen, und ich bin gestürzt. Mein Vetter Gwilym ist über mich gesprungen und hat auf sie eingehauen.«

»Wo waren denn dann die Krieger?«

Er machte eine vage Handbewegung mit der Rechten. »An der Seite. Es war alles sehr verwirrend, edle Dame, wo die ganze Luft von Speeren blitzte und von allen Seiten gebrüllt wurde und wo die Männer kämpften und schrien. Ich wußte gar nicht, was passierte. Nachdem ich verletzt war, bin ich weggekrabbelt, falls die anderen kämen und mich tottrampelten. Als ich wieder an der Stelle war, wo die Feuer gebrannt hatten, da waren noch andere Verletzte da und einer oder zwei Feiglinge, die weggelaufen waren und da heulten. Jemand sagte mir, ich solle den Wagen nach hier fahren. Ich kann den Wagen auch wieder zurückfahren, wenn du das willst, my Lady. Ich kann nicht mehr laufen, aber fahren kann ich noch.«

»Du hast alles sehr gut gemacht«, sagte ich ihm und wollte gar nicht mehr hören. »Ruh dich zuerst aus. Wir haben genug Leute, die sich um den Wagen kümmern, und du mußt dir erst dein Bein versorgen lassen.« Ich bezweifelte, daß er noch in der Lage sein würde, den Karren zu fahren, wenn sein Bein untersucht war. Er hatte es so fest abgebunden und in einem solchen Winkel, daß ich annahm, es müsse wohl abgenommen werden.

Als man ihm in das Haus half, das wir für die Verwundeten vorbereitet hatten, fuhr noch ein Karren heran, diesmal einer von denen, die wir ausgeschickt hatten.

Ich hatte kaum Zeit, die Männer im Karren zu befragen, denn sie brachten mir eine dringende Forderung nach Brennstoff.

Es hatte angefangen zu schneien, und die Schlacht hatte noch immer getobt, als sie losgefahren waren. Ein paar der Männer brauchten Ruhe und waren fast erfroren. Ich rannte los, damit die zurückkehrenden Wagen mit Brennstoffen beladen wurden, und als ich zu den Krankenhäusern zurückkehrte, war noch ein Wagen angekommen. Dieser brachte einen ausgebildeten Krieger, ein Mitglied der ›Familie‹, der ruhig unter den Bauern lag und sie verächtlich anschaute, wenn sie stöhnten. Als sie ihn aus dem Wagen hoben, verzerrte er das Gesicht und biß die Zähne zusammen, aber er gab keinen Laut von sich. Er war so von Blut bedeckt, daß man kaum sehen konnte, wo er verletzt war.

»Goronwy«, sagte ich, und er blickte zu mir auf. Sein verkrampftes Gesicht entspannte sich ein wenig.

»Sie haben gesagt, du wärst hier«, flüsterte er. »Gut. Dann werde ich gut versorgt.«

»So gut wir das können. Wie läuft der Krieg? Nein, sag es mir, wenn du drinnen bist.«

Im Haus warteten wir darauf, daß der Chirurg mit den anderen fertig war. Goronwy küßte meine Hand. »Kluge Lady, du wußtest immer, daß Medraut ein Verräter ist«, murmelte er. »Der lügnerische Hund, das Wiesel . . . kaum zu glauben, daß ich ihm einmal vertraut habe.«

»Er konnte gut lügen«, sagte ich. »Aber was ist passiert? Ist er in die Falle gegangen?«

»Nein. Soviel Glück hatten wir nicht. Nein, er hat an der Biegung der Straße angehalten und seine Männer eilig auf uns vorbereitet. Er hatte seine – Maelgwyns Armee vor sich, damit sie den ersten Ansturm auffingen, und alle ausgebildeten Männer hinter sich. Dahinter kam die Reiterei. Er wußte schon, was er tat. Wir . . . hast du es gehört? Nein? Wir hatten unsere Reiterei zurück nach Norden geschickt, in Stellung hinter Medraut. Unsere Fußtruppen marschierten die Straße hinunter auf Camlann zu, um die Biegung herum, so daß man sie nicht sehen konnte, bevor Medraut in die Falle gegangen war. Sanddes Armee lag in den Hügeln, direkt bei der Biegung selbst. Als Sandde sah, daß Medraut uns entdeckt hatte, befahl er seinen Leuten sofort anzugreifen und galoppierte die Hügel hinunter, direkt in Medrauts Armee hinein. Ein hervorragender Mann, dieser Sandde. Ich hoffe, er überlebt den Tag.«

»Ich auch. Hat sein Angriff denn etwas genützt?«

Goronwy wollte den Kopf schütteln, hielt aber schmerzverzerrt inne. »Nein. Seine Leute sind tief in Maelgwyns Armee eingedrungen, mit schweren Verlusten auf beiden Seiten. Dann hat Medraut seine Fußtruppen herübergeschickt, und Sanddes Bauern wurden die Straße hinaufgejagt, direkt hinein in die ›Familie‹.« Er lächelte grimmig. »Und das war das letztemal, daß ich sie gesehen habe, denn Medraut hatte befohlen, daß seine Reiterei sich sammelte, weil er den Verdacht hatte, wir wären in den Hügeln, irgendwo in der Nähe. Wir mußten schnell reiten, um zu verhindern, daß Medrauts Reiter unsere Fußtruppen einkreisten. O ja, wir haben sie auch sicher erreicht, und wir waren dabei zu gewinnen. Es war ein wüster Kampf – schade, daß ich ihn verpasse.«

Ich umklammerte kurz seine Hand. »Was gibt es noch mehr? Ist Artus gesund?«

»Er war es noch, als . . . als dieser Verräter Constans mich mit dem Schwert durchgerannt hat. Ein Mann, der mein Freund gewesen ist, mein Bruder – na, er ist auch dafür bezahlt worden. Der Kaiser war bei der Reiterei. Ich habe versucht weiterzukämpfen, nachdem ich Constans erledigt hatte, aber . . . ich werde sterben, my Lady.«

»Das weißt du noch nicht. Ah, da ist ja der Chirurg.«

Ich blieb noch ein Weilchen bei Goronwy, während er ausgezogen wurde und unters Messer kam. Aber als er ohnmächtig wurde, rannte ich mit einer Dienerin weg, um dafür zu sorgen, daß ein anderes Haus bereitgestellt wurde. Ein anderer Wagen war angekommen, und im ersten Haus gab es keinen Platz mehr. Von da an hatte ich lange Zeit nur noch wenig Gelegenheit, zu fragen oder mir Sorgen zu machen.

Ich war an Verwundete gewöhnt, aber nicht in solchen Zahlen. Teilweise kam das einfach dadurch, daß Artus' Schlachten an fernen Orten gekämpft worden waren. Noch nie hatte ich gesehen, daß so viele direkt vom Schlachtfeld hierhergebracht wurden. Aber der Kampf um Camlann war die grausamste Schlacht dieser Zeit, und die Verluste waren sehr hoch. Als die beiden Bauernarmeen im ersten Ansturm aufeinandertrafen, da wurden vielleicht tausend Mann getötet. Am späten Nachmittag muß das Blut auf der Straße nur so geströmt sein. Die ersten Karren brachten nur Männer, die sich krabbelnd hatten retten können. Aber am Spätnachmittag war das Schlachtfeld die Straße hinauf Richtung Camlann vorgerückt, und die Karren konnten die Verwundeten des ersten Treffens bergen und brachten genauso viele Leichen wie Lebendige. Die Berichte, die auch mit den Wagen ankamen, waren unterschiedlich wie Meereswellen: Medraut, Maelgwyn, Artus oder Sandde waren jeweils tot – Maelgwyn sei geflohen, Maelgwyn sei gefangengenommen worden. Medraut hätte Artus im Kampf Mann gegen Mann getötet – Artus hätte Medraut getötet. Ungewisser Sieg läge bei beiden. Ich hatte keine Zeit, mich um meinen Mann zu ängstigen oder um meine Freunde. Ich wurde von den Ärzten gebraucht, von den Sterbenden, von den Dienern. Ich mußte frische Pferde für die Karren herbeischaffen und Anordnungen erteilen: wo die Leichen gelagert werden sollten, wen die Ärzte zuerst behandeln sollten, wie das Brennholz zu verteilen sei oder wer sich ausruhen sollte. Ich war Kaiserin, ich konnte mich nicht wie eine Frau benehmen.

Die Nacht kam, und noch immer gab es keine offiziellen Berichte. Die Karren, die jetzt ankamen, hatten das Schlachtfeld in der letzten Stunde des Tageslichts verlassen, und Berichten nach wurde noch immer gekämpft. Aber die Streitkräfte hätten sich jetzt die Straße hinunter bis zur Biegung zurückgezogen, und die meisten der Bauern auf beiden Seiten seien geflohen oder hätten aufgehört zu kämpfen. Ich wünschte mir, daß jemand entbehrlich gewesen wäre, um mir eine Botschaft zu bringen – denn ein Reiter mit einem frischen Pferd würde nur eine Stunde brauchen, vielleicht weniger. Aber es sah so aus, als ob alles in völliger Verwirrung wäre.

»Maelgwyn zieht sich zurück«, sagte man mir wieder. »Der Kaiser hat gewonnen.« Aber wie konnte man das wissen?

»Wo ist der Kaiser?« fragte ich einfach, als ein Wagen an den Ställen vorfuhr, denn dort wurden jetzt die Verwundeten hingebracht. Es war ein großer Wagen, voller undeutlicher Gestalten.

»Er ist bei der Reiterei«, hörte ich eine Stimme sagen.

»Er ist tot«, sagte eine andere Stimme.

»Nein, das war nur sein Pferd – das Pferd ist unter ihm weggeschossen worden, aber er ist wieder aufgestanden.«

»War das ein graues Pferd?«

»Nein, er ritt einen Braunen.«

»Das war das zweite Pferd, nachdem der Braune getötet worden war.«

»Er war am Leben – vor dem letzten Angriff der Reiterei«, sagte eine seltsam bekannte Stimme aus dem hinteren Teil des Karrens. Ich spähte hinein und versuchte, das Gesicht auszumachen, aber ich konnte es nicht.

Die Männer, die den Wagen entluden, ließen jemanden fallen, der entsetzlich aufschrie und zu schluchzen begann. »Sei still!« brüllte ein anderer wild. »Ich kann's nicht ertragen. Glaubst du denn, dir geht es schlechter als uns anderen?«

»Schaffen es deine Pferde zurück zum Schlachtfeld?« fragte ich den Fuhrmann.

»Nein«, sagte eine rauhe Stimme. Der Mann beugte sich über mich, und nur sein Gesicht war als blasser Schatten in der Dunkelheit sichtbar. In seinen Augen glänzte fernes Fackellicht. »Die armen Tiere sind kaum noch den letzten Hügel heraufgekommen.«

»Dann warte hier. Du hast einen guten Wagen. Er ist schön groß. Ich will versuchen, frische Tiere für dich zu finden.« Ich rief einen anderen Diener herüber und befahl ihm, die schwitzenden Pferde auszuschirren und dem Wagen Vorrang zu geben, wenn man frische Pferde, Maultiere oder Ochsen finden konnte. Dann ging ich in den Stall, um mir die Verwundeten anzusehen. Es schien mir, als ob solche Nachprüfungen der Sinn meines Lebens geworden wären, denn immer schrieb ich Versorgungslisten, Vorratslisten, Listen von Toten oder Sterbenden. Vielleicht würde ich eines Tages die Liste der Verdammten führen, würde in alle Ewigkeit Listen von Namen aufschreiben, von Menschen, die auch durch meine Dummheit umgekommen waren. Aber wir mußten herausfinden, wer von unseren Gefolgsleuten noch lebte, auch um den Freunden und Verwandten zu sagen, was aus unserer Armee geworden war.

Namen – drei Bauern, die ihren nennen konnten, zwei, die es nicht konnten, ein Toter. Gwythyr ap Ereidawl, einer von der ›Familie‹. Einer aus dem Norden, der Artus nach Gallien gefolgt war. Und die Stimme, die so bekannt geklungen hatte, so unerwartet bekannt – und die nichts mit diesen anderen zu tun hatte?

Diese Stimme fiel mir wieder ein. Ich wußte, woher ich sie kannte, schon ehe ich den Mann in der anderen Ecke des Stalles liegen sah. Niemand anders hatte ihn erkannt, und er war mit unseren eigenen Verwundeten im Karren hierhergefahren worden – wir hatten ja auch schon andere von der Armee des Feindes hier aufgenommen, denn Freund und Feind lagen zusammen auf dem Schlachtfeld, und nichts unterschied sie mehr. Aber ich hatte niemals erwartet, Medraut so zu sehen.

Ich brachte meine Liste zu Ende und ging zu ihm hinüber. Er hatte mich, schon seit ich eingetreten war, beobachtet, mit diesen kalten, verächtlichen Augen.

Ich starrte lange auf ihn hinab. Er lag flach auf dem Rücken und bewegte sich nicht unter meinem Blick. Jemand mußte ihm seinen purpurnen Mantel und seinen goldenen Schmuck gestohlen haben, aber sonst schien ihm wenig zu fehlen.

»Du brauchst dich nicht mehr damit zu befassen, wie du mich erledigen willst, edle Dame«, sagte er endlich. »Noch in dieser Stunde werde ich tot sein. Aber es waren nicht dein kostbarer Mann und dessen Leute, die es geschafft haben. Diese Ehre ist ihnen nicht zuteil geworden.« Er lächelte wild. »Als mein treuer Verbündeter Maelgwyn sah, daß mein Heer geschlagen war und das Heer meines Vaters dezimiert, da hat er einen Dolch genommen, den ich ihm geschenkt habe, ein hübsches Ding, das in Gift getaucht war. Er hat ihn mir in den Rücken gestoßen, als ich nachsehen wollte, wo meine Männer wären. Auf diese Weise hat er also mein Erbe in der Thronfolge angetreten und ist der stärkste Bewerber um den Purpur geworden. Es hätte mir klar sein müssen, daß ich ihm nie den Rücken zudrehen konnte . . . aber wenigstens bleibt es mir erspart, daß mein Vater sich an meiner Niederlage weidet.«

Ich ließ mich neben ihm auf die Knie nieder und schaute ihn an. »Und freut dich alles, was du getan hast?« fragte ich, und meine Stimme hörte sich sehr tief und zitternd an.

Er lächelte. Die grauen Augen waren unergründlich vom Haß. »Ja. Es tut mir nur leid, daß ich nicht mehr erlebe, wie sich alles erfüllt. Meine Mutter ist gerächt. Und selbst wenn mein Vater diese Niederlage überlebt, dann ist doch sein Reich wie Glas zerbrochen. Maelgwyn zieht nach Hause, nach Gwynedd. Aber er kommt wieder. Der Norden ist schon vom Krieg zerrissen. Dumnonia ist ein Ödland. Ob nun mein Vater oder Maelgwyn am Ende mit ein paar purpurnen Lumpen dasteht, das spielt keine Rolle. Das Ende ist doch das gleiche: völlige Vernichtung. Denk darüber nach, edle Dame. Sag meinem Vater, er soll bei seinem Siegesfest Lieder darüber machen, und sage es meinem Bruder.«

»Dein Bruder ist tot«, antwortete ich scharf. »Er ist hier in Ynys Witrin gestorben – vor vier, nein, vor fünf Tagen.«

Medrauts Augen weiteten sich, und der tiefe Haß in seinem Blick wich dem Ausdruck der Verwirrung. »Gawain? Tot?«

»Er ist an der Wunde gestorben, die er von Bedwyr in Gallien erhalten hat, und weil er sich nicht hat behandeln lassen. Er wollte nicht mehr leben nach dem Tod seines Sohnes – ich habe gehört, du hättest gelächelt, als du ihm davon erzähltest.« Medraut starrte mich weiterhin an, und ich hatte den Drang, ihn zu schlagen, wie er so hilflos dalag. Ich hatte den Drang, ihm Schmerzen zu verursachen. Aber dann fiel mir ein, was Gawain gesagt hatte, und ich ballte die Hände hinter dem Rücken und zwang die Worte heraus, die wie brüchiges Eis klangen: »Gawains letzte Worte waren: ›Wenn du kannst, dann sag meinem Bruder, daß ich ihn geliebt habe.‹ «

Medraut wandte den Blick ab. Seine rechte Hand wurde zur Faust, entspannte sich, ballte sich und schlug wild auf den Boden. »Nein«, sagte er und stieß einen Schluchzer aus, der sich seinem Herzen abgepreßt hatte. »Nicht auch noch er – oh, Mo Brathair . . .« Ich hatte ihn noch nie in seiner Muttersprache rufen hören, und ich starrte ihn verblüfft an. Er schlug wieder auf den Boden, schrie laut, jetzt im Zorn, und stützte sich mit Gewalt auf, so daß er sitzen konnte. Sein Rücken triefte von Blut. Ich sprang zurück, während er versuchte, sich auf den Knien zu halten. Aber er fiel vornüber, aufs Gesicht, und begann zu schluchzen. Eine Dienerin kam eilig herüber.

»Fiebert er?« fragte sie mich flüsternd. »Soll ich helfen, ihn anzubinden?«

»Nein«, erwiderte ich. Ich kniete mich wieder neben Medraut hin, und ich war in großer Verwirrung. Trotz allem, was Gawain über seinen Bruder gesagt hatte, ich hatte nie erwartet, daß Medraut in seinem Haß und unter seinen vielen Masken dennoch jemanden lieben könne. Aber der Ausdruck, mit dem er mich angeschaut hatte, als ich ihm von Gawains Tod erzählte, ließ keine Zweifel übrig.

Die bleichen Augen blickten mich wieder an, während ich kniete, und hefteten sich auf mich. Er machte den Mund auf, um etwas zu sagen, aber nur Blut kam heraus. Er hatte sich in dem Versuch, aufzustehen, noch mehr verletzt. Er zitterte wild, hustete und wurde sehr still. Nach einem Augenblick berührte ich seinen Hals dicht unterm Kinn und stellte fest, daß sein Pulsschlag aufgehört hatte. Artus' Sohn, sein einziges Kind, war tot. Ich nahm die Hand weg und blickte zu der Dienerin auf.

»Dies war der Anführer der feindlichen Armee – Medraut ap Lot«, sagte ich zu ihr. »Du kannst die Leiche draußen an die Südmauer legen, sobald wir den Platz hier drinnen brauchen.« Die Augen des Mädchens weiteten sich, und sie nickte heftig mit dem Kopf. Sie starrte die Leiche an, die dort still und blutig lag und in deren Haar sich das Fackellicht fing. Ich preßte einen Augenblick lang die Hände aufs Gesicht, nahm sie dann herunter und sah, daß sie voller Blutflecken waren. War es Medrauts Blut oder das Blut irgendeines anderen? Ich konnte es nicht sagen. Ich mußte noch eine Namensliste zusammenstellen, und frische Pferde waren zu suchen.

Ungefähr um Mitternacht kam Cuall, Sanddes Schreiber, und holte mich. Wir hatten hin und her überlegt, wo wir die unverletzten Überlebenden der Schlacht unterbringen sollten, die seit einiger Zeit in ständig wachsenden Zahlen zurückkehrten und dringend einen warmen Platz zum Ausruhen, warmes Essen und etwas zu Trinken brauchten. Außerdem hatten wir fast keine Transportmöglichkeiten mehr. Wenn es auf dem Schlachtfeld noch mehr Verwundete gab, dann würden sie in der Kälte noch vor dem Morgen sterben. O ja, jetzt war sicher, daß Maelgwyn Gwynedd mit seinen Kriegern und den Resten seiner Armee auf dem Rückzug war – mit allen Leuten, die sich nicht von selbst zerstreut hatten. Und dennoch konnte ich keinen deutlichen Bericht über Artus bekommen.

»Edle Dame«, sagte Cuall, während ich versuchte, herauszufinden, wie einer der Gefallenen geheißen hatte, »unser Herr Sandde ist mit der Armee zurückgekehrt. Er bittet dich, zu kommen und mit ihm zu reden.«

»Sandde?« fragte ich, richtete mich auf und schob mir das Haar zurück. »Was ist mit meinem Mann?«

Aber der Schreiber schüttelte den Kopf. »Das weiß ich nicht.« Ich klappte mein Inventarbuch zu und folgte Cuall von den Ställen den Hügel hinauf. Ich war taub und blind vor Müdigkeit der Seele und des Körpers. Alles schien mir in großer Entfernung zu liegen, und ich hatte nur wenig Anteil daran.

Wir hatten jedes einzelne von Sanddes eigenen Zimmern mit den Verwundeten belegt, und der Herr von Ynys Witrin schlief zusammen mit seinen Männern in der Halle. Er war schon drinnen, als ich kam, und Cuall hielt mich in einem absurden Gefühl des Anstands davon ab, in die Halle hineinzugehen, wo die Männer schliefen. Er selbst ging und holte seinen Herrn.

Sandde hatte sein Kettenhemd ausgezogen und trug einen zerrissenen, blutbefleckten Umhang über seiner Tunika. Auch die Stiefel hatte er abgelegt und verlagerte jetzt sein Gewicht abwechselnd von einem Fuß auf den anderen, weil es so kalt war. In seinem Gesicht war dieser leere, betäubte Ausdruck, den ich immer und immer wieder in endloser, hirnloser Folge auf dem Gesicht jedes Mannes gesehen hatte, der in die Festung zurückkehrte. Aber Sandde versuchte zu lächeln und nahm meine Hand. Es schneite dicke, nasse Flocken, die auf den Strohdächern schmolzen und zischend in dicken Tropfen auf die Fackeln herunterfielen, die aus der Halle herausgetragen worden waren.

»Herr Sandde«, sagte ich, »ich bin sehr froh, daß du unverletzt bist.«

Er tätschelte mir unsinnigerweise die Hand. »Es war, wie du gesagt hast, my Lady. Kein einziger Speer hat mich ... oh, Gott des Himmels, ich bin froh, dich wiederzusehen und wieder da zu sein!« Er legte die Arme um mich und klammerte sich an mich wie ein Kind, das verletzt ist und Trost verlangt.

»Hast du viele Männer zurückgebracht?« fragte ich nach einem Augenblick. »Wieviel Platz brauchen wir noch?«

Er zog sich zurück und nickte. »Ich ... ich habe versucht, von denen, die wir noch haben, eine Liste zu machen – zusammen mit Cuall. Wir haben noch die meisten von den Männern des Kaisers ... diejenigen, die noch kämpfen können, heißt das. Maelgwyn hat sich nach Norden zurückgezogen. Wir wissen nicht, wo Medraut ist.«

»Er liegt an der Südwand deines Stalles. Er ist tot«, sagte ich mit gleichmäßiger Stimme. »Sie haben ihn mit unseren eigenen Verwundeten hierhergebracht.«

Er starrte mich ungläubig an. Dann lächelte er zögernd. »Dann haben wir also gewonnen?«

Ich schloß die Augen. Ich hatte den Drang, zu schreien, meinen Schmerz herauszuheulen und zu weinen, bis ich blind war und keine Stimme mehr hatte. »Wenn jemand gewonnen hat, dann waren wir es«, sagte ich. »Aber, edler Herr . . .«

»Ach ja. Der Kaiser.«

Ich öffnete die Augen wieder und heftete den Blick auf Sanddes Gesicht. Es war schrecklich still nach all der Hitze und dem Wahnsinn der Krankenzimmer. Sanddes linke Wange war blutverschmiert. Hinter mir tropfte das Wasser auffallend laut auf die Fackeln. »Ist mein Mann tot?« fragte ich.

Sandde schüttelte den Kopf. »Ich weiß es nicht.«

Ich drehte mich um, und er streckte die Hand nach mir aus und berührte meine Schulter. »My Lady, drei Pferde sind heute unter ihm getötet worden, und dennoch lebte er. Ich . . . ich bin ihm begegnet, als es fast zu Ende war. Der Feind war auf der Straße nach Osten und in den Hügeln. Der Kaiser versuchte, die Leute von der Reiterei, die er noch übrig hatte, zu sammeln und wegzuführen. Er galoppierte auf und ab und rief. Er war so heiser vom Brüllen, daß niemand mehr verstehen konnte, was er sagte. Aber wir haben uns gesammelt, und wir machten einen letzten Reitereiangriff. Danach fing Maelgwyn an, sich zurückzuziehen. Wir haben seine Leute vielleicht eine Meile weit nach Norden verfolgt, und dann habe ich die Männer zurückgerufen, weil es dunkel war und schneite. Sie waren so müde, daß jeder Bandit, jeder Räuber sie hätte erledigen können, wenn die Kälte es nicht schon machte, falls sie sich verirrten. Und dann wurde mir klar, daß niemand wußte, wo der Kaiser war. Ich ließ sie sich alle an einem Punkt sammeln und dann die Hörner blasen, damit die Nachzügler uns finden konnten. Es kamen viele. Aber vom Kaiser gab es keine Nachricht. Ich . . . ich hab' ein paar Männer genommen und ihn gesucht. Viele hatten ihn am Anfang des Angriffs gesehen, aber niemand nach dem Angriff. Wir . . . vielleicht ist er verwundet. Vielleicht ist er mit einer Gruppe von seinen Männern Maelgwyn gefolgt und kommt später. Morgen können wir auf die Suche gehen.«

»Ja«, sagte ich nach einem Augenblick. »Sandde, hast du noch Pferde, die vielleicht Karren ziehen könnten? Es müssen viele auf dem Schlachtfeld zurückgeblieben sein, die sterben würden, noch ehe der Morgen kommt – und wenn mein Mann dabei ist . . .«

»Die Pferde sind am Ende«, sagte mir Cuall. »Nicht eins von fünfzig könnte noch galoppieren, um sein eigenes Leben zu retten. Aber die, die wir haben, werden wir auch losschikken.«

»Verzweifle nicht, edle Dame«, sagte Sandde. »Es kann gut sein, daß er unverletzt ist.«

»Das kann gut sein«, stimmte ich ihm in meiner Betäubung zu.

Nach langem Schweigen sagte Cuall: »Wir haben nicht genug Platz für alle Männer, my Lady. Welche von den Verwundeten könnten verlegt werden?«

Ich biß mir auf die Lippen und versuchte zu denken, und dann wurde mir durch den Ausdruck der Hilflosigkeit und Verwirrung auf Sanddes Gesicht klar, daß ich weinte. Ich wischte mir das Gesicht ab und kümmerte mich nicht darum, daß meine Hände noch mehr Blut daraufschmierten. »Ich zeige euch, wer verlegt werden kann«, sagte ich. »Kannst du wegen der Pferde Anweisung geben?«

Die Arbeit, das Zählen der Namen, ging die ganze Nacht weiter. Als die Sonne sich rosa und wunderschön am nächsten Morgen über dem schneebedeckten Land erhob, lagen die Toten in hohen Stapeln an der Mauer. Aber jetzt waren schon einige der Pferde ausgeruht genug, um wieder an die blutbeschmierten Karren angeschirrt und die Straße hinunter nach Camlann geschickt werden zu können, damit sie die Männer einsammelten, die noch dort waren.

Unsere Späher berichteten, daß Maelgwyn ein paar Meilen gegen Norden gelagert und einige von seinen eigenen Toten beerdigt hatte, deren es viele gab. Wir schickten ihm einen Boten, der zur Beerdigung der Toten um einen Waffenstillstand bat, und Maelgwyn stimmte sofort zu. Wir schickten auch einen Boten nach Camlann und informierten die Männer, die Medraut zur Bewachung der Burg dagelassen hatte, daß wir es ihnen erlauben würden, Maelgwyn nach Hause, nach Gwynedd, zu folgen, wenn sie Camlann ohne Kampf aufgaben. Die Wachen baten um Erlaubnis, jemanden zu Maelgwyn zu schikken, und wir gestatteten es.

Nach und nach kehrten die Wagen schwer beladen mit den Leichen zurück. Hinter ihnen trotteten verwirrte Schlachtrösser und genauso viele Ochsen. Die Pferde waren wie die Leichen ihrer Herren schon jetzt auf geheimnisvolle Weise ihres reichverzierten Geschirrs und ihres Schmucks beraubt worden, entweder durch Plünderer während der Nacht oder von den Rettungsmannschaften selbst. Menschen und Tiere wirkten auf einmal unwichtig, gewöhnlich, zerbrochen und entehrt. Ich ließ die Leichen in langen Reihen an der Mauer auslegen, damit die Verwandten sie identifizieren konnten, und immer suchte ich nach einer ganz besonderen Leiche. Aber ich fand sie nicht.

»Vielleicht hat er während der Nacht auf irgendeinem Bauernhof Schutz gesucht«, sagte Sandde. Ich nickte müde und führte weiter meine Listen.

Namen. Manche waren Medrauts Gefolgsleute, die Verräter der ›Familie‹ – Männer, die ich gekannt hatte, deren Treue ich mich bemüht hatte zu gewinnen: Iddawg und Constans und Cadarn und die anderen. Es waren auch Krieger aus dem Norden da, die einmal Urien von Rheged oder Ergyriad von Ebrauc gefolgt waren und die jetzt niemals zu ihren Herren und dem anderen Krieg zurückkehren konnten. Es waren Constantius' Männer dabei, die gestorben waren und ihr Königreich ohne König und in Ruinen zurückgelassen hatten. Und ich fand Mitglieder der ›Familie‹, viele von ihnen – zu viele. Sie hatten im Herzen der Schlacht gekämpft. Cilydd und Cynddylig, Gwrhyr und Gwythyr ap Greidawl – Gereit ap Erwin, der ausgezeichnete Reiter mit dem geduldigen Lächeln, Gorowny, der immer ›der Starke‹ genannt worden war und der unbeobachtet in der Nacht an seiner Wunde gestorben war. Und Cei, der sture, streitsüchtige, treue und mutige, war am anderen Ende des Schlachtfeldes gefunden worden, wo er harte Gegenwehr geleistet hatte, als Maelgwyns Streitkräfte durchbrechen wollten. Selbst im Tod wirkte er noch gewaltig – seine Gesichtszüge waren zu einer wütenden Maske verzerrt, und sein rotes Haar war dick mit Blut verkrustet. Von dieser ›Familie‹, zu der noch vor sechs Jahren siebenhundert der besten Krieger des Westens gezählt hatten, waren kaum noch fünfzig am Leben.

Es lagen auch viele Bauern tot – aber ihre Zahl war schwer abzuschätzen. Viele von ihnen mußten nach der Schlacht direkt zu ihren Gehöften zurückgekehrt sein, und viele weitere hatten Ynys Witrin verlassen, ohne darauf zu warten, daß sie gezählt wurden – sobald sie ihre Toten gefunden hatten. Deshalb waren wir nicht sicher, wer tot war oder wer nur vermißt wurde. Nur ein Name unter ihnen, eine stille Gestalt, bleibt in mein Herz eingeschnitten wie das Zeichen, das in ein Siegel geschnitzt ist: Rhys ap Sion, der tot unter den anderen an der Straßenkreuzung gefunden wurde, wo er beim ersten Ansturm gefallen war. Man hatte ihn namenlos mit den anderen Toten in der Nacht nach der Schlacht zusammengelegt, und erst am nächsten Morgen erkannte ihn seine Frau. Tot, tot, tot: Ganz Ynys Witrin stank nach Tod, und alles was ich berührte, alles was ich sah, hörte, fühlte, die Luft, die ich atmete, und das Essen, das ich aß, schien schwer davon zu wiegen.

Am Nachmittag schickte Maelgwyn Gwynedd uns einen Boten, der das Angebot brachte, den Waffenstillstand bis zum Frühling auszudehnen und während dieser Zeit in sein eigenes Königreich zurückzukehren. Wir stimmten zu. Die feindliche Garnison in Camlann schickte auch eine Botschaft, in der unseren Bedingungen zugestimmt wurde und in der man uns versprach, am folgenden Tag die Festung zu verlassen und mit Maelgwyn nach Norden zu ziehen.

»Gut«, sagte Sandde erleichtert. »Dann ist mehr Platz in Camlann. Wenn hier noch länger alles so überfüllt ist, dann müßten wir das Fieber fürchten.«

Und noch immer gab es kein Anzeichen von Artus.

Am nächsten Tag zog Maelgwyn weiter nach Norden, und Sandde schickte Männer in alle Städte von Dumnonia und verkündete, daß wir gesiegt hätten und daß der Frieden wieder einzöge. Die Märkte sollten neu eröffnet werden. Ich hatte mir von Herzen gewünscht, eine Belohnung für jeden auszusetzen, der Nachrichten von Artus brachte oder von seiner Leiche; aber ich wußte, daß es unklug war, im ganzen Land zu verbreiten, daß wir auch nicht wußten, ob er lebte oder tot war. Es gab dann vielleicht noch mehr Aufstände, oder Maelgwyn brach sein Wort und kam zurück. Von unserer Armee waren so viele dahingegangen, daß wir keinen weiteren Kampf mehr riskieren konnten.

Sandde schickte die Männer nach Camlann, wo es genügend Platz und Vorräte gab. Am ersten Tag hatte er alle unverletzten Männer weggeschickt, dann alle weniger schwer Verwundeten. Ich bot an, bei den Schwerverletzten in Ynys Witrin zu bleiben, bis man sie ohne Gefahr transportieren konnte. Nach einigem Zögern stimmte Sandde zu und überließ mir in Ynys Witrin die Befehlsgewalt, während er nach Camlann ritt.

Ich wartete. Die Bauernarmee machte sich nicht die Mühe, zur kaiserlichen Festung zu ziehen, sondern zog in den Tagen nach dem Waffenstillstand nach Hause – wenigstens diejenigen, die nicht schon vorher heimgegangen waren. Sion ap Rhys und seine Verwandten machten sich fünf Tage nach der Schlacht wieder auf den Heimweg. Sie wären früher losgezogen, aber sie mußten einen aus ihrer Mitte zum Hof zurückschicken, damit er den Ochsenkarren holte, denn ein anderer von ihnen war verwundet und konnte weder gehen noch reiten. Außerdem hatten sie den Wunsch, Rhys auf den Ländereien der Sippe zu beerdigen. Mit Schuldgefühlen im Herzen gab ich ihnen ein paar Geschenke, eine kleine Gegenleistung für ihre Freundlichkeit mir gegenüber. Vielleicht sah das schändlich aus, als ob ich für das Leben ihres Verwandten bezahlen wollte, und sein Leben war unbezahlbar. Dennoch, sie konnten die Dinge vielleicht brauchen. An dem Morgen ging ich mit ihnen hinunter zu den Toren, um sie zu verabschieden.

Eivlin zog auch mit ihnen und ließ nur ein Dienstmädchen bei mir zurück. Sie hatte seit dem Tod ihres Mannes weder zu mir noch zu irgendeinem anderen viel gesagt, sondern sie ging mit roten Augen und hartem Gesicht umher, und sie benahm sich mit dieser besonderen Unverschämtheit, die aus großem Schmerz entspringt.

»Ich leide mit dir«, sagte ich zu ihr und zu ihnen allen.

Sion ap Rhys zuckte die Achseln und starrte das lange Bündel auf dem Karren an, das sein ältester Sohn gewesen war. »Wir alle wußten, daß wir vielleicht sterben würden, wenn wir mit in diesen Krieg zögen, my Lady. Aber wir dachten, die Sache sei es wert.« Er nahm den Treiberstock auf. »Und Rhys hat mehr an euer Reich geglaubt als irgendeiner von uns. Einen großen Teil seines Lebens hat er eurem Reich gewidmet. Vielleicht ist es zum besten, daß er das Ergebnis nicht mehr sieht. Irgendwann müssen wir alle einmal sterben.«

»Es ist nicht zum besten!« schrie Eivlin mit scharfer Stimme. »Im Gegenteil – wie kannst du solche Dinge sagen! Ein Mann, der seine drei Kinder vaterlos zurückläßt! Und die halten ihn für einen besseren Mann als den Kaiser von Britannien und warten noch immer darauf, daß er nach Hause kommt und ihnen Geschenke bringt – zum besten? Daß ein Mann wie meiner sterben mußte . . . ach, ochne!«

Sion stellte den Stock hin und bedeckte einen Augenblick sein Gesicht. Dann senkte er die Hände und fuhr mit einer Hand durch sein Haar, wie auch sein Sohn das immer getan hatte. »Die Kinder haben noch immer ihre Sippe, meine Tochter. Und sie haben eine Mutter. Und sie hat ihre Kinder.«

»Allerdings«, sagte Eivlin, die jetzt ruhiger geworden war. Aber sie schaute noch immer das Bündel hinten im Karren an.

Dann blickte sie wieder zu mir auf und sah etwas in meinem Gesicht – ich weiß nicht was –, und sie sprang plötzlich vom Wagen und legte ihre Arme um mich. Etwas in meinem Herzen gab nach, und ich hielt sie ganz fest und biß mir auf die Zunge, damit ich nicht aufschrie. Einen Augenblick vergaß ich, daß ich Kaiserin und Herrin der Festung war, und wir waren nur noch zwei Frauen, die ihre geliebten Männer verloren hatten. Dann zog Eivlin sich zurück. »Ich muß mich um meine Kinder kümmern, my Lady«, flüsterte sie, »sonst bliebe ich. Denn du hast mir noch nicht vorgemacht, daß du nichts fühlst und nichts brauchst, was immer die anderen auch glauben. Gott schütze dich, my Lady.«

»Auch dich, Cousine, und deine Kinder.«

Eivlin ließ mich los, nickte, biß sich auf die Lippe, stieg wieder auf den Karren und setzte sich neben ihren Schwiegervater. Sion trieb die mißmutigen Ochsen an, und der Wagen schwankte langsam den Hügel hinunter, zum ruhigen Bauernland vom Dumnonia. Ich sah sie alle nie wieder.

Und noch immer wartete ich.

Ungefähr eineinhalb Wochen später schickte Sandde mir einen Boten aus Camlann. Er brachte weitere Vorräte und ein paar unwichtige Nachrichten. Die Neuigkeiten überraschten mich nicht, aber über den Boten wunderte ich mich, denn es war Taliesin, der Artus' oberster Barde gewesen war und der manchmal mit der Reiterei gekämpft hatte. Taliesin hatte ich während dieses letzten Krieges die ganze Zeit weder gesehen, noch hatte ich von ihm gehört. Als er ankam und mir die Liste der Vorräte präsentierte, die er mitbrachte, da bat ich ihn in mein Haus. Als er da war, schenkte ich ihm Met ein.

»Ich bin froh, dich gesund wiederzusehen«, sagte ich, während er am Met nippte. »Ich hatte angenommen, du wärst tot.«

Er schnitt ein Gesicht und schüttelte den Kopf. »Aber nein. Ich war nur nicht in Camlann.«

Er bot mir keine weitere Erklärung, das hatte er noch nie getan. Er war ein geheimnisvoller Mann, von dem niemand viel wußte, und er genoß es, sich noch geheimnisvoller zu machen.

Gawain wenigstens war fest davon überzeugt gewesen, daß Taliesin aus der Anderwelt stammte und sich nur aus irgendeinem unbekannten persönlichen Grund auf der Erde aufhielt. Viele Leute andererseits hatten das gleiche von Gawain geglaubt.

»So?« fragte ich, ungeduldig über seine Geheimnisse, »wo warst du denn?«

Taliesin lächelte. Er akzeptierte schnell meine Ungeduld, aber seine Belustigung wirkte traurig. »Artus hat mich nach Norden zu Urien, dem König von Rheged geschickt, als er nach Gallien zog. Zuerst war ich Bote, aber nachher sollte ich Urien damit versöhnen, daß die Hälfte seiner Krieger außer Landes waren. Der Krieg zwischen Rheged und Ebrauc brach aus, während ich noch da war. Also bin ich im Norden geblieben, bis ich hörte, daß Artus zurück wäre. Vor zwei Tagen bin ich in Camlann angekommen.«

»Du warst also im Norden – aber wann? Vor zwei Wochen? Was passiert dort oben?«

Taliesin zuckte die Achseln. »Die aus Rheged überfallen Ebrauc, und Ebrauc plündert Rheged, und beide stoßen wilde Schreie des Widerstandes über den Gedanken aus, daß sie einem Kaiser untertan sein sollten. Es gibt keine direkten Schlachten, und es ist auch unwahrscheinlich, daß sich welche ergeben werden, und weder die eine Seite noch die andere ist deutlich im Vorteil. Wenn Artus in der Tat gefallen ist und wenn es für Ebrauc keinen Kaiser mehr gibt, gegen den es rebellieren kann, dann mag vielleicht wieder ein Waffenstillstand erklärt werden – wenigstens eine Zeitlang. «

»Wenn Artus tot ist«, sagte ich. Es war das erstemal, daß jemand mir gegenüber diese Worte ausgesprochen hatte. »Was würdest du dann tun?«

Er blickte aufs Schreibpult und fuhr müßig mit dem Finger das Muster auf der polierten Oberfläche nach. »Ich würde das tun, was ich immer getan habe, my Lady: Ich würde Lieder schreiben. Ich wäre am Hof jedes Königs von Britannien willkommen, selbst am Hof eines Maelgwyn Gwynedd.«

»Würdest du Lieder über den Fall des Reiches schreiben?« fragte ich, ehe ich meine Worte zurückhalten konnte.

Er blickte auf. Er hatte graue Augen, wie Artus oder Medraut, aber von hellerer Farbe. In dem dämmrigen Haus wirkten sie fast silbern. »Lieder über den Zerfall des Reiches, ja, und Lieder über den Kaiser. Es wird jetzt keinen Kaiser mehr geben, nicht im Westen. Niemand wird mehr Anspruch auf den Titel erheben, denn alle sind jetzt zu schwach dafür, und niemand hat einen höheren Anspruch als die anderen. Viele werden begeistert auf Lieder warten, vom Kaiser Artus und der ›Familie‹.« Er schaute wieder nach unten und summte leise ein paar Takte. Es war eines seiner neuen Lieder, kein Zweifel, denn ich erkannte es nicht als ein altes. Ich spürte, wie sich in mir langsam eine Welle des Zorns und der Bitterkeit erhob. »Der Ruhm wird nicht blaß werden, my Lady, denn er wird keinen Nachfolger haben. Und an meine Lieder wird man sich erinnern. In den Zeiten, die kommen, wird man sich erinnern. Etwas von dir und etwas von dem, für das wir gekämpft haben, wird überleben.«

»Glaubst du denn«, wollte ich wissen, »daß wir für Lieder gekämpft haben?« Er blickte wieder auf, und sein Gesicht wirkte leicht überrascht und ruhig und unbewegt, und der Zorn, der blinde, wilde Schmerz, nahm plötzlich Besitz von mir. Ich sprang auf, fegte mit der Hand über das Schreibpult und schleuderte den Krug Met auf den Fußboden. Er zerbrach. Das Dienstmädchen rannte aus dem Nebenzimmer herein, aber ich scheuchte sie zurück. »Glaubst du denn, daß man mit Liedern die Hungrigen ernähren, daß man Gerechtigkeit ausüben oder Frieden zwischen Königreichen halten kann, und glaubst du, daß man damit die Ruinen des Reichs der Römer wieder aufbauen kann? Geh und sing deine Lieder den Sachsen vor; ich bin sicher, daß sie deinen Melodien und deiner unbekannten Sprache große Aufmerksamkeit schenken werden. Lieder! Lieder bringen keine Lösung. Der Ruhm ist kein Trost. Wir haben verloren, verstehst du das nicht? Alles ist verloren. Das Licht ist verschwunden, und die Dunkelheit bedeckt Britannien genauso dicht wie die Luft, und nichts ist mehr übrig von dem, was wir uns einst erträumt haben und für das wir gelitten haben.

Und wenn du deine Lieder singst, und wenn es die größten aller Lieder sind, und wenn du Männer dazu bewegen kannst, an ein Ideal zu glauben, was für ein Ideal wird es in ein paar Jahren werden? Ein Kaiser begeht Blutschande mit seiner Schwester, zeugt seinen eigenen Ruin in der Person eines verräterischen, böswilligen Sohnes. Und eine Kaiserin teilt das Reich zur Unzeit, indem sie mit dem besten Freund des Kaisers die Ehe bricht! Was für eine wunderbare Geschichte! Was für ein Thema für Lieder! Es ist nicht nur alles verloren, nein, wir waren diejenigen, die es verloren haben, wir, die durch unsere eigene Dummheit und Schwäche zugelassen haben, daß wir in Streit gerieten und daß das Reich wie ein Topf zerbrach, der einen Brandfehler hat und aus dem alles herausläuft, was man hineinschüttet. Es ist verschwunden wie Rauch in der Luft, wie Nebel im Wind. Nichts ist mehr übrig vom Reich, und nichts ist geblieben, auf dem wir aufbauen könnten, und nichts haben wir von unserem Leben vorzuweisen außer Schuld, Schande und ein paar verlogenen Liedern!«

Noch während ich sprach, war meine Stimme immer schriller geworden, und endlich schrie ich Taliesin an, der dasaß und mich ruhig beobachtete. Ich hatte angefangen zu zittern und versuchte, mein Gesicht zu bedecken. Das Dienstmädchen eilte wieder durch die Tür herein und packte mich am Arm. »My Lady, my Lady, setz dich«, sagte sie, und dann, zu Taliesin gewandt: »Sie ist übermüdet, die Arme. Sie arbeitet zu hart. Hier, edle Dame, ich hole dir Wasser und noch etwas Met. Hab keine Angst, dein Mann kommt schon zurück.«

Ich lachte, aber ich setzte mich aufs Bett. »Mein Mann ist tot«, sagte ich zu dem Mädchen.

»Ach, edle Dame, sie haben ja nie seine Leiche gefunden. Er kann nicht tot sein.«

»Er ist nach dem Angriff der Reiterei vermißt worden«, sagte ich und gab damit schließlich zu, was ich schon seit einiger Zeit wußte. »Und ich habe seine Leiche einfach nicht erkannt, weil die Pferde darüber hinweggetrampelt sind und weil sie zur Unkenntlichkeit verstümmelt worden ist. Artus ist tot, und selbst im Tode kann ich ihn nicht wiedersehen und ihn auch nicht begraben. Ich wünschte, Gott des Himmels, daß ich auch tot wäre.«

»Sag nicht so etwas!« rief das Mädchen. »Bitte, hier ist Wasser.«

Ich trank ein wenig und schaute dem Mädchen in das erschrockene, bekümmerte Gesicht. Der Zorn wich von mir. »Mach dir keine Sorgen«, sagte ich zu ihr. »Es ist nur die Müdigkeit.«

Das Mädchen lächelte zögernd und ging hinaus, um den Met zu holen.

»Es tut mir leid, edle Dame«, sagte Taliesin, »ich wollte dich nicht beleidigen.«

Ich preßte mir die Handballen auf die Augen und spürte, daß die Schluchzer wieder in mir verschlossen waren. »Nein, mir tut alles leid«, sagte ich. »Verzeih mir. Ich habe nur so viele Tote gesehen, und – wie das Mädchen schon sagte – ich bin müde. Du hast das nur zu meinem Trost gesagt.«

Taliesin stand auf, nahm meine Hand, küßte sie und berührte damit seine Stirn. »Du hast zuviel ertragen, edle Dame.«

»Alle ertragen zuviel.« Ich wischte mir die Augen, und die Dienerin kam mit dem Met zurück. Sie gab mir etwas davon. Er kam frisch aus dem Lagerraum und war bitter kalt. Er glitt schmerzhaft durch meine angespannte Kehle. »Danke«, sagte ich zu dem Mädchen und versuchte, meine zitternden Glieder zu beherrschen. Dann fiel mir noch etwas ein, und ich fügte hinzu: »Kannst du mir Tinte und Pergament besorgen, Olwin?« Sie nickte mit dem Kopf und ging wieder, und ich wandte mich an Taliesin.

»Du sagst, du kannst an den Hof jedes beliebigen Königs gehen, und du wärst dort willkommen«, sagte ich. Das stimmte natürlich. Kein britischer König würde einem Barden etwas zuleide tun. Gesetz und Sitte erlauben das nicht – und Taliesin war berühmt. »Könntest du auch nach Kleinbritannien reisen?«

Er nickte vorsichtig. »Du willst, daß ich Bedwyr einen Brief bringe.«

»Zwei Briefe. Einen, den Gawain mir vor seinem Tod diktiert hat, und einen, den ich selbst schreiben werde. Ich will Bedwyr nur von der Schlacht berichten und ihm sagen, daß Artus tot ist und daß ich in ein Kloster eintrete. Du kannst den Brief zuerst lesen, wenn du willst. Und du wirst niemandem die Ehre abschneiden, wenn du ihn für mich hinbringst.«

»In ein Kloster?«

»Was sonst soll eine adlige Witwe tun? Entweder das oder neu heiraten – und ich will nicht wieder heiraten.«

»Herr Sandde . . .«

»Ich bin alt genug, um seine Mutter zu sein.«

»Er wäre auch gewillt, dein Unterkönig zu sein, und nicht dein Mann. Er bewundert dich sehr. Er will dich in Camlann wieder als Kaiserin einsetzen.«

»Ich würde kein einziges Jahr durchhalten. Wir haben nicht mehr genug Krieger, um solch eine Herrschaft zu unterstützen, und die Könige von Britannien würden es der ungetreuen Frau eines Usurpators nicht erlauben, Anspruch auf den Purpur zu erheben. Du selbst hast gesagt, daß keine Kaiser mehr nach ihm kommen. Es gibt ja kein Reich mehr.« Ich hatte das Gefühl, als ob ich seit langer Zeit schon nichts anderes mehr gesagt hätte. »So zu tun, als ob es noch eins gäbe, wenn wir keine wirkliche Macht mehr besitzen, das schafft nur weitere Kriege und noch mehr Uneinigkeit, als es schon gibt. Laß Sandde König von Dumnonia werden – ohne Zweifel wird man ihn als solchen anerkennen. Ich reite nach Norden und trete einem Kloster bei.« Ich stand auf und nahm ein Stückchen von dem zerbrochenen Metkrug auf. »Als Mädchen kannte ich ein anderes Mädchen, das jetzt Äbtissin eines Konvents in der Nähe von Caer Lugualid ist. Ich weiß, ich wäre dort willkommen – vielleicht sollte ich auch an sie schreiben.

Wenn im Norden Waffenstillstand erklärt wird, dann reise ich im Frühling dorthin. Ich bin sicher, Sandde wird mir eine Art Eskorte mitgeben.«

Taliesin verbeugte sich. Und dann, als er sich wieder aufrichtete, sah ich zu meinem Erstaunen, daß er weinte. Ich hatte ihn noch nie weinen gesehen. »Edle Dame«, sagte er mit rauher Stimme, »ich werde deine Briefe besorgen.« Er verbeugte sich noch einmal und wollte aus dem Zimmer gehen. Aber in der Tür blieb er stehen und schaute mich noch einmal an. »Vor vielen, vielen Jahren habe ich geträumt oder in einer Vision vorausgesehen, daß dieses Reich fallen würde. Ich habe es erwartet und zugesehen, und ich habe gewartet und in meinem Herzen ein Lied darüber gemacht. Aber ich hatte nicht geglaubt, daß es so bitter wäre, es geschehen zu sehen. Selbst meine Lieder scheinen nicht mehr zu sein als der Wind im Schilf, hohl und ohne Leben. Ich werde dafür bezahlt . . .« Er hielt inne und starrte mich an, und in seinem Gesicht arbeitete es, »ich werde dafür bezahlt, daß ich mich um nichts kümmere. Laß mich rufen, my Lady, wenn du mit den Briefen fertig bist.« Er verbeugte sich noch einmal und schlüpfte hinaus.

Ich nahm noch ein paar weitere Stücke von dem Metkrug auf und wog sie in meiner Hand. Sie waren klebrig, und das Zimmer war voll vom süßen Honiggeruch des Mets. Ich hatte den Brief an Bedwyr in Gedanken schon fertiggestellt, und es würde nicht lange dauern, bis ich ihn geschrieben hatte. Ich nahm an, daß er mir noch immer wichtig genug war, daß ich den Wunsch hatte, ihm Bescheid zu sagen – aber mein Herz war wie betäubt, und das einzige, was ich von ihm noch spürte, war eine Art Verantwortung, etwas, das ich bald auf irgendeiner unendlichen Liste abhaken konnte.

Ich legte die Bruchstücke hin und wischte mir die Hände, und dann wartete ich darauf, daß das Dienstmädchen mit der Tinte wiederkam.

Epilog

Es ist jetzt schon einige Wochen her, seit ich diesen Bericht von meiner Vergangenheit beendet, meine Feder niedergelegt und mich gefragt habe, was ich als nächstes tun soll. Ich habe angefangen, weil ich eines Tages herausfand, daß mir, wenn ich an die Vergangenheit dachte, nur noch drei Dinge deutlich vor Augen standen: die Stunde, als das Wasser vom Dach heruntertropfte und auf den Fackeln zischte, als Sandde mir sagte, Artus sei verschwunden – Bedwyrs Gesicht mit den dunklen Augen und der Ruhe, die außerhalb jeder weiteren Qual lag, als er mir Lebewohl sagte – und Gawain, der unschuldig in diesem ekelhaften Zimmer in Ynys Witrin in meinen Armen starb. Und all diese Erinnerungen waren hell und strahlend von soviel Schmerz und Bitterkeit, daß ich Angst bekam. Ich bin jetzt alt. Wenn ich mein Spiegelbild im Wasser oder in einem Becher Wein sehe – im Kloster gibt es keine Spiegel –, dann kann ich kaum glauben, daß ich die gleiche Gwynhwyfar bin, die Artus und Bedwyr geliebt haben. Das Gesicht, das ich sehe, gehört zu einer alten Frau; es ist zerfurcht vom Leben, von zu viel Leben. Viele Tränen, Stunde über Stunde des Schmerzes, der nie gelöscht, nie vergessen werden kann. Es sind auch Lachfalten da. Ich habe in meinem Leben gelacht, Gott sei Dank. Aber das Lachen wiegt auf der Waage den Schmerz nicht auf. Mein Haar ist weiß und wird langsam dünn. Meine Knochen sind in letzter Zeit steif geworden, und sie schmerzen tief innen, so wie das Herz schmerzt und nach einem unwiederbringlichen Verlust steif wird. Nur meine Augen sehen noch so aus, wie ich sie aus der Vergangenheit in Erinnerung habe – sie sind braun und offen. Es ist schrecklich, wenn man schuld am Untergang all derer ist, die man am meisten geliebt hat, aber es ist noch schlimmer, diesen Untergang zu überleben und alt zu werden und zu vergessen.

Ich bin jetzt Äbtissin dieses Klosters im Norden, verantwortlich für das Wohlergehen von fast hundert Menschen, und ich bin – unglaublicherweise – wieder respektiert. Die Menschen hier kommen mit ihren Problemen zu mir, und die Schwestern schreiben Bücher ab und kümmern sich um verwaiste Kinder. Die Welt dreht sich weiter. Bedwyr, so habe ich gehört, ist, nachdem er von Artus' Tod erfahren hat, Mönch geworden. Als Artus die Belagerung von Car Aes aufhob, um Britannien zu Hilfe zu eilen, da verkündete Macsen seinen Sieg und bot Bedwyr beim Siegesfest den Titel eines Feldherrn und dazu noch verschiedene Ländereien und Machtbefugnisse an. Bedwyr hat abgelehnt. Trotz dieser Ablehnung war Macsens früherer Feldherr nicht erfreut darüber, und teilweise wegen dieses Mißfallens hat Macsen Bedwyrs Forderung, ihn von seinem Eid zu entbinden, nachgegeben, nachdem Bedwyr die Nachricht empfangen hat, die ich ihm später in diesem Jahr zukommen ließ. Vor ein paar Jahren habe ich von einem Wanderpriester erfahren, daß Bedwyr überall in Kleinbritannien wegen seines asketischen Lebens berühmt geworden ist – er hat sich gegeißelt und gefastet und vor Tagesanbruch in eisige Bäche gekniet und Psalmen gesungen, und so weiter. Die bretonischen Klosterbrüder halten ihn für sehr heilig. Ich selbst weiß, daß er das Gegenteil glaubt. Bedwyr würde nie glauben, daß er Gott dazu überreden könnte, ihm zu verzeihen, weil er sich quält. Und ich glaube nicht, daß er es schaffen wird, seinen Körper genug zu strafen, um von sich selbst Verzeihung zu erlangen. Aber vielleicht ist Gott gnädiger als Bedwyr. Vielleicht.

Sandde ist König von Dumnonia geworden und herrschte von seiner neuen Hauptstadt Camlann aus. Erst ein paar Jahre, nachdem ich den Süden verlassen hatte, starb er in einem der neuen Kriege gegen die Sachsen. Es gibt viele Kriege heutzutage, kleine Kriege, und überall herrscht große Unsicherheit.

Die Schiffe, die früher von Kleinbritannien kamen, erscheinen jetzt unregelmäßiger, und sie bringen nicht länger Nachrichten aus den fernen Teilen des Reiches. Rom scheint uns heute so fern und geheimnisvoll, wie mir in meiner Jugend Konstantinopel vorgekommen ist. Die Leute leben dem Augenblick und fürchten sich vor dem Morgen, denn die Welt wird ständig dunkler.

Vor nicht allzu langer Zeit wanderte ein Barde bei unserem Kloster vorüber, und er sang ein neues Lied, das vom Tod eines Unterkönigs handelte. Dieses Lied ist mir seitdem immer wieder durch den Kopf gegangen. Man sagt, es sei von der Schwester des Toten geschrieben worden.

Dunkel ist's heute in Cynddylans Halle,
es flackert kein Feuer, und Schlaf wir nicht finden.
Ich will schweigen nach der Stunde der Tränen.

Dunkel ist's heute in Cynddylans Halle,
es flackert kein Feuer, es strahlt keine Kerze.
Was hält mit Gewalt meine Seele?

Dunkel ist's heute in Cynddylans Halle,
der sie bewohnte, ist gegangen.
Grausamer Tod, was läßt du mich bleiben?

Von Gorwynniens Hügel blickt' ich hinab
auf ein Land so sommerlich schön.
Lang ist der Sonne Lauf,
länger noch meine Erinnerung.

Meine Erinnerung reicht weit zurück, aber sie wird mit mir sterben, und bald wird sich kein Lebender mehr an unser Reich erinnern. Was bleibt also, trotz all des Blutvergießens und all des Kummers?

Manchmal glaube ich, daß nichts übrigbleibt. Lange Zeit glaubte ich, das Ende von Camlann sei auch das Ende von allem gewesen, und die Bitterkeit schwoll in mir auf, bis ich Angst bekam, denn es ist nicht gut, wenn man alt ist und bald vor Gott treten und wegen seiner Taten Rede und Antwort stehen muß, wenn man von wortloser Bitterkeit erfüllt ist. Ich fing an, mir einzureden, daß ich vergessen sollte.

Aber ich brachte es einfach nicht fertig, zu vergessen, und je mehr ich mich erinnerte, desto weniger hatte ich den Wunsch, zu vergessen. Ich wollte die Erinnerung an Camlann nicht verlieren, wie es am Morgen aussah, wenn die Sonne vom Schnee auf dem Dach der Festhallte schien und wenn der Rauch von den Morgenfeuern aufstieg. Ich wollte nicht die Feste in dem großen, dämmrigen Gebäude vergessen, das Glitzern des vielen Goldes, die Töne der Harfe. Wie groß die Bitterkeit auch ist, die sich mit den Erinnerungen vermischt, das, was wir in Camlann besaßen, war der Traum, nach dem sich die Herzen aller Menschen immer gesehnt haben. »O oriens, splendor lucis aeterna«, »O Tagesanbruch, Glanz des ewigen Lichtes und Sonne der Gerechtigkeit, komm, erleuchte jene, die in der Dunkelheit wandeln und im Schatten des Todes.« Wir haben schon auf Erden den Wein des neuen Jerusalem gekostet, das in Ewigkeit kommen soll. Natürlich ist der Verlust dieses Traumes bitter; viel bitterer als der Verlust der ganzen Welt. Aber ich kann mir nicht wünschen, zu vergessen, daß es da war, ein paar Jahre wenigstens. Nein, ich will nichts davon vergessen: weder Artus' Lächeln und seine klaren Augen noch Bedwyrs warmen Blick noch die Freundschaften und die Liebe und die erstaunliche Schönheit der Welt, die wir neu schufen.

Ich habe mich zurückentwickelt und angefangen, wie eine Äbtissin zu reden. Nun, das bin ich ja auch, und meine Sprache bekommt dadurch mehr Farbe. In Camlann haben wir versagt; nichts von dem, was wir uns mühten aufzubauen, bleibt noch, außer der Sehnsucht, die uns von Anfang an getrieben hat. Aber der Traum war es wert, und auch, daß wir die Freude ein paar Jahre besessen haben, und ich kann nicht bedauern, daß wir uns darum mühten. Vielleicht, obwohl wir versagt haben, hat Gott nicht versagt. Vielleicht ist es nicht das Ende.

Im letzten Jahr ist auf einer Insel im Norden ein neues Kloster gegründet worden – ausgerechnet von den Iren. Daran ist nichts allzu Bemerkenswertes. Der Führer der Siedlung schickte ein paar Mönche hierher, die nach Büchern suchen sollten: Das ist bemerkenswert. Niemand reist in dieser Zeit meilenweit, um nach Büchern zu suchen; ich hatte schon angefangen zu befürchten, daß die Fähigkeit zu lesen aussterben würde und daß die Welt sich dann wahrhaftig nur noch auf die Gegenwart beschränkt. Aber dieser irische Abt ist wild auf Bücher – der Grund dafür, daß er nach Britannien gekommen ist, besteht darin, daß es ihm Kummer macht, weil er eins gestohlen hat. Und diese Mönche machen sich daran, die Sachsen zu bekehren; sie haben schon einen König bekehrt, und ihr Einfluß breitet sich schon jetzt aus wie Feuer im Gras. Artus und ich wollten immer, daß die Sachsen bekehrt werden, daß sie ins Reich geholt werden, aber die britische Kirche brachte es nie über sich, diese Aufgabe selbst zu übernehmen, und erlaubte es uns auch nicht, jemand anderen damit zu betreuen.

Eine Handvoll Mönche auf einer kleinen Insel namens Iona: Das ist nicht viel. Sie sind noch nicht einmal Römer, sie haben keine Ahnung, was Rom war oder welche Bedeutung es hatte. Dennoch sind sie versessen darauf, die Welt zu verändern, wie ich damals, als ich vor vielen Jahren nach Süden, nach Camlann, ritt. Vielleicht bin ich verrückt, wenn ich darauf hoffe, daß sie irgend etwas erreichen können und daß sie Erfolg haben, wo Artus und ich versagten. Dennoch, überall in Britannien gibt es noch die Sehnsucht, den Wunsch tief in der Seele, der darauf wartet, daß jemand ihn berührt und ihn neu formt. Es ist, wie Taliesin vorausgesagt hat: Britannien hat unser Reich nicht vergessen. Es sehnt sich danach, noch mehr Lieder davon zu hören, denn es ist verschwunden, und sein Verschwinden hinterläßt eine Lücke in der Welt, die selbst seine früheren Feinde spüren. Ich habe in letzter Zeit Geschichten gehört, daß Artus gar nicht gestorben ist, sondern unter irgendeinem Zauber schläft, und daß er eines Tages wieder erwacht. Als ich zum erstenmal diese Geschichten hörte, da haßte ich sie wegen ihrer blinden, verführerischen Hoffnung. Aber die Hoffnungen bleiben in diesem Land, und sie sind mächtiger als der Frühling, wenn die Sonne aus dem dunklen Winter ihren Kreis wieder emporzieht. Unsere Niederlage kann die Sonne nicht auslöschen. Wenn jemand gewillt wäre, denen Licht zu bieten, die in der Dunkelheit und im Schatten des Todes wandeln ... Wenn, wenn, wenn.

Diese Mönche sind bereit dazu.

Habe ich mich geirrt, als ich mich so fest an die Erinnerung an Rom klammerte? Vielleicht schlägt der Blitz nicht aus dem Osten ein und aus dem Alten Reich, sondern aus dem Westen, von der Grenze der Welt. Wer weiß? Kann ich es wagen zu glauben, daß das Leben wirklich weitergeht, kann ich Gott und den menschlichen Wünschen vertrauen und in der Hoffnung sterben?

Heute ist Ostersonntag. Während ich schreibe, singen die Vögel laut vor meinem Fenster, und die Sonne schüttet sauberes Gold über die Ränder dieser Seite. Ihre Strahlen sehen aus wie die zarten, komplizierten Muster, die die Iren in ihre Evangelienbücher malen. Draußen stehen die frühen Apfelbäume und der Weißdorn schon in Blüte, und die Wälder haben Teppiche aus Primeln und Leberblümchen. Seltsam, wie die Erde sich erneuert – wie eine Schlange, die ihre steife, altersstaubige Haut abstreift und die ihre glänzenden neuen Spiralen auf dem sonnengewärmten Pfad poliert.

Es ist nicht das Ende. Es kann nicht das Ende sein. Der Baum, der vom letzten Herbststurm nacktgefegt worden war, steht jetzt grüngolden in seinen neuen Blättern da, und durch irgendein besonderes Wunder, einen unerwarteten Zauber, kehrt das Leben von den Toten zurück.